Bill Clinton

Bill Clinton war zwischen 1993 und 2001 amtierender US-Präsident. Nach seiner Amtszeit gründete er die Clinton Foundation, die sich unter anderem für globale Gesundheit, Chancengleichheit für Mädchen und Frauen und Klimaschutz einsetzt. Er ist der Autor verschiedener Sachbücher – mit James Patterson schrieb er seinen internationalen Bestseller *The President Is Missing*.

James Patterson

James Patterson ist ein weltweit gefeierter Bestsellerautor. Großer Beliebtheit erfreut sich seine Reihe um Alex Cross, die mittlerweile 28 Bände umfasst. Seine Romane wurden weltweit übersetzt. Heute lebt James Patterson mit seiner Familie in Florida. Mit Bill Clinton schrieb er den internationalen Bestseller *The President is Missing*.

Bill Clinton & James Patterson

Bill Clinton war zwischen 1993 und 2001 amtierender US-Präsident. Nach seiner Amtszeit gründete er die Clinton Foundation, die sich unter anderem für globale Gesundheit, Chancengleichheit für Mädchen und Frauen und Klimaschutz einsetzt. Er ist der Autor verschiedener Sachbücher – mit James Patterson schrieb er seinen internationalen Bestseller *The President Is Missing*. James Patterson ist ein weltweit gefeierter Bestsellerautor. Großer Beliebtheit erfreut sich seine Reihe um Alex Cross, die mittlerweile 28 Bände umfasst. Seine Romane wurden weltweit übersetzt. Heute lebt James Patterson mit seiner Familie in Florida.

BILL CLINTON
JAMES PATTERSON

DIE TOCHTER DES PRÄSIDENTEN

THRILLER

Aus dem amerikanischen Englisch
von Wulf Bergner

HarperCollins

Die Originalausgabe erschien 2021 unter dem Titel
The President's Daughter bei Knopf / Little, Brown, New York.

1. Auflage 2022

Ungekürzte Ausgabe im HarperCollins Taschenbuch

Published by arrangement with The Kopf Doubleday Group,
a division of Penguin Random House LLC and Little, Brown and Company,
a division of Hachette Book Group, Inc.
Umschlaggestaltung von Mario J. Pulice, Deborah Kuschel
Umschlagabbildung von Debra Lill
Gesetzt aus der Minion Pro
Von GGP Media GmbH, Pößneck
Druck und Bindung von CPI books GmbH, Leck
Printed in Germany
ISBN 978-3-365-00082-3
www.harpercollins.de

Robert Barnett, unser Anwalt und Freund, hat uns davon überzeugt, bei *The President Is Missing* zusammenzuarbeiten. Das hat ziemlich gut funktioniert. Dann – und vielleicht hätten wir gewarnt sein sollen – hat er uns zu *Die Tochter des Präsidenten* überredet. Wir sind froh darüber, ein weiteres Mal auf Bob gehört zu haben.
Gut gemacht, Counselor.

Obwohl Brendan DuBois zu Hause in New Hampshire Schutz gesucht hatte, war er bei allen Recherchen, jedem Entwurf und mehr Textversionen dabei, als wir zählen möchten. Brendan war unser Fels in der Brandung – und manchmal der harte Hund, den wir brauchten.

TEIL EINS

KAPITEL 1

2.00 UHR ORTSZEIT
GROSSE SYRTE VOR DER LIBYSCHEN KÜSTE

An Bord eines Hubschraubers MH-60M Black Hawk in der Version Night Stalkers für Spezialeinheiten, Codename Spear One, sieht Navy Chief Nick Zeppos vom SEAL-Team Sechs auf seine Armbanduhr. Vor sechs Minuten ist er mit seinem Team von dem amphibischen Angriffsschiff *USS Wasp* gestartet, um in tiefster Nacht zu einem hochkarätigen Ziel zu fliegen. Mit etwas Glück werden seine Crew und er – sowie die anderen SEALs an Bord des zweiten Black Hawk, Codename Spear Two – Asim al-Aschid lange vor Sonnenaufgang aufspüren und liquidieren.

Zeppos nimmt sich kurz die Zeit, seine Teammitglieder zu mustern, die ihn in zwei beengten Sitzreihen umgeben. In der lauten, vibrierenden Kabine schweigen die meisten, während manche aus Plastikflaschen Wasser trinken und andere mit zwischen den Knien gefalteten Händen nach vorn gebeugt dasitzen. Der Pilot und sein Co-Pilot vom berühmten 160th Special Operations Aviation Regiment Airborne fliegen den Black Hawk nach ihren grün und blau leuchtenden Instrumenten im Tiefstflug kaum zehn Meter über der kabbeligen See. Zeppos weiß, dass sich jeder SEAL in der nur schwach beleuchteten Kabine jetzt an seine Ausbildung erinnert und auf seinen Auftrag konzentriert.

Die Liquidierung von Asim al-Aschid.

Darauf arbeiten die US-Geheimdienste und das Militär seit Jahren hin. Zeppos hofft, dass sie nach vierjähriger Vorbereitung heute Nacht den Jackpot gewinnen werden.

SEAL-Teams und Special Forces haben schon vorher führende Terroristen gejagt – vor allem Osama bin Laden, Abu Bakr al-Baghdadi und ihre vielen Stellvertreter und Verbündeten: Anführer, die im Schatten blieben, Befehle erteilten und sich nicht die Hände schmutzig machten, außer dass sie körnige Videos und blumige Versprechen von Tod und Vergeltung produzierten.

»Gleich sind wir über dem Strand!«, kündigt der Crewchief des Night Stalkers an. So fliegen sie nach Libyen ein, diesen von inneren Konflikten zerrissenen Staat, ein perfekter Brutkasten oder Zufluchtsort für Terroristen wie Asim al-Aschid.

Al-Aschid ist jedoch anders als andere Anführer von Terrororganisationen.

In den letzten Jahren sind Videos aufgetaucht, die Aktionen seiner Gruppe dokumentieren. Jedes zeigt al-Aschid im Mittelpunkt eines blutigen Chaos, wobei er auf ein geheimes Netzwerk von Unterstützern vertraut, die erst im letzten Augenblick für ihn tätig werden, um sofort wieder zu verschwinden.

Asim, der in einem belebten Einkaufszentrum in Belgien einen Fernzünder hochhält und gelassen den Knopf drückt, dann der dumpfe Knall, der durch die Passage hallt und die Kamera zittern lässt – aber nicht genug, um die sich rasch ausbreitende Wolke aus Rauch und Staub zu verbergen –, oder die schreiend vorbeilaufenden Shopper mit blutigen Gesichtern oder gebrochenen Armen.

Asim auf einer Pariser Straße mit einem Kameramann hinter sich unterwegs, wie er ein Sturmgewehr unter seinem langen Regenmantel hervorzieht und auf Gruppen von Passanten schießt, wobei er sich auf Frauen und Kinder konzentriert, bis ein weißer Van neben ihm hält und ihn unbehelligt in Sicherheit bringt.

Asim, der in der sudanesischen Wüste hinter zwei an Armen und Beinen gefesselten schluchzenden Mitarbeiterinnen einer UN-Hilfsorganisation steht und gelassen von einer zur anderen geht, ein großes Schwert schwingt und beide enthauptet, sodass ihr Blut seine Kleidung bespritzt.

Chief Zeppos streckt die Beine, zieht sie wieder an. Zwei Einsätze hat er bereits mitgemacht – einer im Jemen, einer im Irak –, wo gute Chancen bestehen sollten, Asim anzutreffen, aber gut war nicht gut genug gewesen. Beide Unternehmen waren erfolglos gewesen und hatten nichts gebracht als verwundete SEALs, zerschossene Hubschrauber und allgemeine Frustration.

Zeppos hofft jedoch, dass es beim dritten Mal endlich klappen wird.

Es gibt weitere Videos, die zu grausam sind, um veröffentlicht werden zu können. Eine afghanische Lehrerin, die an einen Felsen gekettet mit Benzin übergossen und angezündet wird. Ein nigerianischer Dorfältester, der von Boko-Haram-Kämpfern festgehalten wird, während Asim seine aufgereihten Familienmitglieder abschreitet und einem nach dem anderen die Kehle durchschneidet.

Und Boyd Tanner …

Zeppos wirft einen Blick aus dem nächsten Fenster – er will nicht an Boyd Tanner denken, dessen Todesursache ein innerhalb der Special Forces sorgsam gehütetes Geheimnis ist – und sieht am Horizont den hellen Lichtschein, der die rasch wiederaufgebaute Hafen- und Hauptstadt Tripolis bezeichnet. Im Rahmen ihres Projekts *Neue Seidenstraße* haben die Chinesen hier und in anderen armen Staaten weltweit massive Entwicklungshilfe geleistet.

Öffentlich behauptet die chinesische Regierung, als aufstrebende Weltmacht nur ihren Reichtum und ihr Wissen teilen zu wollen. In vertraulichen Besprechungen ist Zeppos jedoch über die wahren Ziele der Chinesen informiert worden: die Sicherung von Ressourcen, Verbündeten und möglichen Militärstützpunkten, damit China niemals mehr wie so oft in seiner langen Geschichte isoliert und gedemütigt werden kann.

Der Lichtschein am Horizont verblasst. Spear One und Spear Two überfliegen jetzt die Dünenlandschaft der libyschen Wüste, in der sich vor vielen Jahrzehnten Deutsche und Engländer erbittert bekämpft haben und in der ihre verrosteten Panzer und Lkw noch immer in dem gnadenlosen Sand liegen.

Vor ihnen waren mal die Italiener hier, denkt Zeppos, und jetzt die Chinesen.

Keine große Sache.

Er fängt an, seine Ausrüstung zu überprüfen.

Der Crewchief meldet sich über die Bordsprechanlage.

»Chief, ein Anruf für dich«, sagt er.

Zeppos drückt seine Sprechtaste. »Von wem? Vereinigter Generalstab?«

»Nein, Nick«, sagt der Pilot. »Der garantiert nicht.«

Scheiße, denkt er. Wer muss mich jetzt belästigen?

»Stell ihn durch«, verlangt er, und dann sind knackende statische Störungen und die Stimme eines Mannes zu hören, die ihm aus Rundfunk und Fernsehen vertraut ist.

»Chief Zeppos«, sagt die Männerstimme, »hier ist Matt Keating. Entschuldigen Sie die Störung, ich weiß, dass Sie beschäftigt sind und ich kostbare Sekunden vergeude. Aber ich wollte Sie wissen lassen, dass ich nichts lieber täte, als jetzt bei Ihnen mitzufliegen.«

»Ah, vielen Dank, Sir«, sagt Zeppos mit erhobener Stimme, damit der Präsident ihn hören kann.

Keating sagt: »Ich habe volles Vertrauen, dass Sie und Ihr Team Ihren Auftrag durchführen werden. Daran zweifelt hier niemand. Ich stehe voll hinter Ihnen. Hoffentlich steckt ihr diesen Hundesohn in einen Leichensack – für unser Land, für die SEALs und vor allem für Boyd Tanner. Keating, Ende.«

»Ja, Sir«, sagt Zeppos, teils ehrfürchtig, weil der Mann ihn persönlich angerufen hat, teils von seinen aufrichtigen Worten berührt. Und trotzdem muss Zeppos sich widerstrebend eingestehen, dass er sauer ist, weil der Kerl ihn jetzt, mitten in einer Mission, angerufen hat!

Scheiße, denkt er. Politik kann einen Mann echt ungut verändern. Dann beurteilt er den Präsidenten nachsichtiger. Keating war einer von ihnen gewesen. Und er wusste von Boyd Tanner.

Nur wenige durften wissen, wie er gestorben war – jedenfalls nicht bei einer Einsatzübung, wie seinen trauernden Angehörigen mitgeteilt worden war.

In Wirklichkeit war er letztes Jahr nach einem brutalen Feuergefecht in Afghanistan verwundet und kaum noch lebend gefangen genommen worden. Asim al-Aschid und seine Kämpfer hatten Boyd Tanner vor laufender Kamera entkleidet und in einen Hof gezerrt.

Daraufhin hatte Asim den Schwerverwundeten mit einem Hammer und Nägeln an einem knorrigen Baum gekreuzigt. Das Video hielt die qualvolle Stunde fest, in der Tanner dort hing, bevor die Terroristen sich langweilten und ihm die Kehle durchschnitten.

Einige Sitze weiter in Richtung Heck wird gelacht. Zeppos beugt sich nach vorn und sieht, wie einer aus seiner Crew – Kowalski – etwas hochhält, das wie ein Speer mit Metallspitze aussieht.

Zeppos fragt laut: »Was zum Teufel willst du mit diesem Ding?«

Kowalski hält lachend den Speer hoch. »Der ist für Asim al-Aschid«, schreit er. »Sobald seine Überreste identifiziert sind, sollten wir seinen Kopf auf diesen Spieß stecken und ins Oval Office bringen! Glaubst du nicht, dass der Präsident das zu schätzen wüsste?«

Erneutes Lachen, und Zeppos lässt sich grinsend in seinen unbequemen Sitz zurücksinken.

Yeah.

Dies ist eine gute Nacht für ihn und seine Kameraden, um den Tod so vieler Unschuldiger zu rächen und Asim al-Aschid endlich zu stellen, ihm ein paar Sekunden Zeit zu geben, damit er weiß, mit wem er's zu tun hat, bevor er mit zwei Schüssen in die Brust und einem in die Stirn erledigt wird.

Der abgedunkelte Black Hawk und sein schemenhafter Begleiter rasen durch die Nacht weiter.

KAPITEL 2

2.15 UHR ORTSZEIT
BOTSCHAFT DER VOLKSREPUBLIK CHINA, TRIPOLIS

In dem großen Empfangssaal im Erdgeschoss der chinesischen Botschaft an der Ecke Menstir Street und Gargaresh Road ist es verdammt spät in der Nacht – oder früh am Morgen –, und Jiang Lijun, laut Gästeliste Vizepräsident der China State Construction Engineering Corporation, unterdrückt ein Gähnen.

Diese angebliche Party hätte vor über einer Stunde enden sollen, aber die Ehrengäste aus diesem verfluchten Land wollen noch immer nicht gehen. Die libyschen Spitzenpolitiker, die Stammesvertreter und die Offiziere – in ihren Uniformen mit Sternen und Orden bunt herausgeputzt wie kleine Jungen, die Verkleiden spielen – rauchen und trinken weiter, während sie in kleinen Gruppen mit ihren geduldigen Gastgebern schwatzen.

Jiang sieht, dass die Repräsentanten von Great Wall Drilling Company, CNPC Services & Engineering, China National Petroleum Company und viele andere tapfer fürs *zhōng guó* – das Reich der Mitte – einstehen, indem sie lächeln, über plumpe Scherze lachen und auch sonst um ihre ungehobelten Gäste bemüht sind.

Und was für Barbaren! Selbst als die Beleuchtung heruntergedimmt, das fast leer gegessene Büfett abgeräumt und die Bierflaschen – Carlsberg, Heineken, Tsingtao – abserviert wurden, haben diese Bauerntrampel nicht begriffen, dass es Zeit wird in ihre Elendswohnungen voller Flöhe zurückzukehren. Nein, sie blieben und schwatzten weiter, und einige zogen sogar Flachmänner heraus, hier in diesem angeblich islamischen Staat. Als Austauschstudent an der UCLA in Kalifornien und später an der Columbia University in New York hatte der junge Jiang geglaubt, er werde niemals kindischere, rücksichtslosere und ahnungslosere Flegel kennenlernen, aber diese Libyer lassen die Amerikaner wie Chinesen ehrenhalber aussehen.

Jiang zieht eine Packung Zhonghua aus der Tasche und zündet sich eine Zigarette an. Er steht allein zwischen zwei großen Topfpflanzen und registriert, wer mit wem redet, wer vom Botschaftspersonal angetrunken oder ungeduldig wirkt und zu welchen Gruppen sich die libyschen Gäste zusammenfinden. Letztes Jahr ist hier eine sehr fragile Regierung für Waffenstillstand und Aussöhnung gebildet worden, aber Jiang interessiert weiter, welche Stammesmitglieder sich von ihren angeblichen Landsleuten fernhalten, was in Zukunft zu einem Bruch oder Bürgerkrieg führen kann.

Nützliche frühzeitige Informationen.

Ein Botschaftsangehöriger – hager, mit Brille, in einem schlecht sitzenden schwarzen Anzug – betritt den Empfangssaal durch einen Seiteneingang. Er sucht die Menge ab, während er übers Parkett hastet. Ling – so heißt dieser junge Mann. Jiang nimmt einen letzten Zug von seiner Zigarette, drückt sie im nächsten Blumentopf aus und wartet.

Der Junge bleibt vor ihm stehen, verbeugt sich leicht und sagt: »Entschuldigung, Genosse Jiang. Sie möchten in den Keller kommen. Raum zwölf.«

Jiang nickt und macht sich auf den Weg durch den Saal. Aber er kommt nicht weit, weil ein stämmiger bärtiger Mann, betrunken schwankend und in typischer Stammestracht – weites weißes Hemd und schwarze Hose – sich plötzlich vor ihm aufbaut.

»Mr. Jiang«, ruft er in akzentgefärbtem Englisch und packt ihn dabei an den Schultern. Jiang grinst krampfhaft weiter, während er sich bemüht, möglichst wenig von der Alkoholfahne dieses Bauerntrampels einzuatmen. »Sie gehen schon? Müssen Sie das wirklich?«

Jiang tätschelt die rauen Hände des Mannes, zieht sie sanft von seinen Schultern. »Tut mir leid, mein Freund, aber Sie wissen ja, wie's ist«, antwortet er auf Englisch, der *Lingua franca* der Diplomatie in vielen Weltgegenden. »Die Pflicht ruft.«

Der Mann – Jiang kann sich nicht an seinen Namen erinnern, sondern weiß nur, dass er Führer eines der rund hundertfünfzig Stämme in diesem Wüstenstaat ist – schwankt wieder, rülpst und sagt dann: »Pflicht, ja.« Er hat plötzlich Tränen in den Augen. »Dies muss ich sagen … ich muss … aber Ihre Pflicht, Ihre Anwesenheit hier hat unser Land so bereichert. Die Italiener, die Franzosen, die Briten, die Katarer, die verdammten Ägypter … sie haben alle versucht, uns zu beherrschen, unsere Bodenschätze auszubeuten … Wer hätte gedacht, dass die gelbe Rasse die halbe Welt umrunden würde, um uns mit ihrer Weisheit, ihrem Wissen zu überschütten?«

In diesem Augenblick würde Jiang dem Kerl am liebsten ins Gesicht schlagen, ihn herumreißen, ihm das Genick brechen – *die gelbe Rasse!* – und ihn zusammensacken lassen.

Aber weil Jiang weiß, wer er ist und wie er sich verhalten muss, lächelt er weiter, drückt dem Kerl die schmutzige Hand und sagt: »Sobald ich wieder in Peking bin, sorge ich dafür, dass Ihre Dankesworte unseren Präsidenten erreichen.«

Damit lässt Jiang ihn stehen. Er hat das Bedürfnis, auf die Toilette zu gehen, um sich den Schmutz und Gestank dieses Bauerntrampels von den Händen zu waschen, aber stattdessen marschiert er weiter.

Pflicht.

Er geht an zwei grimmig dreinblickenden Sicherheitsbeamten mit unauffälligen Ohrhörern und Pistolen in Schulterholstern unter ihren Anzügen vorbei und holt Ling ein, der am Aufzug auf ihn wartet. Ling hält die Tür für ihn auf, aber Jiang ignoriert ihn und poltert rasch die Kellertreppe hinunter. Die Stromversorgung in diesem zweifelhaften Land ist notorisch unzuverlässig, und Jiang will trotz Notstromgeneratoren nicht riskieren, mit dem Aufzug stecken zu bleiben.

Er zieht die Kellertür auf, geht an einem weiteren Wachposten vorbei und folgt einem schlecht beleuchteten Korridor bis zu einer massiven Stahltür mit einem Handscanner am Türrahmen. Jiang legt seine rechte Hand darauf und wartet den Lichtblitz ab, nach dem sich die Tür öffnet.

Als er eintritt, schließt die Sicherheitstür sich hinter ihm und wird automatisch verriegelt. Der Raum dahinter ist angenehm kühl und behaglich, aber obwohl Jiang sich nach einer Zigarette verzehrt, herrscht hier unten Rauchverbot – hier im Tag und Nacht besetzten Operationszentrum des chinesischen Ministeriums für Staatssicherheit.

Liu Xiaobo, der Wachhabende, der eine schwarze Hornbrille trägt, sitzt lässig in Jeans und weißem Oberhemd an einer Tastatur vor einem großen Bildschirm. »Wie läuft's oben bei der Party?«, fragt er. »Ist der Boden voller Kamelmist?«

»Noch nicht«, sagt Jiang. »Was ist passiert?«

Der kleine Raum steht voller Aktenschränke, Schreibtische, Computermonitore, Fernseher, die CNN, BBC und CCTV-13, den Nachrichtenkanal von China Central Television, zeigen. Auf riesigen Plasmabildschirmen sind Nordafrika, das Mittelmeer und die Große Syrte dargestellt. Acht weitere Mitarbeiter des Ministeriums für Staatssicherheit sitzen an diesem frühen Morgen an ihren Schreibtischen.

Liu sagt: »Die Amerikaner haben irgendwas vor.«

»Haben sie das nicht immer? Hunde kläffen eben. Was ist's diesmal?«

»Sie haben ein Kampflandungsschiff im Golf – ungefähr zwanzig Kilometer vor Tripolis«, sagt Liu und deutet auf einen rot blinkenden Punkt auf der Karte auf seinem Bildschirm. »Vor einer halben Stunde sind zwei Black-Hawk-Hubschrauber gestartet. Sie sind auf diesem Kurs …« – ein nikotingelber Zeigefinger fährt ihn nach – »… hier in den libyschen Luftraum eingedrungen und jetzt ungefähr … hier.«

Jiang starrt den Bildschirm an, auf dem kleine Dreiecke Dörfer und Städte in einem Gebiet bezeichnen, das flach und fast ungegliedert ist, bis …

»Sie wollen ins Nafusa-Gebirge«, sagt Jiang.

»Genau«, antwortet Liu. »Sie halten völlig geraden Kurs – ohne Ausweichmanöver –, und bei den bekannten Verbrauchsdaten ihrer Hubschrauber haben sie kaum genug Treibstoff für den Rückflug zur *Wasp*. Meiner Ansicht nach zeigt es, dass sie zu einem Ziel in den Bergen unterwegs sind, das so wichtig ist, dass es sich lohnt, dafür zwei Hubschrauber zu riskieren.«

Wespe, denkt Jiang. Was für Dummköpfe benennen ein Kriegsschiff nach einem Insekt?

Er konzentriert sich wieder auf den Bildschirm.

Liu fragt vorsichtig: »Haben Sie nicht … jemanden in diesen Bergen?«

Lange Erfahrung und jahrelange Arbeit haben Jiang gelehrt, keine Miene zu verziehen, gleichmäßig zu atmen, sich durch keine Bewegung zu verraten. Man hat keinen Erfolg, wird nicht befördert, indem man Gefühle zeigt. »Sonst noch was?«, fragt er knapp.

»Nein«, sagt Liu. »Ich wollte Sie nur auf dem Laufenden halten.«

Jiang klopft ihm leicht auf die Schulter. »Das weiß ich zu schätzen, Genosse.«

Liu scheint die Aufmerksamkeit eines Höherstehenden zu genießen. »Kann ich sonst noch was für Sie tun?«

Jiang nickt. »Bei Ihnen arbeitet ein gewisser Ling, korrekt? Der junge Mann, der mich geholt hat?«

Lius Stimme klingt vorsichtig. »Ja.«

»Schicken Sie ihn mit dem nächsten Transport nach Hause«, weist Jiang ihn an. »Sorgen Sie dafür, dass er Arbeit im größten Schweinemastbetrieb in Liaoning bekommt. Vorhin ist er fast schreiend auf mich zugerannt, sodass jeder Dummkopf merken musste, dass ich mehr als irgendein kleiner Technokrat bin. Er muss bestraft werden.«

»Wie Sie wünschen«, sagt Liu.

»Gut«, sagt Liang. »Jetzt muss ich wieder nach oben und nachsehen, ob die Kamele schon eingetroffen sind oder ob die Bauerntrampel sich mit Mist bewerfen.«

Darüber lacht Liu, bevor er sich wieder auf seinen Bildschirm konzentriert. Jiang wendet sich ab und benutzt den Handscanner, um auf den Korridor zurückzukehren. Statt sich nach links zur Treppe ins Erdgeschoss zu wenden, geht er rasch zu seinem Büro am anderen Ende des Korridors, wo Jiang Lijun kein Vizepräsident der China State Construction Engineering Corporation, sondern ein hoher Beamter des Ministeriums für Staatssicherheit ist.

Was zum Teufel haben die Amerikaner vor?

KAPITEL 3

2.30 UHR ORTSZEIT
NAFUSA-GEBIRGE, LIBYEN

An Bord von Spear One ruft der Crewchief laut: »Zwei Minuten! Zwei Minuten bis zum Ziel!«

Nick Zeppos hält zwei Finger hoch, um zu zeigen, dass er verstanden hat. Das tun auch die übrigen Mitglieder seines Teams. Sie nehmen die Headsets ab und setzen ihre Gefechtshelme mit Nachtsichtgeräten auf, die sie rasch herunterklappen. Als Zeppos sein Gerät einschaltet, steht das Innere des modifizierten Black Hawk mit Stealth-Eigenschaften geisterhaft grün, aber in allen Details scharf vor ihm.

Zwei Minuten.

Hundertzwanzig Sekunden.

Zeppos hört die Stimme ihres Piloten, der meldet: »Ziel in Sicht bei 2.00 Uhr.«

Zeppos erinnert sich an einen weiteren grausigen Mord, den Asim al-Aschid vor zwei Jahren verübt hat, als seine Leute und er vor zahlreichen Anhängern eine syrische Familie hinrichteten, von der er sich verraten fühlte, und das Video anschließend ins Netz stellten. Die Familie war in einen Stahlkäfig gesteckt und mit Benzin übergossen worden, das Asim persönlich entzündet hatte.

In der letzten deutlichen Einstellung, bevor dichter Rauch den Käfig verdeckte, war die in den Flammen zusammengebrochene Mutter zu sehen, die sich vergebens verzweifelt bemühte, ihren sterbenden Sohn mit dem eigenen Leib zu schützen.

»Dreißig Sekunden«, kündigt der Pilot an.

Der Crewchief entriegelt die Seitentür, schiebt sie zurück. Zeppos überprüft ein letztes Mal seine Ausrüstung. Ein Schwall kalter Luft strömt herein. Zeppos steht auf und ruft: »Bleibt zusammen, macht Tempo, erledigt ihn!«

Zustimmendes Nicken und hochgereckte Daumen von den Mitgliedern seines Teams, die mit Ausrüstung, Waffen und Helmen mit Nachtsichtgeräten mit vier Objektiven alle wie glupschäugige Monster aussehen. Zeppos beugt sich aus der offenen Tür, begutachtet die rasch in Sicht kommenden Gebäude. Links drei kleinere Häuser, rechts etwas abgesetzt ein größeres Haus.

Das ist Asim al-Aschids Heim, in dem er sich nach allen Informationsströmen, die gebündelt wurden, um Zeppos und seine Männer heute Nacht hierherzuschicken, in diesem Augenblick aufhält.

Die Häuser sind alle einstöckig. Aus Natursteinen erbaut. Im Hintergrund ein Ziegenpferch. Und das ist alles. Nicht mal genug Häuser für ein Dorf.

Der Pilot fängt die Maschine ab, sodass sie ungefähr einen Meter über dem Boden schwebt, Sekunden später ist Zeppos als Erster draußen. Seine Kampfstiefel von Oakley berühren den Boden im westlichen Bergland, fast an der Grenze zu Tunesien. Außer seinem Heckler & Koch 416 mit verlängerten Magazinen schleppt er etwa zwanzig Kilo Ausrüstung mit, aber zu Beginn solcher Unternehmen fühlt Zeppos sich immer fit und leicht.

Durch sein Nachtsichtgerät erkennt er die anderen SEALs, die Spear Two abgesetzt hat, wie sie sich in gut eingeübtem überschlagendem Vorgehen vorarbeiten, sodass ein Teil der Gruppe zurückbleibt, um Feuerschutz zu geben, bevor sie ihrerseits vorgeht und die Spitze übernimmt. Nick übernimmt die Führung, bewegt den Kopf von links nach rechts und wieder zurück und sieht durch sein Nachtsichtgerät die dünnen Strahlen ihrer Laservisiere, die sich in der kalten Nachtluft kreuzen.

Weiter still.

Er bewältigt die leichte Steigung zum Hauptgebäude hinauf, beobachtet, wertet aus, analysiert.

Noch immer kein Kontakt?

Keine auf den Dächern der kleineren Gebäude auftauchenden Ziele?

Zu verdammt still.

Zeppos' Team ist seinen Aufgaben entsprechend auseinandergezogen, hält seine Waffen schussbereit, beobachtet die Umgebung. Ihr Vordringen hätte längst auf Widerstand stoßen müssen.

»Sprengteam«, flüstert Zeppos den Männern in seiner Nähe zu. »Los!«

Das Sprengteam nimmt sich ein seitliches Fenster des Hauses vor. Die Haustür könnte eine Sprengfalle sein.

Er spürt eine leichte Detonation durch die Stiefelsohlen, sieht einen grellen Lichtblitz.

Sein Team verschwindet in dem Haus.

Im Kopfhörer seines Funkgeräts PRC 148 MBITR hört er einen Mann seines Teams, Ramirez. »Nick.«

»Los.«

»Wir sind im Haus.«

»Yeah?«

»Es ist leer«, sagt die enttäuschte Stimme. »Hier ist niemand.«

KAPITEL 4

19.30 UHR ORTSZEIT
LAGERAUM DES WEISSEN HAUSES

An diesem spannenden Abend ist der Lageraum gesteckt voll. Ich sitze am Kopfende des Tisches und sehe zu, wie der Angriff auf Asim al-Aschids Wohnkomplex abrollt. Im Raum ist es eng, weil Vizepräsidentin Pamela Barnes in der Ecke neben mir sitzt und auf die Bildschirme starrt, während Admiral Horace McCoy, der Vorsitzende der Vereinigten Stabschefs, seinen Platz gleich neben mir hat. Neben ihm sitzen ein Kapitän zur See und ein Army-Oberst, die auf ihren abhörsicheren Laptops herumtippen und McCoy Informationen zuflüstern, die er an die in diesem historischen Raum Versammelten weitergeben kann. Seltsamerweise, worüber nicht oft berichtet wird, gibt es hier unten mehr als nur einen Raum, wobei die anderen voller Mitarbeiter sind, die Informationen aus aller Welt empfangen und aufbereiten.

Außer der Vizepräsidentin sind in offizieller Funktion hier: mein Stabschef Jack Lyon, die Mitglieder meines Nationalen Sicherheitsrats und ein Fotograf des Weißen Hauses.

Die beiden wichtigsten Anwesenden sind die Nationale Sicherheitsberaterin Sandra Powell, eine strenge Schwarze mit zu einem Zopf geflochtenen langen Haaren, und Verteidigungsminister Pridham Collum, ein Vierziger mit glattem Gesicht und Brille, der viel jünger aussieht.

Sandra ist Expertin für Außen- und Verteidigungspolitik und Verfasserin mehrerer einschlägiger Bücher, die tatsächlich leicht zu lesen sind. Pridham verdankt seine Ernennung der Tatsache, dass er den riesigen, komplexen Verteidigungshaushalt wie kein anderer kennt und es außerordentlich gut versteht, Schneisen durch den Gesetzes- und Beschaffungsdschungel zu schlagen, damit benötigte Waffensysteme aus dem Entwicklungsstadium heraus und zur Truppe kommen. Außerdem hat er in seinem früheren Job als stellvertretender Staatssekretär für Internationale Sicherheitspolitik wichtige einschlägige Erfahrungen sammeln können.

Obwohl die Medien es als Sicherheitsteam des Präsidenten bezeichnen, ist dies größtenteils noch das Team meines Vorgängers. Ich habe einfach noch keine Zeit gehabt, es zu bewerten und zu entscheiden, wer über mein erstes Amtsjahr hinaus bleiben soll, das vor sechs Monaten begonnen hat, als mein Vorgänger, Präsident Martin Lovering, beim Angeln auf dem Columbia River in seinem Heimatstaat Washington an einem Aneurysma gestorben ist.

Admiral McCoy meldet: »Spear One und Two sind in dreißig Sekunden am Ziel.«

Ich nicke, sehe zu den geisterhaften Infrarotbildern auf dem großen Monitor auf und kann beobachten, wie die beiden modifizierten Black Hawks sich dem kleinen Gebäudekomplex nähern, in dem Asim al-Aschid und seine Vertrauten sich versteckt haben sollen. In einem dieser Hubschrauber sitzt Chief Petty Officer Nick Zeppos. Wahrscheinlich hätte ich ihn vorhin nicht anrufen sollen, aber die Versuchung war zu groß. Ich wollte ihm viel Erfolg wünschen und wäre wirklich gern bei diesem Einsatz dabei gewesen, bei dem die Ziele klar sind und der Feind einem offen gegenübertritt – anders als auf der politischen Bühne in Washington, wo die Motive undurchschaubar sind und Gegner sich mit Maßanzügen und geschmeidigen Floskeln tarnen.

Meine rechte Hüfte schmerzt unwillkürlich, als ich den Anflug der SEALs beobachte, mich an eigene Einsätze erinnere und an den Hubschrauberabsturz in Afghanistan denke, der mir vor Jahren die Hüfte zertrümmert und meine Karriere in der U.S. Navy beendet hat. Als ich später nichts Rechtes mit mir anzufangen wusste, habe ich mich für eine neue Runde von Risiko und Gefahr entschieden: Ich bin in die Politik gegangen, und die guten Leute des Siebten Wahlbezirks von Texas haben mich als ihren Abgeordneten auf den Capitol Hill entsandt.

Die Hubschrauber gehen in den Schwebeflug über. Aus beiden quellen geisterhafte Gestalten, deren taktisches Vorgehen mir nur allzu gut vertraut ist.

Ein leises Knacken, dann merke ich, dass ich meinen Kugelschreiber zerbrochen habe.

Das scheint keiner gemerkt zu haben außer der Vizepräsidentin, die mir einen kühl abschätzenden Blick zuwirft, bevor sie wieder zu dem großen Monitor aufsieht.

Politik ist die Kunst des Kompromisses, heißt es oft, und das vergangene turbulente Jahr hat viele davon gebracht. Als der damalige Senator Martin Lovering vor zwei Jahren kurz davor war, als Präsidentschaftskandidat unserer Partei nominiert zu werden, entstand eine Bewegung, ihm als Ausgleich und um seine Glaubwürdigkeit in Bezug auf nationale Sicherheit zu erhöhen, mich zur Seite zu stellen. Jemanden, der noch nicht lange im Kongress saß und natürlich nie an einem Kampf ums Weiße Haus teilgenommen hatte.

Dieser kalkulierte politische Schachzug verärgerte viele Parteimitglieder, die eher Tauben waren, darunter Gouverneurin Pamela Barnes aus Florida, die Senator Lovering bei der Nominierung nur knapp unterlegen war und verständlicherweise erwartet hatte, er werde ihr die Kandidatur für das Amt der Vizepräsidentin antragen.

Nun, dieser Traum hatte sich schließlich doch für sie erfüllt. Einen Monat nachdem ich Präsident geworden war, weil Präsident Lovering plötzlich und unerwartet gestorben war, nominierte ich sie für dieses Amt. Das war die dritte derartige Ernennung, seit der 25. Verfassungszusatz festlegt, wie dieser frei gewordene Posten zu besetzen ist. Ich entschied mich für sie, weil ich unsere Partei befrieden wollte und zugleich hoffte, wir könnten gemeinsam mehr erreichen, während ich bis zum Ende der Amtszeit meines Vorgängers im Amt bin. Aber falls Barnes glücklich oder dafür dankbar ist, auf diesen Posten gelangt zu sein, hat sie's mir gegenüber nie gezeigt.

Unterdessen tue ich, von meinem nationalen Sicherheitsteam umgeben, etwas, das mir schwerfällt: Ich halte einfach die Klappe.

Warte.

Auf dem Monitor sehe ich die schemenhaften Gestalten der SEALs rasch und effizient vorgehen und kämpfe gegen Erinnerungen an genau solche Einsätze an. Mit seinem Team, laut keuchend atmend, Sturmgewehr in der Hand, alle Sinne aufs Äußerste gespannt, in Bewegung, einem eingeübten Plan folgend, jederzeit bereit, das Feuer zu eröffnen.

Das kenne ich aus dem Irak, Afghanistan, dem Jemen.

Der konstante Faktor bei allen diesen Einsätzen war, bei Nacht exponiert unterwegs zu sein, von seinen besten Freunden und Kameraden umgeben und bereit, Verwüstungen anzurichten und 5,56-mm-Geschosse und Handgranaten gegen Feinde unserer Nation einzusetzen. Wie diese Männer jetzt in Libyen, fast fünftausend Meilen weit entfernt, von denen jede Bewegung, jede Aktion hier in diesem Raum verfolgt wird.

Hier statt dort zu sein ist ein eigenartiges Gefühl. Noch unwirklicher erscheint alles durch die Tatsache, dass nur einen kurzen Spaziergang entfernt meine Frau, Dr. Samantha Rowell Keating, an einem Artikel für irgendein angesehenes archäologisches Journal arbeitet, während unsere Tochter Melanie, die wir immer nur Mel nennen, im Wohntrakt eine Party für einige Mitschülerinnen aus der Sidwell Friends School gibt.

Ich freue mich für sie beide. Es ist nicht leicht, an diesem höchst unnormalen Ort ein halbwegs normales Leben zu führen.

Ich sehe wieder auf den Monitor, sehe die Gestalten sich bewegen, sehe drei in das Haus eindringen.

Das ist alles.

Keine Lichtblitze, keine Leuchtspurgeschosse, kein Ausfall von bewaffneten Männern, die sich den Angreifern entgegenstellen.

Admiral McCoy räuspert sich. »Sir …«

»Ich weiß«, sage ich. »Der Raid ist fehlgeschlagen. Asim al-Aschid ist nicht dort.«

KAPITEL 5

2.35 UHR ORTSZEIT
BOTSCHAFT DER VOLKSREPUBLIK CHINA, TRIPOLIS

In seinem abhörsicheren nüchternen Kellerbüro, das ihm als höchstem Beamten des chinesischen Ministeriums für Staatssicherheit in ganz Nordafrika zusteht, sitzt Jiang Lijun an seinem Schreibtisch, raucht eine weitere Zhonghua und denkt nach. Mit einem Bücherregal und drei abschließbaren Aktenschränken aus Stahl ist der Raum nur spärlich möbliert. An der Wand hängt ein Foto des *Großen Steuermannes* neben dem Porträt des jetzigen Präsidenten. Auf seinem Schreibtisch stehen zwei gerahmte Fotos: eines von seiner Frau Zhen, das andere von seinem verstorbenen Vater. Jiang war erst fünf, als er 1999 mit seiner weinenden Mutter auf dem Vorfeld des Flughafens Peking stand und auf die Urne mit Vaters Asche wartete, nachdem die Amerikaner ihn mit zwei anderen im Keller der chinesischen Botschaft getötet hatten.

Der Angriff am 7. Mai gehörte zu den Luftangriffen, mit denen die NATO versuchte, die Serben von ihrer Bestimmung abzuhalten, die darin bestand, ihr eigenes Gebiet zu kontrollieren und ihre Feinde zu besiegen. Der Westen hatte seit Jahrhunderten so gehandelt, aber weil die Serben »die anderen« waren, wurden sie dafür gescholten und bombardiert, dass sie's wie alle Großmächte machten.

Vater hatte als Nachrichtenoffizier der chinesischen Botschaft gearbeitet, als vier Bomben einer amerikanischen B-2 Spirit das Gebäude getroffen hatten – angeblich aus Versehen, auch wenn das in China niemand glaubte. Jeder wusste, dass dies ein absichtlicher Versuch des Westens war, China dafür zu bestrafen, dass es zu den Serben hielt.

Als Jiang später in die Schule ging, erfuhr er, dass der Bomber, der Vater getötet hatte, zu der berüchtigten 509th Bomb Group der U.S. Air Force gehört hatte, die 1945 die Atombomben abgeworfen hatte, durch die Zehntausende zu Asche geworden waren.

Diese Einheit, denkt er, hat Erfahrung darin, schuldlose Asiaten zu töten.

Sein Blick streift das Foto von Zhen, das sie in den Flitterwochen auf Hawaii zeigt. Im Augenblick ist sie in Peking, um ihren kranken Vater zu besuchen. Sie arbeitet in der Personalabteilung des Ministeriums in der Dongchangan-Avenue 14.

Jiangs Großvater – Jiang Yun – war ein einfacher Bauer, bis er in die Rote Armee eintrat, um gegen die Japaner und die Kuomintang zu kämpfen, bevor er ein stiller, aber mächtiger Parteifunktionär in Schanghai wurde. Er lebte lange genug, um zu sehen, wie erfolgreich sein Sohn war, und Jiang bedauert oft, dass die Amerikaner Vater daran gehindert haben, den Erfolg *seines* Sohnes zu sehen.

Jiang berührt kurz Zhens Foto. Er hat sich viele Male geschworen, dass ihr zukünftiges Kind in einer friedlichen Welt aufwachsen soll, deren Staatengemeinschaft den Platz und die Macht Chinas anerkennt.

Um jeden Preis.

Er zieht die mittlere Schreibtischschublade auf, nimmt eine detaillierte Karte von Libyen heraus und kniet sich auf den kalten Teppichboden, um sie vor sich auszubreiten. In den Datenbanken des Ministeriums stehen ihm Tausende von hochauflösenden Karten zur Verfügung, die eine einzelne Blüte im Rosengarten des Weißen Hauses oder die erhobenen Gesichter amerikanischer Seeleute im Turm eines aus Kitsap, Washington, auslaufenden Atom-U-Boots zeigen können.

Aber der Zugriff auf solche Karten hinterlässt elektronische Spuren, die andere in seinem Ministerium und sonst wo sehen können.

Er ist geschickt darin, keine Spuren zu hinterlassen.

Sein Zeigefinger fährt von der Großen Syrte zum Nafusa-Gebirge. Jiang studiert die Legende in der unteren rechten Ecke der Karte, auf der die Entfernungen in Kilometern angegeben sind. Er tritt an seinen Schreibtisch und kommt mit einem Stahllineal zurück, das er auf die Karte legt.

Nur schade, dass er die genaue Position des amerikanischen Kriegsschiffs – das tatsächlich nach einem stechenden Insekt benannt ist – nicht kennt, aber danach kann er nicht fragen, ohne später unangenehme Nachfragen auszulösen.

Der Wachhabende hier unten – Liu Xiaobo – hat recht.

Die Amerikaner werden sehr bald in diesen zerklüfteten Bergen landen, ohne große Treibstoffreserven zu haben. Klar, sie sind für Luftbetankung eingerichtet, aber in Libyen gibt es viele elektronische Augen und Ohren aus China, Russland, dem Iran und anderen Ländern.

Er begutachtet die kleinen Dreiecke, die Dörfer symbolisieren. Liu hat zweifach recht: Jiang ist an jemandem interessiert, der dort oben lebt, und fragt sich jetzt, was er tun soll.

Er lässt Landkarte und Lineal auf dem Boden liegen, geht an seinen Schreibtisch zurück. An einer dünnen Halskette, die er jetzt abnimmt, hängt ein kleiner rechteckiger elektronischer Digitalschlüssel, den er in die untere rechte Schublade steckt. Ein leises Klicken, dann kann er die Schublade aufziehen. Dieses Schloss hat er nicht übers Ministerium angefordert, sondern direkt von der Herstellerfirma Schlage bezogen, sodass sichergestellt ist, dass niemand diese Schublade ohne seine Erlaubnis öffnen kann.

Zwischen Papieren, USB-Sticks und anderem Kram liegt seine neueste Errungenschaft: ein nur beschränkt lieferbares Satellitentelefon des US-Herstellers Iridium, das sich dadurch auszeichnet, dass es in Gebäuden benutzt werden kann. Der Westen beginnt allmählich zu begreifen, dass all die billigen elektronischen Geräte, die er jahrzehntelang aus dem Reich der Mitte bezogen hat, Spyware und Geheimzugänge für Jiangs Arbeitgeber enthalten haben, und Jiang muss telefonieren können, ohne dass seine eigenen Leute ihn abhören können.

Ein kleines Notizbuch, das bestimmte Nummern enthält, wird herausgezogen.

Er schaltet das Satellitentelefon ein und wartet einige Sekunden, während er seinen nächsten Zug plant.

Tod den Amerikanern, beschließt er zuletzt, als das Telefon blinkend zum Leben erwacht.

Dazu ist er seit jener Nacht im Mai 1999 bestimmt.

KAPITEL 6

2.40 UHR ORTSZEIT
NAFUSA-GEBIRGE, LIBYEN

In der klaren, kalten Bergluft reckt Nick Zeppos eine Faust hoch, was allen in Sichtweite signalisiert, sich still zu verhalten. Wut steigt in ihm auf. *Scheiße, nicht schon wieder!*

Auch das dritte Mal wird ein Flop.

Er sucht die kleinen Gebäude ab, sieht einen mit Steinen übersäten, leicht ansteigenden Weg. Während er ihn anstarrt, ist er sich bewusst, dass ihre Helis in einiger Entfernung kreisen und darauf warten, sie zur *Wasp* zurückzubringen – hoffentlich mit Rucksäcken voller erbeuteter Geheiminformationen und einem Leichensack mit den noch warmen Überresten Asim al-Aschids.

Aber sie haben nichts dergleichen in den Händen. Und Spear One und Two würde sehr bald der Treibstoff knapp werden.

Zeit, sich zu entscheiden.

Als er nach seinem Mikrofon greift, um die Black Hawks anzufordern, glaubt er plötzlich, eine kleine Glocke zu hören.

Was?

Er beginnt, dem Weg zu folgen.

Das Bimmeln wird lauter.

Er weiß, dass die Tanks der beiden Hubschrauber leerer werden.

Aber er bleibt in Bewegung.

KAPITEL 7

19.40 UHR ORTSZEIT
LAGERAUM DES WEISSEN HAUSES

In der zunehmend angespannten Atmosphäre ergreift Vizepräsidentin Pamela Barnes erstmals das Wort.

»Warum treten die SEALs nicht den Rückzug an?«, will sie wissen. »Geht den Hubschraubern nicht allmählich der Treibstoff aus? War ihre Zeit auf libyschem Gebiet nicht beschränkt … und ihr Aufenthalt illegal, wenn ich das hinzufügen darf?«

Ich möchte antworten, aber ich halte mich zurück. Vor vielen Jahren, als ich noch im Team war – BUD/S (Basic Underwater Demolition/SEAL) Klasse 342 –, hätte ich ihre Fragen sekundenschnell beantworten können.

Aber ich bin kein SEAL mehr.

Nur POTUS.

Andere werden ihre Fragen beantworten müssen.

Neben mir sagt Admiral Horace McCoy, Vorsitzender der Vereinigten Stabschefs: »Madam Vizepräsidentin, die Situation bleibt … weiter im Fluss. Ich nehme an, dass die SEAL-Teams die nähere Umgebung nach möglichen Zielen absuchen.«

Ich sage: »Sonst noch Fragen, Pamela?«

Sie funkelt mich an, und ich erwidere ihren Blick gelassen. Sie leistet gute Arbeit als Vizepräsidentin, war in Florida eine passable Gouverneurin und wäre vor zwei Jahren fast Präsidentschaftskandidatin geworden. Aber sie ist passiv und versteht nicht viel vom Militär. Meine Vizepräsidentin hält SEALs und andere Soldaten für Aufziehfiguren, die im Einsatz nur eine Richtung kennen, ihre Befehle ausführen und rasch zurückkehren.

Und was macht es schon, wenn sie unterwegs beschädigt oder vernichtet werden? Wo sie herkommen, warten noch viele andere.

»Sir«, sagt Admiral McCoy. »Auf dem Bildschirm!«

Ich wende mich von Barnes ab und beobachte wieder die geisterhaften Gestalten, die uns unsere Aufklärungsdrohne zeigt. Die weißen Umrisse der SEALs sind jetzt in lockerer Schützenlinie aufgereiht, und die Drohne folgt ihnen in der Bewegung.

Weitere Gebäude kommen in Sicht.

Mit einem Pferch, in dem Tiere durcheinanderlaufen.

Auf den Dächern dieser neuen Gebäude tauchen andere geisterhaft weiße Gestalten mit Waffen in den Händen auf.

Admiral McCoy sagt: »Ich glaube, in die Situation kommt Bewegung, Sir.«

Ich sage: »Gut.«

KAPITEL 8

2.40 UHR ORTSZEIT
NAFUSA-GEBIRGE, LIBYEN

Kurz vor dem Hügelkamm suchen die Männer von Chief Zeppos' Stoßtrupp gleichzeitig Deckung hinter Felsbrocken und kümmerlichem Buschwerk, um sich nicht als Silhouetten vor dem Nachthimmel abzuheben. Mit dem Sturmgewehr HK 416 in seinen behandschuhten Händen auf dem kalten Boden ausgestreckt, wirft Chief Zeppos einen Blick auf die andere Seite.

Er flüstert: »Hol mich der Teufel.«

Links vor ihm liegt ein kleiner aus Steinen erbauter Pferch mit Ziegen, von denen manche Glöckchen umgebunden haben.

Mehr interessiert ihn jedoch der Grundriss dieser Anlage.

Er ist ein Spiegelbild der Häusergruppe, bei der sie vor wenigen Minuten gelandet sind.

Ein kleiner Orientierungsfehler.

Eine gottverdammte Überraschung!

Im Helmkopfhörer hat er das Flüstern eines der Männer aus seinem Team, der ihren Decknamen für Terroristen benutzt. »Hier Blake, zwei Tangos auf dem Dach des Hauses im Südwesten. Greife an.«

»Verstanden«, bestätigt Zeppos. Seine Stimmung und Einstellung sind umgeschlagen, als er denkt: Ja, jetzt geht's los, hier sind wir richtig. Asim al-Aschid, wir kommen!

Ein gedämpftes *Pfft-pfft-pfft* kommt aus der Umgebung des kleinsten Hauses links. Zwei mit Kalaschnikows bewaffnete Männer brechen zusammen.

Doch kein friedlicher einheimischer Weiler, was? Das Überraschungsmoment ist verloren, falls es jemals wirklich existiert hat.

Semper Gumby, denkt er. Immer flexibel.

Er richtet sich gebückt auf, und sein Stoßtrupp tritt als geschlossene Einheit rasch, lautlos und effektiv in Aktion – ohne Geschrei, ohne »Los, los, los!« zu brüllen, wie man's aus schlechten Videospielen kennt. Nur eine eng verbundene Gruppe, die sich bewegt, wie sie es eingeübt hat. Und ihren Auftrag mit möglichst wenig Drama ausführt.

Ein Mann, ebenfalls bewaffnet, kommt aus dem nächsten kleinen Haus gestürmt, und Zeppos bringt ihn mit zwei Schüssen zur Strecke. Als er an der bewegungslosen Gestalt vorbeitrabt, schießt er ihr noch zweimal in die Brust.

Dem großen Haus näher, denkt Zeppos jetzt daran, dass wegen der Drohnen und weiterer Aufklärungsmittel über ihnen jede Bewegung, jedes Flüstern und jeder in dieser kleinen Anlage abgegebene Schuss ins Special Operations Center in Bagram, in Beobachtungsräume im Pentagon und in Langley sowie in den Lageraum des Weißen Hauses übertragen wird.

Er gesteht sich das ungern ein, aber er empfindet ein wenig Stolz und einen gewissen Druck wegen der Tatsache, dass der Tausende Meilen entfernte Präsident der Vereinigten Staaten heute Nacht ihren Einsatz beobachtet. Schließlich hat der ehemalige Vizepräsident und Abgeordnete aus Texas einschlägige Erfahrungen, weil er vor vielen Jahren, kurz nachdem die Twin Towers eingestürzt waren, selbst bei den SEALs gedient hat.

Auf uns ist Verlass, Sir, denkt Zeppos.

»Sprengteam«, flüstert er. »Los!«

Zwei seiner SEALs setzen sich in Bewegung, halten auf das große Haus zu. Es ist jetzt deutlicher sichtbar, und Zeppos spürt, wie er kühl und gelassen wird. In etwa einer Minute kommt es zu einem weiteren dynamischen Eindringen, und jeder Mann dort drinnen wird mit zwei Schüssen in die Brust und einem in den Kopf erledigt. Der Leichnam der Zielperson wird fotografiert und vermessen; dann werden Fingerabdrücke und DNA-Proben genommen, damit er später positiv identifiziert werden kann.

Asim, denkt er, wir holen dich jetzt raus!

Die beiden SEALs sind an der Haustür.

Zeppos sieht, dass die massive Holztür mit Eisen beschlagen ist.

Sind die Fenster ähnlich stark gesichert, dürfte das Eindringen etwas länger dauern.

Die beiden gehen ums Haus herum, suchen eine Gelegenheit.

Miller, ein anderes Mitglied seines Teams, meldet flüsternd: »Greife Tango an.«

Pfft-pfft.

Die SEALs sind an einem Fenster des größeren Hauses, machen sich an die Arbeit und …

Der Lichtblitz, der Knall und die Druckwelle der Detonation werfen Zeppos auf den Rücken. Er hustet Staub und Blut, wälzt sich auf die Seite, kniet dann mit dem HK 416 in den Händen und ist zunächst blind.

Er blinzelt angestrengt, klappt sein Nachtsichtgerät hoch und schützt seine Augen mit den Händen vor der plötzlichen Helligkeit.

Das Zielgebäude ist bei der Detonation eingestürzt. Aus den brennenden Trümmern steigt dichter Rauch auf.

Aus den beiden anderen Gebäuden wird geschossen.

Liegend beginnt Zeppos das Feuer zu erwidern.

»Status«, verlangt er. »Status.«

Keine Antwort von seinem SEAL-Team.

Er gibt zwei weitere Schüsse ab.

»Status«, ruft er nochmals. Lauter. »Status!«

Weitere Schüsse decken ihn ein, treffen Felsbrocken in seiner Nähe und surren als Querschläger davon.

»Scheiße, Scheiße, Scheiße«, murmelt Zeppos und ersetzt das leere Magazin seines Sturmgewehrs durch ein volles.

Sorry, Sir, denkt er, als er wieder auf das Mündungsfeuer im nächsten Gebäude schießt, wir haben versagt.

KAPITEL 9

19.45 UHR ORTSZEIT
LAGERAUM DES WEISSEN HAUSES

Admiral McCoy sagt: »Kontakt. Die SEALs bekämpfen in der zweiten Häusergruppe bewaffnete Männer. Der erste Landeplatz scheint ein Irrtum gewesen zu sein.«

Ich nicke nur.

Was hätte ich sonst tun sollen?

Im Hinterkopf habe ich einen Gedanken.

Wird dies ein Carter-Augenblick?

Oder doch ein Obama-Augenblick?

Der Pechvogel Jimmy Carter, der im April 1980 erfuhr, dass das kühne Unternehmen zur Befreiung der im Iran festgehaltenen Geiseln mit einem feurigen Debakel in der Wüste geendet hatte.

Oder der Glückspilz Barack Obama, der hier in diesem Raum erfahren hatte, dass das kühne Unternehmen, OBL im Mai 2011 zu liquidieren, mit einem Triumph geendet hatte, als aus Abbottabad gemeldet wurde: *»Für Gott und unser Land – Geronimo, Geronimo, Geronimo, Geronimo – Feind im Kampf gefallen.«*

In einer Ecke des großen Bildschirms erscheinen kurz die beiden Hubschrauber, die in wenigen Minuten zurückkommen werden, um die SEALs abzuholen – hoffentlich unverletzt und mit Beute beladen: Festplatten, Schriftstücken, USB-Sticks. Mobiltelefonen und …

In der rechten oberen Ecke des Bildschirms flammt eine Feuersäule auf.

Einige der Anwesenden murmeln, und Vizepräsidentin Barnes ruft aus: »Was war das?«

Ich greife nach einem weiteren Stift, halte mich daran fest.

Mehr kann ich nicht tun.

Wir sind machtlos, müssen hilflos zusehen, und wie schon so oft ist ein sorgfältig geplantes militärisches Unternehmen bei der ersten Feindberührung fehlgeschlagen.

Die bösen Kerle haben immer eine Chance, erinnere ich mich aus meiner Dienstzeit.

Admiral McCoy sagt: »Irgendwas ist schiefgegangen.«

»Das sehe ich«, sage ich.

»Das größte Gebäude … wir haben's alle gesehen. Es ist einfach explodiert.«

Vizepräsidentin Barnes fragt scharf: »Waren das die SEALs?«

»Nein, Ma'am«, sagt der Admiral. »Die Explosion scheint *im* Gebäude stattgefunden zu haben. Unsere Bodentruppen hatten nichts damit zu tun. Das war auch kein Luftangriff von unserer Seite.«

Der Kapitän zur See und der Army-Oberst flüstern ihm wieder etwas zu.

Ich sage: »Verstanden.«

Auf dem Monitor wird das zerstörte Gebäude deutlicher dargestellt. Weitere geisterhafte Gestalten sind in Bewegung. Erst eine, dann zwei fallen.

Die Besten unserer Nation, verwundet oder tot auf fremdem Boden liegend.

Von mir entsandt.

McCoy sagt: »Die SEALs erwidern das Feuer, Sir. Und … drei von ihnen sind in die Ruine eingedrungen. Zur Erkundung … um festzustellen, was dort vor sich geht.«

Ich nicke nur.

Die Gesichter der anderen im Lageraum scheinen blutlos, bar jeglicher Gedanken zu sein. Wir warten alle.

Warten.

Ich frage: »Sind die Hubschrauber noch in sicherer Position zum Ausfliegen bereit?«

Flüstern am Tisch, dann sagt der Admiral: »Ja, Sir. Möchten Sie …«

»Nein«, unterbreche ich ihn. »Das müssen die Jungs vor Ort entscheiden.«

»Ja, Sir«, erwidert er.

Ich warte.

Die Vizepräsidentin starrt mich an. Ihr Blick ist streng, ihre blonde Kurzhaarfrisur sitzt perfekt.

McCoy räuspert sich. »Sir … die SEALs bereiten sich darauf vor, ausgeflogen zu werden. Sie … äh, wir haben Verluste, Sir.«

»Wie viele?«

»Zwei Gefallene, mindestens drei Verwundete.«

Scheiße.

»Und Asim al-Aschids Status?«

Keine Antwort. Sie beraten sich wieder flüsternd.

Ich lasse den Stift fallen und schlage mit der flachen Hand auf den Konferenztisch. »Admiral! Asim al-Aschids Status?«

KAPITEL 10

2.45 UHR ORTSZEIT
NAFUSA-GEBIRGE, LIBYEN

Sein linker Unterschenkel schmerzt, und als Chief Zeppos an sich nach unten sieht, ist das Hosenbein seines Kampfanzugs zerfetzt, und er spürt jetzt auch, dass er blutet.

Fuck it, denkt er, während er mit den anderen SEALs daran arbeitet, diese beschissene Situation unter Kontrolle zu bekommen. Das vor wenigen Minuten explodierte Gebäude ist teilweise eingestürzt, und aus der Ruine steigt der Rauch kleiner Brände auf. Vom nächsten Hügelkamm aus werden sie weiter beschossen, aber das Feuer ist undiszipliniert und zufällig, und Lopez, der beste Scharfschütze des Teams, knipst mit seinem MK 13 Mod 7 Sniper Rifle in aller Ruhe einen Schützen nach dem anderen aus.

Die Ziegen, die durch die Explosion in Panik geraten sind, laufen auf der Suche nach einem Hirten in ihrem Steinpferch durcheinander.

Scheiße, das kann dauern, denkt Zeppos. Einer seiner Männer, Herez, kommt zu ihm und meldet: »Wir haben die Verwundeten stabilisiert, Nick.«

Er nickt. Vielleicht kommen die Verwundeten durch, sodass die zwei Gefallenen vielleicht die einzigen schweren Verluste sind, die sie heute Nacht zu beklagen haben.

Prudhomme ist tot, ein guter Kerl aus New Orleans, trotz seines

Nachnamens und seiner Cajun-Abstammung der beschissenste Koch der ganzen Einheit.

Und Kowalski.

Der Asim al-Aschids Kopf aufspießen wollte, um ihn als Siegestrophäe ins Oval Office zu bringen.

Drei weitere Männer kommen hustend aus der brennenden Ruine, bewegen sich rasch in seine Richtung.

Picabo erreicht Zeppos als Erster. »Keine Männer im wehrfähigen Alter, keine Festplatten, keine Aktenschränke … absolut nichts! Nur Bettzeug und Öfen und Konserven.«

In den Gebäuden und ihrer näheren Umgebung liegen sieben tote Terroristen, von denen keiner Asim al-Aschid ist, wie eine hastige Untersuchung ergeben hat. Zeppos spuckt auf den Boden. Er sieht, wie seine drei Kameraden versorgt werden, während Wallace bei den gefallenen Prudhomme und Kowalski Wache hält.

»Sonst noch was?«

Picabo hustet. »Scheiße, Chief, sorry. Dort drinnen sind tote Zivilisten.«

»Fuck«, sagt Zeppos.

Von dem Hügel aus wird anscheinend nicht mehr geschossen. Sein verwundetes Bein schmerzt stärker. Das Zielgebäude – das nichts enthält, das diesen Einsatz oder seine Toten und Verwundeten wert gewesen wäre – schwelt weiter.

Picabo sagt: »Die Scheißkerle wussten, dass wir kommen würden.«

»Yeah.«

»Hauen wir ab, Chief?«

Zeppos drückt seine Sprechtaste. »Yeah«, sagt er noch mal. »Wird Zeit, dass wir uns verpissen.«

KAPITEL 11

19.49 UHR ORTSZEIT
LAGERAUM DES WEISSEN HAUSES

Auf dem Monitor sehe ich Rauch und Flammen aus dem großen Gebäude aufsteigen, das an diesem katastrophalen Abend das Angriffsziel der SEALs war. Das von der Aufklärungsdrohne gesendete Bild erfasst jetzt einen weiteren Bereich, sodass wir beobachten können, wie die beiden Black Hawks tiefer gehen, um das Team aufzunehmen. Ich beobachte angespannt, wie die schemenhaften weißen Gestalten, von denen einige Hilfe von Kameraden brauchen, sich den Hubschraubern nähern.

Zwei Paare von SEALs sind langsamer, weil sie ihre toten Kameraden zu schleppen haben.

»Sir«, sagt Admiral McCoy.

»Weiter«, sage ich.

»Asim al-Aschid war nicht dort«, meldet er, und ich höre einige Anwesende enttäuscht seufzen. »Sieben Terroristen sind tot. Sie wurden genau untersucht, aber keiner von ihnen hat seiner Beschreibung entsprochen.«

Im Lageraum herrscht Schweigen, alle Augen sind auf mich gerichtet.

Der übervolle Raum ist jetzt ein sehr einsamer Ort.

»Haben sie etwas Brauchbares erbeuten können?«

»Nein, Sir«, sagt er. »Ein paar Propagandabroschüren, die Ausweise toter Terroristen. Das war's. Keine Festplatten, keine USB-Sticks, keine Mobiltelefone.«

Ich sehe die Hubschrauber abheben. Bald zeigt der Bildschirm nur noch rauchende Trümmer und Tote.

»Reicht ihr Treibstoff für den Rückflug zur *Wasp*?«, frage ich.

»Weiß ich nicht sicher«, sagt Admiral McCoy. »Aber sie schaffen es bestimmt. Die *Wasp* kann ihnen entgegenkommen. Oder wir betanken sie in der Luft, sobald sie über dem Meer sind.«

Ich starre auf den Bildschirm, auf dem noch vor wenigen Minuten tapfere Männer gekämpft haben: für Gott, für unser Land, für mich … und der nun leer ist.

»Admiral«, sage ich.

»Sir.«

Ich sehe kurz zu ihm hinüber, registriere die finsteren Gesichter meines Teams. Bestimmt haben alle gespannt darauf gewartet, mich im Fernsehen verkünden zu sehen, Asim al-Aschid sei getötet oder gefangen genommen worden. Ich zweifle nicht daran, dass einige von ihnen später Freunden und Angehörigen geschildert hätten, »wie es wirklich war«, diesen geschichtsträchtigen Augenblick an der Seite des Präsidenten zu erleben.

»Zivilisten«, sage ich. »Sind Zivilisten umgekommen?«

McCoy zögert nicht, was ihn ehrt. »Ja, Sir. Eine Frau und drei kleine Mädchen. Aus den erbeuteten Dokumenten scheint hervorzugehen, dass es sich um Asim al-Aschids Familie handelt.«

Oh verdammt, denke ich.

»Von uns getötet«, sage ich.

»Bei der Explosion des Gebäudes umgekommen«, sagt McCoy.

»Und es ist explodiert, weil wir dort waren«, sage ich. »Weil das Kreuzfeuer eine Sprengfalle getroffen hat oder ein Stapel Munition hochgegangen ist – irgendwas in dieser Art.«

Im Raum herrscht kurz Schweigen.

Ohne jemanden speziell anzusprechen, frage ich: »Kann jemand dieses gottverdammte Video abstellen?«

Nach etwa einer Sekunde wird der Monitor schwarz.

Wenigstens das hat heute Abend geklappt.

Ich wechsle einen Blick mit Jack Lyon, meinem Stabschef. Er ist stämmig, trägt eine runde Hornbrille und hat die braunen Haare nach hinten gegelt. Er ist ein erfahrener Parteisoldat, den mein Vorgänger als Ersten ernannt hat, und ich habe ihn behalten, weil er weiß, wie man Türen öffnet und mit den richtigen Leuten richtig telefoniert, was in dieser Stadt mehr wert ist als Gold.

»Jack«, sage ich.

»Sir.«

Ich sehe auf die Uhr. Kurz vor 20.00 Uhr. Zu früh.

»Informieren Sie die Medien«, sage ich. »Um 21.00 Uhr gebe ich eine persönliche Erklärung ab. Bis dahin müssten die SEALs wieder sicher an Bord der *Wasp* sein.«

Während andere murmeln und sich mir zuwenden, sagt mein Stabschef: »Die großen Sender werden ihr Programm ungern unterbrechen, wenn ich ihnen keinen Hinweis darauf geben kann, was Sie sagen werden, Mr. President.«

»Damit sie ihn binnen sechzig Sekunden nach Ihrem Anruf weiterverbreiten?«

Er sagt: »Wenigstens fünf Minuten Vorwarnung. Die sollten Sie ihnen zugestehen, Mr. President.«

Ich nicke. »Na gut. Sagen Sie ihnen, dass ich die Öffentlichkeit um 21.00 Uhr über das heutige Unternehmen gegen Asim al-Aschid unterrichten und erklären werde, wieso es seine Ziele nicht erreicht hat.«

Sag nicht, dass es gescheitert ist, denke ich. Amerikaner mögen das Wort Misserfolg nicht.

Sandra Powell, die Nationale Sicherheitsberaterin, sagt: »Mr. President, ich denke, Sie sollten pausieren, abwarten, bis alle Fakten auf dem Tisch liegen und …«

Ich hebe eine Hand.

»Nein«, sage ich. »Nicht heute Abend. Wir haben Scheiße gebaut. Wir haben Zivilisten umgebracht. Das ist nicht unsere Art. Das war ein Unfall in der Hitze des Gefechts, aber ich werde nicht zulassen, dass diese Regierung ausweicht und sich wegduckt und floskelhafte

Erklärungen darüber abgibt, dass wir nichts sagen werden, bis alle Tatsachen bekannt sind. Zum Teufel damit! Wir haben alle gesehen, was passiert ist. Die SEALs sind reingegangen – auf meinen Befehl, zu dem ich autorisiert bin – und haben ihren Auftrag ausgeführt. Das hat nicht gut geklappt. Und dabei sind Unbeteiligte gestorben. Dafür sind wir verantwortlich.«

Im Raum herrscht weiter Schweigen.

Verteidigungsminister Pridham Collum räuspert sich. »Mit Verlaub, Mr. President, der im Feld stehenden Truppe dürften Ihre Anmerkungen wenig gefallen.«

Ich verliere kurz die Beherrschung. »Pridham, wer dürfte die Stimmung der Truppe besser kennen, ein Veteran oder ein Absolvent der Sloan School am MIT?«

Ich bedaure diese Worte sofort.

Der Verteidigungsminister wird rot und blättert in den vor ihm liegenden Papieren.

Reiß dich zusammen!

»Heute Abend werde ich den Zweck des Unternehmens erklären und aus Geheimdienstberichten über die von Asim al-Aschid im Lauf der Jahre verübten Verbrechen zitieren«, sage ich. »Ich werde betonen, dass ich die SEALs aufgrund der besten verfügbaren Informationen losgeschickt habe, und mein persönliches Bedauern über die Ereignisse am Zielort ausdrücken.«

Stabschef Lyon fragt ruhig: »Eine Entschuldigung, Mr. President?«

»Die gehört dazu, wenn man Verantwortung übernimmt«, sage ich. »In diesem Fall ist sie angebracht.«

Damit ist Sicherheitsberaterin Powell nicht einverstanden. »Mit Verlaub, Mr. President, das wäre ein schwerer Fehler. Damit unterminieren Sie Ihr Ansehen und Ihre Autorität in Nordafrika. Unsere Verbündeten – auch wenn sie uns nach außen hin loben – werden sich insgeheim fragen, ob wir zu schwächeln anfangen.«

Ich sammle Stifte, Unterlagen und meinen gelben Notizblock ein und stehe auf. Zu den Vorteilen des Präsidentenamts gehört es, dass jede Besprechung beendet ist, wenn man aufsteht.

»Wenn's Schwäche ist, die Verantwortung für seine Fehler zu übernehmen«, sage ich, »kann ich damit leben.«

Einige meiner Leute versuchen noch, mich anzusprechen, als ich den Raum verlasse, aber Vizepräsidentin Pamela Barnes, die in ihrer Ecke sitzt und mich nur ansieht, gehört nicht zu ihnen.

KAPITEL 12

21.06 UHR ORTSZEIT
RESIDENZ DER VIZEPRÄSIDENTIN,
U.S. NAVAL OBSERVATORY

Nachdem sie in ihrer Privatwohnung auf dem Gelände des U.S. Naval Observatory lange und siedend heiß geduscht hat, trägt Vizepräsidentin Pamela Barnes einen schlichten blauen Frotteebademantel, der sie aus der Gouverneursresidenz in Tallahassee nach Washington begleitet hat. Jetzt tut sie, was sie an den meisten Abenden zu tun versucht, nachdem sie tagsüber durch den politischen Sumpf der Hauptstadt gewatet ist: Sie entspannt sich in einem bequemen Sessel mit einem Glas Glenlivet auf Eis in der Hand und ihrem Ehemann Richard zu ihren Füßen.

Er lehnt an einem Hocker und massiert mit einer Feuchtigkeitscreme ihre rissigen, wunden Füße, unter denen sie leidet, seit sie vor vielen Jahren für sich und andere aufgestanden und in die Politik gegangen ist.

Das luxuriöse Wohnzimmer – mit antiken Möbeln und Ölgemälden vollgestopft – ist dezent beleuchtet, und auf dem Großbildschirm vor ihnen scheint der Präsident der Vereinigten Staaten seine Ausführungen zu beschließen.

»… habe ich das Außenministerium angewiesen, den Familien der von unserem Militär unabsichtlich Getöteten durch Vermittlung des Internationalen Roten Kreuzes in Genf eine finanzielle Entschädigung anzubieten …«

Der Mann der Vizepräsidentin schnaubt, während seine kräftigen Hände die Creme einmassieren. »Dummkopf. Könnte diesem Terroristen genauso gut einen Blankoscheck ausstellen. Kapiert er nicht, dass jeder Cent, den die Angehörigen bekommen, sofort an Asim al-Aschid weitergeleitet wird?«

Barnes nimmt einen befriedigenden Schluck von dem Single Malt Whisky – das einzige kleine Laster, das sie sich allabendlich gestattet. Einen einzigen Drink, nie mehr. Sie war lange genug in Tallahassee, um miterlebt zu haben, wie etliche hoffnungsvolle Karrieren durch zu viel Alkohol und zu wenig Urteilsvermögen ruiniert wurden.

Sie sagt: »Nach Auskunft des Finanzministeriums lässt sich das vermeiden. Wir können eine Art Fonds einrichten, dessen Zahlungen an bestimmte Leute sich verfolgen lassen, damit kein Plastiksprengstoff oder Waffen gekauft werden.«

Richard drückt noch etwas mehr Feuchtigkeitscreme in seine kräftigen Hände. Er war Rancher im Osceola County und konnte es sich leisten, in die Politik zu gehen, nachdem er einem Spielkasino ein großes Stück Land verkauft hatte. Sie hatte ihn kennengelernt, als sie Senatorin in Florida und er ein Abgeordneter war, und ihr hatten seine Muskeln – er war kein Schönling in einem eleganten Anzug – und sein scharfer politischer Verstand gefallen.

Dank seiner strategischen Planung hatte sie's in die Gouverneursresidenz in Tallahassee geschafft und war nur wenige gottverdammte Delegiertenstimmen von der Präsidentschaft entfernt gewesen – ein Ziel, das so verlockend nahe gewesen war.

Zum Teufel mit dem Kerl, denkt sie, nimmt einen weiteren Schluck und erinnert sich an den schmierigen, öligen Senator aus Washington State, der nicht so viel Anstand gehabt hatte, während des Parteitags abzukratzen, bevor er Matt Keating als seinen Vize nominiert hatte, und ihr so die Chance eröffnet hätte, per Akklamation zur Kandidatin gekürt zu werden. Jetzt war schon die Rede davon, Schulen und Straßen nach dem verdammten Idioten zu benennen, der ihr nicht den Job gegeben hatte, der ihr von Rechts wegen zustand.

»... der heutige nächtliche Einsatz von Kräften der United States

Navy erfolgte auf meinen Befehl und wurde in ihrer typischen Art hervorragend und tapfer ausgeführt. Sollte jemand sich durch dieses Militärunternehmen und den damit zusammenhängenden Tod von Zivilisten schuldig gemacht haben, liegt die Schuld allein bei mir. Die Navy hat Vorbildliches geleistet und ihren Auftrag glänzend ausgeführt.«

Richard bearbeitet weiter ihre Füße, und sie genießt es, von seinen kräftigen Händen massiert zu werden. »Bullshit«, sagt er. »Die Jungs haben Scheiß gebaut, und dir nützt es nichts, dich in die Stars and Stripes zu wickeln, Navy Boy. Die Wähler mögen keine Fuckups, und sie mögen es erst recht nicht, wenn die Vereinigten Staaten sich für etwas entschuldigen … von gleichzeitigen Geldgeschenken ganz zu schweigen.«

»Richard, bitte …«

Er hört zu massieren auf und sieht mit seinen harten grauen Augen zu ihr auf, das dichte braune Haar sorgfältig gestylt. »Pamela, hör mir jetzt zu, hör mir gut zu. Und unterbrich mich bitte nicht.«

Noch ein kleiner Schluck aus ihrem Glas. »Also gut, bitte weiter.«

»Die Sache sieht folgendermaßen aus«, sagt er. »Wir wissen beide, dass Keating – auch wenn er ordentliche Umfrageergebnisse vorweisen kann – vor allem in der Partei nicht viele Unterstützer hat. Dort draußen gibt es viele Leute mit gutem Gedächtnis und viel Geld, nach deren Überzeugung du auf dem Parteitag in Denver betrogen worden bist. Hätte Lovering den Mumm gehabt, das Rechte zu tun und dich als Vize zu nominieren, säßest jetzt du im Oval Office, nicht dieser Cowboy aus Texas. Und wir wissen beide, dass du garantiert nicht im landesweiten Fernsehen auftreten und dich für irgendwas entschuldigen würdest.«

Die Whiskywärme sickert durch ihren Körper, und ihre Füße schmerzen nicht mehr, als sie sagt: »Uralte Geschichte, Richard. Vorbei und vergessen.«

Er wischt sich die Hände an einem kleinen weißen Handtuch ab und steht auf. »Geschichte ist, was wir aus ihr machen, Pamela. Du weißt, was passieren wird. Seine Umfragewerte werden kurzzeitig besser, weil er den starken Mann markiert, aber nach einer Weile verbreiten sich Storys und Gerüchte. Darüber, wie schwach er ist, wie er im Fernsehen aufgetreten ist, nachdem zwei unserer tapferen SEALs gefallen sind, und wie er auf ihr Andenken und ihre Tapferkeit gepisst hat. Indem er sich wie ein kleiner Schuljunge entschuldigt hat. Kombiniert man das mit der Tatsache, dass er seine Bitch Samantha, die arrogante Professorin, nicht im Zaum halten kann … nun, in einem halben Jahr bricht seine Unterstützung ein.«

Über die Jahre hinweg haben Richards rustikaler Stil und seine unverblümte Redeweise viele aalglatte und angeblich clevere politische Gegner getäuscht, und Pamela hat gelernt, seinen Instinkten zu vertrauen.

»Und das wäre weniger als ein Jahr vor dem Parteikonvent in Iowa und den Vorwahlen in New Hampshire«, sagt sie.

Ein zufriedenes Nicken. »Du hast's erfasst, Pamela. Hör zu, lass mich ein bisschen herumstochern, mit Leuten reden, unsere Ressourcen ausloten. In der Partei gibt es viele, die bereit sind, Keating im richtigen Augenblick fallen zu lassen und dich zu unterstützen. Es ist unser Job, dafür zu sorgen, dass dieser Augenblick kommt.«

Pamela hört den Mann auf dem Bildschirm sagen: »Vielen Dank und gute Nacht.«

Die Vizepräsidentin greift nach der Fernbedienung, stellt den Fernseher ab, leert ihr Glas.

»Dann mach deinen Job, Richard«, sagt sie.

KAPITEL 13

4.05 UHR ORTSZEIT
BOTSCHAFT DER VOLKSREPUBLIK CHINA, TRIPOLIS

In dem kleinen Speisesaal neben der Küche der chinesischen Botschaft sieht Jiang Lijun vom Ministerium für Staatssicherheit sich mit einer Handvoll Kollegen die Nachrichten auf CCTV-13 an.

Auf dem Bildschirm wendet der US-Präsident sich ernst an seine Landsleute, wie in den eingeblendeten Untertiteln zu lesen ist. An dem runden Esstisch sitzt neben Jiang mit einer Zigarette und einer Tasse Tee Liu Xiaobo, der Wachhabende, der ihn auf den Überfall der Amerikaner aufmerksam gemacht hat.

»Unglaublich, nicht wahr?«, fragt Liu.

Jiang nickt und nimmt einen Schluck von seinem eigenen Da Hong Pao. »Bin ganz Ihrer Meinung.«

Lin schüttelt verwundert den Kopf. »Erstaunlich! Der Narr entschuldigt sich tatsächlich dafür, was seine Soldaten heute Nacht getan haben. Er entschuldigt sich! Können Sie sich vorstellen, dass *unser* Präsident so etwas täte? Das würde er nicht wagen! Würde er's auch nur versuchen, würde das Politbüro ihn sofort stoppen ... vielleicht sogar absetzen.«

Jiang lächelt, nimmt einen weiteren befriedigenden Schluck von seinem heißen Tee. »In zwei Jahren kann das amerikanische Volk Keating absetzen, falls es will.«

Der Wachhabende sagt: »Gewiss. Und was für ein Geschenk das wäre, nicht wahr?«

»Allerdings«, sagt Jiang, der sich durch den Kopf gehen lässt, was sich seit dem plötzlichen Tod des vorigen Präsidenten alles ereignet hat. »Seit Keating im Amt ist, hat er uns bedrängt, unter Druck gesetzt, gedemütigt … Beschwerden bei der Welthandelsorganisation, Prozesse wegen Patent- und Copyrightverletzungen, Entsendung von Schiffen und Flugzeugen ins Südchinesische Meer … Als gehörten diese Gewässer nicht uns, sondern ihnen.«

Auf dem Bildschirm verfolgt Jiang, wie der nur scheinbar demütige, arrogante US-Präsident seine Entschuldigung vorbringt. Sein Tischnachbar Liu hat völlig recht. Ihr eigener Präsident im Fernsehen, erschüttert und den Tränen nahe wie dieser amerikanische Führer … undenkbar!

Niemals.

Deshalb, sagt Jiang sich, werden wir zuletzt siegen.

Keine Entschuldigungen.

Nur das Handeln einer Weltmacht, die den ihr zustehenden Platz einnimmt.

Liu streift Zigarettenasche in seine Untertasse ab. »Wär's nicht fantastisch, Genosse Jiang, wenn der fehlgeschlagene Raid von heute Nacht und diese Entschuldigungsrede Keatings Niederlage besiegeln würden, wenn die Amerikaner nächstes Mal zu den Wahlurnen gerufen werden? Was für ein glückliches Ergebnis das wäre!«

Jiang nickt befriedigt und denkt an das Telefongespräch, das er vor kaum zwei Stunden in seinem abhörsicheren Büro im Keller geführt hat. Für sein Land, versteht sich, aber auch für sein noch ungeborenes Kind.

»In der Tat ein sehr glückliches Ergebnis«, sagt er.

KAPITEL 14

8.00 UHR ORTSZEIT
NAFUSA-GEBIRGE, LIBYEN

In einer abgelegenen Höhle in diesen geschichtsträchtigen libyschen Bergen sitzt Asim al-Aschid mit untergeschlagenen Beinen auf einer Wolldecke und wartet. Sein Morgenbecher *Chai* ist fast ausgetrunken. Die kalte Luft lässt die Gipfel spitz und hart aussehen. Umgehängt trägt er eine spezielle Decke, die sein chinesischer Verbündeter ihm vor Jahren geschenkt hat. Sie hat den Zweck, sein Wärmebild vor den verfluchten Drohnen zu tarnen, die ständig versuchen, ihn aufzuspüren. Die Tarndecke hat fast die Farbe der Felsen, sodass er selbst für eine Drohne mit leistungsfähiger Kamera vom Höhleneingang aus kaum zu entdecken wäre.

Neben ihm stehen ein kleiner Rucksack mit seinem Koran, Kleidung zum Wechseln, Essen und Wasser. An der Felswand lehnt ein geladenes Sturmgewehr AK-47, und in seinem Schulterholster steckt eine Tokarew, eine russische 7,62-mm-Pistole.

Einige Meter hinter ihm, tiefer in der Höhle, sitzt der Kurier, der ihm die Nachricht vom Tod seiner Familie überbracht hat. Letzte Nacht hat Asim von Teufeln und *Dschinnen* geträumt, die seine Frau und seine kleinen Mädchen zerrissen haben, und mit der Ankunft des Kuriers vor wenigen Stunden haben diese Träume sich erfüllt.

Inna lillahi wa inna ilayhi raji'un, betet er erneut. *Wahrlich, wir gehören Gott, und zu Gott kehren wir zurück.*

Der Kurier bewegt sich nicht, spricht nicht. Er ist in eine blaue Plastikplane gehüllt, lehnt sitzend an der Höhlenwand und verhält sich ruhig.

Asim stört sich nicht an der Einsamkeit, dem harten Fels, seiner unwirtlichen Umgebung. Er kennt die Luxusrestaurants, Hotels und Universitäten von New York, London, Paris und Berlin. Er hat alle diese Städte mehrmals besucht und Geld verteilt, um loyale Unterstützer für spätere Anschläge zu gewinnen. Aber das Leben im Westen mit all seinen Versuchungen hat ihn und seine Brüder und Schwestern zu Müßiggang und Gottlosigkeit verlockt.

Er betrachtet seine Hände, die rau und schwielig und vernarbt sind. Vor vielen Jahren, als er noch studierte, waren diese Hände glatt und weich gewesen, und er hatte davon geträumt, Chirurg zu werden. Dank der Großzügigkeit einer Tante im benachbarten Tunesien hatte er ein Jahr lang an der Université de Tunis El Manar Medizin studieren können. Dort hatte er gesoffen und gehurt, aber auch fleißig studiert, und ein Leben im Westen hatte ihn gelockt … bis der Ruf des Dschihads unüberhörbar geworden war.

Asim reibt sich die rauen Hände.

Vergangene Zeiten.

Die Sonne steht noch nicht lange am Himmel, und er sitzt um Ruhe bemüht da und denkt daran, wie Omar Muchtar, Friede sei mit ihm, vor über einem Jahrhundert jahrelang gegen die Italiener gekämpft hatte, um sein und Asims Heimatland zu befreien. Der Gottgesandte hatte in Bergen wie diesen gelebt und gegen die westlichen Kolonialisten gekämpft, die seit Jahrhunderten versucht hatten, dieses Land zu erobern und seine Bevölkerung zu versklaven.

Asim hat sich stets von ihm inspirieren lassen.

Sein Land, sein Volk, seine Familie.

Bewegung unter ihm.

Asim greift nach seinem deutschen Zeiss-Glas, stellt es auf den kaum sichtbaren Bergpfad scharf.

Da!

Ein Mann und eine Frau, die in gleichmäßigem Tempo den mit Felsbrocken übersäten Weg heraufkommen und sich dabei lachend unterhalten. Ihre leuchtend roten Rucksäcke stehen in auffälligem Gegensatz zu der Felswüste, durch die sie lässig schlendern. Der langhaarige Mann sieht jung und kräftig aus, ist ähnlich blond wie die Frau. Etwa zwei Dutzend Meter unterhalb von Asims Höhle rasten sie kurz, reden und lachen aber weiter.

Der Mann hilft der Frau, ihren Rucksack abzusetzen. Ihre Fleecejacke spannt über ihrer Brust. Der Mann setzt seinen Rucksack ab, lacht erneut und kommt den Weg herauf, der zu der Höhle führt.

Asim hält die Tokarew schussbereit.

Am klaren blauen Himmel über den Bergen erscheint ein Falke, der in den ersten Aufwinden kreist.

Der blonde Mann bleibt am Höhleneingang stehen, dreht sich um, winkt und ruft der Blondine unter sich etwas zu, das sie mit einem Winken quittiert. Der Mann tritt gebückt in die Höhle. Sobald seine Augen sich an die Dunkelheit gewöhnt haben, lächelt er und sagt: »*As-salaam 'alaikum*, mein Cousin.«

Zu seinem Cousin Faraj sagt Asim: »*Wa 'alaikum as-salaam.*«

Der Mann lässt sich ihm gegenüber nieder.

Einige Minuten vergehen schweigend.

Asim fragt: »Wer ist die Hure, die du mitgebracht hast?«

»Eine dänische Studentin. Ich habe sie in einem Club in Tripolis kennengelernt. Sie ist mit dem Rucksack hier und in Tunesien unterwegs, interessiert sich für römische Ruinen. Ich habe ihr erzählt, dass es hier in den Bergen unbekannte Ruinen gibt, und sie war sofort bereit, mich zu begleiten. Ich habe sie mit den schönen Worten eingewickelt, die ich auf der Uni gelernt habe. Das war einfach.«

»Und sie hat dir geglaubt?«, fragt Asim weiter.

Faraj berührt sein Haar. »Sie ist eine dumme junge Frau. Sie glaubt alles.«

Asim, der sich an die eigene Studienzeit erinnert, nickt zustimmend.

Faraj sagt: »Cousin, wann bekomme ich mein braunes Haar zurück? So sehe ich wie ein Trottel aus.«

»Wenn ich's dir sage. Das gefärbte Haar und diese Hure erhalten dich am Leben, während du hier im Gebirge unterwegs bist. Kein amerikanischer Drohnenpilot hält zwei blonde Wanderer für Feinde, die verfolgt oder getötet werden müssen.«

»Ja, Cousin.«

»Aber es war eine gute Idee, diese Hure mitzunehmen. Ziemlich clever.«

»Danke, Cousin.«

Sie sitzen eine Weile schweigend da, bis Faraj sagt: »Entschuldigung, Cousin, aber … ist das Ali hinter dir?«

»Ja«, sagt Asim.

»Er ist tot.«

Asim sagt: »Er hat mir die Nachricht vom Tod meiner Layla und unserer drei Mädchen überbracht. Er konnte keine meiner Fragen beantworten. Ich habe nach Layla, dann nach Amina, Zara und Fatima gefragt. Er wusste keine Antwort. Er hat … ungehalten auf meine Fragen reagiert.«

Seine Stimme versagt für einen Augenblick.

Kraft, denkt er. Allah, gib mir Kraft!

Er sagt: »Das konnte ich nicht ertragen. Ich habe ihm die Kehle durchgeschnitten.«

Faraj nickt. »Das verstehe ich, Cousin.«

Asim, nun wieder bei Kräften, fordert ihn auf: »Erzähl mir, was du weißt.«

»Die Amerikaner sind vor sechs Stunden gekommen. Unsere Kämpfer waren vorgewarnt. Es ist zu einem Feuergefecht gekommen. Der im Hauptgebäude lagernde Sprengstoff für den Anschlag in Tripolis ist detoniert. Deine Frauen … sie haben in Leichentücher gehüllt vor dem Haus gelegen.« Faraj spuckt angewidert aus. »Als hätten die Hunde versucht, ihnen Respekt zu erweisen.«

Asim faltet die Hände. »Morgen oder übermorgen fährst du hin, inspizierst die Örtlichkeit, begräbst unsere Toten und bezeichnest die Gräber meiner Frau und meiner Töchter. Eines Tages werde ich sie besuchen, *inschallah*.«

Eine Frauenstimme zerschneidet die dünne Bergluft. »Die Hure wird ungeduldig, Cousin«, sagt Faraj. »Ich muss gehen. Kann ich sonst noch etwas für dich tun?«

»Der amerikanische Präsident … Keating. Er hat eine Tochter, nicht wahr?«

»Ja, das stimmt.«

»Darüber werde ich nachdenken.«

»Willst du …«

»Nein, nicht jetzt«, sagt Asim. »Wir müssen geduldig sein.«

Faraj steht auf und ergreift Asims rechte Hand, die er küsst. »Ich trauere um deine Frauen, Asim.«

»Ich danke dir, Cousin«, sagt er. »Sie sind … *waren* ein Segen und eine Freude für mich.«

Asim kann nicht weitersprechen. Seine Kehle ist wie zugeschnürt.

Faraj bleibt am Höhlenausgang stehen. »Soll ich die Hure jetzt umbringen?«

»Nein«, sagt Asim. »Ihre Zeit ist nicht gekommen. Ihr Verschwinden würde zu Nachforschungen führen. Aber wenn du wieder zu Hause bist, Faraj, kannst du zu deiner natürlichen Haarfarbe zurückkehren. Du hast mir gut gedient.«

»Wie du wünschst, Cousin.«

Faraj geht, und Asim wartet, ohne sich die Mühe zu machen, seine Rückkehr zu der Studentin zu beobachten, die ihrem Schöpfer für den Rest ihres Lebens zutiefst dankbar sein sollte, weil er sie davor bewahrt hat, schon heute in den Himmel geschickt zu werden.

Er wartet.

Der Leichengeruch wird stärker. Irgendwann wird er die Höhle verlassen müssen.

Aber nicht schon jetzt.

Seine Familie, seine Frau, seine Mädchen. Alle tot. Das hat Allah so bestimmt, aber trotzdem …

Der Schmerz brennt in seinem Inneren.

Er beobachtet den kreisenden Falken, der sich so harmlos langsam bewegt, aber ständig auf der Jagd ist, nur auf den richtigen Augenblick zum Herabstoßen wartet.

Asim betet um solche Geduld.

KAPITEL 15

TAG DER AMTSEINFÜHRUNG
OVAL OFFICE, WEISSES HAUS

Ich spüre Samanthas Anspannung, als eine Gruppe von Fotografen die allerletzten Fotos von Präsident Matthew Keating und seiner reizenden Familie macht, bevor ich in ungefähr vier Stunden der ehemalige Präsident Matthew Keating sein werde. Mein linker Arm ist um sie gelegt, mein rechter Arm um unsere Tochter Melanie, aber während Mels Schulter sich anfühlt wie die eines typischen Teenagers, der es kaum erwarten kann, Abstand von dem guten alten Dad zu gewinnen, fühlt sich die Schulter meiner Frau wie aus Granit gehauen an.

Dann hebt eine meiner Assistentinnen aus der Pressestelle des Weißen Hauses die Hand und sagt: »Danke, danke sehr, wir haben einen anstrengenden Tag vor uns.« Und sie schafft es tatsächlich, die Fotografen aus dem Oval Office zu scheuchen, wobei sie aussieht, als triebe sie eine störrische Herde vor sich her.

Eigentlich sollten nur Fotos gemacht werden, aber das Pressekorps des Weißen Hauses ist stolz darauf, die Regeln möglichst weit zu dehnen, und dieser historische Tag bildet keine Ausnahme.

»Mr. President, haben Sie im *Resolute*-Schreibtisch ein paar Zeilen für Ihren Nachfolger hinterlassen?«

»Irgendwelche abschließenden Gedanken am letzten Tag Ihrer Amtszeit?«

»Wie fühlt es sich an, der einzige amerikanische Präsident zu sein, der die Wiederwahl gegen seine Vizepräsidentin verloren hat?«

Samanthas Schulter verhärtet sich noch mehr, und ich lächle angestrengt, als die Horde sich an uns und dem Agenten vom Secret Service vorbeidrängt und die leicht geschwungene Tür geschlossen wird, sodass nur wir drei zurückbleiben.

Mel tritt einen Schritt zur Seite und sagt: »Jesus, ich dachte, sie würden nie mehr gehen. Sie konnten die Gelegenheit, sich als Arschlöcher zu beweisen, einfach nicht auslassen.«

Sie trägt ein grünes Kleid mit einer Jacke in sanftem Gelb, und ihr blondes Haar – das meistens ungebändigt von ihrem Kopf absteht – ist für diesen historischen Tag ordentlich frisiert. Eine Brille mit farblosem Acrylgestell umrahmt ihre blassblauen Augen, die leider mit Kurzsichtigkeit und Astigmatismus doppelt geschlagen sind.

»Mom, Dad, kann ich ein letztes Mal in mein Zimmer gehen, bevor wir fahren?«

»Um verlorene Schätze zu suchen?«, frage ich.

Sie verdreht leicht die Augen. »Dad, bitte, ich suche meine Lieblingsbarbie.«

»Die mit dem Kung-Fu-Griff oder die mit den beiden Colts?«

Diesmal verdreht sie die Augen stärker. »Dad … okay, dann bis gleich.«

Samantha bedenkt unseren Teenager mit einem wissenden Lächeln. »Heute keine Tricks oder komisches Zeug, okay? Wir haben einen vollen Terminplan.«

»Klar, Mom.«

»Und vielleicht kannst du die Brille wiederfinden, die du letzten Monat verschlampt hast.«

»Mom!«, protestiert Mel. »Du tust gerade so, als hätte ich sie absichtlich verloren.«

Mit einem Lächeln sagt meine Frau: »Geh nur, aber komm nicht zu spät wieder.«

Mel verlässt das Oval Office, geht an dem Secret-Service-Agenten vorbei, der in das Mikrofon in seiner Manschette flüstert – vermutlich irgendwas wie: »Hope ist in den Wohntrakt unterwegs« –, und ich atme tief durch, damit das enge Band, das meine Brust einschnürt, sich vielleicht ein wenig lockert. Hinter mir liegt ein düsteres, miserables halbes Jahr, seit Vizepräsidentin Pamela Barnes mich bei der Kandidatenkür unserer Partei in Chicago geschlagen hat und ich als fairer Verlierer meine Niederlage eingestanden und die Partei aufgerufen habe, sich hinter ihr zu vereinen.

Seit Chicago bin ich mir vorgekommen, als säße ich eine Haftstrafe ab. Nach dem Parteitag war ich eine »lahme Ente« und konnte nicht mehr viel erreichen, während sie auf Wahlkampftour ging. Sie bat mich nie um meine Unterstützung, daher hatte ich zu viel Zeit, die Vorwahlen zu analysieren. Obwohl ich nach Stimmen knapp vorn gelegen hatte, blieb sie in fast allen Fraktionsversammlungen siegreich, sicherte sich mehr Superdelegierte und gewann die Nominierung anständig und ehrlich.

Unter der geschickten Anleitung ihres skrupellosen Ehemanns benutzte sie den fehlgeschlagenen Libyen-Einsatz und meine wahrheitsgemäße Schilderung, um mich als zu schwach und gleichzeitig zu aggressiv hinzustellen. Das war ein raffinierter Trick, der bei der politischen Presse und jüngeren Wählern, die immer auf der Suche nach etwas Neuem sind, gut ankam.

Ich hätte imstande sein müssen, einen Weg zu finden, um doch noch zu gewinnen, aber das konnte ich nicht. Leider brachte ich für den Kampf um die Nominierung mehr Erfahrung als Navy SEAL mit vielen Auslandseinsätzen als Erfahrung in innenpolitischen Grabenkämpfen mit. Und darüber war ich weiterhin verärgert – so sehr, dass ich mehrmals versucht war, zurückzutreten und ihr das verdammte Amt zu überlassen, bevor sie im November einen Wahlsieg feierte.

Aber das konnte ich nicht. Kein früherer oder aktiver SEAL würde jemals aufgeben, bevor der Auftrag ausgeführt ist. Und das sollte auch kein Präsident tun.

Samantha lässt einen Seufzer hören. Sie trägt ein burgunderrotes Kleid, und ihre schwarze Mähne ist sorgfältig frisiert. Ihr einziger

Schmuck ist eine dezente goldene Halskette. Sie bleibt die schöne Frau, die mich bezaubert hat, als wir uns in San Diego, wo ich in der Ausbildung war, begegnet sind. Sie absolvierte damals ein Graduiertenstudium in Anthropologie an der Stanford University und erforschte präkolumbianische Indianersiedlungen.

Ihr gebräunter Teint ist makellos, und ich habe ihr oft im Scherz erklärt, mit ihrem Aussehen und ihrer Intelligenz hätte sie als Model Karriere machen können. Sie hat immer behauptet, nein, dafür sei ihre Nase zu groß, und ich habe ihr jedes Mal lächelnd widersprochen.

»Glaubst du, dass wir uns darauf verlassen können, dass Mel rechtzeitig zurückkommt?«, fragt sie.

»Sie mag nicht zurückgelassen werden«, sage ich. »Also schafft sie's, denke ich.«

Samantha fragt: »Wie lange noch?«

Ich sehe auf meine Uhr. »In ungefähr fünf Minuten müssen wir abrücken.«

»Könntest du etwas für mich tun?«

»Klar«, sage ich. »Vier Stunden lang bin ich noch Präsident. Soll ich Albanien bombardieren?«

»Oder lieber den Berufungsausschuss in Stanford?«, fragt sie. Unter ihrem Lächeln verbirgt sich vertrauter Stahl wegen einer alten Kränkung, die meine liebe Frau niemals vergessen wird.

»Gib mir die GPS-Koordinaten, dann ist er erledigt«, sage ich.

Sie nimmt meine Hand, und wir setzen uns auf eines der beiden identischen cremefarbenen Sofas, und ich denke an all die Leute, die ich im Lauf der Jahre hier im Oval Office empfangen habe – vom israelischen Ministerpräsidenten bis zu einer Delegation von Pfadfinderinnen –, und sage: »Vermutlich kann ich dich nicht als Präsident anweisen, dir die Sache anders zu überlegen.«

Sie tätschelt meine Hand. »Das konntest du nicht mal, als du noch in der Navy warst, Matt. Aber du hast es wenigstens versucht.«

»Wann?«, frage ich.

»Früher, als ich dachte«, sagt sie. »Die Uni Boston wollte mich im

Sommer berufen, aber nun ist die Nachricht heute Morgen gekommen. Ordentliche Professorin für Anthropologie. Dienstantritt in einer Woche. Und ich habe zugesagt.«

Viele Gedanken drängen sich mir auf, aber ich wähle den einfachen Weg und sage: »Glückwunsch. Ich weiß, dass dir das viel bedeutet. Und du leistest bestimmt Großartiges.«

»Sie haben gesagt, dass du auch …«

»Danke, aber ich bin weiterhin nicht interessiert«, sage ich. Der scharfe Verstand meiner klugen Frau hat ihr eine Professur und Forschungsmöglichkeiten eingebracht. Ich denke nicht daran, irgendeinen Akademiker zu verdrängen, um Seminare über Politik, Demokratie oder sonstigen Scheiß abzuhalten.

Sam ist nach Boston unterwegs – und ich zu einem einsamen Haus an einem See in New Hampshire. Sie löst einen Wechsel ein, den ich während meiner kurzen Präsidentschaft ausgestellt habe, als ich ihr versprochen habe, eines Tages werde sie über ihre Zukunft selbst bestimmen können. Und als clevere Frau tut Sam jetzt genau das. Sie erkämpft sich ihren Platz in der Welt.

Ich bedecke ihre Hand mit meiner und drücke sie. »Die Medien werden begeistert über meine Berufung nach Boston berichten«, sagt Samantha. »Die First Lady, die nie richtig reingepasst hat, verlässt Mann und Kind, um im Dreck zu wühlen, sobald seine Amtszeit zu Ende ist.«

»Zum Teufel mit ihnen«, sage ich.

»Oh, sie hatten nicht ganz unrecht, Matt«, sagt sie. »Wir wissen beide, dass ich die traditionelle Rolle traditioneller First Ladys hier in DC nie richtig ausgefüllt habe. Aber bei der Aussicht auf weitere negative Storys werden sie sich erfreut die Hände reiben.«

»Sag ihnen, dass du nach Oak Island unterwegs bist. Vielleicht bringt sie das zum Schweigen – außer den History Channel. Sie werden glauben, dein Projekt sei wichtiger, als First Lady zu sein.«

Sie erwidert den Druck meiner Hand. »Wenn ich Glück habe.« Samantha sieht sich langsam im Oval Office um, dann sagt sie: »Entschuldige, Matt, aber ich habe dieses Haus, dieses Büro nie gemocht.

Dich hier arbeiten zu sehen … du bist mir wie ein ehrenamtlicher Museumsführer vorgekommen, der eine Rolle spielt.«

»Nach Ansicht meiner Parteidelegierten nicht allzu erfolgreich«, sage ich. »Trotzdem war's eine verdammt aufregende Zeit, nicht wahr, Sam?«

Samantha küsst mich auf die Wange und sagt: »Du hast mir in der Ehe Abenteuer und Reisen versprochen, Matt, aber nicht dies hier.«

»Das ist dein Mann – verspricht zu wenig und liefert zu viel.«

»Außerdem hast du versprochen, Geschichte zu machen, während ich Geschichte entdecken würde. Bloß hat's mit meinem Teil nicht ganz geklappt.«

Das stimmte leider. Nachdem Samantha plötzlich First Lady geworden war, hatten viele Colleges und Universitäten ihr Positionen angeboten, die sie alle aus gutem Grund abgelehnt hatte: Sie wollten ihren Titel und ihre Berühmtheit, ohne die Absicht zu haben, ihr wirkliche Forschungsarbeit zu ermöglichen.

Samantha fragt: »Glaubst du, dass es dir schwerfallen wird, in die Rolle des Expräsidenten Keating zu schlüpfen?«

»Die Anrufe um 3.00 Uhr morgens werden mir nicht fehlen«, sage ich.

Sie steht auf. »Oh, irgendwann vermisst du doch etwas, Matt. Nicht mehr der Boss zu sein. In den kommenden Monaten die Nachrichten aus dem Weißen Haus zu sehen und zu denken: Das könnte ich besser. Aber ich werde nicht bedauern, nicht mehr die First Lady Samantha Keating zu sein. Die vielen Auslandsreisen waren nett, aber ich freue mich darauf, wieder zu lehren und mir die Hände schmutzig zu machen.«

Die leicht geschwungene Tür des Oval Office geht auf. Mein Stabschef Jack Lyon steckt den Kopf herein. »Mr. President, Mrs. Keating, es ist Zeit.«

Samantha geht vor mir her. »Ja, das stimmt.«

Wir bewegen uns in Richtung Tür, und ich weiß, was der dort postierte Secret-Service-Agent flüstert – »Harbor und Harp unterwegs« –, und als wir auf den Flur hinaustreten, ergreife ich Samanthas Hand und flüstere ihr etwas zu, das sie laut auflachen lässt, und ich weiß, dass Jack Lyon und weitere Mitarbeiter in unserer Nähe sich fragen, was ich eben gesagt habe.

Das werden sie nie erfahren.

Aber Samantha weiß es.

Noch ist Zeit, diesen Berufungsausschuss zu liquidieren.

KAPITEL 16

MANCHESTER AIRPORT, NEW HAMPSHIRE

Zehn Stunden später bin ich Expräsident Matthew Keating, der Geschichte gemacht hat, indem er seinen Posten nach nur einer Amtszeit an seine rebellierende Vizepräsidentin verloren hat. Während sie und ihr Mann auf einem der etwa zehn Bälle zur Amtseinführung im District of Columbia tanzen, stehe ich am offenen Tor eines Hangars auf dem Manchester Airport in New Hampshire und beobachte das Schneetreiben über dem taghell beleuchteten Vorfeld. Samantha steht etwas von mir entfernt, checkt ihr iPhone. Ein paar meiner unerschütterlichen Anhänger in New Hampshire haben sich mit Transparenten eingefunden, um mich zu begrüßen.

Mel steht in eine blaue Daunenjacke eingepackt am anderen Ende des Hangars und bekommt Kaffee von zwei State Troopers und einer jungen Secret-Service-Agentin. Sie versucht zu lächeln und mit den drei Beamten zu scherzen, aber das ist nur gespielt. Ich glaube, dass sie noch mit der Tatsache kämpft, dass Mom und Dad – ohne sich offiziell zu trennen – in absehbarer Zukunft getrennte Wege gehen werden. Ich will mich von diesen brutalen Jahren im Oval Office erholen, und sie will zu ihrer ersten Liebe zurückkehren: Lehre und Forschung. Nur vorübergehend, versichern wir einander und Mel, und ich hoffe, dass wir recht behalten.

Während Samantha ihr iPhone checkt und Mel sich Kaffee geben lässt, stehe ich allein – mit einem Secret-Service-Agenten hinter mir und einem weiteren am Tor des Hangars. Mich an meinen neuen Status zu gewöhnen wird eine Weile dauern, aber zwei Dinge bleiben unverändert: mein ständiger Schutz durch den Secret Service, dessen Agenten mich lebenslänglich begleiten werden, und mein Deckname »Harbor«.

Jemand wird mir keinesfalls fehlen: der Agent oder die Agentin, die seit meiner Vereidigung nicht mehr von meiner Seite gewichen sind und die als »Football« bekannte schwere Ledertasche mit den Codes und Kommunikationsgeräten getragen haben, die mir die schreckliche Macht gegeben haben, Atomwaffen einzusetzen.

In meiner Amtszeit hat diese Last mir häufig Albträume beschert, in die sich grelle, lärmend laute Träume von Einsätzen während meiner Zeit bei den SEALs mengten.

Dieser Agent hat mich heute gegen Mittag verlassen, um sich zu Pamela Barnes zu gesellen, und die neue Präsidentin kann ihn gern haben.

Samantha sieht von ihrem iPhone auf und sagt: »Damit wäre alles geregelt.«

»Findest du?«, frage ich.

Sie lächelt. »Ich rede von meiner Wohnung in Boston. Strom und Heizung sind an.«

Samantha kommt zu mir, sieht ins Schneetreiben hinaus. Es scheint stärker zu werden. Vor Kurzem ist unsere USAF-Maschine – natürlich nicht mehr die Air Force One – vor der aufziehenden Schlechtwetterfront gestartet.

Ich suche verzweifelt nach Worten. Was sagt man in solchen Augenblicken?

Soll ich versuchen, sie umzustimmen?

Nein.

Nicht jetzt, wo sie dabei ist, wieder ihr früheres Leben als Professorin und Archäologin aufzunehmen, das sie geführt hat, als ich ein SEAL und später im Kongress war. Aber dann kam jener schicksalsträchtige Tag, an dem Präsident Martin Lovering plötzlich starb, an dem sein stellvertretender Stabschef und ein Washingtoner Bezirksrichter mit seiner Bibel in mein Büro im Old Executive Building kamen und unser Leben entscheidend veränderten.

Steht Samanthas Entschluss einmal fest, kann kein gewöhnlicher Sterblicher wie ich sie davon abbringen.

Außerdem hat sie recht, auch wenn ich das nicht gern eingestehe.

Ihre Zeit ist gekommen.

Samantha fragt: »Was denkst du?«

»Ich denke, dass du bessere Straßenverhältnisse antreffen wirst als ich«, sage ich. »Fast durchgehend Autobahnen bis Boston – Glück gehabt.«

»Du könntest mitkommen.«

Ich sage: »Danke, lieber ein andermal.«

Dies ist ihre Zeit, aber auch meine. Auf mich wartet ein ländlicher Zufluchtsort, und ich freue mich so sehr auf die Abwesenheit von Großstädten und Wolkenkratzern und blinkenden Lichtern. Die Stille wird ein Segen sein.

Na gut, ich werde unsere Tochter Mel bei mir haben, aber genau wie ich gelernt habe, im afghanischen Bergland in primitiven Quartieren zu schlafen, werde ich mich an das Zusammenleben mit einem Teenager gewöhnen, der seine Ausbildung an der Sidwell Friends School aus weiter Ferne abschließen wird.

Hoffentlich.

»Irgendwelche Reporter in der Nähe?«, fragt Samantha.

»Ich glaube, sie halten sich im Terminal versteckt«, sage ich. »Die erste Garde ist in DC und Georgetown, um über die Bälle und Partys zu Barnes' Amtseinführung zu berichten. Nicht daran interessiert, einen von seiner Partei geschassten Expräsidenten in Schnee und Wäldern verschwinden zu sehen.«

»Pech für sie«, sagt Samantha. Sie tritt näher an mich heran, um sich umarmen und küssen zu lassen, und flüstert dann: »Du hast dein Bestes getan, Matt. Du bist kein Berufspolitiker, kein verzweifelter Postenjäger. Du hast das Amt unter schwierigen Umständen übernommen und dein Bestes getan. Das wird die Geschichte anerkennen.«

»Aus deinem Mund in Gottes Ohr.«

Autoscheinwerfer kommen übers Vorfeld auf uns zu, und sie löst sich sanft aus meinen Armen. »Matt, du hättest so viel mehr erreichen können, wenn das ganze System nicht schon lange vor deinem Amtsantritt gelähmt worden wäre. Von Twitter-Mobs bis Fokusgruppen sorgen alle möglichen Leute dafür, dass nichts mehr umgesetzt werden kann. Nicht deine Schuld.«

Ich frage: »Du meinst, ich sei für das amerikanische Volk zu gut gewesen?«

Wieder ein Lächeln, ein rascher Kuss auf die Wange. »Nicht so schnell, Sailor Boy. Die Sache ist kompliziert, genau wie du. Die realen Leute existieren weiter mit Problemen und Potenzial, Hoffnungen und Träumen. Ihnen fällt es nur schwer, gute Entscheidungen zu treffen, weil ihr Gehirn mit so viel Scheiß angefüllt ist. Ich rufe dich an, wenn ich in Boston bin. Und ich komme nächstes Wochenende rauf, um zu sehen, ob du schon irgendwas ausgepackt hast. Im März verbringe ich dann die Semesterferien mit Mel und dir.«

Weitere Autoscheinwerfer tauchen auf.

Ein schwarzer Chevrolet Suburban hält neben uns. Fahrer und Beifahrer sind State Troopers in Zivil. Sam hat von ihrem Recht, Personenschutz durch den Secret Service abzulehnen, Gebrauch gemacht, aber aus Höflichkeit werden diese beiden Polizeibeamten sie nach Boston bringen.

Drei weitere Suburbans fahren vor, und das Trio wird vorn und hinten von Streifenwagen der New Hampshire State mit eingeschalteten Blinkleuchten eskortiert. Wenigstens bringt meine Position als Expräsident mir eine auffälligere und sicherere Beförderung zu meinem neuen Heim im Norden.

Mel kommt mit zwei Styroporbechern Kaffee für uns beide auf mich zu.

Samantha umarmt und küsst sie rasch, flüstert ihr etwas zu und geht dann zu dem SUV, das sie nach Boston bringen wird. Sie steigt ein, und der Suburban rollt über das verschneite Vorfeld davon.

Unsere Tochter Mel gibt mir einen Becher und fährt sich mit dem Handrücken über die Augen.

Ich lege ihr meinen Arm um die Schultern. »Wie geht's, Kiddo?«

»Beschissen«, sagt sie.

»Und wie«, sage ich. »Nochmals Glückwunsch zu deiner frühzeitigen Aufnahme in Dartmouth. Hast du schon ein Hauptfach gewählt?«

»Nö.«

»Eine Fachrichtung?«

»Auch nö«, sagt sie. Aber Mel bleibt in meiner Umarmung, und ich genieße diesen besonderen Augenblick mit ihr.

Ich frage: »Gibt's irgendwas, das du vielleicht studieren möchtest?«

»Noch nicht«, sagt sie.

Ich drücke ihre Schulter leicht. »Und welche Fächer möchtest du auf keinen Fall studieren?«

Sie lacht und trinkt einen kleinen Schluck Kaffee. »Politikwissenschaften, Dad. Sorry. Und bestimmt Journalismus. Und alles, was mit Fernsehen zu tun hat.«

Ich fühle alten Ärger in mir hochsteigen. Wenige Tage nachdem ich in meiner Rede die Verantwortung für den Tod von Asim al-Aschids Familie übernommen hatte, brachte *Saturday Night Live* einen Sketch mit einer Schauspielerin mit Panzerglasbrille, die Mel darstellte, die auf einem Schießstand einen Zwölfer nach dem anderen schoss. Die Pointe war, dass wenigstens ein Mitglied der Familie Keating gerade schießen könne.

Das war ein schlimmes Wochenende, und Mel brauchte Monate, um über diese öffentliche Demütigung vor einem Millionenpublikum hinwegzukommen. Der Produzent von *SNL* entschuldigte sich später dafür, meine Tochter verspottet zu haben, und ließ mich anschließend von Schauspielern als ahnungslosen Militaristen darstellen. *Mich* durfte er aufs Korn nehmen, und die Filmchen waren witzig. Ich nahm seine Entschuldigung an, und der NBC-Präsident hatte das Gefühl, sich wieder auf die Straße wagen zu können.

»Wie wär's mit dem Militär? In die Fußstapfen deines Alten treten?«

»Dad?«

»Ja?«

»Du bist viel aus Flugzeugen abgesprungen, stimmt's?«

»Ja. Und aus Hubschraubern. Aber immer mit dem Fallschirm.«

»Glaubst du wirklich, dass ich das mögen würde?«

»Nun, man kann immer hoffen …«

Mel sagt: »Komm, wir fahren, okay?«

»Machen wir, Kiddo.«

Wir treten ins Schneegestöber hinaus, als die versprochenen Möglichkeiten und realen Erfolge der Präsidentschaft Matthew Keatings letztlich zu Ende gehen.

TEIL ZWEI

KAPITEL 17

MATTHEW KEATINGS ZWEITES JAHR ALS EXPRÄSIDENT
LAKE MARIE, NEW HAMPSHIRE

Ich rufe: »Tempo, David, dann ist der Secret Service stolz auf Sie! Heute trete ich Ihnen in den Hintern!«

Wir paddeln in identischen dunkelgrünen Kanus von Old Town über den Lake Marie, und er liegt einen guten halben Meter hinter mir, während auf seinem kantigen Gesicht eine Mischung aus Belustigung und verbissener Anstrengung steht, als er sich bemüht, in Führung zu gehen.

Ich trage an diesem heißen Junitag kein Hemd, aber David Stahl, Special Agent und Chef meiner Personenschützer vom Secret Service, trägt ein weites schwarzes T-Shirt, das seine Muskeln, eine Pistole und sein Funkgerät verbirgt. Diese tägliche Wettfahrt über den dunkelblauen See hält uns beide in Form, obwohl er etwa zehn Jahre jünger ist als ich und vermutlich kein zusätzliches Training braucht.

Hinter dem Bootssteg, an dem mein Pontonboot mit Außenborder liegt, steht das altmodische große Haus am See, das ich in dem Interregnum zwischen Pamela Barnes' Wahlsieg und ihrer Amtseinführung gekauft habe. Es ist zweigeschossig, dunkelbraun und hat eine umlaufende verglaste Veranda und drei Nebengebäude: eine frei stehende Doppelgarage, einen Schuppen als Fitnessstudio und eine umgebaute kleine Scheune als Unterkunft für meine Personenschützer. Auf dem Grundstück verstreut stehen Kiefern und Birken, und es liegt in einem Naturschutzgebiet, sodass ich keine neugierigen Nachbarn habe.

»Endspurt, David!«, schreie ich. »Nur nicht schlappmachen! Los, los, Sie schaffen's!«

Unfair, ich weiß, aber ich genieße das Bewusstsein, dass ich heute Sieger bleiben werde, obwohl er jünger und besser in Form ist als ich. Und er weiß, dass ich nicht dulden würde, dass er sich absichtlich zurückhält, damit ich später damit angeben kann, gewonnen zu haben.

Dies ist ein Kanurennen, keine Golfpartie, und es ist unmöglich, das Ergebnis zu verfälschen, indem man Handicaps einführt oder Schläge wiederholen lässt. Es endet eindeutig, mit Sieg oder Niederlage, ohne Ausreden.

Mir gefällt diese Klarheit.

Ich höre das Scharren, mit dem der Bug meines Kanus auf Sand trifft, und lasse einen Jubelschrei hören, als ich in knietiefem Wasser aussteige, während Agent David Stahl als guter Zweiter einläuft. Meine rechte Hüfte, die vor vielen Jahren bei einem Hubschrauberabsturz in Afghanistan zertrümmert wurde, schmerzt heute Morgen fast gar nicht. Das ist schön. Ich ziehe mein Kanu in unserer kleinen Bucht an Land und sehe David, dessen kurzes schwarzes Haar schweißnass ist, dicht hinter mir. Er keucht: »Ziemlich gut, Sir, ziemlich gut.«

Wir ziehen unsere Kanus in den kleinen offenen Unterstand, der als Bootshaus dient. Als wir die Paddel wegstellen und die Schwimmwesten aufhängen, höre ich eine Frauenstimme: »Mr. President, hätten Sie einen Augenblick Zeit?«

Vor meinen Füßen steht eine Kühlbox. Ich öffne sie, hole eine Flasche Wasser heraus, die ich meinem obersten Personenschützer gebe, und nehme mir dann selbst eine.

Auf dem Steinplattenweg vom Haus her erscheint Madeline Perry, meine Stabschefin, während ich mich noch daran zu gewöhnen versuche, nicht mehr Präsident zu sein. Sie ist ungefähr in meinem Alter, eine stattliche Erscheinung, wie die Zeitschrift *Glamour* schreiben würde, und hat schulterlanges schwarzes Haar und einen blassen

Teint, der keine Sonne verträgt. Sie hat sich freiwillig erboten, mir ins Exil nach New Hampshire zu folgen, während meine übrigen Mitarbeiter versucht haben, bei der neuen Regierung Barnes oder sonst wo in DC unterzukommen. Auch heute trägt Madeline ihre Standarduniform: schwarze Slacks und eine lose pastellfarbene Bluse.

Ich drehe den Verschluss der Wasserflasche auf und nehme einen großen kalten Schluck. Madeline kommt näher und sagt: »Ich bin zum Büro in Manchester unterwegs, Sir, und fliege dann nach Manhattan.«

»Guten Flug«, sage ich.

»Oh, der ist bestimmt gut«, sagt sie, »aber er wäre denkwürdig, wenn Sie Ja sagen würden.«

»Wozu Ja?«, frage ich. Aber das ist nur ein Scherz, denn ich weiß genau, was sie meint. Mindestens vier Verlage haben Interesse an meiner Autobiografie angemeldet. Jetzt muss ich nur noch zustimmen, sie zu schreiben.

Sie presst ihre schmalen Lippen zusammen, und ich hebe beschwichtigend eine Hand. »Maddie, Maddie. Nicht heute, aber bald. Okay? Versprochen.«

Sie schüttelt den Kopf. »Mr. President, je länger Sie nicht mehr im Amt sind, desto rascher läuft die Zeit ab, die Ihnen für Ihre Memoiren bleiben. Irgendwann schwindet das Interesse, und die Verlage finden andere Projekte.«

Noch ein schöner Schluck kaltes Wasser. »Wie Sie das sagen, klingt es wie eine schlechte Sache.«

Madeline, die schon ins Haus zurückgehen wollte, bleibt noch mal stehen. »Es *ist* eine schlechte Sache, wenn Sie sich damit zufriedengeben, kaum Geld genug für sich und Ihre Familie zu haben – ganz zu schweigen von der Stiftung, die Sie gründen wollten, um anderen Veteranen zu helfen, die größere Probleme haben als Ihre Abwahl.«

Autsch, denke ich und sehe mich nach Agent Stahl um, von dem ich Zustimmung und Mitgefühl erwarte, aber er ist clever genug, um sich an den Kanus zu schaffen zu machen und so zu tun, als habe er nichts von unserem kleinen Wortwechsel mitbekommen.

Ich sehe meiner Stabschefin nach, als sie hinter der Garage verschwindet, wo ihr Volvo steht. Ich weiß, dass ich nicht so unfreundlich hätte sein sollen. Für einen Expräsidenten zu arbeiten ist ein undankbarer, anonymer Job. Im ersten Jahr habe ich ungefähr hunderttausend Briefe bekommen, die meist von Freiwilligen bearbeitet wurden. Jetzt sind es noch ungefähr zwanzigtausend, und Madeline beaufsichtigt diese Arbeit und erledigt unzählige andere Dinge, von der Koordinierung von Redeterminen bis hin zu Leuten, die endlich wissen wollen, was in der Area 51 vor sich geht und ob in Roswell wirklich Außerirdische gefunden wurden.

Manchmal beneide ich die sorgenfreie Zeit nach Eisenhowers Amtseinführung im Jahr 1953, als Harry Truman und seine Frau Bess sich in ihr Auto setzten und nach Missouri heimfuhren. Ich bin noch nicht bereit, die Freuden eines gewöhnlichen Menschen und Vaters aufzugeben.

Oben im Haus fällt eine Fliegengittertür zu. Mel kommt den Weg entlanggelaufen und ruft: »Hey, Dad, ich fahre gleich mit Tim weg! Wer hat heute gewonnen?«

Ich rufe zurück: »Na, wer wohl?«

Sie lacht. »Das sind jetzt zehn Siege in Folge, richtig?«

»Neun«, protestiert Agent Stahl. »Immer schön bei der Wahrheit bleiben.«

»Wie Sie meinen, Dave«, sagt Mel lächelnd. »Dad, brauchst du etwas aus dem Laden?«

Ich nehme mir einen Augenblick Zeit, meine Tochter zu bewundern, als sie mit ihrer modischen Brille und vom Duschen noch feuchtem Haar auf uns zukommt. Sie trägt Trekkingstiefel, Kakishorts und ein hellgraues Sweatshirt mit dem Aufdruck DARTMOUTH und hat einen dunkelblauen Rucksack über der Schulter. Mel ist neunzehn und klüger, als ich in ihrem Alter war – ich hatte mich nur für Bier, Mädchen, Waffen und Pferde interessiert, während Mel bei den Eignungstests zum besten einen Prozent gehört hatte.

Ich frage: »Was willst du mir aus dem Laden mitbringen? Du kommst doch erst morgen zurück.«

Sie bleibt vor mir stehen, lächelt mit perfekt weißen Zähnen. »Ja, ich weiß. Ich weiß aber auch, dass du die Törtchen mit Ahornsirup aus Cook's General Store liebst. Soll ich dir auf der Rückfahrt ein paar mitbringen?«

Ah, Cook's General Store. Ich erinnere mich beschämt an meinen ersten Einkauf vor zwei Jahren, als ich nicht hatte glauben können, wie teuer eine Gallone Milch war. Fast vier Dollar? Im Ernst? Seit wann das?

In diesem Augenblick wusste ich, dass ich viel zu lange in einer Blase gelebt hatte.

Ich schüttle den Kopf, umarme Mel und küsse sie auf die Wange. »Liebend gern, aber mein Cholesterinspiegel spricht dagegen. Danke für das Angebot.«

Mel drückt mich ebenfalls rasch. »Lass mich wissen, wenn er runtergeht, okay?«

»Wird gemacht«, sage ich. »Und viel Spaß mit deinem Tim.«

Sie verdreht leicht die Augen. »*Mein* Tim … okay, Dad.«

»Und ruf mich morgen an, sobald du wieder Netz hast, ja?«

Ein Lachen. »Klar, Dad. Mir passiert nichts, darauf kannst du dich verlassen. Hör zu, ich muss los. Er holt mich an der Zufahrt ab. Bestimmt ist er schon dort.«

Meine Tochter macht kehrt, läuft leichtfüßig den Weg zwischen Haus und Garage entlang, und ich sehe ihr nach, bis sie außer Sicht kommt.

Agent Stahl fragt: »Was haben Sie heute vor, Sir?«

»Oh, nichts Besonderes. Zweite Tasse Kaffee, die Zeitungen lesen, erste Dusche des Tages, dann leichte Rodungsarbeiten an der alten Stützmauer. Verdammt aufregend, was?«

»Und Mel?«

Seit ich nicht mehr im Amt bin, hat Mel keinen Anspruch auf Personenschutz durch den Secret Service mehr. Für Kinder von Expräsidenten endet er mit sechzehn Jahren, und seit die professionellen Beschützer aus ihrem Leben verschwunden sind, ist sie offener und entspannter geworden. Trotzdem will Agent Stahl in Bezug auf meine

Tochter immer auf dem Laufenden sein, und mich beruhigt zu wissen, dass er sie im Auge behält.

»Eine Bergtour mit ihrem Studienfreund Tim Kenyon«, sage ich. »Auf den Mount Rollins mit Übernachtung auf einer Hütte, die dem Dartmouth Outing Club gehört. Morgen kommen sie wieder zurück.«

»Das Wetter ist herrlich«, sagt er. »Die Tour wird ihnen Spaß machen. Mögen Sie ihn?«

»Tim?«, frage ich. »Mel mag ihn, also mag ich ihn auch. Sie hat mir erzählt, dass er sogar überlegt, in Dartmouth die Ausbildung zum Reserveoffizier zu machen, was ebenfalls für ihn spricht. Bei unserer ersten Begegnung war er ziemlich nervös, aber nach ein paar aufmunternden Worten hat sich das gegeben.«

»Was haben Sie zu ihm gesagt?«

Ich lächle Agent Stahl zu, der nach unserem Rennen noch ganz verschwitzt ist. »Ich habe ihm erklärt, dass ich eine 9-mm-Pistole und eine Schaufel besitze und mit beiden recht gut umgehen kann. Bis später, David.«

KAPITEL 18

NAHE DER AMERIKANISCH-KANADISCHEN GRENZE

Lloyd Franklin fährt seinen Pick-up, einen klapprigen schwarzen Ford F-150, und hat seinen Cousin Josh auf dem Beifahrersitz neben sich, als er zwei Gestalten entdeckt. Sie kommen aus dem dichten Wald an dieser unbefestigten Forststraße fünf Meilen südlich der kanadischen Grenze.

Josh schläft mit nach vorn gesacktem Kopf, sodass sein bärtiges Gesicht fast das T-Shirt der Boston Bruins berührt, das seinen Bierbauch bedeckt, und Lloyd stößt ihn mit dem Ellbogen an und sagt: »Hey, wach auf!«

Josh hustet, reibt sich die Augen und fragt: »Problem? Was gibt's? Border Patrol?«

Gute Frage, denn unter der abgenutzten blauen Plane auf der Ladefläche von Lloyds Truck stehen zehn Kartons mit Marlboros – insgesamt fünfhundert Stangen Zigaretten –, mit denen sie zu ihrem Schmuggelpartner in Ontario unterwegs sind. Lloyd und Josh, die in Lebanon, New Hampshire, achtundvierzig Dollar für die Stange gezahlt haben, verkaufen sie in Ontario für achtzig.

Selbst nach Abzug der Benzinkosten und des Anteils ihres kanadischen Partners werden Lloyd und Josh mit einer einzigen Fahrt auf dieser Forststraße, die zu den zahllosen Schmuggelrouten zwischen den USA und Kanada gehört, über fünfzehntausend Dollar verdienen. Jobs, für die Lloyd und sein Cousin geeignet wären, gibt es hier oben keine mehr, und Lebensmittelmarken sind einfach nicht das Wahre.

Lloyd späht durch die schmutzige Frontscheibe. »Weiß der Teufel, was das für Kerle sind. Ganz in Weiß.«

»Vielleicht Priester?«, fragt Josh.

»Blödmann!«

Die beiden Unbekannten treten mitten auf die Forststraße, und der Größere und Ältere der beiden hebt eine Hand. Lloyd bremst – er hört das mahlende Geräusch der Radlager, die er mit dem heutigen Gewinn endlich ersetzen lassen kann – und hält dicht vor den beiden Kerlen.

»Sieh sie dir bloß an!«, sagt Lloyd, der dabei denkt: Yeah, sie tragen weiße Overalls, mit denen sie mitten in der Wildnis verdammt merkwürdig aussehen.

Josh greift schwer atmend unter seinen Sitz, holt eine Ruger Kaliber .375 hervor. Er zieht den Revolver aus dem Holster, legt ihn auf seine dicken Schenkel und sagt: »Wenn die beiden nicht aus dem Weg gehen, übernehme ich.«

Lloyd fährt sein Fenster herunter, als der größere und ältere Mann auf sie zutritt. »Nicht aufregen, Josh. Vielleicht nur zwei Freaks, die sich im Wald verlaufen haben. Auf der Suche nach ihren Yogapartnern oder so.«

»Du hast gut reden«, faucht Josh ihn an. »Die gottverdammte Citizens Bank will mein Haus versteigern, mich und Linda und die Kids auf die Straße setzen. Das werde ich nicht zulassen! Mir egal, ob diese beiden am Verhungern sind oder seit Wochen durch die Wälder irren. Wir helfen ihnen nicht, sondern sehen zu, dass wir unsere Ware zur vereinbarten Zeit abliefern.«

Der Mann tritt an die Fahrertür, lächelnd, dunkle Haut, buschige Augenbrauen, und sagt mit starkem Akzent: »Entschuldigung, dass wir Sie belästigen.«

»Wo ist das Problem?«, fragt Lloyd. »Und warum tragt ihr diese … ABC-Schutzanzüge, richtig?«

Der Mann lächelt, aber sein Blick bleibt streng. »Das ist korrekt, Sie sind ein schlauer Bursche. Und es gibt kein Problem. Wir brauchen nur Ihren Truck. Sofort.«

Der Tonfall des Mannes ist freundlich, aber Lloyd bekommt eine Gänsehaut, und Josh sagt: »Scheiß drauf. Fahr weiter, Cuz.«

Der Mann sagt: »Ich wette, dass wir Sie bei irgendetwas unterbrochen haben. Sie wollten sich wohl miteinander vergnügen?«

Lloyd stellt den Wählhebel auf P, und Josh schnaubt entrüstet, und Lloyd stößt seine Tür auf, die den Kerl trifft. Josh und er waren Dachdecker, Maurer und Holzfäller und viele Jahre lang Mitglieder der Bikergang North Mountain Boys. Die beiden unheimlichen Scheißer können sich auf eine Abreibung gefasst machen. Josh und er sind einen halben Kopf größer als sie und mindestens zwanzig Kilo schwerer.

Sie werden ihren Spaß haben.

Josh steckt den Revolver in seinen Hosenbund, baut sich vor dem jüngeren, kleineren Kerl auf und packt ihn am Kragen. Er fragt: »Findet ihr das witzig? Haltet ihr uns für schwul oder was?«

Lloyd, der sich den ersten Kerl vornehmen will, hält kurz inne, um zu beobachten, wie Josh dem kleinen Kerl den ersten Schwinger verpasst …

Der kleine Kerl windet sich, macht blitzschnell etwas mit den Händen.

Josh jault auf.

Wirft sich für einen so großen und schweren Kerl verdammt schnell herum.

Joshs Hände umgreifen seinen Hals.

Er starrt Lloyd an.

Hustet.

Blut spritzt zwischen seinen Fingern hervor, die sich bemühen, seine durchschnittene Kehle zusammenzuhalten. Er macht zwei torkelnde Schritte, dann bricht er auf der Straße zusammen.

Lloyd gerät in Panik, als der erste Kerl weiter lächelnd auf ihn zukommt, erkennt entsetzt, warum sie Schutzanzüge tragen – um nicht mit Blut besudelt zu werden –, macht auf dem Absatz kehrt und will wegrennen, als er einen schmerzhaften Schlag im Kreuz spürt.

Seine Beine geben unter ihm nach.

Er schlägt hart auf, landet mit dem Gesicht im Dreck, und dann wird er von dem ersten Mann, der ein langes Messer in der Hand hält, auf den Rücken gedreht. An der Messerspitze hängt ein hellroter Tropfen Blut. Lloyd starrt ihn an. Seine Atmung wird langsamer.

Der Mann sagt: »Ich habe Ihre Wirbelsäule zwischen den Lendenwirbeln L3 und L4 durchtrennt. Diese Technik habe ich mir während meines Medizinstudiums in Tunesien angeeignet und seither in vielen Kampfsituationen in aller Welt angewendet. Sie werden nie wieder gehen können.« Dann lacht er. »Aber die mit ›wieder‹ bezeichnete Zeitperiode ist flexibel, nicht wahr?«

Der zweite Mann tritt neben den Älteren. Auch er betrachtet den Verletzten lächelnd.

Lloyd flüstert: »Warum?«

»Warum nicht?«, fragt der Unbekannte, als sein Messer erneut herabzuckt.

KAPITEL 19

LAKE MARIE, NEW HAMPSHIRE

Ungefähr eine Stunde nach Mels Abschied habe ich geduscht, die Zeitungen gelesen – eigentlich nur überflogen, weil es traurig ist, allmählich zu erkennen, wie falsch Journalisten mit ihrer Berichterstattung liegen können –, meine zweite Tasse Kaffee getrunken und dazu ein vom Frühstück übriges Hirschwürstchen gegessen.

Letzten November war dieses Wildbret noch ein Hirsch in den Wäldern jenseits des Sees, bevor ich ihn mit meiner Remington .308 mit Zielfernrohr mit einem Blattschuss erlegte. Meine alte Zielsicherheit freute mich, und meine Personenschützer freuten sich darüber, dass ihr Schützling in dieser Jagdsaison seinen Hirsch geschossen hatte und wieder in seinem sicheren Haus bleiben konnte, statt mit anderen Jägern im Freien unterwegs zu sein.

Nach diesem zweiten Frühstück nehme ich Handsäge, Baumschere und Spaten mit und mache mich auf den Weg zum Südrand unseres Grundstücks.

Dieses Anwesen ist etwas Besonderes, obwohl Samantha hier bei allen ihren Besuchen noch keinen Monat verbracht hat. Die nähere Umgebung steht größtenteils unter Naturschutz und darf nicht bebaut werden, und die wenigen Menschen, die hier draußen leben, halten sich fast ausnahmslos an die in New Hampshire übliche alte Tradition, ihre Nachbarn niemals zu belästigen oder mit Besuchern oder Reportern über sie zu schwatzen.

Draußen auf dem See schwimmt ein Motorboot, ein Boston Whaler mit zwei Anglern, die in Wirklichkeit Secret-Service-Agenten sind. Letztes Jahr hat die Zeitung *Union Leader* sie in einer Glosse als die erfolglosesten Angler des ganzen Staats bezeichnet, aber seither hat die Presse sich nicht weiter mit ihnen beschäftigt.

Während ich säge, schneide und Äste auf einen Haufen werfe, denke ich an zwei berühmte POTUS-Gärtner – Ronald Reagan und George W. Bush –, für deren Work-outs viele Leute kein Verständnis hatten. Sie dachten: Hey, wozu rausgehen und sich die Hände schmutzig machen, wenn man mal auf dem Gipfel von Ruhm und Macht gestanden hat?

Ich säge einen Kiefernschössling ab, der zu dicht an der alten Steinmauer steht. Um die Mauer zu schützen, muss ich den Wurzelstock ausgraben. Die Arbeit lenkt mich etwas ab – jedoch nicht genug, um zu verhindern, dass ich mich zwischendurch an meine dreieinhalbjährige Amtszeit und ihr unrühmliches Ende erinnere.

Es hat so viele lange und fruchtlose Besprechungen mit Spitzenpolitikern beider Parteien gegeben, in denen ich mit ihnen geredet, argumentiert, sie beschworen und einmal sogar gesagt habe: »Verdammt, wir sind doch alle Amerikaner! Können wir nicht bei irgendwas zusammenarbeiten, um unser Land voranzubringen?«

Und ich habe immer die gleiche arrogante, selbstgefällige Antwort bekommen: »Geben Sie nicht uns die Schuld, Mr. President. Sondern *denen.*«

Ich habe auch viele späte Abende im Oval Office verbracht, um Kondolenzbriefe an die Angehörigen unserer Besten zu unterschreiben: Männer und Frauen, die für die Idee von Amerika gestorben waren, nicht für die zänkische, rachsüchtige Nation, die wir geworden sind. Dreimal war ich auf die Namen von Männern gestoßen, die ich gekannt, mit denen ich gekämpft hatte, als ich jünger, fitter und bei den SEALs gewesen war.

Und ich verbrachte auch viele Abende mit dem Studium der vom National Counterterrorism Center initiierten Datenbank, die in typischem Bürokratenjargon Gefährdungsmatrix hieß, aber in Wirklichkeit als Kill-Liste bekannt war. Monatelange Arbeit, Recherchen, Überwachungen und Lauschangriffe ergaben eine Liste von Terroristen, die eine eindeutige Gefahr für die Vereinigten Staaten darstellten. Und ich saß allein da und hakte wie ein römischer Kaiser die Namen derer ab, die in den nächsten Tagen liquidiert werden sollten. Ich bin froh, dass ich das nicht mehr tun muss.

Endlich ist der Schössling abgesägt.

Auftrag ausgeführt. Beinahe. Den Wurzelstock grabe ich morgen aus, wenn ich wieder Ablenkung brauche.

Ich sehe auf und entdecke in der Ferne ein seltsames Flugobjekt.

Ich bleibe stehen, halte eine Hand als Sonnenschutz über die Augen. Seit ich hergezogen bin, habe ich mich an die vielen Vogelarten gewöhnt, die ständig oder zeitweilig am Lake Marie leben – auch an die Seetaucher, deren nächtliche Rufe wie das Röcheln eines Erwürgten klingen –, aber was dort fliegt, erkenne ich nicht.

Ich beobachte es einige Sekunden lang, dann verschwindet es hinter Bäumen.

Und ich mache mich wieder an die Arbeit, weil mich plötzlich etwas beunruhigt, das ich nicht recht benennen kann.

KAPITEL 20

AUSGANGSPUNKT DES SHERMAN'S PATH
MOUNT ROLLINS, NEW HAMPSHIRE

Am Steuer eines Cadillacs Escalade sitzend, reibt der ältere Mann sich sein bartloses Kinn, während er die Videobilder auf dem Laptop verfolgt. Der jüngere Mann auf dem Beifahrersitz neben ihm hat ein rechteckiges Steuerpult mit Schaltern und zwei Joysticks auf den Knien. Damit steuert er die Kameradrohne, mit der sie eben das Haus von Expräsident Matthew Keating beobachtet haben.

Dem Älteren gefällt es, die berühmte Drohnentechnologie des Westens gegen ihn eingesetzt zu sehen. Seit Jahrzehnten nutzt er die Mobilfunknetze des Westens, um die Bomben fernzuzünden, die so viele Menschen zerreißen und so viel Schrecken verbreiten.

Und das Internet – das zu Beginn sein Versprechen zu erfüllen schien, die Menschheit zu einen – wurde letztlich zu einem sicheren Kommunikationsmittel für ihn und seine Krieger.

Den Cadillac, in dem sie sitzen, haben sie einer jungen Familie im Norden von Vermont abgenommen, nachdem sie ihren erbeuteten Pick-up heute Morgen versteckt hatten. Am Instrumentenbrett, dem Kindersitz hinten und dem bunt bedruckten Stoffbeutel mit Spielsachen sind noch Blutspritzer und Spuren von Gehirnmasse zu sehen. Wenn sie den Wagen behalten wollen, werden sie ihn säubern müssen.

»Und jetzt?«, fragt der ältere Mann.

»Wir finden das Mädchen«, sagt der jüngere Mann. »Das dürfte nicht lange dauern.«

»Also los«, sagt der Ältere und beobachtet fasziniert und leicht neidisch, wie der Jüngere die Kameradrohne steuert, deren Bilder auf den Laptop übertragen werden.

»Ah, da haben wir sie!«

Aus der Vogelschau, denkt der Jüngere, der den Bildschirm nicht aus den Augen lässt. Eine rote Limousine, die auf einer schmalen Asphaltstraße unterwegs ist.

Der Ältere fragt: »Und du weißt *bestimmt*, dass die Amerikaner dich nicht orten können?«

»Unmöglich«, sagt sein Begleiter zuversichtlich. »In diesem Augenblick sind Tausende solcher Drohnen am Himmel. Die Flugsicherung hat Regeln aufgestellt, wo und in welchen Höhen sie fliegen dürfen, aber sie werden von den meisten Leuten ignoriert.«

»Aber ihr Secret Service …«

»Seit er aus dem Amt geschieden ist, hat seine Tochter keinen Anspruch mehr auf Personenschutz. So steht's tatsächlich im Gesetz. Unter speziellen Umständen kann er angefordert werden, aber das wollte sie nicht. Sie wollte unbedingt selbstständig sein und ihr Studium ohne bewaffnete Leibwächter aufnehmen.«

Er murmelt: »Also eine mutige junge Frau.«

»Und töricht dazu«, lautet die Antwort.

Und ein dämlicher Vater, denkt er, der seine Tochter schutzlos, ohne Leibwächter, herumlaufen lässt.

Die fliegende Kamera folgt dem roten Wagen mühelos, und der ältere Mann schüttelt den Kopf, während er nochmals das fruchtbare Land um sie herum betrachtet. Solch ein unmöglich reiches und begabtes Land, aber warum in Allahs Namen bestehen seine Bewohner darauf, sich überall auf der Welt einzumischen und ihre Ideen zu verbreiten und als Kolonialherren aufzutreten?

Heißer Zorn durchflutet ihn.

Wenn sie nur zu Hause blieben, könnten so viele Unschuldige noch leben.

»Da«, sagt sein Gefährte. »Wie ich zuvor erfahren habe … Sie machen dort halt. Wo der Sherman's Path beginnt.«

Die Limousine biegt auf einen aus der Luft gut sichtbaren unbefestigten Parkplatz ab. Der Jüngere staunt wieder darüber, wie einfach es war, die Planung der Studentin anhand der Webseiten ihres Colleges und des Dartmouth Outing Club nachzuvollziehen. Weniger als eine Stunde Arbeit und Recherchen haben dazu geführt, dass er sie auf Schritt und Tritt aus der Luft beobachten kann.

Er muss sich jedoch eingestehen, dass dieser Ausflug ins Collegeleben eine alte Sehnsucht geweckt hat, die er seit Jahren unterdrückt zu haben glaubte: die Sehnsucht danach, ein Student zu sein, dessen einzige Sorgen Freundschaften und Examensnoten sind.

So unschuldig ist er längst nicht mehr.

Er starrt wieder auf den Bildschirm. Auf dem Parkplatz stehen noch andere Autos. Das Mädchen und der Junge steigen aus. Beide holen Rucksäcke aus dem Kofferraum. Noch eine Umarmung und ein Kuss, dann gehen sie über den Platz und verschwinden im Wald.

»Zufrieden?«, fragt sein Gefährte.

Seit Jahren, denkt er befriedigt, hat der Westen Drohnen benutzt, um seinen Freunden, seinen Kämpfern und seinen Angehörigen Tod und Verderben zu bringen. Träge dicke Männer (und Frauen!) sitzen Tausende von Kilometern entfernt in völliger Sicherheit, trinken ihre zuckersüßen Limonaden und morden. Sie sehen die lautlosen Detonationen, ohne jemals eine zu hören – oder das Schreien und Weinen der Verwundeten und Sterbenden –, und fahren dann ohne eine Sorge auf der Welt heim.

Jetzt ist er an der Reihe.

Jetzt beobachtet er aus der Höhe.

Wie ein Falke auf der Jagd, denkt er.

Geduldig und lautlos wartend, bis er herabstoßen kann.

KAPITEL 21

SHERMAN'S PATH
MOUNT ROLLINS, NEW HAMPSHIRE

Es ist ein klarer und herrlicher Tag auf dem Sherman's Path, und Mel Keating genießt den Aufstieg zum Mount Rollins, auf dem ihr Freund Tim Kenyon und sie mit anderen Mitgliedern des Dartmouth Outing Club in der kleinen Gipfelhütte des Clubs übernachten werden. An einem Aussichtspunkt bei einem Granitblock macht sie halt, schiebt ihre Daumen unter die Rucksackgurte.

Tim taucht zwischen den Bäumen auf: lächelnd, das Gesicht mit leichtem Schweiß bedeckt, einen leuchtend blauen Rucksack auf dem Rücken. Als er herankommt, ergreift sie seine Hand. »Echt klasse Aussicht, Mel«, sagt er.

Sie küsst ihn. »Später kommt noch eine bessere.«

»Wann?«

»Wart's nur ab.«

Sie lässt seine Hand los und genießt den Blick über die sanft gerundeten White Mountains und das satte Grün der Wälder, das im Schatten der langsam ziehenden Schönwetterwolken dunkler ist. Am Horizont liegen der Connecticut River und die Berge von Vermont.

Mel atmet die frische Luft tief ein.

Nur sie und Tim und sonst niemand.

Als sie ihre Brille abnimmt, verwandelt sich alles augenblicklich in verschwommene grüne und blaue Flecken. Nichts zu sehen, nichts zu entdecken. Sie erinnert sich an langweilige Staatsbankette im Weißen Haus, bei denen sie zwischen Mom und Dad sitzend manchmal die Brille abgenommen und nur noch Farbflecken gesehen hatte. Das hatte die Zeit schneller vergehen lassen. Sie hatte eigentlich nicht dort sein und all diese gut gekleideten Männer und Frauen sehen wollen, die vorgaben, Dad zu mögen und seine Freunde zu sein, weil sie sich etwas von ihm erhofften.

Mel setzt die Brille wieder auf und sieht plötzlich alles scharf.

Das gefällt ihr.

Nicht beachtet zu werden und nur zu sehen, was sie sehen will.

Tim greift über ihren Rucksack, massiert sanft ihren Nacken. »Was siehst du?«

»Nichts.«

»Oh, das klingt nicht gut.«

Mel lacht. »Das ist das Beste, Dummkopf! Kein Personal, keine Reporter, keine Kameras, keine Agenten, die wie Statuen in den Ecken stehen. Niemand! Nur du und ich.«

»Klingt einsam«, sagt Tim.

Sie gibt ihm einen Klaps auf den Po. »Kapierst du das nicht? Kein Mensch passt auf mich auf, und ich genieße jeden Augenblick. Komm jetzt, wir müssen weiter.«

Eine Viertelstunde später sitzt Tim von Felsblöcken, Jungbäumen und Unterholz umgeben am Ufer eines Teichs, dessen Wasser seine Füße kühlt, und genießt die Sonne auf seinem Rücken und das sanfte High des Joints, den er sich gerade mit Mel geteilt hat. Er denkt darüber nach, wie verdammt glücklich er ist.

Er war anfangs schüchtern gewesen, als Mel – deren Identität auf dem Campus kein Geheimnis war – im letzten Semester genau wie er ein Seminar über Afrika besucht hatte. Er hatte nicht einmal versucht, mit ihr zu reden, bis Mel eines Tages die Bedeutung von Kleinkrediten in Afrika betonte, worauf einige Großmäuler ihr vorwarfen, sie habe keine Ahnung vom richtigen Leben, weil sie privilegiert aufgewachsen sei und keine authentische Biografie vorweisen könne.

Als die Großmäuler einen Augenblick verschnauften, verblüffte Tim sich selbst, indem er sagte: »Ich bin in einer Mietwohnung in Southie aufgewachsen, mein Dad war Leitungsmonteur bei Eversource, meine Mutter hat bei anderen Leuten geputzt und Rabattcoupons ausgeschnitten, und ich hätte dieses authentische Leben jederzeit gegen Privilegien eingetauscht, Mann!«

Einige Kommilitonen hatten gelacht, Mel hatte ihm dankbar lächelnd zugenickt, und er hatte sie nach dem Seminar auf einen Kaffee in Lou's Bakery eingeladen. So hatte alles angefangen.

Tim Kenyon, ein Stipendiat, ist mit der Tochter von Expräsident Matt Keating zusammen.

Was für eine Welt.

Was für ein Leben.

Mel, die auf einem bemoosten Felsblock sitzt, stößt ihn an und fragt: »Wie geht's deinen Füßen?«

»Die sind angenehm kalt.«

»Machen wir's gleich richtig«, sagt sie, steht auf und zieht an ihrem grauen Dartmouth-Sweatshirt. »Komm, wir schwimmen eine Runde.«

Er lächelt noch immer leicht benebelt. »Mel … jemand könnte uns sehen!«

Sie erwidert sein Lächeln, zieht das Sweatshirt aus, sodass ihr beiger Sport-BH sichtbar wird, und fängt an, ihre Shorts abzustreifen. »Hier? Mitten in einem National Forest? Keine Sorge, Sweetie, hier ist meilenweit niemand unterwegs.«

Als sie ausgezogen ist, schreit Mel unwillkürlich auf, als sie in den Teich springt, wobei sie darauf achtet, dass Kopf und Brille über Wasser bleiben. Das Wasser ist erfrischend kalt. Tim lässt sich Zeit, balanciert über die glitschigen Felsen und jault auf, als das kalte Wasser einen Punkt unterhalb seiner Taille erreicht.

Der Teich ist so klein, dass Mel ihn mit zehn, zwölf kräftigen

Schwimmzügen durchqueren kann. Als sie zurückschwimmt, wirkt das kalte Wasser belebend, lässt ihr Herz rasen und ihren Körper kribbeln. Sie legt den Kopf in den Nacken, betrachtet den klaren blauen Himmel zwischen hohen Kiefern. Nichts. Niemand, der sie beobachtet, ihr folgt, ihre Worte aufnimmt.

Glückseligkeit.

Wieder ein Jammern von Tim, und sie sieht zu ihm hinüber. Tim wollte als Student Reserveoffizier in der Navy werden, aber das hat ein zuvor nicht erkanntes Lungenleiden verhindert. Obwohl sie weiß, dass Dad sich wünscht, er ließe sich die Haare schneiden, haben Tims Herkunft aus Southie und sein Interesse für die Navy ihren Vater so für Tim eingenommen, dass er ihn als Freund seiner Tochter akzeptiert.

Tim taucht langsam unter, bis das Wasser seine kräftigen Schultern erreicht. »Hast du die Liste für die Hüttenübernachtung gesehen?«, fragt er. »Leider kommt Cam Carlucci auch.«

»Ja, ich weiß«, sagt Mel. Sie lehnt sich zurück, taucht ihr Haar ein und sieht zu dem leeren blauen Himmel auf.

»Du weißt, dass er wieder versuchen wird, dich …«

Mel sieht wieder ihren Tim an. »Yeah. Seine Kumpel und er wollen am Labor-Day-Wochenende zum Atomkraftwerk Seabrook fahren, um es zu besetzen und abzuschalten.«

Der arme Tim scheint bläuliche Lippen zu bekommen. »Da wollen sie dich natürlich dabeihaben.«

Mel imitiert Cam in spöttischem Tonfall, als sie sagt: »›Oh, Mel, du könntest so viel bewirken, wenn du verhaftet würdest. Stell dir die Schlagzeilen vor. Denk an deinen Einfluss.‹ Zum Teufel mit ihm! Sie wollen nicht mich. Sie wollen eine nützliche Idiotin, die ihnen die Aufmerksamkeit der Medien sichert.«

Tim lacht. »Erklärst du ihm das heute Abend?«

»Nö«, sagt sie. »Ich sage einfach, dass ich an diesem Wochenende schon verabredet bin.«

Ihr Freund wirkt leicht verwirrt. »Ach, wirklich?«

Sie schwimmt zu ihm und küsst ihn, die Hände auf seine Schultern gelegt. »Mit dir, Dummerchen.«

Seine Hände gleiten durchs Wasser und umfassen ihre Taille, und als sie diese Berührung genießt, sind plötzlich Stimmen zu hören. Mel sieht auf.

Erstmals seit Langem hat sie Angst.

KAPITEL 22

LAKE MARIE, NEW HAMPSHIRE

Während ich mich abtrockne, nachdem ich zum zweiten Mal geduscht habe (wegen eines spektakulären Sturzes in einer schlammigen Senke), spiele ich gerade das alte »Welche Narbe gehört zu welchem Einsatz«-Spiel, als mein iPhone klingelt. Als ich danach greife, ist mir bewusst, dass nur ungefähr zwanzig Menschen auf der Welt diese Nummer haben. Gelegentlich kommt jedoch ein Anruf von »John« in Mumbai, der sich als Microsoft-Angestellter in Redwood ausgibt. Ich bin versucht gewesen, John zu sagen, wen er wirklich am Apparat hat, aber bisher habe ich mich immer beherrscht.

Dieses Mal ist die Anruferkennung jedoch unterdrückt. Ich melde mich zögernd.

»Keating«, sage ich.

»Mr. President?«, fragt eine kräftige Frauenstimme. »Hier ist Sarah Palumbo vom NSC.«

Ihr Name ist mir sofort ein Begriff. Sarah, früher Brigadegeneral in der Army und stellvertretende CIA-Direktorin, war zuletzt Stellvertreterin meiner Nationalen Sicherheitsberaterin. Als Sandra Powell an die Universität zurückging, hätte Sarah die NSC-Direktorin werden sollen, aber Präsidentin Barnes hatte einen anderen Favoriten. Sarah hat alle Fakten im Kopf – von der jährlichen Fördermenge der russischen Ölfelder bis zum Status der Schmuggel-U-Boote des kolumbianischen Drogenkartells.

»Sarah … freut mich, von Ihnen zu hören«, sage ich mit einem Handtuch um die Hüften. »Wie geht es Ihren Eltern? Genießen sie die Sonne in Florida?«

Sarah und ihre Familie stammen aus Buffalo, wo Winterstürme an einem einzigen Nachmittag über einen Meter Schnee bringen können. »Sie lieben jede warme Sekunde dort unten«, sagt sie lachend, um sofort wieder ernst zu werden. »Sir, haben Sie einen Augenblick Zeit?«

»Mein Tag ist voller Augenblicke«, erwidere ich. »Um was geht's denn?«

»Sir …« Ihr Tonfall verändert sich noch mal, was mich beunruhigt. »Sir, dies ist ein inoffizieller Anruf, aber ich wollte Ihnen mitteilen, was ich heute Morgen erfahren habe. Die Bürokratie reagiert manchmal zu langsam auf Entwicklungen, und genau das möchte ich vermeiden. Diese Sache ist zu wichtig.«

Ich sage: »Bitte weiter.«

»Ich habe heute den Direktor bei der Gefahrenanalyse vertreten, bei der es um den täglichen Lagebericht für den Präsidenten und weitere interne Meldungen gegangen ist.«

Dieser Jargon versetzt mich sofort in POTUS-Zeiten zurück, und ich bin mir nicht sicher, ob mir das gefällt.

»Was ist passiert, Sarah?«

Eine kaum wahrnehmbare Pause. »Sir, wir haben verstärkte Aktivitäten bei verschiedenen Terrorzellen im Nahen Osten, in Europa und Kanada festgestellt. Nichts Bestimmtes, auch kein Datum, aber irgendetwas ist in Planung, eine große Sache, die weltweit Aufsehen erregen wird.«

Scheiße, denke ich. »Fein«, sage ich. »Terroristen bereiten einen Anschlag vor. Wieso rufen Sie mich an? Auf wen haben sie's abgesehen?«

»Auf Sie, Mr. President«, antwortet sie.

Ich schaffe es, mich anzuziehen, während die Stimme der Stellvertreterin des Nationalen Sicherheitsberaters aus dem Lautsprecher meines iPhones kommt. »Die abgehörten Telefonate und aufgefangenen

Nachrichten sind schwer zu entschlüsseln, aber Ihr Name taucht immer wieder auf – im Zusammenhang mit Racheschwüren und dem Aufruf an alle loyalen Dschihadisten, sich zu erheben und Sie zu töten. Die Sache klingt ernst genug, um Heimatschutz und FBI zu benachrichtigen, aber das kann dauern … deshalb rufe ich Sie an. Damit Sie und Ihre Personenschützer schon mal gewarnt sind.«

Ich trockne mein feuchtes Gesicht mit dem Handtuch ab. »Danke, Sarah, das weiß ich zu schätzen … aber dass Sie den Dienstweg umgangen haben, könnte Sie echt in Schwierigkeiten bringen.«

Sie sagt: »Mr. President, mir hat's nicht gefallen, wie Sie behandelt worden sind, als die Vizepräsidentin gegen Sie angetreten ist. Diese Kampagne … mir war ganz schlecht davon. Ich hätte's nicht verantworten können, diese Informationen nicht sofort weiterzugeben.«

»Mir hat die Kampagne auch nicht besonders gefallen«, sage ich. »Danke für die Warnung.«

»Passen Sie auf sich auf, Mr. President.«

Ich finde Agent Stahl nicht in der für den Secret Service umgebauten Scheune, sondern auf der großen umlaufenden Veranda des Hauses, wo er auf der Tastatur eines schwarzen Dienst-Laptops herumhackt. Ich informiere ihn rasch, und er hängt mit ernster Miene an meinen Lippen.

Ich sage: »Setzen Sie sich mit Ihrer Dienststelle in Portland oder der Maine State Police in Verbindung. Organisieren Sie Personenschutz für meine Frau. Sie ist am Ausgrabungsort der BU in … Hitchcock. Yeah, so heißt der Ort. Hitchcock, Maine. Sie wird protestieren, aber sorgen Sie dafür, dass sie rasch an einen sicheren Ort gebracht wird, bis wir rauskriegen können, was zum Teufel hier vorgeht.«

Stahl nickt, während er seinen Laptop zuknallt. »Verstanden, Sir.«

»Danach fahren Sie mit dem Suburban vor«, weise ich ihn an. »Sie und ich holen Mel ab. Vielleicht nehmen wir einen weiteren Agenten und möglichst viele Waffen mit.«

»Tut mir leid, Sir, aber davon muss ich Ihnen nachdrücklich abraten«, sagt er. »Das wäre nicht sicher.«

»Zum Teufel damit, David! Nehmen Terroristen mich aufs Korn, sind auch Samantha und Mel gefährdet. Das wissen Sie. Wir setzen uns in den Suburban, fahren zu diesem Trail und rennen ihn hinauf, so schnell wir können. Holen sie ein und bringen sie sicher zurück.«

Er schüttelt den Kopf. »Mr. President … unser Suburban ist nicht gepanzert, bietet nicht den gleichen Schutz wie die Präsidentenlimousine. Das wäre zu riskant.«

»Ist mir egal«, sage ich und spüre zunehmenden Druck im Hinterkopf.

»Aber *mir* nicht, und das ist mein Job«, widerspricht er. »Diese Kerle dort draußen … vielleicht wollen sie erreichen, dass Sie diese Anlage mit nur einem oder zwei Personenschützern verlassen. Unter Umständen lauert Ihnen ein Team von Angreifern an der Ausfahrt auf.«

»Dann trommeln Sie die Tagschicht zusammen, und wir fahren alle. Gemeinsam sind wir stärker.«

»Mr. President, bitte«, sagt er. »Wir haben Sie zu schützen und die Anlage zu verteidigen. Ich kann nicht alle Agenten in Marsch setzen, damit sie Mel zurückholen. Und selbst wenn wir mit allen Autos fahren würden, wäre keines von ihnen gepanzert. Ein halbes Dutzend Kerle mit Sturmgewehren könnten alle Fahrzeuge stoppen und ihre Insassen töten.«

»David …«

Er wirkt angestrengt. »Sir, sobald ich kann, alarmiere ich die New Hampshire State Police, das Grafton County Sheriff's Department und die Forstbehörde, damit sie Leute auf den Berg schicken«, sagt er. »Sie können Mel beschützen, sie sicher zurückbringen.«

»Das reicht nicht!«, knurre ich.

Stahl schüttelt den Kopf. »Sir, ich rufe auch unsere Außenstelle Burlington an, damit sie ein paar Agenten zum Mount Rollins schickt«, sagt er. »Wir kümmern uns um Ihre Frau, und wir kümmern uns um Mel. Mehr kann ich auf der Basis Ihres … Status nicht tun.«

Ich weiß, was er meint, und Agent Stahl ist zu höflich, um es laut auszusprechen.

Wäre ich noch POTUS, hätte ich ein Heer von Agenten zur Verfügung, und ein Hubschrauber mit Bewaffneten würde zum Mount Rollins starten, um Mel aufzulesen und sofort zurückzubringen. Das Counter Assault Team des Secret Service würde auf dem Anwesen patrouillieren, und auf allen Straßen in meilenweitem Umkreis würden Sperren errichtet, um den gesamten Verkehr zu kontrollieren. Scharfschützen und Sprengstoffspürhunde wären in den Wäldern und auf den Nebenstraßen unterwegs.

Aber ich bin nicht mehr POTUS, und der Personenschutz für meine Familie und mich ist nicht im Entferntesten auf dem Niveau wie im Haus 1600 Pennsylvania Avenue.

»Sir«, sagt Agent Stahl. »Bitte lassen Sie mich telefonieren. Sofort. Ich benachrichtige Sie, sobald alles sicher ist. Und ich mache mich daran, zusätzliches Personal für Ihren Schutz zu organisieren.«

Ich nicke nur und wende mich ab, weil ich weiß, dass Agent Stahl recht hat.

KAPITEL 23

SHERMAN'S PATH
MOUNT ROLLINS, NEW HAMPSHIRE

Mel löst sich aus Tims süßer Berührung und merkt sofort, dass hier etwas ganz und gar nicht in Ordnung ist. Die beiden Männer lächeln, aber in ihrem Blick liegt weder Freundlichkeit noch Humor. Und die Slacks, Straßenschuhe und weißen Oberhemden, die sie tragen, ohne Rucksäcke oder auch nur Wasserflaschen bei sich zu haben, passen nicht hierher in die Berge.

Tim betrachtet die beiden Männer, dann flüstert er Mel zu: »Die haben uns erwischt, was?«

Sie tritt Wasser und antwortet ebenso leise: »Tim, du musst abhauen. Sofort. Schwimm ans andere Ufer, verschwinde im Wald. Los jetzt!«

Tim ist verwirrt. »Mel, wo ist das Problem?«

Die beiden Männer kommen näher, lächeln weiter.

Sie weiß Bescheid.

Als Dad erstmals für den Kongress kandidierte und ein Rotarier in einem Bonefish Grill eine Rede hielt, hatte ein Reporter, der über die Veranstaltung berichtete, die gelangweilte Mel gefragt, was sie von dem Redner halte, und sie hatte geantwortet: »Er quatscht zu viel.«

Was auch stimmte. Aber damals war sie von Mom ausgeschimpft worden. Mel besaß schon immer die Gabe, das wahre Ich anderer zu erkennen.

Und diese beiden sind keine Wanderer.

Sie sind Killer.

Der größere Mann bleibt stehen. »Mel Keating, ziehen Sie sich bitte an und kommen Sie mit. Ihr Freund auch.«

Tim fragt: »Wer zum Teufel sind Sie? Wieso sollten wir mit Ihnen mitgehen?«

Der andere Mann zieht eine Pistole.

O Gott, denkt Mel, und das Wasser fühlt sich plötzlich viel kälter an.

»Ist Ihre Frage damit beantwortet?«, fragt der Ältere weiter lächelnd.

Mel spricht lauter, um vor Tim stark zu erscheinen. »Wollen Sie nicht den Blick abwenden, wenn ich aus dem Wasser steige?«

Er zuckt mit den Schultern. »Mel Keating, ich habe schon weit Schlimmeres gesehen.«

Außer dass sie Angst registriert, die ihre Arme und Beine zittern lässt, ist Mel Keating stinksauer auf sich selbst, als sie – mit noch nassen Haaren und feuchten Socken in ihren Stiefeln – mit Tim und den beiden bewaffneten Männern bergab unterwegs ist. Bei ihrem plötzlichen Auftauchen hat sie sofort gewusst, dass hier außer ihrer ungeeigneten Kleidung etwas nicht stimmte.

Es lag in ihren Gesichtern.

Sie hatten lächelnde, offene Gesichter, aber Mel erkannte ihre Augen als die Augen von Jägern. Sie war in Texas aufgewachsen, wo viele ihrer Verwandten Jäger waren, und als Dad in der Navy gewesen war, waren manchmal Kameraden auf Besuch gekommen, oft kurz vor einem bevorstehenden Einsatz, in deren Augen sie denselben Ausdruck gesehen hatte.

In ständiger Bewegung, flackernd, analysierend, angriffsbereit.

Wären sie nicht im Wasser – auf ihren Vorschlag hin! –, sondern auf dem Trail gewesen, hätte sie Tim mit sich in den Wald gezogen, und sie hätten durchs dichte Unterholz flüchten können.

Aber im Wasser gab es kein Entkommen. Nur die Demütigung, aus dem Teich steigen und sich unter den Blicken der Männer anziehen zu müssen, bevor es erst auf dem Trail und dann auf einem anderen Weg bergab ging.

Tim geht vor ihr her. Sein Gesicht ist blass, wenn er sich manchmal nach Mel umsieht, und vor ihm läuft der jüngere Mann leichtfüßig den Weg hinunter. Der Ältere ist dicht hinter ihr, und als der Jüngere langsamer wird, um eine Schuttrinne zu überwinden, fragt Mel den älteren Mann: »Wieso machen Sie das?«

Der Mann lächelt, und sein Akzent ist jetzt weniger stark. »Das wissen Sie.«

»Aber mein Dad … er ist nicht mehr Präsident. Wenn Sie's darauf abgesehen haben …«

»Mel Keating, Sie haben keine Ahnung, worauf ich's abgesehen habe, stimmt's?«

»Aber Sie müssen das nicht tun«, sagt sie angestrengt nachdenkend. Tim sieht sich mit angstvoll geweiteten Augen erneut nach ihr um, als sie vorschlägt: »Lassen Sie uns einfach gehen.«

»Allah will es anders, fürchte ich.«

»Bitte«, sagt Mel beschwörend. »Der Islam ist eine Religion des Friedens, nicht wahr? Beweisen Sie's, indem Sie uns freilassen. Wenn Sie eine Nachricht, eine Sorge oder Beschwerde haben, überbringe ich sie meinem Dad. Er kann dafür sorgen, dass sie zu den richtigen Leuten gelangt.«

Der Mann sagt zunächst nichts, dann lacht er laut. »Oh, Sie unwissendes junges Mädchen! Was Sie über den Islam nicht wissen, würde ein Containerschiff füllen. Aber ich bin viele Jahre lang ein geduldiger Lehrer gewesen … Ihr Vater und Sie haben so viel zu lernen und ich so viel zu lehren. Ich habe lange, sehr lange auf das hier gewartet.«

Er berührt ihren Nacken sanft mit der Mündung seiner Pistole.

»Gehen Sie jetzt bitte weiter«, sagt er. »Diese Diskussion ist sehr interessant, aber ich habe den Eindruck, dass Sie versuchen, Zeit zu schinden. Für den Fall, dass wir Wanderern begegnen, die diesen Weg heraufkommen. Wir haben nicht lange geplant und eine weite Reise auf uns genommen, um uns von ein paar zufällig vorbeikommenden Wanderern aufhalten zu lassen. Mel Keating, bitte gehen Sie weiter.«

Tim starrt sie noch immer an. Seine Augen sind feucht, und Melanie würde am liebsten sagen: Sorry, Tim, deine Beziehung zur Tochter des Präsidenten hat sich anders entwickelt als erhofft, nicht wahr?

Diesmal übt die Pistole stärkeren Druck aus.

Sie setzt sich in Bewegung, geht absichtlich langsamer, was sofort bemerkt wird.

Der Ältere sagt: »Schneller, Mel Keating, sonst verliere ich die Geduld und lasse Ihren Kopf auf einem Wegweiser zurück.«

KAPITEL 24

HUNTSMEN TRAIL
MOUNT ROLLINS, NEW HAMPSHIRE

Die Minuten verstreichen rasch, und Mel ist sich bei jedem Schritt bewusst, dass es ihre Aufgabe ist, Tim und sich die Flucht vor diesen Männern zu ermöglichen. Wären sie in den Bergen in einen Schneesturm geraten oder als Schiffbrüchige auf einer unbewohnten Insel gestrandet, hätte sie niemanden lieber an ihrer Seite als Tim.

Aber dies ist etwas anderes.

Sie denkt an all die harten jungen Männer – und einige Frauen –, die sie kennengelernt hat, als Dad in der Navy war und später für den Kongress kandidierte. Sie hörte ihre Erzählungen, manchmal heimlich lauschend, wenn sie im Bett hätte sein sollen, und lernte viel darüber, wie es jenseits der Grenzen und Ozeane wirklich zuging. Sie hätte viel dafür gegeben, jetzt nicht den süßen, harmlosen Tim, sondern einen dieser freiwilligen Unterstützer bei sich zu haben.

Teufel, ihre Mom – die von Anfang an auf Dads Seite gestanden hatte und in der oft hinterhältigen akademischen Welt arbeitete – würde jetzt wie Mel denken und Optionen, einen Ausweg, suchen.

Die Bäume weichen zurück.

Der Weg wird breiter.

Ein unbefestigter Parkplatz kommt in Sicht, und sie sucht ihn ab …

Verdammt.

Am Ausgangspunkt dieses Weges, mehrere Meilen von Tims Wagen entfernt, steht nur ein Fahrzeug.

Ein schwarzer Cadillac Escalade.

Ach, wenn hier doch zwei oder drei Autos voller Wanderer stünden! Vielleicht voller muskulöser Football- oder Rugbyspieler aus dem College …

Alles kommt weiter auf sie an.

»Jetzt aber Tempo«, sagt der Mann hinter ihr.

Sie sind auf dem Parkplatz.

Tim bleibt stehen, macht zwei Schritte auf sie zu und flüstert: »Alles wird gut, versprochen.«

Tim versucht klar zu denken, während er die beiden bewaffneten Männer beobachtet, obwohl seine Gedanken wie Wildwasser der Kategorie IV durch seinen Kopf schießen. Er konnte nichts anderes tun, als sich vorzustellen, er sei in einen reißenden, gefährlichen Fluss gefallen: die Verhältnisse zu beobachten und über die besten Überlebensoptionen nachzudenken.

Verdammt, denkt er. Er hätte auf Mel hören, ans andere Ufer schwimmen und zu Fuß flüchten sollen. Natürlich wäre es sehr schmerzhaft gewesen, nackt durchs Unterholz zu flüchten, aber er hätte irgendwann jemanden mit einem Handy finden können, der melden konnte, dass Mel Keating entführt wurde.

In dem Teich war Mel die gefährdete Tochter des Expräsidenten gewesen, nicht Mel, die gewöhnliche Studentin aus Dartmouth.

Mel tritt vor und sagt: »Hören Sie mir zu. Was Sie wollen, was Sie brauchen, hängt alles mit mir zusammen. Nicht mit meinem Freund hier …« Sie zeigt auf Tim. »Nehmen Sie mich mit. Lassen Sie ihn zurück.«

Tim kann kaum glauben, wie tapfer und gefasst Mel zu sein scheint, und während sie spricht, denkt er: Vielleicht lässt sich hier doch etwas machen.

In einer Seitentasche seines Rucksacks steckt ein Klappmesser, das sich rasch öffnen lässt. Als er vorhin den Rucksack auf den Rücken genommen hat, hat er unauffällig den Reißverschluss aufgezogen. Könnte er diese beiden dazu bringen, ihm zu erlauben, den Rucksack abzunehmen, könnte er in die Seitentasche greifen und …

Der Ältere lässt die Pistole sinken und fragt: »Das würden Sie wollen? Ihren Gefährten hier zurücklassen? Allein mit uns wegfahren?«

Mel nickt, als der Jüngere näher an Tim herantritt.

Könnte klappen.

Red weiter, Mel, denkt er. Nicht aufhören!

Tim sagt: »Hey, Jungs, ich hab Rückenschmerzen. Kann ich den Rucksack absetzen?«

Mel sagt: »Ja, das will ich. Lassen Sie Tim hier. Ich komme allein mit.«

Er beginnt die Gurte zu lockern. Ein verzweifelter Schritt, aber wenn er den Rucksack in der Hand hält, kann er ihn nach dem Kerl mit der Pistole werfen und den anderen Kerl mit dem Messer angreifen. Ihn irgendwie verwunden, damit Mel und er durch den Wald flüchten können.

Mel fragt: »Was sagen Sie, Sir? Machen Sie's? Ist das nicht das Vernünftigste?«

Der Ältere sagt: »Oh, gewiss.«

Tim denkt: Okay, versuchen wir's.

»Junger Mann«, sagt er. »Versprechen Sie, hierzubleiben, wenn wir Sie zurücklassen? Tun Sie das?«

»Klar doch«, sagt Tim. »Versprochen.«

Mel denkt: Ich habe Eindruck gemacht. Vielleicht tut er genau das. Tim bleibt zurück und kann hoffentlich bald die Cops alarmieren, ihnen die beiden bewaffneten Kerle und den Cadillac beschreiben, in welche Richtung sie gefahren sind … Vielleicht klappt's tatsächlich.

Sie ist schockiert und überrascht, als der ältere Mann Tim fragt, ob er verspreche, hierzubleiben.

Tim wirkt erleichtert. »Klar doch. Versprochen.«

Der Ältere sagt rasch etwas – vielleicht auf Arabisch –, dann fügt er auf Englisch hinzu: »Gut, dann lassen wir Sie hier.«

Danke, lieber Gott, denkt Mel. Nun wird alles gut.

Der jüngere Mann tritt noch näher an Tim heran, bohrt ihm die Mündung seiner Pistole ins linke Ohr. Mel beobachtet entsetzt schweigend, wie Tim versucht, den Kopf von dem Metall wegzudrehen. Dann fällt ein Schuss.

Blut und Gehirnmasse spritzen.

Tim grunzt, sackt auf dem Parkplatz zusammen, erzittert und stirbt rasch.

KAPITEL 25

AUSGANGSPUNKT DES HUNTSMEN TRAIL
MOUNT ROLLINS, NEW HAMPSHIRE

Es brauchte einige Überredungskunst, und er musste Geld für einen Babysitter ausgeben, aber Clem Townsend ist an diesem Morgen glücklich, als er mit seiner Frau Sheila neben sich die unbefestigte Straße zum Huntsmen Trail hinauffährt, der auf den Mount Rollins führt. Vor genau zehn Jahren waren sie zu zweit dort hinaufgewandert, und er hatte auf dem Gipfel die entscheidende Frage gestellt – mit einem im Walmart in Lebanon gekauften hübschen Verlobungsring in der Hand. Sie hatte natürlich Ja gesagt, und dieser Berg und dieser Weg hatten seither eine besondere Bedeutung, und es war zu einer Tradition geworden, den Aufstieg an jedem Jahrestag zu wiederholen. Auch nach zehn Jahren und drei Kindern sieht Sheila noch ziemlich gut aus, auch mit ein paar zusätzlichen Pfunden, über die er nicht meckern kann, weil er selbst etliche zugelegt hat …

»Clem, pass auf!«

Er reißt das Lenkrad ihres alten Subaru Forester nach links, als ein riesiges schwarzes SUV die schmale unbefestigte Straße heruntergebrettert kommt und um ein Haar ihre rechte Wagenseite streift. Er ruft »Arschloch!«, als der Subaru mit den linken Rädern in den flachen Straßengraben gerät. Sheila hält sich an der Abdeckung des Instrumentenbretts fest, als ihr Wagen ruckelnd weiterhoppelt und endlich wieder auf die Fahrbahn gelangt.

Clem hält an, atmet schwer.

»Jesus, das war knapp«, sagt er. »Alles in Ordnung mit dir, Schatz?«

Sheila nickt. »Dieser Idiot! Ich dachte schon, er würde uns den Seitenspiegel abfahren.«

Er nimmt den Fuß vom Bremspedal und fährt zwei, drei Minuten langsam weiter, bis sie den Parkplatz erreichen, an dem der Huntsmen Trail beginnt. Als Clem in der Nähe des hölzernen Wegweisers mit gelber Beschriftung parkt, sagt Sheila: »Oh, sieh dir das an! Diese Idioten haben einen Haufen Müll hinterlassen. Kein Wunder, dass sie's so eilig hatten.«

Clem sieht hinüber und erstarrt. Sheila und ihm gehört eine kleine Tankstelle mit Laden in der nahe gelegenen Kleinstadt Spencer, wo er Rettungssanitäter bei der freiwilligen Feuerwehr ist. Er weiß, was er sieht – jedenfalls keinen Müllhaufen.

Er stellt den Motor ab. »Sheila, hol dein Smartphone raus. Sieh nach, ob du hier Netz hast.«

Während Sheila in ihrem Rucksack wühlt, steigt Clem in den kühlen Vormittag aus. Er geht rasch zu der zusammengesackten Gestalt und fragt laut: »Hey, alles in Ordnung? Alles okay mit Ihnen?«

Ein junger Mann, die Augen überrascht aufgerissen, in Kakishorts und einem T-Shirt der Patriots, sein Rucksack noch auf dem Rücken, auf der Seite liegend, sein zerschmetterter Kopf in einer großen Blutlache.

Großer Gott, denkt Clem.

Dann steht Sheila neben ihm, hält ihr Galaxy in zitternden Händen und sagt: »Clem, wir haben Netz.«

»Ruf die 911 an. Sag ihnen, wo wir sind und dass hier ein Erschossener liegt.«

Während sie telefoniert, hält Clem sich von der Leiche fern, weil er weiß, was er darf und was nicht. Der Junge ist tot, ihm kann niemand mehr helfen. Kein Grund, hinzugehen und die Leiche zu untersuchen. Am besten lässt er den Jungen so liegen, bis die Polizei kommt. Er hört Sheila am Telefon, hört ihre ruhige, gleichmäßige Stimme. Gute, starke Frau, denkt er. Ein Glück, sie zu haben.

Aber etwas anderes ist merkwürdig.

Etwa zwei Meter entfernt liegt noch ein Rucksack.

Ein weiterer Wanderer? Der Schütze? Hat der Junge versucht, diesen Rucksack zu stehlen, und ist bei einem Gerangel erschossen worden?

»Hörst du das?«, fragt Sheila.

Fernes Sirenengeheul.

»Da hat's jemand verdammt eilig«, sagt er.

Sheila sagt: »Ich wette, das ist Donny Brooks vom Trupp F.«

Clem ist zufrieden. In diesem Teil von New Hampshire gibt es nur wenige örtliche Polizeistationen, was bedeutet, dass die State Police oder die County Sheriffs oft als Erste vor Ort sind. Wegen ihres kleinen Ladens kennen Sheila und er jeden State Trooper und Sheriff's Deputy in fünfzig Meilen Umkreis.

Zum Beispiel den Trooper am Steuer eines dunkelgrünen Dodge Charger, der mit Blinklicht vorfährt und schleudernd bremst. Der Fahrer ist Donny Brooks, der sich über Funk vom Tatort meldet, bevor er aussteigt. Er trägt die Uniform der State Police – dunkelgrüne Jacke und beige Hose –, und aus seiner Miene sprechen Besorgnis und Energie, als er auf das Ehepaar Townsend zukommt und sich dabei seinen breitkrempigen runden Hut aufs kurze blonde Haar drückt. Er ist Ende zwanzig, mit breiten Schultern, und er hat es eilig.

Auch Donny achtet auf Abstand, als er die Leiche kurz in Augenschein nimmt. »Clem«, fragt er, »wann habt ihr den Jungen gefunden?«

»Vor ungefähr zehn Minuten, Donny«, sagt er. »Sheila und ich wollten auf den …«

»Irgendwer in der Nähe? Habt ihr unterwegs jemanden gehört oder gesehen?«

Sheila sagt: »Wir sind fast mit einem großen schwarzen SUV zusammengestoßen. Der Hundesohn hat uns in den Straßengraben gedrängt.«

Donny starrt weiter den Toten an. Er zieht Notizbuch und Kugelschreiber aus der linken Brusttasche und fängt an, sich Notizen zu machen. »Wie viel Zeit hat zwischen dem Beinahe-Unfall und dem Auffinden der Leiche gelegen?«

Sheila sagt: »Ungefähr drei Minuten.«

»Marke des schwarzen SUVs?«

»Keine Ahnung«, sagt Clem.

»Ein Cadillac Escalade«, antwortet Sheila. »Das verdammte Ding hat mich fast gestreift, fast den Seitenspiegel abgerissen.«

Donny fragt: »Haben Sie das Kennzeichen gesehen?«

»Leider nicht«, sagt Sheila. »Ich weiß nicht mal, aus welchem Staat das SUV war.«

Der State Trooper sieht auf seine Uhr, und Clem errät, dass Donny sich auszurechnen versucht, wie weit der Cadillac seit dem Beinahe-Zusammenstoß gekommen sein kann.

Donny drückt die Sprechtaste seines Schultermikrofons. »Zentrale, Eins-eins-vier mit einem Fahndungsaufruf: schwarzer Cadillac Escalade, in Richtung Upper Valley Road unterwegs. Mögliche Zeugen oder bewaffnete Tatverdächtige. Alarmieren Sie auch die Dienststellen in Purmort, Montcalm, Spencer, Monmouth und Leah. Ebenso Sergeant Wagner. Er soll sich hier melden.«

Der Funkverkehr geht noch eine Zeit lang weiter, und als eine Pause entsteht, fragt Clem: »Siehst du den zweiten Rucksack da? Kommt dir der nicht merkwürdig vor, Donny?«

Der Trooper nickt. »Yeah. Der ist mir beim Aussteigen gleich aufgefallen.«

»Willst du ihn dir nicht genauer ansehen?«

»Sollte damit auf meinen Vorgesetzten warten, aber … Scheiße, er könnte nützlich sein.«

Donny geht einmal um den Rucksack herum, dann zieht er Lederhandschuhe an, geht in die Hocke und öffnet den Rucksack. Clem kommt etwas näher, um zu sehen, was er enthält. Heraus kommen eine Wasserflasche, zwei Granola-Riegel, ein dunkelblaues Sweatshirt, ein paar dicke Wollsocken und eine hellbraune Geldbörse.

»Das ist schon mal was«, sagt Clem.

Sheila steht so dicht neben ihm, dass er sie atmen hören kann.

Der Trooper klappt die Geldbörse auf, zieht etwas heraus, das ein Studentenausweis zu sein scheint. Clem macht einen langen Hals und ist verblüfft, als er das Foto der hübschen jungen Frau und ihren Namen darunter sieht.

MELANIE R. KEATING.

»Oh, Scheiße«, sagt Donny, als in der Ferne weitere Sirenen heranheulen.

Sheila sagt: »Das … ist das nicht Präsident Keatings Tochter?«

Clem bringt kein Wort heraus.

Dies ist wirklich ein denkwürdiger Jahrestag.

KAPITEL 26

IM NORDWESTEN VON NEW HAMPSHIRE

Mel Keating bemüht sich, ihr hektisches Atmen zu verlangsamen, was nicht leicht ist, weil sie an Armen und Beinen mit Gewebeband gefesselt ist, eine Stoffkapuze über dem Kopf und einen mit Gewebeband befestigten Stoffknebel im Mund hat. Zum Glück ist ihre Brille noch da. Ein Teil ihres Ichs zittert vor Schock und Entsetzen darüber, dass Tim vor ihren Augen erschossen wurde – ausgelöscht, bevor er auch nur alt genug war, Alkohol trinken zu dürfen, auf einem Parkplatz von zwei Terroristen liquidiert.

Tangos, wie sie beim Militär heißen, denkt sie, während ihr Tränen übers Gesicht laufen. Killer. Gesindel.

Genau die Leute, gegen die Dad gekämpft hatte, als er bei den SEALs war und später als Präsident.

Die Unwissenheit und Apathie ihrer Kommilitonen in Bezug auf die reale Welt erstaunen Mel immer wieder, und sie hat gelernt, den Mund zu halten, wenn Studenten in nächtelangen Diskussionen endlos betonen, die wahren Wurzeln des Terrorismus seien Armut, Verzweiflung und Ungleichheit.

Eines Abends hatte sie darauf hingewiesen, Osama bin Laden habe aus einer reichen Familie saudischer Bauunternehmer gestammt und sei bestimmt nicht mittellos oder unterdrückt gewesen. Mann, diesen Fehler hatte sie nie wieder gemacht, nachdem sie sich eine Stunde lang hatte anhören müssen, wie unwissend, gefühllos und privilegiert sie sei.

Die Kapuze besteht aus Segeltuch, riecht nach Getreide. Mel bemüht sich weiter, gleichmäßig zu atmen und vielleicht etwas von dem mitzubekommen, was ihre Entführer reden.

Ihre Entführer.

Sie hatten es auf *sie* abgesehen.

Die Tochter des Expräsidenten.

Aber wozu?

Dad ist seit fast zwei Jahren nicht mehr im Amt. Ohne Macht, ohne Einfluss, ohne Möglichkeit, nach einem Telefonhörer zu greifen und ihre Forderungen zu erfüllen.

Halt die Klappe, denkt sie.

Konzentriere dich.

Vor einer Minute ist das SUV, in dem sie liegt, von der unbefestigten Straße nach links auf eine Asphaltstraße abgebogen.

Denk nach.

Horch.

Auf einer asphaltierten Straße.

Verdammt, sagt sie sich, du hättest besser aufpassen sollen.

Du musst taffer werden.

Bleib ruhig, atme weiter durch die Nase, bleib entspannt.

Nicht an den süßen Tim denken, nicht an seine Ermordung denken, nichts denken.

Horch.

Das Rollgeräusch von Reifen auf Asphalt.

Also noch immer auf der Upper Valley Road.

Pass auf.

Das SUV macht halt.

Stößt zurück.

Auf eine unbefestigte Straße zurück.

Fang zu zählen an.

Einundzwanzig, zweiundzwanzig, dreiundzwanzig …

Sie wird transportiert, zu einem Schlupfwinkel gebracht, den ihre Entführer vorbereitet haben, damit sie in aller Ruhe ihre Lösegeldforderung stellen können. Indem sie mitzählt und sich die

Abschnitte merkt, kann sie den zurückgelegten Weg rekonstruieren und …

Das SUV hält wieder.

Ändert seine Richtung.

Fährt wieder auf Asphalt.

Okay, wie viele Sekunden waren das?

Zehn, elf?

Das SUV fährt im Kreis, wechselt die Richtung, fährt weiter im Kreis und …

Wieder auf einer unbefestigten Straße.

Dann wieder auf Asphalt.

Mel hat Tränen in den Augen.

Diese Kerle dort vorn, sie sind gut, verwirren sie, sorgen dafür, dass sie die Orientierung verliert.

Die Tränen fließen stärker.

Mel denkt: Okay, sie sind gut.

Aber ich bin auch ziemlich gut.

Sie atmet tief durch, erinnert sich an Asphalt, unbefestigte Straße, Asphalt, wieder unbefestigte Straße und beginnt wieder zu zählen, als ihre Entführer auf glatter Fahrbahn weiterrasen.

Wenn sie glauben, eine typische Studentin entführt zu haben, die ein Kissen und eine sichere Unterbringung fordern wird, freut Mel sich auf die Chance, ihnen zu beweisen, dass sie sich gewaltig geirrt haben.

KAPITEL 27

IM NORDWESTEN VON NEW HAMPSHIRE

Irgendwann später spürt Mel, dass das SUV wieder auf eine unbefestigte Straße abbiegt, und konzentriert sich darauf, weiter die Sekunden zu zählen.

Ihre Tränen sind versiegt. Keine Zeit für Tränen. Ihre Arme und Beine sind verkrampft, ihr Mund von dem Stoffknebel wie ausgedörrt. Sie fragt sich, wie lange es dauern wird, bis Tim gefunden wird.

Der plötzliche Knall, Tims schockierter Gesichtsausdruck, Blut und Gehirnmasse in der Luft …

Ihre Ohren knacken.

Also fahren sie bergauf.

Das SUV wird langsamer.

Hält.

Genau bei dreiundsechzig Sekunden.

Merk dir das.

Die vorderen Türen öffnen und schließen sich.

Stimmengemurmel. Die Heckklappe geht hoch, und Mel nimmt einen Lichtschimmer wahr. Hände ergreifen sie, heben sie mühelos aus dem Wagen, und sie kämpft darum, nicht zu stöhnen, zu ächzen oder um sich zu schlagen. Die Hundesöhne sollen nicht die Befriedigung haben, sie sich vor Angst winden zu sehen.

Nein.

Das gönnt sie ihnen nicht.

Sie wird getragen, und dann spürt sie, dass sie in einem Haus ist, weil sie die Schritte ihrer Entführer hört. Dann quietscht eine Tür beim Öffnen, und die beiden gehen einige Stufen hinunter.

Und …

Mel wird sanft auf ein Bett gelegt.

Hände gleiten über ihren Körper, und ihr widerstreben diese Berührungen, aber die Hände arbeiten rasch, schneiden ihre Fesseln auf und ziehen das Gewebeband ab.

Die Kapuze kommt zuletzt.

Sie wird abgezogen, und Mel blinzelt mehrmals durch ihre Brille, und der jüngere Kerl beugt sich über sie. Er hat etwas in der Hand, ein Fläschchen …

Speiseöl?

Er bestreicht damit die Ränder des Gewebebands, das ihren Mund bedeckt, zieht leicht daran und wiederholt den Vorgang, bis das Klebeband sich fast schmerzfrei abziehen lässt.

Echt jetzt? Sie erschießen Tim und entführen sie – und wollen ihr jetzt möglichst nicht wehtun?

Der ältere Mann sieht nur zu, starrt Mel unverwandt an.

Das Gewebeband ist weg, und sie versucht, den Knebel mit der Zunge hinauszustoßen, aber der jüngere Kerl kommt ihr zuvor und zieht ihn heraus. Sie sagt: »Uff!«, und er bietet ihr eine Flasche Mineralwasser an.

Sie trinkt und trinkt, dann spuckt sie einen Wasserstrahl, der mitten in sein selbstgefälliges Gesicht trifft.

»Ihr Hundesöhne!«, kreischt sie. »Ihr elenden, gemeinen Mörder! Ihr werdet …«

Der ältere Mann mit den buschigen Augenbrauen tritt einen Schritt näher, und etwas in seinen toten Augen lässt sie verstummen. Sie atmet tief durch, ist jetzt wirklich verängstigt. Um ihn nicht ansehen zu müssen, nimmt sie rasch ihre neue Umgebung in Augenschein.

Ein fensterloser Betonwürfel mit einer schweren Stahltür als einzigem Ausgang. Sie liegt auf einem schmalen bezogenen Bett. In einer Ecke ist eine Lampe installiert. Ein kleiner Tisch mit Stuhl ist am Fußboden festgeschraubt. In einer anderen Ecke steht eine Chemietoilette.

Das ist alles.

Der Ältere sagt: »Hier sind Sie, Melanie Keating, und hier bleiben Sie, bis Ihr Vater meine Forderungen erfüllt.«

Sie möchte ihm ins Gesicht spucken, aber ihr Mund ist wie ausgedörrt. »Mein Dad ist taffer, als Sie denken. Wisst ihr Idioten das nicht? Glauben Sie, dass er auf Ihre Forderungen eingehen wird?«

Er sagt: »Vielleicht ist er als Mann wirklich so taff, wie Sie sagen.«

Er tätschelt ihr den Kopf wie einem Schoßhündchen.

»Aber ist er ein taffer Vater?«

Die beiden verlassen rasch den Raum, und die schwere Tür fällt hinter ihnen ins Schloss, und Mel ist so einsam wie noch nie in ihrem Leben.

Mel rollt sich auf dem Bett zusammen, schlingt die Arme um ihren Oberkörper und betet.

Lieber Gott, bitte lass Dad mich befreien.

Bitte.

Nach einigen Minuten hört sie zu beten auf, schlingt auch die Arme nicht mehr um den Oberkörper.

Mel setzt sich auf, wischt sich die Augen trocken.

Okay, denkt sie, du hast deine Chance gehabt.

Vielleicht findet Dad sie.

Vielleicht nicht.

Schluss mit dem Flennen.

Es wird Zeit, nachzudenken und zu planen.

Mel denkt: Will ich hier raus, muss ich's allein schaffen.

Niemand sonst.

KAPITEL 28

LAKE MARIE, NEW HAMPSHIRE

Nach dem Anruf von Sarah Palumbo, der stellvertretenden Nationalen Sicherheitsberaterin, und der gereizten, unbefriedigenden Diskussion mit Agent David Stahl versuche ich, meine Frustration an der Arbeit auszulassen, die ich mir bis Mittag vorgenommen habe.

Als Ex-POTUS bleibt einem unter diesen Umständen nicht viel zu tun. Vorhin hat David mir freundlich empfohlen, für den Rest des Tages im Haus zu bleiben, und ich habe das ebenso freundlich abgelehnt.

Nun, vielleicht nicht ganz so freundlich.

Vorgenommen habe ich mir, das Unterholz und die Sprösslinge zu roden, die diese vermutlich zweihundert Jahre alte Steinmauer fast ganz verdecken. Sie wird sich hübsch machen, wenn ich das Gelände davor vertikutieren lasse, um Rasen aussäen zu können. Ich richte mich auf, reibe meinen schmerzenden Rücken und versuche, die Aussicht zu genießen, statt mir wieder Sorgen zu machen. Von Wäldern umgeben ist das schwer zu glauben, aber alle diese Bäume sind relativ jung. Vor einigen Jahrhunderten hatten die ersten Siedler und Farmer den Wald weitgehend gerodet, aber als im Westen billigeres und fruchtbareres Land erschlossen wurde (wobei die Ureinwohner natürlich fast ausgerottet wurden), wurden viele Farmen aufgegeben, und die Natur eroberte sich das Land zurück.

Und wieso New Hampshire?

Ich bin in Texas aufgewachsen, habe viele Jahre dort gelebt, wo die Navy mich hinschickte, bin nach Texas zurückgekehrt und wollte meinen Lebensabend trotzdem im Granite State verbringen, der mir eine Rettungsleine zugeworfen hatte, als meine rebellierende Vizepräsidentin Pamela Barnes mir auf dem Parteikonvent in Iowa eine schwere Niederlage zugefügt hatte. In den berühmten landesweit ersten Vorwahlen hatten die Einheimischen sich mit solider Mehrheit für mich entschieden.

Ich mag – und honoriere – Loyalität.

Ich ziehe mein iPhone heraus, sehe auf die Uhr und mache rasch ein Selfie-Video mit der heute geschafften Arbeit im Hintergrund.

»Hey, Sam, hier mein heutiges Update«, sage ich. »Wie du siehst, mache ich Fortschritte. In ein paar Monaten ist alles gerodet. Hey, vielleicht könntet ihr mal hier eine Ausgrabung veranstalten. Wer weiß, was sich alles finden ließe? Liebe dich. Rufe dich heute Abend an.«

Ich beende die Aufnahme, schicke mein tägliches Selfie an Sam und freue mich darauf, weiterzuarbeiten. Seit Sam an der BU ist, haben wir uns angewöhnt, jedes zweite Wochenende miteinander zu verbringen und im Sommer längere Zeit zusammen zu sein. Dazu kommen natürlich die Feiertage und ein paar Veranstaltungen in Dartmouth mit unserer Tochter Melanie.

Als ich zu der Steinmauer zurückgehe, taucht dahinter eine Gestalt in Flecktarn auf – mit schwarzen Handschuhen, dem Gesichtsschleier eines Scharfschützen und einem Sturmgewehr SR-16 CQB, Kaliber 5,56 mm, in den Händen.

Mein Muskelgedächtnis reagiert sofort. Ich greife an meine rechte Hüfte, wo …

Aber dort ist nichts.

Jedenfalls keine Waffe.

Die verdammten Gerüchte stimmen also doch.

Ich bin im Begriff, meine Handsäge nach der Gestalt zu werfen, als sie das Gewehr sinken lässt und den Schleier wegreißt, sodass das verschwitzte Gesicht einer blonden jungen Frau sichtbar wird …

Secret-Service-Agentin Stacy Fields mit ihrer Dienstwaffe in den Händen.

Sie spricht in ihr Handgelenkmikrofon: »Hier Fields. Ich bin mit Harbor an der alten Steinmauer. Wiederhole: Harbor ist an der alten Steinmauer.«

Ich werfe mich herum, als ein Motor aufheult.

Der Boston Whaler hält auf mich zu, und die beiden Agenten haben ihre Angelruten gegen Waffen eingetauscht. Ich sehe die weiß schäumende Bugwelle, denke an meine Zeit in der Navy zurück und erinnere mich daran, wie wir es nannten, wenn ein Boot echt Fahrt macht: Es hat einen Knochen im Maul.

Irgendwas stimmt hier ernstlich nicht.

Die auf Gerüchten basierende Warnung von NSC-Vize Palumbo trifft hundertprozentig zu.

Ein weiterer Motor heult auf, und ein grün geflecktes viersitziges UTV von Yamaha kommt über Bodenwellen springend herangerast. Gefahren wird es von David Stahl, der eine Kevlar-Weste trägt; begleitet wird er von zwei weiteren Agenten – Ron Dalton und Paula Chin –, die ebenfalls Westen tragen und ihre Sturmgewehre schussbereit in den Händen halten.

Das UTV kommt schleudernd zum Stehen, und Agent Fields packt mich hinten am Hosenbund und am Kragen meines T-Shirts und sagt: »Sir, wir müssen Sie in Sicherheit bringen. Sofort! Bitte!«

Der Boston Whaler erreicht das Ufer. Die beiden Agenten springen ins seichte Wasser, waten an Land und bauen sich dem See zugewandt mit schussbereiten Waffen am Ufer auf. Ich lasse die Handsäge fallen, und Agentin Fields schiebt mich vor sich her zum offenen Rücksitz des UTVs. Ich werde hinaufgezogen und angeschnallt, und während das Fahrzeug einen engen Halbkreis beschreibt, wird mir eine schussfeste Kevlar-Decke übergeworfen. Ich habe kaum Zeit, mich an meine verkrampfte Sitzhaltung zu gewöhnen, als der Motor des UTVs wieder aufheult.

Irgendwas stimmt hier ernstlich nicht.

Das Holpern und Springen geht eine Zeit lang weiter, dann nimmt Agent Stahl das Gas weg und bremst scharf. Die schwere Decke wird von mir weggezogen, mein Sicherheitsgurt wird gelöst, und ich werde praktisch in die Doppelgarage neben meinem Haus getragen. Das linke Tor ist hochgefahren und lässt einen massiven Betonbunker mit einer schweren Stahltür in der Mitte sehen.

Der Schutzraum meines Hauses am See.

Hektische Betriebsamkeit, während Stimmen »Los, los, los!« rufen und Agentin Nicole Washington die Bunkertür von innen öffnet. Ich werde von bewaffneten Agenten umgeben halb geschoben, halb getragen.

Ich werde hineingestoßen.

Paula Chin sichert nach hinten, steht mit schussbereitem SR-16 CBQ am Eingang und blockiert ihn mit ihrem Körper, bis die schwere Stahltür geschlossen ist. Ihr Anblick macht mir bewusst, dass diese Leute mich wirklich unter Einsatz ihres Lebens schützen.

Die Tür fällt zu.

Chin tritt von ihr weg.

Ich setze mich auf eine schlichte schwarze Ledercouch.

»David?«, frage ich rasch. »Was ist passiert? Was wissen Sie?«

Dieser Bunker soll Mel und mir – und Sam, wenn sie da ist – im Fall eines Angriffs Schutz bieten. Mit Klimaanlage, Vorräten, Wassertanks und einer winzigen Toilette ist er vollkommen autark und könnte nur durch einen Volltreffer einer taktischen Atomwaffe geknackt werden. Es gibt Couches, die sich zu Betten ausziehen lassen, und einen Essbereich mit Herd und Kühlschrank. Alles zusammen ist etwa so gemütlich wie eine Gefängniszelle.

»David!«, rufe ich nochmals.

Zu der Kommunikationskonsole auf der anderen Seite des Raums gehören mehrere Monitore, die Bilder von Überwachungskameras zeigen. Auf einem sehe ich das Ende unserer unbefestigten Zufahrt. Der allgegenwärtige Streifenwagen der New Hampshire State Police blockiert jetzt die Einfahrt, und die beiden State Troopers knien mit schussbereiten Waffen hinter ihrem Fahrzeug.

Agentin Washington sitzt mit einem Headset an der Konsole, und Agent Stahl hinter ihr erteilt ihr mit ruhiger, fester Stimme seine Anweisungen.

»Kontaktieren Sie die Außenstellen Burlington, Concord und Boston«, sagt er. »Wir brauchen sofort mehr Leute. Der nächste Punkt ist eine sichere Verbindung nach Washington. Wir müssen sie alarmieren, damit das FBI …«

Ich rufe dazwischen: »Agent Stahl, was zum Teufel geht hier vor?«

Er dreht sich rasch nach mir um. Auf seinem Gesicht steht nicht mehr das zufriedene Grinsen eines Untergebenen, der gerade ein Kanurennen knapp verloren hat.

Sein Gesichtsausdruck ist hart, voller Wut und Sorge, und er sieht wie ein Mann mit einer Aufgabe aus, wie ein Mann, der allein verantwortlich ist, auch wenn ein Expräsident vor ihm sitzt.

Als er jetzt spricht, trifft jedes seiner Worte mich wie ein Hammerschlag.

Agent Stahl sagt: »Sorry, dass ich Ihnen das mitteilen muss, Mr. President. Ihre Information über eine mögliche Gefahrenlage war zutreffend. Mel ist entführt worden.«

KAPITEL 29

LAKE MARIE, NEW HAMPSHIRE

David Stahl kommt aus Bakersfield, Kalifornien, hat bei den Marines gedient – drei Einsätze in Afghanistan – und ist dann zum Secret Service gegangen, wo er sich in zehn Dienstjahren ins Presidential Protection Detail hinaufgearbeitet hat.

Trotz aller Ausbildung, aller Simulationen, aller Übungen hat er jedoch das Gefühl, als laste das gesamte Gewicht des Secret Service und des Heimatschutzes auf seinen Schultern, während er auf die dynamische Situation reagiert und Entscheidungen trifft, die andere noch jahrelang untersuchen, kritisieren und hinterfragen werden.

Scheiße, wen kümmert's? denkt er.

Für das hier hat er sich gemeldet.

Und seine wichtigste Aufgabe ist es jetzt, Harbor zu bremsen, bevor der ehemalige SEAL sich eine Waffe schnappt und aus dem Bunker ausbricht, um sich auf eigene Faust auf die Suche nach seiner Tochter zu machen.

Keating ist angespannt, zum Zustoßen bereit: ein Krieger, der darauf brennt, in den Kampf zu ziehen.

David kennt dieses Gefühl gut.

Der Expräsident sagt: »Erzählen Sie mir, was Sie wissen.«

»Sir, ich will's kurz machen, und bitte … wir sind damit beschäftigt, Ihre Tochter aufzuspüren und zugleich Sie zu schützen.«

Keating läuft rot an. »Beleidigen Sie mich nicht. Das weiß ich. Bitte weiter.«

Stahl sagt: »Männer von der Forstbehörde und dem Grafton County Sheriff's Department waren zum Mount Rollins unterwegs. Nur leider nicht rechtzeitig. Der Rucksack Ihrer Tochter ist am Ausgangspunkt des Huntsmen Trail gefunden worden. Daneben die Leiche ihres Freundes Tim Kenyon. In den Kopf geschossen. Eine Lösegeldforderung gibt es noch nicht.«

Der Expräsident nickt. Er ist blass geworden. David fährt fort: »Die New Hampshire State Police war zuerst am Tatort. Sie fahndet jetzt nach einem schwarzen Cadillac Escalade, der beim Wegfahren beobachtet wurde. Straßensperren sind errichtet, und wir fordern Hubschrauber der Vermont State Police und der New Hampshire State Police für Suchflüge an. Wir haben …«

Keating hebt eine Hand. »Ich halte Sie von Ihrer Arbeit ab. Weitermachen … aber gibt es noch etwas, das ich gleich wissen sollte?«

»Nein, Mr. President«, sagt Stahl.

Als er sich wieder Nicole Washington und den Verfahren zuwendet, die befolgt werden müssen, bis alle Zuständigen benachrichtigt sind, muss er sich eingestehen, dass er Matthew Keating soeben belogen hat.

Weil Agent Stahl an Mels Entführung schuld ist.

Und nicht nur wegen der Warnung von heute Morgen.

Zwei Monate zuvor sitzt er in seinem kleinen Büro im Obergeschoss der umgebauten Scheune auf Keatings Anwesen, als das Telefon auf seinem Schreibtisch klingelt. Er meldet sich und hört Agentin Washingtons Stimme.

»David, ich habe Direktorin Murray am Apparat«, sagt sie. »Bist du da oder unterwegs?«

Er reibt sich die müden Augen. Er ist dabei, den Dienstplan fürs kommende Quartal aufzustellen, und hat wie immer zu wenig Leute. Diese Personalknappheit zwingt ihn dazu, Überstunden fest einzuplanen, was der schnellste Weg ist, gute Agenten zu verbrennen, sodass sie in den Privatsektor abwandern. Als Special Agent, der ein Team aus Personenschützern führt, sollte er einen Stellvertreter haben, der ihm einen Teil der Arbeit abnimmt, aber dieser Posten ist seit Monaten nicht besetzt.

»Ich wollte, ich wäre unterwegs«, sagt er. »Stell sie durch.«

Faith Murray, die stellvertretende Direktorin des Presidential Protection Detail, kommt sofort zur Sache. »Stahl, was zum Teufel machen Sie dort oben in New Hampshire?«

Er setzt sich langsam in seinem Sessel auf. »Meine Arbeit«, sagt er. »Wo ist das Problem?«

»Das Problem ist, dass Sie gegen unsere Grundsätze verstoßen, indem Sie Schutz für Mel Keating bereitstellen«, faucht sie. »Ist Ihnen klar, dass das ein gravierender Verstoß gegen Ihre Dienstpflichten ist?«

Stahl sagt: »Wir stellen keinen Schutz für Mel Keating bereit.«

»Ich habe etwas anderes gehört«, sagt sie. »Sparen Sie sich den Bullshit. Was machen Sie?«

Er reibt sich die Augen, sieht aus dem kleinen Fenster. Es gibt Musik und Lachen und ein Volleyballnetz, weil Mel Keating ein paar Studienfreunde aus Dartmouth zu einem Picknick eingeladen hat. In diesem Moment wünscht Stahl sich, er wäre in ihrem Alter und hätte nur zwei Sorgen: gute Noten schreiben und keinen Ball ins Gesicht bekommen.

Außerdem spürt er in seinem Inneren einen dumpfen Schmerz, weil er seine Frau Hannah vermisst, die vor fünf Jahren an Leukämie gestorben ist und ihn als einsamen Witwer zurückgelassen hat, der weder Zeit noch Interesse daran hat, auf den Single-Markt zurückzukehren.

»Feldausbildung«, sagt er. »Ich will nicht, dass meine Leute träge werden. Also üben wir die Überwachung von Personen. Da hat es sich angeboten, sie Mel Keating beschatten zu lassen.«

»Weiß sie davon?«

»Nein, Ma'am.«

»Und ihr Vater?«

»Auch nicht, Ma'am.«

»Dann hören Sie damit auf«, sagt Murray. »Es gibt anerkannte Übungsmodule. Halten Sie sich an die. Und Mel Keating ist alt genug, um keinen Schutz zu brauchen.«

»Ma'am, ich …«

»Was noch?«

Stahl atmet tief durch. »Ihr Vater war Präsident und hat bei den SEALs gedient. Das legt nahe, dass er dort draußen Feinde hat. Eine Menge Feinde.«

»Sie schützen ihn, das reicht.«

»Das genügt nicht!«

»Ich sage, dass es reicht«, stellt sie fest. »Ich muss zu einer Besprechung mit dem Minister für Heimatschutz. Sonst noch was? Machen Sie's kurz.«

Am liebsten würde er sagen: Nein, das reicht nicht, verdammt noch mal! Und wenn Sie mehr im Feld, unter widrigen Umständen in Eis und Schnee gearbeitet hätten, wüssten Sie das. Hätten Sie praktische Erfahrung gesammelt, statt nur Kurse und Seminare zu besuchen, um auf der bürokratischen Schiene Karriere zu machen, würden Sie tief im Knochenmark spüren, wie exponiert und verwundbar Mel Keating ist.

Teufel, denkt er, sogar diese Anlage ist verwundbar. Auf den Anwesen von Expräsidenten liegt das Operationszentrum stets etwas abgesetzt, damit die Personenschützer nicht an einem einzelnen Ort konzentriert sind. Aber die Regierung Barnes hat mit ihrer Hausmacht im Kongress das Secret-Service-Budget gekürzt – nach Ansicht einiger Kommentatoren in DC als Rache für Präsident Keatings Entscheidung, das Feld nicht kampflos zu räumen –, was zu diesem Mangel an Agenten und Ressourcen geführt hat.

»Nicht im Augenblick, Direktorin«, sagt er, und sie legt wortlos auf.

Stahl begutachtet die Bilder der Überwachungskameras, dann sagt er: »Schicken Sie Taylor und Wrenn wieder mit dem Boot raus. Niemand kommt näher als hundert Meter ans Ufer heran. Verstanden?«

»Bin dabei«, sagt Washington und fängt an, ruhig in ihr Mikrofon zu sprechen, wie sie's bei unzähligen Übungen trainiert haben. Die beiden arbeiten synchron, sind ausschließlich auf ihren Auftrag konzentriert.

Harbor um jeden Preis zu schützen.

Auch wenn Stahl jetzt das Gefühl hat, den Präsidenten und seine entführte Tochter im Stich gelassen zu haben.

KAPITEL 30

LAKE MARIE, NEW HAMPSHIRE

In dem Schutzraum setzt ein leises Summen ein, als die teure, zertifizierte Klimaanlage zu arbeiten beginnt, um Frischluft in den Raum zu pumpen und dabei ABC-Kampfstoffe herauszufiltern, die auf dem Anwesen freigesetzt worden sein könnten.

Stahl schüttelt den Kopf.

Lass das Jammern. Tu deine Arbeit.

»Äußeren Perimeter verkürzen«, ordnet Stahl an. »Lassen Sie die innere Verteidigungslinie beziehen.«

Telefone klingeln, hektische Funkmeldungen mit statischen Störungen quellen aus kleinen Lautsprechern. Agentin Chin ist mit aufgereihten Reservemagazinen für ihr Sturmgewehr und einer Gasmaske in Reichweite hinter einer mobilen Barrikade aus Stahl und Kevlar für den Fall in Stellung gegangen, dass jemand versucht, die Eingangstür aufzubrechen.

Mel Keating ist entführt worden. Ist das ein singuläres Ereignis oder der Beginn von etwas anderem? Wollen die Terroristen erreichen, dass Stahl versucht, Harbor jetzt wegzubringen, bevor Verstärkung eintrifft? Um Keating beim Wegfahren mit einer Panzerabwehrrakete oder durch eine Sprengfalle zu erledigen?

Oder ist ein Stoßtrupp – schwer bewaffnet und mit Sprengladungen ausgerüstet – in diesem Augenblick durch den Wald unterwegs, um den Schutzraum zu belagern?

Washington meldet: »Das SWAT-Team der State Police ist zum vereinbarten Ausgangspunkt unterwegs.«

Stahl nickt. Wäre Keating noch Präsident, hätte Stahl unvergleichlich viel mehr Ressourcen zur Verfügung. Gepanzerte Fahrzeuge, Limousinen, Hubschrauber. Flugzeuge und das Counter Assault Team des Secret Service, das in einem Feuergefecht jeder gleich starken Heereseinheit der Welt überlegen wäre.

Washington sagt: »Wir bekommen Verstärkung: drei Agenten aus Burlington, zwei aus Concord, acht aus Boston.«

Stahl fragt: »Wer ist im Haus?«

»Emma Curtis.«

Unser Opferlamm, denkt Stahl. Die meisten Agenten sind hier im Schutzraum oder haben vorbereitete Abwehrstellungen bezogen. Ein Agent muss jedoch weiter im Haupthaus Dienst tun, um die eintreffenden Verstärkungen zu empfangen und einzuweisen, denn aus dem Schutzraum darf niemand hinaus, bevor es Zeit wird, Harbor in Sicherheit zu bringen.

Was nicht so bald passieren wird.

Aber das bedeutet auch, dass Curtis im Fall eines Angriffs in dem unverteidigten Holzhaus auf sich allein gestellt wäre.

Washington sagt: »Die Vermont Police bietet ihr SWAT-Team an.«

»Wir bedanken uns und bitten um Kontaktaufnahme mit Concord.«

Wenige Sekunden später sagt Washington: »Minister Charles ist am Apparat.«

Heimatschutzminister Paul Charles, denkt Stahl. War Chef der Florida Highway Patrol, bevor die neue Präsidentin ihn an die Spitze des Ministeriums für Heimatschutz geholt hat, dem der Secret Service seit dem 11. September 2001 unterstellt ist.

Und er ist ahnungslos, wertlos, nutzlos.

»Sagen Sie ihm, dass wir beschäftigt sind«, sagt Stahl.

Er sieht sich in dem Raum um.

Keiner sagt ein Wort.

Jeder konzentriert sich auf seinen Verantwortungsbereich, nimmt seine vorgesehene und eingeübte Position ein.

Keating sitzt mit grimmiger Miene auf der Couch, starrt Stahl unverwandt an.

Stahl muss wegsehen.

Washington meldet: »David, wir haben Glück mit dem FBI.«

»Nette Abwechslung«, sagt er. »In welcher Beziehung?«

»Acht Mitglieder seines Hostage Rescue Teams üben auf der Hanscom Air Force Base in Massachusetts. Sie könnten in fünf Minuten in der Luft sein.«

Stahl sagt: »Wir nehmen sie.«

Hinter ihm ist eine leise Stimme zu hören, die er kaum erkennt.

»David.«

Als er sich umdreht, ist Keating aufgestanden.

»Zwei Punkte«, sagt er. »Wie ist der Status meiner Frau?«

»Professorin Keating ist noch mit einem halben Dutzend Studenten und Freiwilligen an der Ausgrabungsstätte bei Hitchcock.«

»Ist ihr Personenschutz eingetroffen?«, fragt Keating.

»Die Maine State Police müsste inzwischen da sein«, sagt Stahl. »Ungefähr zwei Meilen entfernt ist ein Waffenlager der Nationalgarde. Dort wird sie hingebracht.«

Keating nickt. »In Ordnung.«

Stahl drängt es, wieder seinen Job zu machen: ihre Stellungen zu inspizieren, zwei weitere Agenten auf den See hinauszuschicken und einen Plan auszuarbeiten, wie sie Harbor von hier fortschaffen und in einen größeren Komplex bringen können, der leichter zu verteidigen ist.

»Und der zweite Punkt, Sir?«, fragt Stahl.

»Habe ich richtig mitgekriegt, dass ein HRT hierher unterwegs ist? Mit einem Hubschrauber?«

»Ja, Sir. Es ist in weniger als einer Stunde hier.«

Keating nickt, und Stahl sieht, wie sein Gesichtsausdruck sich verändert, als aus dem bisherigen Schützling ein Kommandeur wird.

»Gut«, sagt er. »Sobald es da ist, schnappen wir uns den Black Hawk und hauen schleunigst ab.«

KAPITEL 31

HITCHCOCK, MAINE

Es ist spät am Morgen in dem kleinen Fischerdorf Hitchcock, und Samantha Keating, Professorin der Boston University und ehemalige First Lady, sitzt auf ihren schmerzenden Knien und blickt auf etwas hinab, das zwei ihrer Doktoranden langsam – quälend langsam! – fast einen Meter unter dem Erdboden freilegen.

Sie ist verschwitzt, ihre Hände sind mit Erde verkrustet, sie hat Blasen an den Daumen, ihr Overall muffelt … und trotzdem ist sie im Paradies. In der Vergangenheit hat sie so viele Ausgrabungskampagnen verpasst, weil sie in unbequemer Kleidung an irgendwelchen politischen Terminen teilnehmen, zähes Huhn und kalten Kartoffelbrei essen und Konversation mit einem kandidierenden Schwätzer machen musste.

Aber nicht jetzt, nicht hier.

Hier gehört sie her, hier blüht sie auf. Nicht in der artifiziellen Kunststoffarena der Politik, sondern hier auf dem Boden, im Dreck, wo es in mühsamer Arbeit Geschichten und Geheimnisse aus der Vergangenheit zu entdecken gibt.

Cameron Dane, eine ihrer Studentinnen, entfernt noch etwas Erde mit einem Kamelhaarpinsel, dann fragt sie: »Professorin Keating, sehen Sie das? Sehen Sie's?«

Über die Ausgrabungsstätte ist ein Zeltdach gespannt, das freigelegte Artefakte vor Witterungseinflüssen schützen soll, aber Samantha sieht trotzdem gut, was im Boden zum Vorschein kommt: gewölbte rote Dachziegel, von Menschen hergestellt, aus Europa.

»Ja«, bestätigt sie aufgeregt. »Ja, ich seh's!«

Paul Juarez, der zweite Student, sagt fast ehrfürchtig: »Professorin, das ist baskische Arbeit, ohne Zweifel.«

Samantha lächelt strahlend. »Wie schön, dass Zocken sich lohnen kann, nicht wahr?«

Die Studenten lachen, als weitere rote Tonscherben freigelegt werden.

Jackpot, denkt sie.

Trotz aller schlecht geschriebenen Schulbücher bis zur Highschool hinauf, die von frühen französischen und englischen Entdeckern und Siedlern an diesen Küsten berichten, war die wahre Geschichte komplexer und verwirrender. Oben in Neufundland und in anderen kanadischen Provinzen gab es archäologische Funde, die bewiesen, dass baskische Fischer schon um 1400 – lange bevor Kolumbus zufällig in die Karibik geriet – den erstaunlichen Fischreichtum dieser Gewässer ausgebeutet hatten.

Es hatte immer Vermutungen und Theorien gegeben, die Basken könnten weiter nach Süden, bis nach Maine, gelangt sein. Ließen sich dafür Beweise finden, würde die Geschichte von New England umgeschrieben werden müssen.

Solche Beweise waren nie gefunden worden.

Bis heute nicht.

»Vorsichtig, Paul«, ermahnt Samantha Juarez sanft. »Diese Scherben haben über sechshundert Jahre lang kein Tageslicht mehr gesehen. Da machen weitere fünf bis sechs Minuten keinen Unterschied.«

An der Ausgrabungsstätte bei Hitchcock liefern die auf harten Fels treffenden Wogen des Atlantiks eine imposante Geräuschkulisse, bis noch lauterer Motorenlärm an ihr Ohr dringt.

Unwichtig. In diesem Augenblick ist ihr das 21. Jahrhundert mit seiner Technologie und seinen Querelen herzlich egal, und sie hat weiß Gott erst recht keine Lust, an all die vergeudeten Stunden, Tage und Wochen zu denken, in der sie die First Lady gespielt und Anteilnahme geheuchelt hat.

Dies ist ihre Zeit, ihr Ort, und sie stellt sich vor, wie es gewesen sein musste, damals um 1400 zu den baskischen Fischern zu gehören, die hier – weit von ihren traditionellen Fischgründen vor Frankreich und Spanien entfernt – unvorstellbare Reichtümer in Form von gewaltigen Fischschulen entdeckten. Die nicht hergekommen waren, um Eroberungen zu machen oder ein Reich zu gründen … nein, die nur ihrem Beruf auf dem Wasser nachgehen wollten.

Einer ihrer sechs Freiwilligen, ein älterer Herr namens Picard, der Jeans und ein graues Sweatshirt trägt, kommt zu dem Zelt gelaufen. »Professorin Keating, gerade sind zwei Männer gekommen, die nach Ihnen fragen!«

»Sagen Sie ihnen, dass ich keine Zeit habe«, sagt sie. »Ich bin beschäftigt.«

Samantha starrt weiter die zum Vorschein kommenden Dachziegel an. Die Entdeckung eines baskischen Vorpostens hier in Maine … was das für Schlagzeilen geben würde, wie viele Artikel sie darüber schreiben könnte, vielleicht sogar ein Buch. Vor zwei Jahren hatte die Zeitschrift *People* sie porträtiert, als die Ausgrabungen begonnen hatten, aber seit damals hatten die Medien sie in Ruhe gelassen, was ihr nur recht gewesen war.

Aber jetzt würden sie aufmerken …

Der Freiwillige lässt nicht locker. »Professorin Keating, sie sind …«

Samantha hebt eine Hand. »Sie können warten. Oder wieder gehen. Wie sie wollen … Paul, das machen Sie sehr gut.«

In einiger Entfernung sieht sie zwei Männer von dem kleinen Parkplatz kommend auf dieses Zelt zurennen, wobei sie die beiden kleineren Zelte und die drei Drahtsiebe ignorieren, mit denen Erde auf der Suche nach Artefakten gesiebt wird. Beide tragen dunkelgraue Anzüge, weiße Hemden, Krawatten und etwas, das sie langsam aufstehen lässt.

Beide Männer tragen Schulterholster.

Ihr läuft ein eisiger Schauder über den Rücken, und sie spürt, wie ihr Magen sich verkrampft.

»Cameron«, sagt sie.

»Ja, Professorin Keating«, sagt die Studentin, ohne von den Geschichtszeugnissen vor ihr aufzusehen.

»Hier geht irgendwas vor«, sagt sie. »Bis ich zurückkomme, übernehmen Sie die Leitung.«

Cameron sieht endlich auf, und Samantha tritt unter dem Zeltdach hervor in den Sonnenschein. Ein Mann mit vor Anstrengung rotem Gesicht hält ihr ein Lederetui mit einer goldenen Erkennungsmarke hin.

»Mrs. Keating«, keucht er. »Detective Sergeant Frank Courtney, Maine State Police. Sie müssen bitte mitkommen.«

Matt, denkt sie sofort. Matt, was haben sie dir angetan?

»Ich muss nur meine Sachen holen«, sagt sie, aber dann lässt die Stimme des zweiten Beamten sie erstarren.

»Mrs. Keating, dafür ist keine Zeit. Wir müssen Sie sofort wegbringen«, sagt er.

Eine denkbar kurze, entsetzliche Pause.

»Ihre Tochter Mel ist entführt worden.«

KAPITEL 32

IM NORDWESTEN VON NEW HAMPSHIRE

Mel weiß nicht genau, wie lange sie schon in dem Kellerverlies ist, aber gefühlt sind es einige Stunden. Sie ist durstig, hat Hunger und friert; sie hat sich in die Bettdecke gehüllt. Jetzt sitzt sie mit untergeschlagenen Beinen auf dem Bett, überlegt und horcht und sieht sich um.

Viel zu sehen gibt es nicht. Sie hat den kleinen Raum schon zuvor inspiziert, und als die Tür noch offen war, hat sie festgestellt, dass sie Außenangeln und ein elektronisches Schloss mit Tastenfeld hat. Bett, Stuhl, Tisch und Lampe sind alle unverrückbar festgeschraubt. Das gilt auch für die Chemietoilette. Die Lampe hat kein sichtbares Zuleitungskabel und lässt sich nicht ausschalten. Zwischendurch hat Mel mit dem Gedanken gespielt, die Glühbirne zu zertrümmern, um einen scharfen Glassplitter als eine Art Waffe benutzen zu können. Aber ihr wurde rasch klar, dass es dann hier stockfinster gewesen wäre, und der Gedanke daran lässt sie zittern.

Sie bewegt sich auf dem Bett, versucht weiter, alles durchzudenken, und erinnert sich …

Tims witzige Imitation des Moderators von *The Daily Show*.

Tim, der damals im Afrika-Seminar ihre Partei ergriffen hatte.

Tims liebe Gewohnheit, beim Mittagessen, beim Autofahren oder beim gemeinsamen Lernen gelegentlich eine Hand auszustrecken und sanft ihren Nacken zu massieren.

Nicht um zu versuchen, sie ins Bett zu bekommen, sondern nur als liebe Geste, die ihr sagte: Hey, ich bin hier, lass mich wissen, wenn du etwas brauchst.

Sie fährt sich mit dem Handrücken über die Augen.

Still.

Viel zu still.

Sie erhebt sich vom Bett, steht auf Zehenspitzen und hält den Kopf schief, um vielleicht etwas von oben zu hören.

Nichts.

Keine Schritte, keine Stimmen, kein Türknallen.

Ihre Zelle ist ziemlich gut isoliert.

Sie nimmt ihre Brille ab, weil sie aus langer Erfahrung weiß, dass sie aus irgendeinem Grund noch besser zu hören scheint, wenn ihr Sehfehler nicht korrigiert wird.

Trotzdem ändert sich nichts.

Sie kann absolut nichts hören.

Mel setzt sich wieder, zieht Bilanz. Außer ihrer Kleidung besitzt sie nichts. Ihre Trekkingstiefel sind in dem SUV zurückgeblieben, sodass sie keine Chance hat, die Schnürsenkel als eine Art Garrotte zu verwenden, um einen der beiden Unbekannten zu erdrosseln – als ob das realistisch gewesen wäre.

Dazu eine dünne Goldkette, die Dad ihr zum vierzehnten Geburtstag geschenkt hat.

Und an der rechten Hand ein Goldring, der Moms Großmutter gehört hat.

Sie steht auf und macht noch einen Rundgang durch den Raum. Kein Lüftungsgitter, durch das sie wie in dem Film *Stirb langsam* in die Freiheit kriechen kann. Von der anderen Seite der Tür ist ein Klicken zu hören. Mel geht ans Bett zurück, bleibt aber stehen.

Nein, denkt sie und wischt sich ihre Tränen ab, weil sie wieder an Tim denken muss.

Sie will diesen beiden Hundesöhnen unerschrocken gegenübertreten.

Die Tür öffnet sich, die beiden kommen herein. Der Ältere hält eine kleine Videokamera in der Hand, sein Begleiter eine Zeitung.

Beide tragen Pistolen in Gürtelholstern.

Der ältere Mann sagt: »Wir bringen Ihnen anschließend Essen und Wasser. Aber diese Mahlzeit hat ihren Preis.«

Ein kurzer Befehl auf Arabisch, dann hält der jüngere Mann ihr die Zeitung hin – ein Exemplar von *USA Today*.

Mel lässt weiter die Arme hängen.

Der Mann mit der Videokamera seufzt. »Es dauert nicht lange und erfordert keine Anstrengung Ihrerseits, außer dass Sie die Zeitung hochhalten, um Ihrem Vater zu beweisen, dass Sie heute leben. Kooperieren Sie nicht, wird mein Cousin Sie dazu … überreden. Das ist schmerzhaft, und letztlich halten Sie die Zeitung doch hoch.«

Er drückt sich klar und deutlich aus wie ein Professor, der geduldig den Unterschied zwischen John Locke und Karl Marx erklärt. Trotzdem trifft jedes einzelne Wort Mel kalt und hart.

»Ist das alles?«, fragt sie.

Er nickt. »Ja. Ich verlange nicht mal, dass Sie sprechen. Sobald Sie die Zeitung kurz hochgehalten haben, gehen wir, um Ihr Essen zu holen.«

Sie streckt eine Hand nach der Zeitung aus, blinzelt die Tränen weg und hält sich die Zeitung unters Kinn.

»Sehr gut«, sagt der Mann mit der Kamera und zoomt sie etwas näher heran. Mel spürt, wie ihre Finger anfangen zu zittern.

Die Zeitung wackelt.

Sie geniert sich und hat Angst. Warum beeilt dieser Idiot sich nicht und verschwindet wieder?

»Fertig«, sagt er und lässt die Kamera sinken. Er greift nach der Zeitung, zieht sie ihr aus den Händen. »Nun bekommen Sie bald zu essen.«

»Wie schön für mich«, erwidert sie. »Was steht denn auf der Karte? Ihr beiden seht nicht aus, als könntet ihr auch nur eine Mikrowelle benutzen.«

Der Ältere sagt: »Sie werden zufrieden sein, das verspreche ich Ihnen.«

»Und danach?«

Er geht mit seinem Begleiter hinter sich zur Tür. »Das hängt von Ihrem Vater und Allah ab. Er bekommt bald dieses Video und eine Nachricht von mir.«

»Was fordern Sie?«

Er lächelt, als er die Tür öffnet. »Etwas, das Ihr Vater mir niemals geben kann.«

Bevor die Tür sich schließt, sagt Mel hastig: »Augenblick noch … Darf ich Sie um einen Gefallen bitten?«

Der ältere Mann macht kurz halt.

»Das dürfen Sie.«

Mel deutet auf ihn. »Ich … ich habe Angst vor Schusswaffen. Sorry, aber so ist's nun mal. Lassen Sie und Ihr Freund bitte Ihre Waffen draußen, wenn Sie nächstes Mal reinkommen?«

Der Mann nickt lächelnd.

»Nein.«

Die beiden gehen hinaus, sperren die Tür hinter sich ab.

Einige Minuten später sitzt sie wieder mit untergeschlagenen Beinen auf ihrem Bett, hat die Decke um ihre kalten Schultern gelegt und denkt nach.

Sie erinnert sich an die Zeit vor ein paar Jahren, als Dad Präsident wurde und sie ein paar verrückte Wochen erlebten, als sie ins Weiße Haus umzogen, wo es Besichtigungen und Vorträge und Besprechungen gab. Und einen Secret-Service-Agenten – David Stahl –, der sie zur Seite zog und sagte: »Mel, Sie werden Tag und Nacht bewacht, wo immer Sie sich aufhalten, aber es könnte einen Irrtum, eine Panne oder einen massiven Angriff geben. Sie könnten auf sich allein gestellt sein. Reden wir also darüber, was Sie dann tun könnten.«

Das war wirklich eine interessante Besprechung gewesen, und auch wenn einige der Dinge, die Agent Stahl sagte, ihr eine Heidenangst einjagten, war sie stolz darauf, dass er sie wie eine Erwachsene behandelte, obwohl sie noch ein Teenager war.

Sie erinnert sich an jedes Wort.

Und jetzt denkt sie darüber nach, was gerade passiert ist und wie

Mom und Dad reagieren werden, wenn sie dieses Video zu sehen bekommen, und was dieser Scheißterrorist sagen und fordern wird.

Mel schafft es, zu lächeln.

Immerhin hat er ihr anscheinend geglaubt, als sie vorhin behauptet hat, Angst vor Schusswaffen zu haben.

Das war Bullshit.

Wie man mit Schusswaffen umgeht, hat Dad ihr gezeigt, als sie in der ersten Klasse war, und sie hat seither mit allen möglichen Waffen von einer Ruger-Pistole Kaliber .22 bis hin zu einem Sturmgewehr M4 geschossen.

Sie weiß das.

Aber der Trottel weiß es nicht.

Dieser kleine Sieg macht ihr Mut.

KAPITEL 33

LAKE MARIE, NEW HAMPSHIRE

Agent David Stahl wirkt ziemlich sauer und frustriert, was ich ihm nicht verübeln kann. Mein Vorschlag widerspricht allen im Lauf der Jahre entwickelten und eingeübten Verfahren, und meine Aufgabe wird es sein, in den nächsten Minuten seinen Widerstand zu brechen.

Ich versuche, betont gleichmütig zu sprechen, als ich sage: »Wenn Mel entführt worden ist, dürfte bald ein Lösegeld gefordert werden.«

Ein Teil meines Ichs beginnt stumm zu beten: *Bitte, bitte, bitte lass sie ein Lösegeld fordern. Bitte, lass Mel am Leben bleiben. Bitte, lieber Gott, hilf mir, mein Mädchen zurückzubekommen.*

Weil ich weiß, dass ich dort draußen Feinde mit gutem Gedächtnis habe, ist im Augenblick eine Lösegeldforderung unsere allerbeste Option.

Ich werde mir nicht gestatten, mir etwas anderes vorzustellen.

Stahl sagt: »Vielleicht, Mr. President. Andererseits könnte das eine List sein, um Sie in Bewegung zu setzen und für einen Angriff verwundbar zu machen.«

»Schon möglich. Aber wenn es eine Lösegeldforderung gibt, sind damit nicht nur das FBI und der Heimatschutz befasst, sondern auch sämtliche Polizeidienststellen in New England. Samantha und ich müssen wissen, was vor sich geht, wie die Forderung lautet, welche Optionen es vielleicht gibt. Hab ich recht, David?«

Seine Lippen bilden eine schmale Linie, sein Kinn ist vorgereckt, und er nickt. Die anderen Secret-Service-Agenten im Schutzraum tun ihr Bestes, um uns zu ignorieren. Was für eine Veränderung, was für ein Unterschied! Gestern Abend habe ich für diese Crew gegrillt und mich später bemüht, sie beim Poker zu schlagen, und nun haben diese fröhlichen, entspannten Menschen sich in das verwandelt, was sie in Wirklichkeit sind: speziell ausgebildete Männer und Frauen, die töten würden, um mich zu schützen.

»Das bedeutet Besprechungen, Telefonate, Briefings und Videokonferenzen.« Meine Handbewegung umfasst den kleinen Raum. »Dafür ist diese Schuhschachtel zu klein. Ich muss hier raus, David, und das sofort.«

»Mr. President, ich ...«

Ich unterbreche ihn. »Ich bin nicht der Präsident. Das ist Pamela Barnes. Ich bin nur der Ex-POTUS – ohne Macht, ohne Einfluss, ohne Verantwortung. Sie und Ihre Kollegen haben geschworen, mich zu schützen, wofür ich Ihnen nicht genug danken kann. Aber ich werde nicht in Watte gepackt hier sitzen und warten.«

»Sir, wir haben weitere Kräfte angefordert, die Sie an einen sichereren Ort bringen werden.«

»Aber wie lange dauert das?«, frage ich. »Bald landet hier ein FBI-Hubschrauber. Das Hostage Rescue Team kann Lücken schließen, und sobald der Black Hawk leer ist, gehen Sie und ich und vielleicht ein weiterer Agent an Bord und hauen ab.«

Sein Gesichtsausdruck bleibt streng, und ich möchte kein Untergebener sein, der in sein kleines Büro gerufen wird, um einen Anschiss zu bekommen.

Aber ich muss hier raus!

Wir starren uns an.

Er gibt zuerst nach. »Wohin würden Sie wollen?«

»Manchester Airport«, antworte ich. »Von dort zum Reagan National, dann weiter ins Hotel Saunders drüben in Crystal City.«

»Wieso ins Saunders?«, fragt er.

»Mein Wahlkampfteam hat dort noch ein Büro, in dem es meine Kampagne abwickelt. Seine Mitglieder sind bereits von Ihren Leuten überprüft worden. Und DC liegt gegenüber auf dem anderen Flussufer.«

»Wie kommen Sie dorthin?«

Ich sage: »Ich brauche mein iPhone aus dem Haus.«

Stahl schüttelt den Kopf. »Kann diese Tür nicht öffnen, Sir.«

»Doch, das können Sie«, sage ich. »Die Agentin im Haus soll mein iPhone und meine gepackte Reisetasche aus dem Kleiderschrank im meinem Schlafzimmer rüberbringen. Ich telefoniere dann, damit wir einen Flug bekommen.«

Wieder eine bedeutungsschwere Pause. »Das kostet mich meinen Job«, sagt er.

»Ich habe immer noch Freunde in DC«, sage ich. »Ich werde mein Bestes tun, um Ihnen zu helfen.«

Ohne mich aus den Augen zu lassen, sagt er: »Nicole.«

»David?«, fragt die Agentin an der Konsole.

»Ruf Emma an«, sagt er. »Sie soll Harbors iPhone und seine Reisetasche rüberbringen.«

»Geht klar«, sagt sie.

Ich entspanne mich etwas, und auch Davids Miene wirkt weniger grimmig. »Anschließend rufst du den FBI-Hubschrauber. Sobald die Geiselbefreier ausgestiegen sind, fliegt er zwei Personen zum Manchester Airport.«

»Alles klar«, sagt sie.

Ich nicke.

»Alles klar«, sage ich.

Ein winziger Triumph, ein winziger Schritt auf dem Weg zur Befreiung meiner Tochter, aber immerhin.

KAPITEL 34

LAKE MARIE, NEW HAMPSHIRE

Sechs Minuten später bin ich in einer Ecke des Schutzraums, während meine Personenschützer per Telefon und mit anderen Nachrichtenmitteln Verbindung zur Außenwelt halten. Ich höre viele ruhige Stimmen, klingelnde Telefone und knackende Funksprüche. Ich scrolle durch die Kontaktliste auf meinem iPhone, überlege angestrengt und hoffe verzweifelt, während ich Ausschau nach Freunden halte.

Tatsächlich sind es nicht allzu viele.

Was ich in der Politik sehr rasch gelernt habe, und das war wirklich eine verdammt steile Lernkurve, ist die Tatsache, dass nur sehr wenige Leute, die man kennenlernt, wahre Freunde werden. Unabhängig davon, wie offen ihr Lächeln und wie schmeichelhaft ihre Komplimente sind, wollen die meisten politischen Bekanntschaften nur den Mann und sein Amt. Und sobald man kein Amt mehr hat, schwinden sie dahin.

Ein paar bleiben jedoch.

Da!

Trask Floyd.

Als ehemaliger SEAL wie ich machte er eine zweite Karriere als Stuntman in Hollywood und anschließend eine dritte als Schauspieler und Regisseur. Wir waren Freunde geworden, als ich Abgeordneter gewesen war und er die Unterstützung der Texas Film Commission gebraucht hatte.

Das Telefon klingelt einmal, zweimal, dann sagt eine junge Männerstimme: »Bei Trask Floyd.«

Ich sage: »Hier ist Matt Keating. Ich muss Trask sprechen.«

Früher hätte die berühmte Vermittlung des Weißen Hauses mich mit praktisch jedem Menschen verbinden können, der einen Telefonanschluss besaß.

Aber nun nicht mehr.

»Sorry, Sir, er ist nicht zu sprechen.«

»Wo ist er?«

»Er ist am Set, und wir haben schon Verspätung, daher ...«

Ich packe meine Kommandostimme aus. »Junge, Sie haben sechzig Sekunden Zeit, Trask Floyd ans Telefon zu holen, sonst werden Sie's in den nächsten sechzig Jahren bereuen. Los!«

Stille am anderen Ende.

Lange Sekunden vergehen schleppend.

Mel, denke ich.

Wo zum Teufel bist du, Mel?

Das Telefon erwacht zum Leben.

»Matt«, sagt Trask. »Ich weiß nicht, was Sie zu Timmy gesagt haben, aber er ist völlig eingeschüchtert.«

Ich frage: »Wo stecken Sie?«

»Vasquez Rocks in Kalifornien«, sagt er. »Wir wollen allen möglichen Scheiß in die Luft jagen und dabei drehen.«

Kalifornien, denke ich. Verdammt, ich hatte gehofft, er würde näher sein.

Ich sage: »Ich brauche Ihre Hilfe.«

»Die haben Sie, Matt.«

Der gute alte Trask. Keine Fragen, keine Einwände, keine Bedingungen.

»Was brauchen Sie?«

»Einen Business Jet auf dem Manchester Airport in New Hampshire, der mich und einen Secret-Service-Agenten nach DC fliegt.«

Trask fragt: »Wann brauchen Sie ihn?«

»Vor fünf Minuten.«

»Scheiße«, sagt Trask.

Übers Telefon höre ich Stimmen im Hintergrund. Offenbar versuchen Leute am Set, ihn anzusprechen.

»Mr. Floyd …«

»Trask, wir müssen weitermachen!«

»Die Sonne steht nicht mehr lange richtig!«

»Augenblick«, sagt Trask. Er scheint das Smartphone an seine Brust zu drücken, und ich höre einen Schwall undeutlicher Flüche, bevor er sich wieder meldet: »Okay, ist gebongt.«

Erleichtert frage ich: »Wollen Sie nicht wissen, was läuft?«

»Nein«, sagt er. »Ich muss ein paar Leute anrufen, und Sie müssen tun, was nötig ist. Gott segne Sie, Mr. President. Ich halte Ihnen den Rücken frei.«

Wenige Minuten später höre ich das Knattern eines tief anfliegenden Hubschraubers, das selbst durch den Stahlbeton dringt, und gehe mit meiner Reisetasche zur Tür. Neben mir steht Agent Stahl, ebenfalls mit einer schwarzen Nylontasche in einer Hand. In der anderen hält er seine Pistole von SIG Sauer.

Agentin Washington sagt: »Der Black Hawk ist gelandet.«

Die schwere Tür wird entriegelt, und Agentin Chin zieht sie auf. Agent Stahl ist als Erster draußen, und ich bleibe ihm auf den Fersen. Auf dem leicht abfallenden Rasen, der zu dem kleinen Strand am See hinunterführt, steht ein Black Hawk mit laufenden Triebwerken und noch eingekuppelten Rotoren.

Männer des berühmten Hostage Rescue Teams des FBI steigen in schwarzen Kampfanzügen, mit Helmen und Stiefeln, einer nach dem anderen aus. David und ich rennen an ihnen vorbei, die Köpfe wegen des starken Rotorabwinds eingezogen, während wir mit Erdbrocken und kleinen Steinen bombardiert werden.

Gott, so viele Erinnerungen an Hubschrauber wie diesen werden wach, mit denen ich zu gefährlichen, verzweifelten Einsätzen gestartet bin, von denen aber keiner so verzweifelt war wie dieser.

Agent Stahl steigt zuerst ein, hilft mir an Bord, der Crewchief schließt die seitliche Schiebetür, und wir lassen uns in gegenüberliegende Gurtsitze fallen.

Wir setzen Headsets auf, obwohl ich nichts zu sagen habe, als der Black Hawk über den bewaldeten Hügeln dieses Teils von New Hampshire aufsteigt. Zorn und Angst pulsieren in mir, während ich hinuntersehe und denke: Mel könnte dort unten sein. Mel könnte genau unter uns sein.

Was tun?

Ich ziehe meine Reisetasche etwas zu mir heran, um sie jederzeit erreichen zu können, und weiß, was sie enthält: Ersatzkleidung, Sneakers, Wasser, Notproviant und Cash.

Unter anderem.

Als POTUS gehörten die einzigen Waffen, in deren Nähe ich jemals kam, dem Secret Service oder seinem Counter Assault Team.

Aber in meiner Reisetasche liegen eine 9-mm-Pistole P226 von SIG Sauer und ein zerlegtes Sturmgewehr M4 von Colt mit einem Nachtsichtvisier TAWS 32 und reichlich Munition für beide Waffen.

Ich bin jetzt ein Ex-POTUS.

Und dazu ein Vater, der bereit ist, überall hinzugehen und alle Beteiligten zu liquidieren, um seine Tochter zurückzubekommen.

KAPITEL 35

OVAL OFFICE, WEISSES HAUS

Präsidentin Pamela Barnes lässt sich mit einer Delegation der Junior-Handelskammer fotografieren und denkt nebenbei darüber nach, welches Gesicht sie heute aufgesetzt hat. Im Lauf ihrer politischen Karriere ist ihr insgeheim aufgefallen, dass sie für verschiedene Anlässe unterschiedliche Gesichter aufsetzt: von warm und gütig bis zu zornig und fordernd, und vor dieser Gruppe junger Leute trägt sie ihr interessiertes, aber sehr beschäftigtes Gesicht.

Während die Kameras surren und klicken, tritt sie mitten ins Gedränge und ignoriert die Fragen, mit denen das Pressekorps des Weißen Hauses sie bombardiert.

»Madam President, der Speaker sagt, dass die Haushaltsgespräche gestoppt sind, bis Sie …«

»Madam President, wie werden Sie auf die chinesische Drohung reagieren, die Straße von Taiwan zu sperren?«

»Madam President, trotz persönlicher Zusagen Ihnen gegenüber scheinen die Verteidigungsausgaben der NATO auch dieses Jahr weiter zu sinken …«

Sie behält ihr wie gefroren wirkendes Lächeln bei, und einer ihrer jungen Assistenten sagt mit einem Blick auf seine Uhr: »Das war's für heute, danke, das genügt jetzt, danke sehr«, und er breitet die Arme aus, um sich den Weg durchs Pressekorps und die eifrigen jungen Mitglieder der Delegation der Junior-Handelskammer zu bahnen.

Eine der erwachsenen Begleiterinnen, eine stämmige Asiatin in einem dunkelblauen Kostüm, folgt ihr und streckt ihr die Hand hin, die Pamela rasch schüttelt.

»Danke, dass Sie gekommen sind«, sagt Pamela. »Ich wünsche Ihnen einen schönen Nachmittag.«

In den Augen der Frau stehen Tränen. »Danke, danke, Madam President … glauben Sie mir, wir alle stehen hinter Ihnen. Wir alle lieben Sie. Gott segne Sie, Madam President.«

Diesmal ist Pamelas Lächeln echt, als sie die Schulter der Frau berührt. »Danke, sehr freundlich von Ihnen«, sagt sie, und während sie über diesen jähen Gefühlsausbruch gerührt ist, denkt sie rasch: Nun, nicht alle stehen hinter mir, vor allem nicht die Mehrheit der Abgeordneten, China, Russland, der Iran, große Teile der Medien und des Internets und ein beträchtlicher Teil des Landes, der sich nicht damit abfinden kann, den Führer der freien Welt als »Madam« ansprechen zu müssen.

Schließlich verlässt die Gruppe das Oval Office, und Pamelas Ehemann Richard kommt mit einer Ledermappe in seinen kräftigen und noch immer sonnengebräunten Händen herein. Sie empfindet wieder eine angenehme Woge aus Liebe und Achtung, als er sich ihr nähert. Er trägt seine Tagesuniform, einen Anzug aus der Londoner Savile Row, und bevor sie dorthin gelangte, wo sie hingehört – hierher ins Weiße Haus –, hat es hässliche Bemerkungen über den Preis seiner Maßanzüge gegeben.

Damals hatte Richard gesagt: »Hör zu, ich bin im Osceola County mit Kuhmist an meiner Kleidung aufgewachsen, und jetzt missgönnst du mir die Chance, mich sauber anzuziehen?«

Den einzigen Mann, dem Pamela in dieser Stadt hundertprozentig trauen kann, fragt sie: »Was steht als Nächstes auf dem Terminplan?«

Ohne zu zögern, sagt Richard: »Ich habe alle Termine abgesagt.«

Das trifft sie unvorbereitet. Nach ihrem knappen Sieg im vorletzten November hat Richard ihr Übergangsteam geleitet, und es hat empörte Aufschreie gegeben, als sie den JFK (der seinen Bruder Bobby zum Justizminister ernannte) gemacht und ihn als ihren Stabschef eingesetzt hat. Aber ihr historischer Sieg hat diese Aufschreie gedämpft, und heute gibt es Tage wie diesen, an denen sie sich wünscht, sie wäre wieder von einem so großen Vertrauensvorschuss getragen wie am Beginn ihrer Amtszeit.

»Was ist passiert?«, fragt sie und geht zu dem von so vielen Präsidenten benutzten historischen *Resolute*-Schreibtisch zurück.

Die Tür des Oval Office wird geschlossen, und Richard setzt sich ihr gegenüber. »Mel Keating ist entführt worden.«

»Was?« Pamela ist erstaunt, entsetzt. »Matt Keatings Tochter?«

Sie war auf einen Terroranschlag gefasst, auf einen Militärschlag, den Tod irgendeines Prominenten … aber dies?

Richard schlägt die Ledermappe auf und sagt: »Vor fast zwei Stunden hat Heimatschutzminister Charles mich darüber informiert. Mel Keating und ihr Freund waren auf einer Bergtour in den White Mountains, ungefähr eine halbe Autostunde von Matts Haus am Lake Marie entfernt. Der Freund ist auf einem Parkplatz am Ausgangspunkt eines Wanderwegs tot aufgefunden worden. Mit einem Kopfschuss ermordet. Mels Rucksack hat in seiner Nähe gelegen.«

»Verdammt … wo zum Teufel war ihre Begleitung vom Secret Service?«

»Weil ihr Vater nicht mehr Präsident ist, hat ihr Anspruch auf Personenschutz mit dem sechzehnten Geburtstag geendet. Mel ist neunzehn.«

Pamela atmet tief durch. »Gibt es eine Lösegeldforderung?«

»Noch nicht.«

»Irgendein Verdacht, wer's gewesen sein könnte?«

Richard sagt: »Matts Dienst bei den SEALs und sein politischer Werdegang haben ihm viele Feinde eingebracht, Madam President. Bestimmt arbeitet das FBI diese Liste im Augenblick ab.«

»Was passiert vor Ort?«

»Die dortige Polizei ist im Einsatz, ein Geiselrettungsteam des FBI hat Matts Anwesen erreicht, und das Bureau entsendet alle verfügbaren Agenten aus Boston und Buffalo.«

»Nachrichtenmedien?«

»Bisher nur Gerüchte im Internet, dass oben in New Hampshire etwas Ungewöhnliches zu passieren scheint, aber du kannst darauf wetten, dass der wahre Sachverhalt sehr bald bekannt wird«, sagt Richard. »Um Spekulationen vorzubeugen, solltest du möglichst bald eine Erklärung abgeben.«

Pamela reibt sich die müden Augen. »Sollte das nicht Lisa Blair tun? Wollen die Leute das nicht von der FBI-Direktorin hören?«

»Nein, Ma'am«, sagt Richard zuversichtlich. »Wäre eine andere Prominente entführt worden, würde ich dir zustimmen. Aber nicht bei der Tochter des Expräsidenten. Du musst Führungsstärke zeigen, dem Land beweisen, dass du die Situation unter Kontrolle hast.«

Pamela nickt. Ihr Ehemann und Stabschef hat recht. »Na schön«, sagt sie. »Direktorin Blair soll schnellstens rüberkommen und mich informieren. Außerdem Minister Charles, der Direktor des Secret Service, General Perkins und Fred Munroe. Dazu das gesamte Pressekorps. Oh … und wo ist der Vizepräsident?«

»In einem Flugzeug nach Lateinamerika«, sagt er. »Aber der Vorsitzende der Vereinigten Stabschefs und dein Nationaler Sicherheitsberater … Ist das wirklich dein Ernst, Madam President?«

»Mein voller Ernst, Richard«, sagt sie. »Wie groß ist die Wahrscheinlichkeit, dass Mel von einheimischen Bauerntrampeln entführt worden ist, die's auf Geld abgesehen haben? Diese Entführung hat garantiert auch Sicherheits- und Militäraspekte, und ich will sichergehen, dass wir alle Möglichkeiten durchdenken.«

»Wird gemacht, Madam President«, sagt er.

Pamela schüttelt den Kopf. Vor Jahren hatten Richard und sie vergeblich versucht, Kinder zu bekommen, und waren beide davor zurückgeschreckt, es mit wenig aussichtsreicher künstlicher Befruchtung zu versuchen. Stattdessen hatten sie ihre Nichten und Neffen, Cousins und Cousinen (von denen nach ihrer Vereidigung erstaunlich viele aus dem Nichts aufgetaucht waren) mit Liebe und Aufmerksamkeiten überhäuft, und sie mag sich nicht einmal vorstellen, wie entsetzlich es sein muss, wenn das eigene Kind entführt wird.

Sie sagt: »Ich will mit Matt Keating sprechen.«

»Ah, im Augenblick nicht möglich, Ma'am.«

»Warum zum Teufel nicht?«

»Er ist mit einem Black Hawk des FBI zum Manchester Airport unterwegs. Ich vermute, dass er von dort nach DC runterfliegen wird, um die Informationslage und die Entwicklungen besser überblicken zu können.«

»Und Samantha Keating?«

»Ebenfalls unterwegs.«

Pamela überlegt: Wen brauche ich sonst noch hier? Sie hat volles Vertrauen zu Lisa Blair, obwohl sie von ihrem Vorgänger ernannt worden ist, und wenn es darum geht, Entführungsfälle zu lösen, ist das FBI weltweit unübertroffen. Aber ihr Minister für Heimatschutz ist ein fantasieloser Cop aus Florida, also wird sie dafür sorgen, dass er die Klappe hält und tut, was das FBI von seinem Ministerium verlangt. Und was ist mit der NSA? Die versteht sich am besten auf Abhörmaßnahmen, und sie wird sicherstellen müssen, dass …

Ihr Ehemann und Stabschef sitzt weiter nur da.

Aus langer Erfahrung weiß sie, dass das ein starkes Signal ist.

»Was gibt's noch, Richard?«

Er mustert sie mit stählernem Blick und sagt: »Dies ist eine Krise, Madam President. Aber zugleich auch eine Chance. Die letzten Monate sind nicht gerade gut für uns gelaufen, nicht wahr?«

»Richard, das ist bloß …«

Er unterbricht sie. »Pamela, wir sinken. Wir haben Mühe, uns über Wasser zu halten. Deinen historischen Erfolg hat inzwischen jedermann im Rückspiegel. Dies ist deine Chance, Verantwortung zu übernehmen, wahre Führungsstärke zu beweisen und die harten Entscheidungen zu treffen, die unsere Leute und andere Staaten beeindrucken werden.«

Pamela erwidert den Blick des Mannes, mit dessen Hilfe sie hierher, in das berühmteste Büro der Welt, gelangt ist.

»Welche harten Entscheidungen, Richard?«

Sein Blick bleibt stetig und gelassen. »Pamela, wenn wir erfahren, was als Lösegeld verlangt wird, wirst du nicht darauf eingehen.«

KAPITEL 36

HOTEL SAUNDERS
ARLINGTON, VIRGINIA

Wenige Minuten nach meiner Ankunft mit Agent Stahl herrscht im vierten Stock des Hotels Saunders Chaos, und ich tue mein Bestes, um daraus ein kontrolliertes Chaos zu machen. Auf dem Dulles Airport haben uns zwei Suburbans mit drei weiteren Secret-Service-Agenten von der Außenstelle 1100 L Street NW im District of Columbia abgeholt. Der Agent neben mir auf dem Rücksitz des zweiten Suburbans war ein Hispanic, den ich zu seiner Überraschung gefragt habe: »Agent Morales, wie geht es Ihnen? Wie geht's den Zwillingen?«

Verblüfft konnte er nur stottern: »Danke, sehr gut, Sir. Die beiden sind in der ersten Klasse, machen den Nonnen das Leben schwer.«

»Schön für Sie«, hab ich gesagt und war dankbar dafür, eine Minute lang nicht an Mel denken zu müssen. Agent Morales hat ein halbes Jahr zu meinen Personenschützern gehört, als ich POTUS war, und wenn man fast jeden wachen Augenblick mit Agenten wie ihm verbringt, erfährt man viel über ihr Leben, ihre Familien und ihre Erfahrungen.

Im vierten Stock hält Agent Morales an der offenen Tür, die eine Suite, in der mein Wahlkampfteam bisher gearbeitet hat, mit einer weiteren verbindet, damit wir mehr Büroraum bekommen. Beide Suiten sind voller Sicherheitsleute des Hotels, Manager und Arbeiter, die weitere Schreibtische, Stühle und Computerterminals hereinbringen.

Ich bezahle den ganzen Krempel mit einer Visa-Karte des noch existierenden Komitees für die Wiederwahl Matthew Keatings und stelle mir vor, dass ich Unsummen ausgebe, aber das ist mir echt scheißegal.

Licht brennt hell, Telefone klingeln, und auf einem Großbildschirm läuft ohne Ton CNN, der inoffizielle achtzehnte Nachrichtendienst der Vereinigten Staaten, der Eilmeldungen verbreitet, bevor sie das Weiße Haus oder das Außenministerium erreichen.

Alle paar Sekunden heißt es »Mr. President, Mr. President« – ich muss entscheiden, ob wir mehr Personal brauchen, wo die Leute schlafen sollen, welcher Kaffee und welches Essen bestellt werden soll –, und ich stehe mitten in diesem verdammten Sturm und sehne mich nach der Schlichtheit und straffen Organisation im Lageraum des Weißen Hauses zurück.

Ich wünsche mir wenigstens eine Minute für mich, um zu erfahren, wo Samantha ist, und Agent Stahl fragen zu können, ob es neue Nachrichten von der New Hampshire State Police oder dem FBI gibt. Aber wohin ich mich auch wende, steht immer jemand mit einem Handy oder einem Laptop vor mir und löchert mich mit Fragen.

»Schluss jetzt! Haltet alle mal die Klappe!«, blafft eine Frauenstimme. »Ich will keinen gottverdammten Pieps mehr von irgendwem hören!«

Ich drehe mich um und sacke in der plötzlichen Stille vor Erleichterung fast zusammen, als Madeline Perry, meine Stabschefin, mit blitzenden Augen hereinrauscht und sich dabei herausfordernd umsieht.

Sie kommt zu mir, umarmt mich rasch. »Oh, Mr. President …«

Ich löse mich aus ihrer Umarmung, blinzle Tränen weg. »Danke, dass Sie so schnell gekommen sind, Maddie.«

Sie ergreift meine Hände. »Den erstbesten Flug vom La Guardia zum Dulles habe ich praktisch nur durch Bestechung bekommen. Gibt's was Neues?«

»Meines Wissens nicht.«

Sie lässt meine Hände los, entdeckt Agent Stahl, der telefoniert, und sagt: »David! Besprechung mit Harbor und mir. Sofort!«

Wir folgen ihr beide in den nächsten freien Raum, der zufällig das große Bad der Suite ist. Bevor Madeline die Tür hinter uns schließt, verkündet sie laut: »Wer an diese gottverdammte Tür klopft, riskiert gebrochene Finger. Dafür garantiere ich!«

Im Bad fragt Madeline: »Agent Stahl, was gibt's Neues? Wurde Lösegeld gefordert?«

Er schüttelt den Kopf. »Bisher nicht, soviel ich weiß. Aus New Hampshire wird gemeldet, dass das HRT des FBI noch am Lake Marie ist, jeder marschfähige FBI-Agent im Nordwesten ist dorthin unterwegs, die Polizei fahndet im Zusammenhang mit Mels Entführung nach einem schwarzen Cadillac Escalade, und alle Straßen zwischen New England und New York State sind gesperrt.«

Madeline fragt: »Mr. President, haben Sie vom Weißen Haus gehört? FBI? Heimatschutz?«

»Noch nicht«, sage ich. »Ich war in den letzten Stunden viel unterwegs. Sobald ich keine Fragen zur Installation des Telefonsystems mehr beantworten muss, will ich selbst nachfragen, statt nur zu warten.«

»Gut«, sagt Madeline. »Sie werden jetzt nicht mehr belästigt, verlassen Sie sich darauf.« Sie holt tief Luft. »Ich habe in den Nachrichten noch nichts über Mels … Situation gesehen, aber das wird sich verdammt rasch ändern. Am besten bereite ich schon mal ein Statement vor, das wir herausgeben können.« Sie kämpft wieder gegen ihre Emotionen an. »Oh, das arme Mädchen!«

Ich frage: »Agent Stahl, irgendeine Nachricht von meiner Frau?«

Er sagt: »Ich habe gerade ein Update bekommen, als Maddie angekommen ist, Mr. President. Die Maine State Police und Agenten der Außenstelle Portland haben sie in ein Flugzeug nach DC gesetzt, wo sie vor einer halben Stunde auf dem Dulles Airport gelandet ist. Jetzt ist sie in Begleitung hierher unterwegs.«

Eine weitere kleine Woge der Erleichterung durchflutet mich.

Ich brauche Samantha hier.

Meine Ehefrau, Mels Mom und vor allem meine Partnerin.

»Gut zu wissen«, sage ich. »Maddie, wie lange haben wir noch, bevor der Sturm losbricht?«

»Bestenfalls Minuten«, sagt sie.

Ich reibe mir das Gesicht. »Dann erfährt die ganze Welt von der Entführung, und jeder Irre mit einem Groll und jeder Psychopath mit einer Vision wird anfangen, die Telefonleitungen und E-Mail-Accounts von FBI und Heimatschutz zu überfluten.«

Madeline nickt. »Ganz recht, Sir. Aber Sie müssen hier raus, damit Sie anfangen können zu arbeiten. Mit ein paar Leuten telefonieren, bevor alles mit Unsinn zugemüllt wird.«

Als ich nach dem Türknopf greife, sagt Madeline: »Nein, Sir, ich gehe voraus.«

Sie öffnet die Tür und erhebt wieder die Stimme. »Hört zu, Leute, hört gut zu! Ich bin Madeline Perry, Präsident Keatings Stabschefin, und alle Fragen, Bitten oder Mitteilungen gehen an mich und sonst niemanden. Verstanden? Mit anderen Worten: Lasst ihn gefälligst in Ruhe! Wir nehmen die Suite nebenan, und wer etwas braucht, wendet sich an mich.« Dann zu mir gewandt: »Kommen Sie bitte mit, Sir.«

Ich folge Madeline zur Verbindungstür zu der anderen Suite, und ihr Plan ist augenblicklich Makulatur, als diese Tür aufgeht und Samantha hereinkommt, mich sieht und »Matt!« ruft.

Einige Sekunden vergehen, in denen wir uns aneinanderklammern. Ich spüre ihr Haar an meinem Gesicht, glaube, Meersalz auf ihrer Haut zu riechen, und denke an vergangene Tage – als ihre Schwangerschaft bestätigt wurde, als ich von meinem ersten Auslandseinsatz heimkehrte, als die jetzige Präsidentin Barnes mich in den kalifornischen Vorwahlen geschlagen hatte –, an denen ich Samantha nicht mehr hatte loslassen wollen.

Wie jetzt.

Aber ich löse mich sanft aus ihrer Umarmung und küsse sie, und Samantha fragt weinend: »Irgendwas? Irgendeine Nachricht?«

Ich halte ihr Gesicht in den Händen und bin auf der Suche nach einer Antwort, als Madeline Perry ruft: »Lauter! Lauter aufdrehen!«

Wir wenden uns alle dem Flachbildfernseher zu, auf dem eine bekannte Journalistin in der Nachrichtenredaktion von CNN sitzt, während eine hellrote Laufschrift eine EILMELDUNG ankündigt. Dann findet endlich jemand die Fernbedienung, und ihre Stimme hallt übernatürlich laut durch die Suite, in der sich Leute drängen.

»… hat CNN von zuverlässigen Quellen in Sicherheitsbehörden erfahren, dass Melanie Keating, die Tochter von Expräsident Matthew Keating, bei einer Wanderung in den White Mountains im Nordwesten von New Hampshire entführt worden ist, während ihr Begleiter brutal ermordet wurde …«

KAPITEL 37

MONMOUTH, NEW HAMPSHIRE

Officer Corinne Bradford vom Monmouth Police Department parkt ihren zehn Jahre alten Streifenwagen auf einem der reservierten Plätze vor der Polizeistation und stellt den Motor ab. Vor einigen Minuten hat Chief Randy Grambler sie auf dem Handy angerufen und angewiesen, auf die Wache zurückzukommen.

Sie fragt sich, was passiert sein mag, wenn der Chief sie nicht einfach über Funk zurückbeordert, und hofft, dass es etwas mit der Entführung von Präsidententochter Mel Keating zu tun hat.

Als Corinne mit ihrem Aluminium-Klemmbrett unter dem Arm aussteigt, röhren auf der Route 3 ein Streifenwagen der State Police, ein Streifenwagen des Grafton County Sheriff's Department und zwei schwarze Chevy Suburbans mit eingeschaltetem Blaulicht hinter dem Kühlergrill vorbei. Im Süden sind zwei Black Hawks zum Mount Rollins unterwegs, der nur ungefähr zwanzig Autominuten von ihrer neuen Heimatstadt entfernt ist.

Sie ist noch dabei, sich hier einzugewöhnen. Vor einem Jahr hat sie in Brockton, Massachusetts, gelebt und hatte einen Klassejob bei der Massachusetts State Police, bis eine Serie von Skandalen – die zum Glück nicht sie persönlich betrafen – eine Reorganisation der »Staties« erzwang, nach der sie plötzlich auf der Straße stand und sich einen neuen Job suchen musste.

Deshalb ist sie jetzt ein Cop in einem aus drei Personen bestehenden Police Department mitten in den gottverdammten Wäldern und Bergen, das von einem Chief geleitet wird, der seit der letzten Eiszeit im Amt zu sein scheint.

Sie geht zur Seite des weißen Holzgebäudes mit den hohen schwarzen Fensterläden, in dem Verwaltung und Polizei von Monmouth untergebracht sind – die Polizei im rückwärtigen Keller. Als Corinne die klemmende Tür aufzieht, sitzt Chief Grambler mit ausgestreckten langen Beinen an einem grauen Stahlschreibtisch. Sein knapp zwei Meter großer Körper ist so hager, dass er zerbrechlich wirkt. Er trägt die gleiche dunkelblaue Uniform wie Corinne, jedoch mit abgewetzten Knien und Ellbogen.

Er kritzelt etwas auf einen Zettel, den er ihr gibt. In den Abwasserrohren unter der Decke rauscht es, als jemand im Erdgeschoss des Rathauses die Toilette benutzt. In dem beengten Büro des Departments ist nur Platz für zwei Schreibtische, Stühle, Aktenschränke und aufgestapelte Kartons mit Unterlagen aus dem letzten Jahrhundert. Hier gibt es keine Haftzelle. Die wenigen Leute, die Corinne in ihren zwei Monaten in Monmouth festgenommen hat, musste sie alle ins Grafton County Jail drüben in Haverhill bringen.

»Hier«, sagt Grambler. »Fahr zu Yvonne Clarkson oben in der Mast Road. Nummer vier. Jemand hat ihr heute Morgen etwas gestohlen, und sie ist deswegen ziemlich sauer.«

Ist das dein Ernst? fragt Corinne sich, als sie den Zettel entgegennimmt. Sie hat gleich an ihrem ersten Tag gelernt, dass die Cops in dieser Kleinstadt für alles angefordert werden, von einem defekten Briefkasten bis zu einem Hund, der Hühner jagt.

»Okay«, sagt sie. »Aber warum hast du mich auf dem Handy angerufen? Über Funk wär's schneller gegangen.«

Grambler lächelt, faltet die Hände hinter dem Kopf und lehnt sich zurück, sodass Corinne seinen Stuhl und sein Rückgrat knacken hört. »Yvonne ist nicht mehr die Jüngste. Sie war lange im Stadtrat und im Bauausschuss. Viele Leute mögen sie nicht sonderlich. Daher ist's besser, den Klatschmäulern mit Polizeifunkscannern kein Material zu liefern.«

Sie wirft einen Blick auf die Adresse, faltet den Zettel zusammen. »Irgendwas Neues wegen Mel Keatings Entführung?«

»Nö.«

»Hast du was von der State Police oder dem County Sheriff gehört?«

»Nö.«

Sie zerknüllt den Zettel in ihrer Hand. Bei der Massachusetts State Police war sie bei zwei Präsidentenbesuchen zur Unterstützung des Secret Service abgestellt und hat das Tempo und die Aufregung darüber geliebt, Teil eines größeren, wichtigeren Ereignisses zu sein.

»Wir könnten bei der Fahndung helfen, weißt du«, schlägt sie vor. »Wir könnten Gebiete absuchen, die …«

»Corinne, mach deine Arbeit, okay?« Grambler greift nach der Zeitung auf seinem Tisch. »Und die besteht darin, Yvonne Clarkson zu besuchen. Los jetzt!«

Zwanzig Minuten hat sie in Yvonne Clarksons unaufgeräumtem, staubigem Wohnzimmer verbracht, lauwarmen Instant-Eistee getrunken und sich die Gesundheitsprobleme und politischen Ansichten der alten Frau angehört, bevor sie zum vierten Mal versucht, das Gespräch auf den eigentlichen Zweck ihres Besuchs zu bringen.

»Ma'am, ich verspreche Ihnen, daran zu denken, was Sie über Dr. Yahn gesagt haben, falls ich jemals einen Orthopäden in Dartmouth-Hitchcock brauche«, sagt sie. »Aber wollen Sie mir jetzt bitte erzählen, was heute Morgen passiert ist?«

Die Frau ist Mitte siebzig, hat schwarz gefärbtes Haar mit ebenso dunklen Augenbrauen und trägt zu einem losen gelben Top Kakishorts, die bis zu ihren runzligen Knien reichen. Ihre Finger- und Zehennägel sind zu ihrem Lippenstift passend korallenrot lackiert.

»Nun, die Sache ist folgende«, sagt sie hörbar frustriert seufzend. »Monmouth hat sich so sehr verändert, seit ich hier lebe, weil das College mit dem Medical Center sich so ausgebreitet und viele Einheimische wegen hoher Grundsteuern und Mieten verdrängt hat. Heutzutage passieren Dinge, die einfach nicht vorkommen dürften.«

»Zum Beispiel?«, fragt Corinne zum mindestens vierten Mal.

Yvonne Clarkson beugt sich nach vorn, spricht flüsternd weiter. »Diebstahl von Privateigentum. Früher brauchte man hier keine Haustür abzusperren, konnte die Autoschlüssel im Wagen stecken lassen. Heute nicht mehr.«

»Und was wurde gestohlen?«, fragt Corinne.

»Meine Zeitung!«, antwortet die Frau empört. »Ist das denn zu glauben? Glatt aus der Zeitungsrolle!«

Corinne hat Mühe, sich nichts anmerken zu lassen. *In Massachusetts bin ich zu Unfällen wegen Trunkenheit am Steuer gerufen worden und habe durch sofortige Hilfeleistung mindestens zwei Menschenleben gerettet. Ich habe bei Verkehrskontrollen vier Autos angehalten, in denen fast hundert Pfund Heroin sichergestellt wurden, und war bei einer bewaffneten Geiselnahme in Melrose eine Schicht lang als Reserve eingeteilt.*

»Ihre Zeitung?«, fragt sie.

»Genau«, bestätigt die Alte. »Meine *USA Today*. Die wird hier erst seit Kurzem ins Haus geliefert, und diese verdammten Diebe haben sie heute Morgen geklaut.«

»Diebe?«

Ein triumphierendes Nicken. »Ich bin Frühaufsteherin, wissen Sie. Ich hab gesehen, wie der kleine Scheißer – entschuldigen Sie den Ausdruck – aus einem schwarzen SUV steigt und sie in aller Ruhe aus der Zeitungsrolle zieht.«

Corinne macht sich ein paar Notizen.

»Wissen Sie das bestimmt?«

»Klar doch«, sagt die Frau. »Zwei Scheißkerle. Einer ist gefahren, der andere ist ausgestiegen und hat sich meine Zeitung geschnappt. Glauben Sie, dass Sie sie finden können?«

Corinne bemüht sich, nicht zu seufzen.

Eine gestohlene Zeitung, ein Schaden von – bloß nicht lachen! – zwei Dollar.

»Na ja, wir werden's natürlich versuchen, aber wir haben nicht viel in der Hand. Ich meine, ein Kerl und ein schwarzes SUV.«

Die Frau schiebt die Unterlippe vor. »Sie sind von auswärts, also haben Sie meinen Onkel Caleb nicht gekannt, hab ich recht?«

»Nein, Ma'am«, sagt Corinne, die sich wieder mal wegen des Verbrechens verteidigen muss, in Massachusetts geboren zu sein.

»Er war einer der größten Autohändler in Manchester«, sagt Clarkson. »Double-C Fine-Autos. Ich hab dort viele Jahre in den Sommerferien gearbeitet – in der Auftragsannahme und im Ersatzteilverkauf. Ich hab mich damals mit Autos ausgekannt, und das tue ich noch heute. Ich kann Ihnen genau sagen, was für ein SUV heute Morgen vor meinem Haus gehalten hat.«

Corinne fragt: »Was für eines war's denn?«

Ein zufriedenes Nicken. »Ein fabrikneuer Cadillac Escalade. Schwarz. Mit getönten Scheiben.«

KAPITEL 38

OVAL OFFICE, WEISSES HAUS

Als die gewölbte Tür des Oval Office sich lautlos öffnet, steht Präsidentin Pamela Barnes hinter dem *Resolute*-Schreibtisch auf und sieht ihrem Vorgänger Matthew Keating und seiner Frau Samantha entgegen. Beide wirken erschöpft und gequält, und Barnes muss bei ihrem Anblick kurz daran denken, wie sie als Gouverneurin eine Delegation von Eltern empfangen hat, deren Kinder das Opfer von Schießereien geworden waren. Die beiden vor ihr haben denselben Ausdruck auf ihren blassen Gesichtern.

»Matt, Samantha«, sagt Barnes auf sie zugehend. »Was Mel zugestoßen ist, tut mir so leid, und glauben Sie mir, wir unternehmen alles Menschenmögliche, um sie sicher zurückzuholen.«

Samantha Keating wirkt etwas benommen, als sie zögernd den Raum durchquert, aber ihr Mann sieht aus, als würde er am liebsten jemanden umbringen, und sein Blick ist kalt und hart. Barnes erinnert sich an etwas aus der Geschichte: Als Präsident McKinley einem Attentat zum Opfer gefallen war, sagte Senator Mark Hanna, sein guter Freund und Mehrheitsbeschaffer, über Theodore Roosevelt: »Dieser verdammte Cowboy ist Präsident der Vereinigten Staaten!«

Vor drei Jahren hatte sie nach Präsident Loverings plötzlichem Tod ähnlich reagiert, als sie zu ihrem Mann sagte: »Dieser verdammte Seemann ist jetzt Präsident!«

Sie bemüht sich, das alles hinter sich zu lassen. Sie umarmt Samantha rasch, drückt Matt die Hand, führt beide zu den zwei Couches in der Mitte des Oval Office. Anwesend sind auch Lisa Blair, die FBI-Direktorin, Paul Charles, der Minister für Heimatschutz, Barnes' Ehemann Richard und Lydia Wang, eine junge Assistentin.

Matt und Samantha sitzen auf der Couch Barnes gegenüber, halten sich fest an der Hand, und sie sagt noch einmal: »Was Mel zugestoßen ist, tut mir so leid, und ich verspreche Ihnen beiden, dass die gesamte Macht und alle Ressourcen der Bundesregierung eingesetzt werden, um Mel aufzuspüren und in Sicherheit zu bringen.«

Trotzdem wiederholt eine innere Stimme, was ihr Ehemann und Stabschef ihr zuvor erklärt hat:

Pamela, wenn wir erfahren, was als Lösegeld verlangt wird, wirst du nicht darauf eingehen.

Samantha reagiert auf ihre beruhigenden Worte mit einem Nicken, aber ihr Mann kommt sofort zur Sache.

»Erzählen Sie uns, was getan wird«, sagt er.

Direkt und schnörkellos, ohne Umgänglichkeit oder Höflichkeit – deshalb ist dies jetzt mein Büro und nicht mehr deines, denkt sie.

»Direktorin Blair?«, sagt sie. »Das Neueste?«

Blair sitzt mit gefalteten Händen auf der Vorderkante der cremeweißen Couch. »Wir fluten das Gebiet, Madam President, ziehen sogar Agenten aus Außenstellen in Kanada ab. Unsere Ermittlungen laufen gegenwärtig zweigleisig. Auf der einen Seite befragen wir Mels Kommilitonen, Freunde, Professoren und Wohnheimmitbewohner, um zu erfahren, ob sich in den letzten Wochen irgendetwas Ungewöhnliches ereignet hat. Unbekannte, die sich auf dem Campus herumgetrieben und Fragen nach Mel gestellt haben, Einbrüche oder sonstige Auffälligkeiten.«

Barnes fragt: »Und das zweite Gleis?«

»Wir versuchen, sie zu finden«, sagt Blair. »Wir leiten die Ermittlungen und arbeiten mit der New Hampshire State Police, allen örtlichen Polizeidienststellen und sogar der Forstbehörde zusammen. In der Umgebung des Mount Rollins sind alle großen und kleinen Straßen gesperrt, und wir gehen in einem Radius von zwanzig Meilen um den Tatort von Haus zu Haus und befragen sämtliche Bewohner. Außerdem lassen wir K-9-Trupps alle Wanderwege in diesem Gebiet absuchen.«

»Wie viele Grenzübergänge nach Kanada gibt es denn?«, fragt Matt.

Heimatschutzminister Paul Charles scheint es zu überraschen, dass er etwas gefragt wird, und Barnes bedauert wieder mal den politischen Deal, der ihn ins Amt gebracht hat. Wie ein altmodischer Cop zieht er ein eselsohriges Notizbuch heraus, blättert darin und sagt: »Vierundzwanzig zwischen Maine und Kanada, einen in New Hampshire und fünfzehn in Vermont. Unsere, äh, Border Patrol ist alarmiert. An den Grenzübergängen nach Kanada gibt es bereits lange Staus. Vorläufig gibt es nur wenige Beschwerden, Madam President, aber wir müssen mit einem Riesenaufschrei rechnen, wenn wir die Kontrollen, äh, nicht zurückfahren. Und zwar bald.«

Bevor Matt sprechen kann, sagt Barnes: »Nicht jetzt, Paul, nicht schon jetzt. Was tut der Secret Service?«

Er zuckt mit den Schultern. »Nicht viel.« Er versucht ein Lächeln. »Ich meine, der Vogel ist ausgeflogen, hab ich recht? Ich meine, Mr. und Mrs. Keating sind jetzt hier, ihr Anwesen am Lake Marie steht unter Bewachung, und Mel … nun, lassen Sie mich eines klarstellen, bevor wir weiterreden: Der Secret Service war nicht für Mel Keatings Schutz zuständig. Sie ist neunzehn, und …«

Matts Stimme, kalt und hart wie Granit, sagt: »Niemand macht dem Secret Service irgendeinen Vorwurf. Madam President, darf ich?«

Barnes nickt. »Natürlich, Matt. Bitte sehr.«

»Madam President, es gibt vor Kurzem ergangene Gerichtsurteile in Bezug auf den Informationsaustausch zwischen FBI und NSA«, sagt er. »Die NSA offiziell an Bord zu holen, damit sie das FBI unterstützt, wird Zeit kosten. Wären Sie bereit, General Winship von der NSA anzuweisen, sofort mit dem FBI zu kooperieren?«

Direktorin Blair sieht nickend zu Barnes hinüber. »Das würde uns kostbare Stunden sparen, Madam President.«

»Wird gemacht«, sagt sie und fährt fort: »Direktorin Blair, können wir …«

Die Tür des Oval Office öffnet sich lautlos, und Felicia Taft, eine junge Schwarze, die stellvertretende Stabschefin ist, kommt mit einem offenen Laptop herein.

Alle wenden sich ihr zu, und Barnes fragt: »Was gibt's, Felicia?«

Sie tritt rasch in die Mitte des Raums und stellt den Laptop auf den Couchtisch.

»Madam President, wir haben soeben eine Mitteilung von Al Jazeera bekommen«, sagt sie fast atemlos. »Der Sender hat eine Lösegeldforderung für Mel Keating erhalten und will sie in einer Minute senden.«

KAPITEL 39

OVAL OFFICE, WEISSES HAUS

Ich halte weiter Sams Hand, aber seit ich wieder in diesem vertrauten Raum bin, fühle ich mich wie ein Zeitreisender. Zuletzt war ich vor eineinhalb Jahren in den letzten Stunden meiner Präsidentschaft hier, und nun bin ich wieder da – nicht als POTUS, sondern als zorniger, verängstigter Vater, der nur mit halbem Ohr zuhört, wie die Frau vor uns, eine glänzende Politikerin, die es immer verstanden hat, auf dem glatten politischen Parkett die richtigen Worte zu finden, die ihren Aufstieg ermöglicht haben, die üblichen Zusicherungen und Versprechen macht.

Ich würde ihr gern glauben, aber ich bin zu erfahren, zu misstrauisch.

Die Männer und Frauen, die jetzt draußen ihr Bestes tun, um Mel aufzuspüren – denen vertraue ich, an die glaube ich.

Aber ihre Vorgesetzten, die Direktoren und Bürokraten mit sauberen Fingernägeln und schwarzen Flecken auf dem Gewissen?

Nicht so sehr.

Dort draußen in diesen Regierungsgebäuden müssen Deals gemacht, Feindschaften gepflegt werden, und ich weiß, dass ein paar eiskalte Typen diese aufziehende Krise als Chance für die eigene Karriere und nichts anderes betrachten werden.

Der Laptop wird leicht gedreht, sodass ich den Bildschirm sehe, auf dem ein Moderator über Mels Entführung schwatzt – wie schrecklich alles ist und was Sam und ich durchmachen müssen. Ich blende ihn aus und wünsche mir, der verdammte Produzent drüben in Doha, Katar, würde sich beeilen.

Neben mir auf der Couch sitzen Sam und Lydia Wang, eine junge Assistentin der Präsidentin. Uns gegenüber sitzen die Präsidentin, Direktorin Blair und Minister Charles. Der Mann der Präsidentin steht hinter ihr.

Das Gesicht des Moderators verschwindet.

Wir sehen einen Bluescreen.

Dann erscheint ein bartloser Mann mit dunklem Teint und schwarzem Haar, der ein bis oben zugeknöpftes weißes Oberhemd trägt. Er sitzt offenbar vor einer schwarz gestrichenen Betonwand. Handwerklich gut gemacht, merkt der ehemalige Agent in mir an, ein neutraler Hintergrund gibt nichts preis. Der Mann nickt mit entschlossener Miene, seine dunklen Augen sind scharf wie Feuersteine, und sein erster Satz trifft mich wie ein Kolbenhieb in den Magen.

»Ich bin Asim al-Aschid, ein Krieger Allahs, und diese Mitteilung ist für Sie bestimmt, Matthew Keating«, beginnt er. »Ich habe Ihre Tochter Melanie in meiner Gewalt.«

Sam drückt meine Hand, sagt leise jammernd: »Oh, Matt, das ist …«

»Ja«, sage ich. Weil ich einen Augenblick lang nicht aufpasse, kommen die Worte wie von selbst aus meinem Mund. »Das ist der Terrorist, dessen Frau und Töchter durch meine Schuld umgekommen sind.«

Und ich glaube, wieder die Stimme des alten Agenten in mir zu hören.

Ganz gleich, was gesagt oder versprochen wird, du wirst Mel nie wiedersehen.

Ich starre den Bildschirm an, bleibe konzentriert.

Er macht eine Pause, und ich weiß, dass der Dreckskerl das tut, um Sam und mich noch mehr zu quälen.

»Ihre Tochter lebt«, sagt er. »Ihr geht es gut.«

Dann senkt er die Stimme etwas. »Im Gegensatz zu meinen toten Mädchen, die auf Ihren Befehl, durch Ihre Schuld getötet wurden. Können Sie sich den Schmerz eines Vaters vorstellen, der erfährt, dass nicht nur seine Frau, sondern auch seine geliebten Töchter ermordet wurden?«

Er bewegt die Hände außerhalb des Bildes, dann hält er drei Farbfotos von lächelnden kleinen Mädchen mit schwarzen Locken und bunten Kleidern hoch und sagt: »Dies waren meine lieben Kinder. Amina, Zara und Fatima. Von Ihnen verbrannt, zerquetscht und zerstückelt, Matthew Keating. Jeder vernünftige Vater würde auf Rache sinnen, nicht wahr? Rache für den Tod seiner Töchter?«

Er hält ein weiteres Foto hoch. Die abgebildete Frau trägt einen schwarzen Tschador, aber ihr rundes, lächelndes Gesicht ist zu sehen.

»Und meine Frau Layla«, sagt Asim. »Eine wundervolle, fromme Gefährtin und Mutter. Sie, Matthew Keating, haben das Glück, dass Ihre Frau noch lebt. Bestimmt sitzt sie in diesem Augenblick neben Ihnen.«

Er lässt das Foto sinken.

Er scheint tief durchzuatmen. »Wie gesagt wäre Rache eine logische Reaktion, nicht wahr? Eine vernünftige Reaktion? Aber Ihre Tochter Melanie lebt. Das werde ich Ihnen jetzt beweisen.«

Auf dem Bildschirm erscheint mehrere Sekunden lang unsere verängstigte Mel, die in die Kamera starrt, ihre Augen hinter der Brille rot gerändert, das Haar zerzaust, und ein Exemplar von *USA Today* hochhält. Ich starre sie an, vergewissere mich, dass sie lebt und atmet. Ich sehe jedoch nur ihr ängstliches, aber trotziges Gesicht und die Zeitung, die sie sich unters Kinn hält.

Neben mir schluchzt Sam.

»Da ist sie. Mit einer Zeitung von heute, damit Sie sehen können, dass sie gesund und wohlauf ist. Sie, Matthew Keating, haben meine Frau und meine Töchter umbringen lassen. Ich habe Ihnen bewiesen, dass Ihre Tochter Mel noch lebt. Sagen Sie mir jetzt: Wer ist der wahre Terrorist? Der wahre Mörder? Der wahre Barbar?«

Wieder eine Pause.

Der Scheißkerl quält mich absichtlich.

»Sie, Matthew Keating, haben bis morgen Mittag Zeit, folgende Forderungen zu erfüllen«, fährt Asim fort.

Ich höre Richard Barnes flüstern: »Scheiße, jetzt kommt's«, und Asim sagt: »Morgen um 12.00 Uhr EST lasse ich Mel Keating gesund und lebendig frei, wenn diese Forderungen erfüllt werden.

Erstens: Die Freilassung von drei Mitkriegern, die gegenwärtig unter barbarischen und unmenschlichen Bedingungen in Ihrem sogenannten Super-Max-Gefängnis in Florence, Colorado, gefangen gehalten werden. Ajan al-Amin, Naeaf al-Chattab und Arda al-Hadid.«

Krieger, denke ich aufgebracht und erinnere mich an eiskalte, blutrünstige Killer, die in Europa und Nordafrika Dutzende von Unschuldigen ermordet haben.

»Diese drei Männer werden freigelassen und zu einem ehemaligen Flugplatz in Libyen mit folgenden Koordinaten geflogen: achtundzwanzig Grad, zehn Minuten, zwölf Sekunden Nord und zehn Grad, zehn Minuten, sechsundzwanzig Sekunden Ost. Jeder Versuch, ihnen zu folgen oder ihre Reise zu behindern, führt zum Tod von Melanie Keating. Das gilt auch für die Überwachung durch Ihre Drohnen.

Zweitens: Ein Lösegeld von einhundert Millionen Dollar in Bitcoin, zahlbar binnen sechsunddreißig Stunden. Sie greifen auf einen Tor-Browser zu und geben die folgenden Ziffern und Buchstaben ein …« Er rattert eine Folge von Buchstaben und Ziffern herunter. »… und folgen den Anweisungen auf dem Bildschirm. Wird das Lösegeld nicht gezahlt, stirbt Melanie Keating.«

Ich spüre, wie Sam neben mir am ganzen Leib zittert.

»Drittens: Meine vollständige und bedingungslose Begnadigung durch Präsidentin Pamela Barnes für jegliche Verbrechen, die ich in den Vereinigten Staaten oder im Ausland gegen Amerikaner verübt haben könnte.«

Diese letzte Forderung begleitet er mit einem wissenden, zufriedenen Lächeln.

»Wird die Begnadigung nicht ausgesprochen und bekannt gegeben, wissen Sie, was als Nächstes passiert.«

Er macht eine Pause, starrt direkt ins Kameraobjektiv.

»Matthew Keating«, sagt er. »Nun haben Sie wenigstens eine Ahnung, einen blassen Schimmer davon, was Sie mir damals angetan haben.«

Er lächelt. »Bis wir uns vielleicht einmal begegnen, Matthew Keating, *ma'al-salāmah*.«

Der Bildschirm wird dunkel. Der Moderator von Al Jazeera kommt wieder ins Bild. Im Oval Office ist es still, bis ich das Schweigen breche.

»Dieser verdammte Idiot«, sage ich. »Er hat gerade einen Riesenfehler gemacht.«

KAPITEL 40

OVAL OFFICE, WEISSES HAUS

Alle im Oval Office wenden sich mir zu, und ich sehe leichte Irritation in Präsidentin Barnes' Miene, weil dies ihr Reich ist, in dem jetzt alle nur auf mich achten.

»Matt«, sagt sie. »Bitte weiter.«

Ich sage: »Er hat es uns soeben um Größenordnungen erleichtert, ihn aufzuspüren. Wo stünden wir, wenn er nur eine E-Mail mit seinen Forderungen und dem Foto von Mel im Anhang geschickt hätte? Wir wüssten nicht, wer er ist, wer hinter der Entführung steckt, gar nichts. Aber nun wissen wir's. Direktorin Blair und alle unsere Geheimdienste können anfangen, seine Spur zurückzuverfolgen. Hab ich recht, Direktorin Blair?«

Die FBI-Direktorin sagt: »Absolut, Mr. President.«

Präsidentin Barnes sagt: »Erklären Sie uns bitte, wie das ablaufen soll«, und ihr Ehemann fügt diensteifrig hinzu: »Damit wir alle auf demselben Stand sind.«

Lisa Blair sagt: »Wir wissen jetzt, wer hinter Mel Keatings Entführung steckt, und haben ein Foto von ihm bekommen. Wir können Nachrichtenverkehr, Überwachungsfotos, Grenzübergänge nochmals kontrollieren. Seine Fährte aufnehmen. Feststellen, wer seine Komplizen sind und wo sie sich aufhalten. Hinweisen von Zeugen nachgehen. Mr. President, Madam President, dies ist eine sehr gute Nachricht.«

Als das allgemeine Murmeln sich gelegt hat, fährt Blair fort: »Mr. President, ich muss Ihrer Frau und Ihnen ein paar Fragen stellen.«

Samantha nickt und sagt: »Bitte sehr.«

»Hat einer von Ihnen in letzter Zeit Drohmails oder -anrufe bekommen?«

»Nein«, sage ich.

»Nein«, sagt meine Frau.

»Irgendwelche unerwarteten Besucher oder Unbekannte in Ihrem Haus am See?«

»Nein«, sage ich.

Bevor die FBI-Direktorin weitersprechen kann, verlange ich: »Fragen Sie das auch meine Frau.«

»Sir?«

In nüchternem Tonfall sagt Samantha: »In den letzten Monaten habe ich Ausgrabungen in Hitchcock, Maine, geleitet. Niemand hat mich belästigt, ich habe keine Drohmails oder -anrufe, keine unerwarteten Besuche bekommen.«

Ich spüre, wie sie zittert.

Blair sagt: »Wenn Sie erlauben, Madam President, müsste ich in mein Büro zurück. Wir stellen dort und in der Außenstelle Manchester einen Krisenstab zusammen.«

»Rufen Sie mich jederzeit an, wenn das FBI irgendwas braucht, und ich sorge dafür, dass Sie's bekommen«, sagt Barnes.

Die FBI-Direktorin geht in Richtung Tür, und der schweigsame Minister Charles folgt ihr, als ich frage: »Was war mit Ihrem täglichen Briefing, Madam President?«

Sie starrt mich an. Ihr Blick ist hart und kalt wie an jenem Tag in diesem Raum, als sie mir mitgeteilt hat, sie werde bei den Vorwahlen unserer Partei gegen mich kandidieren.

»Ich weiß nicht, was Sie meinen, Matt.«

Ich versuche, mich vorsichtig durch dieses Minenfeld zu bewegen. Ich habe die Führerin der freien Welt soeben vor anderen in Verlegenheit gebracht, was einfach nicht akzeptabel ist.

»Ich habe heute Morgen erfahren, dass das tägliche Briefing Informationen über erhöhte terroristische Aktivitäten und die Planung eines Anschlags enthalten würde«, sage ich. »Eines Anschlags auf mich.«

Barnes' Ehemann und Stabschef zögert keine Sekunde. »Von wem haben Sie das?«

Ich sage: »Das ist jetzt unwichtig, Richard, nicht wahr? Entscheidend ist, dass die Geheimdienste erste Anzeichen für einen Anschlag auf mich gesehen haben. Das ist etwas, von dem Direktorin Blair wissen sollte.«

Die Präsidentin sagt: »Einverstanden. Ich sorge dafür.«

Direktorin Blair sagt: »Vielen Dank, Ma'am«, und geht zur Tür weiter. Ihr folgen Minister Charles, Lydia Wang und Felicia Taft mit dem Laptop. Dann erstaunt mich eine Stimme, die wohl für alle Anwesenden überraschend kommt.

»Ihr Dummköpfe!«, sagt meine Frau Samantha. »Die Wahrheit starrt euch ins kollektive Angesicht, und ihr erkennt sie nicht. Jeder Einzelne von euch hat unrecht, auch Matt.«

Ich zucke bei ihren scharfen Worten zusammen und halte aus Erfahrung lieber den Mund.

Aber Stabschef Barnes hat diese Lektion nie gelernt.

»Was zum Teufel meinen Sie mit *unrecht*?«, poltert er, mit beiden Händen auf der Rückenlehne der Couch, auf der seine Frau sitzt. »Was wollen Sie erkennen, das sonst niemand sieht?«

Ich bin mehrmals in Samanthas Vorlesungen gewesen und habe beobachtet, wie ihr Gesicht etwas Farbe bekommt und sie das Kinn leicht nach vorn reckt, wenn sie im Begriff ist, jemanden einen Kopf kürzer zu machen.

Wie jetzt.

»Alles, Sie verdammter Schwachkopf!«, sagt sie mit fester, kräftiger Stimme. »Sie alle betrachten diese Sache als gottverdammte Standardentführung durch Terroristen, die ein Standardlösegeld fordern.« Sie holt tief Luft. »Idioten. Asim stellt keine Forderung an die Regierung der Vereinigten Staaten. Spielen Sie die Botschaft noch mal ab. Asims Forderungen richten sich an Mel Keatings Dad. Er setzt meinen Mann schrecklich unter Druck, weil er will, dass Matt leidet, dass er nicht mehr klar denken kann und dass er vor allem Angst hat. Matt soll am eigenen Leib spüren, wie es ist, wenn man seine Familie nicht verteidigen kann.«

Im Oval Office ist es still. Selbst Direktorin Blair und Minister Charles haben auf ihrem Weg über den beigen Teppich mit dem Amtssiegel des Präsidenten in der Mitte haltgemacht; auch sie hören meiner Frau zu.

Samantha sieht langsam von einem Gesicht zum anderen und sagt: »Er will, dass Matt Angst hat. Nicht nur Angst davor, was Asim unserer …« Ihre Stimme bricht kurz. »… Tochter antun könnte. Nein, er will, dass Matt Angst vor dieser Regierung, vor den Leuten hat, auf deren Bereitschaft, diese Forderungen zu erfüllen, damit Mel freikommt, er jetzt völlig vertrauen muss. Er besitzt keine Macht, keine Autorität. Deshalb meine Frage an Sie alle in diesem Raum: Sollte Matt sich auch vor Ihnen fürchten?«

KAPITEL 41

MONMOUTH, NEW HAMPSHIRE

Keine halbe Stunde nach Ausstrahlung des Videos findet Officer Corinne Bradford ihren Boss in Karl's Diner, seinem zweiten Büro. Als Corinne näher kommt, sieht sie, dass er mit zwei älteren Frauen und einem älteren Mann zusammenhockt. Die drei an seinem Tisch gehören zum Urgestein von Monmouth und sind eine Stadträtin, ein Mitglied des Planungsausschusses und eine freiberufliche Journalistin, die für den überregionalen *Union Leader* und einige Lokalblätter schreibt.

Die drei feixen schmunzelnd, und Corinne fragt sich, was für Storys Chief Grambler den Einheimischen über sie erzählt, denn Auswärtige sind immer eine gute Zielscheibe des Witzes derer, die von den ersten Siedlern abstammen, die im Jahr 1785 in dieses Tal gekommen sind.

Eine der Frauen steht auf, nimmt laut schlürfend noch einen Schluck Kaffee und sagt: »Chief, Corinnes hübsches Haar steht, so scheint's, in Flammen. Da lassen wir euch zwei lieber allein.«

Zwei andere Stimmen murmeln »Danke« und »Bis bald«, und Corinne setzt sich dem Chief gegenüber. »Hungrig?«, fragt er.

»Nein, eigentlich nicht«, sagt sie. »Chief, ich habe …«

»Kaffee?«, fragt er. »Für etwas Koffein ist immer Platz. Mary? Bring mir einen frischen Becher, okay?«

Corinne verzieht das Gesicht und hasst wieder einmal ihre Kollegen bei der Massachusetts State Police, die so viel Scheiße gebaut haben, dass sie hier in diesem Job mit einem Drittel mehr Stunden bei halbiertem Gehalt gelandet ist – und bei einem Chief, der glaubt, seit 1932 habe die Polizeiarbeit keine Fortschritte mehr gemacht.

»Chief, hast du von den Forderungen der Geiselnehmer gehört?«

»Verdammt«, sagt er und sieht sich nach dem Fernseher um, der an der fleckigen Decke über der Lunchtheke hängt und ständig auf Fox News eingestellt ist. »In der letzten Stunde ist bloß noch die Rede von diesem glupschäugigen kleinen Scheißer. Morgen, übermorgen wird sich rausstellen, dass alles Schwindel war. Eine Ente.« Ein frischer Becher Kaffee wird ihm von der schwangeren Bedienung im Teenageralter hingestellt, deren dicker Bauch fast die Knöpfe ihrer rosa Uniform sprengt.

Chief Grambler kostet einen Schluck, nickt befriedigt und sagt: »Mit anderen Worten: Fake News.«

Zu jedem anderen Zeitpunkt würde Corinne der Unwissenheit des Chiefs widersprechen, aber dies ist nicht jeder andere Zeitpunkt. Sie zieht ihr iPhone heraus, wischt mehrmals darüber und hält es ihm vors rote Gesicht. »Siehst du?«, fragt Corinne. »Das ist das Foto von Melanie Keating mit der heutigen Ausgabe von *USA Today*, das ihr Entführer im Fernsehen gezeigt hat. Und kurz davor war ich in deinem Auftrag bei Yvonne Clarkson. Und sie hat mir erzählt, dass heute am frühen Morgen ihre *USA Today* aus der Zeitungsrolle geklaut worden ist – von einem Kerl, der einen Escalade gefahren hat.«

Der Chief nimmt einen weiteren Schluck Kaffee, wirkt gelangweilt. »Ach je.«

»Chief, siehst du das nicht? Ganz New England fahndet nach einem schwarzen Cadillac Escalade, und der Kerl, der Yvonnes Zeitung geklaut hat, hat einen Escalade gefahren!«

»Mensch, Corinne, das klingt echt nach etwas, das wir bei der Polizei einen *Hinweis* nennen«, sagt er heiter, aber dann schlägt seine Stimmung um. »Und wenn schon? Du fängst an, diese Spur zu verfolgen, kriechst in dieses Rattenloch und schreibst Überstunden auf, während du deine wahren Pflichten vernachlässigst – wie würde das bei den Stadträten ankommen? Und glaubst du etwa, dass einer der Feds vortreten wird, um die Stadt finanziell zu entschädigen?«

»Aber, Chief, wir können doch wenigstens …«

Ein energisches Kopfschütteln, ein weiterer Schluck Kaffee. »Und nein, du rufst nicht über meinen Kopf hinweg das FBI oder den Secret Service an. Die ignorieren uns immer oder nennen uns Bauerntrampel, wenn wir ihre Unterstützung bräuchten. Die können mich mal.«

Corinnes Gesicht fühlt sich wie brennend an, und sie kann nur hoffen, dass niemand an den benachbarten Tischen ihre Demütigung sieht oder spürt.

»Aber du kannst und wirst etwas anderes tun«, sagt er. »Setz dich in deinen Wagen und fahr zur ehemaligen Esso-Tankstelle an der Ausfahrt 16. Jede Menge Feds und Reporter aus dem Flachland kommen die I-89 raufgerast, um in diesen Teil der Welt zu gelangen. Klasse Gelegenheit, mit Verwarnungen von Temposündern Geld zu scheffeln und mich, den Stadtrat und die Steuerzahler glücklich zu machen. Kapiert?«

Corinne spart sich die Mühe, mit ihm zu diskutieren, denn sie weiß, dass dieser Granitblock, dem sie gegenübersitzt, seine Meinung nicht ändern wird.

»Ja, Chief«, sagt sie.

»Gut«, sagt er. »Wird langsam Zeit, dass du mehr Erfahrung mit richtiger Polizeiarbeit bekommst.«

Später an diesem Tag ist Corinne Bradford, die zuvor einige Male an Yvonne Clarksons Haus und dem Ausgangspunkt des Huntsmen Trail vorbeigefahren ist, auf Inspektionstour auf der Upper Valley Road unterwegs. Sie weiß recht gut, dass sie ungefähr fünfzehn Meilen von der Ausfahrt 16 entfernt ist, aber das ist ihr scheißegal.

Hier mündet die Upper Valley Road in die Route 113, und vor ihr liegt etwas, das bei den Einheimischen als Ballungsraum gilt: ein McDonald's, ein Burger King, eine Irving-Tankstelle und eine Filiale der Citizens Bank mit einem Drive-in-Schalter parallel zur Straße.

Einer plötzlichen Eingebung folgend, biegt Corinne auf den Parkplatz der Bank ab.

Neun Minuten später ist sie im Büro von Filialleiterin Jackie Lynch, die an ihrem Schreibtisch sitzt, während die beiden sich Videoaufnahmen der Überwachungskamera am Drive-in-Schalter ansehen.

Jackie ist schlank, hat ein hartes Gesicht und trägt ihr blondes Haar sehr kurz. Sie hat in beiden Ohren ungefähr ein halbes Dutzend Ohrringe und trägt einen anthrazitgrauen Hosenanzug. Sie reibt mit einer Hand über ihren blitzblanken Schreibtisch und sagt: »Wissen Sie, ich riskiere echt meinen Job, wenn ich mich nicht an das vorgegebene Prozedere halte und Sie mit einem Gerichtsbeschluss zurückkommen lasse.«

Corinne sagt: »Das weiß ich, Jackie, und nehm's auf meine Kappe. Das Department weiß Ihre Kooperation zu schätzen. Aber ich bin wegen eines Tipps hier, der die Entführung Mel Keatings betrifft. Da zählt jede Sekunde.«

»Nun … dann ist's in Ordnung, denke ich.«

Corinne starrt die Schwarzweißbilder der Überwachungskamera an, sieht einen VW Käfer am Schalter halten. Ein English Springer Spaniel kriecht auf der Suche nach einem Leckerbissen über den Schoß des Fahrers und …

Sie ignoriert das alles.

Konzentriert sich auf die Straße.

Nicht viel Verkehr.

Ein weißer Van rast vorbei.

Ein gelber Schulbus.

Stille.

Ein Pick-up, dem nach kurzer Pause ein weiterer Pick-up folgt. Aber dann …

Corinne schreit fast: »Stopp! Hier anhalten, sofort anhalten!«

Die Tastatur klappert unter Jackies Fingern.

Das Standbild zeigt einen vorbeifahrenden schwarzen Cadillac Escalade mit getönten Scheiben.

Sie liest den Aufnahmezeitpunkt ab.

Wenn man davon ausgeht, dass die Zeitung von den Männern in dem Escalade gestohlen wurde, wären sie nach Norden zum Huntsmen Trail gefahren, hätten Mel Keating entführt und wären jetzt – mit Mel und der Zeitung in ihrem SUV – weiter nach Norden unterwegs.

Der zeitliche Ablauf könnte stimmen.

Corinnes Herz hämmert vor Aufregung.

»Jackie«, fragt sie, »können Sie mir diesen Screenshot ausdrucken?«

Jackies Finger fliegen wieder über die Tastatur. »Ist das etwas, Officer Bradford?«

Corinne sagt: »Ich glaube schon. Ja, ich bin mir sicher.«

KAPITEL 42

CHINATOWN
NEW YORK, NY

Jiang Lijun vom Ministerium für Staatssicherheit, als Angehöriger der chinesischen Ständigen Vertretung bei den Vereinten Nationen akkreditiert, sitzt auf einer Bank im Columbus Park an der Mulberry Street. Neben ihm sitzt ein dicklicher, schwitzender Dozent am John Jay College für Strafrecht, und Jiang ist im Begriff, das Leben dieses erbärmlichen Kerls zu zerstören, was er mit Genuss tut.

Jiangs Frau Zhen hat einen entfernten Cousin, der mit dem Chinese Acrobatic Theater auftritt, und Jiang hat seine Kunst als Seiltänzer stets bewundert. Obwohl er das Zhen gegenüber nie erwähnen würde, ist Jiang schon immer der Meinung gewesen, ihr Cousin und er seien sich im Berufsleben ähnlich: Beide balancieren auf einem Hochseil und müssen jeden Wechsel der Windrichtung oder plötzliche Böen geschickt parieren.

Und genau das tut Jiang im Augenblick: Er balanciert ohne Sicherheitsnetz auf einem Hochseil. Sein Treffen mit dem Dicken soll seiner Anwerbung dienen, damit er Informationen über seine Kommilitonen liefert, wenn er demnächst die National Academy des FBI besucht.

Aber Jiang riskiert etwas, indem er diesen Mann unter Druck setzt und damit über seine exakten Anweisungen hinausgeht. Sich im Ministerium zu halten und aufzusteigen erfordert eisernen Willen und

Risikobereitschaft zur rechten Zeit, und im Sonnenschein in diesem kleinen New Yorker Park sitzend, weiß Jiang, dass diese Zeit gekommen ist.

Der Dozent für Strafrecht, Kriminalistik und Strafvollzug, ehemals stellvertretender Polizeipräsident in New York, wringt erneut seine großen Hände. Sein schütteres braunes Haar klebt schweißnass an seiner breiten Stirn, und sein übergroßer beiger Anzug sitzt schlecht.

»Das war ein Unfall, sonst nichts«, sagt er zum fünften Mal. »Als ich mir den Knöchel gebrochen hatte, waren die Schmerzen unerträglich … und wegen der Kampagne gegen Opioid-Missbrauch … ich wollte es nie so weit kommen lassen.«

Jiang klopft dem Mann leicht auf die Schulter, als tätschle er einen stumpfsinnigen Ochsen, und sagt: »Natürlich wollten Sie das nicht. Aber Sie haben viel Geld für Stoff aus anderen Quellen, aus illegalen Quellen ausgegeben. Insgesamt fast hunderttausend Dollar, die Sie von Fördermitteln des Justizministeriums abgezweigt haben.«

Der Dozent sagt ächzend: »Bitte, bitte hören Sie auf, mich daran zu erinnern.«

Das ist mein Job, Schwachkopf, denkt Jiang. Er sagt: »Aber Sie sind mit meinem Vorschlag einverstanden, nicht wahr? Wir sorgen dafür, dass Sie das Geld diskret überwiesen bekommen, damit Sie's zurückzahlen und sein vorübergehendes Fehlen als Buchungsfehler hinstellen können. Als Gegenleistung erwarten wir Folgendes: Wenn Sie im Herbst in der FBI-Akademie in Quantico, Virginia, über die neue Software MOGUL unterrichtet werden, geben Sie alle diese Informationen an mich oder einen Kollegen weiter. Und meine Vorgesetzten in Taipeh werden Ihnen sehr dankbar sein.«

Der ehemalige NYPD-Cop sieht mit Tränen in den Augen zu ihm auf. »Aber wieso können Sie diese Informationen nicht auf reguläre Weise erhalten?«

Jiang lächelt. Dieser Trottel hält ihn für einen Agenten des Geheimdiensts der verdammten abtrünnigen Provinz Taiwan. Daher setzt er

Treffen mit seinen Informanten stets in Chinatown an, denn trotz gegenteiliger Beteuerungen sehen für die Mitarbeiter von CIA, FBI und der Spionageabwehr des NYPD alle Chinesen gleich aus.

Auch für diesen ehemaligen NYPD-Cop.

Jiang sagt: »Peking hat dieses Land und die UN und so viele ihrer Mitgliedsstaaten fest in der Hand. Wir sind klein, nur wenige Meilen von Millionen von Kommunisten entfernt, und müssen tun, was wir können, um uns zu schützen. Das verstehen Sie, nicht wahr?«

Ein langsames Nicken. »Yeah, das tue ich. Mein Granddad hat am Changjin-Stausee im Kampf gegen die verdammten chinesischen Kommunisten einen Fuß verloren. Das verstehe ich sehr gut.«

Wie schön für ihn. Jiangs Onkel Bohai, Kommandeur im Pekinger Ministerium für Öffentliche Sicherheit und ein Student des Daoismus, hat ihn in seiner Jugend mit den Lehren aus *Des weisen Kaisers Guan Buch der Erleuchtung* vertraut gemacht. Darin heißt es beispielsweise: »Erst durch Elternliebe, Geschwisterharmonie, Hingabe, Vertrauenswürdigkeit, Anstand, Opfermut, Ehr- und Schamgefühl werden wir vollends menschlich.«

Dieser blubbernde Fettsack neben ihm, der mal ein prominenter Polizeibeamter in einer Achtmillionenstadt war, hat offenbar nie etwas von Themen wie Anstand, Ehrgefühl oder auch nur Vertrauenswürdigkeit mitbekommen.

Deshalb fällt es Jiang so leicht, ihn zu führen.

Weil er nicht vollends menschlich ist.

Ein weiteres Schulterklopfen, als Jiangs iPhone in seiner Tasche vibriert. Er steht auf und sagt: »Ich melde mich zur rechten Zeit wieder. Bis dahin … Sie sind ein kluger Mann. Ich brauche Ihnen nicht auszumalen, was passiert, wenn Sie unsere Vereinbarung nicht einhalten. Richtig?«

Der Dicke beginnt zu sagen: »Aber das war alles ein Versehen. Ich wollte niemals …«

Aber Jiang lässt die jämmerliche Gestalt sitzen, sieht beim Weggehen auf sein Smartphone, liest die kurze Nachricht.

Er geht schneller.

Um vom Columbus Park zur Ständigen Vertretung der Volksrepublik China bei den Vereinten Nationen in der East 35th Street zu gelangen, fährt man normalerweise eine Viertelstunde mit dem Taxi. Aber Jiang, der sich mit allen möglichen Tricks versichert, dass er nicht beschattet wird, braucht für diese Strecke fast eine Stunde. Auf dem Weg hat er seine Jacke entsorgt, eine Basecap aufgesetzt und die Schminke, die seinen Teint dunkler gemacht hat, teilweise abgewischt.

Jetzt ist er im Kellerbüro seines Vorgesetzten Li Baodong, einem Betonwürfel ohne Fenster oder sonstige Öffnungen, die anderen Geheimdiensten auf der Suche nach Informationen als Einfallstor dienen könnten. Der Raum ist warm und mit Teppichboden ausgelegt; hier gibt es Kunstpflanzen und abgesperrte Aktenschränke, und Li, der über hundertzwanzig Kilo wiegt, scheint in dieser Umgebung aufzublühen.

Zu seiner schwarzen Hose trägt er ein weißes Hemd – unter den Armen durchgeschwitzt – mit roter Krawatte, und sein rundes Gesicht ist fleischig und voll, durch zurückgekämmtes schwarzes Haar und eine goldgeränderte Brille wirkungsvoll betont.

Bei den anderen Geheimdienstlern in der Ständigen Vertretung ist Li als *pàng mógū* – fetter Pilz – bekannt, weil er hier unten im Keller gedeiht, aber sein rundes, zufriedenes Gesicht tarnt einen messerscharfen Verstand und eine Einstellung, die schon mehrere Minderleister ins Exil in den Tschad oder nach Nordkanada geschickt hat.

Er fragt: »Wie hat das heutige Treffen geklappt?«

Jiang, der in einem kühlen Ledersessel vor Lis Schreibtisch sitzt, macht sich darauf gefasst, was sein Boss als Nächstes sagen wird. »Der Mann war kurz vor dem Zusammenbruch, also habe ich ihm noch einen Stoß gegeben.«

»Wie?«

»Ich habe etwas riskiert. Ich habe ihm das Geld versprochen, das er braucht, um seine Unterschlagung zu tarnen, und er soll uns dafür Informationen über die neue Software MOGUL beschaffen.«

Li blinzelt hinter seinen Brillengläsern. »Das war nicht Ihr Auftrag.«

Jiang starrt ihn an und denkt: Eines Tages bekomme ich deinen Job, weil du zu fett bist, um draußen im Einsatz zu tun, was nötig ist, um das Reich der Mitte zu schützen.

Jiang sagt: »Ich habe eine Gelegenheit genutzt. Das wird sich für uns alle auszahlen.«

»Aber was ist, wenn er zum FBI geht und auspackt?«

»Der Dummkopf glaubt, dass ich für die *tái bāzi* arbeite, und falls er gesteht – was ich für ganz unwahrscheinlich halte, Genosse –, hat Taipeh die Folgen zu tragen. Nicht wir.«

Li sagt: »Das war riskant.«

»Die Chancen waren gut.«

»Vielleicht«, sagt Li. »Sie verstehen sich jedenfalls auf *bào dàtuǐ*, das muss ich zugeben.«

Sich auf jemands Schoß festsetzen, denkt Jiang. Mit anderen Worten: sich einschmeicheln.

Aber Li täuscht sich.

Jiang legt es nicht darauf an, sich bei seinem Vorgesetzten einzuschmeicheln.

Er bereitet sich darauf vor, den Boss zur rechten Zeit abzulösen.

Li sagt: »Bei jeder anderen Gelegenheit würde ich tadeln, dass Sie Ihre Befugnisse überschritten haben, Genosse, aber dafür ist keine Zeit. In den Nachrichten ist etwas gemeldet worden, das Sie betrifft. Die Tochter des Präsidenten ist entführt worden.«

»Ich dachte, die alte Bitch sei kinderlos?«

Li schüttelt den Kopf. »Nein, Sie haben nicht richtig zugehört! Die Tochter von Expräsident Keating. Seine neunzehnjährige Tochter ist entführt worden.«

Jiang ist verwirrt – ein Gefühl, das er hasst. »Wie betrifft das mich?«

»Der Strolch, der das Mädchen entführt haben will, ist Asim al-Aschid«, sagt Li mit einem Blick auf ein Blatt Papier neben seinem

Computerterminal. »Er war in Libyen eine Zeit lang einer Ihrer Informanten, korrekt? Und Sie sein Führungsoffizier?«

Asim, denkt Jiang. Ein tüchtiger Kämpfer, der gern ausländische Hilfe angenommen hat, aber verdammt schwierig zu führen war. Zu den Erfolgen in seinem Leben, auf die Jiang stolz ist, gehört die Tatsache, dass er's geschafft hat, Libyen hinter sich zu lassen, und nie mehr einem dieser Barbaren begegnen muss.

Asim ist nur ein Werkzeug, daran liegt's. Auch nicht vollends menschlich.

»Ja, natürlich«, sagt Jiang. »Er hat uns bei Ölbohrungen und Pipelines geholfen, Streitigkeiten zwischen den Stämmen beizulegen. Wo Rivalität und Chaos herrschten, hat Asim das Gebiet befriedet, damit unsere Arbeit ungestört weitergehen konnte.«

Sein Vorgesetzter schiebt seine dicken Lippen vor. »›Streitigkeiten beilegen‹«, wiederholt er. »Gute Wortwahl. Nun, er hat Streit mit Expräsident Keating und hat heute Morgen seine Tochter entführt – oben in New Hampshire, in der Nähe des Dartmouth College.«

Jiang bleibt stumm. Er hat nichts beizutragen, deshalb wartet er lieber schweigend ab.

Bùzuō bú huì sǐ. Man bekommt keinen Ärger, außer man sucht ihn.

Li seufzt. »Können Sie irgendwie Verbindung mit diesem Asim al-Aschid aufnehmen?«

Jiang denkt angestrengt nach. Der einfachste Ausweg wäre, Nein zu sagen, denn er fürchtet sich davor, wieder in diese Barbarenwelt einzutauchen, in der eine Kränkung oder ein Glaubenszweifel einem eine durchschnittene Kehle einbringen kann. Aber Jiang ist nicht in seine jetzige Position aufgestiegen, indem er leichte Dinge getan hat.

Vater zu rächen und dem Land zu schaden, das ihn getötet hat, bedeutet, Risiken auf sich zu nehmen, und dies ist nur ein weiteres.

»Ja«, sagt er, »das kann ich.«

Li nickt, dreht das Blatt Papier um. »Dann tun Sie's. Verhandlungen und sonstige Gespräche mit den Amerikanern über Handel, Technologie und Militärfragen sind eingefroren. Peking sucht eine Chance, diese Blockade zu beenden und sich einen Vorteil zu verschaffen.

Druck und Gegenmaßnahmen von unserer Seite haben nicht den von Peking gewünschten Erfolg gehabt. Bemühungen um die sichere Rückkehr der Tochter des Expräsidenten könnten genau das bewirken. Sie machen uns in den Augen der Welt zu Helden – und vor allem in den Augen der einfachen Amerikaner.«

Jiang sagt: »Gut, ich verstehe. Ich soll Asim al-Aschid kontaktieren und mein Bestes tun, um die Freilassung der Tochter zu erreichen.«

Lis fettes Gesicht läuft rot an. »Nein, das tun Sie nicht! Sie treffen sich *persönlich* mit diesem Kerl und bringen ihn irgendwie dazu, das Mädchen freizulassen. Verstanden? Das verlangt Peking. Und ich auch.«

Dank jahrelanger Übung gelingt es Jiang, eine emotionslos nüchterne Miene aufzusetzen. Während er über diesen Befehl nachdenkt, erinnert er sich an etwas anderes. Wie er im Mai 1999, nachdem amerikanische Bomben seinen Vater getötet hatten, als Kind auf einem windigen Vorfeld gestanden und die Urne mit Vaters Asche in Empfang genommen hat. Wie er sich damals geschworen hat, sein Leben dem Kampf gegen die Amerikaner zu weihen.

Selbst wenn das bedeutet, einen ausdrücklichen Befehl wie diesen zu verweigern und keinen Finger krumm zu machen, um den Tod der heute entführten Tochter des Expräsidenten zu verhindern. Alles, was diese Nation verwunden und beschämen kann.

»Ich habe verstanden«, lügt Jiang routiniert und steht auf. »Ich mache mich gleich an die Arbeit.«

KAPITEL 43

OVAL OFFICE, WEISSES HAUS

Nachdem die gewölbte Tür des Oval Office sich geschlossen hat, sieht Samantha Keating in die wütenden Gesichter von Präsidentin Barnes und ihrem Ehemann, dem Stabschef, und sagt: »Also? Möchte jemand meine Frage beantworten? Haben Matt und ich etwas zu befürchten?«

Mit mühsam beherrschter Stimme sagt Richard Barnes: »Mit Verlaub, Mrs. Keating, ich kann nicht glauben, dass Sie das gerade gesagt haben!«

»Richard«, sagt sie und spürt ihr Gesicht warm werden, »Sie und ich und alle übrigen Anwesenden sind durch die Feuer, die Doppeldeutigkeiten, die Verrate gegangen, um hierherzugelangen. Wir alle haben mehr gemeinsam, als wir eingestehen möchten. Hier gibt es keine Unschuldigen. Ich habe eine legitime Frage gestellt. Können Sie sie beantworten?«

Sie atmet tief durch, als die Erinnerungen an ihre Zeit an diesem Schreckensort, die Kompromisse, die Streitigkeiten, die Verrate an die Oberfläche kommen. Sie hat sich größte Mühe gegeben, das alles zu vergessen, als sie im vorletzten Januar von hier weggegangen ist. Aber vor ihr sitzen der Mann und die Frau, die vor Jahren beschlossen haben, das Vertrauen ihres Mannes zu missbrauchen und ihn aus dem Amt zu drängen.

Alles kommt zurück.

Samantha fährt fort: »Seit eineinhalb Jahren lebe ich wieder in der realen Welt, arbeite mit Studenten, die sich Sorgen wegen ihrer Darlehen, ihrer Noten und der Jobsuche nach dem Studium machen. Es ist verdammt erfrischend, unter Leuten zu sein, die sich nichts aus Umfragen, Zielgruppen und internen Machtkämpfen machen. Zu meinen Studenten habe ich Vertrauen. Können Matt und ich Ihnen vertrauen?«

Präsidentin Barnes beugt sich vor und sagt mit sanfter Stimme: »Samantha, bitte glauben Sie mir, wenn ich sage, dass die gesamte Bundesregierung mit aller Macht daran arbeiten wird, Mel zu finden und sicher zurückzubringen.«

Matt drückt Samanthas Hand, bleibt aber stumm.

»Gut«, sagt Samantha. Sie behält ihre Stimme unter Kontrolle. »Trotz meiner Ausflüge in die Politik bin ich im Grunde genommen nur eine Professorin. Ich beschäftige mich nicht mit Spekulationen. Nur mit Fakten. Und ich wollte hier in diesem Raum bestätigt bekommen, dass Matt und ich trotz der Bemühungen dieses Dreckskerls Asim al-Aschid nichts von dieser Regierung zu befürchten haben.«

Der Ehemann und Stabschef der Präsidentin antwortet: »Versprochen, Mrs. Keating. Ihr Mann und Sie können unbesorgt sein. Wir sind an der Sache dran. Wir lassen Sie nicht im Stich. Darauf gebe ich Ihnen mein Wort.«

Sie muss sich fast auf die Zunge beißen, dann schüttelt sie den Kopf. »Ihr Wort …« Sie sieht zu ihm auf. »In Ordnung, Richard. Ihr Wort gilt.«

Etwas in seinem Blick sagt ihr, dass sie einen wunden Punkt getroffen hat. Zugleich wird in ihr eine über zwei Jahre alte Erinnerung wie ein alter Albtraum wach, der selbst an einem sonnigen Tag wie diesem einfach nicht sterben will.

Damals hatte sie noch spät in ihrem Büro im East Wing gearbeitet, als ein unerwarteter Besucher aufgekreuzt war. Hereinbegleitet wurde er von ihrer Stabschefin June Walters, die – wie Samantha recht gut wusste – heimlich für die Wahl von Matts Vizepräsidentin beim bevorstehenden Parteikonvent warb. Ihr Besucher hatte sich beim Secret-Service-Posten am Nordosttor gemeldet, der seinen Namen an Samantha weitergegeben hatte, die dann alles Nötige veranlasst hatte.

Sie lächelte, als der ihr gut bekannte junge Mann eintrat, der leger in Jeans, grünem T-Shirt und kurzer Lederjacke erschien. Samantha stand von ihrem unaufgeräumten Schreibtisch auf, an dem sie versucht hatte, ihren eigenen Terminplan mit den unersättlichen Bedürfnissen des Komitees für die Wiederwahl Matthew Keatings zu vereinbaren, und streckte ihm die Hand hin.

»Carl«, sagte sie. »Was für eine nette Überraschung!«

»Danke, Professorin Keating«, sagte Carl Sanchez und nahm nach einem kurzen Händedruck im Besuchersessel Platz. In ihrer Zeit in Stanford war er einer ihrer klügsten und besten Studenten gewesen, und sie hatte ihm nach seinem Abschluss ein überzeugendes Empfehlungsschreiben mitgegeben.

Samantha winkte ab, ging hinter den Schreibtisch zurück und sagte: »Im Augenblick keine Professorin, Carl. Ich bin die First Lady der Nation … und wünsche mir oft, ich wäre wieder in Kalifornien. Und Sie? Bitte erzählen Sie mir, dass Sie an einem College sind, Erstsemester unterrichten und irgendwo Ausgrabungen leiten.«

Carl schüttelte den Kopf. »Hat nicht geklappt, Professorin … ah, Mrs. Keating.«

»Bitte«, sagte sie. »Wir kennen uns nun lange genug. Ich bin Samantha.«

Ein resigniertes Schulterzucken. »Sie wissen ja, wie's ist. Zu viele Bewerber, zu wenige Stellen, Gehaltskürzungen an Colleges, die lieber Geld für Verwaltungskräfte und luxuriöse Speisesäle ausgeben. Ich habe ein paar Semester als Aushilfsdozent gelehrt und beim letzten Job im Auto geschlafen und im Hallenbad geduscht. Dann hatte ich's satt und habe angefangen, bei meinem Onkel zu arbeiten. Er hat eine Sicherheitsfirma. Gute Bezahlung, klasse Sozialleistungen, ab und zu eine Dienstreise.«

Samantha erinnerte sich an Carls großartige Arbeiten und Projekte in Stanford, auch über die Geschichte der vergessenen Indianerstämme im Siskiyou County.

Wie schade!

»Und jetzt?«

Er sagte: »Ich will Ihnen nicht die Zeit stehlen, Profess… äh. Samantha. Es geht um Folgendes. Vor ein paar Monaten war ich in Macau, um ein Sicherheitssystem zu warten, das unsere Firma im Golden Palace Macau, einem neuen Hotel mit Casino, installiert hatte. Sehr hochpreisig, nur für ›Wale‹ – Spieler mit hohen Einsätzen – ausgelegt.«

Samantha fiel auf, dass Carl nervös blinzelte, aber als gute Professorin, die wusste, dass ihr Student etwas Wichtiges sagen wollte, hielt sie den Mund. »Bitte weiter« war alles, was sie sagte.

Carl rieb sich die Hände an den Oberschenkeln, holte tief Luft. »Ich habe um 2.00 Uhr morgens in der Sicherheitszentrale gearbeitet, miserablen Kaffee getrunken, einen Fehler im System gesucht und dabei eine der Überwachungskameras im Auge behalten. Ich meine, diese Wale und andere, die sich tragbare Störsender leisten können, wissen nicht, dass ihre Systeme nichts gegen das helfen, was die Chinesen zur Verfügung haben.«

Samantha fragte: »Was haben Sie gesehen?«

»Jemanden, den ich nicht hätte sehen sollen.«

»Wen?«

Er sah sich in ihrem unaufgeräumten Büro um, als könne er ihr nicht in die Augen sehen.

»Den Mann der Vizepräsidentin. Diesen Cowboy aus Florida. Der vor einiger Zeit ein Stück Farmland für den Bau eines Casinos verkauft hat.«

»Richard Barnes?«

Carl starrte den Teppich an. »Yeah. Aber er war nicht allein da, sondern mit … äh, nun, okay, ich will's nicht aussprechen. Er war nicht allein. Wissen Sie, was ich meine? Etwas, das … in den meisten Staaten illegal ist.«

Samantha hatte das Gefühl, all der Kaffee, den sie zum Wachbleiben getrunken hatte, drohe ihr hochzukommen.

Carl stand auf. »Er ist … Ich mag ihn nicht. Und seine Frau auch nicht. Und mir gefällt nicht, was die beiden Ihrem Mann antun. Das ist nicht recht.«

Er griff in die Jackentasche, holte einen kleinen rechteckigen Gegenstand aus schwarzem Kunststoff heraus und legte ihn behutsam auf einen Aktenstapel. »Der ist für Sie.«

Samantha starrte das Objekt an, als sei es ein Skorpion oder dergleichen.

»Was ist das, Carl?«

Er war schon zur Tür unterwegs. »Ein USB-Stick mit Aufnahmen, die den Mann der Vizepräsidentin drüben in Macau zeigen – Tausende von Meilen von seiner Frau und seinem Land entfernt, wo er sich unbeobachtet fühlen konnte. Setzen Sie dieses Video zur rechten Zeit ein, Professorin Keating, dann kann Ihr Mann nicht mehr verlieren. Ich habe die Originalaufzeichnung gelöscht, sodass die Chinesen sie nicht haben. Nur Sie.«

Er schlüpfte aus ihrem Büro, und sie sagte kein Wort, starrte nur das kleine Objekt aus Metall und Kunststoff an.

Samantha geht mit Matt einen der mit antiken Möbeln üppig ausstaffierten Korridore des Hauses entlang, das einst ihr Heim war, und sagt plötzlich: »Tut mir leid, Matt, dass ich vorhin ausgeflippt bin.«

Matt ergreift ihre Hand, drückt sie fest. Sie sind von Secret-Service-Agenten und Personal dieser Regierung umgeben, und als sie steif auf dem vertrauten Korridor weitergeht, flüstert sie: »Oh, Matt … wo ist sie?«

Eines hat sie schon vor Langem gelernt: dass man andere – auch eigene Mitarbeiter – niemals sehen lassen darf, wie man schwitzt oder in der Öffentlichkeit die Fassung verliert, weil durch undichte Stellen Gerüchte zu den Medien und zu sensationslüsternen Bloggern gelangen können. Trotzdem fährt sie sich mit der freien Hand über die Augen und kann ihre Tränen plötzlich nicht mehr zurückhalten.

Binnen einer Sekunde umarmt Matt sie fest, und sie vergräbt den Kopf an seiner Schulter und schluchzt hemmungslos, als sie an ihre

Tochter – ihr kleines Mädchen! – in der Gewalt eines Ungeheuers denkt, das mit solcher Leichtigkeit und Vergnügen mordet.

Matt flüstert: »Im ganzen Land suchen jetzt Tausende von Leuten nach ihr, Sam. Wir sind nicht allein. Wir bekommen Mel zurück. Versprochen! Wir bekommen sie zurück.«

Und sie verrät sich fast, als sie sagt: »Oh, Matt, das ist meine Schuld … meine Schuld.«

Er löst sich sanft von ihr, streichelt ihr Haar, küsst sie auf die Stirn und sagt: »Sam, das ist nicht deine Schuld. Wie kannst du das sagen? Es ist nicht deine Schuld.«

Sie beißt sich auf die Unterlippe, sieht über seine Schulter, bemerkt die Secret-Service-Agenten, die ihr Bestes tun, unbeteiligt zu wirken, und denkt: Aber es ist meine Schuld, Matt. Ich hatte den Schlüssel zu deiner Wiederwahl in der Hand – den USB-Stick mit der Aufzeichnung von Richard Barnes' Perversionen –, aber ich habe ihn nicht benutzt.

Ich konnte ihn nicht benutzen.

Und ich wollte ihn nicht benutzen.

Samantha wischt sich die Tränen aus den Augen und versucht, ihren starken, sorgenvollen Mann anzulächeln.

»Ich weiß, es ist nur … einfach zu viel.«

Aber sie denkt: Nein, ich wollte damals nicht, dass du gewinnst, Matt. Ich wollte fort aus dieser schrecklichen Stadt und ein neues Leben für uns aufbauen, und es ist meine Schuld, dass du nicht wiedergewählt worden bist. Hättest du gewonnen, wären wir noch hier im Weißen Haus, und Mel wäre in Sicherheit.

»Sollen wir gehen?«, fragt Matt besorgt.

Sie nickt mit Tränen in den Augen. »Genug! Komm, wir fahren ins Hotel zurück.«

KAPITEL 44

IM NORDWESTEN VON NEW HAMPSHIRE

Mel Keating sitzt in ihrer Betonzelle auf der Kante ihres ordentlich gemachten Betts und ist bereit zur Flucht, bereit, ihre Entführer zu demütigen.

Ihre erste Mahlzeit des Tages war irgendein Reisgericht mit Huhn, das mit einem Löffel auf einem Pappteller serviert wurde, und ein roter Plastikbecher Wasser.

Aber als sie mit kleinen Schlucken das Wasser trank, stellte sie fest, dass die Entführer ihr versehentlich zwei Becher gegeben hatten, die ineinandersteckten.

Sie zog den zweiten Becher ab, verbarg ihn unter ihrem Bettzeug und saß dann artig und still da, als der jüngere Mann – er hieß Faraj – hereinkam, um das Geschirr abzutragen.

Ein Fehler.

Sie haben ihr etwas gegeben, das sie zu ihrem Vorteil gebrauchen wird.

Sie erinnert sich wieder an das Briefing mit Agent Stahl in jenen verrückt-turbulenten ersten Wochen, nachdem sie mit Mom und Dad ins Weiße Haus umgezogen war.

David Stahl saß in ihrem neuen Zimmer im Weißen Haus und sagte freundlich, aber energisch: »Und noch etwas, Mel. Sollten Sie entführt werden, sind die ersten Stunden die wichtigsten.«

»Warum das?«, fragte sie, während sie weiter zu begreifen versuchte, dass dies alles real war, sie nicht mehr mit Mom und Dad im Naval Observatory wohnte, Dad wirklich Präsident war und sie jetzt im Weißen Haus lebte.

Unglaublich!

Agent Stahl sagte: »Die ersten paar Minuten, die ersten paar Stunden sind eine Zeit des Umbruchs. Ihre Entführer sind dann nervös, angespannt, müssen sich dem anpassen, was sie eben getan haben. In dieser Zeit sollten Sie jede Chance zur Flucht nutzen. Ein bis zwei Tage später haben sie zu einer Routine gefunden; sie haben ihren Wachdienst organisiert, und Sie sind ihre Gefangene. Dann ist's für einen Fluchtversuch zu spät. Die ersten paar Stunden sind Ihre Chance. Nutzen Sie sie.«

Sie nickte – wegen des Themas ängstlich, aber trotzdem bemüht, sich alles zu merken.

Sie war jetzt die Tochter des Präsidenten.

»Mel«, sagte Agent Stahl. »Noch Fragen?«

»Nein«, sagte sie. »Nicht jetzt.«

Er lächelte. »Machen Sie sich keine Sorgen. Dass es dazu kommt, ist äußerst unwahrscheinlich. Aber es ist trotzdem gut, vorbereitet zu sein.«

Sie hätte gern gelacht oder einen Scherz über die Idee gemacht, sie könnte entführt werden, aber der harte Blick des Secret-Service-Agenten – genau wie Dads! – ließ sie verstummen.

Mel hört, wie die Tür aufgesperrt wird, atmet tief durch, nimmt mit einer Hand ihre Brille ab, reibt sich wieder fest die Augen und zwickt sich in die Wange, sodass die Tränen quellen.

Sie setzt die Brille wieder auf.

Sei bereit, erinnert sie sich.

Die ersten paar Stunden sind Ihre Chance. Nutzen Sie sie.

Die Tür geht auf, dann erscheint wieder Faraj, der jüngere Mann. Er kommt mit einem gelben Kunststofftablett herein, auf dem eine zugedeckte Schüssel und ein weiterer roter Plastikbecher stehen. Er trägt

Jeans und ein kariertes Flanellhemd, hat eine Pistole in einem Holster an der rechten Hüfte.

Als er näher kommt, hustet Mel, würgt, tut ihr Bestes, um zu weinen, und sagt: »Bitte … ich hab solche Angst … Wollen Sie mich nicht freilassen? Bitte? Ich sorge dafür, dass mein Daddy Ihnen eine Belohnung gibt!«

Faraj grinst sie höhnisch an, und Mel denkt: Nur noch zwei Schritte, noch zwei Schritte, dann soll dir dieses Scheißgrinsen vergehen, Idiot.

Faraj al-Aschid tritt näher an das weinende Mädchen heran und denkt: Was für eine verzogene Göre, was für ein Dummerchen. Ihr ganzes Luxusleben liegt noch vor ihr, und sie flennt, als hätte sie ihre Puppe verloren. Ihr bisheriges Leben war verhätschelt und sicher, ohne Sorge um Hunger und Durst oder zerlumpte Kleidung oder die plötzliche Detonation einer Bombe.

Und er selbst? Vor einigen Jahren hatte Faraj die Chance gehabt, den sich bekämpfenden Milizen und Stammeskriegern um Tripolis zu entkommen. Er war nach Paris gegangen und hatte mit Glück und durch Beziehungen tatsächlich zwei Jahre an der École Internationale de Création Audiovisuelle et de Réalisation studiert. Dort hatte er gelernt, wie man Regie führt und Spezialeffekte einsetzt, um später selbst Filme machen zu können …

Faraj sagt: »Hör auf zu heulen wie ein kleines Mädchen. Dein …«

Sie springt auf und schüttet ihm eine ätzende Flüssigkeit in die Augen.

Mel schreit: »Ich bin kein kleines Mädchen«, als sie dem Kerl die üble Flüssigkeit in dem roten Plastikbecher, eine Mischung aus dem Inhalt der chemischen Toilette und – *igitt!* – ihrem eigenen Urin, ins Gesicht schüttet. Aber das Zeug wirkt, denn der Mann schreit auf und lässt das Tablett fallen und stolpert rückwärts. Mel zögert nicht, sondern verpasst dem Entführer einen gewaltigen Tritt zwischen die Beine.

Er stößt einen lauten arabischen Fluch aus, krümmt sich zusammen, und Mel zieht ihm die 9-mm-Pistole aus dem Holster.

»Keine Bewegung!«, ruft sie, während sie versucht, an ihm vorbei die herrlich offene Tür zu erreichen. Aber der Idiot versucht, ihr den Weg abzuschneiden.

Ich hab dich gewarnt, denkt sie, als sie den Hammer zurückzieht und ruhig und rasch den Abzug betätigt.

KAPITEL 45

IM NORDWESTEN VON NEW HAMPSHIRE

Das Klicken des ins Leere schlagenden Hammers verblüfft Mel, aber mit der Gelassenheit, die sie im Schießstand mit Dad eingeübt hat, zieht sie den Hammer erneut zurück, um eine etwaige Störung zu beseitigen, und drückt erneut ab …

Klick.

Faraj richtet sich grinsend mit halb geschlossenen Augen auf und benutzt einen Zipfel seines Flanellhemds, um sich die Augen zu wischen. Mel wirft mit der Pistole nach dem grinsenden Dreckskerl, drängt sich an ihm vorbei und …

… prallt mit Asim al-Aschid zusammen.

Starke Hände packen sie am Hals, beginnen zuzudrücken.

Mel kann nicht atmen.

Kann nicht schreien.

Sie schlägt nach seinen Armen, trifft seine breite Brust, sein Gesicht, und er schiebt sie in ihre Zelle zurück, stößt sie aufs Bett.

Mel keucht, würgt und greift sich mit beiden Händen an ihren schmerzenden Hals.

Ein Hustenanfall bewirkt, dass sie sich zusammenkrümmt, und die falschen Tränen von vorhin weichen echten.

Asim steht über ihr und fragt langsam und mit drohendem Unterton: »Dummes Kind, glauben Sie wirklich, ich würde meinen Cousin mit einer geladenen Waffe zu Ihnen lassen? Glauben Sie das?«

Faraj, der neben Asim steht, grinst wieder, obwohl seine Augen stark gerötet sind.

Asim sagt: »Wir wissen so viel über Sie, wie Sie erzogen, wie Sie ausgebildet wurden. Wir wissen, dass Sie mit Schusswaffen vertraut sind. Wir wissen, dass Sie in diesem Punkt gelogen haben. Die scheinbare Bewaffnung meines Cousins war eine … Kriegslist. Ja, eine List, um Ihnen Hoffnung zu machen, damit Sie glauben, Sie hätten eine Chance, und das hat geklappt. Nun wissen Sie, Mel Keating, tief in Ihrem Innersten, dass Sie nicht flüchten können, niemals entkommen werden, uns auf Leben oder Tod ausgeliefert sind.«

Die Tränen fließen rascher, und Mel muss wegsehen.

»Auf ewig«, sagt er.

Asim sagt ein paar Worte auf Arabisch, und Faraj kommt mit einem Klappstuhl aus Metall zurück. Asim setzt sich, um Mel Keating in aller Ruhe zu betrachten. Er ist zufrieden, wie alles gelaufen ist, wie gut sein Plan geklappt hat. Irgendwann würde sie versuchen, Faraj die Pistole zu entreißen und zu flüchten. Er ist nur leicht überrascht darüber, wie bald sie das getan hat.

Mel hört zu weinen auf, nimmt die Brille ab, reibt sich die Augen, starrt dann Asim an.

Nicht ängstlich.

Oder betrübt.

Sondern trotzig.

Der Anblick dieses entschlossenen Mädchengesichts versetzt ihm einen Stich ins Herz, erinnert ihn an seine älteste Tochter Amina, die etwa gleichaltrig ist … war. Äußerlich sehen sie sich vom Haar bis zum Teint nicht ähnlich, aber die Wildheit in ihrem Blick … Amina war eine gute Tochter, die ihrer Mutter gehorchte, ihr beim Kochen und Waschen half, aber in ihrem Blick hatte immer ein unterschwelliger Trotz gelegen.

Wie bei dieser jungen Lady vor ihm, die ihm jetzt ausgeliefert ist.

Asim fragt: »Wieso sind Sie hier, glauben Sie?«

Mel verschränkt die Arme. »Sie stehen auf Blondinen?«

Er beherrscht sich, denn diese Worte reizen ihn dazu, ihr so fest ins Gesicht zu schlagen, dass ihre Wange anschwillt und Blut aus ihrer aufgeplatzten Lippe sickert.

Asim sagt: »Weil Sie eine Kriegsgefangene sind, das ist der Grund. In einem Krieg, der seit Jahrhunderten andauert.«

Mel zuckt mit den Schultern. »Was, Sie wollen mir einen Vortrag über den Kampf der Kulturen, Ost gegen West, Islam gegen Christentum halten? Samuel Huntington, pro und kontra? Bitte. Das habe ich alles schon von Profis gehört, die verdammt viel mehr darüber wissen als Sie.«

Asim ballt die Fäuste. »Akademiker. Schwächlinge. Bücherwürmer. Ich habe sie kennengelernt, als ich in Ihrem Alter auf der Universität war, bevor der Dschihad mich fortgerufen hat. Was wissen die schon vom Krieg?«

»Krieg?«, faucht die Präsidententochter. »Ein schöner Krieg, den Sie führen. Unschuldige enthaupten. Einkaufszentren in die Luft jagen. Mit einer Maschinenpistole in Paris Jagd auf Passanten machen. In ein paar Jahren besingen Dichter bestimmt Ihre Tapferkeit im Kampf mit Unbewaffneten und weinenden Kindern.«

»Was wissen Sie vom Krieg?«, fragt er noch mal und hat Mühe, ruhig zu sprechen.

»Sehr viel«, sagt sie. »Oder haben Sie schon vergessen, wer mein Dad ist und was er gemacht hat, bevor er in die Politik gegangen ist?«

»Ihr Vater!«, knurrt Asim. »Wir reden von tapferen Kriegern. Er und seinesgleichen, schwer bewaffnet, mit dem Internet verbunden und dank eurer Satelliten und Überwachungsdrohnen über jede feindliche Bewegung informiert … Welche Chance haben Krieger wie ich gegen solch überwältigende Technologie und Bewaffnung?«

Die junge Frau mit den geröteten Augen gibt nicht nach. »Eine Kita in Brand stecken, Kinder ermorden, die kaum laufen und sprechen können. Ein schöner Krieger!«

Asim sagt: »Ja, so grausig kann das Kriegshandwerk sein. Denken Sie an sich selbst, denken Sie an Ihren Vater, als er Präsident war. Verfehlt die Lenkwaffe einer Drohne ihr Ziel und löscht eine Hochzeitsgesellschaft aus, wie lange trauern Sie dann um die Unschuldigen, wie energisch fordern Sie eine Untersuchung des Vorfalls? Oder wenn ein ängstlicher US-Soldat in einem fremden Land einen Van, der nicht rechtzeitig hält, mit seinem MG durchsiebt und eine ganze Familie liquidiert, wie nahe geht Ihnen das? Nein, Mel Keating, Sie und andere wie Sie zucken nur mit den Schultern, spielen mit Ihren Handys und kümmern sich nicht weiter darum.«

Sie will etwas antworten, aber Asim lässt sie nicht zu Wort kommen, während seine Handbewegung ihre Betonzelle umfasst. »Solch ein reiches, begünstigtes, übersättigtes, korruptes und gottloses Land. Wie wäre Ihnen zumute, wie würden Sie reagieren, Mel Keating, wenn dieses reiche Land so schwach wäre, dass ausländische Mächte es sich erlauben könnten, beliebig mit ihm zu verfahren, ihnen genehme Regierungen ein- und abzusetzen und im Namen dessen, was ihnen heilig ist, Zivilisten abzuschlachten? Wie sähe Ihre Reaktion darauf aus?«

Ihr Blick wirkt leicht verunsichert. Asim hat das Gefühl, endlich eine Bresche in ihre blasierte Selbstgefälligkeit geschlagen zu haben.

Er fährt fort: »Ich will Ihnen sagen, wie Ihnen zumute wäre. Sie würden sich unfrei, unterdrückt fühlen und mit Ihren Landsleuten zu den Waffen greifen, um diese Eindringlinge zu vertreiben. Ohne Rücksicht auf Verluste, auf das vergossene Blut.«

Mel räuspert sich. »Das ist nur eine vereinfachte Erklärung. Sonst nichts.«

Asim steht auf. »Sie und Ihre Landsleute hätten die Philosophie Ihres sechsten Präsidenten befolgen sollen. Er war ein kluger Mann.«

Mel äußert sich nicht dazu.

Asim lächelt. »Verwirrt, junge Lady? Sie wollen mich in Bezug auf meine Geschichte, meinen Glauben belehren, aber ihr sechster Präsident ist Ihnen kein Begriff? Ich will Ihnen helfen. Das war John Quincy Adams, der einmal gesagt hat: ›Amerikaner sollten nicht ins Ausland gehen, um im Namen der Verbreitung der Demokratie gegen Drachen zu kämpfen, die sie nicht verstehen.‹ Verstanden? Sie haben in aller Welt versucht, Drachen zu töten. Seien Sie nicht überrascht, wenn die Drachen sich jetzt dafür revanchieren.«

Mel umschlingt ihren Oberkörper enger mit den Armen. Asim fährt fort: »Sie können von Glück sagen. Bei jeder anderen Gelegenheit wäre ein Gefangener, der meinen Cousin angreift, schwer bestraft worden … auf kreative und blutige Weise. Aber für Sie, Mel Keating, die Tochter des Präsidenten, habe ich nur diese Strafe.«

Er zeigt auf den Fußboden, auf dem verschüttetes Essen, der Pappteller und das Plastikbesteck liegen. »Das ist Ihr Abendessen. Sie werden es vom Boden essen müssen, wozu so viele Menschen, die Ihre Regierung heimatlos gemacht hat, gezwungen sind.«

Als er sich abwendet und gehen will, sagt Mel rasch: »Bitte … Sie haben vorhin etwas gesagt. Wie haben Sie das gemeint? Dass Sie mich … auf ewig behalten wollen. Wieso haben Sie das gesagt? Haben Sie kein Lösegeld gefordert? Lassen Sie … mich nicht frei, wenn Ihre Forderung erfüllt wird?«

Er gibt auf dem Tastenfeld den Code ein, der die Tür entriegelt, und dreht sich breit lächelnd nach ihr um. »Sie sind eine gebildete junge Lady. Sie bekommen bestimmt allein heraus, was *auf ewig* bedeutet.«

KAPITEL 46

HOTEL SAUNDERS
ARLINGTON, VIRGINIA

Dank des Eingreifens meiner sehr fähigen und oft dominanten Stabschefin Madeline Perry haben Samantha und ich die zweite der miteinander verbundenen Suiten im Saunders für uns allein. Der Raum steht voller kaum angerührter Essenstabletts vom Zimmerservice, auf dem Fernseher läuft leise CNN, und Samantha liegt zusammengerollt auf einem der beiden Betten und hört schweigend zu, wie die Korrespondenten und Experten auf dem Bildschirm miteinander und zu den Millionen von Zuschauern reden.

Vor ungefähr einer halben Stunde habe ich den Ton heruntergedreht, als ein angeblicher »Experte« für Entführungen und Geiselnahmen selbstgefällig erklärte, wahrscheinlich sei unsere Tochter bereits tot. Von Samantha kam ein Aufschrei, und Agent Stahl und ich lieferten uns ein Wettrennen, um den verdammten Fernseher leiser zu stellen.

Ich hielt den Mund, merkte mir aber den Namen des Mannes, weil ich es darauf anlegen würde, irgendwann eine interessante Begegnung mit ihm zu haben.

Ich tigere in der großen Suite auf und ab wie das sprichwörtliche eingesperrte Raubtier, und es ist die verdammte Hilflosigkeit, die mir am meisten zusetzt. Bei den SEALs gab es Training, Planung, noch mehr Training und dann Ausführung. Als Abgeordneter, Vizepräsident und zuletzt POTUS hatte ich wenigstens die Illusion, Entscheidungen treffen zu können, die dann in den meisten Fällen umgesetzt wurden. Während sie durch die Bürokratie nach unten sickerten.

Jetzt?

Ich bin von anderen Leuten abhängig, was die Sicherheit meiner Tochter angeht, und hasse jede dunkle und beängstigende Sekunde. Ich sehe meine Reisetasche in der Ecke stehen und muss fast über die jämmerliche schwarze Nylontasche lachen. Sie enthält Waffen und Munition für … wofür? Um nach New Hampshire zurückzufliegen und blindlings durch die Wälder zu streifen?

Ich höre Telefonklingeln und gedämpfte Stimmen aus der Suite nebenan, in der Madeline Perry ein strenges Regiment führt, und muss weiterhin auf sie vertrauen. Sie kommt zu uns, wenn es eine neue Entwicklung gibt oder eine Entscheidung getroffen werden muss.

Ich sehe zu meiner Frau hinüber. Ihre Augen sind geschlossen. Sie scheint zu dösen.

Agent Stahl arbeitet an seinem Laptop.

Ich?

Anscheinend nutzlos.

Ich lasse einige Sekunden verstreichen, dann flüstere ich: »Reiß dich zusammen, Mann!«

Könnten meine früheren Kameraden mich auf magische Weise hier sehen, würden sie schockiert beobachten, was ich tue.

Nämlich nichts.

Die Vorhänge sind zugezogen, und ich werfe einen Blick auf den Fernseher, in dem CNN den Stau vor einem Kontrollposten auf einer Landstraße in New Hampshire zeigt.

Es wird Zeit, diese Gleichung zu verändern.

Ich gehe in eine Ecke der Suite, in der es einen Arbeitsbereich mit Tisch und Stühlen gibt, hole mein iPhone heraus und mache mich an die Arbeit.

Als Erste rufe ich Sarah Palumbo an, die stellvertretende Nationale Sicherheitsberaterin, die mich vor Stunden und in einem anderen

Leben darüber informiert hat, das tägliche Briefing der Präsidentin enthalte eine Warnung, ich könnte das Ziel terroristischer Aktivitäten sein.

Klar doch.

Wie viele Geheimdienstanalysen war sie zutreffend, aber nicht präzise genug.

Sie hatten es auf mich abgesehen, das stimmte.

Indem sie Mel entführten.

Das Telefon klingelt und klingelt, dann ist ihr Anrufbeantworter dran.

»Palumbo«, meldet sich die vertraute Stimme. »Sie wissen, was zu tun ist.«

Ich sage: »Sarah, hier ist Matt Keating … rufen Sie mich bitte so bald wie möglich an? Danke.«

Ich beende das Gespräch.

Wen als Nächsten?

Ich könnte andere beim FBI und dem Militär anrufen, die sich größte Mühe geben, Mel aufzuspüren, aber was würde das bewirken, außer dass ich sie von ihrer Arbeit abhalte? Und vielleicht Präsidentin Barnes und ihre Leute verärgere, was ich mir wirklich nicht leisten kann?

Zeit, nach Übersee auszugreifen.

Ich sehe auf die Uhr und stelle überrascht fest, dass wir schon Morgen haben.

Aber das sollte mich nicht überraschen. Bei den SEALs war ich in Planungsphasen oder bei Einsätzen leicht mit vier Stunden Schlaf pro Tag ausgekommen, und jetzt bin ich weiß Gott wieder im Einsatz.

Ich habe zwei Gespräche zu führen und beschließe, mit dem schwierigen anzufangen.

Als Abgeordneter, Vizepräsident und Präsident habe ich Dutzende von ausländischen Politikern, Militärs, Geheimdienstchefs und viele ihrer Mitarbeiter oder Berater kennengelernt. Den meisten schüttelt man nur die Hand, und das war's dann, aber manchmal springt ein

Funke über, der einen blitzartig erkennen lässt, dass man mit diesem Mann oder dieser Frau in einer ausländischen Regierung zusammenarbeiten könnte, weil er oder sie sich auskennt und durchsetzungsstark ist.

Das führt zu Privatkontakten, inoffizieller Kommunikation und Verhandlungen mit Männern und Frauen, denen man vertrauen kann.

Wie der Mann, den ich gerade anrufe.

Er hebt beim ersten Klingeln ab. »Ja?«

»Ahmad? Hier ist Matt Keating.«

Ein Seufzen am anderen Ende, irgendwo in der Wüste oder in einem klimatisierten Hochhaus in der saudi-arabischen Hauptstadt Riad.

»Ah, Matt, mein Mitgefühl«, sagt Ahmad mit seiner kultivierten Stimme, in der ein britischer Akzent anklingt. »Sie wissen, dass ich Samantha und Ihnen alles Gute wünsche, damit Sie Melanie bald gesund zurückbekommen.«

»Danke«, sage ich.

Mehrere Sekunden verstreichen, während Ahmad, auch als Generalmajor Ahmad bin Najef, ehemaliger stellvertretender Direktor des saudi-arabischen Geheimdiensts bekannt, mich schmoren lässt. Vor vielen Jahren, als ich noch ein kleiner texanischer Abgeordneter war, hatte ich gehört, dass einer seiner Söhne, der auf der Sheppard Air Force Base eine Pilotenausbildung machte, mehr als üblich als der sprichwörtliche Ausländer gehänselt wurde.

Ich machte diesem Nonsens mit zwei Anrufen beim Standortkommandanten und dem Luftwaffenminister ein Ende.

»Ahmad, bitte«, sage ich. »Ich bin für jede Hilfe dankbar, die Sie und Ihre Kollegen uns gewähren können.«

»Wobei *uns* Sie bedeutet, Matt, oder die Vereinigten Staaten?«

Ich umklammere mein iPhone fester. »Egal, wenn's nur meine Tochter zurückbringt.«

»Ah, das ist ein bisschen schwierig, wie Sie sicher wissen«, sagt er. »Präsidentin Barnes und ihr Außenminister sind im Königreich nicht sonderlich beliebt. Ihr Beharren darauf, dass wir unser Regierungssystem und unsere Lebensweise à la Palm Beach County ummodeln sollen, ist hier nicht gut angekommen. Der CIA-Stationsleiter und der FBI-Verbindungsmann haben uns offiziell um Unterstützung ersucht, aber in Riad haben viele ein gutes Gedächtnis und gekränkten Stolz. Tut mir leid, aber das wird unsere Hilfsbereitschaft beträchtlich einengen.«

Ich schließe die Augen, reibe sie. Wie der gerissene alte Henry Kissinger einmal gesagt hat: »Amerika hat keine Freunde oder Verbündeten, nur Interessen.« Und seit Präsident Roosevelt den Saudis 1945 Militärhilfe gewährt hat, ist dieses reiche und beunruhigende Land eines unserer wichtigsten Interessen im Nahen Osten.

Waren andere Expräsidenten und ich mit allem einverstanden, was die Saudis machten? Natürlich nicht, vor allem nicht in Bezug auf Menschenrechte. Aber sie haben einen effizienten Geheimdienst, und obwohl manche aus dem Königreich weltweit Terroristen finanziert haben, haben andere Freunde des Westens wichtige amerikanische, britische und französische Geheimunternehmen mit dem Ziel ermöglicht, unseren Vorsprung vor denen zu halten, die Spaß daran haben, Unschuldige zu verstümmeln oder zu töten.

Wie Asim al-Aschid.

Und wenn es zu blutigen Kämpfen wie bei der Zerschlagung des IS kam, waren die Saudis ein stiller, entscheidend wichtiger Verbündeter.

»Ich weiß, Ahmad«, antworte ich. »Und ich habe mein Bestes getan, um die Forderungen und Vorschläge der Regierung Barnes zu dämpfen, aber mein Einfluss ist begrenzt. Als Expräsident weiß ich, wie's ist, von der jetzigen Regierung ignoriert und herabgesetzt zu werden. Ahmad, ich bitte Sie von Vater zu Vater um Ihre Hilfe.«

Und Ahmad sagt einfach: »Die sollen Sie bekommen, mein Freund. Ich habe schon Erkundigungen eingezogen, aber das Ergebnis war bisher wenig ermutigend. Diese … Kreatur Asim al-Aschid fürchten sogar unsere hartgesottensten Geheimdienstler. Er hat zu viel Freude am Töten, benutzt die heiligen Worte des Propheten als Schild. In seinem weltumspannenden Netzwerk hat er viele Unterstützer und Informanten. Aber ich will Ihnen etwas erzählen, das mir ernstlich Sorge macht.«

»Was denn, Ahmad?«

Er sagt: »Ihre CIA und das FBI, die haben keinen Druck gemacht, als wir uns viel Zeit gelassen, sie zunächst hingehalten haben. Als hätten sie mit unserem Widerstand gerechnet und sich im Voraus damit abgefunden. Und das, Matt, war mir fast so unheimlich wie Asim al-Aschid.«

KAPITEL 47

WILLIAMS POND
LEAH, NEW HAMPSHIRE

Jiang Lijun vom chinesischen Ministerium für Staatssicherheit gähnt nochmals, als die ersten Sonnenstrahlen zwischen den Gipfeln der White Mountains sichtbar werden. Er steht mit seiner gemieteten GMC-Limousine auf einem unbefestigten Parkplatz am Ufer eines größeren Gewässers im Norden von New Hampshire.

Diesen Trip nach der Besprechung mit seinem Boss Li Baodong zu planen und zu unternehmen hat fast jede freie Sekunde in Anspruch genommen: Jiang Lijun ist nach Newark gefahren und dann nach Montreal geflogen. Danach mit einem Mietwagen nach Sherbrooke gefahren und dann mit einem weiteren Mietwagen in diese Kleinstadt. Am Grenzübergang nach Vermont war die Schlange von Autos und Lkw, die nach Kanada wollten, ewig lang, weil Uniformierte mit Hunden anscheinend jeden und alles absuchten.

Auf der Fahrt hierher waren ständig Hubschrauber, die Jiang als Black Hawks erkannte, und Flugzeuge in der Luft, und er musste zweimal rechts ranfahren, als in seinem Rückspiegel Streifenwagen mit Blinklicht und Sirene auftauchten.

Jetzt wartet er darauf, dass Asim al-Aschid kommt.

Indem er seine Beschatter abgehängt hat, illegal nach Kanada ausgereist und illegal in die Vereinigten Staaten zurückgekehrt ist, hat Jiang gegen zahlreiche amerikanische Regeln für chinesische Diplomaten verstoßen und würde sofort ausgewiesen, wenn er erwischt würde. Und wenn schon? Nur ein weiterer Hochseilakt.

Er gähnt erneut, denkt an seine Frau Zhen und wie beunruhigt sie gewesen war, als er so unerwartet verreisen musste. Zhen, eine intelligente Frau, die von Jiangs Arbeit weiß und in der Personalabteilung des Ministeriums arbeitet, hatte mit ihrer Tochter Li Na auf dem Arm gefragt: »Musst du wirklich fort?«

Bei jeder anderen Gelegenheit hätte Jiang sie barsch abgewiesen, aber seine kleine Tochter und ihr süßer unschuldiger Blick … ah, der hatte ihn gerührt.

Vielleicht hatte das Vatersein ihn verändert.

Würde es auch in Zukunft Feldeinsätze dieser Art für ihn geben?

Zuvor hat Jiang versucht, Verbindung mit Asim aufzunehmen, und die rasche Antwort des abscheulichen Kerls befriedigt registriert. Ihr System dafür ist einfach und fast nicht aufzuspüren. Vor Jahren, als Jiang noch Asims Führungsoffizier in Libyen gewesen war, hatte er bei einem Schweizer Unternehmen, das die weltweit beste Verschlüsselung anbietet, einen anonymen E-Mail-Account eingerichtet und Adresse und Passwort an Asim weitergegeben. Im Ordner *Entwürfe* dieses Accounts können sie Mitteilungen hinterlassen, ohne dass Abhördienste vom britischen GCHQ bis zur amerikanischen NSA das Geringste davon mitbekommen.

Ungefähr zweimal im Jahr schreibt er Asim, nur um in Verbindung zu bleiben, aber die letzte E-Mail ist die wichtigste gewesen: Mit ihr ist dieses Treffen vereinbart worden.

Auf der Instrumentenabdeckung liegt eine Packung Marlboro. Zeit für eine Zigarette. In seinem New Yorker Büro raucht er nur Zhonghua. Er steigt aus und sieht sich den See und den kleinen Park an. Die ersten Besucher sind schon da, vor allem Angler und Familien mit Kindern. An einem Picknicktisch sitzen zwei Männer mit Croissants und einer Thermoskanne Kaffee. Etwas entfernt streiten Kinder mit ihren Eltern.

Kindliche Ehrfurcht bei diesen Barbaren?

Niemals.

Puh. An solch einem tristen und bewaldeten Ort leben zu müssen.

Vor Jahren hatte seine liebe Mutter geweint, als er zum Studium nach Amerika gegangen war. Sie hatte befürchtet, er werde nie zurückkehren, aber ihre Sorge war unbegründet gewesen. An der UCLA und dann an der Columbia University, wo er seinen Master in Internationalen Beziehungen gemacht hatte, hatte er die Amerikaner als träge und unkonzentriert erlebt, und obwohl sie fortwährend von Freiheit schwatzten, hatten seine chinesischen Kommilitonen und er als einzige Freiheit die Freiheit der Amerikaner erlebt, sie ständig zu belehren.

Eines Tages beim Lunch in den Ferris Booth Commons der Lerner Hall hatte eine ernsthafte Diplomandin aus Cambridge – dem in Massachusetts, nicht in England – angefangen, ihm einen Vortrag über den Tiananmen zu halten und war erst verstummt, als er sie gefragt hatte, ob sie jemals von den Massakern am Kent State und Jackson State gehört habe.

Ein schwarzer Pick-up rattert heran und parkt in seiner Nähe. Ein alter Mann mit krummem Rücken und einer Angelrute in der Hand steigt mühsam aus. Er trägt sackartige Jeans, eine schmuddelige gelbe Jacke und eine tief in die Stirn gezogene Basecap. Jiang liest die Aufkleber an der hinteren Stoßstange des Trucks: VERBRECHER REGISTRIEREN, NICHT WAFFEN – MOLON LABE / KOMM UND HOL SIE DIR – ICH FÜRCHTE MEINE REGIERUNG.

Jiang schüttelt den Kopf. Wie diese undisziplinierte Horde von Leuten etwas auf die Reihe kriegt, ist ihm noch immer ein Rätsel. Sein eigenes Land hat die Weltbühne erst betreten, als die Partei im Jahr 1949 die Macht ergriffen hat. Eine Partei, eine Linie, ein starker Führer. So hat sein Großvater den Aufstieg vom einfachen Soldaten zum angesehenen Parteifunktionär geschafft, der sogar die Kulturrevolution unbeschadet überstanden hat.

Jiang sieht auf seine Uhr. Asim hat sich verspätet. Natürlich. Die Männer aus dem Nahen Osten und Nordafrika, mit denen er im Lauf der Jahre zu tun hatte, können Kinder morden, Flugzeuge sprengen und Kunden eines Einkaufszentrums massakrieren, aber sie sind außerstande, nach der Uhr zu leben oder pünktlich zu einem Treffen …

Der alte Mann hinkt vorbei und dreht sich um und rempelt Jiang an, wobei er seine Angelrute fallen lässt.

Etwas Hartes bohrt sich in Jiangs Rippen.

»Hallo, mein chinesischer Freund«, sagt Asim al-Aschid.

Asim lächelt befriedigt, als er den schockierten Gesichtsausdruck des Chinesen sieht. Asim respektiert das Geld und die Waffen dieses Mannes, aber nicht viel mehr. Jiang ist ein Funktionär mit glattem Gesicht und weichen Händen, das ist alles. Ganz entschieden kein Kämpfer, der das Blut seiner Feinde von seiner Kleidung waschen muss.

Und Jiang hatte ihn kaum eines Blickes gewürdigt, als er mit dem klapprigen Pick-up vorgefahren war, den sein Cousin und er vor zwei Tagen drüben in Vermont von den beiden Zigarettenschmugglern erbeutet hatten. Mit alten Kleidungsstücken, Kieseln in den Schuhen, damit er hinkte, einem Streifen Tape über den Schultern, um leicht bucklig zu erscheinen, und etwas Make-up, um seine Augenbrauen grau zu färben, hatte er diesen erfahrenen Geheimdienstmann getäuscht.

Asim zieht die Pistole zurück. »Hier bin ich, Jiang Lijun. Starren Sie mich nicht so überrascht an. Und vergeuden Sie meine Zeit nicht. Was wollen Sie?«

Der Chinese erholt sich rasch, lächelt und zündet sich eine Zigarette an, ohne Asim, der diese Kränkung ignoriert, eine anzubieten. Jiang sagt: »Glückwunsch, Asim. Als Profi finde ich Ihr Unternehmen beeindruckend. Es muss jahrelange Vorbereitung erfordert haben. Wirklich bewundernswert.«

»Danke«, sagt Asim. »Meine Kontakte und Netzwerke werden gut bezahlt und sind seit Jahren etabliert. Und sie erfüllen alle meine Wünsche, sei's nach Waffen, Geld oder Transportmitteln.«

»Aber was nun, Asim?«

»Sie kennen meine Forderungen.«

Jiang winkt ab. »Unsinn, das wissen Sie selbst. Bekommen Sie, was Sie fordern, und lassen das Mädchen frei, verfolgen die Amerikaner Sie bis ans Ende der Welt und legen Sie um. Und ermorden Sie das Mädchen, weil Ihre Forderungen nicht erfüllt werden, passiert das

Gleiche, nur schneller. Die Amerikaner sind eine sentimentale Bande von Hohlköpfen. Die Ermordung des Mädchens bringt sie nur noch mehr auf.«

Der Chinese nimmt einen weiteren Zug von seiner Zigarette. »Nun?«

Asim sagt: »Meine Pläne sind meine Sache. Und wie sehen Ihre aus?«

Jiang lässt die Zigarette fallen, tritt sie mit dem Absatz aus. »Offiziell bin ich hier, um Sie – rein aus Gefälligkeit – aufzufordern, das Mädchen mir zu übergeben. Das befreit Sie von einer gefährlichen Last und unterstützt meine Regierung bei ihren Bemühungen um eine Verbesserung der Beziehungen zu den Vereinigten Staaten. Als Gegenleistung sichern wir Ihrem Cousin und Ihnen eine großzügige Belohnung zu. Einen größeren Geldbetrag und einen sicheren Zufluchtsort irgendwo auf der Welt. Sogar in China.«

Asim schüttelt lächelnd den Kopf. »Sie würden uns wohl in die Provinz Xinjiang bringen? Wo wir bei unseren Vettern, den Uiguren, leben würden? Kämen wir auch in ein Lager, um umerzogen zu werden und als Zwangsarbeiter schuften zu müssen?«

Der Chinese schweigt stoisch. Asim fährt fort: »Sie haben vorhin … *offiziell* gesagt. Gibt es auch eine inoffizielle Position?«

Jiang blickt auf den stillen See hinaus. »Ja.«

»Und?«

Eine lange Pause, als überlege Jiang seine nächsten Worte sorgfältig. Seine Stimme klingt jetzt weicher.

»Ich möchte, dass Sie Erfolg haben, was immer Sie planen«, sagt Jiang. »Ich kann Sie mit Geld, Transportmitteln und Waffen unterstützen. Auch mit Informationen darüber, was die Amerikaner vorhaben. Bei allem, was dazu beiträgt, diese Nation zu demütigen, stehe ich auf Ihrer Seite.«

Asim denkt darüber nach. »Wieso würden Sie das für mich tun?«

»Ich habe meine Gründe«, sagt Jiang. »Und ich setze mit diesem Angebot meine Karriere und mein Leben aufs Spiel. Denken Sie daran, denn ich werde's nicht vergessen.«

Asim hebt seine Angelrute auf und wendet sich ab, um zu dem Pickup zurückzugehen. »Ich weiß, dass Sie sich exponiert haben, und werde über Ihr großzügiges inoffizielles Angebot nachdenken. Danke für Ihren Besuch, alter Freund. Lassen Sie uns in Verbindung bleiben.«

Jiang öffnet seine Autotür. »Ja. Unbedingt.«

Zehn Minuten später ist Jiang wieder auf der County Road unterwegs, als er hinter einer Kurve auf einen Kontrollposten der Polizei stößt. Vor sich hat er Streifenwagen und eine orangerote Holzbarriere und Männer in schwarzen Overalls mit Helmen und Schnellfeuerwaffen.

Jiang wird mit seinem Mietwagen langsamer, hält und fährt sein Fenster herunter.

Zwei Uniformierte kommen näher. Einer tritt ans Fahrerfenster, der andere bleibt drei Schritte zurück und zielt mit seinem Sturmgewehr auf den Fahrer.

»Führerschein und Zulassung, Sir«, verlangt der vordere Mann. Er ist blass, seine Augen sind gerötet, als habe er zu lange ohne Pause Dienst getan.

»Selbstverständlich, Sir«, sagt Jiang.

Er reicht die Mietwagenpapiere und seinen Führerschein hinaus.

Der Polizeibeamte kontrolliert alles sorgfältig. »Sie sind kanadischer Staatsbürger, Mr. Yang?«

»Das bin ich.«

»Haben Sie Ihren Pass bei sich?«

»Natürlich«, sagt Jiang. »Augenblick, bitte.«

Er reicht seinen dunkelblauen Reisepass hinaus, auf dem das kanadische Staatswappen mit den Worten PASSPORT / PASSEPORT in leuchtend gelber Schrift prangt.

Der Beamte fragt: »Der Zweck Ihrer Reise nach New Hampshire, Mr. Yang?«

»Ich bin nach Boston unterwegs«, sagt er. Wieder ein Hochseilakt, aber das ist in Ordnung. »Ich vertrete die Firma Resolute Forest Products in Montreal und besuche Kunden in Manchester und Boston. Möchten Sie meine Geschäftskarte sehen?«

Ein Kopfschütteln, dann werden sein Pass und die Papiere zurückgegeben. »Nicht nötig. Können Sie bitte den Kofferraum öffnen?«

»Natürlich.«

Er entriegelt den Deckel, und andere Männer inspizieren den Kofferraum. Der Uniformierte neben Jiang zeigt ihm zwei Fotos und fragt: »Haben Sie unterwegs einen oder beide dieser Männer gesehen? Bitte sehen Sie genau hin.«

Jiang verzieht keine Miene, als er die Farbfotos von Asim al-Aschid und seinem Cousin Faraj studiert, einer mit Bart, der andere bartlos.

Ein Gedanke geht ihm durch den Kopf.

Er könnte den Männern sagen, dass er Asim in einem Pick-up gesehen hat, ihnen sogar das Kennzeichen angeben. Binnen Minuten würde die weitere Umgebung abgeriegelt werden, und dann würden Hunderte, wenn nicht Tausende von Suchern aus Polizeien, Sicherheitsbehörden und dem Militär dieses Gebiet durchkämmen.

Und Asim würde gefangen genommen werden, und das Mädchen würde befreit werden, und Jiang würde seinen Auftrag erfüllt haben.

Seinen offiziellen Auftrag. Er würde beglückwünscht werden, belobigt und befördert werden, und vielleicht würden die Beziehungen zwischen seiner Heimat und diesem tugendlosen Land sich tatsächlich verbessern.

Aber sein inoffizieller Auftrag steht seinem Herzen näher. Für dich, Vater, denkt er, und auch für dich, Tochter.

Er lächelt. »Nein, Sir, ich habe keinen dieser Männer gesehen.«

»Also gut«, sagt der Uniformierte, tritt einen Schritt zurück und gibt seinen Kollegen ein Zeichen, den Kofferraum zu schließen und die Barriere zu öffnen. Hinter Jiang hat sich eine kleine Autoschlange gebildet. »Sie können weiterfahren.«

»Danke«, sagt Jiang und fügt im Stillen hinzu: cào nǐ mā, dir und diesem Höllenpfuhl.

KAPITEL 48

HOTEL SAUNDERS
ARLINGTON, VIRGINIA

Nach meinem Anruf in Saudi-Arabien mache ich einige Minuten Pause, bevor ich mein zweites Auslandsgespräch versuche. Samantha – Gott segne sie – scheint noch zu schlafen, als ich leise zu Agent Stahl hinübergehe, der an einem runden Tisch sitzend auf seinem Dienst-Laptop schreibt.

Er muss etwas für mich in Erfahrung bringen.

Halblaut sage ich: »David.«

»Sir?«

»Sagen Sie, haben Sie Verbindungen zum Finanzministerium?«

David sieht auf. Sein Haar ist zerzaust, das Gesicht blass, die Augen müde und geschwollen. »Gewiss, Sir.«

»Das Ministerium verfügt über einen Fonds … den Ermessensfonds«, sage ich, weil ich mich an meine Zeit als Abgeordneter im Haushaltsausschuss erinnere. »Über ihn kann die Präsidentin leicht und schnell Zahlungen – auch in Bitcoin – für Mels Lösegeld veranlassen.«

»Klingt vertraut, Sir«, sagt Agent Stahl und unterdrückt ein Gähnen.

»Hören Sie sich ein bisschen um«, sage ich. »Stellen Sie fest, wie weit die Vorbereitungen für eine Zahlung in Bitcoin gediehen sind.«

Als ich auf die Uhr sehe, fühlt mein Herz sich bleischwer an. Nur noch sieben Stunden, bis al-Aschids Ultimatum abläuft.

David sagt: »Wird gemacht, Sir.«

Ich kehre in meinen Arbeitsbereich zurück, sehe nach Samantha.

Sie schläft noch immer.

Hoffentlich erinnert sie sich später nicht an die Träume, die sie jetzt vielleicht hat.

Ich greife nach meinem iPhone, wähle eine andere Nummer und erreiche wieder nur den Anrufbeantworter.

»Palumbo«, meldet sich die vertraute Stimme. »Sie wissen, was zu tun ist.«

Ja, denke ich, das weiß ich allerdings.

Die stellvertretende Direktorin des Nationalen Sicherheitsrats ruft nicht zurück.

Der zweite Anruf klappt besser und wird nach dem zweiten Klingeln beantwortet.

»Mr. President«, sagt die Stimme, die nach Brooklyn, aber zugleich hebräisch klingt. Sie gehört Danny Cohen, dem pensionierten Direktor des israelischen Geheimdiensts Mossad. »Ich habe Ihren Anruf schon erwartet. Wie halten Sie und Ihre liebe Frau sich?«

»Einigermaßen gut«, antworte ich. »Wir sind in einer Hotelsuite jenseits des Potomacs und versuchen, die Ereignisse zu verfolgen. Nun zu Ihnen, Danny – wie bekommt Ihnen der Ruhestand?«

Ein leises Lachen. »Irgendwie nett, wenn das größte Problem des Tages darin besteht, die Bewässerungspumpe reparieren zu lassen, damit die Orangenplantage nicht austrocknet. Aber … Sie rufen nicht an, um nach meinem Ruhestand zu fragen. Was kann ich für Sie tun, Mr. President?«

»Erstens: Nennen Sie mich Matt«, sage ich. »Und zweitens … Ich weiß, dass es einen offiziellen Informationsaustausch zwischen Tel Aviv und Langley gibt, aber haben Sie vielleicht etwas Inoffizielles gehört, das nützlich sein könnte? Ich … ich kann einfach nicht still dasitzen und hoffen, dass alles gut geht, Danny.«

Danny sagt: »Asim al-Aschid war schon immer ein harter Brocken, Matt.«

»Ja, ich weiß«, sage ich. »Ein freiberuflicher Terrorist ohne staatliche Bindung wie die Bösewichte, die Ian Fleming erfunden hat, als alles noch unkomplizierter war, aber mit einem weltweiten Netzwerk von Unterstützern.«

»Eine gute Analogie, Matt«, sagt Danny. »Unsere Leute arbeiten wie verrückt daran, etwas Greifbares über Asims Reise nach Amerika und New Hampshire zu finden. Aber sein Cousin und er gehen geschickt vor, benutzen Strohmänner und falsche Identitäten. Sie sind kalt und gerissen, haben überall auf der Welt heimliche Verbündete. Aber in Tel Aviv wird weitergearbeitet, das kann ich Ihnen versprechen. Gefallen werden eingefordert, und wir bauen weiter Druck auf.«

Ich nicke. Der Mossad ist aus gutem Grund für seine Aufklärungserfolge und seine Operationen bekannt. Israel konnte von Anfang an nur überleben, wenn es wusste, was seine Nachbarn vorhatten. Als dann immer mehr Juden aus Ländern wie Russland und Kasachstan, Marokko und Äthiopien, den USA und Kanada nach Israel emigrierten, konnte der Mossad nicht nur im Nahen Osten, sondern weltweit Informations- und Spionagenetze aufbauen – auch in Staaten, die Israel offiziell von der Landkarte tilgen wollten.

Wenn irgendein Geheimdienst imstande ist, Asim al-Aschids Fährte aufzunehmen, dann ist das Danny Cohens ehemaliger Dienst.

»Danke, Danny«, sage ich. Mit halbem Ohr höre ich, wie Agent Stahl mit jemandem telefoniert.

»Ich wollte, ich könnte mehr tun, Matt«, sagt Danny mitfühlend, »und ich wollte, Sie hätten in Ihrer Zeit im Weißen Haus mehr tun können. Aber ich glaube, dass Sie in einer zweiten Amtszeit, um die der Verrat Ihrer Vizepräsidentin Sie gebracht hat, weit mehr erreicht hätten.«

Danny ist übertrieben großzügig. Schon vor mir haben Präsidenten versucht, zwischen Palästinensern und Israelis zu vermitteln, und zukünftige Präsidenten werden es ebenfalls versuchen. Die Erfolgsformel klingt einfach: Land gegen Frieden – Land für einen unabhängigen Palästinenserstaat, Sicherheitsgarantien für Israel. Das hat Ähnlichkeit mit dem alten Witz, wie man ein Elefantenragout kocht.

Schritt eins: einen großen Topf Wasser aufsetzen. Schritt zwei: einen Elefanten beschaffen.

Obwohl die gewaltsamen Auseinandersetzungen zwischen Israelis und Palästinensern zurückgegangen sind, ist ein Frieden, der einst in greifbarer Nähe schien, in weite Ferne gerückt: Der weitere Siedlungsbau im Westjordanland lässt weniger Raum für einen Palästinenserstaat, und der Aufstieg Irans und des sogenannten Schia-Bogens, zu dem Teile des Iraks, Syrien, der Jemen und Bahrain gehören, hat zu einer Annäherung Israels an die sunnitischen arabischen Staaten geführt, denen ihre Wirtschafts- und Sicherheitspartnerschaft mit Israel wichtiger ist als die Lösung der Palästinenserfrage. Diese Faktoren sowie der eiserne Griff, in dem die Hamas die Palästinenser im Gazastreifen seit über einem Jahrzehnt hält, werden jeden und jede belasten, der oder die zukünftig im Oval Office sitzt.

Das alles weiß Danny natürlich besser als ich.

»Ich habe getan, was ich in der Zeit, die ich hatte, tun konnte«, sage ich. »Was nicht viel war. Sollte eines Tages der Friedensschluss gelingen, bin ich nur eine Fußnote. Wenn überhaupt.«

Auch das weiß Danny. Für ihn ist entscheidend, dass er auf mein Engagement für die Sicherheit Israels vertrauen konnte. Bei der jetzigen Regierung ist er sich nicht so sicher. Und er will wirklich helfen.

»Sie sind ein guter Mann, Mr. President, und Gott segne Sie und Samantha und Mel«, sagt Danny. »Ich melde mich, sobald ich irgendwas erfahre.«

Als ich das Gespräch mit dem früheren Mossad-Direktor beende, höre ich hinter mir einen gemurmelten Fluch und drehe mich um. Agent Stahl sitzt mit seinem Smartphone in der Hand wie erstarrt da.

»Diese Dreckskerle. Diese eiskalten Scheißkerle«, flüstert er.

Ich gehe zu ihm hinüber.

»David?«

In seinen Augen stehen Tränen. »Nichts«, krächzt er heiser. »Nichts! Keine Bewegung, kein Plan, keine Vorbereitungen für eine Überweisung von Bitcoins. Nichts, Mr. President!«

Hinter mir ist ein Schluchzen zu hören.

Ich drehe mich um.

Samantha hat sich aufgesetzt, reibt sich das Gesicht. »Ich hatte recht, Matt … ich hatte recht! Sie holen unsere Tochter nicht zurück, stimmt's?«

Ich kann mich nur mühsam beherrschen. »Nein, das tun sie nicht.«

Sie hat Tränen in den Augen, aber ihre Stimme klingt ruhig und stark. »Matt, was tun wir jetzt?«

Ich sehe erst zu Agent Stahl, dann zu meiner Reisetasche voller Waffen und Munition hinüber. Ich bin hellwach, in höchster Alarmbereitschaft, alle Sinne aufs Äußerste angespannt, als sei ich im Begriff, mitten in der Nacht in einen Black Hawk zu steigen, um irgendeinen Feind dort draußen anzugreifen.

»Was nötig ist«, sage ich. »Wir holen Mel zurück.«

KAPITEL 49

MONMOUTH, NEW HAMPSHIRE

Officer Corinne Bradford liegt im niedrigen Unterholz auf dem Bauch und beobachtet das große Haus, das ungefähr hundert Meter entfernt etwas tiefer liegt. Der Waldboden unter ihrem ausgekühlten Körper ist unangenehm feucht, als sie wieder ihr Fernglas hebt und das stille Anwesen absucht.

Der Morgen ist kalt, und sie hofft wider besseres Wissen, dass dieser kleine Hinweis, diese kleine Spur sich auszahlen wird.

Zuvor hat sie einige Stunden damit verbracht, die Route 113 abzuklappern, bei jedem Verkaufsstand eines Farmers, jeder Tankstelle und jedem kleinen Laden zu halten, überall das Foto des schwarzen Cadillacs Escalade von der Überwachungskamera der Citizens Bank vorzuzeigen und allen zu erklären, sie führe vertrauliche Ermittlungen, damit ihr idiotischer Chef nichts davon erfährt. Bei RJ's Hardware ist sie endlich fündig geworden.

»Klar«, hat Geschäftsführer Bing Torrance vor einer Stunde gesagt. »Vor Kurzem hab ich gesehen, wie so einer zum Haus der Macombers raufgefahren ist. Ich weiß, dass sie's ab und zu vermieten, aber mir ist's komisch vorgekommen, einen fremden Wagen zu sehen, weil sie's seit über einem Jahr nicht mehr vermietet haben.«

Deshalb ist sie also hier.

Frierend.

Durstig.

Was würde sie nicht für einen Kaffee und einen Burger bei McDonald's geben.

Oder zwei.

Corinne sieht auf ihre Uhr.

In einer Stunde beginnt ihr Dienst in der Polizeistation.

Soll sie zur Arbeit gehen und Chief Grambler berichten, was sie rausgefunden hat?

Klar.

Irgendein Eisenwarenkerl dachte, er hätte einen Cadillac Escalade zu diesem Haus rauffahren gesehen. Und ich hab's ein paar Stunden lang beobachtet, ohne ein Licht, einen Menschen oder sonst was zu sehen.

Damit riskiert sie bloß, dass Chief Grambler ihren kalten Arsch wegen Ungehorsam feuert.

Corinne hebt wieder ihr Fernglas. Ein luxuriöses zweistöckiges Holzhaus, dunkelbraun, mit frei stehender Dreifachgarage. Teuer. Ein sanft abfallender gepflegter Rasen führt zu einem kleinen Badesee mit eigenem Steg hinunter.

Noch ein Blick auf die Uhr, dann denkt Corinne: Verdammt, ich fahre auf keinen Fall weg, ich melde mich krank oder irgendwas, aber ich bleibe unbedingt hier.

Sie lässt das Fernglas wieder sinken und reibt sich die müden Augen.

Heißer Kaffee.

Wieso hat sie bloß nichts mitgenommen, keine Thermoskanne und vielleicht …

Das Geräusch eines Motors reißt sie aus diesen trübseligen Gedanken.

Sie hat das Fernglas wieder in den Händen.

Ihr Herz hämmert gegen ihre Rippen.

Unmittelbar vor der Garage verläuft die Zufahrt ein Stück weit eben, sodass sie gut einzusehen ist, und jetzt kommt ein Fahrzeug die unbefestigte Straße herauf.

»Verdammt«, flüstert sie.

Kein Cadillac Escalade.

Ein klappriger alter Pick-up. Ford.

»Verdammt«, flüstert sie noch mal.

All diese Zeit, all dies Warten, ihre Uniform durchweicht und kalt, bloß um einen alten schwarzen Ford Pick-up zu sehen.

Das Garagentor geht fast geräuschlos hoch, und der Truck fährt in den leeren Mittelteil.

Augenblick.

Augenblick!

Sie versucht, gleichmäßig zu atmen, während ihre Hände und Handgelenke zu zittern beginnen.

Links steht ein schwarzer Cadillac Escalade.

Der Kerl hatte recht!

Sie wartet.

Atmet tief durch.

Bewegung.

Ein Mann kommt aus der Garage, als das Tor langsam hinter ihm herabsinkt. Er hat eine mattgelbe Jacke über dem Arm und reibt sich die Stirn mit einem Tuch ab, und als er die Hand sinken lässt, muss Corinne einen Aufschrei unterdrücken.

Er ist der Terrorist und Entführer.

Asim al-Aschid.

Lebensgroß vor ihr.

Corinne nimmt ihr Fernglas mit, zieht sich langsam in dichteres Unterholz zurück und zieht ihr Smartphone aus der Tasche.

KEIN EMPFANG

Verdammter Mist!

Das ist etwas, woran sie sich noch nicht gewöhnt hat: die vielen Funklöcher in dieser Gegend. Als wäre man in die Neunzigerjahre zurückversetzt.

Corinne sieht in die Richtung, aus der sie gekommen ist.

Ihre Dienstwaffe, eine SIG Sauer, Kaliber 9 mm, steckt in ihrem Holster.

Sie ist fest davon überzeugt, dass die Tochter des Expräsidenten in diesem Haus gefangen gehalten wird.

Soll sie versuchen, sie zu retten?

Jetzt?

Corinne hasst sich dafür, aber nein, das wäre Selbstmord.

Sie muss jemanden anrufen …

Wen?

Chief Grambler?

Nein.

Dieser Idiot würde ihr widersprechen, alles verwerfen oder ins Lächerliche ziehen, was sie herausgefunden hat.

Sie muss sich unterwegs jemanden einfallen lassen. Und zu Gott beten, dass sie aus dem Funkloch rauskommt.

Einige Minuten später – *Gott sei Dank!* – hat sie wieder Handyempfang und geht ihre Kontaktliste durch, bis sie den Eintrag für Clark Yates findet, der mit ihr bei der Massachusetts State Police war und das Glück gehabt hat, vor Beginn der großen Säuberung zur New Hampshire State Police zu wechseln.

Sein Telefon klingelt.

Klingelt.

Klingelt.

»Nimm ab, nimm ab, nimm ab«, flüstert sie.

»Hallo?«

Sie sagt erleichtert: »Clark, hier ist Corinne Bradford.«

»Corinne … verdammt, es ist noch früh. Ich meine …«

»Clark«, unterbricht sie ihn. »Du musst mir helfen. Ich weiß, wo die Tochter des Präsidenten gefangen gehalten wird. Ich habe den Entführer gefunden und seinen Wagen gesehen.«

»Corinne … ist das dein Ernst? Und wieso erzählst du das mir? Müsstest du nicht …«

»Ja, ich weiß«, sagt sie und betrachtet ihre Umgebung mit Bäumen,

Granitblöcken und Unterholz. »Aber mein Chief ist ein Idiot. Hör zu. Nördlich von Monmouth zweigt gleich hinter RJ's Hardware eine unbefestigte Zufahrt von der Route 113 ab. An ihrem Ende steht ein zweigeschossiges Landhaus, fast schon ein Chalet, mit einem kleinen Badesee.«

»Corinne …«

»Ich hab ihn gesehen! Ich hab den verdammten Entführer gesehen, Clark. Und seinen Cadillac Escalade. Ich schwör's dir!«

Sie hört ein Rascheln, vermutlich von dem Wind, der die hohen Bäume bewegt, sodass ihre Äste sich aneinanderreiben.

Clark sagt: »Okay, ich hab's. Ich fange gleich an zu telefonieren. Ich bete bei Gott, dass du recht hast.«

»Ich auch«, sagt sie. »Ich auch. Bis bald. Enttäusch mich nicht.«

Als Corinne das Gespräch beendet, hört sie einen Zweig knacken. Sie sieht sich um und erkennt den Mann, den sie vor der Garage gesehen hat, der jetzt mit einem Messer in der Hand gelassen und selbstbewusst lächelnd auf sie zukommt.

KAPITEL 50

IM NORDWESTEN VON NEW HAMPSHIRE

Mel Keating dreht sich auf dem Bett um und setzt sich auf, als die Zellentür leise quietschend geöffnet wird. Sie weiß nicht sicher, wie spät es ist, weil ständig Licht brennt, ist verwirrt und schläfrig, aber weiß, dass dies zu ihrer Methode gehört, die sie schwächen soll. Mel hat gehört, wie Dad und andere SEALs über ihre Ausbildung gesprochen haben, die ihnen das Überleben in Kriegsgefangenschaft ermöglichen sollte. Und dabei ging es immer auch um Schlafentzug oder um willkürlich veränderte Schlafmuster.

Der jüngere Mann, Faraj, kommt herein, und Mel spürt, dass ihr ein kalter Schauder über den Rücken läuft.

Seine Hände sind leer.

Ist's nicht Zeit fürs Frühstück?

Wozu ist er hier?

Er lächelt, seine Augen sind von ihrem gestrigen Angriff noch immer leicht gerötet, und Mel steht auf, weil sie auf keinen Fall wie ein ängstlich zusammengekauertes Opfer wirken will.

Wenn der Dreckskerl handgreiflich werden will, wird sie ihn abwehren oder dafür sorgen, dass er mit blutigen Kratzern, gequetschten Hoden oder einem herausgedrückten Auge dafür bezahlt.

Er tritt vor, nickt.

»Sind Sie hungrig?«, fragt er.

»Ist das eine Fangfrage?«, will Mel wissen.

»Eine Fang… was?«

»Eine Frage, die provozieren soll. Oder beleidigen. Keine richtige Frage.«

Er nickt nochmals lächelnd. »Nein, das war eine echte Frage. Sonst nichts. Sind Sie hungrig?«

Tatsächlich knurrt ihr seit einiger Zeit der Magen, und sie weiß nicht mehr, wie lange es her ist, dass sie die letzte Mahlzeit auf dem Betonfußboden zusammengekratzt und verschlungen hat wie ein …

Wie ein verängstigter, ausgehungerter Flüchtling.

Genau wie Asim es wollte.

»Ja, das bin ich.«

»Es ist Frühstückszeit«, sagt Faraj. »Was möchten Sie?«

»Frühstück in Pope's Diner drüben in Spencer. Ihr beiden könnt mitkommen, wenn ihr wollt.«

Das amüsiert ihn, und er grinst noch breiter. »Das geht nicht. Sagen Sie mir, was Sie am liebsten essen. Ich werde mir Mühe geben, alles zuzubereiten.«

Mel antwortet, ohne lange nachzudenken. »Pfannkuchen. Mit Butter. Und echtem Ahornsirup, nicht dem Rohrzuckersirup, den es in Supermärkten gibt. Und Bacon. Extra knusprig. Orangensaft. Kaffee.«

Faraj hört zu und nickt. »Sie wissen anscheinend genau, was Sie wollen.«

»Das ist …« Ihre Stimme versagt kurz. »Dad macht mir am Sonntag gern Frühstück. Und für den Secret Service in unserem Haus. Und … manchmal fährt er in die nächste Kleinstadt und hilft in der Kirche aus, wenn sie einen Sonntagsbrunch für ihre Gemeinde veranstaltet.«

»Das wusste ich nicht«, sagt Faraj.

Mel verschränkt die Arme, drängt ihre Tränen zurück. »Weil er es nicht an die große Glocke hängt, keine Berichterstattung erlaubt. Er … er tut's einfach.«

Faraj sagt: »Sie sind ein glückliches Mädchen.«

»Ich bin kein Mädchen«, sagt sie. »Und ja, ich weiß, dass ich mich glücklich schätzen kann. Und wenn Sie mir einen Vortrag darüber halten wollen, wie glücklich ich bin, weil ich im Westen lebe und weder Hunger noch Krankheit fürchten muss, können Sie gleich die Klappe halten. Das habe ich alles schon mal gehört.«

Er schüttelt unwillig den Kopf. »Nein, das wollte ich nicht sagen. Sie irren sich.«

Mel sagt: »Beweisen Sie's mir.«

Ihr Entführer sagt: »Es gibt ein Gefängnis in Tripolis, das Abu Salim heißt. Haben Sie mal davon gehört?«

»Nein«, sagt Mel und denkt: Wozu die Verlegenheit? Wozu der Spott? Einfach raus damit!

»Das berüchtigtste und schlimmste Gefängnis in meiner Heimat«, sagt Faraj leise. »Dort hat dieser Straßenköter, dieser Operettendiktator alle eingesperrt, die gegen ihn waren, ihn beleidigt hatten oder in Ungnade gefallen waren. Im Jahr 1996 wurden bei einer Häftlingsmeuterei über zwölfhundert Gefangene massakriert. Und nachdem die Leichen fortgeschafft und die Blutlachen aufgewischt waren, ist das Gefängnis offen geblieben.«

Mel sieht, wie das Gesicht des jungen Mannes sich vor ihren Augen verändert – von einem Terroristen, Killer und Entführer in einen Sohn, auf dem Erinnerungen lasten.

»Ich habe meine Mutter nie gekannt«, sagt er. »Mein Vater hatte eine Teestube in Tripolis, und ich weiß noch, wie er mich mit Süßigkeiten gefüttert hat, die abends noch übrig waren. Und als ich fünf oder sechs war, ist er ins Abu Salim verschleppt worden und nie zurückgekommen.«

In der nun folgenden Stille würde Mel gern etwas sagen, aber ihr fehlen die Worte.

Ihr Entführer schüttelt kurz den Kopf, als wolle er sich so in die Gegenwart zurückversetzen.

Seine Stimme klingt weiter sanft. »Dass ich Sie für glücklich halte, liegt daran, dass Sie Ihre Mutter kennen und noch Ihren Vater haben.«

Faraj wendet sich ab und sagt: »Frühstück kommt gleich.«

Mel ist angenehm überrascht von dem Frühstück, das sie eben gegessen hat, weil es alles enthielt, was sie bestellt hatte, und da sie nach dem vor vielen Stunden vom Fußboden aufgesammelten Essen heißhungrig war, hat sie alles restlos vertilgt.

Als sie das Tablett auf den Boden stellt, muss sie plötzlich gähnen. Sie ist so verdammt müde.

Mel setzt sich wieder aufs Bett, gähnt erneut. Wie sollte sie nicht müde sein? Sie hat von Schock und Adrenalin gelebt, seit sie entführt wurde und mit ansehen musste, wie Tim ermordet wurde …

Sie legt sich aufs Bett. Denkt nach. Erinnert sich wieder. An Agent Stahl und sein Briefing damals im Weißen Haus.

Mel zieht langsam den Goldring von ihrem rechten Ringfinger ab, hält ihn in dem ständig brennenden grellen Licht hoch. Auf der Innenseite ist die alte Gravur noch lesbar: VON ST FÜR KM 10/12/41.

Ein Geschenk von Moms Großvater an seine Verlobte, die dann seine Frau – und Moms Großmutter – werden würde, nachdem er gleich nach dem Überfall auf Pearl Harbor zur U.S. Navy gegangen war.

Sie umschließt den Ring fest mit ihrer Faust.

So unendlich müde.

KAPITEL 51

OVAL OFFICE, WEISSES HAUS

Präsidentin Pamela Barnes wendet sich an den Minister für Heimatschutz und die FBI-Direktorin: »Es ist 8.00 Uhr. Noch vier Stunden, bis Asim al-Aschids Ultimatum abläuft. Was gibt es Neues?«

Minister Paul Charles beginnt zu sprechen, aber FBI-Direktorin Lisa Blair fährt ihm über den Mund: »Wir haben im Gebiet um den Mount Rollins mindestens hundert Agenten im Einsatz, und weitere treffen stündlich mit Autos oder Flugzeugen ein. Sie arbeiten mit den örtlichen Sicherheitskräften zusammen, errichten Straßensperren, befragen Reisende und gehen Hinweisen und möglichen Spuren nach. Erschwert wird unsere Aufgabe durch die Tatsache, dass dieses Gebiet in New Hampshire und im benachbarten Vermont stark bewaldet ist, sehr ländlich, mit vielen allein stehenden Häusern, Cottages und Jägercamps, ganz zu schweigen von Wanderwegen und unbefestigten Straßen, die kein Navi kennt. Meine Leute sind ständig unterwegs, klopfen an viele Türen und befragen Autofahrer, aber bisher gibt es noch keine wirklich brauchbaren Hinweise.«

Außer diesen beiden ist im Oval Office nur noch Barnes' Ehemann und Stabschef Richard anwesend. Wie er zuvor gesagt hat, ist dies nicht der richtige Zeitpunkt dafür, Assistenten oder Protokollführer schriftlich festhalten zu lassen, wie über kontroverse Themen diskutiert wird.

Richard fragt: »Was ist mit dem SUV, das beim Wegfahren vom Tatort beobachtet wurde? Der schwarze Escalade?«

Blair und Charles sitzen in Ledersesseln vor dem *Resolute*-Schreibtisch, während Barnes' Mann mit übereinandergeschlagenen Beinen links neben ihr sitzt und sich jetzt ungeduldig nach vorn beugt.

Direktorin Blair ist sichtbar irritiert. »Das war eine Spur, die wir lieber geheim gehalten hätten. Aber irgendjemand dort oben hat seiner Lokalzeitung davon erzählt, und das Associated-Press-Büro in Concord hat die Meldung aufgegriffen, die sich wie ein Lauffeuer verbreitet hat.«

»Wieso ist das ein Problem?«, fragt die Präsidentin.

Die FBI-Direktorin sagt: »Weil jeder besorgte Bürger, Spinner oder Verrückte im gesamten Connecticut River Valley die Hinweistelefone der Polizei von der kanadischen Grenze bis zum Long-Island-Sund blockiert, indem er meldet, dieser schwarze Escalade sei vorbeigefahren oder in einer Tiefgarage verschwunden oder auf den Parkplatz einer Wohnanlage abgebogen. Die Nachverfolgung ist eine Riesenaufgabe, Madam President.«

»Ich verstehe«, sagt Barnes. »Und die Zusammenarbeit mit anderen Behörden?«

»Die ist einigermaßen gut. Die CIA hat ihre Quellen im Ausland angezapft, und die NSA hat ihre Datenbanken nach Telefongesprächen und E-Mails durchsucht. Das Problem ist, dass die CIA in einer Wildnis aus Spiegeln und Labyrinthen arbeitet ... sind die Informationen, die sie bekommt, zuverlässig oder verfolgt die Quelle damit eine eigene Agenda? Was die NSA angeht, muss sie viele Tausend Terabytes an gespeicherten Informationen durchforsten. Und wir wissen aus leidvoller Erfahrung, dass Asim al-Aschid, sein Cousin Faraj und ihre Unterstützer äußerst vorsichtig kommunizieren.«

Richard sagt: »Also keine guten Nachrichten.«

Direktorin Blair sagt: »Die sprechen für sich selbst, Mr. Barnes.«

»Sonst noch etwas?«, fragt die Präsidentin.

Blair berichtet: »Wir haben ein Team zur Geiselbefreiung in der High School am Rand von Monmouth stationiert – etwa fünf Meilen vom Mount Rollins entfernt, auf dem Mel Keating entführt wurde. Ein weiteres Team ist als Verstärkung unterwegs. Das dortige Team hat Hubschrauber und Fahrzeuge, um sofort reagieren zu können, wenn eine glaubwürdige Meldung eingeht. Außerdem haben wir Zugriff auf Ressourcen des Verteidigungsministeriums, und die NSA hat zu unserer Unterstützung einen Vertreter entsandt.«

Die Präsidentin sieht zu ihrem zerknitterten und überforderten Heimatschutzminister hinüber und bedauert erneut, ihm dieses Amt anvertraut zu haben. Aber als Chef der Florida Highway Patrol und gewiefter Politiker hatte Paul Charles mitgeholfen, Mehrheiten für sie zu organisieren, als sie den Aufstand gegen Matt Keating geprobt hatte.

»Was haben Sie für mich, Paul?«

»Wir arbeiten so gut wie möglich mit unseren Freunden vom FBI zusammen …« – sein verächtlicher Tonfall ist unüberhörbar – »… und entsenden zwei Counter Assault Teams des Secret Service zur Unterstützung der FBI-Teams.«

»Überflüssig«, faucht Blair.

»Aber Sie kriegen sie trotzdem«, sagt er grinsend.

»Schluss damit«, sagt Barnes. »Sonst noch was, Paul?«

»Die Grenzübergänge«, sagt Charles. »Wir müssen uns die Situation noch mal genau ansehen, Madam President. Der Verkehr nach Kanada staut sich auf …«

Barnes sagt: »Nein.«

Ihr Heimatschutzminister sagt: »Mit Verlaub, Madam President, aber dass die Terroristen versuchen werden, mit Mel Keating in ihrer Gewalt nach Kanada zu entkommen, ist sehr, sehr unwahrscheinlich.«

»Aber ganz ausschließen lässt es sich nicht, stimmt's? Lassen Sie weiter kontrollieren.«

»Ja, Ma'am.«

»Sonst noch was?«, fragt sie wieder.

Charles sieht zu Blair hinüber, dann zuckt er mit den Schultern und sagt: »Äh, anscheinend muss ich die Frage stellen, die uns alle beschäftigt. Nach dem Lösegeld.«

»Was ist damit?«, fragt Richard.

»Äh … wird es gezahlt?«

Barnes sagt knapp: »Nein. Wir zahlen Terroristen kein Lösegeld.«

»Aber«, wendet Charles ein, »hier geht's um Matt Keatings Tochter.«

»Ja«, sagt sie, »und ich halte Sie beide davon ab, sie zu finden. Machen Sie sich daran, spüren Sie sie auf! Ihnen bleiben nur noch ein paar Stunden.«

Als sie mit ihrem Mann allein ist, lehnt Barnes sich in ihren Sessel zurück und reibt sich die Stirn.

»Gott, Richard. Tue ich das Richtige?«

»Absolut«, sagt er.

»Aber Mel Keating könnte heute Abend tot sein.«

»Und wer wäre daran schuld?«, fragt ihr Stabschef. »Das kann ich dir genau sagen. Asim und sein verbrecherischer Cousin. Und FBI und Heimatschutz, weil sie auf ganzer Linie versagt haben. Und es gibt einen weiteren Schuldigen.«

»Wen?«

»Das wird dir nicht gefallen, Pamela, aber Matt Keating selbst ist schuld.«

»Richard …«

Er dreht seinen Sessel etwas zur Seite, um sie besser ansehen zu können. »Das ist mein Ernst. Du hast hier einen Expräsidenten, einen ehemaligen SEAL, der in aller Welt Feinde hat. Er hat seine Tochter nicht beschützt. Das muss er sich vorwerfen lassen.«

»Aber Mel Keating hatte ab sechzehn keinen Anspruch mehr auf Schutz durch den Secret Service.«

Richard argumentiert weiter. »Dann hätte er etwas unternehmen müssen. Ihre Bewegungsfreiheit einschränken. In eine belebtere Gegend ziehen. Private Leibwächter engagieren. Oder dich bitten, Personenschutz durch den Secret Service für sie anzuordnen. Aber Matt Keating hat nichts von alledem gemacht.«

Er steht auf und sagt: »Den Entführern nicht nachzugeben – auch wenn der Druck noch so stark ist – wird dir weltweit Respekt und Bewunderung einbringen, auch von den schlechten Schauspielern in Nordkorea, dem Iran und Russland. Und von unserem lästigen Konkurrenten China. Letztlich wirst du dadurch weit mehr Leben retten als nur das eines entführten Mädchens.«

»Ich verstehe, was du meinst, Richard, aber das heißt nicht, dass es mir gefallen muss.«

Er geht zu der Tür, die auf den Korridor vor dem Oval Office hinausführt, und sagt noch: »In etwa einer Stunde habe ich eine Presseerklärung fertig, in der du deine Enttäuschung darüber ausdrückst, dass das Ultimatum abgelaufen und Mel Keating noch immer nicht aufgefunden ist.«

»Aber was ist, wenn sie in den nächsten paar Stunden befreit wird?«

Ihr Mann schüttelt nur den Kopf und öffnet die Tür.

Präsidentin Barnes reibt sich erneut die Stirn und versucht, sich zu erinnern, weshalb sie diesen Job unbedingt hatte haben wollen.

Mit Minister Charles auf dem Weg zum Foyer des Weißen Hauses denkt FBI-Direktorin Blair daran, wie sie vor Jahren hier gewesen ist, um sich bei Präsident Matt Keating für ihren jetzigen Job zu bewerben. Sie war darauf vorbereitet gewesen, Auskunft zu geben über ihre Karriere in der Army Investigative Division, ihre Jahre als Leiterin der FBI-Außenstelle in Kansas und ihren letzten Job als Vertreterin des stellvertretenden FBI-Direktors.

Aber das Gespräch hatte nur fünf Minuten gedauert. Während Präsident Keating ihr auf dem Couchtisch vor dem Sofa, auf dem sie saßen, eine Tasse Kaffee einschenkte, hatte er gesagt: »Das FBI ist in den letzten Jahren zu politisch geworden. Ich möchte, dass das Bureau zu seinen kriminalistischen Wurzeln zurückkehrt, die Politik möglichst meidet und handfeste Erfolge erzielt. Wie denken Sie darüber?«

»Ich bin ganz Ihrer Meinung, Mr. President«, hatte sie geantwortet.

»Gut. Der Job gehört Ihnen.«

Blair hatte verwirrt gefragt: »Ist das alles?«

Keating hatte gelächelt, als er ihr die Tasse gab. »Sollen wir nach Quantico rüberfahren, um zu sehen, wer auf dem Schießstand besser ist?«

Halblaut sagt Blair: »Gott, an manchen Tagen hasse ich diese Stadt.«

Minister Charles fragt: »Was haben Sie gesagt?«

Aber sie ignoriert ihn.

Ihr Handy an ihrer Hüfte vibriert energisch.

KAPITEL 52

HOTEL SAUNDERS
ARLINGTON, VIRGINIA

In meiner Suite im Hotel Saunders marschiere ich so zornig auf und ab, dass die Köche in der Küche im Untergeschoss mich bestimmt hören können. Ich bleibe an der Verbindungstür zur anderen Suite stehen, reiße sie auf und rufe: »Maddie!«

Sie löst sich aus einem Knäuel aus Secret-Service-Agenten, Hotelpersonal und einigen meiner Leute aus den Resten des Komitees für die Wiederwahl Matthew Keatings. Sie scheint sich die Haare gerauft zu haben, und ihre Augen sind rot und geschwollen.

»Sir?«, fragt sie.

Ich sage: »Sie haben Kontakt zur Verwaltung der Bundesgefängnisse, richtig? Eine … Schwester? Cousine?«

»Nichte, Sir«, antwortet sie. »Meine Nichte Sharon.«

»Können Sie sie anrufen? Rausbekommen, ob es Vorbereitungen für die Entlassung der drei Häftlinge aus dem Super-Max-Gefängnis gibt? Die drei, deren Freilassung Asim al-Aschid in seinem Ultimatum gefordert hat.«

Eine kaum wahrnehmbare Pause, sodass ich denke: Das war zu viel, du hast den Bogen überspannt, aber bevor ich zurückrudern kann, sagt Maddie: »Ja, natürlich, Mr. President. Ich rufe sie gleich an.«

Ich gehe in die Suite zurück. Agent Stahl telefoniert halblaut, und Samantha sitzt mit untergeschlagenen Beinen auf dem Bett, hält ein

Kissen an sich gedrückt. »Ich arbeite daran«, sage ich zu ihr. »Wir holen sie zurück.«

Sie sagt: »Ich weiß«, und ihre von einem Weinanfall noch feuchten Augen glitzern zornig und verächtlich.

Sam sagt: »Im Weißen Haus haben sie uns belogen.«

»Nein«, sage ich. »Die Präsidentin und ihr Stabschef werden später behaupten, während unserer Anwesenheit die Wahrheit gesagt zu haben. Später haben die Voraussetzungen sich geändert, es hat neue Entwicklungen gegeben, aber sie konnten uns aus Zeitmangel nicht auf dem Laufenden halten.«

»Was hat sich geändert?«

»Das werde ich feststellen«, sage ich und gehe zu meinem kleinen Arbeitsbereich zurück. Ich versuche noch mal, Sarah Palumbo, die stellvertretende Direktorin des National Security Council, anzurufen und erreiche wieder nur ihren Anrufbeantworter.

Welche Nachricht soll ich hinterlassen?

Ich sage: »Sarah, heute haben wir alle einen schlechten Tag, denke ich. Richtig?«

Als ich auflege, wird an die Verbindungstür geklopft.

»Herein!«, rufe ich.

Meine Stabschefin kommt mit angespannter, sorgenvoller Miene herein und sagt: »Sir … ich habe mit Sharon gesprochen. Mit meiner Nichte.«

Ihr Gesichtsausdruck sagt alles.

»Nichts, hab ich recht? Keine Anordnung, die drei Häftlinge aus dem Super-Max zu entlassen.«

Sie nickt, dann sagt sie: »Ich … ich gehe wieder an meine Arbeit, Mr. President.«

»Danke, Maddie.«

Es wird Zeit, Präsidentin Barnes anzurufen.

Anders als in schlechten Romanen und noch schlechteren Filmen dargestellt, telefonieren Expräsidenten und Präsidenten selten miteinander, denn die USA haben immer nur einen Präsidenten oder eine

Präsidentin, und sie heißt Pamela Barnes und wohnt im Haus 1600 Pennsylvania Avenue. Und wenn es ein Telefonat gibt, ruft meistens der Präsident den Ex an, nicht umgekehrt.

Aber ich muss trotzdem mit ihr reden, und es wird schwierig sein, an den Telefonistinnen und Zerberussen vorbeizukommen. Es gibt eine Privatnummer, damit die Telefonzentrale des Weißen Hauses Freunde und Angehörige des POTUS sofort durchstellen kann, aber diese Nummer wird mit dem Amtsantritt jeder neuen Regierung geändert.

Also wähle ich die Vermittlung des Weißen Hauses – 202-456-1414 –, und als ein flotter junger Mann sich nach dem ersten Klingeln mit »The White House« meldet, sage ich: »Hier ist Matt Keating. Können Sie mich bitte mit Felicia Taft verbinden?«

Felicia ist die Stellvertreterin des Stabschefs, und nachdem der junge Mann nachgefragt hat, ob sie das Gespräch annehmen will, ist Felicia am Apparat und sagt: »Guten Morgen, Mr. President. Was kann ich für Sie tun?«

Von ihrem ungemachten Bett aus beobachtet Samantha mich mit Adleraugen, und ich komme mir fast wieder wie als Anwärter bei den SEALS vor, wo ein Ausbilder mich nüchtern kalt beobachtet und jede Bewegung, jede Äußerung bewertet hat.

Ich sage: »Felicia, ich muss Richard sprechen. So bald wie möglich.«

»Darf ich fragen, worum es geht, Mr. President?«

»Müssen Sie das wirklich fragen, Felicia?«, sage ich – und bedaure meinen Tonfall sofort, weil ich sie schrecklich in Verlegenheit gebracht habe und sie der Zerberus ist, der entscheidet, ob mein Anruf weitervermittelt wird, aber als Profi sagt sie nur: »Augenblick, Mr. President. Ich frage nach, ob er frei ist.«

»Danke«, sage ich, setze mich, reibe mir das Gesicht und denke an Mel, die irgendwo dort draußen gefangen, erschöpft und hungrig ist und sich fragt, ob ihr Dad sie finden wird, und dann höre ich die vertraute Stimme.

»Matt, hier ist Richard Barnes.«

Ich sage: »Richard, ich muss die Präsidentin sprechen.«

»Ah, Matt, das wird schwierig.«

»Richard, was Sie gestern Samantha und mir erzählt haben, war alles Bullshit, das wissen Sie«, sage ich. »Niemand hat versucht, die Bitcoins für das Lösegeld zu beschaffen, und die drei Häftlinge, die Asim al-Aschid freipressen wollte, sitzen nach wie vor im Super-Max in Einzelhaft. Was geht hier vor?«

»Matt, Sie wissen so gut wie ich, dass Umstände sich ändern können ...«

»Richard, ich will die Präsidentin sprechen. Sofort.« Ich sehe auf meine Armbanduhr. Großer Gott, ist's wirklich schon fast 9.00 Uhr?

»Ich sehe zu, was ich tun kann. Sie ist sehr beschäftigt.«

»In drei Stunden läuft das Ultimatum ab«, sage ich. »Was zum Teufel machen Sie?«

»Unseren Job«, sagt er. »Außer FBI, Heimatschutz und Secret Service sind sämtliche ...«

Ich sage: »Wagen Sie nicht, mich so zu beleidigen, Richard. Ich befreie meine Tochter, mit oder ohne Ihre Hilfe.«

Eine kalte Pause. »Was zum Teufel soll das heißen?«

»Ich habe noch ein paar Freunde bei den Medien in DC«, sage ich. »Wie werden die reagieren, wenn ich ihnen sage, dass Sie mit dem Leben meiner Tochter spielen? Dass Sie aus irgendwelchen Gründen nicht in die Gänge kommen und nicht die Absicht haben, das Lösegeld zu zahlen?«

»Matt, das würden Sie nicht wagen!«

»Dann dürfen Sie mich nicht ignorieren, Richard, weil ich dafür sorgen werde, dass die Wahrheit ans Licht kommt«, sage ich zornig. »Und wenn das Ultimatum verstreicht, ohne dass Mel freigelassen wird, klebt ihr Blut an Ihren Händen und denen Ihrer verdammten Frau!«

Ich hab's vermasselt.

Ich hätte mich beherrschen müssen.

Richards Stimme klingt gepresst. »Die Präsidentin hat sehr, sehr viel zu tun. Ihre Tochter ist nur eine ihrer Sorgen. Die Welt ist ein großer, hässlicher, gefährlicher Ort. Das wissen Sie so gut wie wir.

Wir überlassen es den Profis, Mel zu finden, und wenn Sie irgendeine verrückte Story rumerzählen, dass wir nichts tun, um Ihre Tochter zu finden, verpassen diese Regierung und ich Ihnen einen Denkzettel. Kapiert?«

Ich sage: »Finden Sie meine Tochter, Richard.«

»Wir arbeiten daran«, sagt er. »Und wenn sie kann, sorge ich dafür, dass die Präsidentin Sie irgendwann später anruft. Aber das kann dauern.«

Ich beende das Gespräch, stehe auf, tigere noch etwas auf und ab. Agent Stahl beobachtet mich gespannt, Samantha ebenfalls. Es wird Zeit, alles in die Waagschale zu werfen.

Ich setze mich mit dem iPhone hin und scrolle durch meine Kontakte. Ich weiß, dass ich im Begriff bin, gegen ein halbes Dutzend Gesetze, soziale Übereinkünfte und ungeschriebene Washingtoner Gepflogenheiten zu verstoßen, aber das ist mir scheißegal.

Mel.

Hier geht's um sie.

Ich habe Samantha versprochen, dass ich sie zurückhole, und jetzt bin ich nicht mehr aufzuhalten.

Da!

Ich finde eine private Handynummer, drücke sie, ohne zu zögern, und höre es endlos lange klingeln, bis eine Frauenstimme sich fast atemlos meldet.

»Blair«, sagt sie. »Wer sind Sie?«

Weil mir klar wird, dass meine Rufnummer unterdrückt ist, sage ich rasch: »Lisa, hier ist Matt Keating.«

»Oh, Mr. President, ich …«

»Lisa, ich habe keine Zeit für Nettigkeiten«, unterbreche ich sie. »Was zum Teufel ist los?«

»Mr. President, ich …«

»Lisa, erzählen Sie mir, dass niemand Zeit vergeudet. Erzählen Sie mir, dass das Lösegeld bereitgestellt wird, dass die drei Häftlinge auf ihren Flug nach Libyen vorbereitet werden. Was zum Teufel geht bei Ihnen vor?«

»Mr. President …«

»Lisa …«

Sie reißt mir durch den Äther fast den Kopf ab. »Mr. President, halten Sie Ihren gottverdammten Mund!«

Ich verstumme mitten im Satz, atme schwer.

»Direktorin«, bringe ich noch heraus. »Bitte weiter.«

Dann scheint das Universum auf mein Handy und die aufgeregte Stimme der FBI-Direktorin zusammenzuschrumpfen.

Lisa sagt: »Ich versuche, Ihnen etwas mitzuteilen, Sir. Wir haben gute Informationen aus New Hampshire bekommen. Wir glauben, Ihre Tochter gefunden zu haben.«

KAPITEL 53

EASTFIELD REGIONAL HIGH SCHOOL
EASTFIELD, NEW HAMPSHIRE

In der Turnhalle der Eastfield Regional High School, unter Bannern, die von den Dachbalken herabhängen und Erfolge der Eastfield Explorers in Basketball und Lacrosse feiern, tut Special Agent Ross Faulkner, der das Hostage Rescue Team führt, sein Bestes, um den auf Tuchfühlung vor ihm stehenden Major der State Police nicht k. o. zu schlagen. Ross, seit zehn Jahren bei dieser FBI-Eliteeinheit, ist als Gunnery Sergeant im Marine Corps dreimal im Irak gewesen. Er weiß, wie man mit Stämmen und Milizen im Nordirak verhandelt, aber dieser einheimische Cop fängt echt an zu nerven.

Wie alle Männer in dieser bewachten Turnhalle trägt Major Harry Croteau von der New Hampshire State Police Springerstiefel und einen schwarzen Overall, und sein fettes Gesicht ist zornesrot, als er sagt: »Ich sage Ihnen noch mal, Agent Faulkner, dass Sie hier nicht zuständig sind.«

»Ich sage das Gegenteil«, sagt Faulkner. »Dies ist eine Entführung.«

Croteau spricht lauter. »Die nur unter besonderen Umständen ein Bundesverbrechen ist – wenn ein minderjähriges Kind entführt, das Opfer über eine Staatsgrenze geschafft oder das Verbrechen an Bord eines Flugzeugs verübt wird. Keine dieser Ausnahmen trifft zu. Für die Strafverfolgung ist New Hampshire zuständig, und wir leiten die Ermittlungen.«

Ross sagt: »Mit Verlaub, Major, ich habe keine Zeit für diesen Scheiß. Wir sind hier, die Tochter des Präsidenten ist irgendwo dort draußen und wird von einem bekannten Terroristen gefangen gehalten. Mehr brauche ich nicht, und das ist mein letztes Wort.«

»Sie bleiben also stur?«

Telefone klingeln, und andere Mitglieder von Ross' zwanzigköpfigem Team sind in der Turnhalle verteilt, während ihre Waffen und Ausrüstungen auf langen Klapptischen liegen und ihre Fahrzeuge draußen auf den fürs Lehrpersonal reservierten Parkplätzen stehen. Sie sind seit fast einem Tag hier, nachdem eine von der Air Force zur Verfügung gestellte C-17 Globemaster sie von der Marine Corps Air Facility Quantico zum nahe gelegenen Lebanon Airport geflogen hat. Das HRT ist stolz darauf, jeden Punkt der Vereinigten Staaten binnen vier Stunden erreichen zu können, und dieser Trip ist keine Ausnahme gewesen.

Ross sagt: »Allerdings – genau wie die FBI-Direktorin und der Justizminister. Dies ist unser Unternehmen, und …«

»Ross!«, ruft jemand quer durch die Turnhalle. »Hierher! Beeilung!«

Er sagt: »Major, scheren Sie sich zum Teufel. Bevor ich Sie wegen des Verdachts auf Steuerhinterziehung oder aus irgendeinem anderen verdammten Grund verhafte.«

Ross geht zu dem Tisch, an dem einer seiner Leute, Gus Donaldson, sich auf seinem Klappstuhl umdreht, sodass er die Funkgeräte und Telefone hinter sich hat, und ein beschriebenes Blatt Papier hochhält.

»Ross«, sagt Gus mit vor Aufregung gepresster Stimme, »ich glaub, wir haben Glück!«

Andere Teammitglieder versammeln sich um sie. »Weiter«, sagt Ross.

»Heute am frühen Morgen hat eine Polizistin beobachtet, wie ein schwarzer Cadillac Escalade in die Garage eines großen Ferienhauses gefahren ist, das am Ende einer unbefestigten Straße einsam an einem kleinen See liegt. An der Straße, die von der Route 113 abzweigt, steht ein Schild mit dem Namen *Macomber.* In der Nähe von RJ's Hardware Store. Sie hat den Fahrer aus der Garage kommen gesehen und ist sich sicher, dass er Asim al-Aschid war.«

»Hat sie uns das selbst gemeldet?«

Gus sagt: »Nein. Sie hat einen Sergeanten angerufen, den sie bei der NH State Police kennt. Der hat seinen Vorgesetzten informiert, und so ist die Meldung weitergereicht worden. Er verbürgt sich für sie, bezeichnet sie als zuverlässig. Keine Schwätzerin.«

»Wo ist sie jetzt?«

»Momentan nicht erreichbar«, sagt Gus. »Das Mobilfunknetz ist hier ziemlich löchrig.«

»Tyler?«, ruft Ross zu einem anderen Mann hinüber. »Hast du die Position mitbekommen?«

Tyler ist der Rechercheur des Teams, der jetzt zwei große Terminals vor sich hat. Er sagt: »Bin schon dabei«, und beginnt zu tippen. Ross geht zu ihm hinüber und ist leicht verblüfft, als Tyler bereits ausruft: »Ich hab's! Es liegt in Monmouth an der Grenze zu Spencer. Das Anwesen gehört einem Dan Macomber aus Salem, Massachusetts. Hier ist der Lageplan aus dem Steuerbescheid.«

Die Mitglieder des Teams drängen sich wieder zusammen und starren den rechten Bildschirm an. Zu dem Lageplan gehören nicht nur Geschosspläne, sondern sogar ein Foto.

Zweistöckiges Holzhaus. Frei stehende Dreifachgarage. Das Haus mit Haupt- und Nebeneingang. Standardfenster links neben der Haustür. Fenster im ersten Stock.

Die Pläne zeigen zwei Schlafzimmer und ein Bad im ersten Stock. Eine Toilette im Erdgeschoss. Großer Wohnraum und kleines Schlafzimmer rechts der Haustür, Küche und Esszimmer links davon.

Dank jahrelanger Erfahrung und vielen Geiselbefreiungen braucht Ross nicht lange zu überlegen, wen er zuerst einsetzen soll. Er sagt: »Scharfschützen zur Erkundung, los! Teilt euch auf, wenn ihr oben seid, ein Trupp im Osten, einer im Westen. Ich will, dass das Haus schnellstens beobachtet wird. Meldet euch, wenn ihr vor Ort seid … und fahrt unauffällig weg, als würdet ihr Donuts holen. Dort draußen lauern so viele Reporter, dass wir keine gottverdammte Medieneskorte wollen.«

Die Teammitglieder hasten zu den Tischen, sammeln Waffen und Ausrüstung ein und verschwinden durch den Hinterausgang. In dem gefliesten Korridor poltern ihre Stiefel laut. Ross fühlt sich müde, angespannt, unter Strom stehend. Bei anderen Geiselnahmen hatte die Zeit gereicht, das Haus eins zu eins nachzubauen, um den Teams Gelegenheit zu geben, ihr dynamisches Eindringen wieder und wieder zu üben.

Aber ihnen bleibt nicht mehr viel Zeit. Dieses Unternehmen muss schnell ablaufen.

Er geht die Tischreihen entlang und bleibt am Ende stehen, wo eine rothaarige junge Frau mit schwarzer Hornbrille sitzt. Sie trägt ein T-Shirt mit dem Namen einer Band, von der Ross noch nie gehört hat. Sie starrt konzentriert auf den Bildschirm ihres Laptops, über den endlose Kolonnen von Ziffern und Buchstaben ziehen.

»Ma'am«, sagt er, weil er sich gerade nicht an ihren Namen erinnern kann. Aber er weiß, dass sie von der National Security Agency kommt und sich nach eigener Aussage freiwillig gemeldet hat. »Haben Sie unser Update gehört?«

»Mh-hm«, sagt sie, ohne aufzusehen. »Hab's gehört, danke. Ich bin dabei, Daten zu sammeln.«

Der NSA-Repräsentantin gegenüber sitzt ein hagerer, junger Schwarzer in einem Arbeitsanzug der Air Force mit den Rangabzeichen eines First Lieutenant und dem Namensschild COLLINS. Er murmelt etwas vor sich hin, während er einen Joystick bewegt. Auf dem großen Monitor vor sich hat er eine Luftaufnahme bewaldeter Hügel, in die unten und seitlich lange Zahlenreihen eingeblendet sind. Dann kommt ein kleiner See in Sicht, danach ein Haus.

Unser Ziel, denkt Ross. Da haben wir's!

Bist du dort drinnen, Mel Keating?

Ross fragt: »Könnte jemand dort drinnen Sie sehen oder hören?«

Collins sagt: »Dazu bräuchte er Infrarot- und Akustiksensoren der nächsten Generation, die selbst die Russen und Chinesen noch nicht haben. Kestrel ist ziemlich cool, liefert geile Aufnahmen … Wir sind ungefähr zehntausend Fuß hoch und praktisch unsichtbar … Und jetzt geht's los.«

Ross ist die Hightechgeräte gewohnt, die das Verteidigungsministerium manchmal dem FBI leiht, aber diese Drohnenbilder sind so scharf und deutlich, dass er das Gefühl hat, über dem Haus zu schweben. Die Kestrel ist so geheim, dass die HRT-Angehörigen eine höhere Geheimhaltungsstufe bekommen mussten, um ihre Aufnahmen sehen zu dürfen. Er kann sogar Moos und graue Flechten an den Kanten der Dachziegel des Hauses erkennen.

Gierend und schwankend holt die Kamera das Haus noch näher heran. Es wirkt unbewohnt. Niemand auf dem Rasen vor und hinter dem Haus. Das Ufer des kleinen Sees ist leer. An dem Steg liegt kein Boot.

Collins sagt: »Wir haben frische Reifenabdrücke vor der Garage entdeckt.«

Ross sieht auf seine Uhr. Wie weit ist's von hier bis zu der Zufahrtsstraße? Wie lange noch, bis das erste seiner Teams sich meldet?

»Hey, Mr. FBI!«

Er wendet sich Claire zu – ja, so heißt sie, Claire Boone von der NSA, eine trotz des T-Shirts und der löchrigen Jeans taff aussehende junge Frau –, und sie sagt: »Der hiesige Stromversorger heißt Liberty Utilities. Ich habe mich in ihr System eingeloggt und den digitalen Stromzähler in diesem Haus in Echtzeit abgelesen. Der Verbrauch war im letzten Vierteljahr gleichbleibend niedrig, aber in den letzten drei Tagen liegt er um gut fünfzig Prozent höher.«

»Jemand ist eingezogen«, sagt einer von Ross' Leuten, der mitgehört hat.

Collins sagt: »Also los, Agent Faulkner, mal sehen, ob wir einen Blick hineinwerfen können.«

Als der First Lieutenant ein paar Tastenbefehle eingibt, wechselt die Darstellung blitzschnell von einer Luftaufnahme zum einem geisterhaften Schwarzweißbild von Wärmequellen im Hausinneren.

Drei verschwommene weiße Flecken sind zu sehen.

Zwei scheinen im Küchenbereich beieinander zu sein.

Der dritte Fleck ist schwächer.

Ross fragt: »Lieutenant, was sehen wir?«

Collins sagt: »Kestrel zeigt zwei Personen in der Küche des Zielobjekts. Sie scheinen dort an einem Tisch zu sitzen. Vielleicht bei einem späten Frühstück. Außerdem sehe ich eine schwache Wärmesignatur, die von einem Herd stammen könnte.«

Ross bemüht sich, ruhig und konzentriert zu bleiben, aber Puls und Atmung werden unwillkürlich schneller.

»Und das dritte Abbild?«

»Deutlich schwächer«, sagt Collins. »Wie von einer Person im Keller unter diesen beiden Personen.«

»Gus«, sagt er rasch zu seinem Nachrichtenoffizier. »Meldung an die Direktorin. Wir haben eine vielversprechende Spur und fassen nach.«

Ross erhebt die Stimme. »Stoßtrupps, satteln! Wir holen die Präsidententochter raus!«

KAPITEL 54

HOTEL SAUNDERS
ARLINGTON, VIRGINIA

Ich öffne die Verbindungstür zwischen den beiden Suiten gerade rechtzeitig, um zu sehen, wie FBI-Direktorin Lisa Blair vom Korridor hereinkommt. Sie wird von vier Agenten begleitet, von denen zwei große schwarze Hartschalenkoffer ziehen. Das Quintett marschiert an meiner Stabschefin Madeline Perry, den anderen Secret-Service-Agenten und meinem Wahlkampfteam vorbei.

»Mr. President«, sagt Lisa. »Entschuldigung, dass ich Sie so angefahren habe.«

Ich öffne die Tür weiter.

»Ich hatte's verdient«, sage ich. »Was haben Sie mir mitgebracht?«

Agent David Stahl steht von seinem Laptop auf, meine Frau, deren Miene sich aufgehellt hat, erhebt sich vom Bett, und die vier FBI-Agenten – zwei Männer und zwei Frauen – kommen herein und machen sich rasch an die Arbeit, packen die Koffer aus und bauen Tastaturen, Computer und Monitore auf. Auch Madeline Perry kommt herein – mit krampfhaft gefalteten Händen, als bete sie im Stillen.

Lisa Blair sagt: »Wir haben eine Meldung von einer Polizeibeamtin, die einen schwarzen Cadillac Escalade in der Garage eines abgelegenen Ferienhauses an einem kleinen See am Ende einer unbefestigten Zufahrtsstraße entdeckt hat. Die Beamtin sagt, dass sie vor wenigen

Stunden beobachtet hat, wie Asim al-Aschid aus der Garage ins Haus gegangen ist.«

Ich balle unwillkürlich die Fäuste.

Haben wir dich, du aalglatter Dreckskerl!

»Ist die Meldung bestätigt?«, frage ich. Sam kommt zu mir, und ich lege ihr einen Arm um die Taille.

Lisa sagt: »Unser HRT hat sich in einer High School in Monmouth einquartiert. Es arbeitet mit Vertretern von NSA und Air Force zusammen. Die NSA hat den Stromverbrauch des Zielobjekts überprüft. Der war bis vor Kurzem sehr niedrig. Das Haus müsste leer sein. Aber es ist bewohnt.«

»Und die Air Force?«, frage ich. »Was hat die?«

Auf dem Tisch, an dem ich gearbeitet habe, stellen die Agenten jetzt einen Flachbildschirm auf, an den sie eine Tastatur und schwarze Boxen anschließen.

»Augenblick noch, dann zeigen wir's Ihnen«, sagt die FBI-Direktorin. »Cynthia, geben Sie uns die letzten Aufnahmen des Zielobjekts.«

»Ja, Ma'am«, sagt eine schlanke Agentin.

Zu der FBI-Direktorin sage ich: »Lisa … verstehen Sie mich bitte nicht falsch. Ich weiß dies alles sehr zu schätzen. Aber wieso sind Sie nicht im Weißen Haus oder im Hoover Building?«

Sie erwidert meinen Blick. »Ich bin lieber hier. Hier gehöre ich hin, Mr. President.«

»Ma'am«, meldet Cynthia, »hier ist der Livestream aus Monmouth.«

Ich erkenne die Schwarzweißbilder auf dem Bildschirm sofort: eine Luftaufnahme eines größeren Hauses, wobei die Zahlen unten und an der Seite die Flughöhe, Datum und Uhrzeit sowie die Koordinaten des Aufnahmeorts angeben. Am meisten faszinieren mich jedoch die drei weißen Flecken im Haus, von denen zwei heller als der dritte sind. Ich glaube zu wissen, was ich sehe, will aber keine Vermutungen anstellen.

Lisa übernimmt es, die Aufnahme zu erklären. Sie tippt mit einem Finger auf die weißen Umrisse.

»Infrarotbild. Der Air-Force-Offizier sagt, dass die beiden helleren Flecken Personen in der Küche sind. Der schwächere dritte Umriss stammt von einer Person im Keller.«

Sam holt keuchend tief Luft, bedeckt ihren Mund mit einer Hand.

Ein dicklicher FBI-Agent – bei dessen Anblick ich mich unwillkürlich frage, wie er's geschafft hat, die strengen FBI-Einstellungstests zu schaffen – mit Headset sagt: »Ma'am, ich bin mit Special Agent Faulkner verbunden.«

»Stellen Sie ihn laut«, sagt sie und erklärt mir: »Er führt unser HRT in New Hampshire.«

Aus den Lautsprechern unter dem Bildschirm kommt ein Zischen und Knacken, dann sagt Lisa lauter: »Agent Faulkner, hier ist Direktorin Blair. Wie verstehen Sie mich?«

»Laut und klar, Madam«, sagt eine kräftige Männerstimme des Typs, den ich gut kenne. Sie gehört einem kantigen, erfahrenen Kommandeur, der seinen Auftrag kennt und ihn ausführen wird.

Gott, wie ich mir wünsche, ihn und seine Männer begleiten zu können!

Lisa sagt: »Ich bin mit Präsident Keating und seiner Frau zusammen, und wir sehen den Livestream der Air-Force-Drohne. Wie ist Ihr Status?«

»Madam, wir haben vier Scharfschützen vor Ort. Sie beziehen jetzt ihre Stellungen und erstatten dann Bericht. Unser Stoßtrupp und weitere Einheiten sind ebenfalls dorthin unterwegs.«

Ich sage leise zu Blair: »Fragen Sie ihn, ob wir den Aufnahmebereich vergrößern können. Ich möchte mehr von dem Anwesen sehen.«

»Agent Faulkner«, sagt Lisa. »Können Sie die Air Force veranlassen, uns ein etwas größeres Bild zu zeigen?«

»Verstanden, Ma'am«, sagt er.

Das Schwarzweißbild zeigt langsam mehr, sodass ein kleiner See, ein Steg und eine kurze Einfahrt sichtbar werden. Und dann sehe ich etwas, das ich so verzweifelt zu sehen gehofft habe.

Vier schemenhafte weiße Gestalten, je zwei auf beiden Seiten der Zufahrt, die sich langsam dem Haus nähern.

Wie Agent Faulkner versprochen hat, sind vier Scharfschützen als Vortrupp unterwegs.

Ich greife nach Sams Hand, und sie lehnt sich gegen mich. Maddie stützt sie von der anderen Seite.

»Sam, sieh nur«, flüstere ich. »Wir bekommen unser Mädchen zurück.«

KAPITEL 55

FERIENHAUS MACOMBER
MONMOUTH, NEW HAMPSHIRE

Special Agent Chris Whitney ist seit drei Jahren beim HRT, und obwohl er Hunderte von Geiselbefreiungen geübt und an einem halben Dutzend echter Einsätze teilgenommen hat, muss er sich heute anstrengen, um darauf konzentriert zu bleiben, mit seinem Team Präsident Keatings Tochter zu befreien und sich nicht als verdammtes Arschloch aufzuführen, dem die Hände zittern.

Speziell heute nicht.

Erledige den Job.

Hol die Tochter des Präsidenten unverletzt da raus.

Er liegt gut getarnt ungefähr zwanzig Meter von der Zufahrt entfernt im Unterholz und hat die Tore der Dreifachgarage und das Haus daneben bei freiem Schussfeld gut im Blick. Er trägt einen Nomex-Overall mit Tarnaufdruck, einen leichten Gefechtshelm und eine MOLLE-Weste mit einem Schulterholster für seine Springfield-Pistole Kaliber .45. Außerdem hat er eine Repetierbüchse Remington 700 Kaliber .300 Winchester Magnum und Reservemagazine für beide Waffen.

Die anderen drei Scharfschützen sind ebenso bewaffnet, und Chris hat sich vor dem Aufbruch inoffiziell mit ihnen verständigt. Die Einsatzregeln bestimmen normalerweise, dass sie nur das Feuer eröffnen dürfen, wenn einer der beiden Terroristen – Asim al-Aschid oder sein Cousin Faraj – eine Waffe in der Hand hält.

Scheiß drauf. Chris und seine Kameraden vom HRT wissen von Boyd Tanner vom SEAL Team Two, den dieser Scheißkerl und seine Freunde in Afghanistan an einen Baum genagelt haben. Bekommt Chris oder einer der anderen also Asim ins Visier, selbst wenn er nur ein Kätzchen hält, trennt ein Stahlmantelgeschoss seinen Hirnstamm vom Rückenmark, und alle nachträglichen Besserwisser soll der Teufel holen.

Chris robbt langsam etwas näher, hat weiter freien Blick auf die Vorderfront des Hauses. Sein Partner Javier Delgado ist drüben bei der Garage; Henry Fong und Tom Plunkett sind auf der anderen Seite des Hauses.

Aus dem Ohrhörer kommen die ruhigen Meldungen der anderen Scharfschützen.

»Delgado ist im Bild.«

»Fong im Bild.«

»Plunkett im Bild.«

Früher waren bei solchen Meldungen Decknamen wie Sierra One oder Hotel Four benutzt worden, aber jahrelange Erfahrung hatte gezeigt, dass es bei der Verwendung von Klarnamen weniger Missverständnisse gab.

Chris drückt seine Sprechtaste. »Faulkner, hier Whitney. Alle im Bild, Ziel in Sicht.«

»Verstanden«, antwortet der HRT-Kommandeur. »Stoßtrupp hat die Zufahrt erreicht, ist zu euch unterwegs.«

Chris behält das Ziel im Auge, hält seine maßgefertigte Remington 700 fest in beiden Händen. Er sieht durch ein Zielfernrohr Leupold VX6-HD 3-18x44 30 mm. Mitglieder des HRT geben in jeder Trainingswoche über tausend Schuss auf verschiedene Ziele ab.

Er hofft auf eine Chance, heute ein oder zwei zusätzlich abgeben zu können.

»Whitney, hier Delgado«, sagt eine Stimme in seinem Ohrhörer.

»Ja?«

Javier meldet: »Hab kurz in die Garage gesehen. Dort drinnen ist niemand. Aber auf einem Platz steht ein schwarzer Cadillac Escalade.«

»Verstanden«, sagt Chris. »Faulkner, hast du mitgehört?«

»Positiv«, sagt der HRT-Kommandeur. »Stoßtrupp müsste in sechzig Sekunden bei euch sein.«

Chris sieht kurz auf seine Uhr. Gleich Mittag.

Überraschung für dich, Asim, denkt er, deine Forderungen werden in weniger als einer Minute erfüllt.

Mit Liebe und guten Wünschen.

Dann plötzlich Bewegung.

Zwei Gruppen mit je drei bewaffneten Männern in schwarzen Uniformen brechen aus dem Wald und sind sekundenschnell an dem Panoramafenster in der Vorderfront des Hauses und am Nebeneingang.

Chris beobachtet weiter durchs Zielfernrohr, nimmt mit dem Zeigefinger Druckpunkt, um sofort schießen zu können.

Komm schon, Asim, denkt er.

Komm zu mir.

KAPITEL 56

LAGERAUM DES WEISSEN HAUSES

Präsidentin Pamela Barnes sitzt im Lageraum am Kopfende des Tischs, hat ihren Mann Richard links und Gary Reynolds, den stellvertretenden FBI-Direktor, rechts neben sich. Ebenfalls anwesend sind einige ihrer Mitarbeiter und zwei FBI-Agentinnen, die Reynolds mitgebracht hat. Normalerweise wäre auch ihr Vizepräsident – Coleman Pelletier, früher Senator aus Oregon – da gewesen, aber er ist zum Glück auf einer zehntägigen Goodwill-Tour durch Lateinamerika, weit vom Pressekorps des Weißen Hauses und Richard entfernt, der den Mann nicht ausstehen kann. Erst vor Kurzem hat Richard gesagt: »Der Trottel hat uns geholfen, ins Weiße Haus zu kommen, aber ihn als Hohlkopf zu bezeichnen ist noch schmeichelhaft.«

An der Wand gegenüber sind drei große Flachbildschirme montiert. Einer ist dunkel. Der linke Bildschirm zeigt die Stelle, wo eine unbefestigte Zufahrt von der asphaltierten Route 113 abzweigt. Diese kleine Einmündung ist mit Streifenwagen der New Hampshire State Police, Humvees und schwarzen Chevrolet Suburbans des Hostage Rescue Teams zugestellt. Die Polizei hat die Straße mit hölzernen Barrieren abgesperrt, vor denen sich sämtliche Reporter New Englands zu drängen scheinen. Zuvor ist Barnes gemeldet worden, dass die Federal Aviation Administration den Luftraum über diesem Teil von New Hampshire gesperrt hat, damit keine gecharterten Hubschrauber das anlaufende Unternehmen stören können.

Auf dem dritten Bildschirm ist das Zielobjekt in Schwarzweiß aus der Luft zu sehen – allem Anschein nach mit zwei Personen in der Küche und einer dritten, schlechter erkennbaren Person im Keller unter ihnen.

Deputy Director Reynolds, schlank und nervös wirkend in einem grauen Anzug, hat einen Knopf im linken Ohr. Er berichtet, was dort oben abläuft und wie's – bei allem, was heilig ist, denkt Barnes – weitergehen soll.

»Der HRT-Kommandeur meldet, dass die Scharfschützen in Position sind und einer von ihnen bestätigt hat, dass in der Garage ein schwarzer Cadillac Escalade steht.«

Barnes nickt nur.

»Der Stoßtrupp rückt vor. In weniger als einer Minute werden die Männer das Haus erreichen und sich Zutritt verschaffen.«

Ein warmes Gefühl von Befriedigung und Vorfreude beginnt sich in ihr auszubreiten.

Richard hat recht gehabt. Kein Lösegeld zahlen, den Profis das Feld überlassen.

Sie dreht sich zur Seite und lächelt ihrem Ehemann und Stabschef zu, aber statt ihr Lächeln zu erwidern, flüstert er: »Ich find's unmöglich, dass Blair zu Matt Keating ins Hotel gefahren ist. Sie müsste hier sein, nicht ihr Stellvertreter. Dies ist ihr verdammter Job.«

Barnes antwortet ebenso leise: »Das hat Zeit bis später. Lass uns erst diesen Tag überstehen.«

Seine Miene hellt sich auf. »Ich hab vorausgesagt, dass das klappen wird, Madam President. Nächste Woche um diese Zeit bist du um mindestens zwanzig Prozent beliebter. Dann kannst du Direktorin Blair und den für Heimatschutz zuständigen Bauerntrampel rausschmeißen.«

Barnes sieht wieder nach vorn, beobachtet die Szene auf der Straße. Erstaunlich, wie klar und deutlich der Livestream ist. Das erinnert sie wieder an die gewaltige Verschwendung und die ungeheuren Ressourcen, die im Verteidigungshaushalt versteckt sind, und dass es Zeit wird, ihn sich mal genauer anzusehen und diesen Missbrauch abzustellen, auch wenn die Rüstungsindustrie jammern wird.

Reynolds meldet: »Stoßtrupp in Position.«

Das warme Gefühl von Befriedigung und Vorfreude, das Barnes empfindet, wird stärker. Richard zieht ein Blatt Papier aus seiner Ledermappe und sagt: »Madam President, für 12.30 Uhr ist eine Pressekonferenz im Rosengarten angesetzt. Hier sind deine Bemerkungen, die du durchlesen solltest, wenn du einen Augenblick Zeit hast.«

Barnes hebt eine Hand, um ihrem Stabschef zu signalisieren: Nicht jetzt, und Reynolds sagt: »Zehn Sekunden, Madam President.«

»Sehr gut.«

Als sie sich auf den Bildschirm vor sich konzentriert, meldet Reynolds: »Es geht los!«

Und obwohl Barnes im Lauf der Jahre bei den Green Berets bis zur Marine Recon zahlreiche Vorführungen gesehen hat, bei denen alle demonstriert haben, wie gut sie mit ihren teuren Waffen und anderem Militärspielzeug sind, um so vielleicht mehr Geldmittel zu bekommen, empfindet sie widerstrebenden Respekt für das Tempo dieser FBI-Agenten.

Zwei Gruppen zu drei Mann (und wieso sind keine Frauen dabei?) stürmen aus dem Wald auf das Haus zu. Sie teilen sich, drei rennen zur Vorderseite mit dem großen Panoramafenster, und die anderen drei spurten zum Nebeneingang.

Richard flüstert ihr ins Ohr: »Diese Aufnahmen lassen wir Tag und Nacht in unseren Werbespots laufen, wenn deine Wiederwahl ansteht, Madam President.«

Sie lächelt.

Also wird doch wieder alles gut.

KAPITEL 57

HOTEL SAUNDERS
ARLINGTON, VIRGINIA

Erinnerungen stürmen auf mich ein, als ich die klaren, brillanten Farbaufnahmen der über dem Zielobjekt kreisenden Drohne sehe, die in allen Einzelheiten zeigt, wie das HRT das Haus stürmt, in dem Asim al-Aschid, Faraj al-Aschid und Melanie Keating sind.

Ich halte weiter die linke Hand meiner Frau, und Madeline Perry, die auf ihrer anderen Seite steht, hält ihre rechte Hand, und ich starre die Bilder an und erinnere mich an mein Einsatztraining und Unternehmen im Irak und in Afghanistan, erinnere mich an das kalte, ruhige Gefühl, seinen Job zu machen, etwas zu leisten, wofür man ausgebildet ist, Vertrauen in die eigenen Fähigkeiten und die seines Teams zu haben. Schwer zu glauben, dass es keine echte Angst gibt, nur den Tunnelblick auf das Kommende, auf das, was auf dem Spiel steht.

Im Stillen rufe ich: Los, los, los!, als ich die beiden Dreimanntrupps aus dem Wald stürmen sehe. Ich weiß, dass unter den Bäumen vier Scharfschützen in Deckung liegen, um ihnen Feuerschutz zu geben, während die übrigen HRT-Mitglieder nun die unbefestigte Straße hinaufrasen, um ebenfalls einzugreifen.

Aus den Lautsprechern kommen knappe Funksprüche, und selbst Direktorin Blair schweigt, als der Einsatz vor unseren Augen abläuft.

Das erste Team erreicht das Panoramafenster: zusammengedrängt, wie ein Mann gemeinsam arbeitend, alle in Nomex-Overalls mit

Tarnaufdruck, Helmen und Schutzbrillen, Waffen und Ausrüstung eng an ihre Oberkörper geschnallt.

Der vorderste Mann schwingt ein Halligan-Tool, zertrümmert damit die Scheibe, räumt die Glasscherben weg und duckt sich zur Seite, als der zweite Mann eine Aluminiumleiter an die Mauer unter dem Fenster knallt.

Ich denke: Blendgranaten M84, und schon wirft der Mann mit der Leiter eine in den Raum hinter dem zertrümmerten Fenster. Nach einem grellen Lichtblitz quillt eine Rauchwolke ins Freie, und dieser Vorgang wiederholt sich nur Sekunden später auf der anderen Seite des Hauses.

Der dritte Mann flitzt die Leiter hinauf, die beiden anderen folgen ihm, und es dauert nur wenige Sekunden, bis sie im Haus verschwunden sind. Ich stelle mir das kontrollierte Chaos vor, das jetzt im Haus ausbricht, wenn die bewaffneten Agenten sich blitzschnell verteilen und laut rufen: Runter, runter, runter, Hände, Hände, Hände!

Die Taktik des HRT für solche Einsätze: Geschwindigkeit, Überraschung und Gewalt.

Bei den SEALs haben wir oft mit dem HRT geübt und manchmal auch zusammengearbeitet, und die Anspannung, die mir die Brust zuschnürt, wird dadurch leicht gemildert, dass ich weiß, was für Männer das Haus stürmen und dass es außer den SEALs und der Delta Force keine Besseren für solche Einsätze gibt.

Aus den Lautsprechern kommt die zufriedene Stimme des HRT-Kommandeurs. »Stoßtrupp meldet Festnahme zweier Männer. Keine Schüsse abgegeben.«

Samantha sagt: »Oh, danke, danke«, und Maddie reibt sich mit der freien Hand die Augen, lächelt erleichtert.

Der HRT-Kommandeur meldet: »Stoßtrupp unterwegs in den Keller.«

Mein Gott, was Mel jetzt denken und hören muss, sage ich mir, die Detonationen der Blendgranaten, das Poltern von Stiefeln über ihr, das Geschrei, und ich lächle mit Tränen in den Augen, weil ich weiß, dass unser Mädchen binnen Sekunden befreit werden wird.

Und wie lange werden wir für die Rückreise nach New Hampshire brauchen? Für ein Wiedersehen wie noch nie! Werden wir in den kommenden vierundzwanzig Stunden vor Freude und Erleichterung überhaupt schlafen können?

Und werden wir jemals wieder zulassen, dass Mel unser Anwesen unbegleitet verlässt?

»Teams auf der Kellertreppe.«

Ich lächle breiter.

»Teams im Keller.«

Samantha lehnt sich stumm glücklich an mich, und dann ist plötzlich alles vorbei.

Die zuversichtliche Stimme des HRT-Kommandeurs klingt nicht mehr zuversichtlich.

»Was war das?«, fragt er jemanden, der in New Hampshire neben ihm steht. »Wiederholen. Bestätigen!«

Samantha fragt: »Matt, was ist passiert?«

Das weiß ich nicht, und was ich als Nächstes höre, lässt mich wie aus dem Nichts von einem Magenhaken getroffen einen Schritt zurücktorkeln.

Die Stimme aus den Lautsprechern: »Stoßtrupp bestätigt Festnahme eines dritten Mannes im Keller. Wiederhole: eines dritten Mannes.«

Direktorin Blair sagt: »HRT-Kommandeur, ich brauche eine weitere Bestätigung. Sie sagen, dass im Keller ein Mann war? Nicht Mel Keating?«

Einige Sekunden lang ist nur Rauschen zu hören.

»Bestätigt, Direktorin Blair«, sagt die enttäuschte Stimme. »Drei Männer festgenommen. Offenbar Einheimische. Keine Frau, keine Mel Keating. Weitere Informationen folgen, Madam.«

Blair ist aschfahl, und ich kann mir vorstellen, wie Sam und ich aussehen.

Entsetzte und verängstigte Eltern, die nur Sekunden davon entfernt waren, die freudigste Nachricht ihres Lebens zu erhalten, die im Begriff waren, zu jubeln und einander zu umarmen und vor Freude darüber zu weinen, dass unsere entführte Tochter befreit und uns unverletzt zurückgegeben worden ist.

Und dann dieser Sturz in einen verdeckten Abgrund.

Blair sagt: »Matt, Sam … ich … wir stellen fest, was passiert ist. Ehrlich. Das wissen wir in ein paar Minuten. Versprochen.«

Ich sehe auf meine Armbanduhr.

Es ist 12.15 Uhr, eine Viertelstunde nach Ablauf von Asim al-Aschids Ultimatum.

Das nicht erfüllt wurde.

Meine Frau beobachtet, wie ich auf die Uhr sehe, und sieht ebenfalls, wie spät es ist.

Sam versucht, ruhig zu sprechen, während ihr Tränen übers Gesicht laufen: »Matt, sie haben das Lösegeld nicht gezahlt. Sie haben unser Mädchen umgebracht.«

KAPITEL 58

FERIENHAUS MACOMBER
MONMOUTH, NEW HAMPSHIRE

Ross Faulkner, Special Agent und HRT-Kommandeur, betritt die Küche des Zielhauses, nimmt seinen Helm ab und geht durch den Raum. Zersplittertes Fensterglas knirscht unter seinen Stiefeln. Ein Holztisch liegt auf der Seite, zwei Stühle sind zertrümmert, und es riecht nach detonierten Feuerwerkskörpern, weil die Blendgranaten Magnesium enthalten. Vier seiner Leute sind in der Küche, und andere durchsuchen das Haus. Die Spurensicherung wird in ein paar Minuten eintreffen und alle Räume, Schränke und Fächer sowie die Garage durchsuchen.

Drei barfüßige junge Männer sitzen an der Wand lehnend auf dem Fußboden: zitternd, mit roten Gesichtern und wässrigen Augen, die Arme mit Kabelbindern eng hinter ihrem Rücken gefesselt. Der Mann rechts außen trägt nur eine karierte Unterhose, und die beiden anderen tragen Sweatpants und Unterhemden. Auf dem blauen Hemd des mittleren Mannes steht in roter Schrift UMASS LOWELL.

Die Hosen aller drei weisen im Schritt große nasse Flecken auf.

Normalerweise würden diese drei Kerle voneinander getrennt und einzeln vernommen, aber dafür haben Ross und sein Team keine Zeit, und heute ist ganz entschieden nichts normal. Hunderte von Meilen entfernt warten FBI-Direktorin Blair und Matt und Samantha Keating auf Antworten.

»Wer seid ihr Leute?«, fragt Ross scharf. »Was zum Teufel macht ihr hier?«

Der junge Mann links, stämmiger als die anderen, mit blondem Bürstenhaarschnitt, an den Seiten rasiert, antwortet: »Ich heiße Bruce Hardy. Das ist Gus Millet, und das ist Lenny Atkins. Wir studieren an der UMass Lowell.«

»Gehört dieses Haus Ihnen oder Ihren Eltern?«

Bruce protestiert: »Wir haben hier nicht eingebrochen! Ehrlich nicht! Wir sind legal hier!«

»Wann sind Sie hergekommen?«, fragt Ross.

»Vor gut einer Stunde. Vielleicht eineinhalb Stunden.«

»Sie kennen die Besitzer?«

Der junge Mann in der Mitte, schlaksig, rothaarig, mit Sommersprossen im Gesicht und auf den nackten Schultern, sagt: »Wir haben das Haus gewonnen.«

»Was soll das heißen, *gewonnen*?«

Der rothaarige Kerl – Gus Miller – bekommt einen heftigen Hustenanfall, und Bruce neben ihm sagt: »Yeah, ich hab's gewonnen. Ich hab eine E-Mail von einem Reiseveranstalter gekriegt, dass ich eine Woche freien Aufenthalt gewonnen habe. Eines dieser Gewinnspiele, bei denen man Quizfragen über Filmschauspieler beantworten muss, wissen Sie. So ist's gelaufen.«

Davon weiß Ross nichts, aber er nickt trotzdem. »Weiter! Und beeilen Sie sich.«

»Der Veranstalter hat mir per Postanweisung tausend Dollar geschickt«, sagt Bruce. »Ein weiterer Tausender sollte bereitliegen, wenn meine Kumpel und ich eintreffen. Die Tür würde nicht abgesperrt sein. Also brauchten wir keinen Schlüssel. Und tatsächlich haben wir das Geld gefunden. Zehn Hunderter in der Besteckschublade.«

Ross wird alles auf schrecklich logische Weise klar, denn er weiß, wie geschickt Asim darin ist, geheime Unterstützungsnetzwerke aufzuziehen. Er sagt: »Und wenn Sie zu einer bestimmten Zeit und außerdem zu dritt kommen, sollen Sie nach Ablauf dieser Woche weitere tausend Dollar erhalten, nicht wahr?«

Bruce antwortet: »Nein. Weitere zweitausend, nicht bloß tausend. Wieder per Postanweisung. Hey, war das legitim?? War's das? Scheiße, auch wenn nicht, gebe ich das Geld nicht zurück. Es gehört mir, ich hab's ehrlich gewonnen.«

Ross wendet sich an den jungen Mann rechts, Lenny Atkins, der nur eine Unterhose trägt. »Und was zum Teufel haben Sie im Keller gemacht?«

Er sagt: »Äh, als wir angekommen sind, war ich von letzter Nacht noch ziemlich verkatert. Ich brauchte unbedingt etwas Schlaf. Diese beiden haben gelabert und gequatscht und gelacht und rumgefurzt, bis ich's nicht mehr aushalten konnte. Im Keller steht ein Bett, also bin ich runtergegangen, um dort zu pennen.«

Lennys Gesicht ist blass, und er schluckt wieder und wieder krampfhaft, als bemühe er sich verzweifelt, sich nicht zu übergeben.

Ross wendet sich ab, als einer seiner Männer, Neil Spooner, aus dem Keller heraufkommt. »Dort unten gibt's eine fensterlose Zelle. Bett, Chemietoilette, Lampe. Sonst nichts. Sogar das Bett ist gemacht.«

Ross nickt und geht mit dem schalen Geschmack eines Misserfolgs im Mund ins Wohnzimmer hinüber. Sein Team und er haben ihren Auftrag exakt ausgeführt. Sie haben das Haus mit nur wenigen Minuten Vorbereitungszeit in einer Operation wie aus dem Lehrbuch gestürmt, und in jedem anderen Universum würde dies als erfolgreicher Einsatz gelten.

Klar.

Wie der alte Witz: Operation geglückt, Patient tot.

Sind Asim al-Aschid und sein Cousin Faraj wirklich hier gewesen? Ist Mel Keating hier gewesen?

Hinter ihm ruft einer der Gefangenen: »Hey? Wann lassen Sie uns frei? Ich will meinen Dad anrufen!«

Ross ignoriert ihn.

Scheiße.

Dann eine Stimme in seinem Ohrhörer. »Faulkner, hier Martinez.«

»Faulkner hört.«

»Wir haben eine tote Frau auf dem Grundstück gefunden, ungefähr fünfzig Meter östlich des Hauses.«

Seine Kehle ist im ersten Augenblick wie zugeschnürt. Er sieht auf seine Armbanduhr. 12.35 Uhr, lange nach Ablauf des Ultimatums.

Faulkner fragt: »Die Tochter des Expräsidenten?«

»Nein«, lautet die bestimmte Antwort. »Eine Frau Anfang dreißig, Tarnanzug, mit einer SIG Sauer im Holster. Sie hat einen Dienstausweis als Cop im Monmouth Police Department. Die ursprüngliche Sichtmeldung muss von ihr gekommen sein. Deshalb konnten wir sie später nicht mehr erreichen.«

Faulkner seufzt. »Verstanden. Todesursache?«

»Kehle durchgeschnitten. Sieht ziemlich schlimm aus. Und sie dürfte erst ein paar Stunden tot sein.«

Als Nächstes meldet sich eine Frauenstimme. »Agent Faulkner, hier Direktorin Blair. Ich will nur bestätigen, was ich über Funk mitbekommen habe. Sie haben eine tote Polizeibeamtin aufgefunden, korrekt?«

»Ja, das stimmt, Ma'am«, sagt er. »Unsere Spurensicherer sind jetzt im Haus, suchen nach verwertbaren Hinweisen. Aber ich würde sagen, dass die Sichtmeldung der Polizeibeamtin und ihre anschließende Ermordung eindeutig beweisen, dass Asim al-Aschid hier war.«

Die Direktorin äußert sich nicht zu dieser Mitteilung, aber das ist auch nicht nötig.

Ross weiß, dass sie beide das Gleiche denken.

Asim al-Aschid war höchstwahrscheinlich hier.

Aber was ist mit Mel Keating?

Wo ist die Tochter des Präsidenten?

KAPITEL 59

HOTEL SAUNDERS
ARLINGTON, VIRGINIA

In der Hotelsuite der Keatings sitzt Secret-Service-Agent David Stahl zusammengesunken in einem Sessel und weiß, dass seine Karriere und sein Leben ziemlich vorbei sind. Gewiss ist das nichts im Vergleich zu dem, was der Präsident und seine Frau durchmachen, aber diese Sache betrifft ihn, und er muss sich damit abfinden. Im Lauf der Jahre hat er mit anderen Agenten bei Trinkgelagen über glimpflich ausgegangene Attentate – Reagan am 30. März 1981 in Washington – und den größten Misserfolg des Secret Service – Kennedy am 22. November 1963 in Dallas – diskutiert.

Jetzt werden die Historiker diese Liste um Keating ergänzen, mit der für immer ein Name verbunden sein wird.

Er denkt an den von Schuldgefühlen verfolgten Secret-Service-Agenten Clint Hill, der an jenem Tag in Dallas in dem Begleitfahrzeug hinter dem offenen Wagen des Präsidenten war. Obwohl er alles riskiert hatte, indem er in den Wagen gesprungen war und die First Lady und den tödlich verletzten Kennedy mit dem eigenen Körper gedeckt hatte, kämpfte er jahrelang mit starken Schuldgefühlen, weil er glaubte, wenn er nur ein, zwei Sekunden schneller gewesen wäre, hätte er die dritte Kugel abfangen und dem Präsidenten das Leben retten können.

Während seine eigene Schuld an ihm nagt, wendet Stahl sich von

Matt und Samantha Keatings bleichen Gesichtern ab und starrt einen gerahmten Druck an, der eine Meerlandschaft von Winslow Homer zeigt. Agent Hill ist damals im Secret Service geblieben, hat mit Auszeichnung gedient, war als Special Agent für den Schutz des Präsidenten verantwortlich und ging als stellvertretender Direktor des Secret Service in den Ruhestand.

Stahl weiß, dass er nichts dergleichen tun kann. Für ihn ist in diesem oder dem nächsten Monat Schluss beim Secret Service. Er hätte den erhaltenen Befehl ignorieren und Mel Keating weiter diskret überwachen müssen, indem er seine Leute zu »Übungseinsätzen« losschickte. Oder er hätte Harbor dazu bewegen müssen, auf eigene Kosten Personenschützer für Mel zu engagieren.

Verdammt, Harbor hatte losziehen, Mel am Mount Rollins aufspüren und auf eigene Faust zurückholen wollen. Stahl hätte riskieren sollen, Harbor mit zwei oder drei seiner Agenten zu begleiten. Den Job erledigen, scheiß auf Vorschriften und Richtlinien.

Um Asim al-Aschid zuvorzukommen.

Er wird auf die Diskussion zwischen Lisa Blair, den Keatings und Madeline Perry auf der anderen Seite des Raums aufmerksam, als der Expräsident sagt: »Na schön, die Ermordung dieser Polizeibeamtin lässt darauf schließen, dass Asim al-Aschid dort war. Aber das heißt nicht, dass Mel dort gefangen gehalten wurde, richtig?«

Seine Stabschefin sagt: »Im Keller ist eine selbst gebaute Haftzelle gefunden worden.«

Keating schüttelt den Kopf. »Das beweist gar nichts! Dieser Dreckskerl versteht sich darauf, seine Spur zu verwischen, falsche Fährten zu legen. Wer weiß, vielleicht hat sein Cousin Faraj Mel in seiner Gewalt.«

Stahl findet seine Stimme wieder. »Die Zelle muss durchsucht werden.«

Blair bedenkt ihn mit einem vernichtenden Blick, mit dem ein Gesetzeshüter das Versagen eines anderen quittiert. »Das ist längst passiert.«

Stahl setzt sich auf, spricht energischer. »Nein. Schicken Sie Spurensicherer hin, die sie genau unter die Lupe nehmen. Jeden Winkel, jeden Quadratzoll.«

»Und wonach sollen sie suchen?«, fragt Blair mit kaum verhehlter Verachtung in der Stimme.

Er sagt: »Das wissen sie, wenn sie's gefunden haben.«

Sie steht unschlüssig da, bis der Expräsident sagt: »Lisa, bitte.«

»Also gut«, sagt sie und ruft den HRT-Kommandeur am Tatort an, während Stahl einfach nur dasitzt und wartet.

Und sich erinnert.

In Mel Keatings Zimmer im ersten Stock des Weißen Hauses sagte Stahl an einem der turbulenten ersten Tage nach der Amtseinführung: »Miss Keating, ich habe Sie hoffentlich nicht geängstigt.«

Sie schüttelte den Kopf, und er dachte: Nein, sie ist die Tochter kluger und taffer Eltern. Sie hat nicht leicht Angst.

Mel sagte: »Nein, mir geht's gut. Ich meine, als Dad bei den SEALs war, waren wir zu Hause immer wachsam für den Fall, dass Unbekannte herumlungerten oder Anrufer wortlos auflegten.«

»Das sind nützliche Erfahrungen«, sagte Stahl. »Aber wenn Sie entführt werden, könnten die Entführer Sie nach ein, zwei Tagen an einen anderen Ort bringen. Versuchen Sie dann unbedingt, etwas zurückzulassen, das uns beweist, dass Sie dort waren. Eine versteckte Mitteilung. Ein kleines Graffito. Oder etwas aus Ihrem persönlichen Besitz, das nur Ihre Eltern erkennen würden. Glauben Sie, Sie können sich das merken?«

Und Mel hatte selbstbewusst genickt. »Natürlich, Agent Stahl.«

Das Warten endet knapp zehn Minuten später.

»Direktorin Blair«, sagt die Stimme aus den Computerlautsprechern, »hier ist Faulkner.«

»Ja?«, fragt Blair.

»Wir haben etwas gefunden.«

Stahl steht auf. Die Keatings und ihre Stabschefin treten näher an das Terminal heran.

Blair sagt: »Bitte weiter.«

»Unter dem Bett, an einem der Metallpfosten lehnend. Ein gravierter Goldring. Die Inschrift lautet …«

»VON ST FÜR KM 10. Dezember 1941«, wirft Samantha Keating mit vor Freude zitternder Stimme ein. »Grampa Steve hat ihn Grammie Kim geschenkt, als er sich nach dem Überfall auf Pearl Harbor freiwillig zur Navy gemeldet hat. Und ich habe ihn Mel zum sechzehnten Geburtstag geschenkt.«

Nun sehen alle Stahl an, und Direktorin Blair fragt: »Wie konnten Sie das ahnen?«

Stahl sagt: »Als die First Family kurz nach Präsident Keatings Amtseinführung aus dem Naval Observatory ins Weiße Haus umgezogen ist, habe ich mit Mel über die Herausforderungen ihres neuen Lebens gesprochen – auch darüber, dass der Secret Service sie als Tochter des Präsidenten stärker schützen würde. Wir haben auch besprochen, was sie tun könnte, falls sie entführt würde. Ich habe ihr gesagt, dass trotz unseres Schutzes etwas passieren könnte.«

Madeline Perry murmelt etwas. Stahl hat »Das ist eine gottverdammte Untertreibung!« gehört, aber er ignoriert sie und spricht weiter.

»Ich habe ihr gesagt, dass die Entführer vielleicht versuchen würden, sie an einen anderen Ort zu bringen. In diesem Fall sollte sie möglichst etwas zurücklassen – eine hingekritzelte Mitteilung, ein Kleidungs- oder Schmuckstück, damit wir wissen würden, dass sie dort gewesen war.«

Blair sagt: »Cleveres und taffes Mädchen.«

Samantha Keating sieht ihren Mann an. »Matt, sie war also dort. Sie war dort!«

Die nächste Frage, die sie alle quält, hängt in der Luft.

Wo ist Mel Keating jetzt?

Stahls Schuldgefühle werden stärker.

Er weiß keine Antwort darauf und denkt wieder: Alles ist meine Schuld.

KAPITEL 60

WOHNTRAKT DES WEISSEN HAUSES

Präsidentin Pamela Barnes sitzt in ihrem Wohnzimmer im ersten Stock des Weißen Hauses in einem bequemen Sessel und genießt ihren abendlichen Glenlivet auf Eis drei Stunden früher als gewöhnlich. Ihr Ehemann Richard sitzt ihr gegenüber, hat seine langen Beine mit teuren Cowboystiefeln von Lucchese ausgestreckt und trinkt kleine Schlucke Eiswasser.

Als er etwas sagen will, hebt sie eine Hand.

Er verstummt sofort wieder.

Einer der Vorteile, denkt sie, wenn der Ehemann für einen arbeitet.

Barnes fragt: »Vom Finanzministerium haben wir nicht mehr gehört, richtig?«

Richard schüttelt den Kopf. »Nein, Pamela. Es hat auf mehreren Wegen versucht, dieses Konto ausfindig zu machen, aber es ist verschwunden.«

Sie erinnert sich an die ersten hektischen Minuten unten im Lageraum, nachdem die Befreiung gescheitert war, als sie Richard angewiesen hatte: »Zahl das Lösegeld. Sofort. Kümmere dich persönlich darum. Hol diese Gefangenen aus dem Super-Max, setz die gottverdammte Begnadigung auf. Vielleicht lässt sich aus diesem beschissenen Desaster noch etwas retten.«

Aber es hatte nichts zu retten gegeben. Das Konto, auf das sie das

Lösegeld über einen Tor-Browser im Darknet einzahlen sollten, gab es nicht mehr.

Asim al-Aschid scheint das Fenster für die Lösegeldzahlung zugeknallt zu haben.

Sie nimmt einen großen Schluck von ihrem belebenden Drink, spürt, dass er sie wachrüttelt, und überlegt, was vor ihr liegt.

Barnes sagt: »Das war eine ziemliche Achterbahnfahrt, nicht wahr?«

»Ja, Pamela, das kann man wohl sagen.«

»Der ganze erfreuliche Nachmittag und die nächsten Tage haben vor uns gelegen, nicht wahr?«, meint sie nachdenklich und lehnt sich wieder zurück. »Die Tochter des Expräsidenten gerettet. Einer der weltweit meistgesuchten Terroristen festgenommen. Klasse Videos vom FBI in Aktion – diesmal ausnahmsweise erfolgreich. Wundervolle Medienberichte über die Wiedervereinigung der Familie Keating. Später vielleicht sogar ein Besuch im Oval Office, wo ich die FBI-Agenten auszeichne, die sie gerettet haben, während die glücklichen Keatings zusehen. Allgemeines Händeschütteln und Lächeln und Umarmen.«

Ihr Ehemann und Stabschef bleibt stumm.

Gut.

»Unsere Umfragewerte gehen steil nach oben«, fährt sie fort. »Und dank dieser wundervollen Nachrichten kommt der rot-weiß-blaue Machoflügel unserer Partei, der noch immer diesen Navy-Boy verehrt, endlich zur Vernunft und unterstützt meine Wiederwahl. Aber dazu wird's nicht kommen, Richard, nicht wahr?«

»Nein, Pamela.«

Sie reibt ihre Stirn mit dem kalten Glas, betrachtet die gerahmten Fotos und Plaketten und weiteren Andenken an ihre Zeit als Gouverneurin in Florida. Darüber hängt eine alte Staatsflagge aus der Zeit um 1880, die das Staatswappen auf weißem Untergrund zeigt, bevor im Jahr 1900 das verdammte rote Andreaskreuz dazugekommen ist. Die meisten Historiker glauben, es sei aus Sehnsucht nach der alten Konföderation hinzugefügt worden.

Zu Barnes' heimlich verfolgten Zielen als Gouverneurin hat gehört, die Entfernung dieses verhassten roten Kreuzes von der Flagge zu erreichen, bevor sie aus dem Amt schied, aber sie wusste, dass die meisten Wähler und die Mehrheit der Abgeordneten in Tallahassee das niemals billigen würden.

Das sind die Freude und die Geißel der Politik. Das Rechte zu tun, aber auch seine Grenzen zu kennen.

Ein weiterer großer Schluck.

Sie sagt: »Du musst binnen einer Stunde einem prominenten vertrauenswürdigen Journalisten eine Story erzählen, und ich meine wirklich *vertrauenswürdig*, Richard. Es darf keinen Bumerang-Effekt geben, der dich oder mich belastet. Vor allem mich nicht.«

»Absolut«, sagt er.

Sie spricht schärfer. »Ich mein's ernst, Richard.«

Auf seinem von Wind und Wetter gegerbten Gesicht erscheint ein Lächeln. »Ein kluger Berater eines deiner Vorgänger hat mal gesagt, dass die meisten hiesigen Journalisten siebenundzwanzig sind, eigentlich nur Erfahrung mit Berichterstattung über Wahlkämpfe haben und buchstäblich nichts wissen. Das gilt zum Glück noch immer.«

»Gut«, sagt Barnes. »Die Story, die ich später im Internet lesen möchte, besagt, dass die Regierung Barnes das Opfer von Fehlinformationen durch die Spitze von FBI und Heimatschutzministerium geworden ist. Die Regierung war bereit und willens, das Lösegeld für Mel Keatings Freilassung zu zahlen, aber diese Stellen haben ihr strikt davon abgeraten. Die Verantwortlichen, denen Präsidentin Barnes vertraute, haben ihr versichert, sie hätten Mel Keatings Fährte aufgenommen, und weil sie sich auf ihr Urteil verließ, hat sie die Profis ihre Arbeit machen lassen. Deshalb wurde kein Lösegeld gezahlt.«

Richard äußert sich nicht dazu.

Barnes fährt fort und spürt ihre alte Energie mit jedem Wort, das sie spricht, zurückkehren. »In der Story sollte auch stehen, dass Präsidentin Barnes wegen der heutigen gescheiterten Rettungsmission zutiefst erschüttert ist und persönlich dafür sorgen wird, dass alle beteiligten Stellen ihre Anstrengungen, Mel Keating zu finden, verdoppeln. Hast du das?«

Er nickt. »Das ist ziemlich … kühn.«

»Wie heißt die alte Redensart? ›Das Glück ist mit den Kühnen‹? Oder sind's die Tapferen? Wie du neulich selbst gesagt hast, Richard, stecken wir in einem Umfragetief. Aus dem müssen wir raus, koste es, was es wolle.«

»Direktorin Blair und dieser Trottel Paul Charles im Heimatschutzministerium werden sich wehren. Sie werden alles bestreiten.«

»Auch recht«, sagt sie. »Bei unserer letzten Besprechung hat niemand Protokoll geführt. Das FBI kann von mir aus alles dementieren, und Paul Charles merkt bestimmt nicht, dass er manipuliert wird. Er wird seinen Leibjournalisten diktieren, dass er wie ich das Lösegeld zahlen wollte – und dass das FBI an allem schuld ist. Der Trottel merkt bestimmt nicht mal, dass er unsere Position stärkt, indem er sich selbst verteidigt.«

Ihr Mann sagt: »Imponierend. Wann willst du das haben?«

»Sofort«, sagt sie, und Richard steht aus seinem Sessel auf. Bevor er geht, sagt sie: »Oh, und noch etwas.«

»Ja?«

Barnes hält ihm ihr leeres Glas hin. »Heute war ein Teufelstag. Bring mir noch einen Drink.«

Er nimmt ihr das Glas aus der Hand. »Selbstverständlich, Madam President.«

KAPITEL 61

HOTEL SAUNDERS
ARLINGTON, VIRGINIA

Samantha Keating sitzt in ihrer Hotelsuite in einem Sessel und starrt aus dem Fenster. Sie kann es nicht ertragen. Im Fernsehen selbst ohne Ton ständig wiederholte Berichte über die gescheiterte Rettungsmission zu sehen und zu hören, wie »Experten« debattieren, diskutieren und darüber streiten, ob ihr Mädchen noch lebt.

Zum Teufel mit ihnen allen!

Matt redet mit Lisa Blair, und Agent Stahl nimmt an ihrem Gespräch teil. Im übernächsten Sessel sitzt Madeline Perry mit einer aufgeschlagenen Gideon-Bibel und betet stumm für Mel.

Samantha schließt die Augen, sieht wieder das verhasste Haus und den kleinen See aus der Luft und hat aus unbekannten Gründen ein Déjà-vu-Gefühl, als kenne sie dieses Haus, als sei sie schon einmal darin gewesen, obwohl das nicht stimmen kann.

Unmöglich!

Trotzdem hält dieses Gefühl sich hartnäckig.

Als Professorin glaubt sie nur an Fakten und – besonders auf dem Gebiet der Archäologie – handfeste Beweise. Keine Forschung oder Ausgrabungen auf der Basis von Druidensagen oder Überlieferungen, dass irische Mönche in Nordamerika gelandet sein sollen – nur Tatsachen. Das hat sie zu ihren baskischen Fischern geführt. Deren Fahrten nach Nordamerika waren gut belegt und haben sie zu ihren

Ausgrabungen veranlasst, die zur wundervollen Entdeckung einer baskischen Siedlung in Maine geführt haben.

Sie wünscht sich, sie könnte noch einmal die unschuldige Entdeckerfreude empfinden wie vor einigen Tagen in der Küstenstadt Hitchcock, bevor die beiden Beamten der Maine State Police auf sie zugerannt kamen, um ihr mitzuteilen, ihr Leben sei ruiniert.

Dort drüben in der Ecke diskutieren ihr Mann, das FBI und der Secret Service weiter, erörtern verschiedene Möglichkeiten, was sie als Nächstes tun und *wie* sie's tun sollen. Eine große Frage ist, wie der meistgesuchte Terrorist der Welt und sein Cousin es geschafft haben, Mel trotz scharfer Kontrollen auf allen Straßen aus diesem Haus wegzubringen.

Denn Samantha und alle anderen Anwesenden sind sich sicher, dass Mel dort gewesen ist.

Das beweist der sorgfältig versteckte Goldring.

Maddie liest und betet weiter still.

Die drei dort drüben diskutieren endlos weiter.

Und dann kommt die Erinnerung an jenes Haus an einem See zurück …

Vor fast zwei Jahren hat Samantha einen Anruf von einer Freundin an der University of Maine in Orono bekommen, die ihr erzählte, ihr alter Onkel behaupte, eine baskische Keramikschale zu besitzen, die er seinerzeit als Fischer aus dem Meer geborgen habe. Durch Vermittlung seiner Nichte sei er bereit, die Schale Samantha zu überlassen, nur war er leider kein Fischer mehr, sondern lebte als Prepper an einem einsamen See in den Great North Woods von Maine …

Um dorthin zu gelangen, musste man stundenlang über unbefestigte Straßen holpern, oder man konnte …

»Matt«, sagt Samantha, steht auf und geht zu ihm und Agent Stahl und Direktorin Blair hinüber.

»Ja?«

»Dieser kleine See … der bei dem Haus, in dem Mel gefangen war. Wie groß ist er?«

»Was?«, fragt Matt verwirrt.

»Wie groß ist er? In längster Erstreckung?«

Blair sagt: »Ich sehe nicht, was …«

Matt sagt: »David, Sie kennen sich besser mit Google Earth aus als ich. Stellen Sie's fest.«

»Sofort, Mr. President.« Agent Stahl geht zu seinem Laptop. Lisa Blair wirkt noch immer verständnislos, aber Matt scheint zu begreifen, worauf Samantha hinauswill.

»Ich hab's, Mr. President«, sagt Agent Stahl wenig später. »Long Pea Pond. Größte Länge … knapp neunhundertfünfzig Meter.«

Samantha sagt: »Schwimmerflugzeug. Damit sind sie unbeobachtet entkommen … Ein Schwimmerflugzeug hat gewassert und alle drei mitgenommen.«

Direktorin Blair fragt: »Woher wissen Sie das?«

Sie hat Tränen in den Augen, als sie sich an jenen sonnigen Tag erinnert, einen friedlichen, angenehmen Tag ohne wirkliche Sorgen. Sie erinnert sich an den Flug über Berge und Wälder, kleine und große Seen, voller Vorfreude darauf, den Fund des alten Fischers zu sehen.

Der sich als Suppenschüssel von Sears & Roebuck, circa 1930, erwies.

Samantha sagt: »Ein mit vier Personen besetztes Schwimmerflugzeug Cessna T206 hat eine Start- und Landestrecke von neunhundert Metern. Das weiß ich, weil ich vor zwei Jahren mit einem geflogen bin. Damit haben sie's geschafft; sie sind tief an- und abgeflogen und haben …«

Ihr Mann sagt: »Ein guter Pilot, der im Tiefflug unter dem Radar bleibt … das könnte klappen.«

Blair entfernt sich ein paar Schritte, hebt ihr Smartphone ans Ohr und beginnt ruhig und energisch zu sprechen.

Agent Stahl tut das Gleiche.

Matt sieht sie an, unverkennbar müde und verzweifelt, aber trotzdem voller Liebe und Respekt. Zu jeder anderen Zeit, an jedem anderen Ort, unter allen anderen Umständen würde Samantha diesen Blick genießen.

»Gut gemacht«, sagt er.

Samantha sagt: »Ich weiß, wie sie Mel weggebracht haben. Aber ich weiß nicht, wo sie jetzt ist, Matt. Das ist nicht gut genug, Matt. Bei Weitem nicht.«

KAPITEL 62

HOTEL SAUNDERS
ARLINGTON, VIRGINIA

Nach Sams Entdeckung wird ein paar hektische Minuten lang telefoniert, dann sagt Direktorin Blair: »Tut mir leid, Mr. President, Mrs. Keating, aber ich muss …«

Ich nicke müde. »Sie müssen gehen. Zurück in Ihr Büro. Das verstehe ich. Und vermutlich einen wütenden Anruf vom Stabschef der Präsidentin entgegennehmen.«

Sie nickt zu dem dicklichen FBI-Agenten hinüber. »Special Agent Burke bleibt als mein Verbindungsmann hier. Ich halte Sie über alle Entwicklungen auf dem Laufenden. Und wütende Anrufe von Richard Barnes gehören zu den Freuden meiner Stellung.«

»Danke, Lisa.«

Blair geht zu Samantha, zögert und umarmt sie dann. Auch mich umarmt sie. Völlig unprofessionell und unnötig, aber trotzdem beruhigend.

Sie sagt: »Wir befreien sie unversehrt. Ehrlich.«

»Das weiß ich«, sage ich, aber Samantha starrt den Teppichboden an, als Direktorin Blair und drei ihrer Agenten die Suite verlassen.

Meine Stabschefin Madeline Perry sagt: »Ich habe drüben zu arbeiten, Sir. Ich lasse Ihnen etwas Essen raufbringen. Was möchten Sie?«

»Alles«, sage ich. »Nichts.«

Irgendwann herrscht in dem Raum dumpfe Stille, die zu dem Geruch von Schweiß, Verzweiflung und ungegessenen Sandwichs und Cheeseburger passt. Sam liegt dösend auf dem Bett auf der Seite, und Special Agent Burke sitzt mit verschränkten Armen in seinen Sessel zurückgelehnt. Auf der anderen Seite des Raums schläft Agent Stahl in seinem Sessel.

Die einzige neue Entwicklung hat es vor ein paar Stunden gegeben, als drei Zeugen aus der Umgebung des Long Pea Pond ausgesagt haben, sie hätten an diesem Morgen ein hellgraues Schwimmerflugzeug im Tiefflug vorbeifliegen gesehen.

Ein Zeuge schwört, das Flugzeug sei nach Norden geflogen.

Ein anderer weiß ebenso sicher, dass es nach Westen geflogen ist.

Und der dritte hat überhaupt keine Vorstellung von seinem Kurs, konnte nur sagen: »Es war irgendwo dort oben. Todsicher.«

Ich stehe auf und öffne die Verbindungstür zu der anderen Suite. Dort ist es still, weil alle in Sesseln oder auf dem Fußboden schlafen. Bis auf Madeline Perry, die konzentriert auf den Bildschirm ihres Laptops starrt.

»Maddie?«, sage ich.

Sie fährt leicht zusammen, sieht zu mir hinüber. »Oh, sorry, Sir. Sie haben mich überrascht. Was gibt's?«

Ich sage: »Ich müsste etwas tun, das ich schon vor Stunden hätte tun sollen.«

»Was denn?«

»Tim Kenyons Eltern anrufen«, sage ich. »Können Sie das arrangieren?«

»Gewiss, Sir.«

Keine Viertelstunde später kommt Madeline Perry in die andere Suite und gibt mir ihr Smartphone.

»Bill Kenyon, Sir«, sagt sie. »Und seine Frau Laura.«

Ich nehme das Handy, hole tief Luft. Als Präsident habe ich ähnliche Gespräche mit Vätern und Müttern, Ehemännern und Ehefrauen von Soldatinnen und Soldaten geführt, die im Dienst gefallen waren.

Keines dieser Gespräche fiel mir leicht, aber es gab ein Protokoll zu befolgen, nach dem der Oberbefehlshaber den Angehörigen derer, die das höchste Opfer gebracht haben, das Beileid des amerikanischen Volkes ausspricht.

Aber heute?

Heute spreche ich mein persönliches Beileid einem Elternpaar aus, dessen Sohn sein Leben verloren hat, weil er der Freund meiner Tochter war.

»Mr. Kenyon? Mrs. Kenyon? Hier ist Matt Keating.«

Eine müde Männerstimme – »Hallo, Mr. President« – und eine leisere Frauenstimme, die nur »Hallo« sagt.

»Darf ich Sie Bill nennen? Und Laura?«

»Meinetwegen«, sagt er, während seine Frau schweigt.

Ich schließe kurz die Augen. Jeder von uns trauert auf seine Weise, aber ihre Trauer ist real und massiv. Meine ist der Schmerz wegen des ungewissen Endes für meine entführte Tochter, der mir jede Sekunde Ungeheures vorgaukelt, das ihr zustoßen könnte.

Ich sage: »Bill, Laura, was Tim zugestoßen ist, tut mir so leid. Ich bin ihm in den letzten Monaten einige Male begegnet, und er war ein großartiger junger Mann, hochintelligent, sehr liebenswert. Ich weiß, dass Mel sehr gern mit ihm zusammen war …«

Mir fällt nichts mehr ein. Was könnte ich noch sagen? *Sorry, dass Ihr lieber Sohn das Pech hatte, mit der Tochter des Präsidenten befreundet zu sein, der sich so viele Feinde gemacht hat, und als Kollateralschaden sein junges Leben lassen musste?*

Zuletzt sage ich: »Das FBI, der Heimatschutz und Hunderte von Polizeibeamten und anderen Ermittlern sind Tims Mörder auf der Spur. Ich weiß, dass das nur ein geringer Trost ist, aber sein Mörder wird nicht entkommen. Das verspreche ich Ihnen.«

Eine lange Pause, in der ich mich frage, ob die Verbindung noch steht. Dann höre ich Tims Vater betrübt seufzen. Er sagt: »Das sind gute Worte, Mr. President, für die ich Ihnen danke, aber vorerst sind's eben nur Worte, nicht wahr? Ich meine, was sieht man in den Nachrichten, liest man in der Zeitung? Lauter Storys über *Ihr* Mädchen, aber so gut wie gar nichts über *meinen* Jungen. Und was über ihn geschrieben wird, ist lauter Scheiß – sein Name wird falsch buchstabiert oder sein Alter falsch angegeben.«

Ich höre ein Schluchzen, dann macht es *klick!*, und ich stelle mir vor, dass Tims Mutter am zweiten Apparat aufgelegt hat.

Sein Vater spricht jedoch weiter. »Ihre Tochter hat alles. Ein bequemes Leben, die besten Schulen, niemals Geldsorgen. Mein Tim …« Seine Stimme schwankt. »… musste sich um Stipendien bewerben und im Sommer arbeiten, um auf ein College wie Dartmouth gehen zu können. Er hatte Hoffnungen, Mr. President, und Laura und ich, auch wir hatten Hoffnungen für ihn. Nun ist er tot. Weil er zu viel wollte, weil er Ihr Mädchen als Freundin haben wollte, und das hat ihn das Leben gekostet.«

Ich warte, weil ich den Trauernden nicht unterbrechen will, und er sagt mit Tränen in der Stimme: »Meine Frau und ich, wir werden heute Abend wieder für unseren Jungen beten. Und dann werden wir für Sie und Ihre Frau beten, Mr. President. Für Sie beten, damit Sie nicht erleiden müssen, was wir jetzt durchmachen.«

Er legt auf.

Ich lasse Maddies Handy sinken, strecke meinen Rücken, sehe zur Zimmerdecke auf und hoffe, dass Gott heute Abend die Gebete der Kenyons erhört.

Mel.

Wo bist du?

In meiner Jugend in Texas, einige Autostunden westlich von Austin, war ich von der Navy fasziniert, obwohl es in der Umgebung unserer staubigen Kleinstadt keine richtigen Flüsse oder Seen gab. Aber sie lag in der Nähe von Fredericksburg, dem Geburtsort des im Zweiten Weltkrieg berühmt gewordenen Admirals Chester Nimitz, und ich muss ein halbes Dutzend Male in dem ihm gewidmeten Museum gewesen sein.

Zu den Dutzenden von Büchern über die Navy, die ich damals verschlang, gehörte *The Terrible Hours* über die verzweifelten Versuche, die Besatzung des U-Boots *USS Squalus* zu retten, das im September 1939 bei einer Ausbildungsfahrt vor New Hampshire gesunken war.

Ein großartiges Buch, ein großartiger Titel, und ich will die längst toten dreiunddreißig Geretteten keineswegs herabsetzen, aber ich würde ihre schrecklichen Stunden bereitwillig gegen meine eigenen schrecklichen Stunden in der träge verlaufenden Eiszeit nach der fehlgeschlagenen Befreiung Mels eintauschen.

Die Stunden vergehen langsam mit Mahlzeiten, die nur halb gegessen werden, Telefongesprächen, Besuchen von Vertretern des Heimatschutzministeriums und des Secret Service und sogar einigen rätselhaften Briefings von CIA-Agenten. Ich spreche tröstend mit Samantha, und wir versuchen, uns gegenseitig aufzurichten, während die roten Leuchtziffern verschiedener Uhren unaufhaltsam dem nächsten Tag entgegenstreben.

In der Suite nebenan ist Maddie Perry damit beschäftigt, Anrufe entgegenzunehmen und Besucher abzuwehren, darunter erstaunlich viele Hellseher, die zu wissen behaupten, wo Mel im Augenblick ist. Manchmal sind ihre Aussagen präzise, mit Straßenname und Hausnummer, und manchmal heißt es, Mel sei an einer Bahnlinie in der Nähe eines Gewässers.

Wer jedoch nicht anruft, ist Pamela Barnes, Präsidentin der Vereinigten Staaten.

Irgendwann mitten in der Nacht fordert die Natur ihr Recht, und während Samantha sich an mich kuschelt, falle ich auf dem ungemachten Bett in unruhigen Schlaf.

Eine Berührung meiner Schulter, und ich bin sofort wach. Ein dicklicher Mann sieht auf mich herab, und ich erkenne ihn im Halbdunkel des Schlafzimmers der Suite nicht gleich.

»Sir?«, sagt er.

Jetzt weiß ich, wer er ist. Special Agent Burke vom FBI, noch immer in seinem grauen Anzug, obwohl das weiße Oberhemd jetzt zerknittert und seine dunkelblaue Krawatte gelockert ist.

Ich schwinge die Beine vom Bett und bemühe mich, Samantha nicht zu wecken, aber sie schläft so leicht wie ich und fragt: »Was gibt's? Was ist los?«

Burke sagt: »Sir, Ma'am, Direktorin Blair kommt hierher. Sie müsste in zehn Minuten eintreffen.«

Samantha fragt: »Wie spät ist es?«

Ich sehe auf den Radiowecker. »Gleich 2.00 Uhr. Agent Burke, warum kommt sie her?«

Burke wirkt müde und sorgenvoll. »Sir, wir haben die Nachricht erhalten, dass Asim al-Aschid in der nächsten Stunde ein Statement veröffentlichen wird.«

KAPITEL 63

WOHNTRAKT DES WEISSEN HAUSES

Zu den Dingen, die Präsidentin Pamela Barnes an ihrem Job hasst, gehört das Wissen, dass sie nie selbst über ihre Zeit verfügen kann, dass andere Leute Ansprüche gegen sie haben und dass sie bereit sein muss, Tag und Nacht zu jeder Minute auf irgendeine Krise oder Katastrophe zu reagieren.

In Wahlkämpfen haben ihre Vorgänger jahrelang TV-Werbespots geschaltet, in denen sie behaupteten, *sie* besäßen die Voraussetzungen dafür, in Notfällen um 3.00 Uhr morgens ans Telefon zu gehen, aber sie muss ehrlicherweise zugeben, dass sie noch nie durch einen nächtlichen Anruf geweckt worden ist.

Wie jetzt: ein leises Klopfen an ihre Schlafzimmertür, das etwas lauter wiederholt wird. Sie schaltet die Nachttischlampe ein und sagt: »Herein. Ich bin wach.«

Nach ihrer Amtseinführung hat Barnes ihrem Mann Richard klargemacht, dass ihr Stab niemals zögern soll, sie zu wecken, wenn etwas von nationaler Wichtigkeit passiert. Dabei hat sie an eine Aussage eines bekannten Kolumnisten der *New York Times* gedacht, der einen Mitarbeiter des Weißen Hauses mit den Worten zitierte: »Man kann nicht dafür gefeuert werden, dass man den Präsidenten weckt; man kann nur dafür gefeuert werden, dass man ihn nicht weckt.«

Oder sie.

Eine vertraute Gestalt schlüpft vom Korridor herein, auf dem ein

Secret-Service-Agent Felicia Taft, die stellvertretende Stabschefin, bis zu ihrer Tür eskortiert hat.

»Entschuldigen Sie die Störung, Ma'am«, sagt Taft.

Barnes' Stabschef neben ihr schläft mit einem Kissen über dem Kopf fest. Sie hat Richard einmal scherzhaft vorgeworfen, er könnte selbst ein Erdbeben verschlafen, worauf er geantwortet hat: »In Florida habe ich noch kein Erdbeben erlebt, also werden wir das nie wissen, stimmt's?«

Sie steht auf und zieht ihren alten blauen Frotteebademantel an, der schon viele Meilen und Jahre mit ihr zurückgelegt hat.

»Gibt es Neuigkeiten im Fall Keating?«, fragt sie.

»Ja, Ma'am.«

»Was gibt's?«

Taft sagt: »Ma'am, die Wachhabenden im Lageraum haben die Mitteilung erhalten, dass Al Jazeera in der nächsten Stunde ein Statement von Asim al-Aschid senden wird. Die Stellvertreterin des Nationalen Sicherheitsberaters ist dorthin unterwegs.«

Barnes schlüpft in weiche Ledersandalen und sagt: »Ich komme auch gleich.«

Taft geht hinaus, schließt die Tür leise hinter sich, und Barnes beugt sich übers Bett und rüttelt ihren Ehemann und Stabschef wach.

Er hustet, grunzt und setzt sich mit nacktem Oberkörper auf, weil er nur eine blaue Pyjamahose trägt. »Was ist los, Pamela?«

»Steh auf, zieh dich an«, sagt sie. »Wird Zeit, dass du dir dein Gehalt verdienst. Asim al-Aschid will in der kommenden Stunde etwas verkünden. Wir müssen hinunter in den Lageraum.«

Richard gähnt, kratzt sich am Hinterkopf. »Wissen wir, was er sagen wird?«

»Bestimmt etwas Grausiges und Blutiges«, sagt sie.

Er steht auf. »Glaubst du?«

Barnes sagt: »Eine begründete Vermutung. Denkst du etwa, dass er Mel Keating freilässt, weil er sie mag und alles vergeben will? Komm jetzt, Richard. Wir dürfen keine Zeit verlieren.«

KAPITEL 64

HOTEL SAUNDERS
ARLINGTON, VIRGINIA

In der Suite ist es wieder eng, weil FBI-Direktorin Lisa Blair drei weitere Agenten mitgebracht hat, die einen zusätzlichen Fernseher aufgestellt haben, der das Programm des Senders Al Jazeera in Doha, Katar, zeigt. Auf dem hoteleigenen Fernseher in der Suite läuft CNN. Trotz der unchristlichen Zeit trägt Lisa einen DC Power Suit – einen dunklen Hosenanzug mit weißer Bluse – und ist perfekt frisiert.

Samantha sitzt auf der Bettkante, hat die Hände im Schoß gefaltet und starrt vor sich hin. Ich lenke ihren Blick auf mich, und der Ausdruck in ihren Augen ist gequält, als sie mich ansieht und doch nicht wahrnimmt. Diesen Blick kenne ich von Kameraden, die zu lange im Einsatz waren und viel zu viel gesehen haben.

Stellt dieser Blick sich ein, steht der oder die Betroffene gefährlich dicht vor dem Zusammenbruch.

Ich nehme sie in den Arm, aber das kommt mir vor, als würde ich eine Schaufensterpuppe umarmen.

Ich trete zurück, und Lisa sagt nach einem Blick auf die Uhr: »Unser Verbindungsmann in Doha sagt, dass es sich um eine Videobotschaft handelt, die ein Kurier überbracht hat. Auf einem USB-Stick. Wir versuchen, den Kurier aufzuspüren, aber …«

Sie bringt den Satz nicht zu Ende.

Klar. Ich weiß, was sie sagen will. Jeder amerikanische Sicherheitsdienst kann im Ausland nur sehr eingeschränkt arbeiten, wird von der Spionageabwehr des Gastlandes überwacht, ist bei Ermittlungen auf die Kooperation der Einheimischen angewiesen und kann nicht schnell arbeiten oder auf neueste Entwicklungen reagieren.

Als müsste man an Armen und Beinen mit Seidenschnüren gefesselt kämpfen.

Die Bilder der beiden großen Fernseher sind identisch, aber der CNN-Feed hinkt einige Sekunden hinter dem von Al Jazeera her.

Ich setze mich neben Samantha, lege ihr einen Arm um die Taille, und sie lehnt sich leicht an mich, während wir warten.

Der schwarzhaarige Moderator von Al Jazeera ist gut angezogen und hat einen Schnauzer. Er redet schnell, und auf seinem Gesicht steht die Aufregung wegen der Eilmeldung, die er anzukündigen hat.

»Können wir bitte den Ton hören?«, frage ich. »Von Al Jazeera?«

Einer der FBI-Agenten stellt ihn lauter und setzt sich wieder.

Ebenfalls anwesend sind David Stahl und Madeline Perry, die eine Bibel an ihre Brust drückt und aussieht, als hätte sie zwei schlaflose Nächte hinter sich. Die Aufregung und die Angst, die ich empfinde, vermengen sich mit Zuneigung für diese kluge und willensstarke Frau. Sie hätte in der Regierung Barnes oder der Privatwirtschaft Karriere machen können, aber sie hat es vorgezogen, mir aus dem Weißen Haus ins Exil zu folgen.

Mit frischer Stimme kündigt der Moderator an: »Wir senden jetzt ein Video, das wir von Asim al-Aschid erhalten haben. Wegen seiner Aktualität und seines Nachrichtenwerts fühlen wir uns verpflichtet, es unredigiert auszustrahlen. Sie und unsere Zuschauer sehen es jetzt zum allerersten Mal.«

Der Moderator wird ausgeblendet, dann folgt ein Bluescreen mit blinkenden farbigen Linien, bevor das Bild wieder klar wird.

Eine zerklüftete Felswand, an deren Fuß etwas Moos und einige verkümmerte Pflanzen wachsen, davor eine natürliche Felsterrasse.

Asim al-Aschid, nur von der Taille aufwärts sichtbar, tritt von rechts ins Bild. Er trägt ein schwarzes T-Shirt und hat ein Lächeln aufgesetzt. Ohne seinen Bart wirkt er kantiger, härter, gefährlicher.

Er nickt ernst. »*Salaam alaikum*, Matthew Keating, Samantha Keating, Präsidentin Pamela Barnes und alle, die dies sehen. Entschuldigen Sie bitte, dass dies kein Livestream, sondern eine Aufnahme ist, die vor einigen Stunden aufgezeichnet wurde, nachdem wir Mr. Macombers Haus in Ihren White Mountains verlassen hatten, und hier sind wir also – noch immer in diesen Bergen. Mein Dank gilt Mr. Macomber für seine nichts ahnende Gastfreundschaft. Ich vertraue darauf, dass die zuständigen Stellen ihm alle Schäden ersetzen werden, die Ihr FBI angerichtet hat.«

In der Suite herrscht Schweigen. Samantha lehnt an mir, mein Arm umschlingt weiter ihre Taille.

Asim sagt: »Und wieso ist's zu alledem gekommen, Matthew Keating? Die Antwort ist einfach, denn alles ist eine Folge Ihres Handelns vor zwei Jahren, als Sie meine Frau Layla und meine lieben Töchter Amina, Zara und Fatima getötet haben. Ich bin ein Dschihadi, ein Gotteskrieger, und weiß, dass es mein Los ist, auf dem Schlachtfeld zu sterben. Aber meine Frau? Meine Töchter? Sie waren unschuldig, und Sie haben sie getötet. Ihr Blut klebt an Ihren Händen. Sie werden es bis zu Ihrem Tod an den Händen haben.«

Eine lange Pause. Er scheint mich direkt anzustarren.

»Da wären wir also. Nach dem großen Gesetzgeber Hammurabi, den Geboten des heiligen Propheten Moses und den Gesetzen des Islams steht mir eine Entschädigung zu, steht mir Wiedergutmachung zu, steht mir … Gerechtigkeit zu. Das alles habe ich gefordert, aber ich bin ignoriert und verspottet worden, und gestern Morgen haben bewaffnete Männer versucht, mich zu ermorden.«

Er blickt kurz zur Seite, als gebe es dort etwas Interessantes zu sehen, und fragt dann: »Und habe ich denn etwas Unvernünftiges gefordert? Ich habe viel weniger Lösegeld verlangt, als Sie für einen Ihrer F-22 Raptor ausgeben. Ist das Leben Ihrer Tochter nicht so viel wert wie einer Ihrer Jäger, die Unschuldige bombardieren?«

Sein Lächeln wird breiter. Der Dreckskerl weiß genau, dass viele Menschen in aller Welt dieses Argument hören und sich zu eigen machen werden.

»Ich habe die Freilassung von dreien meiner Waffenbrüder verlangt«, sagt er. »Ich kenne die Ausrede dafür, sie nicht freizulassen. ›Diese Regierung verhandelt nicht mit Terroristen.‹ Oh, bitte! Die Regierung der Vereinigten Staaten verhandelt sehr wohl mit Terroristen, wenn dies ihren Bedürfnissen, ihren Wünschen entspricht. Zu ihren Verbündeten gehören Regierungen, die das Gleiche tun wie ich – nur in weit größerem Umfang. Sie sollten sich also fragen, Matthew Keating: Wieso legt Ihre Regierung keinen Wert auf die Freilassung Ihrer Tochter?«

Ich spüre, wie Samantha an mich gelehnt zittert, als befänden wir uns bei ausgefallener Heizung mitten in einem Blizzard.

»Zuletzt«, fährt er fort, »habe ich ein Stück Papier verlangt, ein Versprechen von Präsidentin Barnes, das meine Sicherheit garantieren sollte. Eine vernünftige Forderung, wie Ihnen sicher bewusst ist, und ein faires Tauschangebot für die Sicherheit Ihrer Tochter. Aber wie hat ihre Antwort ausgesehen? Bewaffnete Männer haben versucht, meinen Cousin Faraj und mich zu ermorden.«

Asim schüttelt den Kopf. »Nach den Gesetzen und Überlieferungen, die ich in meiner Kindheit gelernt habe, habe ich nichts als einfache Gerechtigkeit gefordert. Und die ist mir nicht angeboten worden. Leider, Matthew Keating, bin ich gezwungen, dies hier als Gegenleistung anzubieten.«

Die nächsten paar Sekunden bringen mich brutal zu meinem ersten nächtlichen Fallschirmsprung in der SEAL-Ausbildung zurück. Mein erstes halbes Dutzend Sprünge hatte tagsüber stattgefunden, sodass ich die Landschaft unter mir, die anderen Springer, den fernen Horizont und über mir den blauen Himmel mit weißen Wolken sehen konnte. Aber als ich in dieser windigen Nacht aus einer C-130 Hercules mit vier Propellerturbinen sprang, trat ich ins Dunkel, ins Ungewisse hinaus und musste hoffnungsvoll auf meine Ausbildung und meine Ausrüstung vertrauen.

Diesmal gibt es kein Vertrauen – zu nichts.

Nur ein blindes Hinaustreten in die unversöhnliche Dunkelheit.

Dann fährt die Kamera langsam zurück, zeigt Asim al-Aschid ganz, und neben ihm kniet unsere Tochter Mel Keating mit angstvoll geweiteten Augen hinter ihren Brillengläsern, die Hände eng auf ihrem Rücken gefesselt.

KAPITEL 65

EAST THIRD STREET
NEW YORK, NY

In seinem Home Office in den Great Bay Condominiums raucht Jiang Lijun vom chinesischen Ministerium für Staatssicherheit eine Zhonghua und verfolgt die irgendwo in den amerikanischen White Mountains aufgezeichnete Szene auf einem an der Wand hängenden Fernseher. Das Büro ist klein und fensterlos, weil Jiang nicht will, dass die Überwachungskameras und Schnüffler dort draußen seine Aktivitäten verfolgen. Zu dieser nachtschlafenden Zeit eingeschaltetes Licht könnte die CIA alarmieren, dass die Chinesen etwas vorhaben.

Was natürlich stimmt.

Vor wenigen Minuten hat seine vibrierende Armbanduhr ihn geweckt, und er ist leise aufgestanden, ohne seine Frau Zhen oder seine Tochter Li Na zu wecken. In seinem Büro hat er den Hörer des sicheren Telefons abgenommen, das ihn mit der nur zwei Blocks entfernten Ständigen Vertretung verbindet, und der Wachhabende hat gesagt: »Sie sollen einen der amerikanischen Kabelsender einschalten, Genosse Jiang.«

Er zieht nochmals an seiner Zigarette. In den Bücherregalen in seinem Büro stehen hauptsächlich politische und zeitgeschichtliche Werke über die Vereinigten Staaten und China, aber es gibt keinen Computer, der gehackt, und keine Aktenschränke, die aufgebrochen werden könnten. Das halbe Gebäude gehört der Vertretung, die hier ihr Personal unterbringt, und Jiang benutzt diesen Raum, um nachzudenken, zu lesen und zu meditieren.

Im Fernsehen läuft der straffe Videoclip von Asim al-Aschid, der klar und selbstbewusst in die Kamera spricht.

»… ich habe viel weniger Lösegeld verlangt, als Sie für einen Ihrer F-22 Raptor ausgeben. Ist das Leben Ihrer Tochter nicht so viel wert wie einer Ihrer Jäger, die Unschuldige bombardieren?«

Keine schlechte Frage, sagt Jiang sich, der behaglich in seinem blauen Schlafanzug aus Baumwolle dasitzt, zu dem er einen Morgenmantel aus roter Seide trägt, der Vater gehört hat.

Der Mann im Fernsehen spricht klar und wahrhaftig, und Jiang muss bewundern, wie er sich dabei hält. Seine Argumente sind wirkungsvoll, und Asim al-Aschid hätte in seiner Heimat jederzeit ein prominenter Politiker werden können – oder ein Arzt, wonach er ursprünglich gestrebt hatte, wie Jiang weiß.

Aber er hat sich für den blutigen Weg eines Terroristen entschieden, und obwohl es hier und im Ausland viele Millionen *bèn dàn* – dumme Eier – gibt, die jetzt eine gute Meinung von ihm haben, erinnert Jiang sich gut an eine andere Seite Asim al-Aschids.

Vor vier Jahren.

In einer staubigen, windschiefen Ansammlung von Hütten an unbefestigten Straßen, die in Südlibyen stolz als Dorf bezeichnet werden. Jiang sollte den Bau einer wichtigen Pipeline in diesem Bezirk überwachen, aber die von der China State Construction Engineering Corporation gelieferten Baumaschinen waren sabotiert, die aus Georgien geholten Facharbeiter bedroht und verjagt worden.

Der Stamm, der in diesem Dorf lebte, und andere in der näheren Umgebung weigerten sich, beim Pipelinebau zu kooperieren, selbst als ihnen Geld und Jobs angeboten wurden.

Die Pipeline war einen Monat im Rückstand.

Und Jiang Lijun erhielt den Auftrag, das Problem zu lösen. Ohne detaillierte Anweisungen, ohne Vorschläge, ohne Empfehlungen.

Einfach nur lösen.

Jiang stand mit zwei Leibwächtern einer pakistanischen Sicherheitsfirma, die mit ihm aus Tripolis gekommen waren, neben einem klapprigen gelben Toyota Pick-up und beobachtete, wie Asim al-Aschid den Stamm davon überzeugte, das Pipelineprojekt nicht mehr zu sabotieren. Ein halbes Dutzend weiterer Pick-ups war in einem Halbkreis aufgefahren.

Schüsse. Geschrei. Ein Kreischen. Al-Aschid und seine Kämpfer trieben acht Männer und Frauen auf den Platz vor den geparkten Trucks. Dort mussten sie sich hinknien. Etwa hundert Dorfbewohner hatten sich versammelt, wurden von Asims bewaffneten Männern in Schach gehalten. Einige Dutzend Jungen und Mädchen wurden nach vorn geholt, dann schritt Asim die Reihe der Knienden ab und erledigte einen nach dem anderen durch Genickschuss.

Die Frauen des Dorfs klagten und jammerten in einem arabischen Singsang, der Jiang erschaudern ließ. Asim al-Aschid kam befriedigt zu ihm und sagte: »Mit diesem Dorf werden Sie keine Probleme mehr haben.«

Jiang fragte: »Wieso haben Sie die Kinder zum Zuschauen gezwungen?«

Asim schien diese Frage zu verwundern. »Weil sie sich ewig daran erinnern werden, was hier passiert ist, und ihren Kindern und Kindeskindern erzählen werden, was einem blüht, wenn man sich Asim al-Aschid und Ihrem großen und mächtigen China widersetzt.«

Auf seinem Schreibtisch liegen die aktuellen Ausgaben der *Reference News*, *People's Daily* und *Global Times*, die jeden Tag mit dem Flugzeug aus Peking kommen. Es ist immer gut, in Bezug auf neueste Entwicklungen in der Heimat auf dem Laufenden zu bleiben und sich nicht auf Storys im Internet zu verlassen, die korrigiert werden oder sekundenschnell verschwinden können. Jiangs Telefon steht neben den Zeitungen. Als ein grünes Blinklicht einen Anruf signalisiert, hebt er ab und sagt: »Ja?«

Li Baodong, sein Vorgesetzter, atmet schwer ins Telefon, bevor er sagt: »Ihr Boy spricht im Fernsehen recht gut, nicht wahr?«

Jiang, dem sich bei Lis gönnerhaftem Tonfall die Nackenhaare sträuben, denkt: Eines Tages kriegst du, was du verdienst, Fettsack, und ich sitze in deinem Sessel.

Aber wenn's so weit ist, bestelle ich todsicher einen neuen, weil ich nicht sitzen möchte, wo dein fetter Arsch jahrelang gesessen hat.

Jiang sagt: »Er *hat* seine Talente.«

»Und Dummheit und Sturheit dazu«, sagt Li. »Jammerschade, dass Sie ihn nicht dazu überreden konnten, die Tochter des Expräsidenten freizulassen … ah, sehen Sie, da ist sie jetzt!«

Nicht schade, denkt Jiang. Überhaupt nicht schade.

Li fragt: »Was macht das *bèn dàn* als Nächstes?«

Jiang nimmt befriedigt eine Bewegung auf dem Fernsehschirm wahr.

»Ich denke, das werden wir gleich sehen, Genosse Li«, sagt er und lehnt sich in seinen Sessel zurück.

KAPITEL 66

LAGERAUM DES WEISSEN HAUSES

Präsidentin Pamela Barnes sehnt sich gähnend nach einer Tasse Kaffee, aber sie verzichtet bewusst darauf, weil sie weiß, dass eine Dosis Koffein bewirken würde, dass sie in dieser Nacht keinen Schlaf mehr findet. Sie trägt graue Sweatpants und ein orangerotes Longsleeve der Florida Gators. Richard sitzt neben ihr, und Sarah Palumbo, die stellvertretende Nationale Sicherheitsberaterin, sitzt auf der anderen Seite.

Auf dem Hauptbildschirm ist der Moderator von Al Jazeera in Katar zu sehen, und Barnes überlegt sich missmutig, dass viele ihrer Vorgänger monatelang nicht in den Lageraum mussten, während sie nun schon an zwei Tagen nacheinander hier im Keller hockt.

Richard sagt: »Ach, Scheiße, da ist der Dreckskerl.«

Pamela sieht in das arrogante, selbstgefällige Gesicht von Asim al-Aschid, der vor einer Felswand irgendwo in den White Mountains steht. Asim spricht in gutem Englisch flüssig und nachdrücklich über Gerechtigkeit und Geld und den Preis einer F-22.

Barnes fragt: »Sarah, lässt sich irgendwie feststellen, wo er ist, wie er dieses Video an Al Jazeera übermittelt hat?«

Palumbo sagt: »Bedauerlicherweise nicht, Ma'am. Leider versteht er sein Handwerk sehr gut. Ist dieses Video vor ein paar Stunden aufgenommen worden, ist er längst nicht mehr dort. Vermutlich hat er seine Botschaft auf einem USB-Stick einem Kurier übergeben, der sie seinerseits einem anderen Kurier in Katar gemailt hat, der einen weiteren USB-Stick bei Al Jazeera abgeliefert hat.«

Richard grummelt: »Der gottverdammte Sender hätte schon vor Jahren ›versehentlich‹ in die Luft fliegen sollen. Verfluchte Terroristenhelfer. Echte Nervensägen, das sind sie.«

Barnes fragt Sarah: »Wie wird Asim al-Aschid eingeschätzt? Er wirkt so … beherrscht.«

Im Fernsehen redet Asim jetzt darüber, was sie gemacht hat, und sie wünscht sich, die nutzlosen Militärs hätten seine genauen GPS-Daten, denn obwohl sie immer gegen Drohnenangriffe ohne Gerichtsurteil war, wäre sie jetzt versucht, den Kerl mit einer Hellfire zu pulverisieren.

»Ma'am«, sagt Palumbo, »nach neuester Analyse von CIA-Psychologen ist Asim al-Aschid der klassische narzisstische Soziopath, der eine bewegte, entbehrungsreiche Kindheit hatte und nun ständig Aufmerksamkeit und Bestätigung seiner eigenen Wichtigkeit sucht.«

»Bedeutet?«, fragt Barnes weiter.

Palumbo sagt: »Er liebt die Aufmerksamkeit. Liebt das Rampenlicht. Sie sagen voraus, dass er bei seinem nächsten Auftritt nach Ablauf des Ultimatums neue Bedingungen verkünden, neue Forderungen stellen wird, um seine Wichtigkeit und seinen besonderen Status zu unterstreichen. Damit sein Gesicht und sein Name in den Medien bleiben.«

»Aber der Mann ist ein Killer«, wendet Barnes ein. »Kinder, Frauen, ganze Familien … er hat sie alle mit eigener Hand ermordet.«

Die stellvertretende Nationale Sicherheitsberaterin antwortet: »Das gehört zu seinen soziopathischen Neigungen. Je schockierender seine Verbrechen, desto mehr Aufmerksamkeit erregen sie. Wie jetzt. Er ist in seinem Element. Die ganze Welt hört ihm aufmerksam zu und wartet gespannt darauf, welche Forderungen er nun stellen wird. Damit ist er für heute ausgelastet.«

Die Kamera fährt langsam zurück, und Barnes zuckt zusammen, ist augenblicklich hellwach, als Matthew und Samantha Keatings Tochter ins Bild kommt. Sie kniet mit auf dem Rücken gefesselten Händen auf felsigem Untergrund – in Kakishorts und einem schmutzigen, zerrissenen hellgrauen Sweatshirt mit dem Aufdruck DARTMOUTH.

Mel Keatings Kopf zittert leicht, während sie in die Kamera starrt. Ihre Augen hinter den Brillengläsern sind geweitet, ihr Haar zerzaust und verfilzt. Barnes erinnert sich an das letzte Mal, als sie Mel Keating bei ihrer eigenen Amtseinführung gesehen hat. Damals hatte sie noch wie ein typischer Teenager ausgesehen, der von den Ereignissen um sie herum, von all der Pracht und den Zeremonien leicht überwältigt war.

Asim al-Aschid sagt etwas auf Arabisch. Barnes holt erschrocken tief Luft, als sie sieht, was er in den Händen hält. In den nun folgenden schrecklichen Sekunden sagt ihr Ehemann Richard mit zitternder Stimme: »Nichts für ungut, Ms. Palumbo, aber diese CIA-Experten reden lauter Scheiß.«

KAPITEL 67

HOTEL SAUNDERS
ARLINGTON, VIRGINIA

Auf dem Fernsehschirm starrt unsere Tochter Mel durch ihre Brille mit aufgerissenen Augen in die Kamera, und ich sehe wehmütig, dass sie noch immer das Dartmouth-Sweatshirt trägt, in dem ich sie zuletzt gesehen habe – an jenem sonnigen schönen Tag, an dem sie zu einer Bergtour mit ihrem Freund wollte und mir angeboten hat, mir Törtchen mit Ahornsirup mitzubringen.

Oh, Mel.

Asim al-Aschid tritt kurz aus dem Aufnahmebereich der Kamera, kommt zurück und zeigt vor, was er in seinen starken Händen hält.

Einen scharf aussehenden Säbel.

Durch die Suite geht ein Japsen und Stöhnen, und ich starre und erinnere mich …

Jene gesegnete frühe Morgenstunde vor neunzehn Jahren in einem Zimmer im Naval Medical Center San Diego, in dem Samantha erschöpft, aber lächelnd im Bett liegt, ein rosa Neugeborenes in den Armen hält und sagt: »Oh, Matt, sie ist so perfekt … sie ist so perfekt.«

Asim al-Aschids Gesichtsausdruck verhärtet sich, und er blafft etwas auf Arabisch.

Die kleine Mel mit fünf Jahren, mit ernstem Gesicht und ihrer von einem breiten Gummiband gehaltenen Brille, die stämmigen Beinchen aufgeschürft, an einigen Stellen blutend, rosa T-Shirt und weiße Shorts, wie sie ihr kleines Kinderfahrrad aufhebt und sagt: »Daddy, diesmal kann ich's, ich weiß, dass ich's kann.«

Der Säbel wird höher und höher gehoben. Die Klinge blitzt im Sonnenschein. Mel kniet weiter mit geschlossenen Augen und zusammengepressten Lippen.

Neben mir stöhnt Samantha, die herzzerreißenden leisen Laute einer verzweifelten Mutter.

Unsere zwölfjährige Mel gewinnt erstmals einen 400-Meter-Lauf auf Bezirksebene: mit einem Sprung über die Ziellinie, bevor sie sich nach der nächsten Konkurrentin umsieht, die mehrere Meter zurückliegt. Dann wendet sie sich ab und reißt überglücklich die dünnen Arme hoch, während Samantha und ich von der Seitenlinie aus freudig jubeln und klatschen.

Der scharfe Säbel hoch in der Luft.

Die Welt scheint zum Stillstand zu kommen.

Ich stehe wie in jener Nacht an der offenen Heckrampe des Flugzeugs, um ins Dunkel hinauszutreten.

In ihrem Zimmer im ersten Stock des Weißen Hauses, Mel im Bett zusammengerollt, die Bettdecke fast bis über den Kopf gezogen, ihr Gesicht gerötet und die Augen vom vielen Weinen geschwollen, als sie sagt: »Dad, warum hassen sie mich? Sie haben mich ausgelacht! Im Fernsehen ausgelacht! Und Millionen von Menschen haben mitgelacht … Dad … was hab ich falsch gemacht?«

Und während ich unter der Bettdecke ihren Rücken streichle, ist mir bewusst, dass ich keine gute Antwort habe.

Gleich wird der Säbel herabzucken, den Nacken meines Mädchens treffen.

Das linke Fernsehbild wechselt, weil ein Produzent in Atlanta das Unvermeidliche nicht zeigen will. Auf dem Bildschirm ist jetzt der CNN-Feed mit einem sichtbar schockierten Moderator zu sehen.

Al Jazeera sendet weiter, obwohl auch sein Moderator laut rufend zu verlangen scheint, jemand solle den Stecker ziehen.

Ich trete ins Dunkel hinaus.

Vor gerade mal drei Tagen – vor nur drei Tagen! – steht Mel strahlend lächelnd vor mir, ihr Haar noch feucht vom Duschen, so verdammt glücklich aussehend, so lebendig, so bereit für diesen Tag, als sie fragt, ob sie mir etwas mitbringen könne, und dann lacht, als ich sie bitte, mich anzurufen, sobald sie am nächsten Tag wieder Netz hat.

Und ihre Antwort:

Klar, Dad. Mir passiert nichts, darauf kannst du dich verlassen.

Gleich wird der Säbel herabzucken, alles in diesem Raum ist erstarrt, und Mel öffnet im letzten Moment die Augen und kreischt mit voller, kräftiger Stimme: »Mommy, nicht hinsehen!«

Ich ziehe Samanthas Kopf an meine Schulter, als …

Der Säbel trifft.

Ein Blutstrahl platscht aufs Kameraobjektiv.

Ein leises, trauerndes »Ooooh« ist von irgendwo im Raum zu hören.

Ich halte Samantha eng, eng an mich gedrückt.

Ich möchte wegsehen.

Aber das gestatte ich mir nicht.

Ein Finger scheint etwas von dem auf das Kameraobjektiv gespritzten Blut wegzuwischen. Er verschmiert es, aber dadurch wird es wieder durchsichtig genug, um zeigen zu können, was auf dem felsigen Untergrund liegt.

Eine auf der Seite liegende Gestalt, das Wort DARTMOUTH auf dem schmutzigen, zerrissenen Sweatshirt ist teilweise noch lesbar, des Weiteren Kakishorts, sehnige nackte Beine und schmutzige Fußsohlen.

Ich kann nicht sagen, was ich sehe.

Nur etwas Ovales mit lockigen blonden Haaren, die nass von Blut sind.

Und eine heruntergefallene Brille, die allein auf dem Fels liegt.

Ich trete ins Dunkel hinaus und falle endlos lange.

TEIL DREI

KAPITEL 68

ZWEI WOCHEN SPÄTER
LAKE MARIE, NEW HAMPSHIRE

Ich sitze auf der verglasten Veranda meines Hauses in einem Rattansessel und starre in die Regenschleier hinaus, die über den See und die umliegenden bewaldeten Hügel hinwegziehen. Draußen auf dem See schwimmen jetzt zwei Boston Whaler, beide mit Secret-Service-Agenten besetzt, weil die bisherigen Wachen verdoppelt wurden. Draußen in den Wäldern um mein Anwesen patrouillieren Männer des CAT-Teams des Secret Service, und die New Hampshire State Police blockiert meine Einfahrt und weist Neugierige ab.

Falls es ein besseres Beispiel dafür gibt, wie der Brunnen abgedeckt wird, nachdem das Kind hineingefallen ist, habe ich es noch nicht gehört.

Es regnet weiter.

Unabhängig vom Wetter scheint es hier seit zwei Wochen immer nur kalt und regnerisch gewesen zu sein.

Sieht man von den Secret-Service-Agenten im Haus und auf dem Grundstück ab, deren Zahl sich ebenfalls verdoppelt hat, bin ich im Haus allein. Samantha ist letzte Woche nach Maine zurückgefahren und hat sich wieder in ihre Ausgrabung gestürzt. Vor ihrer Abreise hat es viele Tränen, Umarmungen, Wutanfälle, Vorwürfe, Türenknallen und noch mehr Tränen und Umarmungen und bis tief in die Nacht hinein lange Gespräche über unsere Erinnerungen an Mel gegeben.

Meine Stabschefin Madeline Perry war zweimal auf Besuch hier und hat beide Male eine Auswahl von Kondolenzbriefen und -karten aus aller Welt mitgebracht. Darunter war versehentlich auch eine Karte, auf die jemand gekritzelt hatte: »Gut, das Ihr hässliches Medchen toht ist. Ihre Frau, diese Bitch, und Sie sint hoffentlich als nechste dran, Veräter.«

Letzte Woche ist Yvette Cloutier, eine in der Nähe wohnende Franko-Kanadierin, die seit einem halben Jahr bei mir putzt, in Tränen ausgebrochen, als sie mich im Wohnzimmer gesehen hat. Sie hat meine Hände in ihren gehalten, laut auf Französisch gebetet und erst aufgehört, als einer der neuen Secret-Service-Agenten sie behutsam hinausgeführt hat.

Ich komme mir wie in einem großen Bestattungsinstitut gefangen vor: ohne Leiche, die man beweinen könnte, aber mit vielen Trauernden, die sich still in den Räumen bewegen und nicht wagen, in meiner Gegenwart laut zu sprechen oder gar zu lachen.

Ich habe versucht, die Berichterstattung in den Medien möglichst zu meiden, aber was ich gesehen habe, ist tröstlich und entmutigend zugleich. In kirchlichen Einrichtungen im ganzen Land hat es Gebetswachen zur Erinnerung an Mel gegeben, Polizei und Militär haben hier und in Kanada, Großbritannien und Frankreich Terrorzellen ausgehoben, die Verbindung zu Asim al-Aschid hatten, und Hunderte von Menschen haben sich an meiner Zufahrt versammelt, um Blumen und Karten abzulegen.

Aber es gibt auch Menschen, die versuchen, Mels Tod auszunützen, um selbst Punkte zu machen – von Politikern, die der Regierung Barnes vorwerfen, dies zugelassen zu haben, bis zu anderen, die den Gouverneur von New Hampshire dafür kritisieren, dass er nicht sofort alle Waffenbesitzer seines Staats zu Hilfssheriffs ernannt und für die Fahndung nach den Terroristen eingesetzt hat.

Gerüchteweise heißt es auch, meine Nachfolgerin plane einen Militärschlag, aber wo? Und wie? Wer weiß, wo Asim al-Aschid sich jetzt aufhält, nachdem er wieder wie schon so oft in den Schatten untergetaucht ist? Ist er in Kanada, in den USA oder bei Unterstützern in aller Welt versteckt?

Ziemlich die einzige Abwechslung hat es gegeben, als bald nach Samanthas Abreise drei FBI-Agenten aus DC kamen, um Mels Zimmer zu durchsuchen und ihren Laptop mitzunehmen, damit sein Inhalt ausgewertet werden konnte.

Ich baute mich vor der Tür ihres Zimmers auf.

»Kommt nicht infrage«, sagte ich, weil ich den Gedanken nicht ertragen konnte, dass Fremde Mels Besitz durchwühlen und ihre privaten Suchen und Gedanken auf ihrem PC analysieren würden.

»Sir«, sagte der leitende FBI-Agent, »wir müssen feststellen, ob irgendetwas darauf hinweist, dass Ihre Tochter schon früher Kontakt zu …«

Ich sagte: »Kommt nicht infrage. Niemand betritt Mels Zimmer. Niemand liest ihren Computer aus.«

»Sir …«

»Ins Zimmer meiner Tochter kommen Sie nur über meine Leiche, und dagegen dürfte der Secret Service etwas haben.«

Die Agenten zogen ab, und ich verbrachte diese Nacht in Mels Zimmer mit einer Wolldecke auf dem Fußboden zusammengerollt: trauernd, mich erinnernd und noch mehr trauernd.

Ich reibe mein Gesicht und die Bartstoppeln. Meine letzte Rasur liegt ein paar Tage zurück. In den ersten paar Tagen nach meiner Rückkehr an den Lake Marie gab es Alkoholexzesse und Schuldgefühle. Dann schüttelte ich das ab, machte mich an die Arbeit, lief lange Strecken auf Trails in der Umgebung – niemals allein, versteht sich – und trainierte in dem kleinen Schuppen neben der Garage, der als Fitnessstudio eingerichtet ist. Dort trainierte ich auch andere Dinge, die ich vor meinen Personenschützern geheim gehalten habe.

Ich sehe auf meine Armbanduhr.

Gleich 17.00 Uhr.

Ich hole mein iPhone heraus und nehme eine kurze Videobotschaft für meine Frau auf.

»Hi, Sam, ich bin's«, sage ich. »Hier ist das Wetter am Lake Marie.« Ein langsamer Kameraschwenk, damit sie den Steg, das dort liegende

Pontonboot und den nassen Strand sehen kann, bevor ich wieder selbst ins Bild komme. »Ziemlicher Dauerregen. Wenigstens hält er die Gaffer und Touristen ab. Hoffentlich ist das Wetter in Maine besser, hoffentlich machst du Fortschritte, hoffentlich schreibst du dort oben Geschichte …«

Ich verstumme, weil ich denke: Idiot! Yeah, sie schreibt wirklich Geschichte, die trauernde ehemalige First Lady – die einzige First Lady, deren Tochter ermordet wurde.

»Na ja, wenn's morgen sonnig ist, ziehe ich mit Werkzeug los und rode noch etwas Unterholz an der alten Mauer. Ansonsten passiert hier nicht viel …«

Soll heißen: Ja, Sam, die Leiche unserer Tochter ist noch immer nicht gefunden worden.

»Das war das Neueste vom Lake Marie. Liebe dich. Du fehlst mir … Ruf doch mal an, wenn du Zeit hast. Bis bald!«

Ich beende die Aufnahme, schicke sie Sam und frage mich, ob sie mich wohl anrufen wird.

Ich starre wieder in den Regen hinaus, sehe die aus dem Wasser gezogenen Kanus. Die Erinnerung an das Kanurennen, nach dem ich Mel letztmals gesehen habe, kommt mit Macht zurück, und ich wische mir Tränen aus den Augen.

Die Fliegengittertür öffnet sich, dann kommt Agent Stahl heraus, nickt mir zu und sieht aufs kalte dunkelgraue Wasser des Sees hinaus. Er hat Gewicht verloren, sein Gesicht ist hager und müde, und mir kommt es vor, als seien Jahre vergangen, seit wir im Sonnenschein auf diesem See unterwegs waren.

Ich sage: »Setzen Sie sich zu mir, David.«

»Danke, Sir.«

Er zieht einen Rattansessel heran und nimmt Platz. Er trägt Bootsschuhe, beige Slacks und ein verknittertes blaues Polohemd.

Einige Sekunden vergehen, dann sagt er: »Sir, Sie wissen, dass wir ein paar neue Agenten hier haben. Ich denke, heute Abend wäre ein guter Zeitpunkt, ihnen Ihre Fähigkeiten als Pokerspieler zu demonstrieren.«

Zu jedem anderen Zeitpunkt hätte ich gelächelt und bereitwillig zugestimmt, denn zu den einfachen Freuden, die ich hier draußen genossen habe, gehört das Pokern – manchmal nächtelang – mit meinen Personenschützern, bei dem ich öfter gewonnen als verloren habe.

Aber dies ist nicht jeder andere Zeitpunkt.

»Vielleicht nicht heute Abend«, sage ich, »und vielleicht niemals, wenn Agent Peyton Dienst hat.«

David verzieht das Gesicht. Einer der neuen Agenten ist Brett Peyton, ein vorlauter, eingebildeter Kerl, den uns vermutlich Faith Murray, die stellvertretende Direktorin des Presidential Protection Detail, ins Nest gesetzt hat. Sie bereitet eine Säuberung und ein Disziplinarverfahren gegen die Agenten meines ursprünglichen Teams vor.

»Was ist das Neueste?«, frage ich.

»Die Fahndung ist auf Maine und New York State sowie auf den Süden von Vermont, Ontario und Quebec ausgeweitet worden. Wegen des Schwimmerflugzeugs sind viele Meldungen und Hinweise eingegangen, aber leider kann sich niemand an sein Kennzeichen erinnern, sodass wir da nicht weiterkommen. Und bei der Vielzahl von einsamen Flüssen und Seen in Reichweite dieses Schwimmerflugzeugs …«

Er verstummt, und wir wissen beide, dass er nicht weiterzusprechen braucht.

Die Chancen, dass Mels Leiche bald gefunden wird, sind verdammt gering.

Ich verschränke die Arme, sehe wieder zu den Kanus hinüber und frage mich, ob Dave und ich jemals wieder um die Wette fahren werden.

Ich bemühe mich sehr, die nächsten Sätze mit fester Stimme zu sagen, als verläse ich einen Bericht zur Lage der Nation, aber das klappt schon nach den ersten Worten nicht mehr.

»Wenn sie gefunden wird, David, ganz gleich, wo … und wenn sie verlegt werden kann … Ich möchte, dass Sie dann mit fünf Agenten aus dem ursprünglichen Team da sind … und ich möchte, dass Sie sie heimbringen. In Ordnung?«

Tränen laufen ihm übers Gesicht, und er sagt heiser: »Mr. President, das können wir nicht.«

»Wieso nicht?«

»Weil wir sie im Stich gelassen haben … und Sie und Mrs. Keating. Das wäre nicht recht.«

Ich schüttle den Kopf. »Wir haben sie alle im Stich gelassen. Machen Sie's also, David. Ja? Bringen Sie mein Mädchen heim.«

Er nickt nur.

Ich nicke auch.

Nachdem noch ein paar graue Minuten verstrichen sind, sage ich: »Ich bewundere Sie, David, Sie und die anderen Agenten, wegen des Jobs, den Sie machen, weil Sie in endlosen langweiligen Stunden wach bleiben, weil Sie mit mir reisen und sich längst bekannte alte Sprüche anhören, weil Sie's mit uns Schützlingen aushalten. Das ist ein harter Job, von denen die meisten Leute außer dem Bullshit in Filmen und im Fernsehen nichts wissen.«

Er sagt nichts, was mir nur recht ist.

»Ich möchte mich im Voraus entschuldigen, David, weil ich Ihnen und den übrigen Agenten das Leben sehr, sehr schwer machen werde.«

»Wie das, Sir?«

Ich sehe wieder zu dem regennassen Strand hinüber. Denke an das aufgestellte Volleyballnetz, an Mel und ihre Freunde aus Dartmouth, die lachen und spielen, die schönste Zeit ihres Lebens genießen, jeder Tag hier ein perfekter Tag mit viel Sonne und ohne Regen, immer wolkenlos.

Ich sage: »Ich werde in den nächsten paar Wochen untertauchen. Ich werde reisen, mit Leuten reden. Vermutlich mit einigen nicht sehr netten Leuten. Und irgendwann kommt der Tag, an dem ich Asim al-Aschid aufspüre, und ich werde ihm von Angesicht zu Angesicht gegenübertreten, damit er weiß, dass ich da bin, und in seinen letzten Sekunden vor ihm stehen.«

Ich mache eine Pause.

»Dann blase ich ihm seinen gottverdammten Kopf weg.«

KAPITEL 69

LAKE MARIE, NEW HAMPSHIRE

Zu Agent Stahls Ehre muss gesagt werden, dass er mit keiner Wimper zuckt, nicht protestiert und kein Wort sagt.

Ich sage: »Unterwegs finde ich vielleicht den Piloten, der Asim geholfen hat, mit meinem Mädchen zu flüchten. Vielleicht finde ich den Mann, der ihm den Strick verkauft hat, mit dem er sie gefesselt hat, und auch den Mann, der ihm den Säbel gegeben hat, mit dem er sie enthauptet hat. Und wenn ich auf diese Leute stoße, liquidiere ich jeden Einzelnen von ihnen.«

Ich mache erneut eine Pause.

Kein Wort von Agent Stahl.

Ich sage: »Demnächst verschwinde ich von hier – ohne Ihr Einverständnis und ohne, dass der Direktor des Secret Service oder der Heimatschutzminister davon wissen. Verstehen Sie, was ich sage, David?«

»Ja, Sir.«

»Nichts auf Erden kann mich davon abhalten«, sage ich, und meine Stimme klingt ruhig und fest, nicht zittrig wie zuvor, als ich von Mels Leiche gesprochen habe. »Wenn Sie Ihre Argumente vorbringen wollen, um mich vielleicht umzustimmen, können Sie's jetzt tun. Sie vergeuden damit Ihre Zeit, aber ich werde höflich sein und zuhören. Wollen Sie und die anderen Agenten mich daran hindern, müssen Sie mich im Schutzraum in Ketten legen.«

David sagt: »In Ordnung, Sir. Dann hören Sie sich bitte an, was ich zu sagen habe.«

»Das habe ich versprochen.«

Er starrt mich mit müdem Gesicht und seinem gehetzten Blick an und sagt: »Ich bin dabei.«

Ich bin kurzzeitig überrascht, dann sage ich: »Stopp, David, stopp! Dieser Feldzug wird hart, unschön und überwiegend illegal. Wenn Sie mitmachen …«

Er schüttelt den Kopf. »Was? Wenn ich mitmache, ist's mit meiner Karriere vorbei? Die hat sich bereits erledigt. Jetzt stehen nur noch die Anhörung im Kongress und das Disziplinarverfahren aus. Ich kann von Glück sagen, wenn ich meine Pension behalte, aber die ist mir im Augenblick scheißegal. Ich möchte Ihnen helfen, Mr. President.«

»David …«

Er beugt sich in seinem abgenutzten Rattansessel nach vorn. »Mr. President, lassen Sie mich korrigieren, was ich gesagt habe. Ich *muss* dabei sein.«

»Was wollen Sie, David? Erlösung?«

Ein nachdrückliches Kopfschütteln. »Nein, Sir. Gerechtigkeit, genau wie Sie.«

Sein Blick wirkt entschlossen. Bestimmt will er Gerechtigkeit, aber ich sehe auch, was er meint, wenn er sagt, dass er dies braucht.

Das tun wir alle.

»Na schön«, sage ich und falte meine müden Hände. »Ich werde eine Menge Wegwerfhandys mit Prepaidkarten unter einer falschen E-Mail-Adresse brauchen. Und wahrscheinlich ein paar zuverlässige Leute, die sich mir anschließen. Ich werde tief graben, viel inoffiziell recherchieren müssen. In meinem Safe im Schlafzimmer habe ich reichlich Bargeld. Wenn Sie helfen wollen, könnten Sie ein, zwei Tage lang in Geschäften in der Umgebung einkaufen. Zum Beispiel einen Chrome-Laptop oder dergleichen von Best Buy. Die Handys in verschiedenen Läden. Sie müssen einen verschlüsselten Mailaccount einrichten, um die Handys zu aktiveren und mehrere Prepaidkarten kaufen zu können. Dann …«

Ich mache eine Pause.

Auf seinem Gesicht steht ein leichtes Lächeln.

Ich sage: »Sorry, David. Ich erzähle Ihnen von Ihrem Job, erkläre Ihnen Ihr Handwerk. Das kann ich mir sparen. Sie wissen selbst, was ich brauche, und kennen die besten Bezugsquellen.«

»Schon in Ordnung, Mr. President«, sagt er und steht auf. »In ein paar Minuten mache ich draußen einen Kontrollgang. Wenn Sie das Geld für mich haben, wenn ich zurückkomme, kann ich mich gleich an die Arbeit machen.«

»Danke, David«, sage ich.

»Aber ich möchte noch sagen, Sir, dass ich schon wusste, was Sie vorhaben.«

Das überrascht mich. »Woher?«

»Weil Sie in den beiden letzten Wochen drüben im Schuppen trainiert haben. Ich wusste, dass Sie Ihre Waffen bei sich hatten und mit ihnen geübt haben, um sich wieder daran zu gewöhnen, ein Gewehr oder eine Pistole zu handhaben. Das war ziemlich klar, wenn man nahe genug daran vorbeigegangen ist, um horchen zu können.«

Das sollte mich vermutlich ärgern, aber stattdessen bin ich beeindruckt. »Gut gemacht, David. Danke.«

Bevor er die Veranda verlässt, tut er etwas für einen Secret-Service-Agenten sehr Unprofessionelles.

Er drückt mir mit einer Hand leicht die Schulter.

»Nein, Sir«, sagt er. »Ich habe Ihnen zu danken.«

Er geht ins Haus zurück, und ich bleibe noch eine Zeit lang sitzen und sehe zu dem bewölkten Himmel auf, aus dem endlich kein Regen mehr fällt, was zumindest für die völlig durchnässten Agenten in den beiden Boston Whalers ein Segen sein muss.

Ich reibe mir das Gesicht, das Kinn.

Es wird Zeit, dass ich dusche, mich rasiere und saubere Klamotten anziehe.

Es wird Zeit, wieder an die Arbeit zu gehen.

KAPITEL 70

LAKE MARIE, NEW HAMPSHIRE

Nachdem Agent David Stahl seinen Kontrollgang beendet hat – bei dem er erfahren hat, dass das aus zwei Mann bestehende CAT-Team soeben den Fotografen eines Boulevardblatts festgenommen hat, der auf das Grundstück zu gelangen versuchte, um Aufnahmen von dem trauernden Expräsidenten zu machen –, geht er in die Küche, um ein Glas kaltes Wasser zu trinken, bevor er losfährt. Vor einigen Minuten ist er in seinem Büro in der ehemaligen Scheune gewesen und hat auf seinem Schreibtischstuhl einen weißen Briefumschlag mit zwanzig druckfrischen Hundertern vorgefunden.

In der großen Küche blockiert Stabschefin Madeline Perry jedoch mit harter, entschlossener Miene seinen Weg zu dem Kühlschrank mit Edelstahlfront. Zu schwarzen Slacks trägt sie einen roten Pullover mit hochgeschobenen Ärmeln und sieht nicht glücklich aus.

»Wir müssen miteinander reden, David.«

»Okay«, sagt er vorsichtig, weil er nicht weiß, was das Problem ist, und hofft, dass es keine große Sache ist. David hat jahrelange Erfahrung mit dem Stab des Weißen Hauses, der die ganze Skala von Leuten umfasst, die in Secret-Service-Agenten Dienstboten, grimmige Todesengel oder Hintergrundgestalten sehen, die ignoriert werden können. Insgesamt betrachtet mag David lieber ignoriert werden. Im Hintergrund zu sein gehört schließlich zu seinem Auftrag.

Was Madeline angeht, hat David sie als taff, aber vernünftig kennengelernt. Sie versteht, welchen Job der Secret Service hier im Haus des Expräsidenten hat, aber sie schreckt nicht davor zurück, energisch zu protestieren, wenn sie findet, dass die Agenten ihre Vorschriften zu streng auslegen.

Im Allgemeinen ist die Zusammenarbeit mit ihr angenehm, aber diese Illusion stürzt Sekunden später brennend ab wie ein Weltkriegsbomber, den ein feindlicher Jäger abgeschossen hat.

Sie fragt mit kalter Stimme: »Was zum Teufel fällt Ihnen ein, Harbor zu helfen, einen Rachefeldzug gegen Asim al-Aschid zu planen? Das ist verrückt!«

Scheiße, woher? fragt er sich, und sie sagt: »Ich weiß, was Sie denken. Ich bin nicht stolz darauf, das gebe ich zu, aber ich bin an der Fliegengittertür vorbeigegangen und habe gehört, was Sie mit Harbor besprochen haben. David, was zum Teufel haben Sie sich dabei gedacht?«

Ihm ist klar, dass er erfinderisch wird lügen müssen, damit der Expräsident und er ihren Plan verwirklichen können, aber er hat nicht erwartet, dass ihr Vorhaben auffliegen würde, noch bevor es begonnen hat.

Er sagt: »Er ist nicht verrückt.«

»Er klingt aber verdammt so«, sagt sie. »Ich weiß, dass er trauert, ich weiß, dass er Rache will – das tun wir alle! –, aber diese Idee ist Wahnsinn. Überlassen Sie das den Profis. Nicht einem Expräsidenten mit kaputter Hüfte, der von Kummer und Schuldgefühlen überwältigt ist.«

David sagt: »*Profis?* Die Regierung Barnes hat sich nicht gerade mit Ruhm bekleckert, stimmt's? Vor allem nicht mit dieser Bullshit-Story, die Präsidentin habe das Lösegeld zahlen wollen, sei aber vom FBI und anderen überstimmt worden. Sie haben die Kommentare dazu gelesen. Ihre Story war glatt gelogen.«

»Aber wer kann das genau wissen?«, fragt sie. »Hier steht Aussage gegen Aussage. Typischer Bullshit aus DC, das weiß ich, aber Sie sollten diese Sache wirklich den Profis überlassen.«

»Nun«, sagt er, »die Profis fahnden seit Jahren nach Asim al-Aschid, aber sie stehen immer wieder mit leeren Händen da. Was soll sich daran dieses Mal ändern?«

»Und Sie trauen das Harbor zu? Ehrlich?«

Stahl atmet tief durch, bemüht sich, cool und neutral zu bleiben. »Maddie … was geht hier vor? Sie haben jahrelang mit Harbor, seiner Frau und seiner Tochter zusammengearbeitet. Was soll dieser Gegenwind?«

Als sie wegsieht, weiß David, dass er einen wunden Punkt getroffen hat. Hinter dem forschen Auftreten der Stabschefin steckt etwas anderes, mehr als nur ihr Wunsch, Harbor daran zu hindern, zu tun, was getan werden muss.

Perrys Augen sind feucht, als sie ihn jetzt ansieht. »Ich habe an ihn geglaubt, David. Und es war schrecklich, als ihm die zweite Amtszeit versagt geblieben ist. Und ich dachte, ich täte etwas Gutes für ihn, wenn ich nach seiner Präsidentschaft bei ihm bliebe – vor allem, weil er vorhatte, eine Stiftung zur Unterstützung von Veteranen ins Leben zu rufen.«

Tränen laufen ihr übers Gesicht. »Harbor weiß nichts davon, also dürfen Sie's ihm nicht erzählen, aber einer meiner Cousins hat ehrenhaft bei den Rangern gedient. Gegen Ende von Harbors Amtszeit ist er in Detroit auf der Straße erfroren – wie andere obdachlose Veteranen im ganzen Land. Harbor hat gesagt, das dürfe nie wieder passieren, seine Stiftung werde für die Veteranen sorgen.«

Jetzt ist alles klar, denkt Stahl. »Die Stiftung ist noch nicht gegründet, richtig?«

Perry schüttelt den Kopf. »Auf dem Papier, ja. Aber wo's darauf ankommt, auf den Konten, ist bisher kaum Geld eingegangen. Wir wollten ihn seine Memoiren schreiben lassen – von seiner entbehrungsreichen Kindheit in Texas bis zu seiner Dienstzeit bei den SEALs, dann seine Karriere als Politiker und zuletzt der Schock seiner Abwahl. Dieses Buch hätte ihm und der Stiftung Millionen eingebracht, sodass nie wieder Veteranen obdachlos auf der Straße leben müssen.«

Sie atmet tief durch. »Aber er hat noch kein einziges verdammtes Wort geschrieben! Immer heißt's ›Morgen, morgen oder nächste Woche‹, während ich Robert Bernett, seinem Literaturagenten, zu helfen versuche, einen guten Deal auszuhandeln, obwohl es noch nicht mal ein Exposé gibt. Und nun … will er zu einem Rachefeldzug aufbrechen! Dabei wissen wir beide, dass der jämmerlich fehlschlagen wird.«

»Schon möglich«, sagt Stahl. »Aber das ist jetzt unwichtig. Sein Entschluss steht fest.«

»Nein, das ist wichtig«, sagt Perry energisch. »Schlägt die Sache wie erwartet fehl, winken die Verleger ab, und die Veteranen, denen er helfen will, werden weiter ignoriert.«

»Maddie, Sie haben gute Argumente, aber das geht über meine Besoldungsstufe hinaus. Er zieht in den Kampf, und wir können ihn nicht daran hindern.«

»Bitte, David«, sagt sie. »Lassen Sie die Dienste Jagd auf Asim al-Aschid machen. Die haben weit mehr Ressourcen, als Harbor jemals zusammenkratzen könnte.«

»Aber etwas anderes haben sie nicht, Maddie«, sagt er.

»Was wäre das?«

»Ein Vater, der den selbst gestellten Auftrag ohne Rücksicht auf Verluste ausführen wird.«

KAPITEL 71

LAKE MARIE, NEW HAMPSHIRE

Allein im Büro – kein schlechter Buchtitel, und bei gedimmtem Licht lehne ich mich auf dem alten Drehstuhl zurück, den ich mit dem Haus übernommen habe. Der PC ist ausgeschaltet, und mein kleines Fenster bietet keine Aussicht, was mir nur recht ist. Keine fernen Lichter am jenseitigen Seeufer, wo Nachbarn Spaß haben und ihr Leben genießen und lachen und sich unterhalten.

Die Bücherregale in meinem kleinen Büro quellen über von historischen Werken, Autobiografien und militärischen Sachbüchern, die sich auch auf dem Fußboden stapeln. Samantha hat mich oft damit geneckt, dass ich zu viele Bücher habe, und ich habe immer geantwortet: »Nein, das Problem ist: zu wenig Regale.«

Die wenigen freien Wandflächen hängen voller gerahmter Familienfotos, darunter verblasste Farbfotos, die mich als Kind in Texas mit Lucille Keating, meiner Mom, zeigen, die vor zehn Jahren an Lungenkrebs gestorben ist. Mein Dad war Gus Keating, der auf einer Bohrinsel im Golf von Mexiko gearbeitet und sich mit geschmuggeltem Jack Daniel's betrunken hat, von der Plattform gefallen und ertrunken ist, als ich fünf war. Es gibt etliche Bücher und Untersuchungen über die SEALs, von denen einige darauf aufmerksam machen, dass die meisten – wie auch ich – aus zerrütteten Familien stammen oder bei alleinerziehenden Elternteilen aufgewachsen sind.

Über die Jahre hinweg habe ich der Versuchung widerstanden, eine »So großartig bin ich«-Wand mit Plaketten, Trophäen und gerahmten Zertifikaten einzurichten. Sie wäre ein Zeichen von Rückwärtsgewandtheit, und ich habe immer lieber nach vorn geblickt.

Auf dem Schreibtisch mit meinem PC stehen die Fotos, die mir am meisten bedeuten: Kinder- und Jugendfotos von Mel, eines, auf dem ich nach Samanthas Promotion stolz neben ihr stehe, und ein Winterfoto von hier, auf dem wir drei optimistisch lächelnd in die Zukunft nach meiner Präsidentschaft blickend im Schnee stehen.

Ich nehme einen gelben Notizblock von dem Stapel, den Maddie Perry mir vor Monaten für meine Autobiografie besorgt hat, greife nach einem Stift und mache mich an die Arbeit.

Keine Zeit, sich Gedanken über die Vergangenheit zu machen.

Vor meinen Füßen steht eine weiß-blaue Walmart-Tragetasche, aus der ich das erste von ungefähr einem Dutzend betriebsbereiter Tracfones aus verschiedenen Läden im ganzen County hole. Mit meinem iPhone als Telefonbuch wähle ich die erste Nummer in Übersee. Das Telefon klingelt und klingelt, dann meldet sich eine irritierte Stimme mit leichtem Brooklyner Akzent.

»Verdammt, wer sind Sie?«, knurrt Danny Cohen, der ehemalige Mossad-Direktor. »Und woher haben Sie diese Nummer?«

»Danny, bitte nicht auflegen«, sage ich hastig. »Ich bin's, Matt Keating.«

Sein Tonfall ändert sich schlagartig. »Oh, Matt, tut mir leid, dass ich so unfreundlich war. Aber mir wurde *Unbekannter Anrufer* angezeigt …«

Ich unterbreche ihn. »Ich benutze ein Wegwerfhandy. Ist Ihres abhörsicher?«

»Natürlich«, sagt er. »Matt, Dora und ich möchten Ihnen nochmals unser aufrichtiges Beileid zu Mels Tod ausdrücken. Herzzerreißend.«

»Ich weiß«, sage ich mit dem Stift fest in der freien Hand. »Ihr Brief war uns ein echter Trost. Aber, Danny …«

»Ja«, sagt er lebhaft. »Sie benutzen ein Wegwerfhandy. Also ist dies kein gewöhnlicher Anruf. Welche Art Hilfe brauchen Sie?«

»Alles über Asim al-Aschid, seine Freunde und Verbündeten, alles, was mir helfen kann, seinen jetzigen Aufenthaltsort zu ermitteln.«

»Ist gebongt«, sagt er. »Wie lange wollen Sie dieses Wegwerfhandy verwenden?«

»Einen Tag«, antworte ich über Dannys rasche Zusage verblüfft. »Morgen nehme ich ein neues.«

Er sagt: »Dann können Sie mich jederzeit wegen Updates anrufen. Ich mache mich gleich an die Arbeit. Ich weiß, dass auch Ihre Dienste nach Asim al-Aschid fahnden, aber wir wissen beide, was passiert, wenn konkurrierende Dienste hinter denselben Informationen her sind.«

Daran braucht mich niemand zu erinnern. Die Katastrophe vom 11. September 2001 wäre leicht zu vermeiden gewesen, wenn CIA, FBI, Zollbehörde und andere auf ihre Revierkämpfe verzichtet hätten und der Kongress ihnen den Datenabgleich gestattet hätte, der alle Dienste auf einheitlichen Wissensstand gebracht hätte.

Seit jenem schwarzen Dienstag ist vieles besser geworden, aber der Weg zur Perfektion ist noch weit.

Ich sage: »Danny … das ist unglaublich großzügig. Ich hatte mit einer halben Ablehnung gerechnet. Oder mit einer Menge Fragen.«

»Ich habe keine Fragen«, sagt er. »Weil ich weiß, was Sie vorhaben. Und es steht mir nicht zu, mit Ihnen zu diskutieren oder zu versuchen, Sie davon abzubringen. Sie kennen unsere Geschichte, Matt. Wir wissen, wie wichtig die Familie ist, und wir wissen, wie wichtig es ist, Rechnungen ohne Rücksicht auf die Zeit oder die Kosten zu begleichen. Rufen Sie mich also jederzeit an. Für mich ist es eine Ehre, Ihnen zu helfen. *Shalom Aleichem*, mein Freund.«

Der zweite Anruf ist fast mit dem ersten identisch, außer dass hier ein Araber mit britischem Akzent spricht.

»Wer sind Sie?«, blafft Ahmad bin Najef, ehemaliger stellvertretender Direktor des saudi-arabischen Geheimdiensts. »Von wo aus rufen Sie an?«

»Aus New Hampshire, Ahmad«, sage ich. »Ich bin's, Matt Keating.«

Wie bei Danny ändert sein Tonfall sich schlagartig. »Ah, Matt, ich freue mich, von Ihnen zu hören – und nochmals mein herzliches Beileid. Wie geht es Samantha und Ihnen?«

»Samantha arbeitet wieder, versucht, von Tag zu Tag zurechtzukommen«, sage ich. »Ich meinerseits tue mein Bestes … Ahmad, ist dieses Gespräch sicher? Ich benutze ein Wegwerfhandy.«

»Ja, ja, völlig sicher«, sagt er, »sonst kann mein Neffe sich auf einiges gefasst machen. Matt, bitte, was kann ich für Sie tun?«

»Ich brauche alles, was Sie über Asim al-Aschids Aufenthaltsort in Erfahrung bringen können«, sage ich. »Es muss nicht hundertprozentig zutreffend sein. Mir genügt schon etwas, aus dem sich eine Fährte konstruieren lässt. Ich bin Ihnen für alles dankbar, was Sie teilen dürfen.«

Eine kurze Pause. »Ist das Ihr Ernst, mein Freund?«

»Absolut.«

»Eine gefährliche Aufgabe, die Sie sich da stellen.«

Ich frage: »Sie sagen also Nein?«

»Oh, Matt, keineswegs, durchaus nicht«, sagt er. »Ich denke nur – und das sage ich voller Respekt und mit tiefster Zuneigung –, dass dies ein Job für einen jüngeren Mann wäre. Oder für jüngere Männer. Besser in Übung und mit keiner – leider! – schlecht verheilten Hüfte.«

»Es muss erledigt werden.«

»Ja, natürlich«, sagt Ahmad. »Aber lassen Sie mich Ihnen wenigstens eine Alternative anbieten. Sollte ich das unwahrscheinliche Glück haben, brauchbare Informationen über Asim zu bekommen, werde ich persönlich etwas unternehmen. Ich könnte sie an die zuständigen Stellen hier im Königreich weitergeben, aber dort würden sie vielleicht nur analysiert und noch mal analysiert, aber nicht an Ihre Dienste weitergegeben. Hier in Riad gibt es einige, das muss ich leider sagen, die Asim al-Aschid bewundern.«

Das zu hören ist schlimm, aber ich weiß, dass Ahmad recht hat.

Er fährt fort: »Sollte ich mit Glück und durch Allahs Hilfe erfahren, wo er ist, kann ich einen Trupp von Männern entsenden, sehr hart, sehr taff, von Ihren SEALs und dem britischen SAS ausgebildet, die diesen Auftrag für Sie erledigen.«

Gott, was für ein verlockendes Angebot, das ich aber nicht annehmen kann, wenn ich in Zukunft in Frieden mit mir selbst leben will.

»Ahmad, ich bin gerührt und fühle mich mehr geehrt, als ich ausdrücken kann«, sage ich, »aber ich muss das selbst machen. Für … meine Familie.«

Er spricht energisch. »Das verstehe ich völlig. Sie wissen, wie ich zu erreichen bin, und ich verspreche Ihnen, Sie nicht wieder anzublaffen, wenn ich *Unbekannter Anrufer* auf meinem Display lese. Aber mein Angebot gilt weiterhin, Matt. Wir können Ihnen diese Aufgabe abnehmen.«

»Nochmals vielen Dank, Ahmad«, sage ich. »Aber ich muss diese Sache selbst zu Ende bringen.«

»Also gut«, sagt er. »*Wadaeaan*, Matt.«

Bevor ich nach dem zweiten Gespräch weiterarbeite, denke ich darüber nach, wie seltsam dies alles ist. Früher hätten Dannys Großvater und Ahmads Großväter sich bestimmt gehasst, das Land des anderen und seine Bevölkerung gehasst, und wären auf ihre Weise froh gewesen, es vernichtet zu sehen.

Und heute?

Nicht nur arbeiten ihre Enkel heimlich zusammen, um dieser turbulenten Region etwas Frieden und Stabilität zu bringen, sondern sie helfen jetzt auch einem amerikanischen Expräsidenten bei seinem persönlichen Rachefeldzug.

Vielleicht gibt es doch noch Hoffnung dort drüben.

Ich wende mich wieder meiner Arbeit zu und greife nach dem nächsten Handy.

KAPITEL 72

LAKE MARIE, NEW HAMPSHIRE

In Montana ist es 2.00 Uhr morgens, als ich die dritte Nummer wähle. Während das Festnetztelefon klingelt und klingelt, frage ich mich, wer sich letztlich in dem einsamen Ranchhaus am Fuß der Beartooth Mountains melden wird, das dem Regisseur und Stuntman und ehemaligen SEAL Trask Floyd gehört, der mir vor einer gefühlten Ewigkeit ein Flugzeug nach DC zur Verfügung gestellt hat. Das Telefon klingelt endlos lange, dann sagt eine verschlafene Männerstimme langsam und deutlich: »Wenn Sie ein Starlet sind, das glaubt, in meinem nächsten Film mitspielen zu müssen, weil es auf ein Stichwort hin kichern kann, verpissen Sie sich. Wenn Sie ein ehemaliger SEAL sind, der Unterstützung braucht, schicken Sie Ihren Lebenslauf an mein Postfach. Alle anderen, die noch mal anrufen, spüre ich auf, um sie in den Hintern zu treten.«

Ich frage: »Was ist mit dem ehemaligen Führer der freien Welt?«

Ein kurzer Fluch, dann sagt die nun hellwache Stimme. »Mr. President! Jesus, das tut mir leid. Ich hab die Nummer nicht erkannt.«

Ich sage: »Das hat einen Grund, Trask. Ich benutze ein Wegwerfhandy und rufe Ihren Festnetzanschluss an. Und nennen Sie mich bitte Matt.«

Ein lautes Gähnen am anderen Ende. »Entschuldigen Sie, Matt. Eine unwillkürliche Reaktion. Und das mit Mel tut mir verdammt leid. Großer Gott!«

»Danke Ihnen, Trask.«

»Woher wussten Sie, dass ich zu Hause bin?«

»Ich habe bei Google News gesehen, dass Sie ein Filmfestival in Boise besuchen«, sage ich. »Da habe ich mir ausgerechnet, dass Sie auf der Ranch übernachten würden.«

Er will etwas sagen, aber dann macht er eine Pause und sagt: »Wegwerfhandy, was?«

»Ja.«

»Was brauchen Sie?«

Der gute olle Trask kommt immer gleich zur Sache.

Ich sage: »Zwei erfahrene Leute, die Sie kennen, denen Sie vertrauen. Vor Kurzem pensioniert oder für längere Zeit freigestellt. Sie müssen sofort verfügbar sein und eine Zeit lang verschwinden können, ohne dass jemand nach ihnen fragt.«

Trask sagt: »Sie brauchen nur einen. Der zweite Mann bin ich.«

»Trask, das ist ein großzügiges Angebot, aber …«

»Matt«, unterbricht er mich. »Ich bin noch so gut in Form wie früher. Ich übe regelmäßig auf dem Schießstand, und wenn ich dabei bin, haben Sie Geld und Optionen.«

Ich sage: »Aber ich habe auch Trask Floyd, Schauspieler und Filmregisseur. Prominent, leicht erkennbar, mit unheimlich vielen Fans, die jede Ihrer Bewegungen beobachten.«

»Und Sie?«, fragt er ungläubig. »Als ehemaliger Präsident?«

»Der ehemalige Präsident trägt unauffällige Kleidung, Sonnenbrille, Dreitagebart und eine Basecap. Nur irgendein Kerl, der im Auto sitzt oder auf einen Flug wartet. Expräsidenten sind erkennbar, wenn sie gut angezogen und vom Secret Service umgeben sind, wenn sie eine Rede halten oder in einer Talkshow auftreten. Das alles habe ich nicht vor.«

Er sagt: »Dann nehmen Sie eben drei. Matt, ich will mitmachen.«

»Beschaffen Sie mir zwei Kerle, und helfen Sie notfalls mit Geld, Trask. Machen Sie die Sache nicht schwieriger.«

Ein Seufzer. »Okay, wird gemacht. Zwei gute Leute. Wo soll ich sie hinschicken?«

»Ich rufe Sie übermorgen mittags an. Geht das?«

»Es *muss* gehen, richtig?«

»Danke.«

Trask sagt: »Okay, und ich stehe voll hinter Ihnen, auch wenn ich nicht mitkommen darf. Und wenn Sie mit dem Kopf des Kerls in einer Kiste mit Trockeneis zurückkehren, steigt auf der Ranch eine Siegesfeier, von der die Leute noch in hundert Jahren reden werden. Passen Sie auf sich auf, Mr. President.«

»Danke, Trask«, sage ich und beende das Gespräch. Ich öffne das Gehäuse des Tracfones, nehme Batterie und SIM-Karte heraus und zerbreche die Karte in zwei Teile. Dann stehe ich auf und bin einige Minuten später in der stillen Nacht auf dem Bootssteg am Lake Marie.

Die Wolken haben sich verzogen; der Nachthimmel über dem Nordwesten von New Hampshire ist klar. Ich nehme mir einen Augenblick Zeit, um all diese Sterne, die Milliarden von Galaxien dort oben zu bewundern. In manchen Nächten erfüllt dieser Anblick mich mit Ehrfurcht bei dem Gedanken an einen Schöpfer, der dies alles arrangiert hat. In anderen Nächten erfüllt er mich mit Verzweiflung bei dem Gedanken an all die Herrlichkeit dort oben, während wir auf unserem Staubkorn so viel Zeit mit Hass und Morden vergeuden.

Ich werfe die zerbrochene SIM-Karte und das Handy ins dunkle Wasser und sehe nicht mehr zu den Sternen auf. Ich stecke eine Hand in die Hosentasche und berühre Mels Ring, den sie zurückgelassen hat, als sie entführt wurde, den das FBI uns später zurückgegeben hat.

»Asim«, flüstere ich, »ich komme dich holen.«

KAPITEL 73

LAKE MARIE, NEW HAMPSHIRE

Secret-Service-Agent David Stahl ist auf Expräsident Keatings Anwesen vor der Garage, um an diesem frühen Abend für ein paar Besorgungen in die Stadt zu fahren, als eine hohe Männerstimme ruft: »Hey, David! Bevor du wegfährst. Hast du einen Augenblick Zeit?«

Mit breitem falschen Grinsen und zufriedenem Blick kommt Secret-Service-Agent Brett Peyton auf ihn zu, und David muss sich beherrschen, um nicht angewidert zu seufzen. Peyton sieht aus wie der Traumagent eines Personalers im Heimatschutzministerium: groß und gut gebaut, sonnengebräunt und sportlich, mit perfekt gestyltem braunen Haar und einer gewinnenden Art.

Er ist auch der Lieblingsagent von Faith Murray, der stellvertretenden Direktorin des Presidential Protection Detail, die David vor einigen Monaten angewiesen hat, den inoffiziellen Personenschutz für Mel Keating einzustellen. Außerdem hat David seit Wochen darum gekämpft, zu seiner Entlastung einen Stellvertreter zu bekommen, und Brett ist auf diesen Posten berufen worden.

»Klar, Brett«, sagt David. »Was gibt's?«

»Du fährst in die Stadt?«

Nein, du Idiot, denkt David. Ich mache eine Spritztour nach Cape Cod.

»Sieht echt so aus«, sagt er. »Soll ich dir was mitbringen? Green Mountain Coffee? Einen Krapfen? Einen Energydrink?«

»Nein, nein, nein«, wehrt Peyton sanft ab. »Ich find's nur seltsam, das ist alles. Du bist Chef dieses Teams, erledigst aber trotzdem Dinge, die du dem jüngsten Agenten auftragen könntest.«

»Ich bin gern ab und zu unterwegs, sehe mich in der Nachbarschaft um, bleibe auf dem Laufenden.«

»Das steht also in deiner Dienstanweisung?«, fragt Peyton, was David wieder daran erinnert, zu welchem Zweck Peyton wirklich hier ist: nicht um Harbor zu beschützen oder David zu entlasten, sondern um das Team und ihn zu bespitzeln und Material gegen sie zu sammeln, damit sie zur rechten Zeit an den Pranger gestellt und gefeuert werden können, weil sie zugelassen haben, dass die Präsidententochter entführt und ermordet wurde.

»Nein, Brett«, sagt David und tippt sich seitlich an den Kopf. »Das sagt mir meine praktische Erfahrung. Damit solltest du's auch mal versuchen.«

Peyton grinst weiter, und David steigt in einen der vier schwarzen Suburbans der Personenschützer und fährt in Richtung Monmouth davon.

Die Zufahrtsstraße ist unbefestigt, aber in gutem Zustand, und während er fährt, denkt er an Harbor und dessen Aufträge. David ist überrascht, wie sehr das Nachdenken über dieses unmögliche Vorhaben seine Laune gehoben, seine Akkus geladen hat.

Was sie vorhaben, kann unmöglich klappen, das weiß er, weil dort draußen zu viele Neugierige jeden Schritt verfolgen werden, den Harbor tut, aber er und Harbor und die Leute, die Harbor engagieren will, werden weiß Gott ihr Bestes geben.

Er erreicht das mit zwei neuen Agenten besetzte neue hölzerne Wachhäuschen, wird durchgewinkt, biegt rechts ab und fährt in Richtung Monmouth weiter. Unterwegs kommt er an die Straßensperre, die bewaffnete Trooper der New Hampshire State Police errichtet haben, und wird auch hier durchgewinkt. Der schwarze Flor um ihre Plaketten zeigt, dass sie noch immer um Officer Corinne Bradford aus Monmouth trauern, die so viel zur Entdeckung von Mel Keatings Gefängnis beigetragen hat.

David konstatiert zufrieden, dass die Zahl der Leute auf beiden Straßenseiten abgenommen hat: Ghule, die sich am Anblick des trauernden, einsamen Expräsidenten weiden wollen. Die Kleinstadt Monmouth wird seit über zwei Wochen von Reportern und allen möglichen Losern, Hellsehern und Sensationslüsternen belagert, sodass David sich wünscht, ein vorzeitiger Blizzard triebe diese Leute in ihre jämmerlichen Behausungen zurück.

Rodney Pace geht auf dem belebten Parkplatz von Cook's General Store wartend auf und ab, auf und ab. Gelingt es ihm nicht, heute mit Matt Keating zu sprechen, bedeutet das eine weitere Nacht auf dem Rücksitz seines alten viertürigen Chevrolet Monte Carlo, und er weiß nicht, ob sein Rücken das aushält.

Vor drei Tagen hat er die schwerwiegende Entscheidung getroffen, aus seiner schäbigen, übervollen Zweizimmerwohnung in Baltimore hierherzufahren, um dem Expräsidenten persönlich zu erklären, was wirklich passiert ist, aber seine Versuche, zu Keatings Haus am See vorzudringen, haben nicht mal ansatzweise Erfolg gehabt.

Zu viele Straßensperren, zu viel Polizei und vor allem zu viele Menschen.

Bei seinen Recherchen über dieses Nest hat Rodney erfahren, dass Monmouth angeblich nur sechshundert Einwohner hat, aber wenn er sich auf dem Parkplatz umsieht, scheint die Einwohnerschaft sich verdoppelt zu haben. Hier stehen Ü-Wagen lokaler und nationaler Sender, gemietete Vans und Limousinen, zwischen denen Leute mit Kaffeebechern umherschlendern und miteinander schwatzen und … warten.

Nicht darauf, dass die Suche und Rettung endet – nein, das hat sich geändert.

Nun geht es um die Bergung.

Der Leiche Mel Keatings.

Als ob.

Der zweistöckige gelbe Store sieht aus wie ein umgebautes viktorianisches Wohnhaus mit weit geöffneter vorderer Veranda. Handgemalte Schilder kündigen einen Sonntagsbrunch in der Kirche an, bieten Heu direkt von der Farm an und werben für eine Tombola, die mithelfen soll, eine Nierentransplantation zu bezahlen. Drinnen stehen auf knarzenden Dielen, die mindestens hundert Jahre alt sein müssen, Regale mit Frühstücksflocken nur einen Gang von Motorölen entfernt, die wiederum nur einen Gang von Nagelklippern und Pferdestriegeln entfernt sind.

Rodneys Magen knurrt.

Sein Plan sah vor, mit dem Expräsidenten zu sprechen, für seine Bemühungen belohnt zu werden, aber jetzt ist er abgebrannt und hat weniger als einen Dollar in Münzen in seiner rechten Jackentasche.

Was tun?

Ein schwarzer Chevrolet Suburban wird jenseits der schmalen Straße eingeparkt, ein muskulöser Mann steigt aus, und Rodney, der seinen Augen kaum trauen will, bleibt verwundert stehen.

Secret-Service-Agent.

Das ist der Mann.

Gleich dort drüben!

Jetzt braucht er nur noch den Agenten davon zu überzeugen, ihn zu Expräsident Keating zu bringen.

Rodney setzt sich in Bewegung, geht ihm entgegen, steckt dabei eine Hand in die rechte Tasche seiner dünnen Jacke und umklammert den Griff des Revolvers Smith & Wesson Kaliber .38, den er von seinem Vater geerbt hat, der Cop in Baltimore war.

So oder so wird Rodney mit Expräsident Keating zusammentreffen.

KAPITEL 74

MONMOUTH, NEW HAMPSHIRE

Secret-Service-Agent David Stahl steigt aus dem Suburban, überquert die schmale Straße zu Cook's General Store und schüttelt den Kopf über den Zirkus auf dem Parkplatz. Vor drei Wochen hätte er noch direkt vor dem Store parken können – zwischen zwei bis drei anderen Autos und vielleicht einem mit Schlamm bespritzten Pick-up auf der weiten unbefestigten Fläche –, aber jetzt ist hier keine Lücke mehr frei. Im Laden selbst herrscht auch Gedränge, sodass David diesmal keine Gelegenheit hat, mit Mrs. Grissom, der Besitzerin, oder ihren Söhnen Clay und Todd zu schwatzen. Stattdessen wird er nur reingehen, seine Einkäufe erledigen und zusehen, dass er wieder ins Freie kommt.

Seine Einkäufe bestehen aus Kaffee für die Nachtschicht und ein paar Kleinigkeiten, und David hofft, dass ihn kein Reporter erkennt und mit Fragen löchert, die unweigerlich so beginnen: *Wie konnten Sie zulassen, dass die Präsidententochter entführt und ermordet wird?*

Auf dem Parkplatz und der Veranda drängen sich die verdammten Reporter, Trittbrettfahrer, Leichenfledderer und Sensationslüsternen, die darauf hoffen, dass Harbor sich zeigt oder – noch aufregender! – der dunkelgrüne Van eines Gerichtsmediziners, eskortiert von der New Hampshire State Police, vorbeifährt – mit den sterblichen Überresten von Melanie Keating, neunzehn.

Zum Teufel mit ihnen allen!

Statt eines Blizzards, der diese Schwachköpfe vertreiben soll, wünscht David sich einen alttestamentarischen Regen aus Pech und Schwefel, als er einen Mann auf sich zukommen sieht, der wie ein Prophet aus dem Alten Testament aussieht. Hager, sackartige Jeans, verknitterte hellbraune Jacke, ungepflegter Schnauzer, fettiges Haar, ein Auge geschwollen, fanatischer Gesichtsausdruck … Großartig, denkt David, wieder einer!

Es gibt Secret-Service-Groupies, Trittbrettfahrer, die einem von UFO-Landeplätzen oder von Reptiloiden, die Bürogebäude besetzt halten, erzählen wollen, und dieser …

Dieser hat etwas Schweres in der rechten Jackentasche.

Wie eine Waffe.

Der Mann steckt seine Hand in die Tasche und sagt: »Agent Stahl, Agent Stahl, ich muss sofort den Präsidenten sprechen!«

Die Hand kommt mit etwas heraus, und David reagiert augenblicklich.

Mein Gott, wie schnell und gemein dieser Agent ist! Er greift an seine Hüfte, reißt einen Teleskop-Schlagstock heraus, der sich sofort entfaltet, und trifft damit Rodneys Hand, sodass Schmerzen durch seinen ganzen rechten Arm bis zur Schulter hinaufzucken.

Rodney schreit auf und lässt den Revolver fallen, und der Schlagstock trifft ihn in den Kniekehlen, sodass er zu Boden geht. Kräftige Hände tasten ihn ab, wälzen ihn zur Seite, und er hört ein Doppelklicken, als ihm Handschellen angelegt werden. Rodney kann nicht anders, er beginnt zu schluchzen, während er denkt: Wieder versagt.

Der Agent spricht anscheinend in ein Funkgerät. Rodney hört etwas wie: »… schickt einen Wagen, der einen Festgenommenen von Cook's General Store abholt …«, dann wird er wieder auf den Rücken gewälzt.

Der Secret-Service-Agent funkelt ihn zornig an. So erinnert er Rodney an den Präsidenten seiner Universität, der ihn letztes Jahr bei dieser verdammten Anhörung ähnlich angewidert angestarrt hat.

Agent Stahl fragt: »Wer sind Sie, und was wollen Sie?«

Rodney spuckt Schmutz und Steinchen aus, die in seinen Mund geraten sind, und sagt: »Agent Stahl, ich bin's! Erkennen Sie mich nicht?«

Der Agent beugt sich etwas zu ihm hinunter, starrt ihm forschend ins Gesicht. »Ich … sorry, nein.«

Rodney sagt: »Ich bin's, Rodney Pace. Von der University of Baltimore. Sie … Als Professor habe ich Kurse in Ihrem Rowley Training Center geleitet. Sie waren in zwei meiner Seminare, das weiß ich genau!«

Agent Stahl geht in die Hocke, sieht ihn sich näher an. Inzwischen sind sie von Gaffern umgeben, und Stahl sagt: »Professor Pace … richtig? Kriminalistik?«

Süße Erleichterung durchflutet Rodney. Vielleicht wird doch noch alles gut.

»Ja, ja, der bin ich«, sagt er.

»Sie … Was zum Teufel machen Sie hier?«

»Ich muss den Präsidenten sprechen … unbedingt!«, sagt Rodney. »Ich habe lebenswichtige Informationen für ihn.«

»Was für Informationen?«

Rodney sagt es ihm. Agent Stahls Gesichtsausdruck verändert sich schlagartig, und er packt Rodney am Oberarm, zieht ihn hoch und schiebt ihn über die Straße zu dem Suburban. Kurz bevor sie den Van erreichen, sagt Stahl: »Moment!«

Rodneys Handgelenke brennen, als ihm die Handschellen abgenommen werden. Stahl ruft rasch jemanden über Funk, spricht dabei in sein Handgelenkmikrofon. »Hier Stahl … Brauche doch keinen Wagen.«

Dann wird Rodney auf den Rücksitz des Suburbans gesetzt, und bevor er sich auch nur anschnallen kann, sitzt Stahl am Steuer, lässt den Motor aufheulen, wendet mit quietschenden Reifen und rast davon.

KAPITEL 75

LAKE MARIE, NEW HAMPSHIRE

Ich sitze auf der Veranda des Hauses am See, habe meinen Schreibblock auf den Knien und sehe die Notizen durch, die mein Tagespensum sind. Es ist bald Zeit zum Abendessen, aber ich habe nicht viel Hunger. Ich habe seit Wochen kaum noch Hunger. Das Licht auf der Veranda lockt alle möglichen Insekten an, die von den Fliegengittern abprallen.

In diesen letzten Stunden habe ich einen Operationsplan skizziert, und blendet man die Tatsache aus, dass ich keine offizielle Unterstützung, bisher noch kein Personal, keine Transportmittel, keine taktische Ausrüstung und definitiv keine brauchbaren geheimdienstlichen Erkenntnisse habe, war dies ein verdammt produktiver Nachmittag.

Die Tür geht leise knarrend auf, und Agent Stahl kommt auf die Veranda. Als ich ihm fragend entgegensehe, schüttelt er betrübt den Kopf.

Ich brauche ihn nichts zu fragen. Er hat meine Frage soeben beantwortet. Mels Leiche ist noch immer nicht aufgefunden worden.

Aber nun scheint er eine Frage zu haben.

»Sir, kommen Sie bitte kurz mit?«, fragt er.

»Hat das nicht Zeit bis später?«

»Nein, Mr. President«, sagt er. »Ich muss Ihnen im Heizungskeller etwas zeigen.«

Ich stehe auf, nehme Block und Stift mit – im Allgemeinen traue ich meinen Personenschützern, aber die neuen Agenten kenne ich noch nicht –, folge David durch das große halbdunkle Wohnzimmer und über den kurzen Flur, an dem eine Toilette und die wohlgefüllte Speisekammer liegen, zu einer Tür, die David mir aufhält. Wir poltern die Holztreppe hinunter – das Licht brennt bereits – und betreten den Keller mit seinem Boden aus festgestampfter Erde. Viele der hiesigen älteren Häuser haben keinen betonierten Kellerboden, und ich erinnere mich, Samantha einmal vorgeschlagen zu haben, wenn sie Ausgrabungen im Freien satthabe, könne sie hier unten weitermachen.

»Vielleicht findest du eine indianische Begräbnisstätte«, hatte ich gesagt. »Das könnte die Erklärung für das eigenartige nächtliche Knarzen sein.«

Und sie hatte lächelnd geantwortet: »Aber nicht für den eigenartigen Kauz, mit dem ich das Bett teile.«

Scheinbar endlos lange her.

Vor uns haben wir ein Gewirr aus Rohren, Leitungen, Ventilen und Manometern sowie den Heizkessel und den dunklen Öltank. Eine Kellerecke hat einen betonierten Boden, und dort steht eine Werkbank für hier unten anfallende Arbeiten. Auf dem dazugehörigen Metallhocker sehe ich einen seltsam aussehenden Mann sitzen.

Auf der Werkbank steht ein großer Laptop mit dunklem Bildschirm.

»Mr. President«, sagt David, »dies ist Professor Pace. Ehemals Dekan der Kriminalistischen Fakultät der Universität Baltimore.«

Der Mann nickt lächelnd. Sein dichtes, dunkles Haar ist speckig, sein Schnauzer ungepflegt, und er trägt schmutzige Jeans und eine Freizeitjacke mit einem Riss, den er mit Gewebeband geflickt hat. Er springt auf und streckt mir die Hand hin, die ich automatisch schüttle. Sie ist kalt und trocken.

»Ah, Mr. President, wirklich eine Ehre, und ich muss gestehen, dass ich nicht nur ein ehemaliger Dekan, sondern auch ein ehemaliger Professor bin.« Er setzt sich wieder, zuckt mit den Schultern und sagt: »Ein unglücklicher Vorfall, bei dem es um einige meiner Studenten, eine Exkursion und bestimmte illegale Substanzen ging … nun, eine hässliche Geschichte. Leider reicht die Zeit nicht, um zu erörtern, was mir und meiner Karriere zugestoßen ist, aber ich stehe ganz zu Ihrer Verfügung.«

Ich sehe ungläubig zu David hinüber, der jedoch sagt: »Sir, glauben Sie mir, Professor Pace kennt sich mit Kriminalistik aus. Vor seinem erzwungenen Rücktritt hat er in unserem Rowley Training Center mehrmals Kurse geleitet. Er ist der Beste in seinem Fach und möchte Ihnen etwas zeigen.«

Ich betrachte den dunklen Bildschirm des Laptops und weiß, was darin in endlos langen binären Zahlenreihen versteckt ist: die für spätere Analysen gespeicherten letzten Augenblicke im Leben meiner Tochter.

»Ich will es nicht sehen.«

David sagt: »Ich weiß, Mr. President. Glauben Sie mir, das weiß ich … aber hören Sie sich bitte an, was Professor Pace zu sagen hat.«

»Und was ist das?«, frage ich scharf.

»Sir, bitte vertrauen Sie mir«, sagt David. »Das müssen Sie sich unvoreingenommen ansehen.«

Schreibblock und Stift in meiner Hand kommen mir plötzlich töricht vor. Ich bin ein Expräsident, ein Ex-SEAL und ein Exvater. Kein großes Vermächtnis.

»Bitte weiter«, sage ich.

Mein Besucher steht vom Hocker auf und geht an den Laptop. »Im Idealfall hätten wir das Originalvideo mit weniger Verpixelung und Qualitätseinbußen, aber wir müssen eben mit dem arbeiten, was wir haben. Bitte passen Sie gut auf.« Er gibt ein paar Tastenbefehle ein.

Aus den Lautsprechern dringt Mels verzweifelte Aufforderung: »Mommy, nicht …«, dann stellt Pace den Ton ab, und auf dem Bildschirm laufen in Farbe und blutigem Exzess die letzten Sekunden im Leben meiner Tochter ab. Ich sehe nicht weg, zwinge mich dazu, es nicht zu tun. Die Tode, die ich auf körnigen Videos gesehen habe, reichen für ein ganzes Leben, aber dieses Video ist das einzige, das mich nachts schreiend und mit verzweifelt geballten Fäusten geweckt hat.

»Haben Sie's gesehen?«, fragt der ehemalige Professor. »Haben Sie's gesehen?«

Ich kann nur krächzen: »Ja, ich hab's gesehen.«

Pace seufzt, als sei ich ein Student, der Mühe haben wird, bei ihm ein Ausreichend zu bekommen. »Das glaube ich nicht. Die letzten paar Sekunden. Sehen Sie genau hin.«

Die letzten Sekunden … der Blutschwall, der das Objektiv trifft, der behandschuhte Finger, der das Blut wegwischt, die Gestalt auf dem Felsboden, das lockige Haar und wieder die Brille.

»Da!«, sagt der Professor hörbar befriedigt. »Haben Sie's gesehen?«

»Was gesehen?«, frage ich, während Frustration und Wut und Trauer in mir brodeln. »Was soll ich sehen?«

Er macht *ts, ts*, spielt das Video nochmals ab, dieses Mal sogar in Zeitlupe ab dem Augenblick, in dem der Säbel herabzuckt …

Der blitzende Säbel, dann ein Blutschwall und ein halb blindes Kameraobjektiv.

»Da!«, sagt er wieder, und aus seinem Tonfall spricht die Ungeduld einer Kassandra, die ihr Wissen mit dem dumpfen Volk zu teilen versucht, das Gottes Wort ignoriert.

Agent Stahl spielt den Vermittler. »Professor, bitte, die letzten Wochen waren sehr anstrengend. Präsident Keating hat unter enormem Druck gestanden. Können Sie mit einfachen Worten erklären, was wir sehen sollten?«

»Ah, natürlich«, sagt er. »Entschuldigung. Sehen Sie, wenn Blut aus einer frischen Wunde auf ein Objekt spritzt wie hier das Kameraobjektiv, entsteht ein charakteristisches Muster, das beobachtet werden kann. Stammt es jedoch nicht direkt aus seiner Quelle, sieht es anders aus und verhält sich völlig anders. Das haben wir hier gesehen, und deshalb wollte ich Sie unbedingt sprechen, Mr. President.«

Tief in meinem Innersten ist ein Hoffnungsflämmchen entzündet worden.

O Gott, denke ich, bitte lass es so sein.

Bitte.

Ich frage: »Professor, sagen Sie, was ich denke, dass Sie's sagen?«

Ein selbstsicheres Nicken.

»Das Video ist ein Fake«, sagt er.

KAPITEL 76

LAKE MARIE, NEW HAMPSHIRE

Ich stehe so dicht vor dem in Ungnade gefallenen Professor, dass ich seine muffige Kleidung, seinen Schweiß riechen kann, aber das ist mir egal. Ich sage: »Erklären Sie mir das noch mal. Langsam. Mit Details, die ich verstehen kann. Bitte, Professor.«

Und wenn du verrückt bist, denke ich, oder mich verarschen willst, verlässt du diesen Keller nicht lebend.

»Gern«, sagt er. »Hier geht's um eine Studie, die ich vor ein paar Jahren mit einigen meiner intelligenteren Doktoranden durchgeführt habe. Früher haben Spurensicherer sich angesehen, wie die Blutspritzer verteilt waren. Aus ihrer Verteilung am Tatort kann man alle möglichen Schlüsse ziehen: Hat das Mordopfer gesessen oder gestanden, hat es sich gewehrt, ist die Leiche später transportiert worden? Alles das ist da, wenn man das Bild richtig zu deuten weiß.«

Er tippt sich seitlich an den Kopf, lächelt. Seine Zähne sind gelb.

Der Professor sagt: »Ich habe diese Methode durch Berücksichtigung der Strömungslehre auf eine andere Ebene gehoben. Wird eine Flüssigkeit wie Blut ausgestoßen, macht es einen Riesenunterschied, ob das Blut frisch ist oder gelagert war. Die Konsistenz, der Sauerstoffgehalt – das alles spielt eine Rolle. So lässt sich bestimmen, ob die Blutspritzer bei der Tat entstanden oder später hinzugefügt worden sind, um eine falsche Spur zu legen. Darüber habe ich zwei Artikel für die Zeitschrift *Forensic Science International* geschrieben, die von der Fachwelt sehr positiv aufgenommen wurden.«

Dieses Mal tippt er auf den Bildschirm. »Das hier ist kein frisches Blut. Hätte ich eine bessere Version des Videos, könnte ich vermutlich sogar beweisen, dass es nicht mal Menschenblut ist.«

Das Hoffnungsflämmchen in mir wird rasch größer, droht meine nüchterne Skepsis zu verzehren.

»Aber der erste Teil des Videos«, wende ich ein. »Der … der Säbel und die Enthauptung. Könnten die nicht real gewesen sein?«

Pace schüttelt den Kopf, setzt sich wieder auf den Hocker und verschränkt die Arme. »Zu welchem Zweck? Eine echte Enthauptung, der ein fingierter Blutschwall folgt? Was wäre damit erreicht? Bevor ich die Universität verlassen musste, hat es bereits Studien wegen besorgniserregender sogenannter Deepfakes gegeben. Man könnte beispielsweise ein echtes Video von Präsidentin Barnes nehmen und sie im Korsett und dem Federkopfschmuck eines Showgirls in einer gewagten Revue in Las Vegas auftreten lassen. Jemand, der als Filmemacher Erfahrung mit Spezialeffekten hat, könnte echtes Videomaterial von Ihrer Tochter in eine Enthauptungsszene einfügen.«

Agent Stahl will etwas sagen, aber ich fahre ihn an: »Nein, nicht jetzt! Haltet alle den Mund, kein Wort mehr!«

Ich schließe die Augen.

Versuche mich zu erinnern.

Als ich noch Präsident war, war jede Minute, jede halbe Stunde, jede Stunde jedes Tages – selbst an Wochenenden – auf die Sekunde genau verplant. Für Besprechungen, Briefings und Berichte. Ständig waren Entscheidungen auf Gebieten zu treffen, die von Wirtschaftsfragen bis zu Menschenrechten, von Diplomatie zu innenpolitischen Themen reichten. Eine Woche nach meinem Amtsantritt, nicht lange nach der Beisetzung meines Vorgängers, fiel mir etwas aus meiner Jugend ein. Ich erinnerte mich, ein Taschenbuch mit eingerissenem Umschlag gelesen zu haben, das zu den wenigen Besitztümern meines Vaters gehörte, die uns nach seinem Unfalltod zugestellt worden waren.

Der 1976 erschienene Roman *Der Mehrfach-Mensch* spielte in einer imaginären Zukunft, in der die Welt so tödlich und komplex war, dass der zukünftige Präsident sechs Klone hatte, die jeweils auf einem Fachgebiet brillierten. Dank ihrer Zusammenarbeit konnten sie in einer sehr herausfordernden Ära ihre jeweiligen Spezialkenntnisse in die gemeinsame Regierung einbringen.

Das erschien mir damals fantastisch und unorthodox, aber als ich mich später bemühte, mich an alle Details aus der Tretmühle des Oval Office zu erinnern, kam es mir faszinierend vernünftig vor: eine SF-Zukunft im Buch oder Film …

Ich öffne die Augen.

»Faraj al-Aschid«, sage ich. »Asims jüngerer Cousin. Im Vorfeld des SEAL-Einsatzes haben die Geheimdienste mich mehrfach über ihn unterrichtet. Bevor er sich mit Asim zusammengetan hat, war er in Paris zwei Jahre an einer Filmhochschule. Mit den Schwerpunkten Fantasy, Science-Fiction und Spezialeffekte.«

Ich lege eine Hand auf die Tastatur und ziehe sie rasch zurück.

Ich will auf keinen Fall etwas verderben.

Ich bemühe mich, mir meine Aufregung nicht anmerken zu lassen, als ich frage: »Professor, können Sie das Video bitte noch mal ganz abspielen?«

»Gewiss«, sagt er, steht vom Hocker auf und gibt einige Tastaturbefehle ein. Das Video läuft schnell rückwärts – Fake, Fake, Fake! möchte ich schreien, der Tod meiner Tochter ist gefakt worden! –, dann spielt er es von vorn ab.

Derselbe Asim al-Aschid erscheint mit ernster Miene, und aus den Lautsprechern kommt seine Stimme. Nach der Begrüßung fährt er fort:

»Entschuldigen Sie bitte, dass dies kein Livestream, sondern eine Aufnahme ist, die vor einigen Stunden aufgezeichnet wurde, nachdem wir Mr. Macombers Haus in Ihren White Mountains verlassen hatten, und hier sind wir also – noch immer in diesen Bergen.«

»Da!«, sage ich. »Bitte zurück bis zum Anfang, bevor er erscheint.«

Sekunden später beginnt das Video erneut, und ich sage: »Stopp! Hier anhalten.«

Der Professor steht links von mir. Agent Stahl auf der anderen Seite.

Ich starre auf den Bildschirm, der eine Felswand mit vorgelagerter Terrasse zeigt.

Halblaut sage ich: »Er sagt, dass dieses Video in den White Mountains aufgezeichnet wird. Aber seht euch diese Felsformation an. Bei jeder Bergtour, die ich dort mit Sam oder Mel gemacht habe, war die Vegetation – von Flechten über Gras bis zu Büschen und Bäumen – überall üppig. Davon ist hier nichts zu sehen. Stammt dieses Video wirklich aus New Hampshire? Oder ist's anderswo aufgenommen?«

Agent Stahl sagt: »Mr. President … das ist eine verdammt gute Frage.«

Ich tippe so kräftig auf den Bildschirm, dass er vibriert. »Das werden wir gleich feststellen!«

Und ich denke an letzte Nacht, als ich im Dunkel allein auf dem Bootssteg war und mir geschworen habe: Asim, ich komme dich holen.

Wage ich jetzt, noch etwas anderes zu glauben?

Mel, ich komme dich holen.

KAPITEL 77

ENFIELD, NEW HAMPSHIRE

Trent Youngblood, außerordentlicher Professor für Geologie am Dartmouth College, trocknet das Geschirr ab, als jemand an seine Haustür hämmert, während gleichzeitig die Klingel schrillt.

Er sieht auf die Schwarzwälder Kuckucksuhr, die in ihrer überladenen Küche hängt – ein Andenken, das seine Frau Carol letztes Jahr von ihrer Flusskreuzfahrt in Deutschland mitgebracht hat. Die Uhr sieht alt und handgeschnitzt aus, ist aber in Wirklichkeit batteriebetriebener Billigkitsch aus Kambodscha.

Trent hält das lächerliche Ding für eine gute Metapher für seine Arbeit: etwas, das oberflächlich einen bestimmten Eindruck erweckt, sich aber als ganz anders erweist, wenn man zu graben beginnt.

Auf der Kuckucksuhr ist es kurz vor 21.00 Uhr.

Wer zum Teufel kann um diese Zeit noch an seine Haustür hämmern?

Carol ist zu ihrem Tai-Chi-Abend unterwegs, ihr Sohn Greg ist in Kalifornien, an der Stanford Graduate School of Business, und ihr nächster Nachbar wohnt fast eine halbe Meile entfernt. Statt zur Haustür zu gehen, sieht Trent auf seinen Laptop neben dem Poststapel auf der Arbeitsplatte, der ihm den Feed der Nest-Hello-Türkamera zeigt.

Was er sieht, beunruhigt ihn.

Drei Gestalten in Jacken und mit tief ins Gesicht gezogenen Basecaps. Als die vorderste wieder an die Tür hämmert, sieht Trent, dass sie eine Schwarze ist.

Trent ist bestimmt kein Rassist, aber was tut eine Schwarze um diese Zeit hier draußen? Hier im ländlichen New Hampshire? Und was soll er jetzt tun? Die Polizei anrufen?

Bloß nicht, denkt er. Das gäbe einen Shitstorm, wenn bekannt würde, dass ein weißer, privilegierter Collegeprofessor die Polizei gerufen hat, weil eine Schwarze abends an seiner Tür geklingelt hat. Wer weiß, vielleicht hat dieses Trio sich verfahren und will nur eine Auskunft.

Aber wer verfährt sich heutzutage noch, wo jedes Handy eine GPS-Funktion hat?

Die Klingel schrillt wieder.

Scheiß drauf.

Er wird aufmachen.

Auf dem Weg in die Diele macht er kurz halt, öffnet eine Schranktür und nimmt seinen geladenen Colt .357 vom obersten Regal. Er hat an Expeditionen in gefährlichen Weltgegenden teilgenommen, und vor etwas über zwanzig Jahren ist ein Professorenpaar aus Dartmouth im eigenen Haus von jugendlichen Verbrechern ermordet worden. Trent hat nicht die Absicht, heute Abend ein Opfer zu werden.

Er schaltet die Außenbeleuchtung ein, verbirgt den Revolver halb hinter seinem Körper, sperrt die Haustür auf, öffnet sie und fragt: »Kann ich Ihnen helfen?«

Und dann ruft die Schwarze: »Waffe, Waffe, Waffe!«, und er wird auf den Fußboden seines eigenen Hauses geknallt.

Trent wird vor Angst und Wut zitternd und ohne seinen Revolver wieder auf die Beine gestellt, und die Schwarze und ein Weißer stehen neben ihm, als der Dritte hereinkommt und mit vertrauter Stimme sagt: »Professor Youngblood, das tut mir sehr leid. Aber Agentin Washington und Agent Stahl sind eben Profis. Und Sie sind hoffentlich nicht verletzt.«

Der Mann nimmt seine schlichte dunkelblaue Basecap ab – und erweist sich als Expräsident Matthew Keating. Trent blinzelt verwundert. Dass Keating hier in der Gegend lebt, ist keine große Sache – er hat ihn im Lauf der Jahre schon zweimal im hiesigen Whole Foods gesehen. Aber was zum Teufel macht er *hier*?

»Mr. … äh … was kann ich für Sie tun?«

Das Gesicht des Expräsidenten ist abgehärmt, seine Augen liegen tief in ihren Höhlen, und Trent empfindet plötzlich Mitleid mit diesem Mann, dessen Tochter erst vor zwei Wochen öffentlich hingerichtet wurde.

Keating sagt: »Ich brauche Ihre Hilfe. Wir haben etwas recherchiert und erfahren, dass Sie der beste Geologe am Dartmouth College sind. Ich möchte Sie bitten, sich eine Aufnahme einer Felsformation anzusehen und uns zu sagen, was Sie sehen. Würden Sie das tun?«

Heiliger Scheiß, denkt Trent. Carol und er haben unzählige Stunden lang Wahlkampf für die Vizepräsidentin dieses Mannes gemacht, herumtelefoniert, Flyer verteilt und bei den Vorwahlen in New Hampshire Schilder hochgehalten. In ihrem Haus haben Politikstammtische stattgefunden, bei denen es bis spät in die Nacht hinein Wein und Bier und heilige Schwüre gab, diesen verdammten Killer aus dem Weißen Haus zu vertreiben. Es hat Witze über seinen texanischen Akzent und seine ach so clevere und arrogante Frau gegeben. Viele boshafte Bemerkungen über seine zufällige Präsidentschaft. Sie haben Stoßstangenaufkleber mit FORT MIT KEATING, DEM IRRTUM DER ÄRA verteilt.

Nun steht der Irrtum der Ära in Person vor ihm.

Was wird Carol denken? Was werden ihre Freunde denken?

Trent nickt.

»Natürlich, Mr. President. Wir können gleich anfangen.«

Minuten später sind sie oben in Trents übervollem Arbeitszimmer mit Schreibtisch, Computer, Regalen voller Bücher und Ordner, Karteischrank und Vitrinen mit Gesteinsproben aus aller Welt. Die Secret-Service-Agentin macht sich an die Arbeit, und Trent ist leicht sauer, weil sie sich nicht dafür entschuldigt hat, ihn von den Beinen geholt zu haben. Sie klappt den mitgebrachten Laptop auf, schaltet ihn ein und ruft ein Bild auf.

Felswand mit vorgelagerter Terrasse.

Die hat er schon mehrmals gesehen.

O Gott, denkt er. Der Ort, an dem die Tochter dieses deprimierten Mannes ermordet wurde.

Mit leicht gepresster Stimme sagt Keating: »Professor, sehen Sie sich die Felswand bitte gut an. Ich weiß, dass dies kein gutes Bild ist, aber können Sie uns sagen, ob … sie irgendwo in den White Mountains liegt?«

Trent beugt sich nach vorn, studiert die Aufnahme gründlich und sagt: »Ausgeschlossen.«

Keatings Hand liegt auf seiner Schulter. »Wissen Sie das bestimmt? Was sehen Sie?«

Trent empfindet eine Art kindlichen Stolz, weil er dem Expräsidenten der Vereinigten Staaten seine Arbeit erklären darf.

Er sagt: »Läge dieser Ort in New Hampshire – oder auch in Vermont oder Maine –, bestünde die Felswand aus leukokratem Gestein, wahrscheinlich mit Quarzvenen und Verwitterungsspuren, die für hiesigen Granit charakteristisch sind. Aber wie Sie selbst sehen, ist dieser Fels braun und besteht offenbar aus Sedimentgestein. Aber hier fehlen deutlich körnige klastische Sedimente, sodass es sich wohl eher um Kalk- oder Dolomitstein handelt.«

Keatings Hand bleibt auf Trents Schulter. »Können Sie uns sagen, wo dieses Gestein vorkommt?«

Trent sagt: »Nein, das kann ich nicht.«

Er spürt die Enttäuschung der drei Besucher und fügt hastig hinzu: »Nein, nein, keine Sorge, ich kann's nicht, aber mein Großvater kann es. Moment, geben Sie mir ein paar Minuten.«

Trent tritt an eines der übervollen Regale, findet, was er sucht, und zieht einen alten schwarzen Ordner heraus. Der Expräsident und seine Secret-Service-Agenten drängen sich um ihn, als er den Ordner aufschlägt, der Schwarzweißfotos mit handschriftlichen Notizen enthält, die auch nach Jahrzehnten noch immer gut lesbar sind.

Er sagt: »Mein Großvater Enoch war ein großer Geologe, aber er war an keiner Uni, sondern hat in der Ölindustrie gearbeitet. Von ihm habe ich meine Liebe zur Geologie geerbt – er hat mir Gesteinsproben aus aller Welt mitgebracht. Er hat die ganze Welt von Dschungeln bis zu Wüsten bereist … aber diese Felsformation, die Sie mir gezeigt haben, hat mich an etwas erinnert, das er mir vor Jahren gezeigt hat. Ah, da haben wir's!«

Er fährt mit dem Zeigefinger über zwei Fotos in Klarsichthüllen. »Hier? Praktisch ein Double Ihrer Aufnahme, nicht wahr? Wie ich vorhin gesagt habe, besteht dieser Fels aus Sedimentgestein. Aber hier fehlen deutlich körnige klastische Sedimente, sodass ich eher auf Kalk- oder Dolomitstein tippen würde. Außerdem sehen wir hier deutliche Hornsteinhorizonte, die die Auswahl erheblich einengen.«

»Worauf einengen?«, fragt der Expräsident.

»Oh, keine Frage«, sagt Trent. »Libyen. Nafusa-Berge.«

KAPITEL 78

HITCHCOCK, MAINE

Samantha Keating schreckt in ihrem Motelzimmer hoch, weil jemand energisch an ihre Tür klopft. Sie sieht auf den Radiowecker.

Kurz nach fünf.

Sie wälzt sich in Shorts und einem T-Shirt der Boston University aus dem Bett, stellt ihre bloßen Füße auf den rauen, hellgrünen Teppichboden und knipst die Nachttischlampe an. Dazu braucht sie drei Versuche, weil ihre Finger zittern, und sie weiß den Grund dafür.

Dass sie so verdammt früh herausgeklopft wird, kann nur einen Grund haben.

Sie ist in Sekunden an der Tür, hängt die Kette aus, sperrt auf, atmet tief ein und aus, versucht, trotz der eisigen Schauder ruhig zu bleiben, denkt an ihre Mel irgendwo dort draußen in der Wildnis, ihre Überreste schutzlos der Witterung ausgeliefert und Vögeln und Kojoten und …

Samantha bekommt die Tür auf.

Draußen ist's noch dunkel.

Im Widerschein der Beleuchtung des kleinen Parkplatzes sieht sie Matt vor sich stehen. Sie empfindet sofort Liebe und Angst und starke Schuldgefühle, weil sie weiß, dass sie vor Jahren Matts Wiederwahl und die Sicherheit ihrer Tochter hätte garantieren können, aber sich dagegen entschieden hat. Und sie hat ein schlechtes Gewissen, weil sie seine verzweifelt heiteren Videobotschaften aus dem Haus am See eiskalt ignoriert hat.

Sie lehnt Halt suchend am Türrahmen.

»Oh, Matt, wo?«, fragt sie mit erstickter Stimme.

Er ergreift ihre Hände.

»Sam«, sagt er. »Ich glaube, dass sie noch lebt.«

Sie sinkt in seine Arme.

Eine Minute später sitzt sie auf ihrem noch warmen Bett, und Matt sitzt neben ihr, hat einen Arm um ihre Schultern gelegt und hält ihre Hand.

Er sagt: »Gestern war ein Forensiker bei mir – inoffiziell und aus eigenem Antrieb. Er ist angesehen, beherrscht sein Fachgebiet, und Agent Stahl verbürgt sich für ihn. Seiner Ansicht nach ist das Video von Mels Ermordung gefälscht.«

»Aber … ich hab sie gesehen! Du hast sie gesehen!«

»Es geht um das Blut, das aufs Objektiv spritzt«, sagt ihr Mann. »Der Professor hält es für ein Fake. Wie es zerlaufen ist – das war nicht die Konsistenz von frischem Blut. Er hält es für wahrscheinlich, dass das gar kein Menschenblut war.«

Samantha kommt sich vor wie auf einem dieser Teufelsräder auf den Jahrmärkten ihrer Jugend: hinauf, hinunter und zur Seite gezerrt, ohne zu wissen, was richtig und sicher ist. Dieser unerwartete Besuch, dass Matt ohne Vorwarnung hergekommen ist, erscheint ihr zu gut, um wahr zu sein, ein Traum, in dessen Mitte sie sich gerade befindet, ein Traum, in dem Mel noch lebt.

»Matt … weißt du das bestimmt? Es hat so echt ausgesehen!«

Zuversichtlich sagt er: »Faraj, Asim al-Aschids Cousin, hat zwei Jahre lang an einer Pariser Filmhochschule studiert. Ein Schwerpunkt waren Spezialeffekte. Und es gibt noch ein weiteres Indiz.«

Samantha, die in Tränen auszubrechen fürchtet, wenn sie noch etwas sagt, nickt nur.

»Wenn die Enthauptung ein Fake war, warum nicht auch der Ort?«, fragt Matt, der sie weiter an sich drückt. »Asim hat behauptet, Mel und er seien noch in New Hampshire. Ich habe gestern Abend mit einem Geologieprofessor vom Dartmouth College gesprochen. Seiner Auskunft nach liegt der Aufnahmeort des Videos nicht in New Hampshire, nicht mal in New England. Das Video ist in Libyen, im Nafusa-Gebirge aufgenommen worden, aus dem Asim stammt und in das er sich gern zurückzieht.«

»Das Schwimmerflugzeug«, sagt Samantha, die ihre Stimme wiedergefunden hat. »Es hat sie nach Norden gebracht. Zu irgendeinem Flughafen dort oben. Deshalb ist das Video auch so spät ausgestrahlt worden. Sie haben einige Zeit gebraucht, um sie nach Libyen zu bringen.«

Matt sagt: »Genau.«

Samantha fühlt sich jetzt unglaublich leicht, als könnte sie vom Bett emporschweben und sanft an die Decke stoßen, wenn ihr Mann sie nicht so fest umarmt hielte. »Matt, hast du den Forensiker mitgebracht? Oder den Geologen?«

»Nein«, sagt er. »Nur Stahl und Washington.«

»Aber …«

Sie hält inne. Sie weiß, was sie empfindet, was sie sagen will. *Beweise.* Man braucht handfeste Beweise, bevor man eine Theorie aufstellen kann, vor allem eine Theorie wie diese – so willkommen, aber auch so unbewiesen. Ich möchte es glauben, denkt sie. Ich will es glauben, aber ich muss die Beweise dafür selbst sehen. Bevor ich wieder zu hoffen beginnen kann.

Ich muss die Beweise sehen.

Matt fragt ruhig: »Sam? Du wolltest etwas sagen?«

Sie erwidert den Druck seiner Hand.

Vertraue ihm. Vertraue deinem Mann.

Sie sagt: »Ja. Was diese Informationen betrifft … Glaubst du, dass sonst jemand sie hat? Beim FBI oder im Heimatschutzministerium?«

»Nein«, sagt er. »Vorerst noch nicht.«

»Gut«, sagt sie.

Matt nimmt den Arm von ihrer Schulter, um sie genau ansehen zu können. »Sam? Was hast du eben gesagt?«

»Das weißt du«, sagt sie und fühlt sich stärker, glücklicher. »Wie hoch sind die Chancen, dass dies geheim bleibt, wenn die Regierung davon erfährt? Jemand könnte es ausplaudern, um seinem Ehepartner zu imponieren oder einem Journalisten einen Gefallen zu tun. Denen wär's egal. Nur eine weitere Schlagzeile, eine weitere Gefälligkeit, die sich auszahlen kann. Oder die Regierung würde sich Zeit lassen, alles überprüfen und noch mal überprüfen, bevor sie vielleicht etwas tut.«

Matt steht auf, hält weiter ihre Hände, beugt sich hinunter, küsst sie und richtet sich wieder auf, ohne ihre Hände loszulassen.

»Sam, ich hole unser Mädchen zurück.«

»Ich weiß, dass du das tust«, sagt sie. »Hol Mel dort raus, bring sie in Sicherheit und komm mit ihr heim. Aber du musst noch etwas anderes tun.«

»Was denn?«

Sie küsst seine Hand. »Sobald du Mel in Sicherheit gebracht hast, legst du diesen Dreckskerl Asim um.«

KAPITEL 79

LAKE MARIE, NEW HAMPSHIRE

David Stahl beobachtet, wie eines der beiden Boston Whalers des Heimatschutzministeriums ablegt und auf den See hinausfährt, und unterdrückt ein Gähnen. Obwohl er schon drei Tassen Kaffee mehr als seine übliche Tagesration getrunken hat, könnte er die Augen schließen und bis zum nächsten Morgen durchschlafen.

Hinter ihm liegen eine lange, lange Nacht und ein früher Morgen, weil sie von Enfield direkt nach Hitchcock und wieder zurück gefahren sind – vor allem auf schmalen Landstraßen, auf denen sie zweimal Elchen ausweichen mussten, die vor dem Suburban über die Fahrbahn trotteten. Unterwegs hat Harbor Agentin Washington ins Vertrauen gezogen, die jetzt an der Planung des Rettungsunternehmens beteiligt ist. David vertraut darauf, dass sie Harbor den Rücken freihält.

Nett, wenn man sich auf sein Team verlassen kann.

Er ist noch dabei, eine mentale Checkliste für Harbors Unternehmen durchzugehen, als er Schritte auf dem Bootssteg hört. Als er sich umdreht, sieht er Agent Peyton, seinen angeblichen Stellvertreter, auf sich zukommen. David hat den irrationalen Verdacht, dass Peyton nach einer so anstrengenden Nacht nicht einmal müde oder schlecht gekämmt aussehen würde.

»Wie geht's, David?«, fragt Peyton.

»Geht so«, sagt David.

Er möchte in sein Büro in der alten Scheune zurück, aber Peyton vertritt ihm unauffällig den Weg. Weiter lächelnd sagt Peyton: »Ich bin noch nicht lange hier, aber ich denke, dass ich weiß, warum dieses Team versagt hat. Zu bequem, zu locker. Wie eure nächtliche Herumfahrerei mit Harbor. Keine Planung, keine Logistik. Einfach satteln und los.«

David sagt: »Harbor hatte einen Lagerkoller, weil er seit seiner Rückkehr aus Virginia nicht mehr rausgekommen ist. Nicole und ich sind ein bisschen mit ihm herumgefahren. Das hat seine Laune verbessert. Dann wollte er auf einmal Harp besuchen. Sie hatten sich länger nicht mehr gesehen.«

Peyton trägt weiter seinen Besserwisserausdruck zur Schau, als er sagt: »Trotzdem unorthodox.«

»Du weißt ja, wie's ist, Brett«, sagt David. »Wir müssen einen Mittelweg zwischen Personenschutz und dem Einsperren unseres Schützlings in einer Blisterpackung finden. Er soll in Sicherheit und zufrieden sein. Eine ziemliche Gratwanderung, nicht wahr? Das wüsstest du vermutlich, wenn du nicht den größten Teil deiner Karriere auf der Jagd nach Cyberkriminellen an einem Schreibtisch verbracht hättest.«

Peytons Lächeln verblasst. »Das ist ein wichtiger Job.«

»Richtig, aber nicht so wichtig wie der Schutz von POTUS, anderen Regierungsmitgliedern und ausländischen Würdenträgern«, sagt David. »Das und der Kampf gegen Geldfälscher waren unsere ursprünglichen Aufgaben. Dann hatten vor einigen Jahren ein paar Idioten die Idee, dem Secret Service neue Aufgaben zuzuschanzen, die ihn nichts angingen. Zum Beispiel den Kampf gegen Cyberkriminalität, den du anscheinend so liebst.«

Peyton, der nicht mehr lächelt, tritt einen Schritt näher heran. »Für den Dienst und dich persönlich wär's besser, wenn du mit deinem gesamten Team kündigen würdest. Ich weiß aus sicherer Quelle, dass der Direktor und der Heimatschutzminister das wohlwollend zur Kenntnis nehmen würden.«

»Aber du hast nichts schriftlich, nehme ich an.«

»Natürlich nicht.«

»Gut, ich werd's mir durch den Kopf gehen lassen, Brett. Aber jetzt musst du mich entschuldigen. Ich bin sehr beschäftigt.«

»Mit weiteren unorthodoxen Trips mit Harbor?«

David erstarrt förmlich, als habe jemand seine Füße an den Steg genagelt.

Was zum Teufel weiß Peyton?

Er achtet darauf, dass seine Stimme beherrscht klingt. »In vernünftigem Umfang gewiss. Harbor steht nicht unter Hausarrest. Will er das Anwesen verlassen, machen wir's möglich.«

»Auch einen weiteren langen Trip wie letzte Nacht?«

David antwortet: »In vernünftigem Umfang, wie ich gesagt habe.«

»Die Situation ist klar, nicht wahr?«, fährt Brett fort. »Wir haben einen Schützling in tiefer Trauer, der sich vermutlich wegen seiner Tochter schuldig fühlt, weil er weiß, dass sein Handeln als POTUS zu ihrem Tod geführt hat. Das könnte ihn dazu verleiten, etwas … Unkluges zu tun. Und wir haben dafür zu sorgen, dass er in Sicherheit und am Boden bleibt. Richtig?«

David weiß, dass er ungefähr dreißig Sekunden davon entfernt ist, Peyton in den See zu werfen.

Brett senkt die Stimme. »Kündige endlich. Du stehst Harbor zu nahe. Würde er etwas Unüberlegtes tun, würdest du ihn vielleicht nicht daran hindern. David, mit deiner Kündigung tätest du dir und dem Dienst einen Gefallen. Lieber früher als später.«

David nickt langsam. »Aus deiner Sicht wäre das bestimmt vernünftig, Brett. Abhauen. Die Verantwortung abgeben. Den Kopf einziehen und aussteigen. Aber von meiner Position aus, auf der ich bleibe, bis ich abgelöst werde, ist Kündigen gleichbedeutend mit Aufgeben.«

Er setzt sich in Bewegung und macht sich einen Spaß daraus, Peyton im Vorbeigehen anzurempeln.

»Hättest du wie ich bei den Marines gedient, würdest du wissen, dass ich nicht leicht aufgebe«, sagt David. »Harbor übrigens auch nicht, falls du das noch nicht gemerkt haben solltest.«

KAPITEL 80

FIRST CONGREGATIONAL CHURCH OF SPENCER
SPENCER, NEW HAMPSHIRE

Es ist kurz nach 11.00 Uhr an einem Sonntag in dieser schlichten weißen Kirche, die erbaut wurde, als Amerika noch aus dreizehn Kolonien bestand, und ich genieße jeden Augenblick. Ich bin in einer Ortschaft an einer Straßenkreuzung auf dem flachen Land in Texas aufgewachsen, deren gesamte Geschichte – Indianer, die ersten Siedler, Baumwollfarmen, bewaffnete Konflikte, das Ende der Sklaverei am 19. Juni 1865 – nur eine Broschüre füllen würde.

Die Geschichte dieser 1758 gegründeten Kleinstadt hingegen füllt drei in Leder gebundene Bände, und ein pensionierter Geschichtslehrer der hiesigen High School arbeitet fleißig an Band vier. Zu meinen stillen Hobbys gehört es, mich in die Geschichte meiner Wahlheimat einzulesen und mir kuriose Fakten wie die Tatsache zu merken, dass es für jeden echten Fluchttunnel, durch den Sklaven nach Kanada flüchten konnten, fünf nachträglich angelegte gibt.

Und wozu die vielen Nachbauten?

Weil der Verkaufswert historischer Häuser dadurch im Allgemeinen um zehn Prozent steigt.

Während ich mit anderen Gemeindemitgliedern in der nach hinten hinaus gelegenen kleinen Küche arbeite, werden die Kirchenbänke losgeschraubt und in einer Ecke gestapelt. Meine Spezialität sind Pfannkuchen, und es macht Spaß, hier zu arbeiten, wo gelacht und gescherzt und sacht aufgezogen wird, während Pfannkuchen, Bacon, Würstchen, Rührei und French Toast durch ein Fenster hinausgereicht werden, um den Gästen von Ehrenamtlichen serviert zu werden.

Die Kirche verlangt nichts für diesen von Freiwilligen organisierten Sonntagsbrunch, dessen Zutaten überwiegend gespendet werden, aber am Ausgang steht ein großes Glasgefäß für Spenden. Hier trifft man sich mit Nachbarn, tauscht Neuigkeiten oder Gerüchte aus und genießt das einzigartige Gemeinschaftsgefühl. Während ich beim Abwasch helfe, wird mir warm ums Herz, als ich daran denke, dass es diese Tradition seit über zweihundert Jahren gibt.

Als ich mir dann einen Teller Pfannkuchen und Bacon auflade – die Helfer essen zuletzt –, kommt Agent Stahl herein und sagt: »Diese Arbeit macht anscheinend hungrig, Sir.«

»Und ich wette, dass Sie schon gegessen haben«, sage ich.

»Gut geraten, Sir«, sagt er. »Wenn Sie bitte mitkommen wollen?«

Er geht voraus, und ich folge ihm über die alten knarrenden Dielen. Die anderen Gäste, die noch bei Kaffee oder Tee sitzen, ignorieren mich weitgehend. Das ist einer der Gründe dafür, weshalb ich so gern hier lebe: In bester Yankee-Tradition kümmern die Leute sich hier vor allem um ihren verdammten eigenen Kram.

Ich trete an einen Klapptisch unter dem großen Schwarzweißfoto eines streng dreinblickenden Geistlichen aus dem Jahr 1901. Dort sitzen zwei Männer Anfang dreißig, einer mit Schnauzer, der andere mit kurz geschnittenem Vollbart, beide in Jeans und Polohemd. Der Bärtige trägt ein rotes Hemd, der mit dem Schnauzer ein blaues.

Sie nicken, als ich mich setze, und ich frage: »Hat's geschmeckt?«

»Verdammt gut«, sagt der Bärtige links von mir. Sein Begleiter nickt.

Eine ältere Freiwillige kommt vorbei, lächelt und stellt mir einen angeschlagenen weißen Becher mit Kaffee hin. Ich nehme einen großen Schluck. Er ist genau richtig: schwarz mit zwei Stück Zucker.

Der Bärtige sagt: »Mr. President …«

Ich mache mich über die Pfannkuchen her. »Stopp! Ab jetzt heißt's Matt. Okay?«

Er nickt wissend. »Absolut, Sir.«

»Und mit dem *Sir*-Scheiß ist auch Schluss!«

»Ab…« Eine Pause, dann sagt er: »Gewohnheit. Sorry.«

»Kein Problem«, sage ich. »Solange Sie und Ihr Kumpel mit Ihren sonstigen Gewohnheiten up to date sind.«

Sein Begleiter sagt: »Das sind wir. Wir sind einsatzbereit, wo immer Sie uns brauchen.«

»Ihr Status?«

Der Bärtige sagt: »Wir haben vierzehn Tage Urlaub. Und wenn die nicht reichen, lassen wir uns was einfallen. Unsere Ausrüstung haben wir dabei.«

Ich nicke, dann esse ich weiter. Die Pfannkuchen sind natürlich köstlich, und mir gefällt es, dass die Einheimischen stur auf echtem Ahornsirup bestehen. Ich habe ihn nach meinem Umzug vor eineinhalb Jahren erstmals genossen und bin nie mehr rückfällig geworden.

»Aus welchen Teams kommt ihr?«

Der Mann rechts von mir antwortet: »Sechs. Beide aus Team Sechs.«

»Und ihr wisst, wozu ihr euch freiwillig gemeldet habt, richtig?«, frage ich. »Das wisst ihr bestimmt, aber ich will nicht, dass es Unklarheiten gibt. Dieses Unternehmen ist geheim, illegal und kann selbst im Erfolgsfall zu Haftstrafen führen.«

Der SEAL links von mir sagt: »Wir sind dabei.«

Sein Begleiter sagt: »Wir wollen ihnen heimzahlen, was sie Ihrer Tochter angetan haben.«

Meiner Tochter!

Ich lächle. »Seit ich mit Trask Floyd gesprochen habe, hat die Zielsetzung sich geändert. Der Killereinsatz ist jetzt auch ein Rettungsunternehmen. Das Enthauptungsvideo war ein Fake. Ich glaube ziemlich sicher, dass Mel in den libyschen Nafusa-Bergen gefangen gehalten wird.«

Ich freue mich über ihre verblüfften Gesichter. Ein Mythos behauptet, SEALs seien Zweimetermänner, die vor Kraft kaum laufen können, aber in Wirklichkeit zählt bei ihnen, was sie zwischen den Ohren haben. In der BUD/S-Ausbildung schieden die übereifrigen Muskelmänner gewöhnlich als Erste aus. Die Rekruten mit Köpfchen, die durchhielten, waren diejenigen, die später den Dreizack bekamen.

Ich ziehe einen Zettel aus der Jackentasche und lege ihn auf den Tisch. »In diesem Motel in Contoocook ist ein Zimmer reserviert. Dort sehen wir uns morgen Mittag.«

»Wird schwierig für Sie«, stellt der SEAL rechts neben mir fest.

»Schwierig werden die nächsten paar Tage für uns alle«, sage ich. »Aber bevor ihr geht … Entschuldigung, ich hätte nach euren Namen fragen sollen.«

Der mit dem Schnauzer sagt: »Alejandro Lopez, Bootsmannsmaat erster Klasse. Nennen Sie mich Al oder Alejandro.«

»In Ordnung«, sage ich, und der andere SEAL grinst breit, als hüte er ein wunderbares Geheimnis, was er bei Gott tut.

»Chief Nick Zeppos«, sagt er. »Für Sie einfach Nick, Matt.«

Der Name. Diese vertraute Stimme.

Ich denke daran, wie ich ihn vor über zwei Jahren angerufen habe.

Aus dem Lageraum des Weißen Hauses.

Hoffentlich steckt ihr diesen Hundesohn in einen Leichensack – für unser Land, für die SEALs und vor allem für Boyd Tanner.

»Chief Zeppos«, sage ich. »Verdammt, Sie haben vor über zwei Jahren den Einsatz gegen Asim al-Aschid befehligt.«

Er grinst weiter, aber nicht mehr freundlich.

Ein wölfisches Grinsen.

»Deswegen bin ich hier, Matt«, sagt er. »Diesmal erledigen wir ihn.«

KAPITEL 81

MARY'S DINER
LEAH, NEW HAMPSHIRE

Secret-Service-Agent Brett Peyton sitzt in dem vorderen Suburban, weil Harbor beschlossen hat, in einem etwa zwanzig Autominuten entfernten Diner zu frühstücken. Ein weiterer typischer Ausflug für einen sehr untypischen Expräsidenten, und Peyton wünscht sich, der verdammte Kerl würde einfach zu Hause bleiben und brüten, trauern und pokern – Bretts Lieblingsspiel ist Cribbage, bei dem man Grips, nicht bloß Dusel braucht –, statt in der Gegend herumzufahren. Der erbärmliche Kerl scheint das Bedürfnis zu haben, sich in diesen nördlichen Kleinstädten unter die sogenannten einfachen Leute zu mischen.

Agentin Kelly Ferguson, eine schlanke Schwarze, fährt seinen Wagen, und hinter ihnen kommt der zweite Suburban mit den Agenten Stahl und Washington vorn und Harbor auf dem Rücksitz. Am Kontrollpunkt der State Police haben mehrere Uniformierte die beiden Fahrzeuge gegrüßt, und Brett fragt sich, ob Harbor ihnen hinter den getönten Scheiben zugewinkt hat.

Kelly scheint seine Gedanken gelesen zu haben. Sie fragt: »Glaubst du, dass Harbor zurückgewinkt hat?«

»Wer weiß?«, antwortet er.

»Tarpon täte's nicht«, sagt sie und meint damit Präsidentin Barnes. »Sie ist zu sehr damit beschäftigt, zu lesen, Komplotte gegen Feinde zu schmieden oder ihrem Mann zuzuhören. Aber Harbor … der täte's. Das ist seine Art.«

Brett lacht. »Du bist noch keinen Monat hier. Trinkst du schon Kool-Aid? Er ist nur ein abgehalfterter Präsident. Sonst nichts.«

Kelly sagt: »Das ist deine Meinung, sonst nichts. Und die Leute in dem Selbstmordtempel in Jonestown haben Flavor Aid, nicht Kool-Aid getrunken. Halten wir uns lieber an die Fakten.«

»Schnauze und pass auf, wohin du fährst!«, knurrt Brett, den dieser Ausbruch leicht überrascht. Tatsächlich gehen ihm Agent Stahl und die anderen altgedienten Personenschützer auf die Nerven. Als er hierher versetzt wurde, dachte er, die Gruppe stünde nach der Ermordung der Präsidententochter unter Schock und sei nervös wegen des über ihr hängenden Damoklesschwerts.

Aber die Gruppe benimmt sich ganz anders. Sie bewegt sich und macht ihre Arbeit und reagiert auf Harbors scherzhafte Bemerkungen, als sei nichts passiert. Dass er hierher abkommandiert worden ist, um Material für Anhörungen und Disziplinarverfahren zu sammeln, ist ein offenes Geheimnis, aber die ursprüngliche Gruppe hat ihn bisher größtenteils unbekümmert ignoriert.

Und was Stahl auf dem Bootssteg über Cyberkriminalität gesagt hat, hat einen Nerv getroffen, denn Brett hat den größten Teil seiner Dienstzeit tatsächlich bei der Criminal Investigative Division in DC verbracht und war dort vor allem mit Cyberkriminalität befasst. Um weiter befördert werden zu können, ist er vor einiger Zeit den Personenschützern zugeteilt worden, aber obwohl er das niemals zugeben würde, freut er sich darauf, in absehbarer Zeit ins Büro zurückkehren zu können.

Mary's Diner an der Route 115 kommt in Sicht, als Agentin Ferguson den Blinker setzt, und Brett mustert die klapprigen Pick-ups und alten Volvos und Toyotas auf dem unbefestigten Parkplatz. Hier dürfte es nicht viel Cyberkriminalität geben, und deshalb hat Brett seinen Dienst als Personenschützer ziemlich satt. Die langen Stunden, in denen man … nur herumsteht. Das ist's: Man steht herum, vergeudet seine Zeit. Er säße lieber in einem kühlen, ruhigen Büro von neun bis fünf an einem Computer und wäre verdammt viel produktiver, als er sich fühlt, wenn er vor irgendeinem schäbigen Diner steht, während ihr Schützling drinnen Rührei mit Schinken isst und Einheimischen die Hände schüttelt.

Der Suburban kommt zum Stehen, und Brett steigt mit Agentin Ferguson wie die Agenten Stahl und Washington aus, als Harbor, der lockerer und entspannter wirkt als sonst, hinten aussteigt. Er trägt eine dunkelbraune Lederjacke, eine Basecap mit dem Aufdruck DARTMOUTH, Jeans und schwarze Sneaker und scheint sich seit zwei, drei Tagen nicht mehr rasiert zu haben.

Stahl geht voraus und betritt das Schnellrestaurant – ein einstöckiger Bau aus Ziegeln und Holz mit Spitzdach auf einem Grundstück, das an einen Fluss grenzt. Harbor folgt ihm, und Washington bildet die Nachhut. Brett nickt Ferguson zu und sagt: »Dann wollen wir mal«, und Ferguson geht um das Gebäude herum nach hinten, während er am Eingang Posten bezieht.

Er ist machtlos dagegen.

Er gähnt.

Früher Morgennebel hängt im dunklen Grün der bewaldeten Hügel rings um diesen Teil der Kleinstadt Leah. Auf der anderen Straßenseite liegt schräg gegenüber eine Tankstelle mit Shop, dann kommen einige kleinere Häuser und ungefähr hundert Meter entfernt ein größeres, leicht baufälliges gelbes Haus im Kolonialstil, wie er hier heißt. Brett, der in Phoenix aufgewachsen ist und im Arizona Department of Public Safety gearbeitet hat, bevor er zum Secret Service gegangen ist, staunt oft darüber, wie *alt* hier alles ist. Teufel, Phoenix ist erst um 1880 eine Stadt geworden, und hier denken die Leute sich nichts dabei, wenn sie ein Haus aus dem 18. Jahrhundert besitzen.

Er gähnt nochmals.

Brett findet, jemand sollte mal ein Buch mit dem Titel *Langeweile, die Memoiren eines Secret-Service-Agenten* schreiben.

In seinem Ohrhörer kommt eine Meldung aus dem Diner: »Stahl hier bei Harbor.«

Brett spricht in sein Handgelenkmikrofon – »Verstanden« – und hört weitere Bestätigungen von Ferguson und der Wachhabenden in dem Haus am See.

»Lake Marie, verstanden«, sagt eine Frauenstimme.

Über eine Stunde später tigert Brett auf dem Parkplatz auf und ab, ist nicht mehr gelangweilt.

Was zum Teufel hält Harbor so lange auf?

In der vergangenen Stunde hat es mehrere rasche Updates von Stahl gegeben, der jeweils wiederholt hat: »Harbor ist in Sicherheit.«

Aber was macht er? Nimmt er gerade sein drittes Frühstück in Angriff?

Brett spricht in sein Handgelenkmikrofon. »Ferguson, hilft Harbor dort hinten, den Müll rauszutragen?«

»Hier gibt's nur Revierkämpfe zwischen Backenhörnchen und Eichhörnchen«, sagt sie in seinem Ohrhörer.

Er sagt: »Stahl, hier Peyton. Euer Status?«

Ein älteres Paar kommt aus dem Diner, und der Mann sagt: »Weiß echt nicht, wieso du immer so üppige Trinkgelder gibst, Jenny.«

Keine Antwort.

»Stahl, hier Peyton. Bitte melden.«

Das ältere Paar steigt in einen dunkelblauen Volvo Kombi. Sie lässt den Motor an und fährt auf der schmalen und leeren Route 115 davon.

Was zum Teufel?

»Ferguson, hier Peyton«, sagt er mit gepresster Stimme. »Irgendwas stimmt hier nicht. Ich gehe rein.«

Ferguson sagt: »Wir sehen uns drinnen.«

Er zieht den Reißverschluss seiner leichten Jacke auf, legt die rechte Hand auf die SIG Sauer P229 im Schulterholster und betritt das Schnellrestaurant.

Ein rascher Rundblick.

Links Tische und Stühle.

Theke mit runden Hockern davor, etwa zur Hälfte besetzt.

Alle Gesichter wenden sich ihm zu, dann sehen sie Agentin Ferguson entgegen, die rechts aus der Küche kommt.

Kein Expräsident Keating.

Kein Agent Stahl.

Keine Agentin Washington.

Eine hagere, weißhaarige Frau in schwarzen Slacks und einem altrosa Top kommt mit einem geschickt auf der linken Schulter balancierten Tablett vorbei, und Brett vertritt ihr den Weg. »Präsident Keating! Wo ist er?«

Sie zuckt mit den Schultern. »Er ist vor einer Weile dort runtergegangen.«

»Wo?«, fragt Brett scharf. »Wo runtergegangen?«

Sie deutet mit der freien Schulter auf die hinterste Ecke des Diners, auf eine Tür neben einem großen Stapel Kartons. Er läuft hin, stößt sie auf und steht vor einer Kellertreppe.

Licht an!

Agentin Ferguson ist dicht hinter ihm.

Die Holztreppe in den niedrigen Keller hinunter.

»Mr. President!«, ruft er. »Stahl? Washington?«

Hier unten stehen zwei Tiefkühlschränke, Regale biegen sich unter Konserven. Ferguson drängt sich an Brett vorbei. Er hält seine Pistole in eiskalten Händen, hat ein Rauschen in den Ohren und denkt: Ein Hinterhalt? Noch eine Entführung? Wieso keine Schüsse?

»Peyton! Hierher!«

Er geht um Regale herum zu einer gemauerten Kellerwand, in die eine schwere Holztür eingelassen ist. Ferguson zieht sie auf, tritt mit ihrer Stablampe in der Hand über die Schwelle und beleuchtet den Raum dahinter.

Ein gemauerter Tunnel, der sich in der Ferne verliert.

Brett bleibt neben Ferguson stehen. »Heiliger Scheiß«, flüstert er.

»Daran ist nichts Heiliges«, sagt eine Frauenstimme hinter ihnen lachend.

Als Brett sich umdreht, steht die weißhaarige Alte in den schwarzen Slacks und dem altrosa Top freundlich lächelnd hinter ihnen. Er fragt: »Was ist das? Ein Lagerraum? Rübenkeller?«

Ein energisches Kopfschütteln. »Nö. Schmugglertunnel aus der Prohibitionszeit.«

»Wohin führt er?«, fragt Ferguson.

»Ungefähr hundert Meter weit zum Trainor House. Damals sind die Boote mit all dem guten kanadischen Whisky und Bier aus Ontario den Trinity River runtergekommen. Sie haben das Zeug drüben ausgeladen und durch den Tunnel hergebracht, als dies noch ein Rasthaus war. Aufregende Zeiten.«

Ferguson sagt: »Peyton, das müssen wir melden!«

Bevor Brett antworten kann, zieht die alte Frau einen zusammengefalteten Briefumschlag aus der Hosentasche. »Sie sind Agent Peyton vom Secret Service?«

Er nickt.

»Dann ist der für Sie«, sagt sie und gibt ihm den Briefumschlag.

Der cremeweiße Umschlag trägt links oben das Siegel der Vereinigten Staaten und darunter die Worte: BÜRO DES PRÄSIDENTEN.

In der Mitte steht handschriftlich Bretts Name.

Er fetzt den Umschlag auf, überfliegt die wenigen Zeilen und erkennt schmerzhaft klar, als habe ein Blitz neben ihm eingeschlagen, dass seine Karriere und der Expräsident futsch sind.

KAPITEL 82

MOTEL AUTUMN LEAVES
CONTOOCOOK, NEW HAMPSHIRE

Das größte Zimmer des Motels Autumn Leaves ist an diesem Mittag überfüllt: mit mir, Agent Stahl und den beiden SEALs Alejandro Lopez und Nick Zeppos, die schon zuvor eines der beiden Betten zerlegt und das Metallgestell und die Matratze an eine Wand gelehnt haben.

In einer Ecke sind unterschiedlich große Sporttaschen mit unserer Ausrüstung gestapelt, und auf dem dünnen blauen Teppich liegt eine topografische Karte von Libyen in kleinem Maßstab ausgebreitet. Während wir unser Unternehmen planen, trinken wir Kaffee aus dem Dunkin' Donuts um die Ecke.

Schwer zu erklären, aber in Gesellschaft dieser Mitstreiter, die sich darauf vorbereiten, erneut in den Kampf zu ziehen, empfinde ich Stolz, Hoffnung und ein Hochgefühl.

Das Klischee von der berühmten Rede des englischen Königs Heinrich V. vor der Schlacht von Azincourt, in der Shakespeare ihn sagen lässt …

Uns wen'ge, uns beglücktes Häuflein Brüder:
Denn welcher heut sein Blut mit mir vergießt,
Der wird mein Bruder

… ist kein Klischee, weil es wahr ist.

Unabhängig vom Ausgang des Unternehmens werden diese Männer immer meine Brüder sein.

Zu dem Chef meiner Personenschützer sage ich: »David, wann ist's so weit, dass der Secret Service mobilisiert ist und nach mir zu fahnden beginnt?«

»Niemals«, sagt er.

Sogar die beiden SEALs scheinen aufzumerken. »Wieso nicht?«, frage ich.

David sagt: »Seit Sie den Schutz des Secret Service verlassen haben, ist das ein Fall fürs FBI. So war's auch bei Mels Entführung. Das FBI hat die Ermittlungen übernommen.«

Alejandro grinst. »Aber er steht noch unter dem Schutz des Secret Service. Schließlich bist du noch hier.«

David bleibt ernst. »Wir reden von offiziellem Schutz, nicht von unserem Arrangement. Seit der … seit Matt ihn verlassen hat, ist das FBI für ihn zuständig. Bestimmt ist sofort Direktorin Blair informiert worden, die eine Großfahndung angeordnet hat. Das wird eine intensive Suche, Sir.«

Ich frage: »Aber der Brief, den ich in dem Diner zurückgelassen habe … verschafft uns der nicht etwas Zeit?«

David sagt: »Zweifelhaft. Das FBI kann diesen Brief nicht für bare Münze nehmen. Es muss davon ausgehen, dass er zu einer Entführung gehört, die vielleicht mit Mels Entführung zusammenhängt, und dementsprechend reagieren.«

»Gut«, sage ich.

Jetzt starren meine Waffenbrüder mich zu dritt an. Nick fragt: »Sir?«

»Gut«, wiederhole ich. »Inzwischen hat Direktorin Blair Präsidentin Barnes informiert. Glauben Sie, dass sie will, dass mein Verschwinden bekannt wird? Nach der Medienschelte und den kritischen Kommentaren zu ihrer vermurksten Reaktion auf die Entführung meiner Tochter? Nein, sie will keine zusätzliche Demütigung. Das ist der Hauptgrund dafür, dass Regierungen Geheimnisse haben. Nicht, weil ihre Preisgabe gefährlich wäre, sondern weil sie peinlich sind.«

Alejandro sagt: »Irgendwann kommt's doch raus.«

»Klar«, sage ich. »In ein bis zwei Tagen. Aber bis dahin sind wir in Nordafrika, so Gott will. Und wenn Agentin Washington weit kommt, bevor sie gestoppt wird.«

Nicole Washington, die meinen Schutz über ihre Karriere gestellt hat. Eine Schwarze aus Anacostia, DC, aber nicht aus dem Teil, der mit Cafés und Klinkergehsteigen gentrifiziert wird. Als ich sie gebeten habe, eine Aufgabe zu übernehmen, die ihr Leben und ihre Karriere ruinieren kann – mit meinem iPhone und Davids Smartphone und Funkgerät auf Nebenstraßen durch Maine zu fahren, für den Fall, dass die Fahnder diese Geräte orten können –, hat sie nur genickt und geantwortet: »Wird mir eine Ehre sein, Mr. President.«

Was haben das Land und ich jemals getan, um solche Leute zu verdienen?

Ich nehme einen kleinen Schluck starken Kaffee. »Zurück zur ursprünglichen Frage. Wo sollen wir in Libyen landen? Ich kann herumtelefonieren, damit ein reicher Gönner ein Flugzeug für uns chartert … aber es kann dauern, bis wir eines mit genügend großer Reichweite bekommen.«

David sagt: »Der libysche Zoll dürfte sich dagegen sperren, uns mit unserer ganzen Ausrüstung ins Land zu lassen.«

»Also landen wir auf einem Privatflugplatz. Geld wird verteilt, und die Zollbeamten sind plötzlich mit ihren Schnürsenkeln beschäftigt, während wir abhauen. Aber wie geht's weiter? Stehlen oder kaufen wir ein Fahrzeug und fahren geradewegs in die Nafusa-Berge, um dort hoffentlich brauchbare Informationen zu bekommen?«

Alejandro schüttelt den Kopf. »Mr. President, das … sorry, *Matt.* Das gefällt mir nicht. Ich war vor einem halben Jahr dort. Libyen ist verdammt fragil, vor allem außerhalb der Küstenstädte wie Tripolis und Misrata. Es gibt praktisch nur zwei Fernstraßen, die aus dem Westen ins Landesinnere führen, und wir müssten damit rechnen, auf Checkpoints zu stoßen. Je nachdem, wer zahlt oder welchen Wochentag wir haben, könnten dort libysche Soldaten, Milizionäre oder

Stammesangehörige kontrollieren und einen Wegzoll erheben. Viel zu riskant.«

Ich nicke. »Gutes Argument. Außerdem sind bestimmt überall unsere chinesischen Freunde unterwegs, um ihre Belt and Road Initiative weiter voranzutreiben. Sehen sie auf irgendeinem Flugplatz vier Amerikaner, werden wir in ihrem Auftrag beschattet oder mit einer Drohne verfolgt, sobald wir das Vorfeld verlassen.«

Nick beugt sich über die Landkarte, tippt mit einem Finger darauf und sagt: »Tunesien. Wir landen auf dem Luftwaffenstützpunkt Sfax-Thyna hier an der Küste. Dort ist eine Einheit ihrer Groupe des Forces Spéciales stationiert. Letztes Jahr war ich mit meinem Zug zu einer vierwöchigen gemeinsamen Übung dort.«

Mir gefällt, was ich höre. »Bitte weiter, Nick.«

»Mit etwas … Ermunterung können wir sie bestimmt dazu bringen, eine Übung anzusetzen. Und wenn sie bis über die libysche Grenze geht, war's eben ein Navigationsfehler. So was kommt vor. Aber der Stützpunkt ist für Zivilflugzeuge geschlossen.«

»Dann müssen wir mit einer Militärmaschine fliegen«, sage ich und starre die detaillierte Karte von Libyen an, während mir eine Karte von New England vor Augen steht. »Vermont hat eine Einheit der Air National Guard in Burlington, aber dort sind nur F-15 stationiert. Die nützen uns nichts. In Maine hat die Air National Guard ihren Stützpunkt in Bangor, aber bis dahin fährt man mindestens vier Stunden, die wir nicht haben. Also muss es Pease in New Hampshire an der Küste sein. Weniger als eine Autostunde entfernt, wenn wir aufs Tempo drücken.«

David fragt: »Was gibt's dort, Matt?«

»Tankflugzeuge – KC-135 und die neueren KC-46. Beide haben die nötige Reichweite. Aber einen Mitflug für uns zu organisieren …«

Ich verstumme, weil ich weiß, dass ich mit den richtigen Telefongesprächen herausbekommen kann, welche Tankflugzeuge in Pease stationiert sind. *Starten in den nächsten Stunden welche, die vielleicht sogar in den Mittelmeerraum fliegen, und wär's vielleicht möglich, dass sie vier Passagiere mitnehmen, die so viele Waffen dabeihaben, dass sie gegen einen Zug von IS-Kämpfern bestehen könnten?*

Aber jeder Anruf hinterließe digitale Spuren, auf die das FBI oder das Weiße Haus stoßen könnten.

Was tun, was tun, was …

Ein kräftiges Klopfen.

Wir sehen alle zur Tür hinüber.

Das Klopfen wiederholt sich lauter.

»Ist das das FBI, bin ich echt beeindruckt«, sage ich.

Nick sagt: »Schwer zu glauben, Sir. Wir haben das Zimmer bar bezahlt. Unter falschem Namen. Niemand kann wissen, dass wir hier sind.«

Als erneut geklopft wird, sage ich: »Dave, machen Sie die verdammte Tür auf, bevor sich jemand über die Ruhestörung beschwert. Nick, falten Sie die Karte zusammen.«

Alejandro schlägt vor: »Vielleicht verschwinden Sie lieber ins Bad.«

Diese Idee irritiert mich. Ich setze mich in eine Ecke und ziehe eine schwarze Basecap tief ins Gesicht. »Ich verstecke mich nicht. Dave, schicken Sie den Besucher weg.«

Während Nick rasch die Landkarte zusammenfaltet, zieht Alejandro das Laken des zerlegten Betts ab und wirft es über die gestapelten Taschen mit unserer Ausrüstung. Dave geht zur Tür, sperrt auf und öffnet sie.

Draußen steht eine schlanke junge Frau in Jeans und einem schwarzen T-Shirt mit einem roten Anarchiesymbol. Sie hat eine rote Kurzhaarfrisur, trägt eine schwarze Hornbrille und sagt: »Oh, gut, Sie sind noch da.«

Dave sagt: »Entschuldigung, was haben Sie gesagt? Und wer zum Teufel sind Sie?«

Sie bückt sich, greift nach einer Notebooktasche und ihrer eigenen schwarzen Sporttasche und kommt wie selbstverständlich herein. Sie entdeckt mich, lässt ihre Taschen fallen und nickt.

»Mr. President«, sagt sie. »Claire Boone. National Security Agency. Ich war vor einigen Wochen hier, um mitzuhelfen, Ihre Tochter aufzuspüren, aber das war leider ein verdammter Reinfall von epischen Ausmaßen, nicht wahr? Aber diesmal machen wir's richtig, okay?«

Ich setze die Basecap ab und stehe auf. »Was meinen Sie mit *richtig machen*?«

Sie legt ihre Notebooktasche aufs Bett, zieht den Reißverschluss auf, holt einen Laptop heraus und setzt sich daneben auf die Bettkante. »Wir müssen schnellstens ans westliche Mittelmeer, und ich denke, dass ich jemanden habe, der uns nützlich sein kann.«

Die NSA-Frau schaltet ihren Laptop ein und sieht zu den vier Männern auf, die schweigend um sie herumstehen. »Was, seid ihr stumm? Soll ich gehen?«

»Nein«, sage ich und trete einen Schritt auf sie zu. »Ich möchte, dass Sie bleiben.«

KAPITEL 83

MOTEL AUTUMN LEAVES
CONTOOCOOK, NEW HAMPSHIRE

Als Claires Computer zum Leben erwacht, frage ich: »Ich … wie haben Sie uns bloß gefunden?«

Nick sagt: »Yeah, das wollte ich auch fragen. Verdammt!« Sein SEAL-Partner stimmt ein: »Ebenso, Chief.«

Mein Secret-Service-Beschützer sagt: »Sir, ich kenne sie. Sie ist bei der NSA. Sie war bei der Abschlussbesprechung nach der Erstürmung des Hauses in Monmouth. Des Hauses, aus dem wir Mel befreien wollten.«

Claire sieht zu David auf. »Na, ist das nicht ein geiles Gefühl? Erzählen zu können, was ich euch allen schon gesagt habe? Fühlt man sich da speziell? Clever?«

David wirkt leicht verwirrt, was ich ihm nicht verdenken kann.

Sie sieht auf ihren Bildschirm und sagt: »Dass ich euch gefunden habe, hängt mit Zahlen zusammen. Jeder von uns benutzt jeden Tag Mathe, auch wenn wir's vielleicht nicht merken. Das Wetter vorhersagen, Software entwickeln, Geld verdienen. Mathe ist logisch. Rational. Und sie lügt nicht. Als ich einen kleinen Flugplatz gefunden habe, dessen Mietwagenumsatz plötzlich in die Höhe gegangen ist, bin ich aufmerksam geworden. Und ein fast bankrottes Motel auf dem Land zahlt einen größeren Betrag in bar ein? Auch das hat meine Aufmerksamkeit geweckt. Und als auf dem besagten Flughafen zwei Personen mit fast zu guten Papieren gelandet sind, habe ich ein bisschen nachgegraben und festgestellt, wer die beiden wirklich sind.«

Claire seufzt zufrieden. »Kommen wir zu Ihnen, Mr. President. Ist Ihnen klar, wie viele Köpfe in Washington seit Ihrem Verschwinden rauchen? Darüber werden Bücher geschrieben, Sondersendungen ausgestrahlt werden … aber natürlich nur, wenn Sie's schaffen, Mel zu befreien.«

Mein Mund ist plötzlich trocken. »Sie … wissen, dass meine Tochter lebt?«

Sie lässt die Tastatur klappern. »Konkrete Informationen gibt es keine, fürchte ich. Nur verschiedene Annahmen und Theorien. Anscheinend gibt es digitale Beweise dafür, dass das Enthauptungsvideo ein Deepfake war und nicht in den White Mountains aufgenommen wurde. Aber leider nichts, wonach man aktiv werden könnte. Es gibt Besprechungen, Debatten, Arbeitsgruppen … Sie kennen DC. Die Zuständigen brauchen bestimmt ein paar Wochen, um zu einem Urteil zu gelangen. Und dann ist es bestimmt falsch … ah, da haben wir's.«

Im Zimmer herrscht Stille bis auf das Klappern der Tastatur. »Pease Air National Guard in Newington. Das 157. Luftbetankungsgeschwader. Es nimmt gerade an einer Großübung im westlichen Mittelmeer teil, die von der U.S. Naval Station im spanischen Rota koordiniert wird. Eines seiner Flugzeuge ist wegen eines Wartungsstaus zwölf Stunden verspätet. Diese KC-135 … ihr Rufzeichen während der Übung ist Granite Four. Sie soll in knapp zwei Stunden starten. Ich habe getan, was ich konnte, Mr. President. Jetzt müssen Sie uns Plätze an Bord verschaffen.«

Ich komme mir wie in einem Traum vor, in dem alle ihre Rollen und Texte beherrschen, nur ich nicht. »Claire … wieso machen Sie das?«

Sie lächelt. »Erkennen Sie mich nicht wieder, Mr. President?«

Ich lächle verlegen. »Nein, leider nicht.«

Claire gibt ein paar Tastenbefehle ein und dreht den Laptop zu mir hin, sodass ich das Foto auf dem Bildschirm sehen kann. Verblüfft erkenne ich Mel, einen weiteren Teenager und eine molligere Claire Boone mit schwarzen statt roten Haaren, die auf Mels Bett in ihrem Zimmer im Wohntrakt des Weißen Hauses sitzen. Mit sanfter Stimme sagt Claire: »Ich war in der Sidwell Friends School mit Mel befreundet. Ich war in der zwölften Klasse, sie in der neunten, und aus irgendeinem Grund hat sie sich mit mir angefreundet. Vielleicht weil ich dauernd gemobbt wurde. Ich war fett und bin leicht autistisch, wie Sie vielleicht schon gemerkt haben. Rede zu schnell, kann besser mit Zahlen als mit Leuten. Aber Mel hat dafür gesorgt, dass ich nicht mehr gemobbt wurde. Als ich gehört habe, dass wir die Suche nach ihr unterstützen würden, habe ich mich sofort freiwillig gemeldet. Und anschließend bin ich drangeblieben.«

Sie dreht den Laptop wieder zu sich her. »Nach Sidwell bin ich zur Army gegangen, hauptsächlich um meine Eltern zu ärgern. War eine verdammt gute Spähtruppführerin. Nach ein paar zusätzlichen Tests hat die NSA mich rekrutiert, und ich bin Geheimagentin geworden. Interessante Arbeit, aber ich habe in zu vielen verrauchten Internet-Cafés in Berlin und Paris herumgesessen und Hacker und Cyberkriminelle überführt. Genügt Ihnen das? Müssen Sie noch mehr hören? Oder können Sie ein-, zweimal telefonieren, bevor's zu spät ist, damit der Tanker uns mitnimmt? Ich meine, ich habe einige geschützte Systeme gehackt, in denen ich nichts verloren habe. Wollen Sie nicht auch Ihren Teil beitragen?«

Ich frage: »*Uns?* Sie kommen mit?«

Sie lächelt. »Ob Sie's glauben oder nicht, Mr. President, Sie brauchen mich. Wollen Sie darüber diskutieren oder lieber dieses verdammte Gespräch führen?«

»Das tue ich«, sage ich. »Wenn Sie mir die Telefonnummer beschaffen.«

Ihr Lächeln wird breiter. »Du meine Güte, das kann ich sogar, denke ich.«

KAPITEL 84

PENTAGON
ARLINGTON, VIRGINIA

Secretary of the Air Force Kimberly Bouchard sitzt im Pentagon mit einem Corned-Beef-Sandwich, das sie nicht angerührt hat, an ihrem Schreibtisch. Sie arbeitet einen Stapel Papiere durch, die ein Beschaffungsproblem erörtern, das bei der routinemäßigen Wartung der in die Jahre gekommenen Stealth-Bomber B-2 aufgetreten ist.

»Madam Secretary?«, fragt Martin Hernandez, ihr persönlicher Assistent.

»Ja?«

»Ma'am … ich habe einen Anrufer am Apparat. Er behauptet, Matt Keating zu sein. Der …«

»Präsident Keating?« Sie reibt sich die Augen, denkt sofort nicht mehr an Zahlen und Qualitätsprüfungen. »Wissen Sie das bestimmt?«

»Er hat gesagt, Sie würden den Satz ›Ich wäre vielleicht besorgt, wenn Sie bei einem verdammten Bingospiel in einer Kirche erwischt worden wären‹ erkennen. Ma'am?«

Großer Gott, denkt sie.

»Stellen Sie ihn durch«, sagt sie und erinnert sich wieder.

Vor über drei Jahren hat sie mit Präsident Matt Keating im Oval Office gesessen, beide auf einer eigenen Couch in der Mitte des Raums, er in schwarzen Slacks und einem blauen Oxfordhemd, die rote Krawatte weit gelockert. Eine Minute zuvor hat Stabschef Jack Lyon sie hereingeführt und ihr einen bösen Blick zugeworfen, weil Kimberly das erste Washingtoner Gebot gebrochen hat: Niemals den Boss in Verlegenheit bringen!

Keating fragt: »Etwas zu trinken? Wasser? Coke? Etwas Stärkeres?«

Kimberly schüttelt den Kopf. Sie will diesen peinlichen und demütigenden Augenblick ihres Lebens so schnell wie möglich hinter sich bringen.

»Mr. President, ich bedaure sehr, dass diese Informationen publik geworden sind«, sagt sie. »Ich dachte, die Überprüfung fände vertraulich statt, aber die Nachricht von meiner Sucht …«

Sie seufzt, dann zieht sie einen zusammengefalteten Briefbogen aus ihrer Kostümjacke. »Wenn wir hier fertig sind, erkläre ich draußen vor den Kameras, dass ich meine Bewerbung um das Amt zurückziehe.«

Keating lehnt sich mit hinter dem Kopf verschränkten Armen auf seiner Couch zurück. »Wenn ich mich recht erinnere, Kimberly, hat die Überprüfung auch Folgendes ergeben: Sie sind auf einem Milchbetrieb in Pennsylvania aufgewachsen, haben mit einem ROTC-Stipendium der Air Force an der Universität Pittsburgh studiert, auf Ihrem Spezialgebiet Wartung und Beschaffung stetig Karriere gemacht und – anscheinend aus Langeweile – eine Pilotenausbildung auf der Laughlin Air Force Base in Texas gemacht. Bis dahin alles korrekt?«

Sie nickt, weiß aber nicht recht, worauf er hinauswill. Der Präsident fährt fort: »Sie sind Pilotin von AWACS-Flugzeugen EC-130 geworden, die Sie in etlichen gefährlichen Weltgegenden geflogen haben. Sind aus der Air Force ausgeschieden und haben in einem Think Tank und als Beraterin für Lockheed gearbeitet. Irgendwann in dieser Zeit sind Sie spielsüchtig geworden, richtig? Ihr Mann hat Sie deswegen verlassen, korrekt?«

Sie errötet, nickt verlegen. Er spricht weiter. »Irgendwann sind Sie zur Selbsthilfegruppe gegangen. Haben den Banken und den Leuten, von denen Sie sich Geld gepumpt hatten, jeden Cent zurückgezahlt. Mit Zinsen. Nun sind Sie seit vier Jahren clean. Richtig?«

»Ja, Sir, aber …«

»Sie haben Wiedergutmachung geleistet. Sie haben alles zurückgezahlt. Sie haben nie wieder gespielt.«

Er lächelt ihr zu, und sie fühlt sich ungeheuer erleichtert. »Ich wäre vielleicht besorgt, wenn Sie bei einem verdammten Bingospiel in einer Kirche erwischt worden wären, aber das ist nicht passiert, richtig? Passiert ist Folgendes: Irgendein beleidigter Schwachkopf im Kapitol wollte mir schaden, indem er das Ergebnis der vertraulichen FBI-Überprüfung veröffentlicht hat, um mich dazu zu zwingen, Sie fallen zu lassen. Ein kleiner Sieg für einen Senator oder jemanden aus seinem Stab, und wenn Sie dabei unter die Räder kommen … nun, so wird das Spiel hier in DC eben gespielt. Zeigen Sie mir Ihre vorbereitete kleine Rede.«

Kimberly übergibt ihm das zusammengefaltete Blatt. Ohne auch nur einen Blick auf den Text zu werfen, reißt der Präsident es zweimal durch und lässt die Papierfetzen auf den Couchtisch flattern.

Er steht auf, rückt die Krawatte zurecht. »Wenn Sie gerade Zeit haben, zukünftige Madam Secretary, gehen wir in den Rosengarten, und ich erzähle der Presse, dass ich hundertprozentig hinter Ihrer Ernennung stehe.«

Sie weiß nicht, was sie sagen soll. Keating fügt hinzu: »Und so spiele *ich* dieses Spiel, Kimberly. Meine Leute, meine Regeln. Kommen Sie, wir wollen zusehen, dass wir die Nachrichten zur vollen Stunde schaffen.«

Als Kimberly ihm aus dem Oval Office folgt, kann sie noch immer nichts sagen; sie spürt nur, dass ihre Augen feucht sind, während auf ihrem Gesicht ein erleichtertes Lächeln erscheint.

Am Telefon sagt der Expräsident: »Kimberly, freut mich, dass ich durchgekommen bin.«

»Mr. President, ich möchte …«

»Bitte, Kimberly, ich unterbreche Sie ungern, aber wir brauchen Ihre Hilfe. Und die Zeit drängt.«

»Worum geht es, Mr. President?«

Keatings Stimme klingt ungewohnt anders: nüchtern, kalt, hart.

Er sagt: »Auf dem Stützpunkt Pease, New Hampshire, der Air National Guard startet in knapp zwei Stunden eine KC-135. Rufzeichen Granite Four. Sie fliegt zur Naval Station Rota. Ich muss mit vier weiteren Leuten in dieser Maschine mitfliegen. Und bevor sie in Rota landet, muss sie einen Umweg über Sfax-Thyna in Tunesien machen. Die Landeerlaubnis für Granite Four wird rechtzeitig beschafft.«

Sekundenlang gespanntes Schweigen. »Kimberly, ich muss mit meinen Leuten nach Tunesien. Ich weiß, dass ich schrecklich viel verlange, aber …«

Sie unterbricht ihn. »Das genügt, Mr. President. Ich mache mit. Auf mich können Sie zählen.«

»Kimberly, ich …«

Sie hört die Erleichterung in seiner Stimme. »Sie haben es eilig. Ich denke, ich weiß, was Sie vorhaben, aber ich frage bewusst nicht danach. Gehen Sie mit Gott, Mr. President, und tun Sie, was getan werden muss.«

Sie legt auf, nimmt den Hörer gleich wieder ab und wählt die Nummer ihres Assistenten. »Martin.«

»Ma'am?«

»Verbinden Sie mich sofort mit dem Geschwaderkommandeur der Air National Guard in Pease, New Hampshire. Oder mit seinem Stellvertreter.«

»Ja, Ma'am«, sagt Martin. »Bleiben Sie bitte dran, bis die Verbindung hergestellt ist.«

Während sie wartet, fällt ihr Blick auf die langweiligen Papiere vor ihr, in denen es um Ersatzteile, Beschaffung und Wartung geht. Sie schiebt sie mit einer Hand zusammen und wirft sie hinter sich in die Luft.

Schön, zur Abwechslung mal was Wichtiges zu tun, denkt sie.

KAPITEL 85

MOTEL AUTUMN LEAVES
CONTOOCOOK, NEW HAMPSHIRE

Ich lege das Handy weg, sehe meine vier Kameraden an – jetzt ein Häuflein Brüder und eine Schwester – und sage: »Geht in Ordnung. Wir können packen.«

David sagt: »Gut gemacht, Sir.«

Ich überlege kurz, dann greife ich wieder nach dem Handy und mache mich auf den Weg in das kleine Bad. »Muss noch mal telefonieren, bevor es losgeht. Diesmal privat.«

»Natürlich«, sagt David, und ich rufe noch: »Nick und Alejandro, ihr baut das Bett wieder zusammen, okay? Das ist nicht meine Art.«

Ich verschwinde in dem schmuddeligen Bad, versuche, nicht durch die Nase zu atmen, und schließe die Tür.

Ich tippe die Nummer ein und höre das Klingeln.

Es klingelt.

Und klingelt.

Wo ist sie?

Dann meldet Sam sich ganz außer Atem. »Ja, bitte?«

»Sam, hier ist Matt«, sage ich. »Ich wollte dich nur auf dem Laufenden halten. Ich habe den Flug für uns arrangiert. Mit einem Tankflugzeug von Pease aus. Wir starten in weniger als zwei Stunden. David Stahl ist bei mir, dazu zwei SEALs und eine NSA-Agentin.«

»Matt … genügt das?«

»Es wird genügen müssen, Sam«, sage ich. »Wir müssen klein und beweglich bleiben.«

Dann wird mir klar, dass ich meiner Frau erstmals erzählt habe, was ich zu tun im Begriff bin. Früher hatte ich Einsätze mit dürren Worten angekündigt: »Hey, ich bin jetzt ein paar Monate weg, Training« oder: »Muss eine Zeit lang arbeiten. Melde mich, sobald ich kann«.

Aber nicht diesmal.

Sam weiß alles: dass ich nach Nordafrika unterwegs bin, um unsere Tochter zurückzuholen und jeden umzubringen, der sich mir in den Weg stellt.

»Du schaffst es, Matt, du schaffst es«, sagt sie mit angestrengter, aber doch energischer Stimme. Ich höre seltsame Geräusche im Hintergrund und frage: »Sam, alles in Ordnung bei dir?«

Ein leichtes Lachen. »Wir sind beide auf Last-Minute-Trips unterwegs. Ich bin gebeten worden, auf der Jahresversammlung der Gesellschaft für Amerikanische Archäologie einen Preis zu verleihen. Der vorgesehene Laudator hat die Grippe, deshalb soll ich einspringen. Also können wir uns gegenseitig eine gute Reise wünschen, was? Ich warte am Dulles Airport darauf, dass ich abgeholt werde.«

»Ich liebe dich, Sam«, sage ich. »Und ich bringe sie heil und gesund zurück, verlass dich drauf. Ich melde mich zwischendurch, sooft ich kann.«

»Ich liebe dich auch, Matt«, sagt sie. »Und ich weiß, dass du's schaffst. Scheiße, mein Uber ist da. Bye, Matt.«

»Bye, Sam«, sage ich und höre, wie die Sporttaschen mit unserer Ausrüstung zu den Leihwagen hinausgetragen werden.

Ich betrachte mein Handy.

Noch ein Anruf, denke ich.

Noch ein Anruf, dann sind wir quitt.

KAPITEL 86

AN BORD VON GRANITE FOUR
PEASE AIR NATIONAL GUARD BASE, NEW HAMPSHIRE

Captain Ray Josephs vom 157th Air Refueling Wing der New Hampshire Air National Guard sitzt spätnachmittags im beengten Cockpit seines alten Tankflugzeugs KC-135 und bereitet sich auf ihre Atlantiküberquerung vor, die gestern hätte stattfinden sollen.

Aber eine Pumpe des Backbord-Hydrauliksystems ist ausgefallen und musste ersetzt werden – daher die Verspätung, die allerdings keine große Überraschung war. Dieses auf der Boeing 707, einem Entwurf aus den Fünfzigerjahren, basierende Tankflugzeug – und einige Hundert weitere KC-135, die noch fliegen – wurde 1957 in Dienst gestellt, und die Air Force erhielt die letzte Maschine im Jahr 1965.

Ray hat Storys von Piloten gehört, deren Großväter in der Air Force die KC-135 geflogen haben, die sie heute fliegen, und hält sie für durchaus glaubwürdig. Dieses Cockpit ist noch mit Knöpfen, Schaltern und Rundinstrumenten gespickt, zwischen denen es kaum Touchscreens gibt. Rechts neben Ray, weniger als einen Meter entfernt, blättert Lieutenant Ginny Zimmerman, seine Co-Pilotin, in den Unterlagen für ihren Flug nach Rota. Wie Ray trägt sie einen salbeigrünen Nomex-Overall und hat ein voluminöses Headset über ihr kurzes blondes Haar gestülpt.

»Ginny«, sagt er, »habe ich richtig gehört, dass ihr bei Delta Dienst nach Vorschrift macht?«

Sie zuckt mit den Schultern, blättert weiter. »Irgendjemand muss nachgeben, und das sind diesmal nicht wir.«

Ray lacht, dann geht er seinen eigenen Ordner durch. Er ist Pilot bei United Airlines, Ginny bei Delta Airlines. Dienst in diesem Geschwader leisten sie als Angehörige der New Hampshire Air National Guard.

Auf der Rückseite seines Ordners mit Checklisten klebt ein rissiger alter Aufkleber, der einen von dem Akronym NKAWTG umgebenden fliegenden Pegasus zeigt: *Nobody kicks ass without tanker gas!*

Wird über militärische Unternehmen diskutiert, diese Erfahrung hat er frühzeitig gemacht, reden Amateure über Taktik und Profis über Logistik. Und was den Luftkrieg betrifft, geht nichts ohne logistische Unterstützung durch diese alten, fliegenden Tankstellen, die weltweit alles vom Jäger bis zum Bomber betanken.

Und der Job, den benötigten Treibstoff abzugeben, gehört dem dritten Besatzungsmitglied, Technical Sergeant Frank Palmer, der den Ausleger im Heck der KC-135 steuert. Im Augenblick ist er in der kleinen Bordküche damit beschäftigt, die Mahlzeiten für ihren halbtägigen Flug über den Atlantik zu verstauen.

Als Ray eben seine Co-Pilotin fragen will, ob sie mit der Vorflug-Checkliste beginnen können, dringt eine Frauenstimme aus seinem Kopfhörer.

»Granite Four, hier Pease Control«, sagt die Stimme.

Er drückt seine Sprechtaste. »Granite Four hört«, sagt er.

»Augenblick«, sagt die Fluglotsin.

Ginny sieht zu Ray hinüber, der die Augenbrauen hochzieht und mit den Schultern zuckt.

Dann hören sie eine unerwartete Stimme.

»Captain Josephs, hier Colonel Tighe.« Ray ist im ersten Augenblick sprachlos.

Der Geschwaderkommandeur? Jetzt?

»Ja, Sir«, sagt er dann.

»In den nächsten Minuten gehen fünf Personen an Bord Ihrer Maschine. Ich möchte, dass sie im Rahmen des Möglichen eine Vorzugsbehandlung erhalten.«

»Sir …« Ray denkt angestrengt nach. »Handelt es sich um Space-A-Passagiere?«

Sind an Bord von USAF-Flugzeugen Plätze frei, können bestimmte Personen – aktive oder pensionierte Soldaten, ihre Familien und Inhaber der Medal of Honor – im Rahmen dieser Space-A-Verfügbarkeit umsonst mitfliegen. Aber dass solche Passagiere unmittelbar vor dem Abflug an Bord gehen, ist höchst irregulär.

»In gewisser Beziehung«, antwortet der Colonel knapp. »Sie fliegen auf Anweisung der Secretary of the Air Force mit. Ich weiß, dass dieser Last-Minute-Zustieg höchst ungewöhnlich ist, aber ich vertraue darauf, dass Sie damit zurechtkommen, Captain.«

»Und die Passagierliste?«

»Um die Liste kümmere ich mich«, sagt Tighe. »Ich verbürge mich für ihre Identität und ihr Gepäck. Und noch etwas: Ihr Ziel ist der tunesische Luftwaffenstützpunkt Sfax-Thyna. Die Landeerlaubnis ist erteilt, die Wartung sichergestellt. Noch Fragen?«

Ray hätte Dutzende von Fragen, aber er weiß, wann man gewissermaßen zackig salutieren und den Mund halten muss. »Nein, Sir«, sagt er. »Wir haben die Sache im Griff.«

»Gut«, sagt der Colonel. »Tighe Ende.«

Ginny, die alles mitgehört hat, starrt Ray mit großen Augen an. »Was zum Teufel war das?«

Er nimmt sein Headset ab. »Keine Ahnung, aber ich sehe mal nach. Du kannst inzwischen berechnen, wie viel mehr Treibstoff wir brauchen, um nach Tunesien zu fliegen.«

Ray stemmt sich aus seinem Sitz hoch und geht nach hinten, wo es nichts zu sehen gibt als ein Metalldeck mit eingelassenen Ringen zur Befestigung von Paletten und roten Gurtsitzen auf beiden Seiten des Rumpfs. Ganz hinten im Heck befindet sich die Kabine des Technical Sergeants, der den Ausleger für die Luftbetankung steuert. Unter dem Deck sind über zweiundneunzig Tonnen Düsentreibstoff JP-8 gespeichert. Ray wendet sich nach rechts, der offenen Frachtluke zu. Er sieht den dunkelblauen Pick-up mit der verstellbaren Fluggasttreppe übers Vorfeld auf sich zukommen. Die fünf Passagiere, von denen jeder zwei große Sporttaschen trägt, gehen hinter dem Pickup her. Ray steht wartend da, fühlt sich leicht nervös und unbehaglich und fragt sich, wie dieser Routineflug sich in etwas unheimlich anderes verwandeln konnte.

Technical Sergeant Palmer, der einen altmodischen Bürstenhaarschnitt hat und dessen Schmerbauch seinen Overall fast sprengt, kommt zu ihm. »Was läuft, Captain?«

»Last-Minute-Passagiere, Frank«, sagt Ray. »Weist du die Treppe ein?«

Die ausfahrbare Treppe erreicht die offene Tür, und Palmer verriegelt sie dort.

Die ersten drei Passagiere kommen die Fluggasttreppe herauf, nicken Ray nur zu und gehen nach achtern. Sie klappen die roten Gurtsitze herunter und sichern ihr Gepäck, als hätten sie das schon oft getan. Obwohl Ray keine Erfahrung mit Angehörigen der Special Forces hat, spürt er aus der Art, wie sie sich rasch und sicher ohne Kraftverschwendung bewegen, dass diese drei Spezialeinheiten angehören müssen.

Die vierte Passagierin ist eine Überraschung: eine große Rothaarige mit schwarzer Hornbrille. Sie nickt Ray zu und sagt: »Kein Inflight-Entertainment, richtig?«

Bevor er antworten kann, kommt der fünfte Passagier an Bord, und der Pilot erstarrt, weil er ihn sofort erkennt.

Expräsident Matthew Keating.

Heiliger Scheiß, denkt Ray. Was zum Teufel geht hier vor?

Keating sagt halblaut: »Entschuldigen Sie, dass wir Ihnen Umstände machen, Captain, aber ich bin Ihnen wirklich sehr dankbar.«

Ray findet seine Stimme wieder. »Freut mich, Ihnen helfen zu können, Sir.«

Der Expräsident geht zu den anderen vier Passagieren hinüber. Palmer erwidert Rays Blick, schüttelt den Kopf und murmelt: »Nach fast fünfzehn Jahren in der Air Force hab ich jetzt wirklich alles gesehen.«

Ray geht noch immer leicht benommen ins Cockpit zurück und setzt das Headset auf, während er sich in seinen Pilotensitz zwängt.

Seine Co-Pilotin fragt neugierig: »Wer ist dort hinten? Was ist die große Sache?«

Ray sagt: »Glaub mir, Ginny, das willst du gar nicht wissen. Sehen wir lieber zu, dass dieser Vogel in die Luft kommt.«

KAPITEL 87

OVAL OFFICE, WEISSES HAUS

Nachdem FBI-Direktorin Lisa Blair sie über die Fahndung nach Matt Keating informiert hat – »Wir fluten die Umgebung mit Agenten, wir arbeiten mit der Polizei zusammen, ohne die Medien einzubeziehen, aber er hat seine Spuren geschickt verwischt, Madam President« –, starrt Barnes wieder die Fotokopie des Briefs an, den Matt Keating in dem Diner in New Hampshire zurückgelassen hat.

Dann fragt sie Blair: »Was zum Teufel soll dieser letzte Satz bedeuten?«

Blair nickt zu dem mit ihr vor dem *Resolute*-Schreibtisch sitzenden älteren FBI-Agenten hinüber und sagt: »Das möchte ich lieber Dr. Abrams erklären lassen, Madam President. Er ist unser bester forensischer Psychologe.«

Barnes hebt eine Hand. »Augenblick. Ich will das verdammte Ding noch mal lesen.«

Sie betrachtet wieder die kräftige, deutliche Schrift ihres Vorgängers, dessen Schreiben an den für den Secret Service zuständigen Heimatschutzminister adressiert ist.

Lieber Minister Charles,

ich schreibe dies aus eigenem freien Willen, ohne Zwang oder irgendjemandes Befehl. Mein Entschluss, mein Haus am Lake

Marie zu verlassen, hat persönliche Gründe, und ich gehe diesen Schritt entgegen dem Rat und den nachdrücklichen Empfehlungen meiner Personenschützer vom Secret Service.

Keiner meiner Personenschützer sollte für meine Entscheidung verantwortlich gemacht oder getadelt werden. Ihr Chef David Stahl hat sogar großes Lob dafür verdient, dass er sich entschlossen hat, mich zu begleiten, obwohl er weiß, dass seine Karriere dadurch irreparabel beschädigt ist.

Was Grund und Ziel meines Weggehens betrifft …

»Ich gehe nur mal raus und bin vielleicht eine Zeit lang fort.«

Mit freundlichem Gruß
Matthew Keating

Barnes schüttelt den Kopf. Diese verdammte Schrift. Diese gleiche verdammte Arroganz wie vor eineinhalb Jahren, als sie den Brief gelesen hat, den er in diesem Schreibtisch für sie zurückgelassen hatte.

Der Brief im *Resolute*-Schreibtisch von einem Präsidenten zum nächsten ist eine Tradition zu Ehren einer friedlichen Machtübergabe, aber dieser Dreckskerl hatte ihn an jenem 20. Januar auf die Spitze treiben müssen.

Barnes konzentriert sich auf Dr. Clint Abrams, den forensischen Psychologen vom FBI, und fragt: »Glauben Sie, dass er die Wahrheit sagt, Doktor, dass er nicht unter Zwang handelt?«

Dr. Abrams, schlank und elegant in einem grauen Dreiteiler, völlig kahl bis auf buschige weiße Augenbrauen, sagt: »Ja, das tue ich uneingeschränkt. Seine Handschrift ist fest, nicht uneben oder zittrig. Seine klare, selbstbewusste Ausdrucksweise macht es höchst unwahrscheinlich, dass er dies mit einer Pistole am Kopf oder einem Messer an der Kehle geschrieben hat.«

Barnes tippt auf die Fotokopie. »Aber diese letzte Zeile … das Zitat. Woher stammt es? Was bedeutet es?«

Der FBI-Psychologe sagt: »Das ist eine verbürgte Aussage des britischen Hauptmanns Lawrence Oates. Im Jahr 1912 hat er an Robert

Scotts Südpolexpedition teilgenommen. Sie wollten den Pol als Erste erreichen, aber der Norweger Roald Amundsen ist ihnen zuvorgekommen. Um etwa sechs Wochen.«

Barnes sagt: »Sicher verdammt faszinierend, aber was will Keating damit sagen?«

Abrams sagt: »Auf dem Rückmarsch zu ihrem Basislager wurde Scotts Expedition durch widriges Wetter aufgehalten, und mehrere Teilnehmer erkrankten ernstlich. Mit schwerem Wundbrand an beiden Füßen gehörte Oates zu ihnen, und er wusste, dass sein Zustand dazu führen konnte, dass alle starben. Während eines Schneesturms verließ er das Zelt mit eben diesen Worten: ›Ich gehe nur mal raus und bin vielleicht eine Zeit lang fort.‹ Das gilt als eines der größten Beispiele von Selbstaufopferung und der legendären britischen Ruhe im Angesicht von Gefahr.«

Barnes sagt: »Aber Keating ist kein Brite, er leidet nicht an Wundbrand und geht garantiert in keinen Schneesturm hinaus.«

»Aus meiner Sicht, Madam President, ist das Angeberei«, sagt Blair. »Oder eine Ansage. Matt sagt, dass er sich vielleicht für einen hehren Zweck opfern wird – und dass ihm das egal ist.«

»Er will seine Tochter zurückholen«, sagt Barnes. »Aber wir wissen nicht bestimmt, ob sie noch lebt. Oder wo sie sein könnte. Das wird alles erst ermittelt.«

»Richtig, Madam President, und …«

Ein lautes Klopfen, dann tritt Barnes' Ehemann und Stabschef ein. Sein Gesicht ist gerötet, und er trägt unpassenderweise einen Smoking, weil er später an diesem Abend zu einem Wohltätigkeitsdinner gehen wird.

»Wir haben ihn!«, sagt Richard. »Er versucht, das Land mit einem Tankflugzeug der Air Force vom Stützpunkt Pease oben in New Hampshire aus zu verlassen. Offenbar hat er ein paar militärisch aussehende Leute bei sich. Er ist kein Vermisstenfall mehr, Madam President.«

»Wohin fliegt die Maschine?«

»Rota in Spanien.«

Sie sagt: »Im Südwesten Spaniens, richtig? Nur ein Katzensprung nach Nordafrika.«

»Absolut richtig, Madam President«, bestätigt ihr Mann. »Da er bewaffnete Männer bei sich hat, scheint er selbst nach seiner Tochter suchen zu wollen.«

Verdammt, denkt Barnes und stellt sich vor, welcher Shitstorm über sie hereinbrechen wird, wenn die Medien berichten, dass Matt Keating auf eigene Faust ein Rettungsunternehmen gestartet hat.

Wer hat hier das Kommando? Ich oder der Expräsident?

Barnes wendet sich an Lisa Blair. »Direktorin Blair, er darf kein selbstständiges militärisches Unternehmen durchführen. Sie müssen Agenten hinschicken, die ihn sofort stoppen.«

Die Stimme der FBI-Direktorin klingt skeptisch. »Wobei stoppen? Er war in der Navy und ist ein Expräsident. Er hat bestimmt Gefallen eingefordert, um an Bord dieser Maschine zu kommen. Das verstößt gegen kein Gesetz, Madam President.«

Barnes erwidert ihren kalten Blick ebenso eisig und nimmt sich vor, die von Keating ernannte Blair bei nächster Gelegenheit abzuservieren.

»Also gut«, sagt die Präsidentin, geht zu ihrem Telefon und nimmt den Hörer ab. Sie hat keine Zeit, mit dieser halsstarrigen FBI-Direktorin zu diskutieren. Normalerweise müsste sie jetzt ihren Verteidigungsminister einschalten, aber der bereist gegenwärtig Südkorea und Japan, und sie weiß, dass sie nicht genug Zeit hat, um beim Personal des Ministeriums gut Wetter zu machen.

»Madam President?«, fragt ihr Sekretär Paul McQuire am Telefon.

»Paul«, sagt sie, »verbinden Sie mich sofort mit dem Nationalen Kommandozentrum im Pentagon.«

»Gewiss, Madam President«, sagt er. »Augenblick, bitte.«

Sekundenlang nur weißes Rauschen. Barnes' Ehemann, die FBI-Direktorin und ihr Psychologe beobachten sie alle. Trotz ihrer Abneigung gegen das Militär fühlt es sich an manchen Tagen verdammt gut an, den Oberbefehl zu haben.

Ihr Sekretär meldet sich wieder. »Madam President, ich habe Army-Colonel Susan Sinclair am Apparat.«

»Colonel Sinclair?«, fragt Barnes.

»Ja, Madam President«, antwortet eine Frauenstimme.

Barnes sagt: »Auf der Pease Air Base in New Hampshire steht ein Tankflugzeug startbereit. Zum Flug nach Rota in Spanien. Ich will, dass diese Maschine Startverbot bekommt. Sie darf nicht ohne meine ausdrückliche Erlaubnis starten. Haben Sie verstanden, Colonel?«

Ein kurzes Zögern. Barnes stellt sich die Frau irgendwo in den Tiefen des Pentagons mit allen Bildschirmen und Geräten und Vorschriften und eingeübten Verfahren vor – und dann *dieser* Anruf.

Und wenn schon? denkt sie. Mach deinen verdammten Job.

»Ja, Madam President, ich verstehe.«

»Gut«, sagt Barnes. »Mir ist's egal, ob Sie die Vereinigten Stabschefs, den Kommandeur des Stützpunkts oder den Piloten selbst anrufen, aber dieses Flugzeug darf nicht starten.«

»Verstanden, Madam President.«

»Gut«, sagt Barnes. »Melden Sie sich bei meinem Büro, wenn Sie die Bestätigung haben, damit ich bestimmt weiß, dass die Maschine am Boden bleibt.«

»Ja, Madam President.«

Barnes legt auf und sagt zu Blair: »Mir ist's egal, wie Sie das schaffen oder welche Gesetze dadurch gebeugt werden, aber ich will, dass FBI-Agenten Matt Keating aus diesem Flugzeug geleiten. Sie sollen sagen, dass wir's zu seinem eigenen Schutz tun oder weil wir wegen seines Geisteszustands besorgt sind oder ihn im Zusammenhang mit einer Straftat befragen wollen – mir ist alles recht. Aber holen Sie Keating aus diesem Flugzeug.«

Blair sagt: »Das wird einige Zeit dauern, Madam President. Wir müssen das Vorhaben mit dem dortigen Sicherheitsdienst koordinieren, damit wir unsere Agenten auf den Flugplatz schicken können.«

»Da die Maschine Startverbot hat«, sagt Blair, »macht der Zeitfaktor mir keine Sorgen.«

Sie sieht den anerkennenden Blick Richards, der ihr das Gefühl gibt, genau richtig gehandelt zu haben.

Wirklich ein gutes Gefühl.

Barnes fügt hinzu: »Aber ich bestehe darauf.«

Direktorin Blair steht auf, und Dr. Abrams folgt ihrem Beispiel.

»Sehr wohl, Madam President.«

KAPITEL 88

AN BORD VON GRANITE FOUR
PEASE AIR NATIONAL GUARD BASE, NEW HAMPSHIRE

Ich sitze im Rumpf der KC-135 in einem roten Gurtsitz und schnalle mich an, als Agent David Stahl neben mir sagt: »Nicht wie letztes Mal, als wir in Pease gestartet sind, was?«

Ich muss lächeln. David hat recht. Das Innere der Air Force One gleicht einem Luxushotel, die Kommunikationsmittel sind Weltklasse, das Essen ist köstlich, und die Betten sind mit denen einer Viersternesuite vergleichbar, auch wenn sie manchmal in Turbulenzen geraten.

Und ich war mit der Air Force One auf diesem Stützpunkt während der brutalen Vorwahlsaison, als meine Vizepräsidentin gegen mich rebellierte. Nachdem ich auf dem Parteikonvent in Iowa eine krachende Niederlage erlitten hatte, war ich zu einem Blitzwahlkampf hergekommen, der mir eine knappe Mehrheit sicherte und die Hoffnung gab, Pamela Barnes' Herausforderung abwettern zu können.

Diese Hoffnung hatte sich zerschlagen, aber ich setze darauf, dass ich in diesem minimalistischen Tankflugzeug mehr Glück haben werde, in dem ich Wasser aus der Flasche trinke und Energy-Riegel esse, während ich versuche, es mir in dem alten Sitz bequem zu machen. Keine Fenster, keine Aussicht, nur die graugrüne Isolierung des Flugzeugrumpfs.

Ich führe zwei rasche Auslandsgespräche mit Danny Cohen vom Mossad und Generalmajor Ahmad bin Najef von der saudischen General Intelligence Presidency und erzähle ihnen von meinem Vorhaben.

Beide wünschen mir viel Erfolg und erzählen mir, dass sie noch daran arbeiten, Asim al-Aschid aufzuspüren.

Mir gegenüber sitzen Nick Zeppos, Alejandro Lopez und Claire Boone. Alejandro hockt zurückgelehnt in dem unbequemen Sitz, hat die Arme verschränkt und die Augen geschlossen.

Claire spielt auf ihrem Handy.

Nick redet per Satellitentelefon dringend mit jemandem, dann grinst er mir zu, schaltet das Telefon aus, schnallt sich ab und kommt noch immer grinsend zu mir herüber.

Er hockt vor mir und muss lauter sprechen, weil die Triebwerke aufheulen, als wir zur einzigen Startbahn des Stützpunkts rollen. »Klasse Nachrichten, Mr. … äh, Matt. Klasse Nachrichten.«

»Raus damit«, sage ich.

»Hab eben mit einem Kumpel aus dem Team Fünf telefoniert«, berichtet Nick. »Er übt mit seiner Gruppe in Tunesien. Raten Sie mal, wo sie stationiert ist.«

Ich kann kaum glauben, was ich höre. »Sfax-Thyna?«

Ein Nicken, ein leichter Schlag auf mein Knie, als er sich wieder aufrichtet. »Richtig, Matt! Das sind weitere sechzehn Mann, auf die wir zählen können … und Sie wissen, dass sie an Bord kommen, sobald wir ihnen unser Vorhaben schildern. Fahrzeuge, Funkgeräte, schwere Waffen … unsere Chancen sind gerade schlagartig besser geworden.«

Nach einem Faustcheck geht er auf seine Seite zurück.

David sagt: »Ein glücklicher Zufall, Matt.«

»Ich nehme alles, was ich kriegen kann.« Die Triebwerke drehen noch höher, und ich weiß, dass der Pilot gleich von der Bremse gehen wird.

Ich schließe die Augen wie mein Bruder Alejandro gegenüber.

So viele Male habe ich schon mit geschlossenen Augen wie jetzt in anderen Militärmaschinen gesessen, auf das Heulen der Triebwerke – Jets oder Propellerturbinen – gehorcht und mich auf den bevorstehenden Einsatz vorbereitet. Bestens ausgebildet, erstklassig ausgerüstet, für Gott und unser Land nach irgendwohin unterwegs, obwohl das Geheimnis darin besteht, dass wir nie für Gott und unser Land losgezogen sind.

Unterwegs waren wir wegen unserer Teammitglieder, unserer Freunde, unserer Waffenbrüder.

So auch heute Abend.

Und diesmal ziehen wir auch wegen meiner Familie los.

Die Triebwerke heulen noch höher. Ich spüre die Maschine erzittern, als sie anrollt, und denke: Mel, wir kommen … halt durch, wir kommen …

Es wird real.

Und binnen weniger Sekunden bricht alles zusammen.

Der Triebwerkslärm geht zurück, und die KC-135 rollt langsam aus.

David fragt: »Was zum Teufel …?«

Selbst der dösende Alejandro öffnet die Augen.

Claire spielt weiter auf ihrem iPhone.

Die Metalltür zum Cockpit wird nach innen geöffnet, und Captain Josephs, dem das sichtlich peinlich ist, kommt zu mir herüber. Er baut sich vor mir auf und schüttelt bedauernd den Kopf.

»Tut mir leid, Sir«, sagt er. »Wir haben Befehl bekommen, den Start abzubrechen. Heute Abend fliegen wir nirgends mehr hin.«

KAPITEL 89

STÄNDIGE VERTRETUNG DER VOLKSREPUBLIK CHINA
NEW YORK, NY

Jiang Lijun vom chinesischen Ministerium für Staatssicherheit geht die East 15th Street entlang und fragt sich, weshalb sein Boss Li Baodong ihn in die Vertretung beordert hat. Jiang gibt der Versuchung nicht nach, seinen Schritt zu beschleunigen. Falls er beschattet wird, ist gemächliches Schlendern unverdächtig, aber rasches Gehtempo würde Fragen aufwerfen, Aufmerksamkeit erregen.

Nein, er wird sich heute Abend nicht beeilen, obwohl er wütend ist. Vor wenigen Minuten war er in einer seiner wenigen dienstfreien Stunden noch mit seiner Frau Zhen und ihrer Tochter Li Na zusammen. Er hatte entzückt zugesehen, wie die Kleine ihre ersten unbeholfenen Schritte durchs Wohnzimmer machte, während Zhen und er Beifall klatschten und sie anfeuerten.

Dann vibrierte seine Armbanduhr, und er verschwand in seinem Arbeitszimmer, um zu telefonieren. Als er ging, erklärte er Zhen lediglich: »Dienst.«

Nur ein Wort, aber er sah ihren gekränkten Blick, und selbst Li Na schien zu merken, dass die Stimmung ihrer Eltern sich geändert hatte. Ihr Quengeln war das Letzte, was Jiang beim Verlassen der Wohnung gehört hat.

Als er den Eingang des Gebäudes erreicht, fragt er sich wieder, ob er vielleicht zu alt und zu sehr Vater geworden ist, um in dieser Position zu bleiben: im Ausland leben und damit rechnen zu müssen, von einer Minute zur anderen mit Aufträgen losgeschickt zu werden.

Wie ist sein Vater im Dienst seines Landes mit den gleichen Herausforderungen umgegangen?

Jiang runzelt die Stirn. Das könnte er ihn fragen, hätten die verdammten Amerikaner ihn nicht umgebracht.

Elf Minuten später ist er im abhörsicheren Kellerbüro des dicken Mannes, der sein Vorgesetzter ist. Nachdem Jiang Platz genommen hat, blinzelt Li Baodong hinter seiner goldgeränderten Brille und sagt: »Sie waren schnell unterwegs, Lijun. Das kommt Ihnen sicher zugute, wenn Sie demnächst New York City verlassen.«

»Genosse?«, fragt Jiang verunsichert. Wird er versetzt? Ist er in Ungnade gefallen und wird heimgeschickt? Degradiert und von den Kollegen verspottet?

»Ja, Sie sind nach Libyen unterwegs. Bald.«

Jiang sagt: »Aber weshalb Libyen? Ich war seit zwei Jahren nicht mehr dort.«

Die Augen des fetten Pilzes ihm gegenüber blitzen zornig. »Weil Asim al-Aschid wieder in Libyen ist und wir aus zuverlässiger Quelle wissen, dass die entführte Mel Keating noch lebt und bei ihm ist.«

»Aber das Hinrichtungsvideo …«

»Die Amerikaner halten es für gefälscht, für einen Griff in die Trickkiste«, sagt Li und trommelt mit den Fingern auf seinem Schreibtisch. »Unsere Experten sind derselben Meinung. Und unsere Botschaft in Tripolis besitzt zuverlässige Informationen, dass Asim al-Aschid und sein Cousin dort sind. Sie fliegen nach Libyen und holen die Tochter des Expräsidenten raus. Ohne Rücksicht auf Verluste.«

Jiang hat Mühe, sich seine Verblüffung nicht anmerken zu lassen. »Nach unserem letzten Treffen bezweifle ich, dass er sich umstimmen lässt.«

Li zieht seine raupenförmigen schwarzen Augenbrauen hoch. »Ah, richtig. Ihr Treffen mit Asim in New Hampshire. Sie haben berichtet, Asim sei nicht bereit gewesen, Mel Keating freizulassen, obwohl Sie's mit allen Mitteln von Drohungen bis zu Bestechung versucht haben.«

Jiang nickt. »Das ist korrekt, Genosse.«

Li starrt und starrt, bis Jiang sich plötzlich unwohl fühlt. Er kennt diesen Blick, mit dem *pàng mógū*, der fette Pilz, Untergebene mustert, und weiß, dass gleich eine Falle zuschnappen wird. Und er ahnt, dass sie für ihn bestimmt ist.

»Nun, das wollen wir uns merken«, sagt sein Boss. Er zieht seine Tastatur zu sich heran, gibt ein paar Tastenbefehle ein und dreht den Monitor zur Seite, dass Jiang das Bild sehen kann.

Ein aus der Luft aufgenommenes Video, das einen kleinen See zeigt, dann Bäume, einen unbefestigten Parkplatz und …

… einen Mietwagen aus Kanada.

Zwei Gestalten, die neben dem Auto stehend miteinander reden.

Jiang hat das Gefühl, seine Arme und Beine seien eingeschlafen.

»Kommt Ihnen bekannt vor, was?«, fragt Li sarkastisch.

Jiang bemüht sich, zuversichtlich zu sprechen, als er sagt: »Ja. Williams Pond. Wo ich mich mit Asim al-Aschid getroffen habe.«

»Sehr gut«, sagt Li. »Dann haben Sie gewiss auch *dafür* eine Erklärung?«

Nach einem weiteren Tastenbefehl kommen Geräusche aus den Lautsprechern, und Jiangs Magennerven verkrampfen sich, als er sich vor einigen Wochen mit diesem Subjekt aus Libyen reden hört.

»Glückwunsch, Asim. Als Profi finde ich Ihr Unternehmen beeindruckend. Es muss jahrelange …«

Zum Glück überdecken statische Störungen die nächsten Worte, aber das Video läuft weiter, während Li sich mit über dem Bauch gefalteten Händen in seinen Sessel zurücklehnt.

»Danke.«

»Aber was nun, Asim?«

»Sie kennen meine …«

Jiangs Boss fragt ruhig: »Haben Sie wirklich geglaubt, wir würden Sie zu einem so wichtigen Unternehmen losschicken, ohne Sie selbst zu überwachen? Leider haben unsere Drohnen noch Schwierigkeiten mit Tonaufnahmen.«

Das Video läuft weiter. Jiang spürt Schweißperlen, die an seinem Rückgrat hinunterlaufen.

Lass dir nichts anmerken, ermahnt er sich. *Bleib ganz cool und gelassen.*

Vor allem jetzt, wo es um die letzten Sekunden ihres Treffens geht.

Seine Stimme: *»Ich kann Sie mit Geld, Transportmitteln und Waffen unterstützen. Auch mit Informationen ...«*

»Wieso würden Sie das für mich tun?«

»Ich habe meine Gründe. Und ich setze mit diesem Angebot meine Karriere und mein Leben aufs Spiel.«

»... Ich werde über Ihr großzügiges inoffizielles Angebot nachdenken.«

Wieder starkes Rauschen, dann wird der Bildschirm dunkel, und Jiangs dicker Boss dreht den Bildschirm seufzend wieder zu sich her.

»Das klingt nicht gerade so, als wollten Sie ihn dazu bewegen, Ihnen Mel Keating zu übergeben, nicht wahr?«

Jiang bemüht sich, entspannt zu wirken, obwohl er um Fassung ringt. »Diese Aufnahme ... in der fehlen große Teile.«

»Ah, die Teile, wo Sie Ihren Befehl ausführen und Asim zur Freilassung der Präsidententochter zu bewegen versuchen – das sind die fehlenden Teile? Wie praktisch.«

Jiang zuckt leicht mit den Schultern. Nicht einknicken, denkt er. Lass Li reden.

Sein Boss schüttelt den Kopf, sodass seine Pausbacken beben. »Sie fliegen sofort nach Libyen, nehmen Verbindung zu Ihren alten Verbündeten auf und holen Mel Keating raus. Verstanden? Um jeden Preis. Holen Sie sie raus.«

Jiang, dessen Gefühle in wildem Aufruhr sind, schweigt weiter. Er ist sich bewusst, wie nahe daran er war, wegen Befehlsverweigerung hingerichtet zu werden.

Li fragt: »Ist noch irgendwas?«

Jiang sagt: »Ich weiß, dass dieser Befehl aus Peking kommt, aber ich hasse es, den Amerikanern zu helfen.«

»Wegen dem, was sie Ihrer Familie im Jahr 1999 angetan haben?«

»Unter anderem«, sagt Jiang. »Aber ja, ich hasse sie, weil sie meinen Vater ermordet haben.«

»Würden Sie anders denken, wenn Ihr Vater nicht ermordet worden wäre?«

Jiang bemüht sich, ruhig und vernünftig zu sprechen. »Aber sie haben ihn ermordet, als sie unsere Botschaft bombardiert haben. Das war ein unprovozierter Angriff ihrer Air Force, und die Amerikaner haben versucht, sich auf einen ungenauen Stadtplan herauszureden.«

Sein Boss kratzt sich lächelnd am linken Ohr. »Ja, das war eine besonders dumme Ausrede, nicht wahr? Aber weil viele glauben wollten, die unbeholfenen dummen Amerikaner bombardierten blindlings alles, wurde sie von den meisten akzeptiert. Aber was dort passiert ist, war nicht unprovoziert.«

Jiang kann nur fragen: »Genosse?«

Li schüttelt betrübt den Kopf. »Bei diesen Bombenangriffen der NATO, um die Serben davon abzuhalten, ihre muslimischen Nachbarn zu massakrieren, haben die Serben es geschafft, ein amerikanisches Stealth-Flugzeug, eine F-117 Nighthawk, abzuschießen. Die Serben haben die Wrackteile eingesammelt und einen Deal abgeschlossen.«

»Einen Deal?«, fragt Jiang.

»Ja, einen Deal«, sagt sein Boss. »Die NATO hat das militärische Nachrichtennetz der Serben zerbombt. Und die Serben haben uns die F-117-Trümmer angeboten – die uns auf dem Stealth-Sektor ungefähr fünf Jahre vorangebracht haben –, wenn wir ihnen gestatten würden, ihre Nachrichtenzentrale in unserer Botschaft einzurichten. Wir haben nie erfahren, ob die NATO die Zentrale angepeilt hat, aber die amerikanischen Bomben haben sie jedenfalls zerstört. Sie haben von einem Irrtum gesprochen, und wir haben vorgegeben, ihnen zu glauben. Wir haben drei geschätzte Genossen verloren, darunter Ihren Vater, aber dafür unendlich wertvolle amerikanische Technologie erhalten.«

Jiang fährt sich mit der Zungenspitze über seine trockenen Lippen.

Li beugt sich nach vorn, spricht streng weiter: »Vergessen Sie Ihren irrationalen Hass auf die Amerikaner wegen des Todes Ihres Vaters und tun Sie Ihre Pflicht. Bringen Sie die Tochter des Expräsidenten in unsere Obhut. Peking braucht etwas zur Verbesserung unserer Beziehungen zu Washington, und diese junge Frau ist der Schlüssel dazu. Und jetzt verschwinden Sie!«

Jiang springt eilfertig auf, stolpert fast über seinen Sessel und denkt auf dem Weg zum Ausgang daran, wie oft seine Mutter und er ihrem Hausgötzen zur Erinnerung an seinen Vater Räucherstäbchen und fein gearbeitete Häuser aus Papier geopfert haben, um seinen Geist in der Nachwelt zu ehren und Rache für seinen sinnlosen Tod zu schwören.

Nun kommt es Jiang vor, als sei sein ganzes Leben und Streben in eine Opfergabe verwandelt worden: fein gestaltet und gearbeitet, nur um durch einen einzigen Funken in Flammen aufzugehen.

Jetzt gilt es zu tun, was recht ist.

Die Präsidententochter für Jiangs Partei und sein Land zu retten.

KAPITEL 90

GEORGETOWN UNIVERSITY
WASHINGTON, DC

Samantha Keating ist in ihrem Zimmer im Hotel- und Konferenzzentrum der Georgetown University und will in ungefähr zehn Minuten zu dem Empfang gehen, mit dem die fünftägige Jahresversammlung der Gesellschaft für Amerikanische Archäologie traditionell beginnt. Sie ist ein bisschen müde, aber auch aufgeregt, weil sie weiß, dass Mel lebt und Matt und sein Team unterwegs sind, um sie zu befreien.

Sie sagt sich: Matt schafft es.

Sam gestattet sich nicht, etwas anderes zu denken.

Dass sie überhaupt hergekommen ist, überrascht sie selbst. Sie ist in diesen Tagen voller nervöser Energie, ist ständig in Bewegung, greift nach einer Zeitung, legt sie ungelesen weg und sieht sich sekundenlang etwas im Fernsehen an, nur um gleich weiterzuschalten.

Aber hier in Georgetown ist sie wenigstens nützlich beschäftigt, statt in ihrem Hotel in Maine zu sitzen, ihr Handy anzustarren, während die Minuten endlos langsam verrinnen, und sich zu fragen, wann Matt wohl in Libyen sein wird.

Warten, immer nur warten.

Nein.

Lieber irgendwie beschäftigt sein, auch wenn's in der Stadt ist, die sie jahrelang gehasst hat.

Am Eröffnungsabend der Jahresversammlung soll sie den Gene S. Stuart Award für den im Vorjahr besten Zeitungs- oder Zeitschriftenartikel über Archäologie verleihen. Sie fühlt sich leicht schwindlig bei dem Gedanken daran, dass auch auf sie vielleicht bald ein Preis wartet: Mels sichere Rückkehr.

In ihre ruhige, hoffnungsvolle Stimmung hinein klingelt ihr iPhone.

Sie greift danach, sieht die Anrufernummer und errät, dass dies eines von Matts Wegwerfhandys sein muss.

Sam sieht auf ihre Uhr.

Sollten sie nicht längst in der Luft, über dem Atlantik, sein?

O Gott, irgendwas ist schiefgegangen!

Sie meldet sich. »Matt?«

»… Startverbot.«

Der Empfang ist miserabel.

Sie tritt ans Fenster, hält sich das linke Ohr zu. »Matt, ich verstehe dich nicht! Was hast du gesagt?«

»… Flug ist gestrichen worden. Wir sind noch in Pease.«

»Wer war das?«

Der Empfang wird plötzlich besser. »Der Befehl ist direkt aus dem Pentagon gekommen«, sagt ihr Mann mit vor Zorn gepresster Stimme. »Also ist die Weisung der Secretary of the Air Force außer Kraft gesetzt worden. Und das bedeutet das Weiße Haus, Sam!«

Sie kneift die Augen zusammen. »Was nun?«

Er sagt: »Ich gehe meine Optionen durch, Sam, aber es sieht nicht gut aus …«

Der Empfang setzt sekundenlang aus.

»… ich gebe nicht auf. Verlass dich drauf, Sam, ich gebe nicht auf. Augenblick, jetzt kommt der Pilot gerade wieder heraus … muss mit ihm reden …«

Er trennt die Verbindung, und sie lässt ihr Handy sinken.

Nicht aufgeben.

»Ich auch nicht«, sagt sie.

Sam wühlt einen Augenblick in ihrem Koffer, nimmt dann ihre Umhängetasche und einen leichten Mantel mit und verlässt das Zimmer.

Sie wartet und wartet vor dem Aufzug.

Wartet.

Ping!

Ein älteres Paar, ausgehbereit elegant gekleidet, steigt mit ihr ein, als die Aufzugtür sich endlich öffnet. Sie drückt den Parterreknopf, starrt die sich schließende Tür an und denkt: Beeil dich, beeil dich.

Der Aufzug sinkt nach unten.

»Entschuldigung«, sagt der Mann.

Samantha ignoriert ihn, beobachtet weiter die Stockwerksanzeige.

Das Weiße Haus hat Matts Flugzeug mit einem Startverbot belegt.

Präsidentin Barnes und ihr Mann haben irgendwie von Matts Flug erfahren.

»Entschuldigung, Ma'am«, sagt der Mann. »Sind Sie nicht …?«

Ping!

»Nein«, faucht Samantha, dann marschiert sie durch die Hotelhalle, versucht niemanden anzusehen und überhört einzelne Rufe: »Hey, Dr. Keating! Dr. Keating?«

Endlich im Freien.

Ein livrierter Portier. »Ma'am?«

»Ein Taxi«, sagt sie. »Bitte.«

Er hebt einen Arm, ein grünes Diamond-Taxi fährt vor, und sie wühlt in ihrer Umhängetasche, drückt dem Portier zwei Dollarscheine in die Hand.

Auf den Rücksitz.

»Ja, Lady?«, fragt der Fahrer.

»Zum Weißen Haus.«

Er dreht sich grinsend nach ihr um; ein typischer Einheimischer, der natürlich mehr weiß als diese Besucherin von auswärts.

»Lady, es ist schon spät«, sagt er. »Touristen dürfen nicht mehr rein.«

»Mir ganz recht«, sagt Samantha. »Bringen Sie mich zum Eingang in der 15th Street Northwest. Und beeilen Sie sich.«

Der Taxifahrer fährt auf die West Road hinaus, und Samantha lehnt sich mit einer Hand am Gesicht zurück und hofft, dass sie den Mut aufbringt, zu tun, was als Nächstes getan werden muss.

KAPITEL 91

OVAL OFFICE, WEISSES HAUS

Präsidentin Pamela Barnes steht vom *Resolute*-Schreibtisch auf und greift nach der weichen Ledermappe, die ihre Abendlektüre für den Wohntrakt enthält: Memos, E-Mail-Ausdrucke und Exposés. Die Abende, an denen sie sich zurücklehnen, mit kleinen Schlucken ihren Malt Whisky trinken und die *Washington Post* oder *New York Times* durchblättern konnte, sind längst Geschichte.

Richard, der Rennpferde liebt, ist in Georgetown bei einem Wohltätigkeitsdinner der Equus Foundation. Weil Pamela schon immer allergisch gegen Pferde war und den Abend lieber hier verbringen wollte, ist Richard allein hingefahren.

Was ihr nur recht ist.

Nachdem sie von Matt Keatings verrücktem Plan eines Rettungsversuchs in Libyen erfahren hat – nach letzter Meldung sind FBI-Agenten nach Pease unterwegs –, findet Barnes, dass ein ruhiger Abend daheim genau das Richtige für sie wäre.

Sie mag sich nicht vorstellen, was hätte passieren können, wenn er tatsächlich nach Libyen gelangt wäre. Wenn er umgekommen wäre? Oder gefangen genommen?

Und sie versucht zu vergessen, was Richard kurz vor dem Weggehen gesagt hat: *Pam, stell dir vor, er hätte Erfolg … das wäre schlimmer, als wenn er gefangen genommen oder getötet würde.*

Wahr, auch wenn ihr widerstrebt, das einzugestehen.

Die gewölbte Tür des Oval Office wird geöffnet. Lydia Wang aus ihrem Stab tritt in einem schwarzen Hosenanzug ein. Sie wirkt besorgt.

»Madam President?«

»Ja, was gibt's?«

Sie sagt: »Ma'am, der Secret Service meldet einen Vorfall am Eingang 15th Street Northwest.«

»Was, ein Eindringling? Jemand, der Drohungen ausstößt?«

»Nein, Ma'am«, sagt Wang. »Samantha Keating. Sie sagt, dass sie Sie sofort sprechen muss und sich auf keinen Fall abwimmeln lassen wird.«

Einige Minuten später sitzt Barnes wieder in ihrem Sessel, hat die Hände auf der Schreibtischplatte vor sich gefaltet. Die Ledermappe lehnt seitlich am Schreibtisch.

Kalte Wut durchflutet sie wie ein eisiger Gebirgsbach, der alles beiseiteschiebt.

Die Tür öffnet sich, und Samantha Keating kommt herein. Sie ist gut gekleidet, aber ihre Frisur ist leicht derangiert und ihr Gesicht angespannt, was ihre Nase noch größer wirken lässt.

»Madam President«, sagt sie auf den Schreibtisch zugehend. »Ich danke Ihnen, dass Sie mich ohne lange Voranmeldung empfangen.«

»Ist mir ein Vergnügen«, lügt Barnes, während sie denkt: Wie kannst du's wagen, mir zu drohen, wie kannst du's wagen, in dieses Haus zurückzukommen, wie kannst du's wagen …

Obwohl sie mit neunzigprozentiger Sicherheit weiß, was Samantha herführt, denkt sie nicht daran, den ersten Schritt zu tun.

Sie soll dafür arbeiten müssen.

Barnes deutet auf einen der Stühle vor ihrem Schreibtisch. Sie steht nicht auf, spart sich einen Händedruck oder eine Umarmung.

»Nehmen Sie Platz«, sagt Barnes, ohne ihr einen Kaffee oder einen Drink anzubieten. »Und können Sie's bitte kurz machen? Ich muss einen Stapel Berichte lesen und abzeichnen, bevor ich auch nur das Abendessen kommen lassen kann.«

Samantha setzt sich und sagt: »Ich will's kurz machen. Auf einem Stützpunkt in New Hampshire steht ein Tankflugzeug startbereit. An Bord ist mein Mann mit drei Begleitern. Bitte lassen Sie die Maschine starten.«

Das quittiert Barnes mit eisigem Lächeln. »Warum in aller Welt sollte ich das tun wollen?«

»Weil es richtig ist, Madam President. Matt hat sich etwas vorgenommen. Bitte lassen Sie ihn das tun.«

Barnes schüttelt energisch den Kopf. »Ausgeschlossen.«

»Bitte«, sagt Samantha.

»Nein«, antwortet Barnes ruhig. »Dieses Land hat *eine* Präsidentin, *eine* Außenpolitik, *ein* Verteidigungsministerium. Ich kann nicht gestatten, dass Ihr Mann auf eigene Faust loszieht, selbst wenn er noch so sehr trauert. Glauben Sie mir, Samantha, wir tun alles, um Mels Mörder zur Rechenschaft zu ziehen.«

Samantha sagt: »Darum geht's eben. Matt glaubt, dass sie noch lebt.«

Verdammt, woher weiß er das? denkt Barnes.

»Schon möglich«, sagt sie. »Unsere Geheimdienste und das Pentagon prüfen diese Möglichkeit. Aber das bedeutet nicht, dass ich einen Expräsidenten der Vereinigten Staaten mit einer Militärmaschine ins Ausland fliegen lasse. Auch wenn er noch so sehr trauert, kann ich das nicht zulassen.«

»Pamela …«

Sie sagt: »*Madam President*, wenn's recht ist. Und ich darf außerdem nicht zulassen, dass ein Expräsident verwundet, gefangen genommen oder getötet wird.«

Barnes sieht angelegentlich auf ihre Armbanduhr. »Hören Sie, Samantha, ich muss heute Abend wirklich noch viele Akten lesen und abzeichnen. Tut mir leid, aber ich kann Matt nicht ins Ausland fliegen lassen. Ich muss Sie beide bitten, in dieser Sache auf die Profis zu vertrauen. Sollte Mel noch leben, spüren wir sie auf und holen sie zurück. Dabei lassen wir uns von niemandem aufhalten.«

Samantha spricht so leise, dass Barnes sich anstrengen muss, um sie zu hören. »Wie bei der verweigerten Lösegeldzahlung? Da haben Sie sich auch von niemandem aufhalten lassen, nicht wahr?«

Barnes steht auf, bückt sich und hebt ihre Ledermappe auf.

»Sie dürfen nicht alles glauben, was Sie in der Zeitung oder im Internet lesen. Ich dachte, das hätten Sie in Ihrer Zeit im Weißen Haus gelernt.«

Samantha bleibt sitzen. »Und ich kann Sie durch nichts umstimmen?«

Barnes überlegt hinter dem Schreibtisch stehend, wie sie diese Frau abwimmeln kann, ohne sie vom Secret Service hinausschleppen zu lassen.

»Nichts«, sagt sie.

Samantha greift in ihre Umhängetasche, nimmt etwas heraus und legt es behutsam mitten auf den *Resolute*-Schreibtisch.

»Wie wär's mit etwas, das Ihre Präsidentschaft binnen achtundvierzig Stunden vernichten könnte?«

KAPITEL 92

OVAL OFFICE, WEISSES HAUS

Samantha Keating empfindet tiefe Befriedigung, als sie beobachtet, wie die Präsidentin den USB-Stick anstarrt und sich dann langsam wieder an den historischen Schreibtisch setzt, der einmal Matt gehört hat.

Sie erinnert sich daran, wie oft Matt beim Poker gegen seine Personenschützer gewonnen hat, auch wenn er schlechtere Karten hatte. Er hat ihr einmal erklärt: *Sam, alles liegt daran, wie man sich benimmt. Bleibt man ruhig und gesammelt, kann man mit einem Paar Zweien gewinnen. Aber wenn dein Gegner deine Hände zittern sieht, wenn dein Blick flackert oder du wegsiehst … dann zerlegt er dich wie mit einer Kettensäge.*

Poker um hohe Einsätze, denkt Samantha.

Das spielt sie heute Abend.

»Was ist das?«, fragt Barnes.

»Ein USB-Stick«, antwortet Samantha, »mit einem Video.«

Mehr sagt sie nicht.

Wer nachgibt und zuerst spricht, denkt sie, hat verloren.

Sie starrt Barnes an, die ihren Blick kühl erwidert.

»Na schön«, sagt die Präsidentin. »Was zeigt das Video – und was geht es mich an?«

Samantha fährt gelassen fort.

»Vor knapp drei Jahren«, beginnt sie mit den Sätzen, die sie auf der viertelstündigen Taxifahrt zum Weißen Haus eingeübt hat, »ist Ihr Mann nach Macau geflogen, um den achtzigsten Geburtstag eines seiner Casino-Investoren mitzufeiern. Weil Sie damals Vizepräsidentin waren, ist Richard allein hingeflogen.«

Barnes schüttelt den Kopf. »Daran kann ich mich nicht erinnern. Sorry.«

Samantha sagt: »Oh, er war wirklich dort. Es gibt Zeitungsberichte und Fotos und jede Menge Blog-Posts, von denen ihn manche dafür kritisieren, dass er in ein von den Chinesen kontrolliertes Gebiet gereist ist.«

Barnes versucht es mit etwas Humor. »Was ist also auf dem Video zu sehen? Richard, der für irgendeinen chinesischen Apparatschik ›Happy Birthday‹ auf Mandarin singt?«

»Nein«, sagt Samantha. »Das Video zeigt Ihren Ehemann in seinem Hotelzimmer bei Sexspielen mit drei eindeutig Minderjährigen.«

Die Präsidentin wird blass, dann sagt sie: »Das glaube ich Ihnen nicht. Was, dieser USB-Stick ist auf magische Weise in Ihrem Postfach an der Boston University aufgetaucht? Nachdem er in irgendeinem Cybershop in Peking oder Moskau fabriziert worden ist? Nichts als Bullshit, Samantha. Sie sollten sich schämen!«

Samantha ist auf diese Reaktion gefasst. Sie sagt: »Als Richard im Golden Palace Macau übernachtet hat, war ein ehemaliger Doktorand von mir ebenfalls dort, um im Auftrag einer renommierten Firma ein Update der Sicherheitssoftware vorzunehmen. Er hat diese Szene gesehen – obwohl Richard einen Störsender mitgebracht hatte, wussten die Chinesen, wie er sich umgehen lässt – und war so schockiert, dass er beschlossen hat, die Aktivitäten Ihres Ehemanns aufzuzeichnen. Er sagt sicher gern dazu aus, was er gesehen und aufgezeichnet hat.«

»Und diesen USB-Stick hat er Ihnen gerade jetzt gegeben?«, fragt Barnes scharf.

Ruhig bleiben, ermahnt Samantha sich. *Kurs halten.*

»Nein«, sagt sie. »Er hat ihn mir gegeben, als Sie eben erklärt hatten, Matt die Nominierung streitig machen zu wollen.«

Barnes starrt den schwarzen USB-Stick an, als sei er ein giftiges Insekt, das über den Schreibtisch krabbeln und sie beißen könnte. »Aber …«

»Aber warum habe ich ihn nicht damals während der Vorwahlen benutzt?«, fragt Samantha. »Weil ich nicht wie Sie bin. Oder wie Richard. Ich wollte dieses Material nicht dazu benutzen, die Wahlen zu gewinnen. Diese Vorstellung war mir einfach zu widerlich.«

Sekundenlanges Schweigen.

Dann tippt Samantha leicht mit dem Zeigefinger auf den USB-Stick. »Aber ich würde ihn dazu benutzen, meine Tochter zu retten. Los, telefonieren Sie, lassen Sie das Flugzeug mit Matt und seinem Team starten, dann gebe ich dieses Video nicht zur Veröffentlichung frei.«

Barnes sagt: »Tun Sie's doch! Veröffentlichen Sie das Video. Wer wird Ihnen schon glauben? Niemand wird es wollen. Es ist zu …«

»Abstoßend. Widerwärtig. Oh, die wichtigen Medien würden nichts damit zu tun haben wollen. Aber im Internet gibt es ein paar Nachrichtenseiten, die diese Story liebend gern bringen würden. Innerhalb eines Tages wäre sie weltweit verbreitet. Dann müssten auch die großen Netzwerke darüber berichten. Die Bilder wären überall zu sehen.«

Wieder eine Pause. Auf Barnes' Gesicht wechseln sich alle möglichen Emotionen ab, und Samantha sagt: »Das ist der Deal. Rufen Sie sofort an, dann wird dieses Video nie veröffentlicht.«

Mit gepresster Stimme sagt Barnes: »Nicht gut genug. Ich verlange diesen USB-Stick, und Sie müssen mir versprechen, dass es keine Kopien davon gibt.«

Samantha sagt: »Es gibt keine Kopien, und dieser USB-Stick bleibt in meinem Besitz.«

Mit diesen Worten nimmt sie ihn an sich, lässt ihn in ihre Umhängetasche fallen. »Pamela. Rufen Sie jetzt an.«

Pokerface, denkt Samantha.

Schweigen.

Das Ticken einer antiken Uhr im Oval Office.

In weiter Ferne heult eine Sirene vorbei.

Barnes nimmt den Telefonhörer ab. »Paul«, sagt sie, »verbinden Sie mich noch mal mit dem Nationalen Kommandozentrum.«

Barnes wartet.

Samantha wartet.

»Colonel Sinclair? Hier spricht Präsidentin Barnes. Ich widerrufe meinen früheren Befehl in Bezug auf den Start des Tankflugzeugs der Air National Guard in Pease. Benachrichtigen Sie den Geschwaderkommandeur. Diese Maschine soll sofort starten.«

Sie knallt den Hörer aufs Telefon. »Na also! Zufrieden?«

Samantha steht auf und sagt: »Gute Nacht, Madam President. Ich bin froh, dass wir das klären konnten.«

Zehn Minuten später ist Samantha Keating auf der 15th Street Northwest, das Weiße Haus mit seinen Nebengebäuden liegt hinter ihr, sie hat zittrige Beine und fürchtet, sich übergeben zu müssen.

Sie reißt sich zusammen und tut ihr Bestes, bei dichtem Verkehr ein Taxi anzuhalten.

Während sie wartet, steckt sie eine Hand in ihre Umhängetasche und berührt den USB-Stick – den mit der Sicherheitskopie der Rede, die sie morgen Abend halten soll.

Matt, denkt sie, danke für die Pokerlektion.

Jetzt geh unser Mädchen holen.

KAPITEL 93

AN BORD VON GRANITE FOUR
PEASE AIR NATIONAL GUARD BASE, NEW HAMPSHIRE

Im Cockpit einer sechzig Jahre alten KC-135 geht es ohnehin schon eng zu, aber weil Sergeant Palmer und ich versuchen, uns ebenfalls hineinzuzwängen, um zu erfahren, was zum Teufel draußen vorgeht, erinnert das Ganze an alte Fotos aus der Zeitschrift *Life*, auf denen verrückte Studenten in den Fünfzigerjahren ausprobieren, wie viele von ihnen sich in eine Telefonzelle quetschen können.

Auf der Startbahn unter uns stehen drei Männer, einer in einem USAF-Pilotenoverall, zwei in Geschäftsanzügen mit Krawatte. Die beiden Zivilisten reden viel und fuchteln mit den Händen, aber der Air Force Officer, der ein dunkelblaues Schiffchen mit dem Rangabzeichen eines Colonels trägt, steht einfach nur mit verschränkten Armen da.

Ich frage: »Wer ist der Colonel dort unten?«

»Das ist Colonel Tighe, unser Kommandeur«, sagt Captain Josephs.

»Und die beiden anderen Gentlemen?«

»Die sind FBI-Agenten von der Außenstelle Portsmouth. Sie verlangen Zutritt zu unserem Flugzeug, um sich davon zu überzeugen, dass Sie freiwillig hier sind und nicht gefangen gehalten werden. Colonel Tighe sagt, dass das nicht möglich ist.«

»Warum nicht?«

Captain Josephs sagt: »Sie erinnern sich an die auf einem Pick-up montierte Fluggasttreppe, die Sie benutzt haben? Die scheint gerade nicht einsatzbereit zu sein. Reifen platt, Motor springt nicht an ... irgendwas in dieser Art.«

Ich frage: »Gibt es nicht eine von unten in den Rumpf führende Leiter für die Besatzung?«

»Klar«, sagt Josephs grinsend. »Aber die ist nur für Besatzungsmitglieder. Die Agenten wollen sie benutzen, um an Bord zu kommen und Sie zu befragen. Colonel Tighe sagt, dass Zivilisten die Leiter zur Bodenluke erst nach einem vierstündigen Sicherheitstraining benutzen dürfen.«

Die Co-Pilotin grinst nun ebenfalls, und Josephs sagt: »Wie Sie sehen, findet ein freimütiger und offener Austausch darüber statt, ob es weitere Methoden gibt, an Bord dieser Maschine zu gelangen.«

Die Auseinandersetzung geht weiter. Ich sage: »Captain, als ich bei den SEALs war, haben euch Leute als Sesselflieger bezeichnet.«

Ich klopfe ihm auf die Schulter und fange an, mich rückwärts aus dem Cockpit zu schlängeln. »Das nehme ich jetzt ausdrücklich zurück.«

Der Captain antwortet: »Das freut mich, Sir, aber dies ist nur eine Verzögerungstaktik. Irgendwann kommt ein Befehl von ganz oben, und Colonel Tighe muss die FBI-Agenten an Bord lassen.«

»Verstanden«, sage ich und gehe nach hinten zurück.

Mein vierköpfiges Team steht in der Mitte des weitgehend leeren Flugzeugrumpfs beieinander. Ich sage: »Die Feds sind hier und wollen an Bord kommen, um sich davon zu überzeugen, dass ich gesund und munter bin.«

David Stahl sagt: »Und um inzwischen unseren Start zu verhindern.«

Claire Boone fragt: »Gibt's einen anderen Weg, die Maschine zu verlassen?«

Nick Zeppos sagt: »Die Frachttür, durch die wir reingekommen sind, und die vordere Bodenluke für die Besatzung. Das ist alles.«

Alejandro Lopez fügt hinzu: »Mit der Feuerwehraxt dort drüben könnten wir uns vermutlich an einem der Notzugänge durch den

Rumpf hacken, aber dann wären unsere Gastgeber stinksauer. Und sogar die Feds würden irgendwann merken, dass sich da jemand einen Weg ins Freie bahnt.«

Nick fragt mich: »Und was dann, Sir? Sobald wir draußen sind, versuchen wir zu flüchten?«

Ich sage: »Wenn's sein muss … okay, vergesst die Feuerwehraxt. Wir benutzen die Leiter unter der Bodenluke und …«

Plötzlich kommt der Technical Sergeant aus dem Cockpit. »Hey, was steht ihr Passagiere hier herum? Setzt euch und schnallt euch an. Dieser Vogel startet in ein paar Minuten.«

Ich starre ihn sekundenlang sprachlos an. »Was zum Teufel ist passiert?«

»Das geht weit über meine Besoldungsstufe hinaus, Sir«, antwortet er. »Ich weiß nur, dass Pease Control Captain Josephs die Startfreigabe erteilt hat. Direkt aus dem Pentagon. Mehr weiß ich auch nicht.«

Erst ein Triebwerk, dann zwei, dann beginnen auch die beiden anderen Triebwerke zu heulen.

Agent Stahl fragt: »Was denken Sie, Matt?«

»Ich denke, dass wir dem Befehl des Sergeants Folge leisten müssen.«

Ich gehe zu meinem Sitz zurück und schnalle mich an, und Agent Stahl neben mir tut das Gleiche. Uns gegenüber schnallen Nick Zeppos und Alejandro Lopez sich ebenfalls an, was Claire Boone von der NSA mit einer Hand tut, während sie mit der anderen weiter auf ihrem Handy spielt.

Der Technical Sergeant überprüft unser Gurtzeug und sagt nickend: »Wie ich sehe, wissen Sie noch, wie's gemacht wird, Mr. President.«

»Nur schade, dass die meisten Amerikaner vor ein paar Jahren anderer Meinung waren«, sage ich.

»Ihr Pech«, sagt er und geht zu seinem Platz. »Unser Pech, Sir.«

Das alte Flugzeug setzt sich in Bewegung, rollt, dreht ein und kommt zum Stehen.

Ich kann mir vorstellen, wie Pilot und Co-Pilotin im Cockpit miteinander reden, wie sie professionell ihre Arbeit machen, aber sich bestimmt fragen: Haben wir dafür unterschrieben? Für diesen Black-Ops-und-Befehle-aus-DC-Scheiß?

Die Triebwerke heulen lauter.

Fast geschafft.

Aber …

Eine weitere Anweisung von Pease Control könnte den Start verhindern.

In einem der alten Triebwerke könnte eine Turbinenschaufel abreißen und es explodieren lassen.

Die beiden FBI-Agenten könnten J. Edgar Hoover spielen und mit ihrem Dienstwagen die Startbahn blockieren, sodass der Pilot den Start abbrechen müsste.

Die KC-135 rollt an.

Die Beschleunigung drückt mich seitlich in den Gurtsitz.

Das Flugzeug reckt den Bug in die Luft.

Abgehoben.

Ein Surren, dann ein dumpfer Schlag, als das Fahrwerk eingefahren wird und ich feuchte Augen bekomme.

Wir sind unterwegs.

Mel, wir kommen dich holen.

Ich sehe auf meine Uhr.

Der Flug nach Tunesien dauert ungefähr zwölf Stunden.

In diesen Stunden wird es über dem Atlantik ziemlich still sein, aber meine Freunde in den israelischen und saudischen Geheimdiensten werden weiter daran arbeiten, Asim al-Aschid aufzuspüren, der jetzt wieder in einem seiner Schlupfwinkel in Nordafrika ist.

Wir können von Glück sagen, dass wir von amerikanischem Boden starten durften.

Bleibt uns das Glück auch nach der Landung in Nordafrika treu, bringt es uns brauchbare Informationen von den Israelis und Saudis?

Ich sehe noch mal auf die Uhr.

Ungefähr zehn Minuten in der Luft, jetzt auf Ostkurs.

Mel, denke ich. Wo bist du?

TEIL VIER

KAPITEL 94

IM NORDWESTEN LIBYENS

Mel Keating hockt hinten in einem schmutzigen weißen Van, der irgendwo in einem sehr kleinen Dorf parkt, das ihrer Einschätzung nach ziemlich sicher in Libyen liegt.

Ihr Genick tut noch immer weh, wo es vor über einer Woche von der stumpfen Säbelklinge getroffen wurde. Ihrer Überzeugung nach müssen ihre Eltern sie seither für tot halten. Die Schmerzen und das Leid, das dieser elende Scheißkerl Asim über die beiden gebracht hat, tun ihr mehr weh als die eigenen Schmerzen.

Es war ihr peinlich gewesen, erkennen zu müssen, dass sie in die Hose gemacht hat, als sie glaubte, sie würde gleich geköpft werden. An einem kleinen schlammigen Bach hatte sie ihre Sachen waschen können, um sie wieder anzuziehen, nachdem sie auf einem Felsblock in der Sonne getrocknet waren, aber das war nur ein Ausspülen gewesen.

Sie fühlt sich ungewaschen, ihr Haar sieht schrecklich aus, und ihre Hand- und Fußgelenke sind wund von den straff angezogenen Kabelbindern. Aber früher an diesem Tag hat es einen lichten Moment gegeben.

Sie hat einen ihrer Bewacher gebeten, ihre auf dem Rücken gefesselten Hände vor dem Körper zu fesseln. Dieser Kerl – sie weiß nicht, wie er heiß, nennt ihn jedoch Alpha, weil er der Erste war, den sie nach der Scheinhinrichtung zu sehen bekommen hatte – kann einigermaßen Englisch, und als sie schluchzend über Schmerzen geklagt hatte, hatte er gesagt: »Einen Kuss. Gib mir einen Kuss, dann tue ich das für dich.«

Die Vorstellung, ihn auf den Mund zu küssen, hatte sie entsetzt – sie wäre versucht gewesen, ihm ein Stück Unterlippe abzubeißen –, aber Alpha hatte ihr nur eine bärtige Wange hingehalten. Mel hatte sich dazu überwunden, einen Schmatz draufzudrücken, und er hatte die Fesseln aufgeschnitten und ihre Hände vor dem Körper neu gefesselt.

»Willkommen in Libyen!«, hatte er lachend gesagt, als habe er Spaß daran, ihr diesen kleinen Gefallen zu tun.

Idiot. Sein kleiner Gefallen würde ihn noch teuer zu stehen kommen.

Sie sieht sich nochmals im Inneren des Vans um. Unlackiertes rostiges Blech, alte Kissen und Decken hier hinten. Vor ihr eine leere Sitzbank, davor die Einzelsitze für Fahrer und Beifahrer. Es ist mitten in der Nacht, und am Steuer sitzt der Bewacher, dem sie den Namen Beta gegeben hat. Er ist mit einem AK-47 bewaffnet – die bevorzugte Waffe von Revoluzzern und Losern in aller Welt, hat Dad ihr einmal vor Jahren erklärt –, und Beta ist eindeutig ein Loser.

Er schläft.

Ihr anderer Bewacher, Alpha, hat bis vor zwanzig Minuten auf dem Beifahrersitz gesessen, bis eine Frau erschienen ist und durchs offene Fenster mit ihm geredet hat. Mel konnte sie nicht sehen, aber sie hat ihre Stimme gehört und das Ergebnis gesehen: Alpha hat Beta etwas zugeflüstert, dann wurde die Tür geöffnet, und Alpha ist verschwunden.

Jetzt sind sie nur noch zu zweit.

Obwohl es Nacht ist, erhellt eine flackernde Straßenlampe in ihrer Nähe das Innere des Vans. Betas Schnarchen zeigt, dass er weiter fest schläft.

Dies ist ihre Chance.

Mel bewegt sich, bis sie in richtiger Position ist. Sie erinnert sich an die Zeit, in der Dad erst daran dachte, als Abgeordneter zu kandidieren. Damals hatte er oft Freunde aus den Teams eingeladen, die auf dem kleinen Rasen hinter dem Haus tranken und Geschichten erzählten und alle möglichen Wettbewerbe veranstalteten.

Bei einem war es darum gegangen, jemanden mit Kabelbindern zu fesseln, und wer sich am schnellsten befreien konnte, gewann einen Kasten Lone Star.

Als kleines Mädchen hatte Mel ihnen zugesehen.

Und viel gelernt.

Jetzt kniet sie vor dem halbrunden Radkasten des rechten Hinterrads. Sie hebt ihre gefesselten Hände vors Gesicht, sieht den Verschluss auf der rechten Seite. Sie packt das freie Ende des Kabelbinders mit den Zähnen und zieht und zerrt keuchend so lange daran, bis der Verschluss unten mittig angelangt ist.

Mel hebt die Arme, so hoch sie kann, macht ein Hohlkreuz und schlägt mit ihren gefesselten Handgelenken kräftig auf den Radkasten.

Der Schmerz läuft als glühend rote Woge ihre Arme hinauf, und sie sinkt nach hinten – weiter bemüht, möglichst leise zu sein.

Aua, verdammt noch mal!

Sie ruckt an dem Kabelbinder.

Der Verschluss hält.

Also noch mal.

Wieder die Arme hoch, bis ihre Fingerspitzen das blanke Metall des Dachs berühren, und wieder …

Der Schmerz ist schlimmer als zuvor.

Sie beißt sich auf die Unterlippe. In ihren Augen stehen Tränen.

Wieso funktioniert das nicht?

Es müsste aber.

Es muss.

In ihren Handgelenken pocht ein feuriger Schmerz.

Keine zwei Meter von ihr entfernt schläft Beta fest, und die Radiomusik von draußen wird lauter.

Mel hört nicht nur die Musik, sondern auch das Lachen einer Frau und eines Mannes. Sie glaubt, dass das Alpha ist, der sich amüsiert, denkt erschaudernd daran, wie sie dieses stoppelbärtige Gesicht geküsst hat, wie verängstigt und gedemütigt sie sich dabei gefühlt hat, hebt wieder die schmerzenden Arme und …

Schmetter!

Mel fällt schwer atmend zurück, aber ihre Handgelenke sind frei.

Sie reibt sie vorsichtig, zieht die Reste des Kabelbinders ab.

Vor Freude wimmert Mel beinahe. *Meine Hände und Arme sind frei!*

Sie bewegt sich, rutscht mit den Füßen voraus zu einer gezackten Schweißnaht an dem Radkasten. Sie bewegt ihre Fußfessel darauf hin und her, übt Druck auf den Kabelbinder aus, sägt das Kunststoffband allmählich durch …

Ein lautloses Reißen.

Mel vergeudet ein paar Sekunden damit, ihre wunden Knöchel zu reiben.

Und nun?

Sie empfindet wilden Zorn, als sie an ihre Entführung und Tims Ermordung denkt, wie sie festgehalten, herumgestoßen und betäubt worden ist – ja, deshalb ist sie nach dem Frühstück in New Hampshire eingeschlafen –, um in einem gemauerten Haus in der Nähe des Meeres, das sie riechen konnte, mit Schlägen ins Gesicht geweckt zu werden.

Dann eine holprige Fahrt im Kofferraum eines Wagens und …

Der Schlag ins Genick mit der stumpfen Klinge, der sie vor Schmerzen zusammenbrechen ließ.

Das AK-47 steht vorn zwischen den Sitzen. Sie braucht nur über den Rücksitz zu klettern, sich das Sturmgewehr zu greifen, den Spannhebel zu betätigen, die Waffe zu entsichern und Beta wegzublasen.

Dann raus aus dem Van, Alpha finden, ihn ebenfalls durchsieben …

Und dann was?

Ein einzelner bewaffneter Teenager? Wie viele Kämpfer sind dort draußen? Wo sind Asim und sein Cousin Faraj? Was tun sie, wenn Mel plötzlich aus dem Van springt und um sich schießt? Und wie viele Schuss hat sie? Das Standardmagazin des AK-47 fasst dreißig Patronen. Gibt es dort vorn Reservemagazine?

Schluss damit, denkt sie.

Zeitverschwendung.

Sie rutscht kniend zur Hecktür, findet den Öffnungsgriff, ruckt daran.

Mit einem Klicken geht die Tür auf.

Offen!

Draußen scheint es kalt zu sein. Sie schnappt sich eine Decke, schlingt sie um ihre Schultern, steigt aus …

Scheiße!

Die Straße ist mit Geröll übersät, und Mel hat sich beim Auftreten den rechten Fuß verdreht. In ihrem Knöchel pulsiert heiß stechender Schmerz.

Fängt gut an, deine Flucht, denkt sie.

Mel bewegt sich so leise wie möglich, sieht nun erstmals ihre Umgebung: irgendein kleines Dorf. Kleine Ansammlungen von ein- und zweigeschossigen Häusern. Unbefestigte Straßen und Gassen. Wenige flackernde Straßenlampen. Der Van, in dem sie war, und zwei SUVs, vielleicht Suburbans. Licht in den nächsten Gebäuden. Irgendwo kläfft ein Hund.

An eine Tür klopfen, um Hilfe bitten?

Nein, nicht hier!

An eine Tür klopfen, die von Asim geöffnet wird?

Sie zieht die schmutzige Wolldecke enger um sich, entfernt sich hinkend von den geparkten Fahrzeugen und versucht, sich zu beeilen, weil sie weiß, dass Beta irgendwann aufwachen oder Alpha zurückkommen wird. Und dann ist sofort der Teufel los!

Mel versucht, schneller zu gehen, stolpert und schlägt der Länge nach hin.

Sie kneift die Augen zusammen, wälzt sich an den Straßenrand und beginnt leise zu weinen. Sie hat nur ihre Shorts und das Sweatshirt an, dazu Socken und die übel riechende Decke um die Schultern.

Dad, denkt sie. Dad, bitte finde mich.

Ihre Augen bleiben geschlossen, aber sie hört zu weinen auf.

Wartet.

Minuten vergehen.

Mel öffnet die Augen.

Die jetzt ans Dunkel gewöhnt sind.

Über ihr ein unglaublicher Anblick, der nächtliche Wüstenhimmel mit einer Vielzahl von Sternbildern. Mom hat ihr den Sternenhimmel mit seinen schon im Altertum benannten Bildern erklärt. Mel sucht und entdeckt einen alten Freund, den Großen Wagen – Ursa Major – und folgt den beiden Sternen des hinteren Wagenkastens, bis sie in fünffacher Entfernung die Deichsel des Kleinen Wagens – Ursa Minor – treffen.

Polaris.

Der Nordstern.

Mel steht auf, ohne sich anzusehen, wo sie gelegen hat.

Sie blickt nur nach Norden.

Im Norden liegt das Mittelmeer, an dem Städte und Dörfer liegen, in denen es Leute geben wird, die Englisch sprechen und ihr helfen werden, davon ist sie überzeugt.

Mel setzt sich wieder in Bewegung, erkennt im Sternenschein die Straßenränder, und obwohl ihr rechter Knöchel pocht und ihre Handgelenke schmerzen, lächelt sie unter Tränen.

Sie ist frei.

KAPITEL 95

IM NORDWESTEN LIBYENS

Asim al-Aschid ruht bequem auf einem weichen Sofa, hat ein Glas süßen Tee in der Hand, einen Teller mit Datteln, Trauben und kleinen Plätzchen vor sich und lächelt Omar al-Muntasser, seinen Gastgeber für diese Nacht, dankbar an.

Omar, ein bärtiger Fettsack, trägt eine weiße *Surija*, das traditionelle lange Männergewand, und lässt eine Gebetskette durch seine dicken Finger gleiten. Wäre dies irgendein anderer Abend, würde Asim von seinem Sofa aufstehen, rasch hinter Omar treten, ihn an den Haaren packen und ihm die Kehle durchschneiden.

Omar lächelt, seine Stimme klingt honigsüß, aber in der Sache ist er beinhart.

»Mein lieber Freund Asim, ich bitte nochmals um Verzeihung, aber ich kann dich und deine Freunde heute Nacht unmöglich beherbergen«, sagt er. »Ich speise euch und betanke eure Fahrzeuge und gebe euch Proviant für die Weiterfahrt zu eurem unbekannten Ziel mit, aber ich kann euch keine Unterkunft anbieten. Verzeih bitte!«

Der Empfangsraum des Mannes ist voller Teppiche, Wandbehänge und gerahmter Fotos von Omar Muchtar, dem berühmtesten Freiheitskämpfer Libyens, und Ahmed El Trbi, dem größten libyschen Fußballer.

Drei von Omars Söhnen, alle mit Pistolen bewaffnet, lehnen an einer Wand und starren Asim aufgebracht an, weil sie wissen, dass seine

Anwesenheit sie und ihre Familien in Gefahr bringt. Zuvor hat Omar Asims Cousin Faraj »entschuldigt«, damit dieser feststellen kann, wie viel Benzin für die beiden Suburbans und den GMC-Van gebraucht wird. Asim weiß natürlich genau, dass dies eine List war, damit er allein mit dem Stammesführer – einem ehemaligen Verbündeten – zurückblieb.

Asim sagt: »Gesegneter Freund Omar, lass mich dir nochmals versichern, wie geehrt ich mich fühle, mit deinen starken, gläubigen Söhnen unter deinem Dach zu sein, aber ich frage mich, welches Beispiel du ihnen gibst, wenn du einem alten Freund solch einfache Gastfreundschaft verweigerst?«

Der Dicke winkt ab. »Die Zeiten haben sich geändert, seit du deinen Dschihad begonnen hast, nicht wahr? Damals konntest du hier ohne größere Probleme leben und neue Unternehmen planen, und deine Nachbarn waren stets bereit, dich zu unterstützen. Heute? Die Russen, Türken und Chinesen sind in unserem ganzen Land mit Geld und Einfluss und Waffen unterwegs, und nun kommen auch die Amerikaner.«

»Die Amerikaner kommen immer«, sagt Asim. »Und sie werden mit blutigen Köpfen heimgeschickt wie in Somalia, dem Irak und Afghanistan.«

Omar lächelt weiter, aber er schüttelt zugleich energisch den Kopf. »Diesmal ist's anders. Du hast die Tochter ihres Expräsidenten ermordet. Die Amerikaner sind in der Tat verweichlicht, aber tut man ihren Kindern – vor allem einem so prominenten Kind – etwas an, ruhen sie nicht eher, als bis man tot ist.«

»Ein Risiko, das ich immer bereitwillig auf mich genommen habe«, sagt Asim, der Zorn in sich aufsteigen spürt.

»Deine Risikobereitschaft, ja, die ist bewundernswert. Aber deine Anwesenheit gefährdet meine Familie, meine Leute.« Omar zeigt zur Decke. »In diesem Augenblick könnte eine Drohne über uns kreisen, CIA-Agenten könnten ihre Videoaufnahmen auswerten, dich beim Eintreten identifizieren … und dann würde es Lenkwaffen auf uns herabregnen. Viele von uns würden sterben, auch Frauen und Kinder, aber glaubst du, dass das die Amerikaner stören würde? Nein. Ihnen wäre nur wichtig, dich getötet zu haben. Meine Familie und ich wären Kollateralschäden, wie sie sagen.«

»Omar, mein Freund …«

»Nein«, sagt er und stemmt sich aus seinem Sessel hoch. »Genug. Deine Fahrzeuge sind betankt, und ihr habt Wasser und Essen bekommen. Fahrt jetzt. Sofort.«

Asim steht langsam auf, nickt in Omars Richtung und sagt ruhig: »Ich stehe in deiner Schuld, weil du mir Zuflucht gewährt hast, wenn auch nur kurz. Aber die Chinesen, Russen und Türken, sogar die Amerikaner ziehen eines Tages ab. Und du bleibst ebenso zurück wie ich. Dann sehen wir uns wieder, alter Freund.«

Omar sagt: »Falls du dann noch lebst, freue ich mich darauf.«

Die Tür nach draußen wird geöffnet, und Asim geht an den zornig wirkenden Söhnen vorbei zu der Betontreppe, die in einen bescheidenen gefliesten Innenhof hinunterführt. Kleine Glühbirnen, die schwaches Licht geben, zeigen ihm Faraj, der mit den beiden Männern, die die Präsidententochter zu bewachen hätten, auf dem Innenhof steht.

Der Ausdruck ihrer drei Gesichter zeigt Asim sofort, was passiert ist.

»Wie?«, fragt er.

Bevor Faraj sprechen kann, ändert Asim seine Meinung.

»Nein, später«, sagt er, weil er weiß, dass Omars Söhne sie beobachten, und weil er ihnen keine Befriedigung verschaffen oder Gerüchte in die Welt setzen will, die ihrem Vater und folglich ihren Stammesbrüdern und anderen in diesen Bergen zu Ohren kommen würden.

Seine kleine Kolonne aus drei Fahrzeugen braucht nur wenige Minuten, um Omars Dorf hinter sich zu lassen. Asim, der in dem führenden Suburban sitzt, lässt seinen Fahrer Taraq am Straßenrand halten und versammelt alle im hellen Licht der Autoscheinwerfer.

Nun folgt zwei oder drei Minuten lang eine erregte Debatte, in der die beiden Männer, die Mel Keating hätten bewachen sollen, sich gegenseitig die Schuld an ihrem Entkommen zuschieben. Als sie bei ihrem Weinen und Flehen eine Pause machen, zieht Asim seine

9-mm-Beretta und schießt den ersten Mann in den Kopf. Als der Mann zusammensackt, versucht der andere zu flüchten. Asim drückt zweimal ab, trifft ihn in den Rücken, geht dann zu dem Liegenden und erledigt ihn mit einem aufgesetzten Schuss in die Stirn.

Er atmet tief durch. Er kocht noch immer vor Wut.

Zu seinem Cousin Faraj sagt er: »Lass die beiden in die Wüste schleifen. Lasst sie für die Vögel und Ratten liegen.«

Faraj blafft einen kurzen Befehl, dann tritt er zu Asim und fragt: »Was nun, Asim?«

Der steckt seine noch warme Pistole in sein verdecktes Holster zurück.

»Wir finden Mel Keating«, sagt Asim, »und bringen die Sache zu Ende.«

KAPITEL 96

WOHNTRAKT DES WEISSEN HAUSES

Präsidentin Pamela Barnes sitzt mit einem Glas Glenlivet auf Eis allein im Wohnzimmer des Wohntrakts im ersten Stock des Weißen Hauses. Sie nimmt einen weiteren kleinen Schluck, dessen sanftes Brennen erfrischend ist, und widersteht der Versuchung, den Whisky zu kippen und sich noch ein Glas einzuschenken.

Nur einen, denkt sie. Mehr wird sie sich nicht gestatten, auch wenn ein schrecklicher Tag hinter ihr liegt. Vor sich hat sie einen Großbildfernseher, auf dem ohne Ton der History Channel läuft. Der heutige Dokumentarfilm handelt von diesem Gebäude, in dem sie lebt, und wann und wie es erbaut wurde.

Ein weiterer kleiner Schluck, um sich den Drink gut einzuteilen, während sie missmutig an John Adams denkt, einen ihrer Vorgänger, dessen Worte im Jahr 1945 in den Kaminsims im Saal für Staatsbankette eingemeißelt wurden:

Ich bete zum Himmel, diesem Haus und allen, die dereinst in ihm wohnen, seinen besten Segen zu gewähren. Mögen unter diesem Dach niemals andere als ehrliche und kluge Männer regieren.

Sie setzt ihr Glas ab und flüstert: »Hast dir nie vorstellen können, dass hier mal eine Lady regieren würde, was, Johnny?«

Die Tür geht auf, und Richard kommt herein: noch im Smoking, aber mit aufgeknoteter Fliege, deren Enden über seine gestärkte Hemdbrust herabhängen. Er reibt sich das Gesicht und sagt: »Mann, was für ein Abend. Ich könnte noch einen Drink brauchen.«

»Setz dich, Richard«, sagt sie.

»Klar, gleich. Aber ich muss erst was gegen meinen Durst …«

»Sofort, Richard«, faucht sie und wartet dann, bis er wie ein gescholtener Schuljunge auf dem rechtwinklig zu ihr stehenden Sofa Platz nimmt. Der History Channel läuft ohne Ton weiter.

Schweigen.

Endlich fragt Richard: »Ist Matt Keating in Gewahrsam?«

»In gewisser Beziehung«, sagt sie und starrt auf den Bildschirm, auf dem die von Jacqueline Kennedy vorgenommene innere Umgestaltung gezeigt wird. Wie stark die Farben und der historische Schmerz noch sind!

Sie fährt fort: »Er ist in Gewahrsam, ja, aber im Gewahrsam der New Hampshire Air National Guard, die ihn über den Atlantik fliegt, genau wie er wollte.«

Richard setzt sich empört auf. »Verdammt, wie konnte das passieren? Wer hat den Befehl verweigert? Wer hat das zugelassen?«

»Du«, sagt sie. »Du hast es zugelassen, Richard. Du.«

Er wirkt zornig und verwirrt. »Entschuldige, Pamela, aber ich weiß nicht, wovon du redest.«

Sie greift nach der an ihrem Sessel lehnenden weichen Ledermappe. »Hier ist mein täglicher Wust von Papieren, Berichten und Analysen, die weltweite Probleme betreffen. Aber keines dieser Dokumente informiert mich über die Details deiner Reise nach Macau, die du vor fast drei Jahren unternommen hast. Als ich noch Vizepräsidentin war. Als du gerade das Grundstück für ein Spielcasino verkauft hattest. Und du bist nach Macau geflogen, um den Geburtstag eines deiner Investoren mitzufeiern. Richtig?«

Er fängt an, sich die Hände zu reiben. »Das … ist lange her, Pamela. Drei Jahre.«

»Macht nichts«, sagt sie. »Während du dich heute Abend amüsiert hast, bin ich unerwartet über Details deiner Reise informiert worden.

Über deinen Aufenthalt im Golden Palace Macau, in dem du eines Nachts drei Besucher empfangen hast. Drei blutjunge Besucher.«

Seine Miene wird noch finsterer. Seine Unterlippe scheint zu zittern.

Barnes sagt: »Ich wette, du hast geglaubt, dir könnte nichts passieren. Du hattest bestimmt das Spielzeug dabei, das du mir damals gezeigt hattest: einen Störsender in Industriequalität zur Verhinderung von Bild- und Tonaufnahmen. Aber das Gerät hat nicht funktioniert, Richard. Deine … Aktivitäten in der bewussten Nacht sind aufgezeichnet worden.«

Er reibt sich schneller, fast hektisch schnell die Hände. »Wie … was hat das mit Matt Keating zu tun?«

»Ich bin – wieder mal – enttäuscht von dir, Richard«, sagt Barnes. »Siehst du das auf der Hand Liegende nicht? Um die Verbreitung dieses Videos zu verhindern, musste ich Matt Keating ziehen lassen.«

Seine sonst so kräftige Stimme zittert. »Wer hatte dieses Video?«

»Samantha Keating. Sie war vor knapp drei Stunden hier und hat mir erzählt, dass sie einen USB-Stick mit dem Video von einem ehemaligen Studenten bekommen hat, der damals in Macau gearbeitet und dich gesehen hat, Richard. Er war im selben Hotel, um ein Update der Sicherheitssoftware vorzunehmen. Samantha hat mir einen Deal angeboten. Lasse ich ihren Mann fliegen, bleibt das Video unter Verschluss.«

Richard sagt: »Aber Matt einfach fliegen zu lassen … Du hättest bluffen sollen, Pamela. Mehr Zeit verlangen, um das Video verifizieren zu können und …«

Barnes lässt beinahe ihr Glas fallen. »Verifizieren? Um Himmels willen, Richard, glaubst du, dass ich auch nur fünf Sekunden von diesem Skandalvideo sehen möchte?«

Er gibt keine Antwort. Starrt den Teppichboden an.

Sie seufzt. »Wenn du morgen Nachmittag aus medizinischen Gründen deinen Rücktritt als mein Stabschef bekannt gibst, nehme ich ihn natürlich tränenreich besorgt an, weil deine Gesundheit mir über alles geht. Wir treten im Rosengarten kurz vor die Presse, du sagst ein paar nette Worte, ich sage ein paar noch nettere. Das wird eine wundervolle Verabschiedung, Richard, aber ich will, dass du deine Bürosachen schon vorher packst und aus dem Weißen Haus schaffst.«

Er würgt die Worte heraus: »Aber … aber ich bin nicht krank, Pamela!«

»Oh ja, ja, das bist du, wo's wirklich darauf ankommt.«

Sie lässt die Eiswürfel in ihrem Glas klirren. »Aber du darfst als First Gentleman bleiben. Du lächelst und hältst den Mund und redest weder mit Journalisten noch Regierungsmitgliedern. In den kommenden Monaten wirst du ziemlich viel reisen müssen, während wir meine Wiederwahl planen. Aber was das politische Tagesgeschäft hier betrifft, Richard, bist du erledigt.«

»Aber … Pamela, bitte …«

Auf dem Fernsehschirm erscheint Pat Nixon. Die arme alte Pat Nixon … eine First Lady, die sich in diesem sogenannten Haus des Volkes anscheinend nie recht wohlgefühlt hatte.

»Richard, ich kann dich nicht als Stabschef behalten. Die Gefahr, dass du erpresst werden könntest, ist zu groß, falls der chinesische Geheimdienst das Video ebenfalls besitzt.«

Er steht langsam auf, fährt sich mit einer rauen Hand über die Augen. »War's das jetzt, Pamela?«

Barnes nimmt einen kleinen Schluck von ihrem jetzt verwässerten Whisky. »Beinahe. Heute Nacht … will ich dich nicht in meinem Schlafzimmer sehen.«

»Aber … wohin soll ich gehen?«

»In diesem Haus gibt es sechzehn Schlafzimmer«, faucht sie. »Such dir eins aus.«

KAPITEL 97

IM NORDWESTEN LIBYENS

Der heller werdende Horizont im Osten zeigt Mel Keating, dass die Sonne bald aufgehen und die letzten Sterne verblassen lassen wird. Ihre Füße sind wund gelaufen, ihr rechter Knöchel pocht schmerzhaft, und sie ist verzweifelt durstig. Sie weiß, dass die aufgehende Sonne den Tag noch heißer machen wird, aber dann wird sie wenigstens *sehen* können. Seit sie Asim al-Aschids Männern vor einigen Stunden entkommen ist – wann genau, weiß sie nicht –, ist sie überwiegend auf der unbefestigten Straße geblieben, die zum Glück ziemlich nach Norden führt, wie der Polarstern zeigt. Um zu rasten, hat sie sich abseits der Straße in den Sand gesetzt, wo einmal etwas über ihre Beine gekrochen ist, das sie gellend laut hat kreischen lassen.

Zweimal in dieser langen Nacht hat sie das Motorengeräusch eines auf sie zurasenden Fahrzeugs gehört, dessen aufgeblendete Scheinwerfer nach ihr zu greifen schienen. Beide Male ist sie in die Wüste gerannt, hat sich hingeworfen, die schmutzige Wolldecke über sich gezogen und darum gebetet, dass keine Spinnen oder Skorpione zu ihr unter die Decke kriechen würden.

Das zweite Fahrzeug hielt so dicht in ihrer Nähe, dass sie Männerstimmen und das Leerlaufgeräusch des Motors hören konnte, bevor der Lichtstrahl eines starken Handscheinwerfers beide Seiten der Straße absuchte. Mel schloss die Augen und erinnerte sich an ihre

Kindheit, in der sie aus Angst vor Gespenstern gedacht hatte: Wenn ich die Augen zumache, kann ich sie nicht sehen – und sie mich auch nicht.

So einfach war das damals gewesen: Wenn ich die Augen zumache, kann ich sie nicht sehen – und sie mich auch nicht.

Sie ließ die Augen geschlossen, bis sie einen enttäuschten Ausruf hörte, nach dem der Wagen mit aufheulendem Motor anfuhr.

Trotzdem blieb sie noch liegen, was clever war, weil das Fahrzeug – vielleicht ein Pick-up? – gleich wieder hielt und der Scheinwerfer aufflammte, als lege es jemand darauf an, sie beim Verlassen ihres Verstecks zu ertappen.

Es wird heller.

Ihr Durst wird stärker. Sie hebt einen Kiesel auf, nimmt ihn in den Mund, lutscht daran herum. Das produziert etwas Speichel, aber Gott, das bisschen Flüssigkeit hilft so gut wie nichts.

Mel weiß, dass die traditionelle Methode, in der Wüste zu überleben, darin besteht, in den kühlen Nächten zu marschieren und sich tagsüber zu verkriechen, um Kraft und Wasser zu sparen. Einen schattigen Platz finden. Eine Senke suchen, in der vielleicht Pflanzen wachsen. Dort den Boden aufgraben, um Wasser zu finden. Mit einem Stück blankem Metall SOS blinken, um von einem vorbeifliegenden Flugzeug gesehen zu werden …

Lauter wundervolle Ideen, die aber nur etwas taugen, wenn man in der Wüste allein ist, denkt sie. Nicht, wenn brutale Killer wie Asim und seine Anhänger Jagd auf einen machen. Sich zwischen Felsen und Dünen zu verstecken bedeutet, nicht von der Stelle zu kommen, und sie muss in Bewegung bleiben, muss Wasser, Unterschlupf und hoffentlich Leute finden.

Leute, die ihr helfen können.

Leute, die Englisch sprechen.

Und einen Truck oder ein Auto oder ein Motorrad haben, mit dem sie die Entfernung zwischen sich und Asim vergrößern kann.

Als die Dämmerung einsetzt, wird die Landschaft um Mel herum deutlicher sichtbar. Sand, kahle Felsen, niedriges Buschwerk. Die mit

Schlaglöchern übersäte unbefestigte Straße, auf der sie unterwegs ist. Ringsum eine Hochebene mit niedrigen Bergen. Überall gute Verstecke; kein Wunder, dass Asim sie hierhergebracht hat.

Wo auch immer *hier* sein mag.

Es wird heller.

Sie interessiert sich dafür, was auf beiden Straßenseiten liegt: leere Konservendosen, flach gedrückte Kartons und weiße Plastiktüten, die vermutlich erst in tausend Jahren verwittert sein werden.

Da!

Eine zertrümmerte Kiste mit einigen noch intakten Latten. Mel kniet nieder, reißt eine der langen Holzlatten ab. Auf einem sandigen ebenen Fleck rammt sie sie stehend in den Boden. Dann setzt sie sich auf einen kleinen Felsblock und betrachtet ihre Füße.

Die sehen verdammt schlimm aus.

Seit ihrer Entführung hat sie keine Sneakers oder Trekkingstiefel mehr, nur noch ihre dicken Socken. In den vergangenen Tagen haben die Socken sehr gelitten, sind jetzt löchrig und verschlissen. An den Füßen hat sie Blasen und kleine Schnittwunden, aber es hat gar keinen Zweck, die Socken auszuziehen, ohne Wasser und Seife und Verbandsmaterial zu haben.

Sie holt sich zwei der weißen Plastiktüten, steckt die Füße hinein und wickelt sie fest ein. Mit langen Fäden vom Rand ihrer Wolldecke bindet Mel sie so fest wie möglich zu.

Unangenehm heiß, aber zumindest sind ihre Füße dadurch etwas geschützt.

Die Sonne steigt noch höher.

Mel bleibt vor der in den Boden gerammten Latte stehen. Ihr Schatten weist nach Westen, weil die Sonne im Osten steht. Folglich … ist dort Norden.

An der Flanke des nächsten Berges entdeckt Mel eine seltsam geformte Felsformation. *Wenn du darauf zuhältst, bist du nach Norden unterwegs.*

Nach Norden, zur Küste mit Dörfern und Städten.

Sie geht weiter, hinkt wegen ihres verstauchten Knöchels, hat die

Decke über Kopf und Schultern gezogen. Und dann gabelt sich die Straße.

Wohin?

Die linke Gabel führt eher nach Norden.

Norden ist richtig, und sie setzt sich wieder in Bewegung – mit knurrendem Magen und ausgedörrter Kehle.

Dad, denkt sie. Oh, wäre er noch Präsident, was er dann alles hätte veranlassen können! Jeder FBI- und CIA-Agent der Welt würde nach ihr fahnden, jede Drohne und jeder Spionagesatellit würde sie suchen.

Und wenn schon? denkt sie.

Asim hat sich nicht dazu geäußert, aber Mel weiß, dass die Scheinhinrichtung Dad und andere glauben machen sollte, sie sei tot.

Dad und Mom … vermutlich am Lake Marie beisammen, um ihre Tochter trauernd … Teufel, vielleicht sogar dabei, einen Gedenkgottesdienst zu planen.

Echt unheimlich: ein Gedenkgottesdienst für eine noch Lebende.

Sie hinkt weiter, beeilt sich, so gut sie kann. Die einzigen Lebewesen, die sie sieht, sind einzelne Vögel in der Ferne, die sich nicht für sie interessieren.

Schallwellen pflanzen sich in dieser trockenen Landschaft weit fort, und als sie hinter sich Motorengeräusche hört, verlässt sie rasch die Straße und kauert hinter einigen Felsblöcken nieder. Der Wagen, der eine lange Staubfahne hinter sich herzieht, erweist sich als klappriger weißer Toyota Pick-up, in dem vorn vier Männer zusammengedrängt sitzen, während sich auf der Ladefläche Kartons und Säcke türmen, die mit Seilen festgebunden sind.

Der Pick-up röhrt vorbei. Auf der heruntergelassenen Heckklappe sitzen zwei Frauen und zwei Kinder, lassen die Füße über die Kante baumeln und lachen, während sie sich bei jeder Bodenwelle und jedem Schlagloch festhalten müssen.

Mel trifft eine blitzschnelle Entscheidung.

Sie springt auf, kreischt, fuchtelt mit den Armen.

Schwenkt die Arme, lässt die Wolldecke von ihren Schultern gleiten und schwenkt sie.

»Hilfe!«, kreischt sie.

Der Pick-up röhrt weiter, verschwindet hinter seiner Staubfahne.

Das Motorengeräusch wird leiser.

Mel tritt gegen einen Felsblock, beginnt trocken zu schluchzen und fragt sich, was sie tun soll, wie sie überleben soll, wie lange sie sich noch weiterschleppen kann.

Sie legt sich die Decke über die Schultern.

Der Motor heult wieder auf, dann wird er lauter, als der Pick-up im Rückwärtsgang zurückkommt. Die beiden Frauen und die beiden Kinder, alle in staubigen schwarz-beigen Gewändern, starren sie verwundert an.

Mel denkt an die vielen Dinge, die sie von Dad gelernt hat, darunter auch: *Sei dir immer deiner Umgebung bewusst – immer.* So hatte sie neulich am Mount Rollins – als sie mit Tim in dem kleinen Bergsee gebadet hatte – instinktiv gewusst, dass die beiden näher kommenden Männer gefährlich waren. Sie hatten nicht hineingepasst.

Aber diese Gruppe ... Männer, Frauen, Kinder, die Ladefläche voller festgezurrter Säcke und Kartons.

Mel glaubt nicht, dass sie Dschihadisten sind.

Sie hinkt vorwärts, fährt sich mit der Zungenspitze über ihre ausgetrockneten Lippen und flüstert heiser: »Bitte ... Hilfe ... Könnt ihr mir helfen? Bitte ...«

Die Frauen beginnen, rasend schnell in ihrer Sprache zu reden, die sie nicht versteht – und die nicht ganz wie Arabisch klingt –, dann nimmt die eine ein Kind auf den Schoß, die andere folgt ihrem Beispiel, und beide winken Mel zu sich heran.

Sie zwängt sich zwischen die beiden Frauen auf der Heckklappe, und die Frau rechts von ihr ruft dem Fahrer laut etwas zu, und der Toyota fährt ruckartig an.

Mel fällt fast von der Heckklappe, aber die starken Hände der beiden Frauen halten sie zurück, und sie lachen sie an, und sie lacht ebenfalls, spürt jetzt überhaupt keine Schmerzen mehr.

KAPITEL 98

AL-SCHEJAB, LIBYEN

Asim al-Aschid sitzt im schattigen Innenhof des Hauses eines Stammesführers, der anders als der illoyale Omar al-Muntasser bereit war, Asim und seine Kämpfer während der größten Tageshitze bei sich rasten zu lassen. Asims in der Nähe abgestellte Suburbans und der GMC-Van sind mit Planen abgedeckt, und er hat aus der größeren Ortschaft Badr Ersatzfahrzeuge angefordert, um seine Reise fortsetzen zu können.

Asim nimmt ein verspätetes Frühstück aus Kaffee, zwei Eiern und *Sfinz* ein, als sein Cousin Faraj erscheint, der eine junge Frau, die er am Handgelenk gepackt hat, hinter sich herzieht. Asim sieht auf, wischt sich die Finger an einer beigen Tuchserviette ab und fragt: »Nun?«

Faraj schiebt die junge Frau vor sich hin. Sie hat vor Angst geweitete Augen und trägt einen schwarzen Hidschab, der Haar und Körper bedeckt. Ihre Füße stecken in staubigen schwarzen Laufschuhen von Nike.

»Weg mit dem Kopftuch«, sagt Asim.

Faraj zieht es nach hinten ab. Die junge Frau schreit auf, und Faraj schlägt ihr ins Gesicht, stößt sie einen Schritt weiter vor.

Asim starrt und starrt. Die junge Frau senkt den Blick. Der Körper, das Gesicht, die Knochenstruktur … ja, das müsste passen. Sie scheint ungefähr zwanzig zu sein. Asim nickt Faraj zu und sagt: »Du hast gut gewählt, Cousin.«

»Danke«, sagt Faraj.

Asim muss unwillkürlich an seine Frau Layla und seine drei Töchter Amina, Zara und Fatima denken – jetzt bestimmt im Paradies – und erinnert sich daran, dass er sich früher, als sie noch lebten, nie gestattet hat, mit einer anderen Frau in einem Zimmer allein zu sein, um nicht in Versuchung zu geraten.

Jetzt?

Er wird tun, was nötig ist, um sich zu rächen.

»Wo hast du sie gefunden?«, fragt er.

»Auf dem Spezialmarkt südlich von Brak«, sagt Faraj. »Sie ist Französin, war mit einem syrischen IS-Kämpfer verheiratet. Er ist gefallen, und sie … nun ist sie hier.«

»Wirklich sehr gut«, sagt Asim. »Und die Jagd auf Mel Keating?«

Faraj runzelt die Stirn. »Die geht weiter. Ich bin sicher, dass wir sie bald finden.«

Asim wendet sich wieder seinem Frühstück zu. »Das glaube ich auch. Aber nicht, wenn du hier mit dieser traurigen Gestalt herumstehst. Mach dich wieder auf die Suche … Ich will, dass sie bis heute Abend gefunden wird.«

Er spürt, dass Faraj zornig ist, aber wen kümmert's?

Faraj versteht sich auf seine Arbeit – und vor allem kennt er seinen Platz.

»Ja, Asim«, sagt er und zieht die junge Frau mit sich, die beim Weggehen leise auf Französisch zu jammern beginnt.

Asim zuckt mit den Schultern, greift nach seinem Teeglas.

KAPITEL 99

FERNSTRASSE 19, LIBYEN

Jiang Lijun vom chinesischen Ministerium für Staatssicherheit hockt auf dem Rücksitz eines vollbesetzten Land Rover Defender, der auf der Fahrt nach Süden, zu den Nafusa-Bergen, über diese mit Schlaglöchern übersäte Straße rumpelt, und versucht krampfhaft, seine müden Augen offen zu halten. Vor ihrem Wagen fahren zwei weitere Defender, die polternd und rumpelnd lange Staubfahnen hinter sich herziehen.

Ein besonders starker Schlag lässt ihn mit dem Kopf ans Wagendach prallen, was Walid Ali Osman, der neben ihm sitzt, mit lautem Lachen quittiert. Der Stammesführer Walid arbeitet schon lange für Jiang, der ihn und zehn seiner Männer angeheuert hat, damit sie mit ihm in die Nafusa-Berge fahren, um Asim al-Aschid aufzuspüren und die Präsidententochter zu befreien.

Walid, ein hagerer, bärtiger Mann, trägt wie Jiang einen sandfarbenen Tarnanzug, den dieser durch eine Kevlar-Weste ergänzt hat. Bewaffnet ist Jiang mit einer chinesischen QSZ, einer 9-mm-Pistole, für die er vier Reservemagazine hat. Er bemüht sich wieder, nicht zu gähnen. Hinter ihm liegt ein brutal langer Tag, der in New York begonnen hat, wo er nicht einmal mehr zu Hause vorbeischauen konnte, bevor er mit Turkish Airlines über den Atlantik geflogen und auf Umwegen nach Tripolis gelangt ist.

Ein langer Tag, dessen Ende nicht in Sicht ist. Bei seiner Ankunft in

Tripolis hatte er geglaubt, sein Boss habe ihn auf ein Himmelfahrtskommando geschickt. Nach Libyen entsandt, um Mel Keating im Alleingang zu retten! Aber Jiang musste diesen Befehl ausführen, sonst wäre er in einen isolierten kleinen Raum im Keller der Ständigen Vertretung geführt und mit einem Genickschuss erledigt worden.

Walid lacht über den nächsten Stoß, während sie mit den zerklüfteten Bergen vor sich durch eine kahle Landschaft aus Sand, Fels und niedrigem Buschwerk brettern. In gutem Englisch sagt er: »Im Rahmen ihrer Road and Suspenders Initiative gibt's für unsere chinesischen Freunde hierzulande noch viel zu investieren, was?«

»›Belt and Road‹ Initiative«, verbessert ihn Jiang. »Oder einfach Neue Seidenstraße.«

Der Stammesführer lacht wieder. »Ganz gleich, wie Sie's nennen, ist's doch nur der Versuch einer fernen Macht, sich Einfluss und Freundschaft zu kaufen.« Er klatscht auf Jiangs Knie. »Wie funktioniert das für Sie, mein Freund?«

Jiang sagt: »Wir sind zusammen hier, stimmt's?«

Wieder ein Lachen. Ja, nach seiner Ankunft in Tripolis hatte Jiang durch einen glücklichen Zufall gleich Verbindung zu Walid aufnehmen können. Und nun ist er hier. Vielleicht, ganz vielleicht ist sein Himmelfahrtskommando etwas weniger gefährlich geworden.

Ein weiterer harter Schlag. Obwohl alle Türen und Fenster fest geschlossen sind, gelangt Staub ins Wageninnere. Vor ihnen versucht der Fahrer fluchend, den größten Schlaglöchern auszuweichen, während der Beifahrer mit einem AK-47 zwischen den Knien laut in ein Satellitentelefon plärrt.

Jiang sollte überlegen und für den Augenblick planen, in dem Asims Aufenthaltsort feststeht, aber das letzte Gespräch mit seinem Boss Li Baodong im Keller des Gebäudes der Ständigen Vertretung Chinas bei den Vereinten Nationen beschäftigt ihn noch immer.

Vater ist für sein Land gestorben.

Nun brettert Jiang allein unter Barbaren durch dieses Ödland, um die Tochter eines amerikanischen Expräsidenten zu befreien, und hat das Gefühl, er hätte seinen Boss in New York anschreien sollen.

Du blöder fetter Pilz, hättest du mir die Wahrheit über meinen Vater vor Monaten erzählt, hätte ich Mel Keatings Rettung organisieren können, als sie noch in New Hampshire festgehalten wurde!

Dann wären Asim und sein Cousin jetzt tot oder in Guantánamo Bay. Mel Keating wäre bei ihren Eltern in Sicherheit.

Und Jiang wäre nicht hier, mitten in diesem Ödland, auf der Fahrt zu einem vielleicht einsamen und blutigen Tod irgendwo in den Bergen vor ihnen. Schepper, rumpel, klapper. Wieder prallt sein Kopf gegen den ungepolsterten Wagenhimmel.

Wenn er überlebt, ist dies sein letzter Außeneinsatz.

Schluss damit.

Selbst wenn das bedeutet, dass er in Ungnade gefallen nach Peking zurückbeordert oder in eine abgelegene Außenstelle bei den undankbaren Tibetern oder den rastlosen Uiguren abgeschoben wird, macht Jiang das nicht mehr mit. Er will leben und seiner eigenen Tochter über viele Jahre hinweg ein guter Vater sein.

Der Mann mit dem Satellitentelefon dreht sich um, redet aufgeregt auf Walid ein, der freudig in die Hände klatscht.

»Wir haben's geschafft!«, verkündet er. »Eine kleine Siedlung, weniger als eine Stunde entfernt, *inschallah*. Gerüchten nach hält sich dort eine junge Amerikanerin auf, die als Gast betreut wird.«

Jiang sagt: »Schneller! Wir müssen schneller fahren.«

Walid schlägt dem Fahrer auf die Schulter und blafft einen kurzen Befehl, den der Beifahrer telefonisch weitergibt. Die beiden Land Rover vor ihnen werden schneller, und ihrer beschleunigt ebenfalls.

Vielleicht überlebe ich heute doch, sagt Jiang sich.

KAPITEL 100

HAUS DER FAMILIE ABRIKA, LIBYEN

Mel Keating nimmt aus einem Metallbecher einen weiteren befriedigenden Schluck kühles Wasser und findet wieder, dass sie noch nie etwas Besseres getrunken hat. Sie ruht in einem kleinen Zimmer eines angenehm temperierten Hauses auf Teppichen und Kissen ausgestreckt, während eine ältere Frau – vielleicht die Großmutter der Familie? – zwei junge Frauen beaufsichtigt, die Mels blutige, geschundene Füße gewaschen haben und jetzt behutsam abtrocknen. Alle drei tragen zu weiten schwarzen Gewändern farbige Kopftücher, und die beiden jüngeren Frauen scheinen in Mels Alter zu sein. Sie lachen viel und unterhalten sich in einem vermutlich arabischen Dialekt.

Das Wasser! Noch nie hat etwas so köstlich, so erfrischend, so belebend geschmeckt. Das Wasser scheint den Staub und den Durst und die Trockenheit in ihrem Mund ganz sanft wegzuspülen. Ihre Füße tun noch weh, aber dies ist ein fast angenehmer Schmerz, der Teil des Säuberungs- und Heilungsprozesses ist.

Trotz dieser behaglichen Umgebung ist Mel nervös, ängstlich, erschrickt bei jedem Geräusch. Sie weiß, dass Asim al-Aschid dort draußen auf der Suche nach ihr ist, und hier zu sein ist etwas ganz anderes, als versuche man, sich in den Straßen und Gassen von Georgetown zu verstecken. Sie befindet sich auf einer felsigen Ebene am Fuß dieser Berge und vermutet, dass es in weitem Umkreis keine ähnliche Ansammlung von Häusern gibt.

Also muss sie weiter, so erholsam dies auch ist.

Vorhin war sie für kurze Zeit in Panik geraten, weil eine der jungen Frauen ihr die Brille abnahm, sodass sie sofort blind war. Aber die Frau brachte sie schon eine Minute später gewaschen und abgetrocknet zurück, und Mel geniert sich wegen ihrer Angst.

Eine weitere Frau, diese mit einem leuchtend blauen Kopftuch, tritt mit einem Keramikteller ein und stellt ihn auf Mels Schoß. Auf dem Teller liegen mit Honig übergossene hellbraune Plätzchen, die sie an Dads Pancakes erinnern … und schon hat sie bei dem Gedanken an Dad Tränen in den Augen. Sie kostet ein Plätzchen, isst ein zweites und sagt nach einem weiteren Schluck Wasser: »Entschuldigung, aber spricht hier jemand Englisch? Bitte?«

Die Frau mit den Plätzchen lächelt. »Ja, ich … einigermaßen. Ich habe zwei Jahre an der Al-Fateh-Universität in Tripolis studiert …«

»O Gott, ich danke euch, ich bin euch so dankbar, dass ihr mich mitgenommen habt«, sagt Mel. »Ich war so durstig und hatte … mich verlaufen.«

Die Frau setzt sich zu ihr. »Ich bin Tala Abrika. Und wie heißt du?«

Mel zögert. Gewiss, sie ist gerettet worden, aber wer sind diese Leute? Kann man ihnen trauen? Sind sie etwa Freunde Asim al-Aschids?

Sie hat weiter den Geschmack des Wassers in ihrem Mund.

»Ich heiße Mel«, sagt sie. »Mel Keating. Nochmals vielen Dank für meine Rettung.«

Tala nickt lächelnd. »Das ist unsere Art.«

Während die anderen Frauen sich unterhalten, knabbert Mel an einem weiteren leckeren Plätzchen. »Ich habe gehört, dass Libyer freundliche und liebenswürdige Gastgeber sind«, sagt sie zu Tala.

Das Lächeln wird schwächer. »Wir sind keine Libyer. Wir sind Imazighen, von manchen Berber genannt.«

Mel sieht etwas Schwermütiges in Talas Blick und erkennt, dass sie einen Fehler gemacht hat. »Entschuldige«, sagt sie. »Ich wollte nicht respektlos sein.«

»Schon gut«, sagt Tala. »Wir Imazighen, die hier und in den Nafusa-Bergen leben, sind wegen des Verbrechens, anders zu sein, von allen Gewaltherrschern Libyens verfolgt, unterdrückt oder getötet worden. Erst in den letzten Jahren leben wir halbwegs in Frieden.«

Die anderen Frauen verlassen schwatzend und lachend den Raum. Nun ist Tala mit Mel allein. Ihre schwarzen Augen mustern Mel forschend.

»Wie kommt's, dass du dich ›verlaufen‹ hast, Mel Keating?«, fragt sie nachdrücklich. »Eine junge Amerikanerin wie du, in unpassender Kleidung, ohne Schuhe, auf unserem Land?«

Mel denkt daran zurück, wie Dad sich mit anderen SEALs Geschichten erzählt hat, wobei sich alle darüber einig waren, dass man trotz jahrelanger Ausbildung und Erfahrung manchmal einfach auf sein Bauchgefühl vertrauen muss.

Sie verlässt sich auf ihr Bauchgefühl.

Sie vertraut dieser Frau.

»Ich bin in den USA von Terroristen entführt und nach Libyen verschleppt worden«, sagt sie. »Letzte Nacht konnte ich flüchten. Kannst du mir bitte helfen? Hast du ein Mobiltelefon?«

Tala macht ein ernstes Gesicht. »Wir besitzen eines, aber hier gibt es keine … kein Netz. Damit es funktioniert, muss man nach Miraz fahren.«

»Bitte …«

Die Berberin lächelt strahlend. »Mein Cousin Abu Sag kommt in ein, zwei Stunden vorbei. Er arbeitet bei einer Ölbohrfirma, spricht gut Englisch. Abu nimmt dich nach Miraz mit. Dort kannst du telefonieren. Und dann bist du in Sicherheit, Mel Keating. *Mushiiyat Allah* bist du in Sicherheit.«

Mel trägt weiche schwarze Lederslipper, die ihr die ältere Frau über die verbundenen Füße gestreift hat, und döst sogar eine Zeit lang. Sie wacht auf, als Tala zurückkommt und sagt: »Beeil dich! Mein Cousin Abu ist hier.«

Tala hilft ihr aufstehen. Mel stützt sich leicht auf ihren Arm, als Tala sie auf den staubigen Hof des Hauses hinausführt. Neben dem alten Pick-up, der sie hergebracht hat, steht jetzt ein neuer dunkelgrauer

Toyota Land Cruiser. Sein Fahrer, ein stämmiger, bärtiger junger Mann in Jeans und weißem Hemd, steigt lächelnd aus und winkt ihr zu.

Die anderen Frauen stehen an der Tür des ebenerdigen Hauses beieinander. Mit zwei ähnlichen Wohnhäusern bildet es einen Halbkreis. Hühner und Ziegen laufen durcheinander, und auf allen Dächern sind Satellitenschüsseln montiert.

Tala ergreift Mels Hand, drückt sie.

»Gute Reise, Mel Keating. Hoffentlich sehen wir uns einmal wieder.«

Mel hat einen Kloß im Hals, weil sie sich an etwas erinnert, das Mom vor Jahren gesagt hat: *Die meisten Leute sind nett, Mel. Es ist unser Fluch, dass die Bösen so stark beachtet werden.*

»Das hoffe ich auch«, sagt sie.

Abu winkt sie zu sich heran. »Komm. Fahren wir, Miss, fahren wir!«

Das Innere des Land Cruisers duftet nach Zimt und Weihrauch, und am Rückspiegel hängt neben Amuletten eine Gebetskette. Abu ist ein wilder Raser, und als Mel feststellen muss, dass das Schloss ihres Sicherheitsgurts defekt ist, klammert sie sich an den Haltegriff vor dem Beifahrersitz und hofft das Beste.

Das Radio läuft laut, und Abu singt noch lauter mit. Die unbefestigte Straße ist eigentlich gar keine Straße, sondern nur ein breiter Fahrweg mit tiefen Spurrillen, aber Abu macht den Eindruck, er könnte hier mit geschlossenen Augen fahren.

Die Sonne steht hoch, der wolkenlose Himmel ist dunkelblau, und Abu sagt: »Wenn wir nach Miraz kommen, lasse ich dich mein Telefon benutzen, richtig?«

»Ja, das stimmt«, sagt sie.

Er grinst leicht anzüglich. »Und was kriege ich dafür?«

Klasse, denkt Mel. »Darüber reden wir, wenn ich telefoniert habe.«

»Haha«, lacht Abu bellend, und sie fahren auf der im Sonnenglast liegenden Straße weiter, bis er plötzlich sagt: »Sieh mal! Dort vorn. Siehst du sie?«

Die Frontscheibe ist so staubig und verdreckt, dass Mel erst sieht, was Abu meint, als sie's fast erreicht haben.

Drei hintereinander abgestellte SUVs, vor dem ersten eine Gruppe von Männern, die eine auf der Motorhaube ausgebreitete Landkarte studieren.

Abu rast vorbei. »Hast du den gesehen?«

»Wen?«, fragt Mel. »Wen meinst du?«

»Den Japaner. Oder Chinesen. Hat zwischen den anderen gestanden.« Wieder sein bellendes Lachen. »Eine verlorene Seele, was?«

Mel sagt: »Dieses Gefühl kenne ich.«

Einige Minuten später murmelt Abu einen arabischen Fluch und klopft auf eine der Anzeigen vor ihm. »Scheiße, wie kann man nur so blöd sein! Ich hab zu tanken vergessen. Jetzt geht uns der Sprit aus.«

Mel legt eine Hand auf den Türgriff. Sie denkt: Wenn dieser Idiot es mit dem Kein-Diesel-mehr-Bullshit versucht, bin ich draußen, sowie er langsamer wird.

»Kein Problem«, sagt er. »Vor uns an der nächsten Kreuzung. Die Familie Dajout. Eine Tankstelle mit einem kleinen Laden. Mel, willst du eine kalte Coca-Cola, ja?«

»Ja«, sagt Mel. »Das wäre klasse.«

Er stößt einen Pfiff aus, schlägt ihr aufs Knie – *okay, das kann man durchgehen lassen* – und sagt: »Soll mir ein Vergnügen sein. Und im Gegensatz zu dem Anruf kostenlos.«

Die Straße wird breiter, und Mel sieht zwei querende Pick-ups, beide mit langen Staubfahnen, und dann kommen drei eingeschossige Gebäude, vor denen Männer in langen weißen Gewändern stehen und sich in kleinen Gruppen unterhalten.

Abu parkt in einer engen Durchfahrt zwischen zwei Gebäuden und sagt: »Nur ein paar Minuten, junge Lady, dann tanke ich, kaufe dir die versprochene Cola, und gleich danach kannst du telefonieren.«

Noch ein Lachen, dann steigt er aus, schließt seine Tür und verschwindet durch den Hintereingang des nächsten Hauses. Auf der

Hauptstraße fährt ein weiterer Pick-up vorbei. Mel reibt einen wunden Fuß sanft am anderen.

Wen soll sie anrufen?

Die 911 funktioniert bestimmt nicht.

Es gibt jedoch eine Nummer, die Agent David Stahl sie damals, als Dad im Weißen Haus war, hat auswendig lernen lassen.

Rufen Sie diese Nummer an, dann finden wir Sie, hatte er gesagt.

Funktioniert sie auch im Ausland?

Vielleicht, wenn sie's schafft, aus Libyen ins Ausland zu telefonieren.

Welche Vorwahlnummer haben die Vereinigten Staaten?

Als sie sich nach vorn beugt, um ihre schmerzenden Füße zu massieren, wird die Fahrertür geöffnet.

Sie sieht nach links und erstarrt.

Dort steht Faraj al-Aschid, der sie zufrieden grinsend betrachtet.

Neben ihm steht Abu mit einer Colaflasche in der Hand.

»Glaubst du wirklich, junge Lady«, fragt Abu, »dass ich die Sicherheit meiner Familie für dich, für eine Fremde, aufs Spiel setzen würde?«

Faraj beugt sich hinein, packt Mel mit hartem Griff an der Schulter.

»Mitkommen!«, sagt er. »Asim freut sich darauf, Sie zu sehen.«

Mel schlägt ihm mit aller Kraft ins Gesicht, stößt ihre Tür auf, springt aus dem Wagen und schreit beinahe laut auf, als ein stechender Schmerz durch ihr rechtes Bein zuckt. Sie hastet die Durchfahrt entlang weiter, sieht eine Querstraße vor sich. Vielleicht kann sie jemanden anhalten oder um Hilfe schreien …

Zwei Männer mit Pistolen blockieren die Gasse.

Mel wirft sich herum.

Faraj und Abu kommen entspannt grinsend auf sie zu.

Sie sagt: »Aber ich will Asim nicht sehen.«

Faraj lacht und packt sie wieder an der Schulter. Als sie an Abu vorbeigezerrt wird, rammt sie ihm die harte Glasflasche ins Gesicht.

KAPITEL 101

AN BORD VON GRANITE FOUR
ÜBER DEM MITTELMEER

Ungefähr eine Viertelstunde vor unserer Landung auf dem tunesischen Luftwaffenstützpunkt Sfax-Thyna verlässt Claire Boone – Mels Freundin, jetzt bei der National Security Agency – die Toilette der KC-135, kommt zu mir herüber und geht in die Hocke. Neben mir schläft David Stahl mit Ohrenstöpseln und verschränkten Armen fest.

»Matt?«, fragt sie.

»Ja?«

Sie beugt sich etwas nach vorn, damit ich sie besser hören kann.

»Nach der Landung werden wir ziemlich beschäftigt sein«, sagt sie. »Und ich weiß, dass ich's mir nie verzeihen würde, wenn ich die Gelegenheit verstreichen ließe, Sie nach einem Geheimnis zu fragen, das mich seit Jahren beschäftigt. Was haben Sie in Ihrem Brief an Präsidentin Barnes geschrieben? Den Sie im Oval Office im Schreibtisch für Sie zurückgelassen haben? Normalerweise wird der Text veröffentlicht, nur diesmal nicht. Wieso nicht?«

Ich würde sie am liebsten anknurren: Haben Sie wirklich keine anderen Sorgen? aber dann rettet mich Technical Sergeant Palmer: »Okay, Leute, wir sind im Landeanflug. Nehmt eure Plätze ein, schnallt euch an.«

Claire richtet sich auf, sieht meinen Gesichtsausdruck und hastet auf ihre Seite des Rumpfs hinüber.

Das Flugzeug legt sich mal links, mal rechts in die Kurve, der Triebwerkslärm verändert sich, und ich spüre, wie die KC-135 der Landebahn entgegensinkt. Es gibt weder Fenster noch Bullaugen, durch die ich unseren Anflug verfolgen könnte, aber wie immer in meiner Militärzeit habe ich volles Vertrauen zur Besatzung.

Das Fahrgestell wird surrend ausgefahren und hörbar verriegelt. Noch eine kleine Korrektur, dann landet die KC-135 glatt, die Schubumkehr setzt ein und bremst den Tanker rasch ab.

Meine Mitstreiter lösen ihre Gurte, als Sergeant Palmer zurückkommt und sagt: »Willkommen in Tunesien, Leute. Wenn ihr euer Zeug mit nach vorn nehmt, lassen wir euch dort aussteigen. Hier gibt's keine Fluggasttreppe, also geht's durch die Ausstiegsluke raus.«

Wir folgen ihm in Reihe nach vorn zur Ausstiegsluke gleich hinter dem Cockpit. Der Tech Sergeant macht sich an die Arbeit und öffnet eine Bodenklappe, unter der ein gelbes Metallgitter sichtbar wird, das er herausnimmt. Er lässt eine Metallleiter hinunter und sichert sie. Dann steigt er die Leiter hinunter und öffnet eine kleine Luke in der Rumpfunterseite. Unser Pilot steht auf, als Nick Zeppos als Erster die Leiter hinuntersteigt. Alejandro Lopez folgt ihm, und David Stahl reicht unsere Sporttaschen zu den beiden SEALs hinunter.

Geduld, ermahne ich mich. Nichts überstürzen, sonst geht zuletzt alles schief.

Als ich die Leiter erreiche, streckt Captain Josephs mir die Hand hin, während seine Co-Pilotin in irgendwelchen Papieren blättert. Ich schüttle ihm kurz die Hand.

»Alles Gute, Sir«, sagt er. »Wir drücken Ihnen und Ihrer Crew die Daumen.«

»Danke, Captain«, sage ich.

Ich begutachte meine Umgebung auf dem Stützpunkt Sfax-Thyna, aber hier gibt es nicht viel zu sehen. In einer Ecke dieses Flugplatzes der tunesischen Luftwaffe stehen eine Handvoll Hangars mit den dazugehörigen Nebengebäuden. An Fluggerät sehe ich vier einmotorige Schulflugzeuge und ungefähr ein Dutzend Hubschrauber: alte Hueys und neuere Black Hawks. Jenseits des Flugplatzzauns steht eine Ansammlung ebenerdiger Gebäude. Die Landschaft ist flach und braun, die Luft feucht, aber nicht zu heiß.

Ich kenne schlimmere Orte.

Nick Zeppos spricht mit einem Mann, der zu einem dunkelgrünen Overall eine Basecap und schwarze Stiefel trägt. Die beiden lachen, und Nick klopft ihm auf die Schulter. Dann sagt Nick zu mir: »Die Unterkunftsfrage ist gelöst. Ihr könnt gleich mitkommen.«

Während wir rasch wegmarschieren, rast ein Tanklaster zu der KC-135 hinaus. Ich sehe die Besatzung von Granite Four vor dem Bug stehen, wo sie sich die Beine vertritt und auf die Betankung wartet.

Tempo, Tempo, denke ich.

Nick führt uns in ein kleines Gebäude aus Beton und Wellblech, das mit Werkbänken, Paletten und Werkzeug an den Wänden wie ein Instandhaltungsbetrieb aussieht. Ohne Klimaanlage ist die Luft darin heiß und abgestanden. Alejandro und David machen sich daran, Werkbänke abzuräumen, und Nick sagt: »Augenblick noch, Mr. … Matt. Ich gehe zu den SEALs rüber und versuche, eine Besprechung innerhalb der nächsten Stunde zu arrangieren.«

»Klingt gut, Nick.« Ich ziehe den Reißverschluss meiner Tasche auf, hole eine Flasche lauwarmes Wasser heraus und nehme einen großen Schluck.

David fragt: »Die SEALs hier – was haben sie zu bieten?«

Ich sage: »Vor allem sechzehn Mann mit Spezialausbildung. Vermutlich zwei Black Hawks, mit etwas Glück in der neuesten Stealth-Ausführung, mit der wir verdammt viel leichter ungesehen über die Grenze kämen. Nachtsichtgeräte, Handfeuerwaffen, Scharfschützengewehre, Granatwerfer, Sprengstoff für geballte Ladungen und mindestens einen Sanitäter. David, wir können nicht auf sie verzichten.«

Sobald die Werkbänke abgeräumt sind, stellen David und Alejandro ihre Taschen darauf und fangen an, Waffen und Ausrüstung auszupacken. Ich hole meine eigene Tasche und tue das Gleiche.

Ich sehe auf meine Armbanduhr.

13.05 Uhr Ortszeit.

»Claire«, frage ich, »wann ist Sonnenuntergang?«

»Moment.« Während wir drei unsere Taschen ausgepackt haben, hat sie ihren NSA-Laptop eingeschaltet.

Prioritäten.

Sie sagt: »Sonnenuntergang ist um … 19.41 Uhr, Matt.«

Ich fange an, alles durchzudenken. Auf keinen Fall können wir bei Tageslicht über die Grenze hinweg angreifen.

Und gleich nach Sonnenuntergang auch nicht.

Nein, die beste Zeit ist immer mitten in der Nacht. Dann schläft die Masse unserer Gegner oder ist betrunken oder bekifft, während die Wachposten gelangweilt oder schläfrig sind.

Die gute Nachricht ist, dass uns mindestens vier Stunden bleiben, um uns mit den schwer bewaffneten SEALs auf den nächtlichen Überfall vorzubereiten.

Die schlechte Nachricht?

Viele schlechte Nachrichten. Wir wissen noch immer nicht, wo Mel ist, nur dass sie ungefähr hundert Meilen von hier in den libyschen Nafusa-Bergen gefangen gehalten wird.

Und wenn sie jetzt an einem Ort ist – wo wird sie in fünf Stunden sein?

Die Tür geht auf, und Chief Nick Zeppos kommt herein. Ein Blick in sein Gesicht zeigt mir, dass uns noch schlechtere Nachrichten bevorstehen.

»Sorry, Matt«, sagt er enttäuscht. »Die SEALs sind zu einer Übung mit französischen Paras unterwegs.«

Wir verstummen alle. Mir fällt ein, was ich eben zu meinem Secret-Service-Agenten gesagt habe.

David, wir können nicht auf sie verzichten.

Nick sagt: »Sie sind weg und kommen erst in ein paar Tagen wieder.«

KAPITEL 102

NAFUSA-GEBIRGE, LIBYEN

Jiang Lijuns Knochen und Muskeln schmerzen von der wilden Fahrt in der letzten halben Stunde. In dem Land Rover sitzt er hinten neben Walid Ali Osman. Der Fahrer und ein weiterer Bewaffneter sitzen vorn, während die beiden anderen Land Rover ungefähr einen halben Kilometer hinter ihnen parken. Die Männer aus diesen Fahrzeugen sind in dem steilen Gelände zu Fuß unterwegs, um Jiang und Walid Feuerschutz geben zu können, wenn sie die Ansammlung von Gebäuden erreichen, in denen Asim al-Aschid und seine Gefolgsleute leben – eine Information, die einer von Walids Stammesangehörigen vor knapp einer Stunde durchgegeben hat.

Der Land Rover springt, rumpelt und schwankt. Diese Zufahrt lässt die unbefestigte Straße, auf der sie zuvor unterwegs waren, wie die G45 südlich von Peking erscheinen. Seit dem Abflug aus New York hat Jiang Asim in drei E-Mails seinen Besuch angekündigt, ohne eine Antwort zu erhalten.

Ein weiterer heftiger Stoß.

Walid hält ein Sprechfunkgerät hoch. »Meine Männer sind unterwegs. Sobald wir Asims Haus erreichen, gebe ich den Angriffsbefehl. Dann beginnt der Kampf, und wir befreien die Amerikanerin.«

Der Motor heult lauter, als die Zufahrt steiler wird. Die Felswände auf beiden Seiten sind so nahe, dass Jiang sie bei offenem Fenster mit ausgestrecktem Arm berühren könnte.

Jiang fragt: »Glauben Sie, dass Asim und seine Männer stillhalten, während Sie über Funk sprechen?«

Walid lacht. »Ich weiß, was ich tue. Das Funkgerät stecke ich ein. Wenn wir in Position sind, drücke ich dreimal die Sprechtaste – das genügt als Angriffssignal.«

»Und sie haben Anweisung, keiner Frau was zu tun, korrekt? Wir wissen nicht, wie Mel Keating gekleidet ist oder wo sie sich …«

Der Land Rover überwindet einen Hügelkamm.

Vor ihnen blockiert ein Mann mit umgehängtem AK-47 die Zufahrt. Er trägt eine grüne Arbeitsjacke, eine weiße Hose und ein schwarzes Stirnband.

Der Land Rover hält.

Der Mann tritt vor.

Er ist Faraj al-Aschid, Asims jüngerer Cousin.

Erstmals seit seiner Rückkehr in dieses verfluchte Land ist Jiang leicht optimistisch.

Asim ist ein Fanatiker, ein Dschihadist, der seine Entscheidungen eiskalt trifft und durchzieht.

Sein Cousin und Gefolgsmann Faraj ist gebildeter und in mancher Beziehung vernünftigen Argumenten zugänglicher.

Seine Anwesenheit ist ein Geschenk, und Jiang fängt bereits an, seine in den letzten Stunden mit Walid entwickelte Strategie zu überdenken.

Jiang löst seinen Sicherheitsgurt. »Lassen Sie mich mit ihm reden. Vielleicht können wir eine Lösung finden, bei der nicht geschossen werden muss.«

»Wenn Sie meinen«, sagt Walid skeptisch. »Aber mein Geld will ich trotzdem, auch wenn nicht gekämpft wird.«

Jiang sagt: »Kann ich Faraj davon überzeugen, die Amerikanerin kampflos freizulassen, bekommt ihr sogar noch einen Bonus. Bleiben Sie im Wagen.«

Er steigt aus dem Land Rover und hebt beide Arme, damit Faraj ihn gut sehen kann, als er auf ihn zugeht. Jiang hat seine Pistole nicht abgelegt, aber sie steckt deutlich sichtbar in ihrem Holster. Er will

Faraj beruhigen und ihm zeigen, dass von seinem Besuch keine Gefahr ausgeht.

Faraj grinst. »Sie sind's wirklich, Jiang Lijun – was für eine Überraschung!«

Asims Cousin kommt mit ausgebreiteten Armen auf ihn zu, sodass Jiang sich schon vor einer Umarmung gruselt, aber dann ergreift er nur beide Hände des Chinesen und drückt sie kräftig.

Er sagt: »Asim hat mir erzählt, dass Sie kommen, uns in unserem bescheidenen Heim aufsuchen würden. Welche Ehre! Welches Vergnügen! Was führt Sie zu uns?«

Jiang ringt sich ein Lachen ab, nimmt rasch die Hände herunter. »Geschäftliche Dinge, versteht sich, über die ich mit Ihrem Cousin reden möchte.«

Faraj tritt einen Schritt zurück und schüttelt lachend den Kopf. »Ja, Asim. Stets zu einem Gespräch bereit … nur eben manchmal nicht. Er hat mir erklärt, er werde Ihre E-Mails nicht beantworten. Er hat gesagt: ›Wenn dieser Chinese mit mir reden will, soll er in meine Berge kommen.‹ Und da sind Sie nun. In seinen Bergen. Wie haben Sie uns gefunden?«

»Durch meine Führer«, sagt Jiang, »und durch eigene Recherchen.«

Faraj sagt: »Zu unserem Glück sind die Amerikaner nicht so schlau wie Sie. Und Ihr Anliegen … es geht um die Tochter des Präsidenten, richtig?«

»Korrekt«, sagt Jiang. »Ich möchte ihm eine … Übereinkunft vorschlagen. Eine Vereinbarung. Etwas, das im Interesse aller Beteiligten wäre. Vielleicht könnten Sie ihn dazu überreden, über meinen Vorschlag nachzudenken: die Freilassung Mel Keatings gegen eine finanzielle Entschädigung.«

Sein Gegenüber kratzt sich am Kinn, wo sein Bart langsam wieder nachwächst. »Hm, ich weiß nicht recht, Lijun. Wie ich vorhin gesagt habe, ist er immer für Gespräche offen.« Er macht eine Pause. »Nur eben manchmal nicht.«

Faraj hebt den rechten Arm und beschreibt mit der Hand einen Kreis. Im nächsten Augenblick ist in den Felsen links hinter ihm ein

Knall zu hören, auf den ein gedämpftes *Wuuusch!* und eine krachende Detonation hinter Jiang folgen.

Jiang lässt sich instinktiv fallen und verbirgt seinen Kopf in den Armen, während das Echo der Detonation und kleinere Folgeechos ihn durchrütteln.

Als er sich aufzurappeln versucht, nimmt Faraj ihm erst die Pistole ab, bevor er ihn am Arm packt und hochzieht.

Jiang sieht sich um.

Der zerfetzte Land Rover liegt brennend auf der Seite, aus den knackenden, brausenden Flammen steigen schwarze Rauchwolken auf, und sogar die Reifen brennen.

Faraj steht neben Jiang, hat ihm einen Arm um die Schultern gelegt.

In der Ferne sind rasch nacheinander Schüsse zu hören, und Jiang weiß, dass Walids Kämpfer jetzt nacheinander erledigt werden.

Nun ist er mit Faraj allein – bis auf den Kämpfer, der mit dem RPG-7-Raketenwerfer ohne Gefechtskopf von den Felsen hinter ihm herunterkommt. Jiangs Brust schmerzt, aber nicht nur von dem felsigen Untergrund, auf dem er sich hingeworfen hat.

Vielleicht wär's besser gewesen, denkt er, in dem zerstörten Fahrzeug zu sein.

Faraj drückt Jiangs Schulter. »Ah, nachdem wir Ihre … Führer, wie Sie sie nennen, ausgeschaltet haben, wird's Zeit, dass ich Sie zu Asim bringe. Ihr beiden habt sicher viel zu besprechen.«

Jiang blinzelt benommen in die röhrenden Flammen. War das eben ein Schrei aus dem zerfetzten Fahrzeug?

»Wenn Sie Glück haben«, fügt Faraj hinzu.

KAPITEL 103

NAFUSA-GEBIRGE, LIBYEN

Mel Keating ist an diesem Nachmittag auf ihrer zweiten Fitnessrunde, aber obwohl sie für diesen kleinen Luxus dankbar ist, tut ihr rechter Knöchel weiter verdammt weh. Während sie mit nachgeschlepptem Fuß durch den Staub hinkt, wird sie von mit AK-47 bewaffneten Männern in beigen Hosen, Arbeitsjacken und Basecaps bewacht. Die Männer sind jung, mit schütteren Bärten und nervösem Blick. Dad würde sagen, dass sie im Umgang mit Waffen disziplinlos sind, weil sie die Zeigefinger innerhalb des Abzugsbügels am Abzug haben, sodass sich bei jedem Stolpern oder Niesen ein Schuss lösen kann.

Sie ist mit Handschellen gefesselt, die an einem hinten geschlossenen breiten Ledergürtel befestigt sind. Keine Kabelbinder mehr als Fesseln, aber trotz der zuverlässigeren Handschellen sind die beiden Wachen aus gutem Grund nervös. Sie sind für Mel verantwortlich, und sie ist sich sicher, dass Alpha und Beta nicht nur eine schlechte Beurteilung bekommen haben, als sie verschwunden war.

Vermutlich zwei Genickschüsse, denkt sie, oder irgendwas in dieser Art.

Sie hinkt weiter geradeaus von dem ebenerdigen Gebäude weg, das ihr gegenwärtiges Gefängnis ist. Diese kleine Wohnsiedlung – oder das Ausbildungslager für Terroristen, je nach Standpunkt – besteht aus fünf weiteren Steinhäusern. Alle sind eingeschossig, aber unterschiedlich groß. Die Satellitenschüsseln und Antennen auf dem Dach des kleinen Hauses neben ihrem Gefängnis verschwinden unter Tarnnetzen. Auf gleiche Weise getarnt sind die davor abgestellten vier Pick-ups von Nissan, alle schwarz.

Vielleicht hat's einen Rabatt für Schwarz gegeben, denkt sie missmutig.

Am Ende ihrer Übungsstrecke kehrt sie um, macht sich auf den langsamen Rückweg zu ihrem Gefängnis. Die Häuser stehen auf ebener Fläche, die hinten und rechts von steilen Geröllfeldern begrenzt wird. Links kommt die schmale Zufahrt herauf, und den Hintergrund bildet eine Felswand über einer natürlichen Terrasse. Dort oben sind zwei bewaffnete Männer mit Ferngläsern postiert. Die Luft ist kalt, der Himmel wolkenlos blau.

Plötzlich sind laute Stimmen zu hören. Aus dem größten Gebäude kommt Asim al-Aschid mit zweien seiner Lakaien, die über irgendeine Bemerkung laut lachen. Mel wünscht sich, ihre Hände wären nicht gefesselt, sodass sie den nächsten Bewacher anfallen, ihm das AK-47 entreißen und sie alle niedermähen könnte.

Asim kommt weiter lächelnd auf sie zu, und ihr läuft ein kalter Schauder über den Rücken, als sie an ihren Empfang vor ein paar Stunden denkt. Sie hatte befürchtet, geschlagen, misshandelt oder sogar erschossen zu werden, aber Asim war gut gelaunt gewesen und hatte ihr lächelnd die Wange getätschelt. »Böses kleines Mädchen«, hatte er gesagt, und sie wünscht sich jetzt, sie hätte die Gelegenheit genutzt, ihn in die Finger zu beißen.

Ein kurzer Befehl an die beiden Bewacher, die zurücktreten, dann sagt Asim zu Mel: »Lassen Sie mich Sie zu Ihrer Unterkunft zurückbegleiten.«

Mel hinkt langsam weiter. »Schöne Unterkunft! Scheint mal ein Stall gewesen zu sein. Stinkt noch immer.«

»Aber wir haben Ihnen dort drinnen das beste Zimmer gegeben«, sagt Asim. »Wieso sind Sie dafür nicht dankbar?«

Mel sieht geradeaus, will ihren Entführer nicht ansehen. »Sie wollen Dankbarkeit? Lassen Sie mich von Ihren Leuten zur amerikanischen Botschaft in Tripolis fahren. Dann bin ich Ihnen so dankbar, dass ich Sie auf meine Weihnachtskartenliste setze.«

Er lacht, obwohl sie ihn weiter ignoriert, indem sie ihn keines Blickes würdigt.

Bevor Asim weitersprechen kann, ist in der Ferne eine Detonation zu hören.

Mel bleibt stehen und blickt die schmale Zufahrtsstraße entlang. Sie ist sich nicht sicher, aber sie glaubt, lebhaftes Gewehrfeuer zu hören.

Ihr Herz beginnt zu hämmern, und sie faltet ihre gefesselten Hände. Kann es sein, dass jemand kommt, um sie zu befreien? Jetzt? Ist das ein Rettungsversuch? Soll sie versuchen, vor Asim wegzulaufen?

Asim sagt: »Ah, da haben wir's.« Er sieht auf seine Uhr. »Ziemlich pünktlich.«

»Was ist passiert?«, fragt Mel mühsam beherrscht.

»Oh«, sagt er leichthin, »haben Sie's nicht gehört? Ein Rettungstrupp war hierher unterwegs. Mein Cousin und einige meiner Kämpfer haben ihn erledigt.«

Mel wendet sich ab, weil Asim ihre Tränen, ihr enttäuschtes Gesicht nicht sehen soll, aber alles ist zu viel, und sie schluchzt laut.

So nahe!

Asim sagt: »Ah, nicht weinen, Mel Keating. Das waren nicht die Amerikaner. Auch nicht die Briten oder Franzosen. Sie werden's kaum glauben, aber jemand aus China, Ihrem aufstrebenden Rivalen, wollte Sie mir entreißen. Wie seltsam, dass ein rivalisierender Staat Sie zu retten versucht! Aber nun keine Tränen mehr, in Ordnung?«

Sie erreichen die bewachte Tür ihres Gefängnisses, und er sagt: »Finden Sie sich mit Ihrem Schicksal ab. Sie sind auf ewig hier bei mir. Daddy kommt Sie nicht holen. Und Mommy kommt Sie nicht holen. Niemand kommt Sie holen. Wir glauben, dass Allah auf der *Al-Lauh Al-Mahfudh* – einer wohlbehüteten Tafel – alles niedergeschrieben hat, was geschehen ist und geschehen wird. Das bedeutet, dass unsere jeweiligen Schicksale längst von Allah entschieden sind.«

Mel beschließt, dieses Geschwafel zu ignorieren. Als sie die Füße auf der Stelle bewegt, fragt Asim: »Wozu das?«

Sie sagt: »Auch wenn ich jetzt in einem Stall hausen muss, bin ich in keinem aufgewachsen. Ich streife Schmutz und Staub von meinen Füßen ab.«

Zwei Bewaffnete stehen auf beiden Seiten der massiven Holztür. Asim öffnet sie und sagt nickend: »Nach Ihnen, Mel.«

KAPITEL 104

LUFTWAFFENSTÜTZPUNKT SFAX-THYNA, TUNESIEN

Nachdem Chief Nick Zeppos erklärt hat, dass die SEALs, auf die sie gezählt haben, anderswo eingesetzt sind, herrscht betroffenes Schweigen. Nur Matt Keating scheint sich aufzurichten und ein paar Zentimeter größer zu werden. Mit seinem Dreitagebart, seiner Kleidung und seinem Blick aus dunklen Augen erscheint er Nick nicht wie ein ehemaliger Präsident der Vereinigten Staaten. Nick sieht in ihm einen SEAL, einen Angehörigen ihrer Eliteeinheit.

»Chief«, sagt Matt scharf, »Sie haben versprochen, ein Transportmittel zu organisieren. Nun haben wir keines. Also gehen Sie wieder raus und beschaffen uns eines.«

»Ja, Sir«, sagt Nick.

»Mir ist's egal, ob Sie einen Piloten bestechen, bedrohen oder ein Flugzeug entführen. Oder eines chartern. Und wenn's keinen Hubschrauber, kein Flächenflugzeug gibt, besorgen Sie uns einen Pick-up. Oder noch besser einen Geländewagen. Weil wir gleich heute Nacht in die libyschen Nafusa-Berge wollen. Ich warte nicht auf Geheimdienstinformationen, nicht auf Hubschrauber. Wir ziehen heute Nacht los, um meine Tochter zu befreien.«

»Bin dran, Sir«, sagt Nick und verlässt rasch das Gebäude.

Draußen macht Nick sich auf den Weg zu der kleinen Ansammlung von Flugzeugen und Hubschraubern und geht unterwegs seine Optionen und Möglichkeiten durch. Sie brauchen ein Transportmittel, das steht fest, aber wie sollen sie ohne zuverlässige Informationen angreifen? Klar geben Expräsident Keatings Freunde beim Mossad und dem saudischen Geheimdienst sich alle Mühe, Asim al-Aschid aufzuspüren, aber aus bitterer Erfahrung weiß Nick auch, dass gute Informationen sich organisch entwickeln müssen. Sie lassen sich nicht erzwingen oder auch nur beschleunigen, weil das Ergebnis beschissene Informationen sind, die zu beschissenen Einsätzen und Verlusten führen.

Triebwerkslärm lässt ihn haltmachen, und er beobachtet, wie die KC-135 der New Hampshire Air National Guard, die sie hergebracht hat, zum Flug ins spanische Rota startet. Kurzzeitig beneidet Nick ihre Besatzung. Die drei haben Jobs, die oft herausfordernd sein mögen, aber sie müssen niemals Vorschriften dehnen, um ihren Auftrag auszuführen.

Nick erinnert sich an einen wichtigen Satz im Credo der SEALs: »Wir erwarten Innovation.«

Dann zeig mal, was du draufhast, denkt er.

Als er die abgestellten Flugzeuge schon fast erreicht hat, hört er das knatternde Rotorengeräusch anfliegender Hubschrauber und sucht den wolkenlosen tunesischen Himmel ab. Zwei Black Hawks fliegen von Süden zur Landung an. Sie bewegen sich absolut parallel, und Nick bewundert, wie die Piloten ihre Maschinen elegant abfangen und sanft aufsetzen. Auf den schwarz lackierten Rümpfen leuchtet eine rot umrandete weiße Kokarde mit Halbmond und Stern in Rot.

Während die Rotoren langsamer werden, kommen aus dem nächsten Hangar einige Männer des Bodenpersonals gelaufen, und als die Hubschrauberbesatzungen aussteigen und ihre Helme abnehmen, bleibt Nick verblüfft stehen.

Er erkennt einen der Piloten von einer gemeinsamen Übung im vergangenen Jahr wieder.

Wenn das mal keine Neuigkeit ist!

Nick setzt sich wieder in Bewegung, als der große Pilot mit dem buschigen schwarzen Schnauzer mit seinem Co-Piloten und den zwei

Besatzungsmitgliedern weggehen will. »Joe!«, ruft er laut. »Sind Sie's, Joe?«

Der Mann, den er Joe genannt hat, bleibt stehen und grinst, als Nick herankommt.

»Chief Zeppos?«, fragt er. »Was zum Teufel machen Sie hier?« Er spricht Englisch mit arabisch-französischem Akzent.

Nick streckt ihm die Hand hin, die prompt von Hauptmann Jussef Zbidi von der Groupe des Forces Spéciales, den die SEALs als Joe kennen, ergriffen und geschüttelt wird. In seiner freien Hand hat Joe eine Aktenmappe und seinen Pilotenhelm. Er trägt einen Nomex-Overall mit seinem Namen in arabischer Schrift und Schulterstücken mit drei Sternen.

Nick sagt: »Ich bin mit einem Auftrag hier.«

»Wirklich?«, fragt der Hauptmann. »Das überrascht mich. Normalerweise hätte ich von Ihrem Kommen erfahren. Sie wollen aber nicht etwa zu den SEALs, die hier drei Wochen geübt haben? Die sind zu einer Übung mit französischen Paras unterwegs.«

»Nein«, sagt Nick. »Ich habe einen anderen Auftrag. Inoffiziell. Streng geheim. Joe, ich brauche Ihre Hilfe.«

»Ist die Sache wichtig?«, fragt der Pilot.

»Sehr«, bestätigt Nick und sagt sich: Es klappt, er hilft uns, es klappt!

Aber in dieser Sekunde schlägt Hauptmann Zbidis Stimmung um: Er runzelt die Stirn und macht ein finsteres Gesicht. »Bei unserer letzten Begegnung haben Sie mein fliegerisches Können niedergemacht, Chief Nick. Sie haben gesagt, es erinnere Sie an ein Karussell auf einem amerikanischen Rummelplatz. Sie haben behauptet, dass ich nicht nur wie ein Schwein auf Glatteis fliege, sondern wie ein besoffenes Schwein auf Glatteis.«

Oh, scheiße, denkt Nick, als Hauptmann Zbidi auf den Asphalt zwischen ihnen spuckt.

»Warum zum Teufel sollte ich Ihnen bei irgendwas helfen?«

KAPITEL 105

LUFTWAFFENSTÜTZPUNKT SFAX-THYNA, TUNESIEN

Während Nick unterwegs ist, um uns ein Transportmittel zu besorgen, schiebe ich dieses Problem weg und mache mich wieder an die Arbeit. Bei den SEALs lernt man schnell, sich auf seine Kameraden zu verlassen und sich auf die eigenen Aufgaben zu konzentrieren. Nick ist jetzt dafür zuständig, uns nach Libyen zu schaffen.

Ich muss mich darauf konzentrieren, meine Ausrüstung einsatzbereit zu machen.

Aus meinen beiden Sporttaschen hole ich mein zerlegtes Sturmgewehr Colt M4 und beginne mit dem Zusammenbau, indem ich den Spannhebel in die Halterung einführe. Weitere Teile folgen, und es ist fast tröstlich, wie mein Muskelgedächtnis die Regie übernimmt. Ich beherrsche die Handgriffe im Regen, im Dschungel, bei stockfinsterer Nacht, und das befriedigende Klicken und Einrasten der Teile scheint mich zu beruhigen.

Alejandro Lopez und David Stahl sind ähnlich beschäftigt, und Claire Boone – flinker als wir anderen – hat ihr eigenes M4 schon zusammengebaut und arbeitet mit eingesteckten Ohrhörern an ihrer Primärwaffe: ihrem NSA-Laptop.

Nachdem ich das komplette Oberteil des M4 aufs Unterteil gesetzt habe, ziehe ich probeweise den Spannhebel zurück und betätige den Abzug.

Klick.

Als Nächstes ist die Munition dran.

Ich öffne Schachteln mit 5,6-mm-Patronen, die ich in dreißig Schuss enthaltende Federdruckmagazine drücke. Ein Magazin gehört zur Waffe, und ich beschließe, sechs Reservemagazine in Gürteltaschen mitzunehmen.

Dann komme ich zu meiner 9-mm-Pistole SIG Sauer P226. Sie bekommt ein Magazin mit einundzwanzig Schuss, und ich nehme vier Reservemagazine in anderen Gürteltaschen mit.

»Matt«, sagt Claire von jenseits des heißen und übel riechenden Raums.

»Yeah«, sage ich und wühle weiter nach den Taschen für die Pistolenmagazine. »Moment noch.«

Claire spricht lauter. »Herkommen! Los, bewegen Sie Ihren Arsch!«

Ich hebe den Kopf. »Was?«

Claire zieht die Ohrhörer heraus und sagt: »CNN meldet, dass Asim al-Aschid ein weiteres Video angekündigt hat – dieses Mal live.«

Ich lasse fallen, was ich in den Händen habe, und laufe zu Claire hinüber, als sie hinzufügt: »Mel soll auch darin vorkommen.«

Ich sitze hinter Claire und habe Alejandro links, David rechts neben mir. Als sie einen Tastenbefehl eingibt, sagt eine Moderatorin bei CNN International in London: »… eine Eilmeldung: CNN hat erfahren, dass der Sender Al Jazeera in wenigen Augenblicken eine Livebotschaft des berüchtigten Terroristen Asim al-Aschid ausstrahlen wird, und wir … Augenblick!«

Die Moderatorin sieht kurz weg, und ihre nächsten Worte lassen mich vor Erleichterung keuchen, denn sie blickt direkt in die Kamera und sagt: »Mel Keating, die Tochter des Expräsidenten, lebt offenbar und ist unversehrt, weil das vor einigen Wochen gesendete Hinrichtungsvideo gefälscht war. Und … hier ist die Übertragung …«

Meine Hände liegen auf der Lehne von Claires Stuhl, und die Finger verkrampfen sich, als das übertragene Bild scharf wird.

Melanie Keating, meine Tochter, mit müdem Gesicht und aufgesetzter Brille, ein schwarzes Gewand, das ihr krauses Haar nicht ganz bändigen kann, um Kopf und Schultern. Das Livevideo ist körnig und nicht so scharf wie das vorige, das ich im Hotel Saunders in Virginia gesehen habe.

In den schmutzigen Händen hält sie eine Zeitung, die sich in ihrem zitternden Griff deutlich bewegt.

»Oh«, kann ich nur sagen.

Innerlich juble ich jedoch: Sie lebt, sie lebt, keine Vermutungen mehr, da ist sie, sie lebt!

Die ruhige, heitere Stimme Asim al-Aschids wird hörbar, als er das Video kommentiert. »Ah, guten Tag, Matt Keating«, sagt er. »Wie Sie sehen, habe ich sehr gute Nachrichten für Sie. Mel Keating ist gesund und munter.«

Claire sagt: »Matt, die Zeitung ist die heutige Ausgabe der *Daily News Egypt* aus Kairo.«

Asim gestattet sich ein höhnisches Lächeln. »Ich habe Sie reingelegt, nicht wahr? Wie der Westen mein Volk ständig reingelegt hat – vom Sykes-Picot-Abkommen in eurem Ersten Weltkrieg, das euch nicht gehörendes Land zwischen Briten und Franzosen aufgeteilt hat, über die Erklärung Balfours, die den Zionisten gestattete, die Araber aus ihrer Heimat zu vertreiben, bis zu Ihrem sogenannten Krieg gegen den Terror mit Invasionen wegen nur in Ihrer Einbildung existierenden Massenvernichtungswaffen.«

Ich höre, was Asim sagt, aber ich habe nur Augen für Mel, sehe sie in die Kamera blicken und errate, dass sie darum kämpft, ruhig zu bleiben. Die Zeitung in ihren Händen zittert weiter leicht.

Asim fährt fort: »Also habe ich Sie belogen. Ich habe Ihre Frau und Sie einige Wochen lang in Trauer leben lassen … nur um Ihnen einen kleinen Geschmack davon zu geben, wie ich leide, seit Sie, Matt Keating, meine Frau und meine Töchter ermordet haben. Aber nun ist Schluss mit den Lügen. Jetzt ist's Zeit für die Wahrheit, damit Sie erfahren, wie's weitergehen wird.«

Er macht eine Pause, dann sagt er mit klarer, fester Stimme: »Sie haben mir meine Familie geraubt. Dafür spricht das Gesetz mir eine Entschädigung zu, und diese Entschädigung besteht daraus, Matt Keating, dass Ihre Tochter jetzt meine ist.«

David flüstert: »Was zum Teufel?«

Asim sagt: »Als Entschädigung dafür, was Sie meiner Familie angetan haben, ist Ihre Tochter jetzt meine Tochter. Sie bekommt bald einen neuen Namen und bleibt ihr Leben lang bei mir, während ich sie als mein eigenes Kind betrachte. Und Sie müssen sich nun fragen: Haben Sie's immer noch so eilig, mich zu finden? Mich zu liquidieren? Mich mit Bomben oder Raketen anzugreifen? Überlegen Sie sich das gut, Matt Keating, denn falls Sie das tun, ist der von Ihnen so oft als Ausrede benutzte Kollateralschaden Ihre Tochter. Lassen Sie mich in Ruhe. Lassen Sie mich leben. Damit lassen Sie auch Ihre Tochter leben. *Ma'al-salāmah*, Matt Keating.«

Der Ton bricht ab, und ich sehe meine Tochter noch einige Sekunden lang, bevor der Bildschirm schwarz wird.

Alejandro murmelt: »Scheiße«, und dieses eine Wort erklärt alles.

Der Dreckskerl hat mich in eine äußerst schwierige Situation manövriert.

Ist Mel keine Geisel mehr, sondern seine sogenannte Tochter, wird Asim sie an seiner Seite haben: heute, morgen und jahrelang.

Für mich eine ständige Herausforderung, sie zu retten, ihn anzugreifen und Mel unmittelbar zu gefährden.

Verdammter Scheißkerl.

Ein Handy beginnt zu klingeln, und ich schreie: »Will denn keiner rangehen? Ich versuche hier nachzudenken.«

David sagt: »Matt, das ist Ihr Handy.«

Ich gehe zu meinen Sporttaschen hinüber, greife nach meinem Wegwerfhandy, stelle fest, dass die Anruferkennung ausgeschaltet ist, und sage: »Ja?«

»Matt?«, fragt eine aufgeregte Stimme.

»Ja«, sage ich und erkenne Danny Cohen vom Mossad. »Was gibt's, Danny?«

»Wir haben sie gefunden!«, sagt er freudig erregt. »Wir wissen, wo Mel ist. Todsicher.«

KAPITEL 106

NAFUSA-GEBIRGE, LIBYEN

Jiang Lijun vom chinesischen Ministerium für Staatssicherheit sitzt in einem kleinen Raum mit gemauerten Wänden und Betondecke auf einem Holzstuhl, an den er mit Armen und Beinen gefesselt ist. Ungefähr zwei Meter von ihm entfernt umrahmen zwei kleine vergitterte Fenster eine verriegelte Holztür. Der Fußboden besteht aus festgestampfter Erde.

Er sitzt stumm und still da, weil er nicht weiß, ob er von einer verdeckten Kamera überwacht wird. Er will niemandem dort draußen das Vergnügen bereiten, ihn zu beobachten, wie er mit seinen Ketten rasselt oder an ihnen zerrt.

Um sich davon abzulenken, dass dies zweifellos seine letzten Stunden auf Erden sein werden, erinnert er sich an Admiral Zheng He, der vor sechshundert Jahren mit riesigen Kriegs- und Handelsflotten, deren Dschunken den europäischen Schiffen der damaligen Zeit überlegen waren, weite Forschungsreisen unternahm. Im Zuge seiner Entdeckungsfahrten gehörte Zheng zu den ersten Chinesen, die Afrika erreichten und erforschten.

Natürlich nicht diesen Teil Afrikas, aber wenn die damaligen Herrscher im 15. Jahrhundert auf Admiral Zhengs Reisen – Vorläufer der heutigen Neuen Seidenstraße – aufgebaut hätten … oh, dann hätte die Geschichte einen anderen Verlauf genommen.

Die Tür wird aufgesperrt und geöffnet, dann tritt Asim al-Aschid lächelnd ein. Draußen stehen zwei seiner Kämpfer, die Jiang anglotzen, als hätten sie noch nie einen Chinesen gesehen.

»Lijun«, sagt Asim, »ich bewundere Ihre Entschlossenheit und Ausdauer, mit der Sie trotz aller Widrigkeiten diesen weiten Weg zurückgelegt haben, um mit mir zu sprechen.«

Jiang sagt: »Das ist mein Job.«

»Oh? Und war es auch Ihr Job, eine Bande von Killern mitzubringen, um mich und meine Leute anzugreifen?«

»Sie wissen, wie gefährlich dieses Gebiet ist«, sagt Jiang vorsichtig. »Ich wollte im Rahmen meiner Möglichkeiten nur vorbereitet sein. Ein Angriff ist nicht einmal in Erwägung gezogen worden.«

Asim lächelt. »Bestimmt nicht.« Als er sich umdreht und einen Befehl blafft, wird ein Klappstuhl aus Metall hereingebracht, auf den er sich setzt. »Nun, da sind wir also. Bei unserem letzten Gespräch in Amerika haben Sie meine Taten bewundert und mir versichert, Sie seien bereit, mich zu unterstützen. Gilt dieses Angebot noch immer? Wollen Sie mir noch immer helfen?«

»Die Umstände haben sich geändert«, sagt Jiang. »Und damit auch mein Angebot an Sie.«

»Aha«, sagt Asim. »Sonst noch was?«

Jiang sagt: »Dass ich hier bin, beweist glasklar, dass Sie aufgespürt werden können. Wenn die Amerikaner glauben, dass Mel Keating lebt …«

»Das tun sie jetzt«, unterbricht Asim ihn. »Ich habe gerade in einer Livesendung demonstriert, dass sie lebt. Und danke für Ihre Warnung. Ich bin allerdings nicht mehr sehr lange in diesen Bergen. Bitte weiter.«

»Wissen die Amerikaner, dass sie lebt«, sagt Jiang, »hören sie nicht auf, sie zu suchen und Ihnen nach dem Leben zu trachten. Übergeben Sie sie mir, dann bringe ich sie in die Obhut der Amerikaner zurück. Meine Regierung zahlt Ihnen eine großzügige Belohnung und erfüllt Ihnen jeden Wunsch, jedes Bedürfnis, das Sie haben. Übergeben Sie die Präsidententochter mir.«

Asim scheint darüber nachzudenken, aber Jiang lässt sich nicht täuschen. In diesen dunkelbraunen Augen liegt ein spöttischer Ausdruck.

»Ah, ja, Sie und Ihr merkantiles Land, immer bereit, zu feilschen, zu handeln, Gewinn zu machen«, sagt Asim. »Das meinen Sie doch, wenn Sie von *Belohnung* sprechen, nicht wahr? Geld, viel Geld. Sichere Umsiedlung in ein anderes Land. Ein komfortables Leben ohne Arbeitszwang, ohne Geldsorgen. Dafür brauche ich Ihnen nur diese junge Frau zu übergeben.«

Asim steht rasch auf, klappt seinen Stuhl zusammen. »Aber es gibt Menschen auf der Welt, mein Freund, die weder Reichtum noch Luxus brauchen. Die sich nur Gott verantwortlich fühlen. Ich werde Ihnen später noch demonstrieren, was ich damit meine. Und dann werden Sie unversehrt freigelassen, damit Sie heimkehren und Ihren Herren berichten können, dass Sie endlich einem Mann begegnet sind, der sich nicht dazu verführen oder bestechen lässt, gegen seine Überzeugungen zu handeln.«

Asim geht hinaus. Hinter ihm wird die Tür geschlossen und abgesperrt.

Jiang seufzt. Vorläufig lebt er noch, aber er bezweifelt, dass Asim die Wahrheit sagt.

Wozu sollte Asim ihn freilassen.

Er ist allein.

Aber er bleibt nicht lange allein.

Nur wenige Minuten später wird die Tür erneut aufgesperrt. Diesmal kommt Asims Cousin Faraj herein. In seiner rechten Hand hält er eine kakifarbene Tasche, die er auf den Fußboden stellt.

Er schließt die Tür hinter sich und sagt: »Sie haben meinem Cousin ein Angebot gemacht. Wiederholen Sie's für mich.«

»Mel Keating wird unversehrt in meine Obhut übergeben, und er wird großzügig belohnt.«

»Details«, verlangt Faraj. »Ich will Details hören.«

Jiang sagt: »Zwanzig Millionen Euro auf jedes beliebige Nummernkonto, das er hat oder noch einrichten wird. Sichere Beförderung an jeden Punkt der Welt mit freier Unterkunft am Zielort. Eine neue Identität, damit die amerikanischen, britischen und israelischen Geheimdienste ihn niemals aufspüren können.«

Faraj nickt. »Gilt dieser Deal nur für Asim oder auch für andere?«

Jiang ist angenehm überrascht. »Für jeden, der mir Mel Keating übergibt und uns sicher nach Tripolis bringt.«

»Dann mache ich's«, sagt Faraj. »Nicht mein Cousin. Ich hab keinen Bock mehr auf den Dschihad, auf schlechtes Essen, in Höhlen schlafen und ständig Angst haben müssen, dass eine Drohne eine Lenkwaffe auf mich abschießt. Sie und ich, wir schließen diesen Deal.«

Faszinierend, aber Jiang weiß natürlich nicht, ob er reingelegt werden soll. Gibt es wirklich ein Zerwürfnis zwischen diesen beiden Cousins, die gemeinsam schon so viel Blut vergossen haben? Oder ist etwas anderes geplant?

Soll Faraj ihm eine Falle stellen?

Lieber vorsichtig taktieren.

Jiang sagt: »Ich weiß nicht, ob ich Ihnen trauen kann. Und ich weiß nicht, ob es sich richtig anfühlt, Asim zu hintergehen.«

Faraj durchquert den Raum und geht in die Hocke, um auf Augenhöhe mit Jiang zu sein.

»Sie kooperieren mit mir, Sie bezahlen mich, sonst erzähle ich Asim, dass *Sie* vor drei Jahren seine Familie ermordet haben«, sagt er. »Und nicht die Amerikaner.«

Jiang sitzt wie erstarrt da, bringt kein Wort heraus.

»Na, wie fühlen Sie sich jetzt?«, fragt Faraj.

KAPITEL 107

LUFTWAFFENSTÜTZPUNKT SFAX-THYNA, TUNESIEN

Zu dem ehemaligen Mossad-Direktor sage ich: »Danny, erzählen Sie mir bitte mehr. Was haben Sie für mich?«

»Dieses Video von Mel war eine Liveübertragung«, sagt er triumphierend. »Keine Aufzeichnung, Matt. Unsere Einheit 8200 konnte nachverfolgen, wie ein Sympathisant in Katar die Aufnahmen erhalten und an einen anderen Sympathisanten mit Verbindungen zu Al Jazeera weitergeleitet hat. Aber vor allem hat sie exakt feststellen können, woher die Aufnahmen stammen.«

Die israelische Einheit 8200. Ihr Gegenstück zu unserer National Security Agency, alles Vollprofis, wenn es um elektronische Aufklärung, Codes und Entschlüsselungen geht. Als ich nach meiner Amtseinführung eine ausführliche Einweisung in die Brennpunkte und Krisenherde dieser Welt erhalten habe, ist mir erklärt worden, die Einheit 8200 sei so gut wie unsere NSA, auf manchen Gebieten sogar besser.

»Danny, woher ist sie gekommen?«

»Aus Libyen, aus den Nafusa-Bergen«, sagt er mit klarer Stimme. »Die Koordinaten lauten wie folgt: einunddreißig Grad, vierundfünfzig Minuten, sechsunddreißig Komma achtundsiebzig Sekunden Nord und elf Grad, neunzehn Minuten, drei Komma sechsundsechzig Sekunden Ost.«

Ich habe hastig mitgeschrieben und sage jetzt: »Ich wiederhole, Danny: einunddreißig Grad, vierundfünfzig Minuten, sechsunddreißig Komma achtundsiebzig Sekunden Nord und elf Grad, neunzehn Minuten, drei Komma sechsundsechzig Sekunden Ost.«

Danny sagt: »Perfekt. Dort ist sie, Matt. Viel Erfolg!«

Als ich das Gespräch beende, sehe ich, dass Chief Nick Zeppos und ein weiterer Mann in den kleinen Werkstatthangar gekommen sind.

»Matt«, sagt Nick. »Das hier ist Hauptmann Jussuf Zbidi, ein Black-Hawk-Pilot der tunesischen Groupe des Forces Spéciales. Letztes Jahr hatte ich … die Ehre, bei einer gemeinsamen Übung mit ihm zusammenzuarbeiten.«

Ich gebe den Zettel mit den Koordinaten rasch an Claire weiter, dann komme ich zu Nick und dem tunesischen Offizier zurück.

»Hauptmann Zbidi«, sage ich.

Der Pilot trägt einen Nomex-Overall und ist ein muskulöser Mann mit schwarzem Schnauzer und dunklem Teint. Sein anfangs skeptischer Gesichtsausdruck hat sich rasch aufgehellt. Nick sagt: »Ich habe mit Joe gesprochen – das war unser Spitzname für ihn – und ihm erklärt, was wir vorhaben. Er hat mir natürlich nicht geglaubt, aber ich habe ihn dazu überredet, wenigstens mitzukommen und sich hier umzusehen.«

In diesem Augenblick fällt mir auf, dass Nick eine Hautabschürfung unter dem linken Auge und der tunesische Pilot eine leicht geschwollene rechte Wange hat.

Klasse Überzeugungsarbeit.

»Hauptmann Zbidi«, sage ich, »Sie wissen, was wir vorhaben. Können Sie uns helfen?«

Zbidi nickt, dann sagt er: »Ich will nur eine Sache. Bekomme ich die, ist alles okay.«

Der erschöpfte, überanstrengte und zynische Teil meines Ichs fragt sich, worauf der Pilot es abgesehen haben mag – Geld, Staatsbürgerschaft, Goldbarren –, und ich gebe die einzige Antwort, die ich geben kann.

»Natürlich«, sage ich. »Worum geht's denn?«

Er tritt einen Schritt vor, lächelt schwach und sagt: »Ich bitte mir die Ehre aus, dem amerikanischen Präsidenten die Hand schütteln zu dürfen.«

Ich drücke seine ausgestreckte Hand. Er grinst Nick und mich an und sagt: »Für die Rettung Ihrer Tochter, Sir, stehe ich Ihnen mit meinem Heli und meiner Besatzung zur Verfügung.«

Vor ein paar Minuten war ich so deprimiert und hundemüde, dass ich kaum den Arsch hochkriegen konnte, aber damit ist Schluss. Ich fühle mich erfrischt, bin voll neuer Energie, und dann sagt Claire: »Ich hab's! Gleich hier!«

Als ich zu ihr hinübergehen will, klingelt mein Wegwerfhandy wieder. Ich bin versucht, das Klingeln zu ignorieren, aber weil nur sehr wenige Leute diese Nummer kennen, melde ich mich doch.

»Keating«, sage ich.

Eine weitere vertraute Stimme antwortet. »Matt? Geht's Ihnen gut? Können Sie reden?«

Das ist Ahmad bin Najef, früher stellvertretender Direktor des saudischen Geheimdiensts. »Natürlich, Ahmad«, sage ich. »Was gibt's?«

Dann kommt es mir wie Weihnachten im Juni vor, denn er sagt: »Wir haben sie! Wir wissen, wo Mel ist.«

Mir wird vor Erleichterung fast schwindlig. Noch vor wenigen Minuten hatte ich keine Ahnung, wo mein Mädchen gefangen gehalten wird, und jetzt bestätigen zwei der besten Geheimdienste des Nahen Ostens im letzten Augenblick ihren Aufenthaltsort.

Zwei Quellen, die ihn bestätigen.

Besser können Aufklärungsergebnisse gar nicht sein.

»In den libyschen Nafusa-Bergen?«

»Richtig! Es gibt einen Kurier, der Asims Cousin Faraj regelmäßig Medikamente bringt. Von uns Beauftragte haben ihn auf dem Rückweg abgefangen. Er ist … verhört worden und hat die Position preisgegeben. Seiner Aussage nach wird dort eine sehr wichtige Gefangene festgehalten, eine junge Frau, die Tochter eines amerikanischen Expräsidenten. Matt, das freut mich für Sie!«

»Herzlichen Dank, Ahmad«, sage ich heiser. »Samantha und ich sind Ihnen zu ewigem Dank verpflichtet.«

»Brauchen Sie sonst noch Hilfe?«, fragt er. »Ich denke, ich könnte

Ihnen in spätestens vierundzwanzig Stunden ein Agententeam schicken.«

Ich sage: »So lange können wir nicht warten, Ahmad, aber trotzdem vielen Dank. Wir schlagen heute Nacht zu.«

»Dann *adhhab mae allah*, mein Freund«, sagt er. »Hier noch die Koordinaten. Sie wird von ungefähr fünfundzwanzig Kämpfern bewacht, seien Sie also vorsichtig.«

Ahmad diktiert mir langsam und deutlich die Koordinaten, und ich notiere sie mir auf einem Zettel und ...

Irgendwas stimmt hier ganz und gar nicht.

»Bitte noch mal, Ahmad?«

»Klar doch.«

Er diktiert mir die Koordinaten, die ich mir erneut aufschreibe. Mit dem Handy in der Hand gehe ich zu Claire hinüber und lege ihr den Zettel hin.

»Claire, der saudische Geheimdienst sagt, dass Mel hier gefangen gehalten wird. Geben Sie die Koordinaten gleich ein, ja?«

»Wird gemacht«, sagt sie und lässt die Tastatur klappern. Inzwischen bilden wir alle – auch der tunesische Pilot – einen schweigenden Halbkreis hinter ihr.

Auf ihrem Bildschirm hat sie eine topografische Karte der rauen, zerklüfteten Nafusa-Berge. Als sie die Koordinaten eingibt, erscheint ein rot blinkendes Dreieck.

Obwohl ich nichts von elektronischen Landkarten verstehe, sehe ich doch, dass es ein weiteres rot blinkendes Dreieck gibt.

»Claire?«, frage ich.

Sie dreht sich um, sieht zu mir auf.

»Sorry, Matt«, sagt sie, »aber die Koordinaten stimmen nicht überein. Die Israelis nennen eine Position, die Saudis eine andere. Ungefähr zwanzig Kilometer auseinander.«

KAPITEL 108

NAFUSA-GEBIRGE, LIBYEN

Jiang Lijun bleibt stumm und still sitzen, wagt kein Wort zu sprechen oder sonst irgendwas zu tun, das Farajs Aufmerksamkeit noch mehr auf ihn lenken könnte. Aber dann steht Asims Cousin auf und sagt: »Wir müssen zusehen, dass wir weiterkommen. Setzen wir einfach voraus, dass Sie ungefähr zehn Minuten lang alles geleugnet haben, was ich gesagt habe. Nun bin ich dran.«

Faraj bückt sich nach der mitgebrachten Tasche, zieht den Reißverschluss auf. »Vor drei Jahren ist Asims Familie umgekommen, als SEALs ihr kleines Dorf überfallen haben. Daran erinnern Sie sich bestimmt – schließlich haben Sie zum Zeitpunkt des Überfalls Ihrer Botschaft in Tripolis angehört.«

Er hält kurz inne und sagt: »Schrecklich, nicht wahr? Eine Frau und ihre drei unschuldigen Kinder durch eine Explosion getötet. Die Nachricht ist um die Welt gegangen, und Matt Keating hat sich im Fernsehen für das vermurkste Unternehmen entschuldigt.«

Er macht eine Pause. »Aber was wäre, wenn's nicht die Amerikaner gewesen wären?«

Jiang sagt endlich: »Ich weiß nicht, wovon Sie reden.«

Faraj lacht. »Beleidigen Sie mich bitte nicht, mein Lieber. Lassen Sie mich ausreden, dann können Sie mich beleidigen. Nach dem Überfall, als die Toten längst begraben waren, ist mir die Sache nicht mehr aus dem Kopf gegangen. Ich habe mit Überlebenden gesprochen, die alle das Gleiche erzählt haben: Die Amerikaner sind gekommen, es ist zu einer Schießerei gekommen, aber bevor sie das Haus von Asims Familie erreicht haben, ist es explodiert.«

Jiang sagt: »Bestimmt durch eine Hellfire-Rakete.«

»Oh nein, das glaube ich nicht«, sagt Faraj. »Wozu sollten die Amerikaner eine Hellfire einsetzen, wenn so viele ihrer Soldaten in der Nähe waren? Und sie unnötiger Gefahr aussetzen? Und als ich später mit einem guten Freund, den wir den ›Ingenieur‹ nennen, Nachforschungen betrieben habe, hat sich herausgestellt, dass die Explosion sich *im* Gebäude ereignet hat. Nicht außerhalb. Von außen war das gut zu sehen.«

Jiang sagt weiter kein Wort, denn er fürchtet, seine Stimme könnte zittern.

Faraj zieht den Reißverschluss ganz auf. »Der Ingenieur … er ist Fachmann für alles Elektronische und Sprengstoffe, ein Absolvent der American University of Beirut. Eine Ironie des Schicksals, nicht wahr? Er hat mir erklärt, eine Detonation im Inneren eines Hauses sei günstiger, weil dann noch eher wichtige Hinweise und Beweismittel zu finden seien. Und er hatte recht.«

Jiang ist angstvoll auf Farajs mitgebrachte Tasche fixiert. Was kann er darin haben? Eine Lötlampe? Eine Heckenschere? Scharfe Messer?

»Sie hätten ihn bei der Arbeit sehen sollen«, sagt Faraj. »Sehr methodisch, sehr langsam, aber nach zweitägiger Suche hat er etwas gefunden. Einen elektronischen Zünder in einem Stapel 82-mm-Mörsergranaten, die vorübergehend in dem Haus gelagert waren. Granaten, die Asim von … Ihnen geliefert bekommen hatte. Und die Zündung konnte durch einen Handyanruf erfolgen.«

Faraj greift in die Tasche, zieht einen, dann zwei Gegenstände heraus …

Getränkedosen?

Jiang macht große Augen, als er das vertraute blau-weiße Logo mit dem Kletterer und den chinesischen Schriftzeichen sieht.

Snow Beer.

»Wie …?«, fragt Jiang.

Faraj reißt eine Dose auf, tritt an Jiang heran und hält sie ihm an die Lippen, damit Jiang einen großen erfrischenden Schluck von dem kalten Bier nehmen kann. Faraj tritt zurück, reißt die zweite Dose auf und nimmt ebenfalls einen großen Schluck.

Faraj sagt: »Für meinen Cousin gibt es nur Allah, den Dschihad und Rache. Ich dagegen weiß den technischen Fortschritt zu schätzen, den der Westen uns gebracht hat. Wie dies hier.« Er stößt die Tasche leicht mit dem Fuß an. »Eine batteriebetriebene Kühltasche. Genial, was? Wie der Zünder, den Sie zwischen den Granaten versteckt hatten.«

Jiang sagt: »Danke für das Bier. Es war sehr erfrischend.«

Faraj lacht. »Sie kann wohl nichts erschüttern, was? Kein Wunder, dass Sie ein so guter Geheimdienstler sind. Sie würden vermutlich weiter alles leugnen, selbst wenn ich Sie kastrieren würde. Aber das passt alles zusammen … Sie haben Asim viele Jahre lang geführt, aber irgendwann kommt der Tag, an dem ein Agent lästig, eine Belastung wird. Er muss aus dem Verkehr gezogen werden. In der bewussten Nacht vor drei Jahren müssen Sie irgendwie erfahren haben, dass die Amerikaner Asim überfallen wollten. Und Sie haben erkannt, mein kluger Freund, dass ein Anruf Ihren Agenten erledigen und die Amerikaner töten oder demütigen würde. Eine *Win-win*-Situation, wie sie sagen.«

»Das ist eine gute Story, Faraj«, sagt Jiang.

Faraj tritt näher und bietet ihm nochmals die Bierdose an. Jiang erinnert sich an die Trinkwettbewerbe, die er an der Columbia University erdulden musste, und trinkt mit großen Schlucken.

Als die Dose leer ist, tritt Faraj zurück und sagt: »Aber Asim hat überlebt. Seine Familie ist umgekommen. Und Sie haben vermutlich bewirkt, dass Matt Keating nicht wiedergewählt wurde. Insgesamt kein schlechter Tausch, hab ich recht? Aber kommen wir jetzt zu dem heutigen Deal. Später werde ich Gelegenheit haben, Asim umzulegen. Sobald das passiert ist, veranlassen Sie, dass ich das Geld, eine neue Identität und ein neues Heim bekomme. Im Gegenzug bekommen Sie die Amerikanerin.«

»Aber das alles dauert seine Zeit«, wendet Jiang ein.

Faraj trinkt sein Bier aus. »Ich habe alle Zeit der Welt. Aber denken Sie daran: Sie nicht.«

»Was?«

Faraj stellt die leeren Dosen in die Kühltasche, zieht den Reißverschluss zu und richtet sich auf. »Betrügen Sie mich irgendwie, erfahren Asims Freunde und Verwandten, was Sie getan haben. Dann überleben Sie die Woche nicht.«

KAPITEL 109

NAFUSA-GEBIRGE, LIBYEN

Mel Keating sitzt auf dem Boden ihrer Zelle, hat die Beine angezogen und umschlingt ihre Knie mit den Armen. Sie überlegt und beobachtet, und ihr gefällt verdammt noch mal nicht, was sie sieht.

Oder nicht sieht.

Der kleine Raum wird durch eine Glühbirne an einem schwarzen Kabel erhellt, das durch eine Bohrung im Türrahmen geführt wird. Die Einrichtung besteht aus einem Wandregal mit Wasserflaschen und Keksen und Obstsnacks und …

Das ist alles.

Kein Klo.

Und noch wichtiger:

kein Bett.

Was bedeutet, dass Asim nicht vorhat, sie längere Zeit hier einzusperren.

Aber er hat gesagt, sie sei »auf ewig« sein.

Das lässt sich auf verschiedene Art, aber immer unerfreulich interpretieren.

Mel hat Mühe, sich aufzurappeln, weil ihr verdammter Knöchel weiter schmerzhaft pocht. Sie hat Tränen in den Augen, aber nicht nur wegen der Schmerzen.

Gefangen.

O Gott, sie ist so gefangen.

Sobald sie steht, tritt sie an das Regal, trinkt etwas Wasser, isst ein paar Kekse und versucht die Obstsnacks. Einer davon scheint aus Kirschen zu bestehen, deren roter Saft ihr über die Finger läuft.

Interessant.

Sie lässt den Kirschsaft an ihren Fingern und spielt eine Weile damit, bevor sie ihn ableckt und noch einen Schluck Wasser trinkt.

Mel atmet tief durch und bemüht sich, das Zittern in ihren Armen und Beinen zu unterdrücken, weil sie weiß, dass niemand kommen wird, um sie zu retten. Mom und Dad halten sie für tot. Asim ist ein mordlüsterner Terrorist, aber in einem Punkt hat er recht: Sie ist auf sich allein gestellt.

Es wird Zeit, von hier zu verschwinden.

Aber wie?

Sie macht einen Rundgang durch den kleinen Raum, streift mit den Fingern die nackten Wände, begutachtet sie und überlegt und …

Aussichtslos.

Der einzige Fluchtweg führt durch die massive Holztür.

Klar, denkt sie, ich breche durch die Tür, überwältige die bewaffneten Posten und hinke dann in die Freiheit.

Sie tritt mit dem linken Fuß gegen die Tür, hämmert mit den Fäusten dagegen und schreit: »Hey, hey, hey!«

Mel tritt zurück. Klasse, jetzt tun ihr beide Füße weh.

Warte!

Augenblick!

Die Tür wird aufgesperrt.

Sie öffnet sich nach innen, und draußen stehen zwei Bewaffnete, die Mel anstarren, beide neunzehn oder zwanzig, mit schütteren Bärten, in weißen Hosen und mit braunen Westen über dunkelblauen Hemden. Der vordere Mann trägt sein AK-47 an einem Lederriemen über der Schulter, aber sein zwei Meter hinter ihm stehender Kamerad zielt mit seinem Sturmgewehr auf Mel. Hinter den beiden liegt der breite Gang zum Haupttor. In den Boxen der ehemaligen Stallung sind Lebensmittel, Wasserflaschen, Munition und Waffen gestapelt.

»Yes?«, fragt der vordere Mann.

Mel überlegt rasch, dann sagt sie: »Ihr wisst, wer ich bin, richtig? Die Tochter des früheren Präsidenten. Lasst ihr mich frei, zahlt er euch mehr, verdammt viel mehr als euren Lohn.«

Der Mann dreht sich zu seinem Kameraden um, lacht und sagt dann zu ihr: »Yes?«

»Richtig!«, sagt Mel. »Mein Dad sorgt dafür, dass ihr nach Amerika kommen dürft – mitsamt euren Familien. Ein neues Leben anfangen. Sorgenfrei und sicher. Und er zahlt euch, was ihr verlangt. Dafür garantiere ich. Holt mich bloß hier raus.«

»Yes, yes«, sagt er, und Mel denkt: Echt jetzt? Klappt das so einfach?

Er tritt einen Schritt vor, nimmt sein AK-47 von der Schulter, stößt Mel mit der Gewehrmündung an, lacht nochmals, tritt zurück, zieht die Tür zu und sperrt sie ab.

Nein, denkt sie, als sie sich mit Tränen in den Augen abwendet, so einfach klappt's nicht.

Sie sieht sich erneut in ihrer Zelle um. Kein Bett, keine Toilette.

Mit einem eisigen Gefühl im Magen weiß Mel, dass »ewig« für sie sehr bald eintreten wird.

KAPITEL 110

LUFTWAFFENSTÜTZPUNKT SFAX-THYNA, TUNESIEN

Wieder am Telefon sage ich: »Ahmad, irgendwas stimmt hier nicht. Wissen Sie sicher, dass das die richtigen Koordinaten sind?«

»Todsicher, Matt«, sagt er. »Ich war bei der Vernehmung dabei, und wir haben die Angaben des Kuriers durch Auswertung von Satellitenaufnahmen verifiziert. Das sind die Koordinaten.«

»Aber hat er Mel gesehen?«

»Nein. Er hat nur von ihr erzählen gehört. Dass im Lager ein sehr wichtiges Mädchen – die Tochter eines Expräsidenten – gefangen gehalten wird. Matt, was ist nicht in Ordnung?«

Ich reibe mir die Stirn und starre Claires Bildschirm mit den verfluchten rot blinkenden Dreiecken an, die so weit voneinander entfernt sind.

»Nicht in Ordnung ist, dass der Mossad mir erzählt, dass sie an einem anderen Ort in den Nafusa-Bergen gefangen gehalten wird – ungefähr zwanzig Kilometer entfernt«, sage ich. »Das letzte von Asim verbreitete Video war ein Livestream. Die Israelis konnten feststellen, woher es gekommen ist. Der Ort stimmt nicht mit dem von dem Kurier genannten überein.«

Ahmad seufzt. »Der ewige Kampf, nicht wahr? Aufklärung durch Menschen gegen elektronische Aufklärung.«

»Könnten Sie noch mal mit dem Kurier reden? Nur um ganz sicherzugehen?«

Sekundenlanges Zögern. »Das kann ich leider nicht, Matt. Der Kurier ist … nicht länger verfügbar.«

Mit diesem Satz hat Ahmad mir mitgeteilt, dass der Kurier tot ist. Beim Verhör gestorben, auf der Flucht erschossen oder von einem Konkurrenten Ahmads und Anhänger Asims entführt und umgebracht, bevor er mehr aussagen konnte.

»Ich verstehe«, sage ich. »Haben Sie sonst noch etwas für mich?«

»Leider nicht, Matt«, sagt Ahmad. »Sorry.«

Am anderen Ende wird aufgelegt.

Um mich herum herrscht Schweigen, alle beobachten mich, während ich die sprichwörtliche Leben-oder-Tod-Entscheidung zu treffen versuche. Im Gegensatz zu eigennützigen Berichten von Mitarbeitern des Weißen Hauses oder der Darstellung in beliebten Filmen trifft man als Präsident nicht allzu viele Entscheidungen, bei denen es um Leben oder Tod geht. Tatsächlich sind die meisten Entscheidungen schon gefallen, wenn man eine Vorlage auf den Schreibtisch bekommt. Sie werden in Arbeitsgruppen, Kabinettssitzungen oder Briefings auf dem Capitol Hill getroffen und sind fast nur noch eine Formsache, wenn sie im Oval Office anlangen.

Aber nicht jetzt.

Die beiden blinkenden Dreiecke scheinen mich höhnisch anzugrinsen.

»Sir …«, beginnt Nick, dann verstummt er wieder.

Ich weiß, was er denkt, was sie alle denken. Uns fehlen die Mittel für zwei Einsätze in einer Nacht.

Wir können nur ein Ziel angreifen.

Aber welches?

Ahmad hat recht. Aufklärung durch Menschen gegen elektronische Aufklärung. HUMINT gegen SIGINT. Links oder rechts. Kopf oder Zahl.

Wohin soll's gehen?

Das muss ich entscheiden.

Auf meinen Schultern.

Die Last des Befehlens.

»Claire«, sage ich. »Zeigen Sie mir noch mal das Video mit Mel, aber bitte ohne Ton.«

Ihre Finger lassen die Tastatur klappern. Dann läuft das Video erneut, und ich starre Mels trauriges Gesicht an, ihre schmutzigen Finger, die eine ägyptische Zeitung von heute hochhalten, ihr Blick sichtbar erschöpft, die Augen hinter ihrer Brille müde, das Bild körnig.

Eine alte Erinnerung steigt in mir auf.

Nachdem mein Vater im Golf von Mexiko ertrunken war, beschlossen seine beiden Brüder – meine Onkel –, meiner Mom zu helfen, mich aufzuziehen, was darauf hinauslief, dass ich auf die Jagd mitgenommen wurde, frühzeitig Bier trank und pokern lernte. Wie man mischt und gibt, wie man Einsätze macht und vor allem, wie man sein Gegenüber richtig einschätzt. Wie man spürt, ob der oder die andere blufft. Alles lief auf ein untrügliches Zeichen hinaus …

Die Augen, Kumpel. Du musst immer auf die Augen achten. Sind sie eiskalt, blufft der andere nicht. Blinzelt er jedoch, ist sein Blick unstet, hat er nichts in der Hand.

Die Augen.

Mels Blick ist freimütig und offen, und trotz der schlechten Bildqualität wird mir plötzlich alles klar.

»Das ist nicht Mel«, schreie ich fast. »Das ist nicht meine Tochter!«

Die anderen murmeln überrascht, und ich fordere David auf: »Schauen Sie hin. Sagen Sie mir, was Sie sehen.«

Secret-Service-Agent David Stahl, der Mel seit über vier Jahren nicht von der Seite gewichen ist, tritt vor, beugt sich über Claire und starrt den Bildschirm an. Ich würde ihm liebend gern sagen, was mir aufgefallen ist, aber ich muss den Mund halten.

Er soll sie sich unvoreingenommen ansehen.

David richtet sich auf. »Matt, Sie haben recht. Das ist nicht Mel. Die Augen …«

Den anderen erkläre ich: »Mel ist auf einem Auge kurzsichtig, beim anderen ist die Hornhaut verkrümmt. Wegen ihrer Brille wirkt das eine Auge größer, wenn man ihr ins Gesicht sieht.«

Ich tippe auf den Bildschirm. »Diese junge Frau … sie sieht wie Mel aus, aber sie ist's nicht.«

Von dem Wechselbad der Gefühle in den letzten paar Minuten ist mir fast schwindlig.

Ich sage: »Diese junge Frau hat keinen Sehfehler. Meine Tochter ist an dem anderen Ort. Und dort holen wir sie raus.«

KAPITEL 111

NAFUSA-GEBIRGE, LIBYEN

Mel Keating sitzt im Dunkeln, denn vor einiger Zeit hat sie die einzige Glühbirne in ihrer Zelle halb herausgedreht, aber noch in der Fassung gelassen. Mit ihrer Brille in der Hand zwingt sie sich dazu, sich zu entspannen, zu horchen, nachzudenken und still zu sein.

Dad hat mal gesagt: *Fühlst du dich gefangen und hilflos, atmest du am besten tief durch und siehst dir alles unvoreingenommen an. Du wirst dich wundern, was alles in den Blick gerät.*

Ihr kommen die Tränen.

Dad, ich tue mein Bestes, ehrlich, denkt sie. Aber ich bin gefangen und hab Angst und weiß, was mir heute Nacht droht. Kein Täuschungsmanöver mehr.

Hilf mir bitte.

Etwas kitzelt in ihrem Genick.

Mel schreit auf, schlägt danach, setzt ihre Brille wieder auf.

Spinnen.

Käfer.

Skorpione.

Was zum Teufel war das?

Sie tastet im Dunkeln nach der Glühbirne – *Gott, wenn dort eine Ratte lauert, die mich in den Finger beißt?* –, dreht sie wieder hinein und atmet erleichtert auf, als es wieder hell wird.

Was zum Teufel war das in ihrem Nacken?

Auf dem Fußboden ist nichts zu sehen.

Sie hebt den Kopf, sieht aber kein Insekt fliegen.

Trotzdem hat sie etwas im Nacken gespürt. Das könnte sie beschwören.

Am liebsten möchte Mel stehen bleiben, aber sie zwingt sich dazu, an die vorige Stelle zurückzugehen.

Sie setzt sich bei Licht und mit aufgesetzter Brille wieder hin und wartet.

Hinter der Tür sind die gedämpften Stimmen von Asims Männern zu hören, die den alten Stall ebenfalls als Unterkunft benutzen.

Dazwischen etwas Musik.

Leise Schussknalle, als probiere jemand ein Gewehr aus.

Mel erstarrt.

Etwas kitzelt sie leicht im Nacken.

Sie hebt langsam eine Hand, aber dort gibt es nichts zu ertasten.

Aber das Kitzeln ist weiter da.

Mel steht rasch auf, geht zu der Natursteinmauer hinter ihr. Sie leckt einen Finger an und hält ihn hoch und …

Ein schwacher Luftzug.

Eine leichte Brise.

Sand rieselt, als Mel in hektischer Eile den ersten Stein herauslöst. Die Steine hier sind locker, und sie gräbt und gräbt.

Noch mehr Sand.

Der Luftzug nimmt spürbar zu.

O Gott, bitte, denkt sie.

Mel geht zu dem Wandregal und räumt alles ab, um an ein Regalbrett heranzukommen. Sie stellt es schräg an die Mauer und tritt mit dem gesunden Fuß mehrmals darauf, bis es zersplittert.

Sie greift nach dem größten Stück, das eine scharfe Spitze hat, und macht sich wieder an die Arbeit.

Das anfängliche Rieseln von Sand und Steinen wird fast zu einem Strom. Hier muss früher eine Tür oder ein Schornstein gewesen sein, der notdürftig zugemauert wurde.

Mel schabt und kratzt mit dem Holz, macht die Öffnung immer größer.

Die Tür ihrer Zelle ist so massiv, dass bestimmt niemand etwas hören kann.

Gut.

Sie haut jetzt ab.

KAPITEL 112

LUFTWAFFENSTÜTZPUNKT SFAX-THYNA, TUNESIEN

Zu unserer NSA-Repräsentantin sage ich: »Claire, wir brauchen absolut alles, was Sie an Informationen über diesen Ort beschaffen können.«

»Schon dabei, Matt«, sagt sie, und ihre Finger fliegen über die Tastatur.

Unsere kleine Gruppe ist weiter hinter ihr versammelt, und als geflüstert wird, hebe ich eine Hand und sage: »Haltet die Klappe, verdammt noch mal! Claire arbeitet. Wir dürfen sie nicht stören.«

Danach herrscht Schweigen, während Claire leise Selbstgespräche führt und von einem Link zum anderen springt. Bis ich erkenne, was sie sich gerade ansieht, ist sie schon drei Links weiter unten.

»Hier«, sagt sie.

Hier ist eine Luftaufnahme von bergigem Gelände mit Felsblöcken, engen Schluchten und einem kleinen Hochplateau, das von einer Steilwand und Geröllfeldern begrenzt wird.

Keine Vegetation.

Auch keine Fahrzeuge.

Oder Gebäude.

»Claire, wie alt ist die Aufnahme, und wo stammt sie her?«, frage ich.

»Sorry, Matt«, sagt sie. »Zehn Jahre alt. Defense Mapping Agency. Besser geht's leider nicht.«

Ich sage: »Verdammt, dort draußen muss es mehr geben als nur das.«

Nick fragt: »Hast du …«

»Hast du eine bessere Idee?«, fragt sie scharf. »Hast du eine? Irgendjemand von euch? Soll ich meinen Platz für euch räumen?«

Scheiße, denke ich.

»Sorry, Claire«, sage ich hastig. »Sie sind hier die Expertin. Alle anderen treten ein paar Schritte zurück. Lasst sie in Ruhe arbeiten.«

Sie atmet frustriert geräuschvoll aus, arbeitet dann weiter, und ich sehe:

Codezeilen.

Karten von Nordafrika.

Orbitalelemente.

Noch mehr Codezeilen.

Claire sagt: »Brauche ein Satellitentelefon. Sofort!«

Nick verschwindet, kommt zurück und gibt ihr sein Satellitentelefon. Sie nimmt es, beißt sich nachdenklich auf die Unterlippe und beginnt zu wählen, während wir flüsternd miteinander reden.

»Jungs?«, sagt sie. »Ich liebe euch alle, aber haltet endlich die Schnauze, okay?«

Wir halten alle die Schnauze.

Am anderen Ende meldet sich offenbar jemand, denn Claire sagt ausdruckslos: »Anmeldung.«

Zwei, drei Sekunden später sagt sie: »Bravo, Oscar, Oscar, November, Echo. Eins, vier, neun, vier.«

Von draußen dringt der Lärm eines startenden Flugzeugs herein. Ich kann David neben mir atmen hören.

»Nebenstelle zwölf.«

Wieder einige Sekunden später ändert Claires Tonfall sich schlagartig. »Hey, Josh, wie geht's dir in deinem Berg in Cheyenne? Sehnsucht nach Tageslicht? Nein? Na ja, mit deinem Teint kriegst du 'nen Sonnenbrand, wenn du dir im Fernsehen einen Südseefilm ansiehst.«

Sie lacht.

Nick sieht zu mir hinüber. Ich winke ungeduldig ab, und er hält den Mund.

Claire sagt: »Hey, Josh. Brauche einen inoffiziellen Gefallen. Ich …«

Sie macht eine Pause.

»Josh«, sagt sie. »Josh, hör zu … muss ich dich daran erinnern, dass du mir einen Gefallen schuldest? Muss ich? Ohne mich hättest du bei Universal Conflict niemals Level zwölf geschafft …«

Sie wartet, reibt sich Stirn und Augen.

»Josh, lass mich nicht betteln … okay? Lass mich nicht …«

Warten.

Warten.

Mel, so verdammt nahe … so verdammt weit weg.

Claire setzt sich auf, sieht mich an, lächelt. »Josh, perfekt. Du bist ein Schatz … ehrlich. Okay, ich brauche einen vollständigen Überblick über folgenden Ort, alle Winkel, alle Spektren.«

Claire liest langsam die Koordinaten vor, die Ahmad bin Najef mir gegeben hat.

Sie wiederholt sie.

Wartet.

»Danke für die Wiederholung, Josh«, sagt sie. »Du hast einen Jason, der ein gutes Livebild übermitteln kann? Mehr brauche ich nicht.«

Wieder eine Pause.

»Klar, aber damit kommst du durch, das weiß ich. Der verdammte Satellit hat doch Stabilisierungsprobleme. Die Erprobungsphase läuft noch. Du sagst einfach, dass dieser Einsatz ein vorgezogener Test war, das genügt.«

Sie lacht wieder. »Woher ich das alles weiß? Hast du vergessen, dass ich bei der NSA bin? Okay, ich will dich arbeiten lassen … Bin dir einen großen Gefallen schuldig. Einen Riesengefallen.«

Claire beendet das Gespräch, gibt Nick das Telefon zurück und sitzt nach vorn gebeugt da. »Matt, ich glaube, ich muss kotzen … *Wow!*«

Sie setzt sich wieder auf, reibt sich die Augen und sagt: »Okay, sehen wir uns die Sache mal an.«

Ihr Bildschirm wird plötzlich schwarz.

Am oberen Rand erscheint eine Zeile mit grünen Zahlen und Buchstaben, dann …

Ein scharfes Luftbild von Bergen und Tälern und Graten in schwach grünlicher Beleuchtung. Ich habe ein seltsames Gefühl im Hinterkopf, als das Bild langsam zum oberen Rand hinaufgleitet. Als Präsident bekommt man oft aus erster Hand zu sehen, was unser Militär und die Geheimdienste leisten können, und dies ist ganz klar eine dieser Gelegenheiten. Man könnte glauben, wir schwebten fünfzehn bis zwanzig Meter über dem Erdboden.

Live.

Nachts.

»Häuser«, sagt Claire. »Da haben wir's! In den letzten zehn Jahren hat sich dort einiges verändert.«

Alejandro flüstert: »O Gott.«

Sechs unterschiedlich große Naturstein- oder Ziegelhäuser bilden einen Halbkreis. Auf der ebenen Fläche davor bewegen sich verschwommene weiße Flecken, im Süden scheint eine Felswand aufzuragen, und das Hochplateau erstreckt sich ein Stück weiter, bevor es abbricht.

»Personen«, sagt sie. »Und hier … eine Zufahrtsstraße von links. Also aus Westen.«

Diese Gestalten dort unten. Kann eine von ihnen Mel sein? Ich falte krampfhaft die Hände.

»Fahrzeuge«, sagt Claire. »Vier Pick-ups.«

Nick sagt: »Ich habe zwölf Personen gezählt.«

»Unten an der Straße«, sagt Alejandro. »Zwei Wachposten. Beiderseits.«

Ich frage: »Claire, du speicherst das, richtig?«

»Mh-hm«, sagt sie.

Ich betrachte die Gebäude, die in dieser Nachtaufnahme des Überwachungssatelliten schwach grünlich leuchten.

Sechs Gebäude.

Aber in welchem ist Mel?

Wir können eines der Häuser, vielleicht auch zwei stürmen, bevor wir uns zurückziehen müssen. Aber hat Asim einen Plan, Mel im Fall eines Angriffs heimlich fortzuschaffen? Oder zu erschießen, bevor sie gerettet werden kann? Haben wir genug Zeit, alle sechs Gebäude zu beobachten, um herauszukriegen, in welchem Mel ist?

Wo …

»Was ist das?«, frage ich.

Claire fragt: »Was?«

Ich beuge mich nach vorn, tippe leicht auf den Bildschirm.

»Das hier«, sage ich.

Claire minimiert die Liveübertragung und ruft das gespeicherte Video auf.

Spielt es ab, vergrößert es, macht es schärfer.

»Verdammt«, sagt David.

Von dem größten Gebäude am Fuß der Felswand ausgehend führt eine schwach erkennbare Linie in das mit Sand und kleinem Geröll bedeckte Hochplateau hinaus.

Und am Ende der Linie unmittelbar vor dem ins Haus führenden Tor ist eine Pfeilspitze in den Boden gekratzt.

Jemand hat einen Pfeil ins Geröll gezeichnet, der geradewegs auf das größte Gebäude zielt.

Wie mit einem Stock oder einem nachgezogenen Fuß.

Meine clevere Tochter.

Gut gemacht, Mel.

»Mel ist dort drinnen«, sage ich. »In diesem Haus. Es geht los, Leute!«

TEIL FÜNF

KAPITEL 113

DER ÜBERFALL

Nachdem wir unseren Einsatz gut eine Stunde lang besprochen und detailliert geplant haben, treten wir in die Nacht hinaus und marschieren übers Vorfeld zu dem tunesischen Black Hawk, dessen Rotoren sich bereits drehen. Unsere Ausrüstung und Bewaffnung ist ziemlich gleich, aber jeder von uns hat kleine Vorlieben und Eigenarten in Bezug auf seine persönliche Ausrüstung.

Was Waffen betrifft, habe ich ein 5,6-mm-Sturmgewehr Colt M4 mit Infrarotlaservisier, eine 9-mm-Pistole SIG Sauer P226 und Reservemagazine für beide Waffen in Gürteltaschen. Auf dem Kopf trage ich einen Gefechtshelm Level IIIA High Cut mit hochgeklapptem Nachtsichtgerät ATN PVS-14. Außerdem trage ich eine Schutzweste Point Blank Level III mit Taschen für alle möglichen Ausrüstungsgegenstände: Wasserflaschen, persönlicher Verbandskasten, QuikClot-Bandagen, die Blutungen rasch stoppen, Ersatzbatterien, ein Kampfmesser Ontario MOD Mark 3 und ein Gerber Multitool. In meinem kleinen Rucksack stecken weitere wichtige Gegenstände.

Eine merkwürdige Tatsache: Obwohl die Ausrüstung schwer und sperrig ist, setzt beim Anlegen mein Muskelgedächtnis ein, sodass ich die Last kaum spüre, als wir jetzt übers Vorfeld marschieren.

Ich habe das Gefühl, die ganze Nacht lang marschieren zu können.

Jeder von uns hat ein Handfunkgerät Motorola SRX 2200 mit voreingestellter Frequenz und Kopfhörer Peltor ComTac, damit wir am Boden miteinander reden können.

Als Rufzeichen verwenden wir heute Nacht nur unsere Vornamen, und unser Black-Hawk-Pilot ist Joe, wie die SEALs ihn getauft haben.

Claire hat außer ihrem M4 noch eine Spezialwaffe: eine Repetierbüchse Remington Kaliber .308 mit aufgesetztem Zielfernrohr, weil sie unsere Scharfschützin ist. Nach kurzer, aber hitziger Diskussion in unserem Wartungshangar hat sich herausgestellt, dass sie der bei Weitem beste Schütze von uns allen ist.

Es ist zwei Stunden nach Sonnenuntergang. Unter gewöhnlichen Umständen würden wir um 2.00 oder 3.00 Uhr morgens angreifen, wenn die wenigsten bösen Kerle wach und munter sind, aber dies ist kein gewöhnlicher Fall. Weil ich weiß, wo Mel ist, riskiere ich einen früheren Angriff.

In der Nähe des Hubschraubers müssen wir durch hochgeschleuderten Schmutz und Steinchen, und ich denke noch einmal an die letzte Stunde in unserer provisorischen Unterkunft.

Nachdem Joe die Darstellung auf Claires Bildschirm studiert hatte, um die besten An- und Abflugwege zu erkunden, hatte er auf ein Gebiet westlich der Siedlung gedeutet und gesagt: »Dieses Wadi hier. Hier kann ich euch absetzen. Knapp eineinhalb Kilometer von Asims Versteck entfernt und hundert Meter tiefer. Wenn wir tief genug anfliegen, hört uns niemand.«

Ich sagte: »Hier. Die ebene Fläche zwischen den Gebäuden und dem niedrigen Steinwall … wir markieren sie mit IR-Leuchtstäben, wenn wir abgeholt werden wollen. Rechnen Sie mit ungefähr einer Dreiviertelstunde nach dem Absetzen. Viel länger können wir dort nicht bleiben.«

Joe sagte: »Schade, dass ich keinen Bordschützen habe!«

Nick, Alejandro und ich schwiegen höflich. Wir waren alle froh, dass er keinen Bordschützen hatte, weil wir mit keinem geübt hatten und nicht wussten, wie gut Joes Bordschütze gewesen wäre. Es wäre verdammt peinlich, den Abholpunkt zu erreichen und von eigenem Feuer niedergemäht zu werden.

Nick sagte: »Diese beiden Vorposten. Alejandro und ich marschieren voraus und erledigen sie, bevor wir gemeinsam loslegen.«

Ich sah auf meine Uhr.

Es war Zeit.

David sagte: »Matt, nur noch was zur Klarstellung. Einsatzregeln?«

Ich sagte: »Dies ist ein Rettungsunternehmen, sonst nichts. Mir ist's egal, ob wir über Dokumente oder Stapel von Festplatten oder Baupläne für eine schmutzige Bombe stolpern. Mel ist unsere einzige Zielperson. Wir machen keine Gefangenen, nehmen keine mit.«

Als alle nickten, fiel mir auf, wie buntscheckig zusammengesetzt unser Team war: ein Pilot der tunesischen Groupe des Forces Spéciales, zwei SEALs, eine NSA-Repräsentantin, ein Secret-Service-Agent und ein ehemaliger POTUS. Wirklich ein seltsames Häuflein Brüder mit einer Schwester.

Ich fügte hinzu: »Außer Mel gibt es dort oben keine Schuldlosen. Bewaffnet oder unbewaffnet, angreifend oder flüchtend … erschießt sie alle.«

Als ich den Black Hawk schon fast erreicht habe, steigen jäh Zweifel in mir auf, buchstäblich im letzten Augenblick. Tue ich das Richtige? Ist dies wirklich ein Rettungsunternehmen oder nur der Versuch eines zornigen und gedemütigten Vaters, sich dafür zu rächen, was seiner Tochter angetan wurde?

Ein kurzer Anruf von Nick, Alejandro oder mir beim JSOC, dem Oberkommando für Spezialeinsätze, in dem wir Mels Aufenthaltsort mitteilen, würde die Profis alarmieren und sofort in Marsch setzen.

Aber das ist der entscheidende Punkt.

»Sofort« ist ein dehnbarer Begriff.

Im Gegensatz zu dem, was manche History-Channel-Sendungen vielleicht suggerieren, werden Special Forces nicht irgendwo vorrätig gehalten, zerren an der Leine und sind augenblicklich einsatzbereit. Nein, dazu bräuchte es Aktivierung, Planung, Vorbereitung, Telefongespräche die Befehlskette hinauf und hinunter, damit morgen bei Sonnenaufgang vielleicht – aber nur vielleicht – eine Einheit in Marsch gesetzt werden könnte.

Zu spät.

Wir steigen nacheinander in den Hubschrauber, lassen uns in die Segeltuchsitze fallen. Über mir baumelt ein Headset. Ich nehme meinen Helm ab, setze es auf und sage: »Joe, hier Matt. Wir sind alle an Bord.«

»Danke, Matt«, sagt er. Der Crewchief schließt die Seitentür und reckt grinsend einen Daumen hoch. Dann warten wir.

Und warten.

Und warten.

»Joe, was ist los?«, frage ich über die Bordsprechanlage.

»Ah, Mr. President, ein kleines Problem.«

»Welches?«

»Der Tower scheint nicht recht zu glauben, dass dies ein außerplanmäßiger Nachtflug ist. Und ein Oberstleutnant ist hierher unterwegs, um uns am Start zu hindern.«

Nick Zeppos, der als Einziger außer mir ein Headset trägt, wirft mir einen besorgten Blick zu.

Ich frage: »Joe, was planen Sie?«

Ein kurzes Lachen. »Ich plane ein Verständigungsproblem, das ist alles.«

Das Turbinen- und Rotorengeräusch wird ohrenbetäubend laut, und wir heben leicht schwankend ab und fliegen in die Nacht, nach Osten davon.

Mel, denke ich, nur noch eine Stunde.

Nur noch eine Stunde.

KAPITEL 114

Mel Keating ruht sich kurz aus, begutachtet ihre bisherigen Fortschritte. Mit dem zersplitterten Holzstück als Werkzeug hat sie das Loch in der Mauer schon so vergrößert, dass sie mit Kopf und Schultern hineinpasst, aber sie hat Blasen und zahllose Hautabschürfungen an den Händen und Armen.

Na und?

Nach einem großen Schluck aus der Wasserflasche stellt sie sich auf die herausgebrochenen Steine, um dicht unter der Decke arbeiten zu können.

Bohren, bohren, bohren.

Scharren, scharren, scharren.

Steine und Sand und Mörtelbrocken regnen herab, geraten in ihr Haar, aber sie arbeitet hartnäckig weiter.

Scharren.

Bohren.

Mel hält inne.

Was war das?

Stimmen.

Ihre Atmung beschleunigt sich.

Was kann sie sagen, wenn jemand die Tür aufsperrt und hereinkommt? Dass sie sich plötzlich von Moms Karriere hat inspirieren lassen und beschlossen hat, in den letzten Stunden ihres Lebens eine archäologische Grabung zu beginnen?

Nein, denkt Mel, als sie von dem kleinen Schutthaufen steigt und zur Tür geht.

Wird die Tür geöffnet, rammt sie dem ersten Kerl, der reinkommt, ihr gezacktes Holzstück in die Kehle.

Kein Betteln, kein Weinen.

Hart bis zuletzt.

Sie wartet.

Keine weiteren Stimmen.

Stattdessen leise Radiomusik.

»Also gut«, flüstert Mel.

Zurück auf den Schutthaufen.

Bohren, scharren, bohren …

Das Holzstück stößt unvermutet ins Leere, und ein Schwall kühler Luft umfächelt ihr schmutziges, mit Schweiß bedecktes Gesicht.

Der Durchbruch ist geschafft!

Mel hustet, fährt sich mit dem Handrücken über die Stirn und arbeitet rasch weiter.

So nahe.

So verdammt nahe.

Wieder ein Regen aus Steinen, Sand und Mörtelbrocken.

Sie verlagert ihr Gewicht und …

Stürzt.

Der Schmerz in ihrem rechten Knöchel schießt durchs Bein bis ins Rückgrat hinauf.

Mel wälzt sich auf die Seite, ballt die Fäuste, versucht, tief zu atmen.

Steh auf, denkt sie. Steh auf!

Du bist die Tochter taffer, zielstrebiger Eltern.

Beweis es.

Mel rappelt sich auf, schnappt sich ihr Holzstück und arbeitet verbissen weiter.

Nichts kann sie jetzt noch aufhalten.

Nichts.

KAPITEL 115

Auf den ersten hundertfünfzig Kilometern führt unser Flug übers Meer, über die berühmte Große Syrte, bis Joes ruhige Stimme in meinem Kopfhörer sagt: »Über dem Strand, Mr. President. Wir sind im libyschen Luftraum.«

»Verstanden, Joe«, sage ich, dann sehe ich mich bei meinen Mitstreitern um. Wie bei meinen vielen anderen Einsätzen lebt jeder hier in seiner eigenen kleinen Welt. Es gibt keinen Hurrapatriotismus, keine prahlerischen Reden, keine großspurigen Ankündigungen. Wir sitzen alle schweigend da, nehmen gelegentlich einen Schluck Wasser und starren vor uns hin oder versuchen zu schlafen.

Das gleichmäßige Heulen der Triebwerke, die schwache rote Innenbeleuchtung, die Segeltuchsitze – dies alles ist mir vertraut. Zu Übungen oder realen Einsätzen bin ich unzählige Male mit Black Hawks geflogen, sodass diese Maschine wie ein alter Freund ist.

Nur ist dies keine Übung, kein offizieller Einsatz.

Hier geht's ums Ganze. Wir sind unterwegs, um meine Tochter zu retten.

Und während Misserfolge bei Übungen oder realen Einsätzen nie auszuschließen sind und sogar entschuldigt werden können, darf diesmal nichts schiefgehen.

Kein Misserfolg.

Es darf keinen geben.

Das lasse ich nicht zu.

Wir rasen durch die Nacht und über die felsige Wüstenlandschaft Libyens.

Ich höre ein Knacken, dann eine Stimme.

»Zwei Minuten, Mr. President«, sagt Joe. »Zwei Minuten.«

»Verstanden«, sage ich. Ich ersetze das Headset durch meinen Kopfhörer Peltor ComTac und halte zwei Finger hoch, damit meine Crew sie sehen kann.

»Zwei Minuten!«, kündige ich an. »Zwei Minuten!«

Wir setzen unsere Helme auf, klappen die Nachtsichtgeräte herunter und schalten sie ein. Alles in der Kabine leuchtet plötzlich gespenstisch grün. Ich rufe: »Bleibt zusammen, beeilt euch, lasst uns die Sache durchziehen!«

Anflugwinkel und Geschwindigkeit des Black Hawk verändern sich, und der Crewchief kommt nach hinten, entriegelt die Seitentür und schiebt sie auf.

Kalte Nachtluft strömt herein, der Boden kommt näher, Felswände ziehen gefährlich nahe vorbei, dann sind wir in dem engen Wadi, das Joe ausgesucht hat, und der Hubschrauber sinkt und sinkt, bis er zuletzt einen Meter über dem felsigen Boden schwebt.

Wir klettern einer nach dem anderen aus der Maschine.

Nick Zeppos ist der Letzte, und wir kauern mit eingezogenen Köpfen beieinander, als der Black Hawk rasch wegsteigt und uns allein zurücklässt.

Ich stehe auf.

»Sprechprobe«, sage ich. »Hier Matt.«

»Claire.«

»Nick.«

»Alejandro.«

»David«, sagt die letzte Stimme.

»Höre euch laut und klar«, sage ich, während ich unsere Umgebung absuche.

Nichts.

Ich sage: »Nick und Alejandro, ihr übernehmt die Spitze. Wir kommen in zehn Minuten nach.«

»Verstanden«, sagt Nick.

»Verstanden«, sagt Alejandro.

Als sie durch die Felsen nach oben klettern und rasch verschwinden, löst meine Anspannung sich etwas.

Wir sind unentdeckt gelandet. Keine Schüsse, keine Mörsergranaten, nichts. Von dem Black Hawk ist nur noch ein fernes Summen zu hören. Die Nacht ist mondlos, aber bei klarem Wetter geben die Sterne so viel Licht, dass wir selbst ohne unsere Nachtsichtgeräte ziemlich gut sehen.

Ich schaue auf meine Uhr mit den Leuchtziffern.

Zehn Minuten sind vergangen.

»Los jetzt, Leute«, sage ich, und wir beginnen den Aufstieg.

Nach viertelstündigem Klettern und Marschieren, bei dem wir alle paar Minuten unsere Umgebung absuchen, erreichen wir die unbefestigte steile Straße, die zu Asim al-Aschids Lager hinaufführt. Dort gehen wir erst mal hinter einem Felsblock in Deckung.

Ich nutze die Gelegenheit, um mich langsam einmal um mich selbst zu drehen.

Alles still, alles leblos.

Das M4 – durchgeladen und entsichert – liegt beruhigend massiv in meinen behandschuhten Händen.

Mein Kopfhörer bleibt stumm.

An der Straße vor uns tun Nick und Alejandro ihre Arbeit, und ich weiß, dass es unsinnig wäre, sie jetzt zu belästigen. Ich sehe die schmale, steile Straße hinauf. Vor wenigen Tagen war Mel hier unterwegs, hat dieselben Felsen gesehen, dieselbe Gebirgsluft geatmet.

So verdammt nahe.

Eine Stimme in meinem Kopfhörer. »Matt, hier Nick.«

»Höre«, sage ich nur.

»Matt, bei mir ist alles klar. Warte auf Alejandro.«

Das ist alles. Ein Mann oder ein Jugendlicher, der von Ruhm und dem Dschihad und dem Paradies träumend auf kalten Steinen hockte und seinen Wachdienst für einen der gefährlichsten Terroristen der Welt versah, hat ein schallgedämpftes 5,6-mm-Geschoss zwischen die Augen bekommen.

»Verstanden, Nick«, flüstere ich. »Gut gemacht.«

Jetzt noch Alejandro.

Wir warten.

Nichts bewegt sich, niemand erhebt in der dunklen Nacht die Stimme.

Alles ist in gespenstisches grünliches Licht getaucht.

Ich warte.

Ich sehe auf meine Uhr.

Einige Minuten verstreichen langsam.

»Nick, hier Matt«, sage ich. »Status?«

»Matt, hier Nick«, antwortet er. »Warte auf Alejandro.«

Das tun wir alle.

Warten.

Ich trete von einem Bein aufs andere, spüre Ungeduld an mir nagen.

Lass ihn seine Arbeit tun, denke ich.

Aber in der kurzen Zeit seit unserer Landung kann so viel schiefgegangen sein.

Alejandro kann in einen Hinterhalt geraten sein.

Oder gestolpert und in eine Felsspalte gestürzt sein.

Oder den Wachposten, der seinen Platz gewechselt hat, nicht gefunden haben.

Der uns jetzt vielleicht beobachtet.

Und der womöglich Asim über Sprechfunk meldet, dass bewaffnete Angreifer es auf ihn abgesehen haben.

Ich drücke meine Sprechtaste. »Alejandro, hier Matt«, flüstere ich. »Status?«

Keine Antwort.

Nochmals: »Alejandro, hier Matt. Status?«

Nichts.

Ich spüre, wie mir alles entgleitet.

KAPITEL 116

Jiang Lijun sieht auf, als die Tür aufgeschlossen wird und Faraj mit einer kleinen Stablampe in der rechten Hand eintritt.

»Es wird Zeit«, sagt Faraj und kniet bei ihm nieder, um die Schlösser aufzusperren, mit denen Jiangs Ketten gesichert sind.

»Warum so spät?«, fragt Jiang.

Faraj sagt: »Asim musste auf sein Essen warten, und danach wollte er etwas Zeit mit seinem Fahrer Taraq verbringen. Er hat vor, alle packen zu lassen und noch heute Nacht von hier zu verschwinden, sobald er seine selbst gestellte Aufgabe erfüllt hat.«

Jiang reibt sich die Handgelenke und Fußknöchel, wo die Ketten eingeschnitten haben, und steht auf. »Welche Aufgabe?«

Faraj richtet sich auf, lässt die Ketten und Schlösser achtlos zu Boden fallen. »Er will Sie als Zeugen dabeihaben, wenn er Mel Keating ermordet, damit Sie nach Peking zurückkehren und Ihren Herren berichten können, dass Sie einen wahren Mann Gottes kennengelernt haben, der sich durch die Reichtümer dieser Welt nicht in Versuchung führen oder bestechen lässt. In den kommenden Jahren will er gelegentlich ein Körperdouble benutzen, um Matt Keating mit der Vorstellung zu quälen, seine Tochter lebe noch. Irgendwann, vielleicht erst nach zehn, fünfzehn Jahren, will mein Cousin die Wahrheit sagen und bekannt geben, wo Mel Keatings Knochen zu finden sind. Erst dann ist seine Rache vollständig.«

Jiang macht einen Schritt auf ihn zu. »Aber … das dürfen Sie nicht zulassen!«

Faraj gestikuliert mit der Stablampe. »Keine Sorge, das tue ich nicht.

Kommen Sie jetzt. Ich erledige meinen Cousin, dann befreien wir Mel Keating.«

Jiang überlegt rasch. »Meine Pistole. Geben Sie sie mir bitte zurück.«

Faraj schüttelt jedoch den Kopf. »Seien Sie dankbar, dass wir Ihnen die Schutzweste gelassen haben. Mehr brauchen Sie nicht.«

Als Jiang ihm in die Nacht hinausfolgt, ist er in der Tat froh, dass er seine Schutzweste behalten durfte – auch weil in ihr ein paar Dinge versteckt sind, die sich in den nächsten Minuten als sehr nützlich erweisen werden. Zu seinem Glück haben diese tapferen, aber dummen Kämpfer sich nicht die Zeit genommen, ihn nach seiner Gefangennahme gründlich zu durchsuchen.

Trotzdem wünscht er sich jetzt, er hätte seine 9-mm-Pistole QSZ-92.

Aber er macht natürlich weiter.

Bei Planungen spielen Wünsche keine Rolle.

Bis zu dem großen Mittelgebäude brauchen sie nur ein paar Minuten. Die Nacht ist sternenklar, und in zwei alten Ölfässern vor dem Haus brennen flackernde Feuer. Jiang schüttelt den Kopf über den Leichtsinn von Asims Kämpfern. Keinerlei Disziplin.

Asim ruft ihnen entgegen: »Ah, Cousin! Schön, dass unser chinesischer Freund auch da ist. Kommt bitte mit. Was für eine historische Nacht!«

Asim steht vor einer massiven Holztür, und Jiang atmet die kalte Gebirgsluft nochmals tief ein. Eine wunderbare Nacht, um zu tun, was getan werden muss – und vor allem, um zu leben.

Jiang gestattet sich zu hoffen, dass er diese Nacht überleben wird. Und er beschließt, trotz Farajs Angebot einen letzten Versuch zu unternehmen.

Er sagt: »Asim, ich freue mich, Sie wiederzusehen … und muss Sie noch mal fragen: Wollen Sie die Präsidententochter nicht mir übergeben? Ohne dass Geld angeboten oder gezahlt wird? Dann könnte ich meinen Vorgesetzten in Peking berichten, dass Sie nicht nur ein Mann Gottes, sondern auch barmherzig sind.«

Im schwachen Feuerschein sieht Jiang, dass Asim spöttisch lächelt. Er macht eine Bemerkung, über die die Wachposten auf beiden Seiten der Tür mit ihm lachen.

Na ja, einen Versuch war's wert, denkt Jiang.

Asim sagt: »Ein netter Versuch, aber Sie brauchen keine Angst zu haben, Jiang. Sie werden die Nacht überleben, das schwöre ich Ihnen. Sie und der Westen vergessen manchmal, wie wichtig Gott und Schwüre und Selbstdisziplin sind. Wie mein lieber Cousin Faraj.«

Faraj wirkt beunruhigt, und Jiang tritt vorsichtshalber einen Schritt zurück.

Asim fährt fort: »Faraj ist loyal, clever und ein guter Kämpfer, den man gern neben sich weiß. Aber er hat eine Schwäche für technische Spielereien wie Drohnen. Oder batteriebetriebene Kühltaschen für verbotene Getränke. Oder Abhörgeräte.«

Er tritt rasch neben Faraj und legt ihm einen Arm um die Schultern. »Obwohl man all diese neumodischen Erfindungen nicht braucht. Zum Beispiel, weil ein guter Mann mit guten Ohren, der an einem offenen Fenster horcht, einem alles berichten kann, was man wissen muss.«

Faraj reagiert rasch, aber Asim ist schneller, zieht unter seiner Weste ein Messer hervor und stößt es seinem Cousin in die Brust.

KAPITEL 117

Und dann meldet Alejandro sich plötzlich wie eine vom Himmel kommende Stimme.

»Matt, hier Alejandro«, sagt er.

»Alejandro, hier Matt. Höre.«

Er sagt ruhig: »Sorry wegen der Verzögerung, Matt. Mein Kerl hat seinen Posten verlassen, um einen Felsen zu bewässern. Dabei hab ich ihn erledigt.«

Ich atme erleichtert auf und sage: »Nick, Alejandro, marschiert weiter. Wir treffen uns am Ausgangspunkt.«

Wir drei stehen gleichzeitig auf und setzen unseren Marsch auf der Straße fort. Das einzige Geräusch ist das Knirschen feinen Gerölls unter unseren Stiefelsohlen. Wir beeilen uns nicht, aber wir trödeln auch nicht. Während wir methodisch einen Fuß vor den anderen setzen, sind unsere Köpfe in ständiger Bewegung, weil wir das Gelände vor uns absuchen und das Gesehene bewerten.

Die Straße wird breiter.

Auf beiden Seiten drängen Felswände heran.

Das Gelände wird flacher.

Wir halten uns rechts, schlängeln uns zwischen Felsblöcken hindurch.

Ich hebe eine Hand.

Wir machen halt.

Stimmen.

Wir vergrößern die Abstände zwischen uns, bewegen uns langsam weiter.

Zwei Ölfässer als Feuerbehälter.

Bewaffnete Männer, die sich in Zweier- und Dreiergruppen bewegen.

Lachen.

Ein Flattern, als das große Tarnnetz, mit dem vier schwarze Pickups abgedeckt sind, sich im Nachtwind bewegt. Ich stoße dort zu Nick und Alejandro, während David und Claire hinter dem niedrigen Steinwall verschwinden, um mitten vor das Hauptgebäude zu gelangen.

Dieses Gebäude vor einer Felswand habe ich jetzt ganz im Blick.

Mel ist dort drinnen, denke ich.

Meine Tochter ist dort drinnen.

Gleich dort drüben.

Nur noch wenige Minuten.

Alle Ereignisse der letzten Wochen – Mels Entführung, die Ermordung ihres Freundes Tim, die grausige Scheinhinrichtung, die hoffnungsvollen Hinweise, sie könnte noch leben, mein eigener Weg hierher –, alle diese Gedanken und Erinnerungen durchfluten mich, als ich im libyschen Bergland auf kaltem Fels liege.

Keine fünfzig Meter von mir entfernt wartet meine Tochter auf mich.

Ich sehe auf meine Uhr.

Fast Zeit.

KAPITEL 118

Mel Keating steht vornübergebeugt in ihrer Zelle und hustet würgend, nachdem eine Sand- und Mörtellawine auf sie niedergegangen ist.

Sie richtet sich auf, schnappt sich ihre letzte Wasserflasche, nimmt einen Schluck.

Fast geschafft.

Mel schraubt die Flasche zu.

Steckt sie unter ihre Bluse und macht sich daran, durch das Loch zu kriechen.

Der Kopf ist durch.

Schultern.

Weiter hindurchwinden.

Arme weit ausgestreckt, mit kleinen Rucken vorwärts, vorwärts …

Sie macht halt.

Steckt fest.

Verdammt!

Sie schlängelt sich zurück, verliert dabei fast ihre Brille und steht zuletzt außer Atem wieder auf dem kleinen Schuttberg.

Hebt ihr gezacktes Stück Holz auf.

Bohrt und scharrt wieder.

Weitere Steine poltern herab.

Da!

Müsste reichen.

Muss reichen.

Mel lässt ihr Werkzeug fallen und stellt sich auf den kleinen Schuttberg.

Stimmen, die lauter werdend näher kommen.

Sie starrt durch das Loch nach draußen und redet sich ein, Sterne sehen zu können.

Freiheit.

Jemand sperrt die Tür auf.

Ihre Zeit ist abgelaufen.

KAPITEL 119

Asim führt Jiang Lijun in das Hauptgebäude und genießt es, den chinesischen Geheimdienstler still und demütig zu sehen. Dieser Ausländer hat viel zu lange den Ton angegeben, indem er Geld und Waffen und Nachschub verteilt hat, wie es ihm und seinen Herren passte, aber nun ist Asim der Boss. Er wird Jiang die gesuchteste Frau der Welt zeigen – Mel Keating, die Tochter des Expräsidenten – und ihm demonstrieren, was seine Hand und seine Klinge vermögen.

Danach wird er den Chinesen freilassen.

Während seines Dschihads hat Asim im Lauf der Jahre oft gelogen, aber zumindest diesmal sagt er die Wahrheit.

»Kommen Sie, kommen Sie«, sagt Asim, »dann sind Sie in wenigen Minuten frei.«

Asim geht an den alten Boxen vorbei, in denen jetzt Vorräte und Waffen gestapelt sind, wie im Licht nackter Glühbirnen zu erkennen ist, nickt den beiden Wachposten zu, die Tee aus Bechern schlürfend an der Wand lehnen – er runzelt die Stirn, weil er daran denkt, wie gern Faraj den Alkohol der Ungläubigen getrunken hat –, und bleibt vor der abgesperrten Holztür von Mels Zelle stehen.

Ein weiterer bewaffneter Kämpfer, der hier Wache gehalten hat, tritt zur Seite.

Asim sieht Jiang an.

Das Gesicht des chinesischen Geheimdienstlers ist ausdruckslos.

Asim zieht den Schlüssel aus der Tasche, sperrt auf und will die Tür aufstoßen.

Sie klemmt.

Er verstärkt seinen Druck.

Sie scharrt ein kleines Stück weiter, kommt wieder zum Stehen.

Was geht hier vor? fragt Asim sich.

»Du«, sagt er zu dem Posten. »Hilf mir, diese Tür zu öffnen.«

Der Kämpfer hängt sich sein AK-47 um und wirft sich mit Asim gegen die Holztür. Nach mehreren Versuchen gibt etwas nach, und die Tür schwingt nach innen auf.

Asim erfasst mit einem Blick, was daran schuld war.

Mel hat ein keilförmiges Holzstück unter die Tür geklemmt, um sie zu blockieren.

»Hat nicht geklappt, Mel, was?«, sagt Asim, als er den Raum betritt.

Die Zelle ist leer.

Mel ist nicht da.

»Was?«, ruft er verblüfft.

Ein Blick in die Runde zeigt ihm einen kleinen Schuttberg und darüber eine Bewegung, als ein Paar Füße durch ein Loch in der Mauer verschwindet.

KAPITEL 120

Das unter die Tür geklemmte Holzstück hat Mel kostbare Sekunden verschafft, und es hat geklappt, es hat geklappt!

Sie stößt sich mit den Füßen ab, benutzt wieder ihre Ellbogen, dann liegt sie mit dem Oberkörper auf dem mit Felsbrocken beschwerten Dach eines niedrigeren Anbaus, windet sich weiter und kommt sich vor wie ein verdammter Korken, der aus einer Champagnerflasche ploppt.

Mel wälzt sich auf die Seite, streckt sich, atmet mehrmals tief durch.

Draußen.

Was nun?

Die Felswand hinter dem Gebäude ist fast senkrecht.

Und die Straße kommt nicht infrage. Viel zu wenig Deckung. Und die ebene Fläche bis zu dem Steinwall wäre auch zu exponiert.

Auf der anderen Seite des Lagers hat ein Bergsturz ein Gewirr aus Felsblöcken hinterlassen, das erreichbar sein müsste. Dort gibt es bestimmt viele Schlupfwinkel und Verstecke. Sie hat eine Flasche Wasser, die in ihrer Bluse steckt, und trägt noch immer die schwarzen Lederslipper der freundlichen alten Frau.

Mel kriecht bis an die Dachkante vor, späht nach unten und kann niemanden entdecken, was sich allerdings in ein, zwei Minuten ändern wird, wenn Asim aus dem Gebäude stürmt und Alarm schlägt.

Sie dreht sich um, rutscht so leise wie möglich über die Kante, hängt einen Augenblick in der Luft und spürt die rauen Steinplatten schmerzhaft an ihren Händen.

Mel lässt sich zu Boden fallen und ist froh, dass sie in letzter Sekunde daran gedacht hat, auf ihrem gesunden Fuß zu landen.

Dann hastet sie in die Freiheit.

KAPITEL 121

Jiang Lijun betritt die kleine Zelle. Vor sich hat er den Wachposten mit dem AK-47, und vor diesem Mann steht Asim, der sich gewaltig streckt, während er mit erhobenen Händen versucht, Mel Keatings Füße festzuhalten.

Jiang erfasst die Situation mit einem Blick und handelt rasch.

Er greift unter Schutzweste und Hemd, vorbei an zwei Energieriegeln und einer Wasserflasche, holt eine Keramikröhre heraus, auf die kein Metalldetektor anspricht.

Zieht sie heraus, drückt ihr offenes Ende ins Genick des Wachpostens und zieht rasch an dem Kunststoffring am Ende einer Nylonschnur.

Bums.

Die Einmalwaffe schießt ein Hartgummigeschoss Kaliber .32 in den Kopf des Mannes, der augenblicklich tot ist.

Er bricht zusammen.

Asim dreht sich um.

Jiang zerrt an dem AK-47 des Toten.

Der Gewehrriemen hat sich irgendwo verhakt.

Asim sagt kein Wort, sondern greift nur unter seine Weste und zieht sein Messer.

Jiang richtet sich mit dem Sturmgewehr auf, aber er hält es verkehrt herum, sodass der Kolben Asim zugekehrt ist.

Einer von Jiangs Ausbildern vor vielen, vielen Jahren:

Auf Schusswaffen zulaufen, vor Messern weglaufen.

Als Jiang den Kolbenboden des AK-47 mit aller Kraft gegen die Stirn des Angreifers rammt, torkelt Asim rückwärts, geht zu Boden.

Jiang stürmt aus der Zelle, schließt die Tür und wünscht sich, er hätte den Schlüssel.

Vergeudet zwei Sekunden damit, etwas zu suchen, mit dem sich die Tür blockieren ließe.

Nichts.

Er zieht den Kopf ein, hängt sich das Sturmgewehr um und eilt den Gang entlang: vorbei an den Boxen, vorbei an den gestapelten Lebensmitteln und Waffen, vorbei an den beiden Teetrinkern, die ihn zum Glück ignorieren.

In die kalte Nachtluft hinaus.

Jemand muss den toten Faraj fortgeschafft haben, was Jiang nur recht ist, denn Faraj ist – war – ein cleverer Junge, der allein rausgekriegt hat, wie Asims Familie in Wirklichkeit umgekommen ist.

Gut, dass er fort ist.

Aber wo ist Mel?

Auf der Straße ist sie sicher nicht. Zu weit weg, zu viele Männer unterwegs, und sie ist klein und schlank, würde sofort auffallen, weil sie keine Waffe trägt.

Dort drüben.

Im Osten ist ein Abhang nach einem Bergsturz mit Felsblöcken übersät.

Jiang setzt sich in Bewegung.

In seiner Weste steckt auch ein Transponder.

Sobald er sich Mel schnappt und den Schalter umlegt, startet ein Kontaktteam mit einem Hubschrauber, um sie abzuholen und sicher in die chinesische Botschaft zu bringen.

Er zieht ein weiteres Gerät heraus – ein kleines Nachtsicht-Monokular –, hebt es ans linke Auge und …

Ah, da ist sie, genau wie erwartet.

Zu den Felsen unterwegs.

KAPITEL 122

Nach drei Wochen Angst, Trauer und Schrecken bin ich vor Ort in Stellung. Ich kauere mit Nick und Alejandro hinter den vier Pick-ups und beobachte die Westseite des Hauses, in dem Mel gefangen gehalten wird.

Die Feuer in den beiden Ölfässern flackern weiter, und sie sind von einigen Bewaffneten umgeben, die sich an ihnen zu wärmen versuchen. Weitere Männer – alle mit AK-47 bewaffnet – kommen aus den drei Steinhäusern in unserer Nähe oder gehen in sie hinein.

Hier gibt's keine Unschuldigen, sage ich mir, außer meinem Mädchen.

»Matt, hier David«, höre ich über Funk.

»Ja?«

»Claire und ich sind in Position«, flüstert er. »Vor dem Haupteingang ist ziemlich was los. Bewaffnete Tangos laufen rein und raus.«

Ich frage: »David, ist Mel irgendwo zu sehen?«

»Negativ, Matt. Das hätte ich sofort gemeldet.«

»Verstanden«, sage ich. »Crew, einschalten.«

Wir schalten unsere Infrarotlaser ein, die mit bloßem Auge unsichtbar, aber kombiniert mit unseren Nachtsichtgeräten bei der Zielsuche tödlich wirkungsvoll sind. Sofort greifen fünf dünne Lichtstrahlen aus und markieren fünf Bewaffnete vor dem Haus als Ziele.

Ich befehle: »Angriff in drei ab … jetzt!«

»Verstanden«, antworten vier verschiedene Stimmen.

»Drei«, sage ich.

Mein kleines Mädchen, Mel, die mit fünf oder sechs Jahren laut krei-

schend zu mir läuft, weil sie in einen Feuerameisenhaufen gefallen ist. »Daddy, Daddy, Daddy!«

»Zwei«, sage ich.

Mel mit zwölf Jahren, als sie beim Reitunterricht vom Pferd fällt und schreckliche Sekunden lang bewegungslos liegen bleibt, bis sie sich aufrappelt, während ich über den Reitplatz zu ihr renne.

»Eins«, sage ich.

Mel, die bei Gewitterstimmung im Lake Marie schwimmt, bis ein Blitz am anderen Ufer in einen Baum einschlägt, worauf ich in ein Kanu springe und in verzweifelter Hast zu ihr hinauspaddle, nur um lachend gefragt zu werden: »Dad, wo ist das Problem?«

Ich sage: »Los!«

Wir greifen in offener V-Formation an, wobei David und Claire alle Gefahren am Haupteingang eliminieren, während zwei aktive und ein ehemaliger SEAL alle erledigen, die sich westlich des Gebäudes aufhalten. Zu hören sind nur dumpfe Schussknalle, weil unsere M4 mit Schalldämpfern ausgerüstet sind.

Fünf Männer fallen, dann noch zwei, und David meldet über Funk: »Haupteingang ist frei, Matt.«

»Verstanden.« Nick und Alejandro rennen mit mir über die freie Fläche vor dem großen Gebäude, während Claire und David uns Feuerschutz geben. Technisch und moralisch gesehen haben wir gerade sieben Männer erschossen, aber ich kann nur denken: Lieber ihr als ich und meine Crew und meine Tochter.

Wir erreichen die schwere Holztür mit massiven Angeln, und Alejandro macht sich rasch an die Arbeit. Die beiden vor der Tür liegenden Toten ignorieren wir.

Er klatscht eine Haftladung ans Schloss, und wir wenden uns ab, bevor sie detoniert. Dann wirft Nick sich gegen die Tür und stößt sie auf.

Alejandro, der Nick auf den Fersen bleibt, wirft rasch nacheinander zwei Blendgranaten, deren dumpfer Knall deutlich vernehmbar ins Freie dringt.

Wer in den anderen Häusern noch lebt, kommt jetzt bestimmt angerannt und wird von David und Claire erledigt.

Nick stürmt hinein, dreht sich nach links.

»Klar!«

Alejandro dreht sich nach rechts.

»Klar!«

Ich bin auf dem Mittelgang unterwegs, auf dem es wegen der Blendgranaten nach Feuerwerk riecht. Zwei oder drei Glühbirnen, die trotz der Druckwelle heil geblieben sind, beleuchten Lebensmittel und Waffen auf Paletten und …

Aus einer der Boxen kommt ein Bewaffneter, der sich die Augen reibt.

Ausbildung, Erfahrung und Erinnerung machen sich schlagartig bemerkbar.

Ich schieße ihn in die Stirn und zweimal in die Brust.

Ich drehe mich nach links. Wolldecken, Verpflegung und ein Teekessel.

»Klar!«, rufe ich.

Nick und Alejandro folgen mir, dann fallen nochmals drei Schüsse, und Nick meldet: »Klar!«

Vor uns eine weitere Tür.

Sie steht offen.

Als Alejandro sie mit der Schulter ganz aufdrückt, rufe ich verzweifelt »Mel!«, weil ich eine Leiche auf dem Boden liegen sehe, und denke: Zu spät, zu spät, scheiße, wir kommen zu spät!

Nick kniet sich hin und sagt: »Kein Problem, Matt. Das ist ein Kerl.«

Ich sehe mich rasch um.

In einer Ecke ein kleiner Schuttberg.

Darüber gähnt ein Loch in der Natursteinmauer.

War Mel hier?

Oder ist sie fortgebracht worden?

Alejandro sagt: »Sir, hierher.«

Er deutet auf einen Stein in der Rückwand der Zelle.

Der Stein ist mit Buchstaben und Zahlen beschriftet:

MK
603

Nick sagt. »Vielleicht ihr Monogramm … aber die Zahl?«

»Sechs-null-drei«, sage ich. »Die Vorwahl von New Hampshire.«

Mein cleveres, cleveres Mädchen.

»Sieht frisch aus«, sage ich. »Jungs, sie war hier, sie war vor Kurzem hier. Los, wir müssen weiter.«

Wir hasten zum Ausgang zurück: Nick voraus, ich in der Mitte, Alejandro als Nachhut.

Ich sage: »Claire, David, hier Matt.«

Die beiden melden sich.

»Mel war hier, aber sie scheint entkommen zu sein«, sage ich. »David, Sie arbeiten sich hinter dem Steinwall nach Süden vor. Nick und Alejandro übernehmen die Gebäude mit den vorgelagerten Flächen im Westen. Ich suche das felsige Gelände im Osten ab. Claire, Sie gehen auf dem Dach dieses Gebäudes in Stellung und geben uns Feuerschutz.«

»Verstanden!«, heißt es im Chor, und wir trennen uns, um meine Tochter zu suchen, und ich denke noch mal: Cleveres Mädchen.

Aber bitte, lieber Gott, nicht zu clever.

Wir müssen sie in den nächsten Minuten finden, bevor unser tunesischer Pilot uns abholen kommt, denn ich gehe auf keinen Fall ohne sie an Bord.

KAPITEL 123

Ungefähr dreißig Sekunden nachdem sie vom Dach des Anbaus gerutscht ist, ärgert Mel Keating sich über ihre verdammte Nachtblindheit, die ihr alles vermasselt. Sie ist noch nicht weit gekommen, als sie mit jemandem zusammenprallt. Sie wendet sich ab und versucht, nonchalant davonzugehen, aber der Kerl sagt etwas.

Sie ignoriert ihn, geht einfach weiter.

Ein weiterer arabischer Wortschwall, dann kommt ein zweiter Bewaffneter herangepoltert, und die beiden packen sie und tasten sie ab und begreifen einer nach dem anderen, wen sie da gefangen haben.

Sie kämpft, windet sich, versucht die beiden zu treten, aber die Kerle sind stark, halten sie fest und fangen an, sie zu den Häusern zurückzuschleppen, während der eine laut ruft: »*Alshaykh! Alshaykh! Alshaykh!*«

Und genau wie in einem dieser verdammten Horrorfilme, in denen das Monster aus der Dunkelheit kommt, um einen zu verschlingen, taucht der sichtlich zornige Asim al-Aschid mit einer Stablampe in der Hand und von einem Leibwächter begleitet auf. Er spricht kurz mit den beiden Kerlen, die sie festhalten, dann sagt er: »Mel Keating … Sie sollen bekommen, was Sie seit Ihrer elenden Geburt verdient haben.«

Dann sind zwei Detonationen zu hören, die sie alle zusammenfahren lassen, und Mel, die zwar nichts Bestimmtes weiß, aber den Dreckskerl ärgern will, schreit ihn an: »Oder vielleicht bekommst *du*, was du verdient hast! Hast du das gehört, Arschloch? Das sind mein Dad und seine Kumpel, die mich holen kommen und euch alle erschießen werden!«

Und wie durch ein Wunder hört sie im nächsten Augenblick ein *Zisch-klatsch-grunz*-Geräusch, und der Mann, der ihren linken Arm gepackt hatte, bricht zusammen. Das *Zisch-klatsch-grunz*-Geräusch wiederholt sich und schaltet Asims Leibwächter aus. Mel reagiert blitzschnell: Sie lässt sich fallen und wälzt sich zur Seite und beginnt, von diesem gefährlichen Ort wegzukriechen.

Zu den Felsen, denkt sie.

Ein gutes Versteck, bis Dad, die SEALs, die Ranger oder wer sonst dort draußen ist, sich ihr zu erkennen geben.

KAPITEL 124

Nick Zeppos und Alejandro Lopez arbeiten sich entlang der Westseite des Gebäudes vor, als Claire sie über Funk warnt: »Vorsicht, Jungs! Aus den beiden nächsten Gebäuden kommen massenhaft Tangos auf euch zu!«

»Verstanden«, sagt Nick, und die NSA-Agentin behält mit ihrer Warnung recht, denn aus den Gebäuden vor ihnen … verdammt, hier wimmelt es plötzlich von bewaffneten Kerlen, die aus den Türen, Seitenausgängen und sogar einem offenen Fenster quellen.

Die beste Deckung, die sie finden können, besteht aus niedrigen Fundamentresten eines ehemaligen Hauses. Sie gehen dahinter in Stellung und machen sich an die Arbeit. Ihre Deckung ist nicht viel wert, und für jeden Kerl, den sie treffen, während er *»Allahu akbar!«* brüllend und wild um sich schießend aus einem Haus stürmt, folgen zwei nach, die sich hinter Felsblöcken in Deckung werfen. Diese Tangos beginnen zu schießen, sodass Steinsplitter von der niedrigen Mauer wegspritzen, hinter der Nick und Alejandro Schutz gesucht haben.

Bums bums bums.

Bums bums bums.

Alejandro und er schießen ruhig und stetig. »Magazinwechsel!«, meldet Nick, als sein Ladehebel zurückschnellt. Er wirft das leere Magazin aus, setzt ein neues an, löst den Ladehebel und schießt weiter auf die Ziele, die ihm sein Infrarotlaservisier zeigt.

Sekunden später sagt auch Alejandro »Magazinwechsel!« und tut das Gleiche. Nick bleibt konzentriert, nimmt sich methodisch ein Ziel nach dem anderen vor und hört zwischendurch lautes Knallen, wenn Claire vom Dach des Hauptgebäudes aus in den Kampf eingreift.

Im Gegensatz zu den ersten Kämpfern, die ins Freie gestürmt sind und ihr ganzes Magazin mit einem einzigen Feuerstoß geleert haben, wissen jetzt ein paar dort drüben, was sie tun, und beschränken sich auf diszipliniertes Feuer.

Alejandro sagt: »Wäre schön, eine Thunderbolt über uns zu haben.«

»Yeah, lieber gleich zwei«, sagt Nick.

Er entdeckt etwas Glitzerndes in der Luft, brüllt »Handgranate!«, macht sich klein, zieht den Kopf ein und …

Bumm!

Er hebt den Kopf, sieht erneut etwas glitzern.

Bumm!

»Scheiße«, murmelt Nick, geht wieder in Stellung und erschießt erst einen, dann einen zweiten Tango, der auf sie zustürmt.

Rechts von ihm ist's zu still.

Nick wirft sich herum. Alejandro liegt zusammengekrümmt auf der Seite. Nick wälzt sich zu ihm hinüber und fragt: »Al, alles okay mit dir? Alles okay?«

Alejandro stöhnt laut. »Sehe ich okay aus, Blödmann?« Er stöhnt nochmals. »Ein Splitter hat mein rechtes Handgelenk getroffen. Scheint gebrochen zu sein. Hilf mir, meine Pistole zu ziehen.«

Nick arbeitet rasch, zieht Alejandros Pistole aus ihrem Holster, gibt sie seinem Partner. Er reißt sein M4 gerade noch rechtzeitig hoch, um einen Tango zu stoppen, der bis auf wenige Meter herangekommen ist.

Bums.

Nick sagt: »Claire, hier Nick. Wir brauchen mehr Feuerschutz.«

Zwei weitere Schüsse mit seinem M4. Hellere Knalle, als der verwundete Alejandro mit seiner SIG Sauer schießt.

»Claire, wir brauchen Hilfe.«

Aber Claire antwortet nicht.

KAPITEL 125

Jiang Lijun bleibt tief gebückt, läuft im Zickzack. Obwohl er weiß, dass die Amerikaner da sind, ist er weiter entschlossen, sich Mel Keating zu schnappen und zum Wohl seines Landes und seiner Karriere in Sicherheit zu bringen.

Aber er muss vorsichtig sein, weil sich drüben im Westen ein lebhaftes Feuergefecht entwickelt hat und er nicht zwischen die Fronten geraten will. Die Amerikaner würden ihn erschießen, weil er ein Mann mit einem AK-47 ist, und Asims Männer würden ihn erschießen, weil sie Angst haben und auf alles ballern, was sich bewegt.

Er geht hinter einem Stapel Eisenschrott in Deckung, sucht und sucht mit seinem Nachtsicht-Monokular und entdeckt sie tatsächlich in einem Spalt zwischen zwei Felsblöcken.

Beeilung!

Mit dem Schrotthaufen im Rücken macht Jiang einige Schritte auf sie zu und ruft laut: »Mel! Mel Keating! Navy SEALs! Kommen Sie dort raus, ich kann Sie sehen!«

Vor vielen Jahren waren Mom und sie einmal zu einer Nachtübung der SEALs eingeladen, und genau das scheint jetzt dort drüben abzulaufen. Lebhaftes Gewehrfeuer, jemand benutzt eine großkalibrige Repetierbüchse, die langsamer schießt und lauter knallt, und nun werden auch noch Handgranaten geworfen.

»Mel!«, ruft eine kräftige Stimme. »Mel Keating! Navy SEALs! Kommen Sie dort raus, ich kann Sie sehen!«

Oh, welch herrliche Flut aus Freude und Erleichterung sie durchwogt, als sie ihren Namen hört, als sie hört, wer hier ist, um sie zu retten. Das müssen Dads Kumpel sein, die jederzeit überallhin gehen würden, um einen der ihren zu retten.

»Komme!«, sagt sie laut. Als sie auf einen kleinen Felsblock steigt, sieht sie eine kauernde Gestalt, die von dem im Westen ausgebrochenen Brand schwach beleuchtet wird.

»Beeilung!«, drängt der Mann. »Wir müssen Sie in Sicherheit bringen!«

»Und ob!«, ruft sie fast lachend. »Bin gleich da!«

Und da ist sie, denkt Jiang Lijun.

Nach so langer Zeit, nach allen Mühen und Rückschlägen kommt die Tochter des Expräsidenten zwischen den Felsen hervor auf ihn zu.

»Hier«, sagt er und ergreift ihre Hand. »Kommen Sie mit.«

Er hält ihre Hand, und sie lacht, und dann …

Sie gräbt die Hacken ein.

Entreißt ihm ihre Hand.

»Wer zum Teufel sind Sie?«, fragt sie scharf.

Jiang sagt: »Navy SEALs.«

»Welches Team?«

»Was?«

»Welches Team?«, fragt sie nochmals, während sie rasch zurückweicht. »Und das ist ein AK, kein M4 oder HK. Und Sie haben nicht die richtige Ausrüstung. Wo ist Ihr Helm? Und Ihr Nachtsichtgerät?«

Jiang packt sie am Kragen, als sie wegzulaufen versucht, hält sie fest, sie beißt ihn in die Hand, und er sagt: »Verdammt noch mal, ich versuche, Sie zu retten!«

Auf dem Dach des Gebäudes, in dem Mel gefangen gehalten war, hat Claire Boone von der NSA ihren Spaß, obwohl sie das niemals jemandem in der Agency erzählen würde, vor allem nicht bei der peinlichen Befragung, die ihr bevorsteht, wenn dieser ungenehmigte Einsatz bekannt wird.

Aber hier kann sie sich wie die böseste, gemeinste Cosplayerin der Welt vorkommen, die aus erhöhter Stellung böse Kerle abknallt. Eines der Probleme, das ihr leichter Autismus mit sich bringt, ist die Tatsache, dass ihr Verstand ständig arbeitet. So denkt sie jetzt an Gamer, die sie in der Community kennt, und überlegt, ob sie sich mit einigen zusammentun könnte, um ein neues Videospiel zu entwickeln, das natürlich Overwatch heißen würde …

Sie sucht den Süden des Gefechtsfelds ab, sieht David Stahl hinter dem bröckelnden niedrigen Steinwall. Als bei ihm alles okay zu sein scheint, schwenkt sie nach Westen, stellt fest, dass die beiden SEALs wirklich in der Patsche sitzen, und gibt drei Schuss ab, nach denen die ausgeworfenen Messinghülsen scheppernd übers Steindach kullern.

Claire würde gern weiter auf diese Kerle schießen, die Nick und Alejandro bedrohen, aber sie hat hier oben Pflichten, denen sie sich nicht entziehen kann. Also wälzt sie sich herum, bis sie den Ostsektor überblickt, erkennt mühelos den Laserstrahl, der von Matt Keatings M4 ausgeht – sie kann noch immer kaum glauben, dass sie mit dem Expräsidenten unterwegs ist –, sucht weiter und erstarrt.

Ein Kerl, der ein AK-47 in einer Hand hält, kämpft mit einer Gestalt, die kleiner, schmaler und – Gott sei's gedankt! – langhaarig ist.

Claire zielt sorgfältig auf den Kerl mit dem Sturmgewehr und ignoriert die Stimmen in ihrem Kopfhörer, als sie langsam abdrückt, wie sie's auf dem Schießstand und im realen Leben schon Tausende von Malen gemacht hat. Diese verrückte kalte Nacht in Libyen ist so real wie nur möglich.

KAPITEL 126

Claires ruhige Stimme in meinem Kopfhörer unterbricht jäh meine Suche. Quälend lange Minuten habe ich damit verbracht, das Gelände vor mir abzusuchen, zwischendurch niederzuknien, um es aus anderer Perspektive zu überblicken, während ich versuche, die Angst zu unterdrücken, die mir einflüstert: Was ist, wenn du sie nicht findest?

Claire sagt: »Matt, hab gerade einen Tango umgelegt, der Mel festgehalten hat. Sie ist ungefähr fünfzig Meter östlich von mir hinter dem Schrotthaufen. Holen Sie sie!«

Holen Sie sie!

Ich drehe den Kopf zur Seite und entdecke den Schrotthaufen. Noch vor einer Sekunde hatte ich Hüftschmerzen, war müde, frustriert und angstvoll. Aber nun fühle ich mich schlagartig zwanzig Jahre jünger, während ich zu Mels Versteck renne.

Holen Sie sie!

Als ich um den mit verrosteten Ölfässern garnierten Schrotthaufen biege, sehe ich ein gutes Stück links davon einen erschossenen Kämpfer. Viel näher ist eine zusammengekrümmte Gestalt, die anscheinend versucht, sich im Erdboden zu verkriechen. Ich renne auf sie zu und rufe aus geringer Entfernung: »Mel, ich bin's, Dad. Komm mit! Mel, ich bin's!«

Die Gestalt springt auf, wirft sich herum, erweist sich als Asim al-Aschid, und als ich mein M4 hochreiße und schießen will, spüre ich sein Messer tief in meinem Arm.

KAPITEL 127

David Stahl hört das Feuergefecht, das etwa achtzig Meter von ihm entfernt stattfindet, aber er konzentriert sich auf seinen Auftrag, diese Seite des Steinwalls abzusuchen, auch wenn hier bisher niemand im Hinterhalt liegt.

Über Funk hört er die Stimmen der beiden SEALs und von Claire, die nun Terroristen, die Nick und Alejandro zu erreichen versuchen, vom Dach des Hauptgebäudes aus cool mit Stahlmantelgeschossen Kaliber .308 erledigt. In ungefähr einer Minute wird er die Suche nach Tangos einstellen und sich auf den Rückweg machen.

Claires ruhige Stimme lässt ihn lächeln, schickt eine warme Freudenwoge durch seinen kalten, müden Körper.

»Matt«, sagt Claire, »hab gerade einen Tango umgelegt, der Mel festgehalten hat. Sie ist ungefähr fünfzig Meter östlich von mir hinter dem Schrotthaufen. Holen Sie sie!«

David drückt seine Sprechtaste. »Matt, hier David, brauchen Sie mich?«

Er bleibt gebückt, als er hinter den Steinwall zurückhastet, weil er nicht weiß, wie viele Dschihadisten sich in diesen Bergen herumtreiben und nun vielleicht im Anmarsch sind, um Asim al-Aschid und seinen Kämpfern beizustehen.

»Matt, hier David. Kann ich irgendwie helfen?«

Noch immer keine Antwort.

Er macht halt.

»Claire, hier David. Hast du Matt und Mel in Sicht?«

Sie antwortet sofort: »Nicht im Augenblick. Mel hat zuletzt auf dem

Boden gelegen, und ihr Dad ist zu ihr gerannt. Beide sind hinter einem Schrotthaufen, der mir …«

»Trennung, Trennung«, sagt Nick angespannt heiser. »David, wir könnten deine Hilfe echt brauchen.«

David ist hin- und hergerissen. Als Secret-Service-Agent müsste er dort drüben beim Expräsidenten und seiner Tochter sein. Er müsste wirklich zu den beiden.

Aber heute Nacht ist er ein Marine.

Einmal ein Marine, immer ein Marine.

Man lässt nie jemanden zurück, ignoriert nie eine Bitte um Hilfe.

»Nick, bin unterwegs«, sagt er und rennt dorthin, wo geschossen wird.

Asim spürt, wie ihn frische Kraft durchflutet, als er den Expräsidenten niederschlägt, der dabei sein Gewehr und sogar sein Funkgerät verliert. Asim empfindet auch wilde Freude darüber, mit seinem Messer den Mann verwundet zu haben, der seine Familie umgebracht hat.

Sie ringen miteinander, und Asim, der rasch die Oberhand gewinnt, wird sofort klar, dass sein Gegner alt und nicht in Form ist. Oh, der schwache Ungläubige wehrt sich, indem er Asims Handgelenke umklammert, aber Asim ist sich sicher, dass sein Widerstand in ein paar Sekunden erlahmen wird. Obwohl sein Kopf von dem Kolbenstoß des verdammten chinesischen Spions heftig schmerzt – er hat sich vorgenommen, ihn über eine Woche hinweg umzubringen, sobald er ihn gefunden hat –, spürt Asim die Kraft gerechter Rache in sich.

Er drückt Keatings Handgelenke nach unten und sagt in der Dunkelheit: »Nur Sie und ich, Matt Keating, und Sie haben keinen Secret Service, keine Army, keine Drohnen, keine Satelliten. Heute ist's wie in alten Zeiten, der Starke gegen den Schwachen, und wenn ich Sie umgebracht habe, suche ich Ihre Tochter und erledige sie auch.«

Asim verdoppelt seine Anstrengungen, liegt mit seinem ganzen Gewicht auf Keating und weiß, dass er nur mehr Sekunden davon entfernt ist, seinen Widerstand zu brechen.

KAPITEL 128

Mein linker Arm brennt wie Feuer, und ein kleiner Teil meines Verstands weiß, dass Asims Schnitt bis fast auf den Knochen gegangen ist, aber der größere Teil meines Verstands erkennt, dass der Hundesohn mir eindeutig überlegen ist. Er ist muskulös, führt seit Jahren ein spartanisches Leben – während mich die Politik verweichlicht hat – und hat sich mit brennender Wut auf mich gestürzt.

Mein Kopfhörer ist abgerissen, mein M4 liegt irgendwo dort drüben, und obwohl ich theoretisch noch ein Kampfmesser und meine SIG Sauer habe, nützen mir beide nichts, weil ich sie nicht erreichen kann.

Ich umklammere seine Handgelenke und bilde mir ein, die Klinge des scharfen Messers in seiner rechten Hand im Sternenschein glitzern zu sehen, was daran liegen mag, dass mir schwindlig ist oder ich zu viel Adrenalin produziere.

Ich versuche es mit Drücken, Treten und Wegrutschen, aber er pariert jede meiner Bewegungen, während er seinen Druck stetig weiter verstärkt. Dabei murmelt er etwas von Rache und Vergeltung und Allah, aber ich achte nicht darauf, was er sagt, und antworte erst recht nicht, weil mir die Kraft und die Luft dafür fehlen.

Was geschehen wird, ist leicht abzusehen.

Mein linker Arm wird in ein paar Sekunden versagen, und sobald seine rechte Hand frei ist, schneidet Asim mir die Kehle durch, überzeugt sich davon, dass ich tot bin, und macht dann Jagd auf Mel.

Endlich entschließe ich mich dazu, zu rufen: »Mel! Lauf weg! Schnell weg! Hinter den Steinwall im Süden!«

Oh, verdammt, das hat viel Kraft gekostet, und Asim lacht, keckert wieder von Rache und Verderben, und ja, mein schmerzender linker Arm wird schwächer, und ich weiß, dass ich nur noch Sekunden davon entfernt bin, hilflos aufzugeben.

Ein fast friedlicher Zustand.

Es wird schnell gehen, und die anderen werden Mel in Sicherheit bringen.

Aber ich kämpfe weiter.

Überlege sogar, ob ich ein Staatsbegräbnis bekommen werde – als erster Expräsident, der nicht im Bett gestorben ist.

Asim flüstert heiser: »Gib auf, Matt Keating, gib auf … Ich verspreche dir, es schnell zu machen … schneller, als du meine Frau und meine Kinder ermordet hast …«

Ich versuche, mich zur Seite zu drehen, um seine andere Hand wegzuziehen, aber sie bewegt sich kaum. Lasse ich jetzt los, um mit beiden Händen nach seiner Rechten zu greifen, erwürgt er mich mit der linken Hand.

Wäre ich noch jünger, könnte ich mich mit den Beinen hochstemmen und ihn so aus dem Gleichgewicht bringen, aber ich bin eben kein junger Mann mehr.

Bald werde ich überhaupt nicht mehr sein.

»Mel!«, rufe ich ein letztes Mal. »Lauf!«

Blut läuft mir den Arm hinunter, der rasch schwächer wird, Stück für Stück nachgibt.

Rums!

Asim kippt mit einem Aufschrei zur Seite. Ich setze mich rasch auf und ziehe meine SIG Sauer. Dann hocke ich auf ihm, drücke die Pistolenmündung fest unter sein Kinn und sage: »Du redest zu viel.«

Und ich drücke zweimal ab, blase ihm die Schädeldecke weg.

Ich lasse mich erschöpft zurücksinken.

Eine Schattengestalt tritt vor.

Mit einem langen Vierkanteisen in der Hand.

Eine zögernde Stimme: »Dad, bist du's?«

Ich sage: »Oh, Mel, ja, ja, ich bin's!«

Und wir umarmen uns, schluchzen beide, und der Dad in mir will sie nicht mehr loslassen, aber der SEAL in mir – *Sind dort draußen weitere böse Kerle unterwegs? Jesus, mein Arm tut verdammt weh!* – sagt: »Komm jetzt, Schatz, wir müssen weg von hier.«

KAPITEL 129

Mel hilft mir, meine Ausrüstung einzusammeln, und sobald ich den Kopfhörer aufgesetzt habe, sage ich: »Trennung, Trennung, hier Matt, ich habe Mel. Alle zurück zum Abholpunkt. Alle zurück zum Abholpunkt.«

Als sie sich in Bewegung setzen will, sage ich: »Augenblick noch. Nimm mir den Rucksack ab, ja?«

»Dad, bist du verletzt?«

»Nur ein Kratzer«, sage ich. »Los, Mel, beeil dich.«

Der Rucksack fällt zu Boden, und ich sage: »Zieh an, was darin ist, dann hauen wir schleunigst ab.«

Sie öffnet den Reißverschluss, holt einen Helm und eine Schutzweste heraus, die sie mit meiner Hilfe anzieht. Nachdem sie so fürs Gefecht ausgerüstet ist, lege ich ihr meinen blutenden linken Arm um die Schultern und beobachte mit dem M4 in der Rechten weiter unsere Umgebung, während wir uns so schnell wie möglich auf den Rückweg machen.

Geschossen wird plötzlich kaum noch, was bedeutet, dass die meisten von Asims Kämpfern gefallen, verwundet oder geflüchtet sind. Durch mein Nachtsichtgerät erkenne ich Bewegung in unserer Abholzone und sehe zwei Laserstrahlen, die weiter Gelegenheitsziele suchen.

»Ich bin's, Matt«, sage ich, als wir den Steinwall überwinden, und Mel, die nicht von meiner Seite gewichen ist, sagt sofort: »Mein Dad ist verletzt. Kann jemand ihm helfen?«

Als David auf uns zukommt, fragt Mel aufgeregt und fast ungläubig: »Agent Stahl? Sind Sie's wirklich?«

Während er sich daranmacht, den Ärmel meines Kampfanzugs aufzuschneiden, antwortet er: »Natürlich, Mel. Dass Sie eine halbe Welt entfernt sind, heißt nicht, dass ich nicht komme, um Sie zu beschützen.« Dann zu mir: »Jesus, Matt, was haben Sie da gemacht?«

Ich sage: »Das war Asims Messer.«

Er desinfiziert die Wunde, und ich zucke zusammen und sehe weg, und David fragt: »Wo ist er jetzt?«

»An einem anderen Ort, wo er zu erklären versucht, was er in den letzten zehn Jahren gemacht hat.« Ich bin erschöpft, und mein Arm schmerzt, aber Mel sitzt mit Helm und Schutzweste geschützt neben mir, und ich sehe, dass Nick die Häuser im Blick behält, wobei Alejandro ihn trotz seiner verbundenen Hand unterstützt, und Claire Boone ist …

Befragt sie da hinten einen weiteren Mann?

»David«, sage ich. »Wer ist das bei Claire? Wir machen keine Gefangenen.«

Er drückt eine QuikClot-Bandage auf meine Wunde, um die Blutung zu stoppen, und macht sich daran, mir einen Druckverband anzulegen. »Sie werden eine Menge Stiche brauchen, wenn wir wieder in Tunesien sind.«

»Yeah, klar, aber wer ist der Kerl bei Claire?«

David lacht. »Das ist ein Chinese. Vertritt angeblich die China State Construction Engineering Corporation. Das steht auf seiner Geschäftskarte. Claire hat ihn vor ein paar Minuten mit Mel rangeln gesehen und unter Feuer genommen, aber weil er eine Kevlar-Weste trägt, hat er nur ein paar Rippenbrüche. Auf dem Weg hierher hat Claire seine Hilferufe gehört.«

Ich bewege meinen Arm.

Weiter schmerzhaft.

Ich sehe auf meine Uhr.

Wir sind nun seit fünfundfünfzig sehr langen Minuten am Boden.

Wo zum Teufel bleibt unser Black Hawk?

Ich spreche in mein Funkgerät, wechsle die Frequenzen und rufe: »Joe, Joe, Joe, hier Matt. Bitte kommen!«

Nick gibt einen Schuss ab.

»Joe, Joe, Joe, hier Matt. Euer Status?«

Keine Antwort.

Ich sage: »Scheiße.«

Mel fragt: »Wer ist Joe?«

»Ein Pilot der tunesischen Special Forces. Er hat ein bisschen Verspätung, das ist alles.« Zu David sage ich: »Notfalls müssen wir die Pick-ups nehmen.«

Mit Bedauern in der Stimme sagt er: »Sorry, Matt, wir ... na ja, sie sind ordentlich zerschossen. Ein paar Tangos hatten sich hinter ihnen verschanzt. Wir haben sie zu dritt ziemlich durchlöchert.«

Klasse, denke ich. Echt klasse.

Was nun?

Ich lege meinen unversehrten Arm um Mel, drücke sie rasch an mich.

Dann dreht der Wind sich etwas, und ich höre das schönste Geräusch, das man im Einsatz hinter den feindlichen Linien hören kann: das Knattern der Rotoren eines Hubschraubers im Anflug.

Die Rettung naht – dank Sikorsky Aircraft.

»Der Heli kommt!«, rufe ich laut, zerbreche zwei IR-Leuchtstäbe, damit die Chemikalien miteinander reagieren können, und werfe sie auf die kleine felsige Landefläche. Für Joe und seinen Co-Piloten sind die fürs bloße Auge unsichtbaren Markierungen Leuchtfeuer, die sie nicht verfehlen können. Nick und Alejandro folgen meinem Beispiel, sodass die Tunesier das Gefühl haben müssen, bei Nacht auf dem Times Square zu landen.

»Noch ein paar Minuten, Schatz«, sage ich zu Mel. »Nur noch ein paar Minuten.«

Mel antwortet nicht, und ich fange an, mir Sorgen zu machen, aber als ich genauer hinhöre, schluchzt sie fast lautlos an meiner Schulter.

KAPITEL 130

Faraj al-Aschid ist bewusst, dass er stirbt, aber er weiß auch, dass er sich noch einige Minuten länger auf Erden gesichert hat, weil er in rascher Bewegung war, als dieser Hund von einem Cousin ihm sein Messer in die Brust gestoßen hat. Statt sofort tödlich zu sein, lässt die Wunde ihn erst allmählich verbluten, sosehr er sich auch bemüht hat, die Blutung zu stillen.

Er kriecht in die Richtung, in der er die Amerikaner vermutet, deren lautes, freches Gerede in der kalten Nachtluft deutlich zu hören ist. Er wagt nicht aufzustehen, wagt nicht, sich rasch zu bewegen, aber er kriecht mit einem AK-47 in der rechten Hand verbissen weiter.

O Allah, wie seine Brust schmerzt!

Während er den Steinwall entlangkriecht, steigen Erinnerungen in ihm auf: seine Kindheit in Tripolis, das Überleben im Bürgerkrieg, die Siegesparaden von Milizen, die Chance, die Filmhochschule zu besuchen, und die Zeit in Paris, wo er *haram* gelebt, mit willigen Nutten gebumst, Alkohol getrunken und verbotene Speisen gegessen hat.

Der Dschihad, zu dem sein Cousin sich berufen gefühlt hatte, war wie eine Straße zur Erlösung erschienen, wie etwas, das letztlich seine Seele retten würde. Nach langen Jahren voller Kampf und Blutvergießen hatte Faraj ermüdet aussteigen wollen, aber Asim – dieser *Ya ibn al sharmouta* – hat ihn daran gehindert.

Oh, diese Schmerzen!

Das Rotorengeräusch des Hubschraubers wird lauter. Er kommt, um die Amerikaner und vielleicht auch Mel Keating zu retten, in ihr behagliches, sicheres Leben zurückzubringen.

Eine weitere Erinnerung steigt in ihm auf, bevor er diese Welt verlässt, um ins dunkle Ungewisse hinüberzugehen.

Er erinnert sich an die Lehrgänge für neue Rekruten, die auf allen möglichen Wegen in die vielen Ausbildungslager seines Cousins gelangt waren. Diesen jungen Männern hatte Asim als Erstes Videofilme über die vielen dschihadistischen Angriffe der vergangenen Jahre gezeigt: der Anschlag auf den Zerstörer *USS Cole* in Aden, die vielen Bombenanschläge auf US-Botschaften in Afrika, der herrliche Triumph, als die Twin Towers einstürzten, die Anschläge auf Londoner Busse und U-Bahnen sowie weitere Attentate in Brüssel und Paris und Berlin …

Faraj hatte die Faszination dieser jungen Männer beobachtet, ihr Lachen und ihren Beifall gehört, wenn Zivilisten in Stücke gerissen wurden oder von Wolkenkratzern in den Tod sprangen. Weder damals noch heute waren sie ihm als Gotteskrieger erschienen.

Nur als junge Männer ohne Zukunft, die Spaß daran hatten, Dinge zu zerstören, Menschen zu töten, Lebewesen zu zertreten. Als junger, empfindsamer Mann in Paris hatte Faraj Bekanntschaft mit einer Weltsicht gemacht, die sich Nihilismus nannte.

Der erscheint ihm jetzt sinnvoll.

Er hebt das AK-47 auf, vergewissert sich, dass es entsichert ist. Während der Hubschrauber zur Landung anschwebt, richtet er sich schwankend auf, betätigt den Abzug und genießt seine letzten Augenblicke als Killer.

KAPITEL 131

Unser Hubschrauber kommt verspätet, aber nun ist er endlich da, und ich muss laut sprechen, um mich verständlich zu machen. »Helft zuerst Mel an Bord, danach Alejandro und dem Chinesen. Wir kommen nach.«

Die Leuchtstäbe fliegen nach allen Seiten weg, als der Black Hawk tiefer geht und dabei Sand und kleine Steine aufwirbelt. Und dann ist plötzlich die Hölle los.

Hinter uns fallen Schüsse. Als ich mich wie Nick herumwerfe, entdecke ich mit meinem Nachtsichtgerät einen schwankenden Mann, der mit einem AK-47 auf uns schießt. Während Nick und ich ihn durchsieben, schreit Mel plötzlich auf: »Dad, ich bin getroffen!«

Links und rechts gehen Leute in Deckung, und der Schütze gibt einen letzten Feuerstoß ab, bevor er zusammenbricht, und Mel wird unter jemandem hervorgezogen und in den Black Hawk verfrachtet. Claire hilft dem Chinesen an Bord, und ich schiebe Alejandro hinein, und Nick und ich zerren David, der zu Boden gegangen ist, in die Kabine, und dann hebt der Hubschrauber ab, und der tunesische Crewchief knallt die Seitentür zu.

Aus dem Cockpit ruft Joe, unser Pilot: »Sorry wegen der Verspätung … unser Funk ist ausgefallen, wir haben erfolglos versucht, den Fehler zu finden, und sind dann einfach gestartet.«

Ich gebe keine Antwort, sondern steige hastig über das Gewirr aus Armen und Beinen hinweg, um Mel zu erreichen, deren Gesicht hinter der Brille aschfahl ist. Claire zieht ihr gerade das abgetragene, schmutzige Dartmouth-Sweatshirt aus – ich spüre einen Stich ins Herz, als ich daran denke, wann ich es zuletzt gesehen habe: an jenem unmöglich sonnigen Tag am Lake Marie, als Mel zu ihrer harmlosen Bergtour aufgebrochen ist –, und Claire sucht sie ab und stochert und drückt und sagt: »Keine Sorge, Mr. President … Matt, meine ich. Ihr fehlt nichts Ernstliches. Die Sache sieht schlimmer aus, als sie ist.«

Mel sieht zu ihr auf und fragt: »Claire Boone, was zum Teufel machst du hier?«

Claire wühlt in dem offenen Erste-Hilfe-Kasten des Black Hawk. »Ich mache bei einem Rettungsunternehmen für deinen knackigen Hintern mit.«

Während unser Hubschrauber weiter steigend schneller wird, muss ich über die beiden lächeln. Dann drehe ich mich um und lächle plötzlich nicht mehr.

David Stahl liegt auf dem Rücken. Seine Augen stehen offen, seine Lippen bewegen sich lautlos, sein Gesicht wird rasch grau. Nick ist hektisch damit beschäftigt, David eine IV-Kanüle in den bloßen Arm zu stoßen, während Alejandro sich mit nur einer Hand bemüht, seine stark blutende Halswunde zu versorgen.

Ich knie mich hin und dränge Alejandro sanft beiseite, und als Nick sich aufrichtet, um den IV-Beutel an ein Kabel zu hängen, sieht er mich und sagt: »Ich hab's genau gesehen, Matt. Als die Schießerei angefangen hat, hat David Mel zu Boden gestoßen und sich über sie geworfen. In echter Secret-Service-Manier.«

Ich drücke eine zusammengelegte QuikClot-Bandage auf Davids Wunde, lege noch eine darauf, die gleich durchgeblutet ist, drücke zwei weitere darauf und sehe erschrocken, dass auch sie sekundenschnell durchgeblutet sind.

Alejandro pfeift gellend laut und ruft: »Joe! Gib Gas, okay? Gibt's in der Nähe eine Stadt mit einem Krankenhaus? Dann bring uns hin! Schnellstens!«

Nick hilft mir, weitere Bandagen und Kompressen auf Davids

Wunde zu drücken, aber wir wechseln einen Blick und wissen beide, was bald passieren wird, weil Davids Hautfarbe immer fahler wird.

Sein flackernder Blick findet mich, und er flüstert: »Hope, Hope, Hope …«

Nick sagt: »So ist's recht, nicht aufgeben, weiter hoffen, Kumpel, wir bringen dich gleich in eine Klinik. Halt durch, David, nicht die Hoffnung verlieren!«

Ich habe Tränen in den Augen, als ich sage: »Nein, er benutzt Mels Secret-Service-Decknamen. Ich bin Harbor, meine Frau ist Harp … und Mel ist Hope.« Ich hebe den Kopf und rufe: »Mel, hierher, sofort!«

Mel, deren Oberarm verbunden ist, hat Mühe, ihr Gleichgewicht zu bewahren, als der Hubschrauber beschleunigt. Claire folgt ihr, während der Black Hawk rüttelt und stampft, und Mel kniet bei David nieder, und ich sage: »Sieh nur, David. Sie ist hier. Mel ist in Sicherheit. Hope ist in Sicherheit. Du hast deine Pflicht getan.«

Mel beginnt, lautlos zu weinen. Sie ergreift seine rechte Hand und drückt sie, und ich nehme seine Linke und drücke sie ebenfalls.

Ich sage: »Gut gemacht, David. Du hast meine Tochter gerettet. Du hast Hope gerettet.«

Sein Blick flackert.

Er lächelt.

Er flüstert: »Gut.«

Dann stirbt er.

KAPITEL 132

GEORGETOWN UNIVERSITY
WASHINGTON, DC

Rollie Spruce ist Diplomand, studiert am Georgetown University Law Center, aber heute Abend arbeitet er eine Doppelschicht als Barkeeper bei einem Kongress, der im Hotel- und Konferenzzentrum der Uni stattfindet.

Seine Füße schmerzen, sein Mund ist von der gestrigen Party wie ausgedörrt, und seine Hände zittern leicht, als er Cocktails mixt und für die Kongressteilnehmer, die heute Abend die Bar bevölkern, verschiedene Biere zapft.

Das Dumme ist nur, dass diese Leute – Archäologen und andere Ausgräber – nicht nur Experten auf ihrem Fachgebiet sind, sondern sich auch darauf verstehen, stundenlang mit einem Drink hauszuhalten und dann ein Trinkgeld zu geben, als seien sie, nicht er, arme Studenten.

Daheim in Vermont hat sein Dad ihm vor Jahren geraten: »Rollie, lern was Vernünftiges wie Barkeeper. In guten Zeiten trinken die Leute, und in schlechten trinken sie noch viel mehr.«

Ein guter Rat, und an manchen Abenden bekommt er reichlich Trinkgeld, aber dieser wird wohl eine Pleite werden.

Als er eben dabei ist, ein paar Cocktailgläser abzuspülen und zu polieren, fängt eine Frau an einem der hinteren Ecktische plötzlich laut zu kreischen an.

»Scheiße, was …«, sagt er und beugt sich über die Theke, um festzustellen, was zum Teufel dort vorgeht, und dann sind Schreie, Jubel und Beifall zu hören, und die Frau, die laut gekreischt hat, wird von allen möglichen Leuten umarmt und abgeküsst.

Einer der Kerle von ihrem Tisch kommt an die Theke gehastet und sagt zu Rollie: »Schnell, Kumpel, eine Flasche Champagner. Ihren besten! Bringen Sie ihn an unseren Tisch … Teufel, Champagner für alle! Drinks aufs Haus!«

Das lässt Rollie sich nicht zweimal sagen, und er macht sich an die Arbeit, als erneut Jubel und Beifall aufbranden. Er sieht, dass viele Gäste jetzt stehend zu dem Fernseher über der Bar aufsehen. Bis vor Kurzem war dort ein Baseballspiel der Washington Nationals zu sehen, aber jetzt spricht ein aufgeregter Moderator lächelnd in die Kamera.

Rollie hat keine Ahnung, was vorgefallen ist, aber hinter dem Moderator sieht er ein Foto von Mel Keating, der Tochter des Expräsidenten – seiner Ansicht nach nerdig, aber ganz hübsch –, die offenbar lebt und irgendwo in Nordafrika befreit worden ist.

Cool, denkt Rollie, als er vor dem kleinen Kühlschrank niederkniet, um zu zählen, wie viele Flaschen Champagner sie auf Eis haben.

Vielleicht wird dies doch ein guter Abend.

EPILOG

KAPITEL 133

Nach Hause fliegen wir mit einer C-40B, der Militärversion der Boeing 737, die Secretary of the Air Force Kimberly Bouchard nach meinem erleichterten Anruf rasch nach Tunesien entsandt hat, um uns abholen zu lassen.

Als wir in Bangor zur Landung ansetzen, sind wir zwei Personen weniger als bei der Rückkehr nach Sfax–Thyna. Der Erste ist der Chinese, angeblich von der China State Construction Engineering Corporation, der »versehentlich« zwischen die Fronten geraten war.

Mel hat mich auf dem Rückflug mit dem Black Hawk über seine wahren Absichten aufgeklärt, und ich habe nach der Landung dafür gesorgt, dass der schweigsame verletzte Chinese einem taffen Mann und einer ebenso taffen Frau aus dem Stab unserer Botschaft in Tunis übergeben wurde.

Diese beiden sollten ihm Hilfe und Unterstützung leisten – natürlich bevor er in der chinesischen Botschaft in Tunis abgeliefert wurde.

Der zweite fehlende Passagier, der in tapferer Pflichterfüllung gefallene Secret-Service-Agent David Stahl, fliegt einige Stunden hinter uns mit einer Transportmaschine C-17 nach Dover, Delaware.

Wir haben einen langen, ruhigen Flug mit überreichlich Platz in der Kabine hinter uns. Nick und Alejandro haben viel geschlafen und von allem doppelte Portionen gegessen, und Mel und Claire haben sich ein paar Stunden lang ausgetauscht und das alte Wer-ist-wohin-gegangen-und-was-macht-Soundso-heute-Spiel gespielt.

Mel liegt jetzt zugedeckt über zwei Sitze ausgestreckt, hat ihren Kopf in meinem Schoß und schläft – hoffentlich traumlos.

Ich bin die meiste Zeit wach gewesen. Nach Einsätzen der Special Forces gibt es normalerweise eine Abschlussbesprechung, nur dieses Mal nicht. Die einzige Besprechung findet in meinem Gedächtnis statt, als ich mir überlege, was alles passiert ist, wie es abgelaufen ist und was besser hätte klappen können. Denn obwohl ich glücklich darüber bin, dass meine Tochter jetzt hier bei mir schläft, ist dafür ein schrecklich hoher Preis bezahlt worden.

Unser Pilot meldet sich über die Bordsprechanlage: »Passagiere, bereitmachen zur Landung.«

Ein weiblicher Staff Sergeant geht durch die Kabine, weckt Nick und Alejandro und weist sie an, sich anzuschnallen. Als sie dann zu Mel und mir kommt, schüttelt sie lächelnd den Kopf.

»Bleiben Sie ruhig so sitzen, Mr. President«, sagt sie.

»Danke.«

Nach der Landung rollen wir eine Zeit lang, und als die Maschine zum Stehen kommt, wacht Mel gähnend auf, und ich umarme sie noch mal und sage: »Augenblick, ich muss dir noch etwas zurückgeben.«

Aus einer Hosentasche hole ich ihren Goldring, das Geschenk ihrer Mutter zu ihrem sechzehnten Geburtstag. Als ich ihn anstecke, hat sie sofort Tränen in den Augen. »Dad … Gott, mir hat's schon davor gegraut, Mom erzählen zu müssen, dass ich ihn nicht mehr habe.«

»Nun, das ist jetzt nicht mehr nötig.«

Die vordere Tür wird geöffnet, und wir können sehen, dass eine Fluggasttreppe herangerollt worden ist. Nick und ich wollen Mel behilflich sein, aber sie wehrt uns energisch ab. »Ich bin verletzt, Jungs, kein Krüppel.« Dann geht sie allein die Treppe hinunter, muss sich aber bei jeder Stufe am Geländer festklammern.

Ein schwarzer Chevrolet Suburban mit getönten Scheiben wartet mit laufendem Motor. Nick, Alejandro und Claire gehen mit ihren Sporttaschen zu dem Wagen, und Mel und ich folgen ihnen. Allgemeines Umarmen und Händeschütteln – mein linker Arm schmerzt, aber nicht allzu sehr –, und ich sage zu ihnen: »Was meine Frau und ich euch verdanken, lässt sich kaum ausdrücken. Wir stehen tief in eurer Schuld. Für immer und ewig.«

Nick sagt: »Kein Problem, Sir. Es war gut, Boyd Tanners Gefangennahme und Kreuzigung rächen zu können. Ein paar Jahre verspätet, aber immerhin, oder? Außerdem waren wir niemals hier. Erst recht nicht dort. Alejandro und ich hatten Urlaub. Das Handgelenk hat er sich beim Motorradfahren gebrochen. Das ist die offizielle Version.«

Eine letzte Runde Händeschütteln. »Gute Reise«, sage ich. »Ihnen auch, Claire.«

Claire fragt meine Tochter: »Gehst du zum Sidwell-Herbsttreffen?«

Mel sagt: »Großer Gott, nein.«

»Gut. Ich auch nicht. Lass mal wieder was von dir hören, okay?«

»Okay.«

Die drei steigen in den Suburban, der mit ihnen wegfährt. Mel hakt sich bei mir ein, und wir gehen zu den wenigen Gebäuden hinüber, die den Bangor International Airport – einen ruhigen Flughafen mit vielen Kiefern – ausmachen. Aus dem nächsten Gebäude quellen jubelnde und klatschende Leute, und das Rennen wird von meiner Frau Samantha angeführt, die in Sekunden bei uns ist und erst Mel, dann mich und zuletzt beide umarmt. Und so vergehen einige kostbare und tränenreiche Minuten.

Ein Rollstuhl wird gebracht, aber Mel protestiert: »Nein, ich brauche keinen«, und ihre Mutter sagt: »Du setzt dich dort rein, junge Lady, keine Widerrede!«

Mel zuckt mit den Schultern, setzt sich und fährt leicht zusammen, als ihre Füße in den schwarzen Slippern auf die Fußstützen gestellt werden, und ich sehe, dass die lächelnden Leute, von denen wir umgeben sind, meine Personenschützer vom Lake Marie sind: Stacy Fields, Ron Dalton, Paula Chin, Emma Curtis und Nicole Washington.

Agentin Washington, die David Stahl und mich begleitet hat, als wir aus Mary's Diner geflüchtet sind, und mit unseren Smartphones weggefahren ist, um das FBI auf eine falsche Fährte zu locken, tritt vor. Ich umarme sie und frage: »Alles okay? Sind Sie geschnappt worden?«

Sie lacht. »Nein. Das hat mich etwas enttäuscht. Das FBI hat anscheinend nie versucht, die Handys zu orten.«

Alle Agenten tragen einen Trauerflor am Revers, der mich wieder daran erinnert, wie David sich pflichtbewusst geopfert hat – drüben in Libyen, weit, sehr weit von der Heimat entfernt, in der er in Sicherheit gewesen wäre.

Aber das wäre nicht seine Art gewesen.

Madeline Perry, meine Stabschefin, drängt sich nach vorn und umarmt mich, dann Mel, dann Samantha. Tränen laufen ihr übers Gesicht, als sie sagt: »Oh, Mr. President, Sie haben's geschafft … Sie haben's geschafft … willkommen daheim, willkommen daheim, Sir.«

Ich erkläre ihr lächelnd: »Zum Glück hatte ich Hilfe. Allein hätte ich's nicht geschafft.«

Sie sagt: »Sir … vermutlich haben Sie nicht so früh damit gerechnet, aber im Terminal wartet eine riesige Meute von Medienvertretern.«

»Wie riesig?«, fragt Samantha, die hinter dem Rollstuhl steht, mit den Händen auf Mels Schultern.

»Über hundert … Sir, könnten Sie eine kurze Erklärung abgeben? Bitte? Sprechen Sie jetzt zu ihnen, werden Sie vielleicht für den Rest des Tages in Ruhe gelassen.«

Mel runzelt unwillig die Stirn, aber Samantha sieht zum Terminal hinüber, zuckt mit den Schultern und sagt: »Oh, warum nicht?«

Wir setzen uns in Richtung Empfangsgebäude in Bewegung. Samantha hält Mels Hand, und ich schiebe den Rollstuhl. Auf der unteren Ebene des Terminals erwarten uns Maine State Troopers und Beamte der Bangor Police – alle mit einem Trauerflor über ihrer Polizeimarke –, die uns eskortieren sollen.

Ich wende mich an Agentin Washington und sage: »Nicole, tun Sie mir einen Gefallen und schieben den Rollstuhl? Ich möchte kurz mit meiner Stabschefin sprechen.«

Wir trennen uns von den anderen, und ich sehe hinter einem Kofferstapel ein freies Büro, in das ich Maddie führe.

»Sir, willkommen daheim. Ich kann's kaum erwarten, genau zu hören, wie Sie's geschafft haben und was dort drüben abgelaufen ist.«

Ich sage: »Ich kann's noch immer selbst kaum glauben.«

»Ich habe gute Neuigkeiten«, sagt Maddie aufgeregt. »Seit gestern haben sich alle großen New Yorker Verlage bei mir gemeldet. Ihr Buch … ein sofortiger Weltbestseller, sobald es erscheint.«

»Klar doch«, sage ich. »Aber noch etwas, Maddie, bevor wir anfangen, über Buchdeals zu reden.«

»Gewiss, Sir«, sagt sie mit unternehmungslustig blitzenden Augen. »Worum geht's denn?«

Ich frage: »Maddie, warum haben Sie mich sabotiert?«

KAPITEL 134

BANGOR INTERNATIONAL AIRPORT
BANGOR, MAINE

Eines muss ich meiner taffen Stabschefin lassen: Sie widerspricht nicht, leugnet nichts, sagt überhaupt nichts.

Aber ihre Augen blitzen nicht mehr.

So sitzen wir beide betroffen schweigend in diesem kleinen Büro.

Zuletzt sage ich: »Kurz vor unserer Abfahrt nach Pease, um dort an Bord des Tankflugzeugs zu gehen, habe ich zweimal telefoniert. Einmal mit Samantha und einmal mit Ihnen, weil ich dachte, Sie hätten es verdient, über meine Absichten informiert zu sein. Als wir dann in Pease waren, sind wir fast nicht weggekommen. Das Weiße Haus hatte ein Flugverbot verhängt. Wen haben Sie angerufen? Richard Barnes?«

Ihr Gesicht scheint langsam alle Farbe zu verlieren. »Nein«, sagt sie. »Felicia Taft, seine Stellvertreterin. Ich … hab's ihr erzählt.«

Ich warte.

»Wieso?«

In ihren Augen stehen jetzt Tränen. »Ich hatte Angst um Sie, Sir. Angst, dass Sie verletzt, gefangen genommen oder getötet werden. Dass Ihr Unternehmen scheitert. Dass Sie letztlich … Mels Tod verschulden. Statt sie zu retten. Weil Mel noch lebte, dachte ich … Profis würden eingesetzt, um sie zu retten.«

»Das war eine Entscheidung, die mir zugestanden hätte, nicht wahr?«, frage ich.

»Ja, Sir, aber ich habe auch an die Zukunft gedacht … an die Stiftung für Veteranen, die Sie gründen wollten. Ohne Sie … wird sie niemals eingerichtet. Jährlich müssten Tausende von Veteranen weiter leiden oder sterben.«

Ich will's rasch machen.

Meine wiedervereinte Familie wartet auf mich.

Ich sage: »Dann schließen Sie den Buchvertrag, Maddie. Zu den besten Konditionen, die Sie erzielen können. Und wenn die Verträge unterzeichnet sind und ich zu schreiben anfange, möchte ich, dass Sie die Stiftung leiten. Wir nennen sie ›Gedächtnisfonds für Boyd Tanner und David Stahl‹, und Sie übernehmen die Leitung.«

Maddie ist verwirrt. »Aber, Sir …«

Ich stehe auf. »Das bedeutet, dass Sie als meine Stabschefin erledigt sind. Ich kann Ihnen nicht mehr vertrauen, Maddie, aber ich weiß, dass ich Ihnen die Stiftung anvertrauen kann. Machen Sie einen guten Job, um ihrer zu gedenken.«

Sie nickt nur. »Es tut mir leid, Sir.«

»Mir auch«, sage ich und gehe hinaus.

Ich folge einem zuvorkommenden Maine State Trooper in einen Korridor, wo meine Familie auf mich wartet. Hinter der letzten Tür ist lautes Stimmengewirr zu hören. Mel und Sam frage ich: »Kann's losgehen?«, und sie nicken beide.

Als wir ins Terminal mit dem hässlichsten schwarz-weißen Fliesenboden hinaustreten, den ich je gesehen habe, schlagen uns prasselnder Beifall und laute Fragen entgegen. An der Stirnwand steht ein unter Mikrofonen verschwindender Tisch. Samantha schiebt den Rollstuhl dahinter, und wir bauen uns links und rechts neben Mel auf.

Zuletzt hebe ich eine Hand und sage: »Ruhe, bitte Ruhe! Ich werde möglichst viele Fragen beantworten … aber Sie müssen wissen, dass meine Familie ziemlich müde ist.« Ich deute auf einen Fernsehreporter aus Portland. »Bitte sehr.«

»Mr. President, wer war noch an dem Rettungsunternehmen beteiligt? Und können wir mit ihnen reden?«

Ich sage: »Gut ausgebildete Freunde, die mich bei Recherchen, Einsatzplanung und Durchführung unterstützt haben. Sie wollen anonym bleiben, und ich werde ihren Wunsch respektieren. Nächster?«

Der schroffe Fragesteller ist ein Reporter eines Kabelnetzwerks, der seine Karriere darauf aufgebaut hat, der Regierung Keating Skandale nachzuweisen. Dass er keine gefunden hat, hat ihn nur noch misstrauischer gemacht.

Er fragt: »Sir, trifft es zu, dass Sie durch diese riskante und ungenehmigte Operation Ihre Abneigung und Ihr Misstrauen gegen die Regierung Barnes demonstriert haben?«

Nach dieser Frage herrscht gespanntes Schweigen, bis ich sage: »Nein. Nächster?«

»Sir, Sie scheinen verletzt zu sein. Wie ist das passiert?«

Ich hebe den linken Arm. »Hab mich geschnitten – das ist alles.«

»Sir, ist Asim al-Aschid tot? Und waren Sie an seiner Eliminierung beteiligt?«

Ich antworte: »Asim al-Aschid befindet sich jetzt in einem Zustand, in dem er keine Unbeteiligten mehr töten oder verletzen kann. Mehr habe ich dazu nicht zu sagen.«

»Haben Sie die Regierung Barnes um Erlaubnis gefragt, bevor Sie losgezogen sind, um Ihre Tochter zu retten?«

Ich grinse. »Hatte keine Zeit dazu. Die nächste Frage, bitte.«

Mein aufgeblasener Reporterfreund macht sich wieder laut bemerkbar und fragt: »Sir, fürchten Sie nicht, dass die Regierung Barnes Sie nach dem Logan Act anklagen wird?«

Unbekümmert lächelnd sage ich: »Jack, Sie wissen so gut wie ich, dass der Logan Act nur Bürger betrifft, die unerlaubt diplomatische Verhandlungen mit einer ausländischen Macht führen.« Ich mache eine Pause. »Ganz gleich, was ich in Libyen getan habe – Diplomatie war's definitiv keine.«

Das löst Gelächter aus, und als es abklingt, sage ich: »Wie wär's mit ein paar Fragen an meine Tochter? Sie ist hier die wahre Heldin.«

Die Reporter gehen sofort darauf ein, und ich erwarte, dass Mel sich treu bleiben wird, und werde nicht enttäuscht.

»Mel, wie fühlen Sie sich?«

»Müde. Zerschlagen. Meine Füße sehen schrecklich aus, und ich habe einen Streifschuss am rechten Oberarm.«

»Hatten Sie Angst?«

»Jede verdammte Sekunde.«

»Haben Sie sich bei Ihrem Dad bedankt?«

Mel zögert kurz, bevor sie sagt: »Mann, das war eine dämliche Frage. Hat jemand eine intelligentere?«

Einige lachen, dann ruft jemand: »Welches Essen haben Sie am meisten vermisst?«

»Cheeseburger«, sagt sie. »Ich verzehre mich nach einem Cheeseburger.«

»Von wem?«, fragt jemand ganz hinten. »McDonald's? Burger King? In-N-Out?«

»Kommen Sie«, sagt Mel, »an der Ostküste gibt's keine In-N-Outs. Und außerdem macht mein Dad die besten Cheeseburger der Welt. Ich warte auf seine.«

Dann ist Samantha an der Reihe, und ein Reporter eines Bostoner Senders fragt sie: »Mrs. Keating, was haben Sie in nächster Zukunft vor?«

Die Frage scheint Samantha zu überraschen, denn sie senkt den Blick, schüttelt leicht den Kopf und sieht mich an, als sie antwortet.

Sie lächelt still weinend, und ich merke schockiert, dass ich das auch tue.

Politiker sollten nie öffentlich weinen, aber das ist mir jetzt egal.

Wir haben's geschafft.

»Ich denke, dass es Zeit für ein Sabbatical ist, damit ich mehr Zeit für meine Familie habe«, sagt Samantha leise.

Eine Anschlussfrage: »Aber Sie haben doch erst kürzlich einen sensationellen Fund in Maine gemacht – das erste in Nordamerika ausgegrabene baskische Dorf. Wollen Sie nicht zu Ihrer Arbeit zurück?«

Wieder ein liebevoller ruhiger Blick, der mir gilt, während ihr Tränen übers Gesicht laufen, und ich erwidere ihn auf gleiche Art, weil ich sie für immer liebe, und wir halten in Liebe und Dankbarkeit die Hände unserer Tochter.

»Nein«, sagt sie. »Dafür sind Wochenenden und Doktoranden gut.«

KAPITEL 135

STÄNDIGE VERTRETUNG DER VOLKSREPUBLIK CHINA NEW YORK, NY

In dem dicht besetzten Speisesaal der Ständigen Vertretung fühlt Jiang Lijun sich vollgestopft und zerschlagen. Sein Magen ist nach diesem achtgängigen Bankett zu seinen Ehren übervoll, obwohl er sich nicht sehr heldenhaft vorkommt, nicht nach den Ereignissen in Libyen. Er hat zwei gebrochene Rippen, wo das Geschoss der amerikanischen Scharfschützin seine Schutzweste getroffen hat, und kann von Glück sagen, dass er sich zufällig so weggedreht hat, dass es ihn nur gestreift hat.

Der kleine Speisesaal ist mit Girlanden und roten Fahnen geschmückt, und die Küche hat einen Gang nach dem anderen aufgetischt: von Vorspeisen wie Tofu und Tintenfisch bis zu illegaler Haiflossensuppe und Pekingente und Gemüse und Nudeln. Den Vorsitz bei diesem Bankett hat Jiangs Boss Li Baodong, der sich lächelnd für Jiangs Frau Zhen und ihre Tochter Li Na interessiert, die wegen all der Aufmerksamkeit gluckst und lacht.

Die Teilnehmer sind etwa zwei Dutzend Botschaftsangehörige, sodass Jiang viel zugewinkt und zugelächelt wird, und als es so aussieht, als könnte die Familie endlich in ihr Apartment zurückkehren, kommt Li Baodong herüber und sagt zu Zhen: »Entschuldigung, meine Liebe, aber ich muss kurz mit unserem Helden sprechen.«

Zhen, die Li Na mit kleinen Mandarinenstücken füttert und auf ihren Knien hopsen lässt, nickt vergnügt. Jiang steht auf und folgt seinem Boss durch die leere Küche in ein schmuckloses kleines Büro mit zwei Stühlen und einem Stahlschreibtisch.

Li Baodong blinzelt ihm zu, als er sich auf den Stuhl hinter dem Schreibtisch fallen lässt, die untere Schublade aufzieht und eine Flasche und zwei Gläser hervorholt.

»Ein besonderer Huangjiu«, sagt er. »Sehr teuer, sehr selten. Im Kuriergepäck eingeschmuggelt. Nehmen Sie einen ordentlichen Schluck. Sie haben ihn sich verdient.«

Genau das tut Jiang, und als er sein leeres Glas abstellt, fragt ihn Li: »Amüsieren Sie sich gut?«

»Ja, aber …«

»Aber was?«

»Ich fühle mich nicht wohl dabei«, sagt Jiang. »Wenn man bedenkt …«

»Wenn man bedenkt, dass Sie überall Scheiße gebaut haben?«, fragt Li scharf. »Vor Wochen haben Sie einen einfachen Auftrag erhalten: in die White Mountains von New Hampshire fahren und Mel Keating zurückholen. Stattdessen haben Sie meinen Befehl ignoriert, weil Sie auf einem eigenen Rachefeldzug waren … und als Sie eine zweite Chance hatten, Ihren Auftrag auszuführen, haben Sie ihn wieder vermasselt. Sie sollten dieses Mädchen retten, Sie verdammter Idiot, damit die Amis uns verpflichtet und wieder zu besseren Beziehungen bereit sind.«

»Aber ich …«

»Aber stattdessen müssen jetzt *wir* den Amis dankbar sein, weil Sie in Gefangenschaft geraten und von ihren Geheimdienstleuten in Tunis *verhört* worden sind, bevor man Sie uns überstellt hat. Sie sind eine Witzfigur, mein Junge, nichts anderes.«

»Aber ich habe kein Wort mit ihnen gesprochen!«

Li winkt ab. »Das brauchten Sie auch nicht … Die Amis haben Sie bestimmt von allen Seiten fotografiert; außerdem haben sie Ihre Fingerabdrücke und Ihre DNA. Im Augenblick sind sie dabei, ihre Datenbanken mit diesen Informationen zu füttern, und in ein paar Stunden werden sie alle Ihre Netzwerke hier und anderswo aufrollen.«

Jiangs gebrochene Rippen schmerzen wieder pochend. Auch sein Magen meldet sich knurrend.

»Die Amis stellen Forderungen«, sagt Li. »Sie behaupten, Sie hätten die Rettung der Präsidententochter behindert. Sie verweigern Gespräche über eine Verbesserung unserer Beziehungen, bis Ihr Status geklärt ist, Jiang Lijun.«

Er beginnt zu schwitzen. Im Mund hat er einen metallischen Geschmack.

»Wie geklärt?«, fragt er und ist überrascht, wie schwach seine Stimme klingt.

»Endgültig«, antwortet sein Boss rasch. »Tut mir leid, aber Sie werden die Vereinigten Staaten nie verlassen.«

Erschrocken fragt Jiang: »Sie liefern mich den Amerikanern aus?«

Li schüttelt den Kopf. »Natürlich nicht. Das täte ich keinem meiner Leute an.«

Jiang sieht seine Umgebung nur mehr verschwommen. Sein Blick fällt auf den Schreibtisch.

Lis Glas steht unberührt da.

Halblaut sagt sein Boss: »Nicht schlecht für einen fetten Pilz, was? Denken Sie daran, mein lieber Lijun, wenn alles vorüber ist, sind Sie ein Held wie damals Ihr Vater, und die Partei kümmert sich um Ihre Frau und Ihre Tochter. Das verspreche ich Ihnen.«

Jiang versucht zu sprechen, aber seine Zunge, sein Unterkiefer funktionieren nicht mehr und bald auch alles andere.

KAPITEL 136

WOHNTRAKT DES WEISSEN HAUSES

Präsidentin Pamela Barnes ist allein in ihrem Wohnzimmer im Weißen Haus, hat die bloßen Füße auf einem Fußkissen hochgelegt, trinkt mit kleinen Schlucken ihren abendlichen Glenlivet auf Eis und sieht sich die MSNBC-Nachrichten ohne Ton an.

Die letzten paar Stunden waren zermürbend. Barnes weigert sich, den Ton einzuschalten, weil sie die Freudebekundungen und Glückwünsche der schleimigen Moderatoren und der Experten für Militäreinsätze und Special Forces, die ehrfürchtig über Matt Keatings unerlaubte, aber erfolgreiche Rettungsaktion für seine Tochter diskutieren, nicht mehr ertragen kann.

Und was ist mit der Regierung Barnes?

Teufel, was kann sie tun, außer eine freundlich gehaltene Pressemitteilung zu verfassen, die Matt Keating und seine unbekannten Kämpfer sowie den toten Secret-Service-Agenten belobigt?

Der jetzt gleich heimkehren wird.

Im Fernsehen läuft eine Liveübertragung von der Dover Air Force Base in Delaware. Soeben ist eine USAF-Maschine gelandet, und sechs Marines im Ausgehanzug sind die Heckrampe hinaufmarschiert. Jetzt kommen sie wieder heruntermarschiert und tragen den mit einer Flagge bedeckten Blechsarg des ehemaligen Marineinfanteristen und späteren Secret-Service-Agenten David Stahl.

Sie nimmt einen weiteren kräftigen Schluck.

Vormittags haben Stahls Eltern und sein Abgeordneter aus Kalifornien ihrer stellvertretenden Stabschefin Felicia Taft mitgeteilt, bei dieser Zeremonie auf der Dover Air Force Base sei kein Mitglied der Regierung Barnes willkommen.

Stattdessen stehen neben dem Direktor des Secret Service – und nicht dem Heimatschutzminister – Matthew Keating, Samantha Keating und Mel Keating, die in einem Rollstuhl sitzt. Ebenfalls anwesend sind weitere Secret-Service-Agenten und natürlich die Familie Stahl.

Was für eine Szene, was für ein Anblick, als der Sarg feierlich aus dem Flugzeug getragen wird.

Richard, denkt sie, heute könnte ich deinen Rat dringend brauchen.

Aber Richard ist draußen in Iowa und versucht, bei einigen Milchproduzenten, die mit der neuen Handelspolitik ihrer Regierung unzufrieden sind, gut Wetter zu machen. Die Vorwahlen in Iowa beginnen früher, als alle wahrhaben wollen, und sie muss sich auf die Herausforderungen der Kampagne zu ihrer Wiederwahl vorbereiten.

Barnes steht auf und geht zu ihrem kleinen Schreibtisch. Sie sieht sich nach dem Fernsehschirm um. Auf einer Karte der libyschen Nafusa-Berge wird gezeigt, wo Army Rangers bei einem Unternehmen gegen Asim al-Aschids Schlupfwinkel wichtige Dokumente, Pläne und Festplatten erbeutet haben.

In der Tat gute Nachrichten.

Aber nicht unbedingt für sie.

Sie öffnet die mittlere Schublade und nimmt den elfenbeinweißen Briefumschlag heraus, den sie am Tag ihrer Amtseinführung in dem *Resolute*-Schreibtisch vorgefunden hat.

Sie zieht den handgeschriebenen Brief auf Briefpapier des Weißen Hauses heraus und liest nochmals, was ihr Vorgänger ihr geschrieben hat, der damit eine fast vierzigjährige Tradition zur Amtseinführung fortgesetzt hat:

Liebe Pamela,

meinen aufrichtigen Glückwunsch zu Ihrem Sieg nach einem historischen politischen Kampf, in dem Sie sich in der rauen Arena einer zunehmend parteiischen Umgebung bewährt haben.

Heute werden Sie die Präsidentin stolzer und guter Leute, die in ihren Herzen und Taten hochanständig sind. Sie sehnen sich nach einem befriedeten Amerika, das Wohlstand genießt und eine führende Rolle in der Welt spielt.

Meine Gebete, meine Unterstützung und meine guten Wünsche für die schwierigen Monate, die vor Ihnen liegen, sind Ihnen sicher. Sie brechen zu einer unglaublichen Reise auf, die im Lauf der Jahre nur sehr wenige unternommen haben, und sollten sich geehrt fühlen, dass das amerikanische Volk Sie gewählt hat.

Gott segne Sie und Ihre Angehörigen.

Mit freundlichen Grüßen
Matt Keating

Barnes macht eine Pause.

Hätte dieser verdammte SEAL doch hier aufgehört!

Aber das hat er nicht getan.

PS:
Ungeachtet dessen, was ich oben geschrieben habe, Pamela, habe ich vor, in vier Jahren nochmals gegen Sie anzutreten.

Barnes zerknüllt den historischen Brief, lässt die Papierkugel zu Boden fallen.

Sie kippt den Rest ihres Drinks hinunter.

Beschließt, dass es Zeit für einen weiteren ist.

DANKSAGUNG

Für ihre unschätzbare Unterstützung und Erfahrungen möchten die Autoren folgenden Personen danken: First Sergeant a. D. Matt Eversmann, 75th Army Ranger Regiment; Captain Joe Roy, KC-135-Pilot der USAF; John Podesta, ehemals Stabschef des Weißen Hauses; und Richard Clarke, in den Regierungen Clinton und Bush Nationaler Koordinator für Sicherheit und Terrorismusabwehr.

Unser besonderer Dank gilt auch Bill Clintons Bürochefin Tina Flournoy, Steve Rinehart, Oscar Flores, Deneen Howell, Michael O'Connor und Mary Jordan.

ÜBER DIE AUTOREN

BILL CLINTON wurde im Jahr 1992 zum Präsidenten der Vereinigten Staaten gewählt und war bis Januar 2001 im Amt. Nach seinem Abschied aus dem Weißen Haus gründete er die Clinton Foundation, deren Ziele die Verbesserung der weltweiten Gesundheit, bessere Chancen für Mädchen und Frauen, die Reduzierung von Übergewicht bei Kindern, die Bekämpfung vermeidbarer Krankheiten, die Förderung wirtschaftlichen Wachstums und der Kampf gegen die Folgen der Erderwärmung sind. Er hat mehrere Sachbücher geschrieben, darunter *Mein Leben*, das ein internationaler Bestseller war. Gemeinsam mit James Patterson hat er den internationalen Bestseller *The President Is Missing* geschrieben.

JAMES PATTERSON ist der meistgelesene Autor der Welt und ein begnadeter Erzähler. Er hat viele langlebige Romanfiguren und Reihen geschaffen, darunter Alex Cross, den Women's Murder Club, Michael Bennett, Maximum Ride, Middle School und I Funny. Zu seinen bemerkenswerten literarischen Gemeinschaftsprojekten gehören *The President Is Missing* mit Bill Clinton und die *Max Einstein*-Reihe in Partnerschaft mit dem Albert Einstein Estate. Für Pattersons schriftstellerische Laufbahn charakteristisch ist seine Mission, den Beweis zu führen, dass es keinen Menschen gibt, der »nicht gern liest«, sondern nur Menschen, die noch nicht das richtige Buch gefunden haben. Er hat Schulkindern und Soldaten über drei Millionen Bücher geschenkt, über siebzig Millionen Dollar für Bildungszwecke gespendet und über fünftausend Stipendien für angehende Lehrer gesponsert. Für seine erstaunliche Fantasie und sein Eintreten für die Alphabetisierung Amerikas wurde Patterson im Jahr 2019 mit der National Humanities Medal ausgezeichnet. Die National Book Foundation hat ihn mit dem Literarian Award for Outstanding Service to the American Literary Community geehrt, und er hat darüber hinaus einen Edgar Allan Poe Award und neun Emmy Awards erhalten. Er lebt mit seiner Familie in Florida.